總編輯：余光中

臺灣一九八九—二〇〇三

中華現代文學大系 貳

評論卷（一）

主編：李瑞騰

編輯體例

一、本大系延續第一輯（一九七〇～一九八九）編輯宗旨，選錄近十五年（一九八九～二〇〇三）來，在臺灣公開發表而具有代表性的現代文學作品（含評論）。具體展示臺灣長達三十四年的時空交錯下，各類型作者的創作才華和作品風貌。

二、本大系區分為《詩卷》二冊，《散文卷》四冊，《小說卷》三冊，《戲劇卷》一冊，《評論卷》二冊，共五大類，凡十二鉅冊。

三、本大系由總編輯召集各卷主編主其事，並各設編輯委員二人，所有入選文章，均經由各編輯委員詳細閱讀並票選後定稿。

四、各卷之編排順序，均以作者出生年月先後為依據。

五、每家附有小傳，包括本名、筆名、籍貫、年齡、學歷、經歷、著作要目、獲獎紀錄等，並附近照一幀。

六、入選作品篇末以註明出處及創作日期為原則；無法查明者從缺。

七、本大系前有總序，對臺灣近十五年來文學發展之大勢略加論析；各卷另有分序，介紹各文類演變之近況及所選作品之概要。

八、入選作品均經詳校，絕大多數經由原作者親自核正。

九、封面標示本大系總編輯及各該卷之主編，封底及版權頁則詳列全體編輯委員之名單。

目錄

第一冊

第二冊

總序

余光中

1

三十年來，我爲自己擔任總編輯的文學大系先後撰寫三篇總序：第一次是爲巨人版的《中國現代文學大系》，第二次是爲九歌版的《中華現代文學大系：台灣，一九七〇至一九八九》，這一次已是第三次了。前兩部大系取材的時間各爲二十年，眼前這第三部大系涵蓋的時間只有十五年，正接上前一部大系，像是續集；但在另一方面，雖然踏進了新的世紀，卻剛過門檻而已，未能深入，所以又像是世紀末的驪歌。

三部大系涵蓋了五十年，恰爲二十世紀的後半。這樣的總序，我覺得越來越難寫，因爲這世界越來越混亂，越來越複雜，說得樂觀些就是越來越多元，所以矛盾的價值觀越來越令人難以適從。尤其是近十年來的劇變，更令人感到世紀的窄門難以過關。

本大系涵蓋的這十多年，開始似乎綻放過曙光：一九八七年，蔣經國在去世前一年宣布解嚴，並開放報禁與黨禁。李登輝繼任後，新聞與言論漸享充分的自由。兩岸交流也從此開始。一九九〇年柏林牆倒，翌年蘇聯解體，冷戰時代乃告結束。不幸其間歷史倒退，一九八九年的天安門事件，使大陸已開之門又閉了數年。

後來的發展得失互見，但是進少退多，例如國會雖然汰舊換新，唯修憲多次，總統竟有權無責，容易獨裁。自由氾濫、民主粗糙，法治卻遠遠落後。選舉頻頻，不僅勞民傷財，派別對立，而且賄選猖獗，後患無窮。我定居了十八年之久的高雄，本屆市議會之選舉竟以普遍的賄選醜聞下場，足以見證，我們的民主櫥窗是以千元的藍色台幣裝飾而成的。二千年的政黨輪替也以美麗的憧憬開始，但三年之後似乎都令人失望：政府、議會、經濟、教育、治安、家庭、環境等等相繼出了問題，不是樂觀的學者或善辯的政客用什麼「多元」、「開放」、「轉型」等泛詞所能推托。近幾年更有九二一的天災、Sars 的人禍，加上天天見報的畸行亂象，輪番來打擊我們的身心。台灣，早已淪爲「超載之島」，不知該如何負擔這一份不可承受之重壓。

這一切，我們的作家們「反映」得了嗎？

2

上一部大系有詩二冊、散文四冊、小說五冊、戲劇二冊、評論二冊，合爲洋洋十五大冊，不愧文學史的盛事。新出的這一部則有詩二冊、散文四冊、小說三冊、戲劇一冊、評論二冊，共十二冊：規模似乎縮小了，但因時間只有十五年，其實反而選得更密。相比之下，新大系的詩卷、散文卷、評論卷篇幅未減，而是小說減了二冊，戲劇減了一冊。結果在新大系中，散文變成了最大的文類。這是中文文壇與英文文壇在文類學上的一大差異。

在英美的現代文學裏，最受矚目的文類依次是小說、詩、戲劇；在批評家的眼中，散文，尤其是台灣盛行的抒情散文，簡直可有可無。Prose 在英文裏可以泛指詩以外的一般作品，有時甚至包括小說。一位美國學者看見我的英文簡介說有十多種的 prose 作品，問我寫的是什麼樣的小說。只要查一查二十年來諾貝爾文學獎得主的名單，就會發現，除了保加利亞的卡內提寫過自傳、遊記、論述之類的散文外，其他全是詩人、小說家、戲劇家。

阿根廷作家博而好思（J. L.Borges，即波赫士）在英美文壇以小說與詩聞名，但在國內，甚至在整個拉丁美洲，卻以他的散文最受推崇。一九九九年企鵝叢書出版英文譯本的博而好思《非小說文選》（Jorge Luis Borges: *Selected Non-Fictions*），編者兼譯者溫伯格（Eliot Weinberger）在序言裏即指出：「二十世紀的英文文學裏，散文只是次要的角色，這情形不見於別的許多語文。散文（在英語世界）幾乎沒有人來評論，而除了述及其內容之外，散文究竟該如何解讀，既無公論，亦無紛爭。目前（在英語世界），散文大致上是以其次屬的文類呈現——回憶錄、遊記、報刊雜文、書評、論文——至於博而好思筆下這種左右逢源的逍遙散文，除了同仁小刊物之外，在一般期刊幾已絕跡。但在非英語的世界，散文的風格變化無窮，日日刊登在報紙的副刊或是有銷路又有水準的期刊上面。」

散文不但在我國的古典文學是主流文類，五四以來，也一直盛行不衰，今日更成爲台灣文學的一大支柱，不但作家輩出，而且讀者眾多，近年更廣受大陸讀者歡迎。然而奇怪的是，儘管如此，散文在台灣的受評量，卻遠遠落後於小說與詩。例如新大系的評論卷，在六十六篇文章裏，論散文的只得八篇，但是論小說與詩的，卻各爲二十三篇與十九篇。

究其原因，也許是散文比較平實，不像小說與詩那麼倚仗技巧，有各種主義、各種派別之類的術語可供運用。以中國的美學來看，詩與小說可以在虛實之間自由出入，相互印證，散文則實多於虛，較少虛實相生之巧。評論家面對本色天眞的散文，似乎無技可施，甚至不值得細究。何況學府出身的評論家大半師承西方評論的當紅顯學，西方既然漠視散文，則學徒的工具箱裏恐怕也難找應付散文的工具吧。

3

新大系的小說卷由以前的五冊減爲三冊，篇幅上似乎是縮小了，但在文類上卻更變化多姿。以前的小說卷，在七十與八十年代的二十年間選出了七十篇小說，原則上都是短篇，最長也不過近於中篇。其實爾雅版出了三十一年的所謂年度小說選，所收也都是短篇。小說的天地非常廣闊，能在其間成爲大師，像狄更斯、托爾斯泰、喬伊斯、福克納者，想必是因爲有長篇的扛鼎力作。儘管魯迅的龐大背影籠罩著中國文壇，論者認爲他提不出長篇小說，畢竟遺憾。畢竟我們還出過曹雪芹這樣的巨匠，不讓中國的文學史大幅留白。馬森召集的編輯小組，不惜投注心血，能在十五年來的長篇巨製裏選出可供觀賞的段落，獨成一冊，多少可以展示我們的小說家裏，有哪幾位對生命與社會有更持續的宏觀。這種更多元更立體的呈現方式，當令讀者視野一寬。這樣的摘取，以前的小說卷也曾偶爾做過，例如李永平的〈好一片春雨〉等兩篇，其實都摘自他的長篇《吉林春秋》。不過這一次馬森在目錄中特別標明，遂覺別有氣象。

馬森在小說卷的序言裏對編選的標準、作者的背景、作品的主題與風格，都有清晰而詳盡的交代，論述的視野兼顧了宏觀與微觀。作者的身份從寬認定：只要能用中文寫出佳作，經常或首先在台發表，讀者印象頗深，評家經常注意，甚至得過大獎，即使身份是外籍，也不常在台灣，仍能得到認定。因此來自大陸的高行健、嚴歌苓，來自香港的西西、黃碧雲，甚至來自馬來西亞而從未在台灣生活的黎紫書，都入了小說卷。但其他各卷就沒有如此「好客」，否則同樣在台出書也受到肯定的作家如余秋雨、北島等，也許亦能納入散文卷與詩卷。

馬森的序言把九〇年代的小說依風格與發展順序分為寫實路線、現代主義、後現代主義三種，並各舉出若干代表人物；結果前兩種風格各約十位，後一種風格獨占二十位左右。但是小說卷入選的作者共有六十七位，可見難以歸類的中間份子仍在三分之一以上。馬森自己也立刻聲明：如此分類「僅指入選的作品而言，並非說以上作家其他的作品皆係如此。同一作家寫出不同美學風格的作品不足為奇，而同一篇作品也可能含容不同的美學傾向。」

台灣的淺碟文化與進口理論的流行交替，令許多英雄豪傑幻覺今是而昨非。新批評、存在主義、比較文學、失落的一代、嬉皮文化……一波又一波此起彼落。所謂「全球化」，不過是美國化加上西歐化而已。「後之視今，亦猶今之視昔。」然則今日以為至善之眞理，未來未必如此。馬森說得好：「荒謬得煞有介事也就是後現代的一種態度。」但這件事情在中國文學裏也不見得沒有先知：《紅樓夢》第一回就說了，「滿紙荒唐言，一把辛酸淚。都云作者痴，誰解其中味？」從卡夫卡的變形到博而好思的迷宮，不都是中國成語的「痴人說夢」嗎？林明謙的〈掛鐘、小羊與父親〉說到興頭上，忽然打岔說：「小說才進行了一半左右，請耐心閱讀。」我們不會立刻想到中國的章回小說裏，說書人早就站到前台來說：「欲知後事如何，且聽下回分解」嗎？

荒謬的主題或是反主題，當然還有滿紙的空間可供夢遊。另一方面，虛無之舟也不妨落現實之錨。藝術之虛實相生，猶如自然之陰陽互替。如果沒有陽間，則陰間未免單調：奧菲厄斯去下界搶救愛妻的故事，必須到陰陽交界才有高潮。因此寫實的小說也不可缺席，否則失去了人間，滿天神佛似乎也有點空洞吧。所以朱西寧、黃春明等寫實重鎮之入選，也頗具「鎮紙」（滿紙荒唐言）之功。我們不免想到在主題上，寫實的天地也還有不少經驗似乎可以開發。根據馬森序中的分析，小說卷中處理同性戀與其相關主題的作品，至少有六篇，而且「文墨華彩，炫人眼目，堪稱一代精華。」令人想起《孽子》一書近日在台灣文壇的風光，不禁歎息先烈王爾德早生百年的遺恨。同性戀曾是弱勢的邊緣經驗，但台灣經驗之中，同為弱勢的目前就有外勞，而同為邊緣的還有台商，兩者各牽涉數十萬人口，值得我們的作家關切。我曾戲言自己近年在大陸出書，版稅不多，卻超過台灣萎縮書市之所得，也可以算是隔海兜售的「台商」了。台灣文友在對岸出書的不少，聽吾此言，當發一苦笑。商場與業界的興衰故事，說得好一樣動聽，茅盾的《子夜》在這方面可惜沒有寫好，高陽的《紅頂商人》卻引人入勝。

白靈爲新大系詩卷所寫的序言，指出這十多年來台灣詩人進入了「不確定」的困境，一方面因多元開放而增加許多「可趁之機」，一方面卻因此承擔更多的焦灼、分割與迷惑。本土化與全球化的壓力都無可避免：意識正確要你走「一條詩路通人心」；全球大勢要你走「條條詩路無不通人心」。前一條路導向寫實，後一條路導向後現代。白靈的序言充滿了危機意識，他認爲老一代詩人株守平面，不肯上網，少一代詩人優遊網路，不肯下網，苦了他中年的這一代有心人有心牽網而無法牽合。所以他懷抱「極大的隱憂」，擔心「印刷路」與「網路橋」終會背道而馳，因爲新世代詩人只相信滑鼠，並不在乎詞句冗長、迴行處處，卻耽於咒語、口語、淺語，把修辭當作兒戲。他更指出，「後現代社會『去中心化』、『消解正統化』後的表現模式：由本質走向現象、從眞實走向虛擬、自深層走向表層、棄所指而追求能指、諷眞理而尋文本的種種特質……與前行代之著重歷史感、價值感、意義性、象徵性的形式化表現有所不同。」

總而言之，所謂後現代的這一切想法、做法，都是要顚覆、架空、丑化所有傳統的價值與秩序，「唯恐天下不亂」。但是它只有消極的拆台，沒有積極的目標，無可無不可，破而不立，只留下共存雜交的殘局，並無革命的興奮。也許革命啦、恢復秩序啦等等都已成了過時的價值，可笑的陋習。然而後現代之含混，也正在它與現代主義之曖昧難分：例如要顚覆傳統之一切價值，早在一次大戰時就已有達達主義了；要在虛實之間出入無阻，乃是步超現實之後塵。只是達達與超現實畢竟還是畫家與詩人憑自身的潛意識來創造，而新世代的詩卻可隨科技的精靈，那滑鼠的誘引，扶乩一般地向虛擬的空間去尋求。

白靈說網路詩之盛如潮，「詩之平民化」當下即可實現。在民主的時代，科技提供了全民參與創作及表演的機會，當然很公平。但機會只是起點而非終點，任何藝術，包括詩，有了星星之火的一點創意，如果未經勤修苦鍊，至於熟能生巧，則只能算是遊戲，還夠不上藝術。遊戲不失為有益健康的發洩，卻不能逕稱藝術，正如卡拉OK的伴唱設備，對於歌喉發癢的顧客不失為可以助興的發洩，卻不能保證他成為夠格的歌手。所以《台灣詩學季刊》半年張網而得詩三千，還有勞蘇紹連效孔子之刪詩，才能去蕪存菁，像平面刊物那樣。

從前普羅文學的理想，不但要求為普羅大眾寫作，甚至提倡由普羅大眾自己來寫，江青的小靳莊文學便是一例。如今網路大開，詩門不閉，在蘇紹連與須文蔚的細心培養下，希望真能出現一些青年新秀。據說上網詩人的年齡很快就降到十二、三歲，他們不去搖頭、飆車，卻來網上飆詩，還是可愛的。不過今日少年開始做許多令人不安的事，年齡也都提早了。

網詩正盛，而前行代的平面詩人竟有不少半途而退，也令白靈深感不安。他在序言中指出，「詩卷續編出版時，才歷經十五年，一九八九年（前大系）版的九十九位詩人竟然已有四十四人不在二〇〇三年（新大系）版的名單上，『折耗率』高達百分之四十四點四。」

我倒要安慰白靈說，到了新大系，前大系入選的散文家九十位中，有五十九位未再續選；小說家七十位中，四十四位退席；評論家六十位中，四十三位不留；至於劇作家十位，則全部換了：其「折耗率」依次爲百分之六十五、六十三、七十一、一百。可見詩人還是比較敬業或是經老，或是轉行不易，繆思的香火算是穩定的了。白靈序中又說，詩人上網之後，女性的比例激增，例如二〇〇一年出版的《九十年代詩選》，八十位作者中女性僅十三位，但同年出版的《詩路二〇〇一網路詩選》，五十四位作者女性即占二十五位。可是在新大系中，他所主編的詩卷，一〇一作者裏僅有二十位女詩人，占五分之一。這比例在新大系各文類之中仍是最低，因爲散文卷七十四位作者，女性占三十二；小說卷六十六位作者，女性占二十六；評論卷六十二位作者，女性占二十三：依次各占二分之一弱、三分之一強、恰好三分之一。劇作家六位，全無女性。與前大系的情況一樣，女作家在台灣文壇，表現最出色的文類仍在散文與小說。但是女學者在評論上的成長値得注意，因爲前大系的評論卷共有五十九位學者，女性僅得八位。

5

散文的半邊天不但有賴女作家來頂住，即連巨人版（一九五〇—一九七〇）與九歌版（一九七〇—一九八九，一九八九—二〇〇三）一脈相承的三部大系，其豐美的散文卷也一直由女作家來主編。九歌版這部新大系亦即續大系的編輯之中，只有張曉風和我是三朝遺老。身爲散文家，她把這篇散文卷的序言寫成了一篇寓知性於感性的散文，是再自然不過的事了。當年她參與巨人版的編務，還未滿三十，卻已夙慧早熟，今日遽稱之爲「遺老」，也未免太「早熟」了，不過在這篇序言裏她俯仰的竟是遲暮，世紀的遲暮，指點的竟是滄桑，文壇的滄桑。一路讀來，我舌底似乎留下了《離騷》的苦澀。

張曉風指出，「這本選集是在台灣大環境十分低迷之際選成的。」她所謂的「低迷」，該是由許多因素造成：或因政治正確的本土化，加上國際接軌的全球化，有意無意將中間的民族文化架空，且在中文程度日降的今天反而要強調全面學英文。或因文學書市蕭條，反而輕薄短小媚俗求銷的出版品當道，不少新進避重就輕，隨機乘勢，上下排行，商業掛帥，廣告與評論難分。或因科技方便，網路暢通，在泛民主的機會均等之下，人人得而爲作家，誰肯耐心苦鍊呢。於是別字何必計較，不通反成「異化」，簡潔、結構、意象、音調等等不過是傳統的包袱。日記與作品不分，練琴室且當演奏廳，遊戲啦，何必當眞。張曉風擔憂地說：「如果沒有書寫，如果不愛閱讀，如果書本成爲上世紀的古董，如果年輕一代只知圖像而不知書香，我們只好招來倉頡，請他把這些美麗的文字元素送到別個星球上去吧！」

科技進步超前，終於會結束或至少削弱平面閱讀與創作的傳統嗎？麥克魯亨早就預言：「什麼樣的媒體就傳來什麼樣的消息。」方式與內容，法與道，是不可分的。張曉風的杞憂正是白靈的警告，但白靈的苦諫似乎帶一點威脅：「年輕一輩詩人……更濃烈嗆鼻式的後現代氣息，如果不把腦瓜子準備好，則只有挨悶棍子的份。」似乎言重了吧，風格與美學的演變畢竟不是政黨輪替，更非紅衛兵呼嘯著破四舊而來。兩岸都可以交流，印刷平面與網路幻境難道要戰爭嗎？

平面印刷的散文、小說、詩，面臨網路的挑戰，但立體的劇場本身也是一個虛擬的空間，施法的對象不是讀者而是觀眾，倒不怕滑鼠入侵。微妙的是，劇本卻是平面印刷，是書，是通向劇場幻境的隧道而已。其關係好像樂譜與現場演奏。所以鴻鴻在戲劇卷的序言裏說：「劇場脫文學之鉤，向視聽藝術靠攏，已成事實。」足見戲劇的創意無論如何微妙，它仍然得下凡來，來劇場與觀眾之間完成其表演藝術的任務，所以也必須借助科技之神功魅力。

胡耀恆指出，「正因為主要的訴求對象比較年輕，近年來的演出愈來愈趨向綜藝……西方兩千五百年的戲劇，每代都運用著當時最先進的科技製造演出效果，卻未曾影響它的思維深度……我們需要誠誠懇懇的想想，是綜藝打擾了深度，或是綜藝只在掩蓋膚淺。」

紀蔚然的序言井井有條，抉出台灣劇場面臨的困境。首先，它被淹於世紀末「眾聲喧嘩」的囂張噪音，面對全球化挾勢淩人的消費文化與文化商品化，一時無所適從。於是劇場借力使力以求寓雅於俗，結果卻是「從俗、媚俗」：劇團老去而觀眾青春不改，「為了迎合年輕觀眾的口味，劇團的走向愈趨反智，愈趨綜藝。」

所幸戲劇卷的編輯小組仍能選出各具創意且又「脫俗」的六部劇本。胡耀恆這樣結束他的序言：「要改變這種情勢，第一是整體經濟好轉，第二是政治掛帥變成文化掛帥。」

胡耀恆以兩廳院主任的閱歷發此感慨，該是鬱卒多年的「行話」。綜觀詩、散文、小說、戲劇四大文類的序言，雖然隔行隔山，各說各話，事先不可能「串供」，但是所道的「瓜苦」，竟然頗有相通。馬森報導後浪之來，比較溫柔敦厚，但也忍不住如此進諫：「不管語言的特殊風格來自方言，抑或來自外語，如果使用得當，的確可以形成個人的風格，增加文字的魅力。但使用翻譯體的負面影響是作品失去民族風味，讀來像是翻譯的小說。設若連人物的行動與夫社會背景都西化到難分中西之境，那眞使創作與譯文難辨了。」

馬森之言，沒有誰比我更贊成的了。記得曾在某新銳小說家的作品裏見過這麼一句話：「他爲自己倒了一杯咖啡。」我只想提醒馬森：一位夠格的譯者絕對不會譯出這樣的句子。至少我不會，楊絳、喬志高、思果更不會。

最有趣的或者（用一個流行的形容術語）最弔詭的是，評論卷的序言卻不言「瓜苦」。在台灣的評論家尤其是文學史家之中，實在罕見李瑞騰這麼博覽、包容而又井然的了。這種三合一的美德，也見於他所推崇的另三位評論家，陳芳明與王德威。這樣的評論家手握文學寶庫的金鑰匙，裏面有多少珍寶他們都曉得，只要是眞品都不會不管，要拿的時候手到取來，因爲早就整理好了。

李瑞騰就是這樣：再複雜的文壇、再兩極的意識、再敏感的時代、再交錯的史料，他都能耐下心來，探索到座標與重心，整理出一個各方都能接受，至少都能忍受的秩序來。他所召集的評論卷編輯小組，要在表面限於十五年而其實來龍去脈牽涉深廣的斷代之中，搭出一個鷹架，一條龍骨，好把文學史、文體論、主題論、作家論等等的論文，各就其位而又互相呼應地列上架去。

其結果便是井然有序的這兩冊評論卷，六十六篇文章分屬總類、小說、散文、詩四組，其論題則從姜貴的《重陽》到白先勇的《孽子》，從台語文學到女性詩學，從散文地圖到副刊大業，從原住民文學到眷村小說，如此的眾聲喧嘩竟然雞兔同籠，不，對位又和聲地包容在世紀末的交響曲裏。正好說明，台灣文學之多元多姿，成爲中文世界的巍巍重鎮，端在其不讓土壤，不擇細流，有容乃大。如果把這兩冊評論卷，甚至整十二冊的這部新大系裏，非土生土長的作家與作品一概除去，留下的恐怕無此壯觀。

8

這部新大系編選得如此精當，而又能及時推出，全要歸功於五個分卷編輯小組的十五位編輯委員，尤其是五位寫序的召集人。比較特別的是戲劇卷，這文類的評論未列於評論卷中，但其三位編輯，胡耀恆、鴻鴻、紀蔚然卻各寫了一篇序言，可補評論卷中之缺席。

當然我們還得感謝，新大系有此充實華美的陣容，全靠五種文類三百零九位作家與學者來鼎力贊助。三百零九乃計人次，一人而入數卷者亦有若干，但僅僅計人亦當在兩百以上，離三百不遠。另一方面，也有不少傑出的作家原應列入，卻爲了客觀的或是主觀的原因成爲遺珠，令人悵憾。有選必然有遺，完美的選集世上罕見。《唐詩三百首》竟漏了李賀、張若虛、陸龜蒙，但是我們無奈漏掉了的作家，英文所謂「缺席如在」（present in absence），對台灣文學而言，其份量當猶勝李賀。

至於對選入的這兩百多位作家，這部世紀末的大系是否眞成了永恆之門、不朽之階，則猶待歲月之考驗。新大系的十五位編輯和我，樂於將這些作品送到各位讀者的面前，並獻給漫漫的廿一世紀。原則上，這些作品恐怕都只能算是「備取」，至於未來，究竟其中的哪些能終於「正取」，就只有取決於悠悠的時光了。

二〇〇三年七月於高雄西子灣

評論卷序

李瑞騰

一

日據時代台灣新文學啓動以後，有關文學的言論之數量非常可觀，在新舊文學之爭以及台灣話文運動，乃至於戰後初期台灣文學的重建議題上，台灣的知識分子各秉其良心與認知，勇敢發言，留下了豐富的文獻資料。多年來，相關的整理與研究，也已累積了許多成果❶，台灣現代文學批評史的前幾章可以說已有初稿了。❷

倒是一九四九年國府遷台以後數年間的文學批評幾已被遺忘，誰還會重拾張道藩（一八九七－一九六八）、王集叢（一九〇六－一九九〇）、葛賢寧（一九〇八－一九六一）、趙友培（一九一三－一九九九）等人的文藝論著，甚至於李辰冬（一九〇七－一九八三）、胡秋原（一九一〇－）、司徒衛（一九二一－）諸位先生的大著，恐亦乏人聞問久矣。

我們當然可以理解，歷史不斷往前推進，人們立足當下，能與時俱進才是重要，豈只前述作者之著作已被束之高閣，就是一九七〇年代盛極一時的新批評之作，今日的新生代又有幾人捧讀再三呢？

但是作爲文學批評史的重要文獻，五〇年代司徒衛《書評集》（台北：中央文物供應社，一九五四）和七〇年代顏元叔的《文學經驗》（台北：志文出版社，一九七二）應該同等重要，張道藩的《三民主義文藝論》（台北：文藝創作社，一九五四）和尉天驄主編的《鄉土文學討論集》（台北：自印，一九七八）皆具研討價值。但是台灣的書籍市場不可能讓這些曾經產生過影響的論著有任何生機，因此它們必須被保存和研究，有效清理史脈，重新加以詮釋。

台灣文學已成學科殆無疑慮，但文學批評一環顯得特別薄弱，中國古典文學研究領域，我們有《詩話叢編》（台北：廣文書局）及《中國文學批評資料彙編》（台北：成文出版社）等叢書可以使用，但面對台灣現代文學批評，學界好像興趣缺缺，實則它和文學史相輔相成，更強烈一點說，寫台灣文學史的人，不管是對思潮的敘述，或對作家的評價，都必須參考其中的論述。

幸好有一些編選家曾致力於此，過去李南衡主編《日據下台灣新文學·明集》（台北，明潭出版社，一九七九）有「文獻資料」一輯；司徒衛主編《當代中國新文學大系》（台北，天視出版公司，一九七九）亦有「文學評論卷」、「文學論爭卷」、「史料與索引卷」；九歌上回編《中華現代文學大系》（一九七〇～一九八九）亦有二冊「評論卷」；正中書局甚至曾出版一套五冊的《台灣當代文學評論大系》（鄭明娳總編，一九九三）；最近幾年台灣且時興「作家研究資料」❸之彙編等，凡此皆可爲有志於觀察台灣文學批評發展歷程的學者提供基本的資料。這也是我們在續編《中華現代文學大系》（一九八九～二〇〇三）時，雖然明知「評論卷」最缺乏市場性，也願意戮力而爲的主因。

二

上回大系的「評論卷」收五十九位評者的六十三篇作品，其中有四位選了二篇（夏志清、葉石濤、余光中、顏元叔），這一回收六十二位的六十六篇，選二篇的也有四位，葉石濤和余光中仍舊，夏志清和顏元叔換成陳芳明和王德威。夏顏兩位曾相互「勸學」❹的前輩學者退離台灣文學批評界，令人遺憾，但陳王愈來愈顯博大，則令人欣慰。王德威在八〇年代末是哈佛東亞系助理教授，評論集只有兩本，但現時已是哥大東亞系教授兼主任，編完麥田出版社二十冊的《當代小說家》❺，評論文集已出到七部，視野寬闊，影響及於全球中文學界。至於陳芳明在離開政壇之後，進靜宜，轉暨南到政大，發展出台灣文學的後殖民論述，已成大家，撰寫中的台灣文學史引人關注。❻

葉、余已逾七十高齡，退而未休，常有論作，普受尊敬。但本卷中最長者是齊邦媛，齊氏被譽爲台灣文學知音，長期向國際譯介台灣文學，評論量雖不多，質精而且極有啓發性。另一位長者是馬森，他甫屆從心所欲之齡，在戲劇及小說的評論上，成果豐碩。

以近幾年台灣流行的年級論輩來看，馬森是二年級（民國二十年代出生）一班，本集中二年級生只二位，另一位是施淑，比較起上回有十五位的情況，可說大幅下降，値得注意。以下將本卷選入的評者依年級羅列如下：

一年級：齊邦媛（一九二四）、葉石濤（一九二五）、余光中（一九二八）

二年級：馬森（一九三二）、施淑（一九四〇）

三年級：張子樟（一九四一）、張素貞（一九四二）、呂興昌（一九四五）、李元貞（一九四六）、陳萬益（一九四七）、陳芳明（一九四七）、蕭蕭（一九四七）、彭瑞金（一九四七）、李敏勇（一九四七）、李豐楙（一九四七）、呂正惠（一九四八）、吳潛誠（一九

四九—一九九九）、何寄澎（一九五〇）、林瑞明（一九五〇）、簡政珍（一九五〇）、鄭明娳（一九五〇）、應鳳凰（一九五〇）

四年級：張誦聖（一九五一）、張恒豪（一九五一）、翁文嫻（一九五二）、李瑞騰（一九五二）、彭小妍（一九五二）、陳啓佑（一九五三）、陳義芝（一九五三）、廖朝陽（一九五三）、廖炳惠（一九五四）、張春榮（一九五四）、王德威（一九五四）、奚密（一九五五）、廖咸浩（一九五五）、林淇瀁（一九五五）、李奭學（一九五六）、游喚（一九五六）、龔鵬程（一九五六）、焦桐（一九五六）、劉紀蕙（一九五六）、陳昭瑛（一九五七）、江寶釵（一九五七）、周慶華（一九五七）、邱貴芬（一九五七）、劉亮雅（一九五九）、梅家玲（一九五九）、施懿琳（一九五九）、孟樊（一九五九）、王浩威（一九六〇）、許俊雅（一九六〇）

五年級：林芳玫（一九六一）、張堂錡（一九六二）、林燿德（一九六二—一九九六）、楊照（一九六三）、范銘如（一九六四）、鄭慧如（一九六五）、黃錦樹（一九六七）、陳大爲（一九六九）、郝譽翔（一九六九）

六年級：李癸雲（一九七二）、楊宗翰（一九七六）

（人名後括弧內數字為出生年）

比較起前卷，所收入的評者變動的幅度很大，可以看出明顯的世代交替，請看下表：

年級	前卷	本卷
一	9	3
二	14	2
三	24	17
四	11	29
五	1	9
六	0	2
總計	59	62

三、四年級在量上的消長是很重要的觀察指標，總的來看，他們是在此三十餘年間台灣文學批評的主力，但三年級人數減少，而四年級卻大幅度增加，不只如此，未再收入者及新增者非常多，三年級中未再收入本卷的有十七位，新增者有十位；四年級中未再收入本卷的有六位，新增者有二十四位，變動極大；至於五年級，原只有一位，現增爲九位，六年級則收入二位。❼

十餘年間文學批評人力的增加，大體相應於台灣文學的顯學化現象，具體表現在台灣文學的設系、設所❽，以及台灣文學在中文系中的學科化，在外文系中文化研究的本土化，課程當然也就愈多元化❾，投身這個領域的學者和以此爲志業的研究生都不斷增加❿，影響所及，有關台灣文學的學術會議此起彼落⓫，在各種開放性的論述空間裡，眾聲喧譁，多音交響。

這相當程度影響到文學批評的方式和內涵，它們常以學術論文的面貌出現，在學報，在論文集，甚至於在文學刊物中，形成一種景觀，反映出台灣文學批評的學術化傾向。

另有一種批評形式，那就是書評，三、五百字到一、二千字，在報紙上有關出版和閱讀的版面上密集出現⓬，評者大多也是學院裡面的教師，對廣大的文藝愛好者來說，應有其橋樑的作用，也是一種導引。我深知其功能，但此次編選，我一如前卷，不作考慮。不過余光中以「序」代評，獨創一種文學批評形式，不能不收，他的學生鄭慧如評《新詩三百首》，長篇大論，有慧眼能識英雄，也就選入了。

不過，倒也並非所有評者都出身中外文系，陳芳明、李敏勇、林瑞明和楊照讀史學，孟樊讀政治、王浩威讀醫學、林芳玫讀傳播、林燿德讀法律。史學既是人文學，也是社會科學，其他的主要是社會科學，跨足文學，自有不同的視角及論證方式，有助於多元格局的形成。

三

本卷所收，主要是關於小說、詩和散文的評論，最多的是小說，其次是詩，散文的評論一向就少；此外，尚有不分文類的總論，有關體制、傳媒、族群、文化等外緣因素與文學的關聯，充分顯示文學議題的多元性。

從文學的活動結構來看，沒有人會反對環境之於文學的影響非常重大，但文學場域的討論還是近幾年的事，張誦聖談「文學體制」，應鳳凰談文藝雜誌與文化資本，林淇瀁討論「副刊」這個文學傳媒，林芳玫分析文學生產組織，都是著眼在文學及其所存在的那個場域的關係，這其實已經是一個文藝的新學科，值得投入大量的人力去開發。

通常這樣的評論必須做文學事實的描述，最重要的當然是材料的獲得，並不簡單，而且焦點稍有偏移，可能就成了出版學、傳播學的討論，這就讓我們想到以現當代文學為主的資料館問題，以及張誦聖所說的「方法學」問題。未來也許我們有必要在這方面多集群智來思考。

而從邊緣上一旦回到核心地帶，台灣文學的根本命題始終都未脫離屬性的探索，日據時代如此，戰後初期如此，七〇年代末鄉土文學論戰以來的文學思潮亦如是，整個八〇年代幾可說是台灣文學正名的過程，其中有歷史的陳因，也有現實的理由，畢竟台灣已走到一個歷史轉折的關鍵時刻，於是我們必須面對有關台灣文學的他者／自我的定位。

眞的是不能不面對，就這樣，曾長期主導台灣文學發展的現代主義與現實主義必須擺在歷史脈絡去澄清，有關文學的台灣結與中國結也必須結合當前的現實去反覆論辯，台灣文化／文學之以「台灣」爲名的原因何在，都會成爲論爭的焦點。把視點放在日據時代，當時的左翼運動及小說中的左翼知識分子的內在精神及行爲表現如何？台灣文人與上海的關係如何？轉移到一九八〇年代末的解嚴前後，小說中「中國身分」如何轉變？作家的歷史記憶在寬鬆的時代氛圍中如何再現？

評論家非常了不起，他們在史線上尋思，把文學擺進去，再結合各種可能的外緣因素，於是，在「海派」的張愛玲影響下台灣文壇如何形成「張派」？五〇年代的「反共文學」難道眞是一種逝去了的文學嗎？余光中和洛夫早期的現代新詩現在重讀能有不同的詮釋嗎？他們拈出了一個又一個的詞彙，釋名以彰義，敷理以舉統，然後出入今昔，以眾多的文學心靈及智慧爲磚爲瓦建構一座座文學巨塔，我誠懇邀請喜愛台灣文學的朋友在台灣文學的大架構下進一步再思考諸如：「台灣文學」、「後殖民文學」、「原住民文學」、「二度漂流的文學」、「同志小說」、「科幻文學」、「新生代小說」、「反共小說」、「張派小說」、「左翼小說」、「女性小說」、「少年小說」、「長篇小說」、「極短篇」、「譴責小說」、「自傳散文」、「女性詩學」、「現代主義」、「現實主義」等等文學術語的內涵。

這些評論常常都是以作家群體爲對象，我們知道所謂的「作家群體」有各種組成的方式與樣貌，在其中，社團和世代是兩個重要的概念，前者如李敏勇筆下的「笠集團」，李豐楙筆下的「新詩社的集團性格」；後者比較明顯的如施淑所討論的日據時代台灣「左翼知識分子」，陳義芝指的「戰後世代」，簡政珍說的「這一代」，甚至於劉亮雅說的「解嚴以來的台灣同志小說」，皆有其世代性格，更寬廣的說，標舉五〇年代、七〇年代、八〇年代的斷代之論，全都指向文學的歷史發展。

不論通貫各代或設定某一歷史時期，不管泛稱文學或特指某一文類，原始以表末，或者鎖定其中某一特／重點切入分析，評論者自有他的選擇，但這些文學史論，我以爲應該是台灣文學寫史的暖身運動。

而群體的觀察，在發現群性的同時，個體的特殊性也必然會彰顯出來，這是一個求同存異的過程，不管用對比，或者類比，或者是在彼此之間去尋找影響關係，所有一切的討論都必須回到文本，換句話說，創作主體及其文學呈現才是論述的基礎，必須尊重他、理解他。

創作主體之所以創作的內外成因極複雜而微妙，但那主體性應該才是根本，於是做爲接受者的評論家，從其主體出發，將創作者轉爲客體，進行文本的拆解與材料、心象的還原，這就是作者論，是文學批評領域的一大範疇。

本卷有二十餘位作家單獨成爲評析對象，或將其寫作史斷代評述，或論其特定文本，或析其某類創作成品，依我看，這些作家早已歷經諸多文學機制的經典化，評論家或有新發現而重新詮釋分析，或將個人的文學表現和背後的思潮結合論述，是實際批評，但也同時是文學史寫作的一部分。他們是：

1. 與台灣似遠還近的張愛玲。
2. 早被定性成反共經典作家的姜貴。
3. 從日據下走出來的賴和、楊逵、龍瑛宗、楊熾昌、葉石濤、王昶雄、吳濁流、鍾肇政、詹冰等。
4. 從五、六〇年代現代主義狂潮中走過來的余光中、洛夫、白先勇、顏元叔、梅新等。
5. 以及稍晚一輩的李潼、蘇紹連、陳義芝、平路、舞鶴、張貴興等。

他們的名字因緣際會被放在一起，當然有編選因素在裡頭，我們能從這一份名單解讀出什麼？這裡面，葉石濤和顏元叔是以文學批評家的身份被評論，合看李奭學〈台灣文學的批評家及其問題〉和孟樊〈新詩評論現況考察〉，正可呼應本文前面對於台灣文學批評的籲求。

四

我們把評論卷鎖定在台灣現代文學之評論，當然無法反映台灣當前文學評論的全景，有關中國古典文學、現代中國新文學、當前大陸文學、外國文學等方面的評論，都未能收入，主要是配合大系所定的時地（一九八九～二〇〇三，台灣）。沒有收入戲劇類，我們覺得很遺憾，因為想選的是有關當代創作劇本的論析，並沒發現比較合適的。

這一次編選「評論卷」，我和我的學生莊宜文一起清理三類資料：一是《中華民國作家作品目錄》（一九九九年版）中的批評人力及其論著；二是從《文訊》每期的「文學出版」中清查這十餘年間所出版的個人評論專著；三是此其間的研討會論文集。我們從中勾選出近百位具文學批評家身份的學者和作家，提交由我個人和李奭學、范銘如兩位教授組成的編輯小組，奭學出身外文系，是芝加哥大學比較文學博士，任職於中研院文哲所，對台灣學界和文壇都很熟悉；銘如中文系出身，留學美國，在威斯康辛大學拿到博士學位，致力於台灣女性文學研究，也從事當代文學的實際批評；我是土產，缺乏國外學術經驗，他們二位完全可以補我之不足，我們三人在一次冗長的討論中將近百位的名單增刪成六十餘位，略作分配，各自負責閱讀部分批評論著，爲能使下回的討論更增加多元的思考，我在宜文協助之下，利用《文訊》的藏書全面初選，以一份「目錄初稿」提交小組，和他們二位選出者合併討論，未決者再經數次溝通，終於確定入選的評者及其作品。

在徵求同意的過程中有少部分作者建議更換文章，我們原則上尊重他們的意見，但也有一些基於整體考量的堅持，大體都在良性互動中決定入選的篇章。

感謝奭學和銘如以其專業熱心參與編輯，宜文一路協助，亦一併致謝。我有幸兩度主編大系評論卷，和諸位先進列名大系編委，甚感榮幸；蔡文甫先生長期的寬容，我銘感五內。

註釋：

❶如梁明雄《日據時期台灣新文學運動研究》（文化大學中研所博士論文，一九九五）、許詩萱《戰後初期台灣文學的重建——以台灣新生報「橋」副刊為主要探討對象》（中興大學中研所碩士論文，一九九九）、翁

聖峰《日據時期台灣新舊文學論爭新探》（輔仁大學中研所博士論文，二〇〇二）以及陳映真、曾健民編《一九四七—一九四九台灣文學問題論議集》（台北：人間出版社，一九九九）等。

❷現今所見台灣文學批評史唯大陸學者的二本專著：古繼堂《台灣新文學理論批評史》（瀋陽：春風文藝出版社，一九九三）、古遠清《台灣當代文學理論批評史》（武漢：武漢出版社，一九九四），不論資料、觀點，或論述架構，皆存有很大的討論空間。台灣年輕一輩的學者以學術論文去整理、研究這方面資料的頗不乏其人，詳見方美芬〈有關台灣文學研究的博碩士論文目錄一九六〇—二〇〇〇〉《文訊》一八五期，二〇〇一年三月）及徐杏宜〈台灣當代文學研究之博碩士論文分類目錄一九九九—二〇〇二〉（同上，二〇〇二年十一月）。

❸大陸有《中國現代作家作品研究資料叢書》、《中國當代文學研究資料叢書》，其編例以《胡適研究資料》（北京：十月文藝出版社，一九八九）來看，內容分成「生平資料」、「創作自述和文學主張」、「研究論文選編」、「著譯年表」、「研究資料目錄索引」等項，極其完備。台灣雖未有這樣的「叢書」，但相類的書有不少，詩人中，林亨泰、白萩、余光中、羅門、洛夫、張默、瘂弦、葉維廉等；小說家中，鄭清文、七等生、陳映真、白先勇等，散文家中，琦君、王鼎鈞、三毛等，都有人為他們編成形式不盡相同的研究資料。近年來有關台灣文學作家全集之編纂，已出版者如賴和、楊逵、王昶雄、張深切、陳秀喜等，亦有不同形式之研究資料，值得參考。事實上，幾乎大部分研究生在從事個別作家之研究時，都會做這樣的工作，資料分散，有待彙編。

❹二十世紀七〇年代中期，夏志清聽說錢鍾書去世了（其實那時還健在），寫了〈追念錢鍾書先生——兼談中國古典文學研究之新趨向〉刊於《中國時報．人間副刊》，隨後顏元叔有〈印象主義的復辟？〉，引來夏志清寫〈勸學篇——專覆顏元叔教授〉，皆發表在《人間副刊》上。

❺王德威為麥田出版社編《當代小說家》叢書，包括朱天文、駱以軍等二十位海內外中文小說家，各集前面皆有王教授所撰之長篇「序論」，剖情析采，開闔之間極具識人之慧眼。此二十篇「序論」今已結集成《跨世紀風華——當代小說二十家》（麥田，二〇〇二）。

❻陳芳明從〈台灣新文學史的建構與分期〉（《聯合文學》十五卷十期，一九九九年八月）開始寫起，迄今已完成十餘章。文章陸續發表，引起陳映真、曾健民、呂正惠等人強力的批判，主要以《聯合文學》為主戰場，亦刊於陳映真主持的《人間叢刊》，最後結集成《反對言偽而辯——陳芳明台灣文學論、後現代論、後殖民論的批判》（台北：人間出版社，二〇〇二）。

❼前卷所收五年級只有林燿德，惜乎已英年早逝矣；本卷六年級收李癸雲及楊宗翰，癸雲甫獲台師大國研所博士學位，現任教於政大中文系；宗翰仍於佛光大學文學所博士班就讀，為全卷之中最年輕的評論者，巧的是他佩服燿德，曾為燿德編佚文集五冊。

❽從一九九五年起的六、七年間，台灣文學設系、設所的爭議已成為台灣跨世紀的重大文教事件。它和一九七〇年代前期的大學文學教育論戰前後輝映，筆者於九十年度國科會專題計畫《台灣文學論爭資料研究》（**NSC 90-2411-H-008-005**）有〈台灣文學設系之爭〉一章，此部分由我的研究生尹子玉小姐負責，尚未正式出版。

❾詳筆者總策畫、封德屏主編之《台灣文學年鑑》（一九九六—一九九九），台北：行政院文化建設委員會出版。《年鑑》中的「名錄」部分詳細羅列有關現代文學的課程資料。

❿見同註❷二篇〈目錄〉。

⓫前揭《年鑑》中的「名錄」部分詳細羅列有關文學的學術會議資料，可參考。另外《文訊》曾於一〇一期製作〈現代文學會議觀察〉專題（一九九四年三月）。

⓬如《聯合報·讀書人周報》、《中國時報·開卷》以及《中央日報·中央閱讀》等。

齊邦媛：一度漂流的文學

齊邦媛

遼寧鐵嶺人，1924 年生，曾在大學講授文學課程，現為台灣大學外文系名譽教授。1980 至 90 年間曾在美國、德國柏林任客座教授。除寫作散文、評論文章外，編譯台灣現代文學作品，出版英文本多種，1992 年至 2000 年曾主編中華民國筆會英文季刊，促進國際文學交流。著有《千年之淚》、《霧漸漸散的時候》等書，曾獲聯合報年度十大好書等。

漂泊一直是文學作品的一個重要主題。廣義看來，古往今來傳世的作品全是探討心靈漂泊與依歸的問題。《詩經》、《楚辭》、西洋史詩、《聖經》等經典之作莫不是人類身心漂泊的永恆紀錄，啓發世世代代的思索。每一個不同的時代和民族都有它漂泊的紀錄。

台灣的歷史是一部漂泊移殖的歷史。鄉土文化中最著名的民歌——「思想起……」即由祖先跨海來台說起。兩百年的坎坷，有說不盡的辛酸。林懷民初演舞劇「薪傳」時，舞者手持香火由人群中走上舞台，觀眾席上不分省籍，涕泣相迎。然而，自一九八七年底開放赴大陸探親，政黨開放以來，許多新的感情關懷與思考角度漸次展開，許多族群也面臨了新的困境。

純文學作家（在今日已漸稀有）慣於說不懂政治，也努力劃清與政治的糾葛。但在今日台灣亦漸已不容人對政治趨向作鴕鳥式躲避。文學史的分類首先逼人而來，政治開放與本土化的浪潮似已漸漸將一些穩居文壇的作品，如五十年代被稱之爲「反共懷鄉文學」沖至邊緣地位。一九四五年開始推行中國語文初期，大陸來台的作家，由於語文的優勢，發表的文學作品較多，並非全由政治因素主導。當年的題材多數圍繞著現實生活的艱苦（所謂「克難」階段），對大陸家鄉的懷念和對反攻復國的盼望。六〇年代現代文學派擴展了寫作題材和技巧的範圍；七〇年代以後鄉土文學因本土作家語文能力增強而漸成文壇主流之一。一些曾經深得青年讀者喜愛且曾有相當影響力的作品，如今「讀起來好像是別的國度裡的風花雪月了」。

令人悚然心驚的是「別的國度」這個說法。由此想到因政治而區分的文學國度問題。想到一些作品可能面對二度漂流的命運（漂流常是漂泊的開始）。最顯著的例子是張愛玲在文學史上的歸屬問題。

在中國大陸以外地區，張愛玲被多數評者認爲是二十世紀中國最優秀、最重要作家。但在文學史上，至今不知她屬於那裡？她生長在上海，以中文寫作，作品最初刊載於上海的《萬象》、《雜誌》、《天地》等月刊，一九四三至四五年間已是著名作家。抗戰結束，大陸變色，她於一九五二年去香港，兩年後移居美國至今。她的作品多在香港與台灣出版，四十年來數代讀者都是她熱誠的支持者。但是除了一九六一年秋天她曾來台灣作過十多天私人訪問外，未曾居住台灣。她的作品大致可分爲兩類：一種是所謂「閨閣小說」，多數是寫一九四〇到五〇年代上海洋場沒落貴族的頹廢和細膩的愛慾糾葛，幾乎全收集在短篇小說集《傳奇》中（後增訂爲《張愛玲短篇小說集》，自一九六九年起由台灣皇冠出版社不斷印行）。原在上海的《亦報》連載（一九五〇～五一）的長篇小說《十八春》（稍加改寫後，一九六九年在台北出版，改名爲《半生緣》）；一九四三年寫香港的〈傾城之戀〉也收在短篇小說集中。另一種是所謂的「反共小說」，如《秧歌》與《赤地之戀》——這兩種作品因爲政治立場與意識形態而不能見容於中國大陸，過去四十年幾乎全被忽略與否定。近年來縱偶有論及她的學術論文，也只肯定她的文字藝術而已，內容即使不是禁忌，也是毫無好評的。所以她在中國當代文學史上尚無應有的地位。她既不屬於大陸的中國文學史，又未在台灣居住，而不便被列入台灣文學史，在美國數十年間又並無著作，很難被稱爲「海外華人作家」，那麼，張愛玲這種重要的作家屬於那裡？何時才能停止漂流？

最早也是最有效肯定張愛玲文學成就的，當然是夏志清。他的《中國現代小說史》英文本初版於一九六一年，應是第一本向世界文壇及學術界詳細介紹五四運動以後重要作家的文學史，他相當詳細地評介說明爲什麼張愛玲是「今日中國最優秀的最重要的作家，——但也有人抗議，覺得我把張愛玲捧得太高，給她的篇幅太多（四十二頁），論魯迅的書籍有數十種，而張愛玲在一般中國文史上是不列名的。」夏志清首先指出張愛玲小說裡意象的豐富，在中國現代小說家中可以說是首屈一指。「她的視覺的想像，有時候可以達到濟慈那樣華麗的程度。……自從《紅樓夢》以來，中國小說恐怕還沒有一部對閨閣下過這樣一番寫實的功夫。……她的意象不僅強調優美和醜惡的對比，也讓人看到在顯然不斷變更的物質環境中，中國人行為方式的持續性。她有強烈的歷史意識，她認識過去如何影響著現在——這種看法是近代人的看法。」

夏志清進一步以《金鎖記》為例，論到張愛玲對於人和人之間的微妙複雜的關係，把握得十分穩定；她刻畫所謂上流階級的沒落和腐化可說是入木三分，但她對於普通人的錯誤和弱點，有極大的容忍，「她的同情心是無所不包的。」他對人類沒有錢鍾書那種理智的鄙視，……「她的諷刺並不懲惡勸善，它只是她的悲劇人生觀的補充。」

但是張愛玲得到夏志清的最高讚美的是她的長篇小說《秧歌》和《赤地之戀》，「作為研究共產主義的小說來看，這兩本書的成就，都非常了不起，因為它們巧妙地保存了傳統小說對社會和自我平衡的關心……既沒有濫用宣傳口語，也沒有為了方便意識形態的討論而犧牲了現實的描寫。……她是以人性——而非辯證法——的眼光去描寫共產黨的恐怖的。」《秧歌》的文字風格比較樸實，但作者擅用的象徵手法在此仍是處處可見。農村社會、天倫之愛、人與人間的依存與忠誠都以最感人的方式訴諸讀者內心感受。短短兩百頁涵蓋了受殘害的人生許多型態，不僅是農民的，還有共黨幹部，如村幹王同志，雖然有二十年的黨齡，卻因「趕不上形勢」而鬱鬱不得志。張愛玲寫到他的往事時，筆端充滿同情，文字幾乎是詩意的。村幹的職務令他開槍射殺搶糧的村民，但內心的不安卻彰顯強烈的人性。

夏志清以譴責共黨殘害人性作結語，目前或未必全然令人信服，但是在書成四十年後的今天，乃至將來的讀者，若從人性的悲劇觀或命運支配論的悲憫角度讀它，且注意它的故事布局、文字技巧，當可了解它流傳的價值。在台灣數十年來「張迷」甚多，她細膩、充滿引人遐思的意象的文字尤是許多寫作者傾慕的重點。受張愛玲風格影響最著名的如朱西甯及三三書坊的年輕作者等，他們在題材與氣勢上多有超越且已各有成就。數十年來尚有若干仰慕者前往美國冀望一見張愛玲眞面目而不果。每逢有她當年在上海小報的作品而未收入文集者，一旦被發現登在報端，必引起相當注意，媒體稱之為「張愛玲震撼」。

但是即使在台灣，不受震撼而提出批評意見者亦不乏人。一九七三年林柏燕在〈從張愛玲的小說看作家地位的論定〉一文，肯定她是兼有女性細膩的觸覺及理智批判的女作家；在古典與現代之間經身世與生活洗煉，使她的小說在風格上呈現一種文壇上罕見的交乳狀態；她是五四以來，對這個青黃不接與動亂不止的大時代有所感觸，而又能發揮的典型才女（這些肯定的話中，一再提到她是女性）。但是並不同意夏志清所用「最重要，最優秀」的「最」字。他認為「張愛玲的小說能否禁得起時間的考驗，此時此地未免言之過早。……作家身價的認定，最後的價值判斷者，則是偉大的『時間』。……眞正的聲音，要來自作品本身。」在〈大江東去與曉風殘月〉文中他冷靜的立論回應水晶那份出於偏愛的「狂喜」的評法，認為姜貴、白先勇、司馬中原、鍾肇政、李喬、王禎和、黃春明等作家都反映了「二十年來自由中國的文學」（至一九七三年）心態。「張愛玲是屬於更圓熟的、綺麗的、纖細而頗具慧心的一型，而台灣的有些作品，其赤裸裸而更親切的題材與意識就不是張愛玲所能表達的，因爲張愛玲在意識與空間方面有所隔閡。」簡言之，林柏燕認爲作家固然不必須有「使命感」，但張愛玲的時代感也很薄弱，不宜稱其爲「最重要作家」。一九七六年台灣大學數學系教授唐文標出了一本《張愛玲雜碎》，當然，這個書名是含著自謙與嘲諷的意義。以道德主義的批評，強烈地嘲諷作品的內容，是相當不公平的。林柏燕與唐文標的評論中都未提張愛玲眞正重要的作品《秧歌》。

討論張愛玲的藝術價值而不深談《秧歌》似乎衹看到人像的半身，如果只靠她的早期小說的藝術成就，張愛玲可以早日還鄉，被今日大陸中國文學史家歸類爲淪陷區文學、租界文學、頹廢舊社會文學等等。譬如饒芃子與黃仲文在一九八八年第三屆全國台灣與海外華文文學學術研討會的論文〈張愛玲小說藝術論〉即重複地肯定她的文字技巧，認爲大陸文學讀者對張愛玲和她的作品都很陌生，「這無論是從研究還是審美的角度來說，都是一個損失。」文中提到《秧歌》和《赤地之戀》寥寥數行，衹說他們讀時「卻明顯地感受到作者對她筆下描寫的生活並不熟悉和了解，《秧歌》的問世，只能說明張愛玲的小說題材有了新的拓展，在藝術上卻很難說對她的過去有什麼新的超越。……《傳奇》才是張愛玲眞正藝術成就之所在。」這篇論文大約是在兩岸開始交流時開放的氣氛中所作，很可能是大學學術界對張愛玲最溫和的評價了。在此友善的接納中，張愛玲似乎可以作品還鄉了。

但是，僅以半身還鄉又有何意義？文學史若論張愛玲而不談《秧歌》即看不到她完整的藝術成就。台灣的讀者可以比較客觀地看到一個與寫《傳奇》時不同的張愛玲。過完了她創作的高峰一九四三年，上海開始嘗受戰爭的威脅，占領者日本人開始衰敗，聲色犬馬的十里洋場也面臨了盟軍轟炸的恐怖，許多人考慮離開這城市。她在一篇散文〈我看蘇青〉裡以很含蓄的文字說她對世變人生的憂慮，在樓頭「看到元宵的月亮，紅紅地升起來了。我想到：『這是亂世』……我想到許多人的命運，連我在內的，有一種鬱鬱蒼蒼的身世之感。『身世之感』普通總是自傷、自憐的意思吧，但我想是可以有更廣大的解釋的。」對於任何一個敏感的心靈，家國之變都有催化成熟的作用。張愛玲一九五四年出版《秧歌》時，已經由中共占據的上海逃到了香港，飽歷風霜，身心都已漸入中年。她對政治固然未必涉入甚深，但是正如她在《秧歌》的「跋」所說，書裡的人物雖然都是虛構的，事情卻都是有根據的。隱地在〈張愛玲《秧歌》〉文中指出，作者在寫此書之前曾在鄉下住了三、四個月，那時候是冬天，而〈秧歌〉的故事，從冬天開始，也是在冬天就結束了。這些農民挨餓而產生的片段悲慘故事，「放在心裡帶東帶西，已經有好幾年了，現在總算寫了出來，或者可以讓許多人來分擔這沉重的心情。」以此沉重心情，《秧歌》寫的是一九五〇年左右上海近郊一個村子，共產黨占領初期村民因缺糧而生的悲劇。胡適讀後寫信給作者說：「——此書從頭到尾寫的是『飢餓』——書名大可題作『餓』字，——寫的眞細緻、忠厚，可以說是寫到了『平淡而近自然』的境界。」此書之出證實了一個傑出作家的觀察面的拓展，見證了她更成熟寬厚的人性關懷。台灣的文學批評者曾有多篇超越「反共」觀點之作：許家石在〈《秧歌》裡的中國農民〉中指出，中國農民始終是傳統下一群忠實的生活者，而非搖旗吶喊者，「此書令我們感動、感傷，比如農民對愛的保留，對糧食一種毫不自私的感情，對土地的深刻熱愛與曲意迴護，以至於他們怎樣生活，怎樣受苦，以及怎樣死亡，對於這種傳統中國在文化上的眾趨人格模式……還沒有一位現代的作家或知識分子，給予如此細膩的同情。」康來新在〈《秧歌》中的情與景——兼談其時代感〉中分析此書繪製意象之精彩；使用對照方式加深敘事效果之妙，以種種具體的例子闡釋了《秧歌》的藝術成就。曾以《野火集》燒遍台灣文壇的龍應台在〈一支淡淡的哀歌——評張愛玲的《秧歌》〉開篇即說：「如果史坦貝克的《憤怒的葡萄》（一九三九年初版）仍舊在大學的英文系裡當作經典之作來討論，這本薄薄的《秧歌》在我們的記憶中就應該有一個尊貴的地位。張愛玲的許多膾炙人口的作品——譬如《半生緣》——只是引人入勝的言情小說而已，沒有什麼深度可言。淡淡的《秧歌》，卻絕對是一部『世界級』的藝術品。……《秧歌》的層面就從對一個政權的批評，提升到對制度的批評，更提升到對基本人性的批評。……作者對人性的成熟的了解給了它深度，作者的技巧賦予它獨立自主的藝術生命。……是每一個與土地共生死的人的一支哀歌，是張愛玲為中國農民立的一個小傳。」因此她認為不能只稱它為反共小說。

葉石濤的《台灣文學史綱》第四章，〈五十年代的台灣文學〉中有一段談到張愛玲，只討論《秧歌》，認為她「以女作家特有的細膩觀察描寫農民瑣碎的生活細節，當然也沒有口號式的誇張批判，卻反而把共產統治下的農村寫活了。」對於她小說中音樂的節奏、色彩的氾濫、嗅覺、觸覺等官能描寫都有肯定。

三十年來，台灣、港、澳與海外評張愛玲的作品甚多；慕她文采的「張迷」人數似乎並未因時代變局而減少。但是無人能將她定位為台灣作家。而由於《秧歌》對大陸共產政權的控訴，她全身還鄉的路也是崎嶇遙遠的。

正如柯靈先生在〈遙寄張愛玲〉文中所說，「中國新文學運動從來就和政治浪潮配合在一起，因果難分。五四時代的文學革命——反帝反封建，三十年代的革命文學——階級鬥爭，抗戰時期

——同仇敵愾，抗日救亡，理所當然是主流。……無形中大大減削了文學領地。……偌大的文壇，哪個階段都安放不下一個張愛玲。……張愛玲不見（容）於目前的中國現代文學史，毫不足怪，……往深處看，往遠處看，歷史是公平的。張愛玲在文學上的功過得失，是客觀的存在，認識不認識，承認不承認，是時間問題。」這一席話應能安慰不止張愛玲一個漂泊的作家。

終會有一天，中國文學史家能不再持正確路線（Politically Correct）爲立論根據，而承認張愛玲對當代小說創作成熟過程所作的貢獻。這數十年的漂流反而爲她與純文學的讀者間建立了有思考迴旋餘地的美感距離，而有助於未來的定位。然而當年與她差不多同時離開大陸，漂流到台灣的「反共作家」卻面臨另一個政治浪潮——台灣本土化——的衝擊，可能被放逐作二度漂流。他們初來台灣之時，拔根之痛猶新，家園印象鮮明，政府鼓吹的反攻復國希望尚未幻滅。在這段懷念，盼望至失望的十年間，大量的同型文學作品出現於報章雜誌，被統稱爲「反共懷鄉」文學。筆者所見大陸編印的《現代台灣文學史》（遼寧大學出版社，一九八八年出版），和一九九二年台北稻禾出版社以繁體字印行的廈門大學台灣研究所編的《台灣新文學概觀》都統稱爲「戰鬥文學」。這「戰鬥」二字來自當年政府提倡的「反共抗俄」口號，也來自五〇年代中葉對逃避現實的色情、異色作品的撻伐運動；在台灣很少有人作此分類。即使眞正的軍中作家的作品也並非都是「戰鬥文學」，而「反共懷鄉」作品也絕非無病呻吟。除了質量豐富的新詩外（詩人瘂弦、洛夫、辛鬱、管管等），有一些小說由於藝術價值和題材的歷史意義而傳誦數十年而且必可傳世的，如姜貴的《旋風》和《重陽》、陳紀瀅的《荻村傳》、潘人木的《蓮漪表妹》、朱西甯的早期短篇小說如《旱魃》、《八二三注》等，司馬中原的早期短篇小說和《荒原》、《狂風沙》等，情意深摯引起廣大共鳴，也曾給青年作家相當影響。但是他們在這個不幸以政治掛帥的世界，既被貼上「反共」標籤又被責爲「壓根兒不認識這塊土地（台灣）的歷史和人民」，在大陸和台灣的文學史中都找不到有尊嚴的地位，將只有作一九四九年辭鄉後的第二度漂流了。

首度漂流時，他們有幸來到台灣，喘息初定之時，對倉皇辭鄉的因果全感茫然。敏感的文學心靈就好像在灰濛濛的曠野中奔跑，寫作是他們悲情的昇華，由筆端呼喊著家人的名字。五〇年代的台灣，物質生活普遍艱苦，隨軍來台的人，上無片瓦，下無寸土，切斷了家鄉的音訊，也尚未看到未來的道路，天地都是灰濛濛的一片混沌。多數人在爲基本生存掙扎，買一張書桌都是奢望。

姜貴在台灣居住三十二年（一九四八—八〇），大半的時間是窮困潦倒，孤單寂寞地獨居在鬧市陋室，而他的《旋風》記錄了中華民族驚心動魄的變革歲月中（大約是一九四三到四五年間）山東方鎮被土共進占的前因後果。抱持著愛國理想的知識分子與人慾橫流、腐朽的舊社會同樣在革命無情的旋風中被摧毀。這樣的故事，在五〇年的文壇原非新鮮事，但是姜貴此書的布局、文字、情境的闡述都有渾厚精深的獨到之處。譬如他以方冉武娘子的命運作封建地主方家故事的主線串穿全局，呈現那種大家族的形形色色醜態，許多生動的插曲增添了敘事的可信性。如第十章寫泥水匠陶祥雲偷少奶奶繡花鞋被打，引起他的不平而落草爲寇，作爲日後與土共合流回鄉報復的伏筆。這隻繡花鞋眞可說是現代文學中意義最豐富的象徵物之一了，它將中國文化中最醜惡的纏足制度下女性所受凌辱，男性社會中的污穢庸俗全用錦緞繡花遮蓋住了。《旋風》講了許多眞實的，令人難忘的舊社會掌故，充滿了中華民族歷史上種種令人涕泣無從的黑暗往事。可以說，它甚至有助於解釋共產黨爲什麼會在中國奪得政權。

也許正是這個原因，《旋風》的初稿被幾家出版社、報社、雜誌社退回。歷經六年後，姜貴自己慶祝五十歲生日籌了一點錢印行五百本出書，先以《今檮杌傳》寄贈文壇人士，得到很好的迴響。胡適給他寫的一封鼓勵讚佩的信，也啓發了夏志清在《中國現代小說史》以全章篇幅討論姜貴的《旋風》和《重陽》，稱他爲「晚清、五四、三十年代小說傳統的集大成者」。

一九五九年此書正式以《旋風》爲名出版時即以胡適的信爲序，扉頁上且印了兩行詩：「蒼苔黃葉地，日暮多旋風」。此書出後曾有許多精彩的文評，最著名的如高陽的長文〈關於《旋風》的研究〉，但是由於至今仍不明朗的理由，《旋風》曾遭到禁止發行的命運，至今未見有重印本。

這一本被歸類爲「反共懷鄉文學」或「戰鬥文學」的《旋風》在並無蒼苔黃葉情境的台灣；在「人民大革命勝利」的大陸，遭受的可能是相同的放逐命運。遼寧大學的《現代台灣文學史》和廈門大學編寫的《台灣新文學概觀》對姜貴的「反共」立場大加攻擊，卻都無一句論及作品本身文學意義。前者以兩頁篇幅斥責姜貴對共產主義的無知和偏見，說他「強加於人民群眾頭上的種種罪惡，都會使稍微了解歷史眞相的讀者感到震驚」。後者只用了五行即結束了姜貴：「《旋風》的主題『反共』，材料虛假，把中國共產黨領導的人民大革命的勝利污蔑成『終必像旋風般的煙散失敗』。」

讀到政治意識形態如此濃烈的「文學史」眞令人目瞪口呆。不知執筆者是否讀過原作？根據何等資料，採取那種角度評論台灣文學？大陸學術界是否能接觸到官方資料和少數私人接觸以外的信史？

姜貴與《荻村傳》的作者陳紀瀅到台灣定居時都已中年。漂流來台之前已親身經歷中國許多災難。那飽受戰爭、天災人禍的方鎮和荻村本是他們世代居住的家鄉。在漂流中為家鄉立傳，「每一個人的心中都有一個荻村，無數個荻村的接壤即是中國。」這些典型的中國農村確曾經過那樣的傷痛、恐懼與絕望。隔海追憶，對於那片土地與人民，作者心中應是充滿了關懷與悲憫，而不是怨恨和仇視。對台灣小說創作至今仍有影響的朱西甯與司馬中原孤身來到台灣時只有十多歲，是家人託付給軍隊帶往自由世界的「種子」。離家時對家鄉的人與事原無深切的印象，反而不受寫實的羈絆，可以從容地作藝術的建構，因此朱西甯得以寫出以大陸為背景的藝術精品，〈鐵漿〉、〈狼〉、〈冶金者〉、〈破曉時分〉等短篇小說；《旱魃》等長篇小說；司馬中原寫出《荒原》、《狂風沙》等長篇小說，三十年來影響了無數有志創作的文藝青年。司馬中原擅長經營故事，每個故事裡都有一二位智勇過人俠客式英雄。《荒原》也有配合時代情境的故事和這樣的英雄，情節進展頗有可讀。但是此書最有價值之處是它寫景抒情部分。它的眞摯優美是任何政治路線的時代都不能忽視或長久湮沒的。

寫景抒情本是純文學特長之一，但並不易精，佳作因此不多。司馬中原在《荒原》、《狂風沙》和他「鄉野傳說」系列的短篇小說中每逢寫到鄉土，文字立刻變得溫柔纏綿，那怕前一段還在寫浴血交鋒的場面。英國文學史稱十七世紀宗教詩人赫伯特（George Herbert）的詩是「寫給上帝的情詩」。《荒原》和《狂風沙》等書也可稱之為漂流懷鄉的作家「寫給故鄉的情詩」了。五十年前將淮河紅土地燒成荒原的那把大火，隨著他漂流、棲息（也許會再度漂流），至今似乎仍在人心中炙熱地燒著。寫《亞細亞的孤兒》的吳濁流已經還鄉，被奉為宗師；寫《寒夜三部曲》的李喬仍安居在蕃仔林山下。而在台灣被稱為「別的國度的風花雪月」，在大陸受摒棄的「反共」「戰鬥」文學何去何從？新的孤兒正在生成中。

在美國生長、受教育的艾略特（T. S. Eliot）當年無端地移居英國（既非避難，又非為求學），他的經典之作長詩〈荒原〉引為現代社會象徵的河流竟不是他生長之地的密西西比河，而是倫敦的泰晤士河。但是至今英、美兩國的文學史上他都居於重要地位。喬伊斯（James Joyce）二十二歲離開家鄉都柏林，終身未回愛爾蘭定居，但是他在瑞士、巴黎寫作時，所有書中皆以童年人物、背景為依據，至今在他逝世半世紀後，前往愛爾蘭追尋他書中人物足跡的讀者仍不絕於途。而他寄居半世紀的巴黎，埋骨的瑞士也都以他為榮。

大陸文化大革命後的「傷痕文學」初傳至台灣來，阿城、張賢亮、莫言、余華等人的作品也曾傳誦一時，成為研討的焦點之一（筆者尤其讚佩張賢亮的《綠化樹》，其精鍊之文字，配合苦難與困頓的人生情境與《秧歌》有相似的感人深度），因資料隔閡，不知大陸文學批評如何對待傷痕文學作家？六四天安門後漂流域外的作家何時還鄉？

劉再復在《漂流手記》自序〈漂泊的故鄉〉中說：「我在另一個世界裡又發現了故鄉，這個故鄉，就是漂泊的故鄉。……我雖然漂流到國外，但祖國的文化就在我身上。……我的根不僅連著莊子的鯤鵬與蝴蝶，也連著海明威的老人與海。泉水、蝴蝶、海、王子、美麗的藝術之星，伴隨著我作精神的流浪，他們全是我的漂泊的故鄉。……其實，到處都有漂泊的母親，到處都有靈魂的家園。」有此心靈境界，暫作漂泊又何妨？

文學的終極關懷絕不該是支配性的政治，而是心靈的處境和人性的趨向。只要有此關懷與藝術造詣，作品才能在時間的淘汰下傳諸後世，找回更多單純、有口味的讀者。讀古史搥胸，讀「春花秋月何時了」下淚的讀者，何嘗有什麼「路線正確」的立場？

——原載一九九三年六月廿六～廿七日《聯合報》，選自九歌版《霧漸漸散的時候》

葉石濤：

接續「祖國」臍帶後所目睹的怪現狀

——台灣人的譴責小說《怒濤》

葉石濤

台灣台南人，1925 年生，曾任小學教師多年，現已退休，獲頒成功大學榮譽文學博士。作品主要是小說和評論。著有評論《追憶文學歲月》、文學史《台灣文學史綱》、小說《紅鞋子》等八十多部。曾獲中國時報文化貢獻獎、台美基金會人文貢獻獎、高雄縣文學貢獻獎、府城文學貢獻獎、中國文藝協會評論獎、榮譽獎等。

一

在台灣四百多年來的歷史中有幾個重要的關鍵時刻，這些關鍵性時間指的是朝代的變換。一個朝代的變換不但引起龐大的不同族群的移動而接著來的更是巨大的時代、社會的蛻變。台灣固有的先住系族群不得不接納入侵而來的外來民族或難民、新移民，使得台灣固有的政治、經濟、文化、道德價值系統有激烈的改變，許多新生事物的產生。這樣的關鍵性時刻在台灣歷史上曾經發生過好多次；譬如荷蘭東印度公司的殖民台灣，明鄭的驅逐外來統治者——荷蘭，滿清的收納台灣於版圖之內，以及一八九五年（清光緒三年）甲午戰爭之結果，台灣成爲日本的第一個殖民地。然而在台灣作家的大河小說中，例如鍾肇政的《台灣人三部曲》，李喬的《寒夜三部曲》以及東方白的《浪淘沙》裡出現的大多是日本人殖民台灣，亦即領台開始的台灣義軍的武裝抗暴，直到日治時期的種種台灣人被壓迫的生活現實爲其主要描寫題材。

然而離我們現代台灣人的生活最接近的四十六年前的歷史上最關鍵的時代，即日本戰敗以至於台灣重新接續「祖國」臍帶的「光復」，以至於動亂混沌的二二八事件，白色恐怖的五〇年代爲主要描寫的小說並不多見。台灣四十多年的威權統治使得台灣作家不敢染指此類題材，可能是最大原因，但是大多數的年輕一代作家並沒走過這個時代，又在閉鎖的時空裡，未能一窺事實眞相，不敢下筆都是構成理由之一。台灣戰後第一代作家在青春時代，都曾遭遇過這史無前例的殘暴時代且擁有個人的直接經驗，把這台灣人遭受浩劫的血跡斑斑的歷史事實予以藝術化，刻畫台灣人毫不屈服的抵抗精神，應該由年老一代的台灣作家來擔任。以前那客家「硬頸」精神十分堅強的吳濁流曾經寫了〈無花果〉、〈台灣連翹〉，以個人生活的自傳性紀實的形式，報導了光復前後台灣人悲慘的處境，但由於吳老的這兩部作品是自傳性報導的關係，展延性並不太夠，只能通過吳老個人的眼睛去凝視及分析大都市裡台灣知識分子的見聞，無法捕捉到整個台灣城鄉的普遍現象，自有它的局限性。這也是自傳性散文這種形式的作品的限制所致。台灣光復前後的世相應該用批判性寫實主義的手法去呈現，而且這關係到整個台灣命運的前瞻，所以必須用長篇小說的較客觀而刻畫細緻的形式去完成才是妥當的。

鍾肇政的《怒濤》是戰後第一代作家把他的「祖國經驗」，把青春時代的悲慘歲月予以小說化的最扎實的長篇小說。它直接承繼了吳老的大作《亞細亞的孤兒》這部民族史詩的傳統精神，一面批判來自中國的新統治階級的醜惡面貌，一面描寫了台灣人淪爲被殖民命運的苦難歲月。小說的舞台橫跨城鄉兩個地域，小說中出現的人物突出了各階層台灣人的典型人物，這篇小說可以說有其台灣這塊土地的整體性及普遍性，也有這苦難時代各種台灣代表性人物的特殊遭遇。但，這長篇小說要強烈地透露出來的訊息卻集在一個焦點——台灣人認同爲中國人過程中的抗拒、受辱及挫折。台灣人在三百年來的外來民族的統治中，大半的人都認同於他們是漢人這一個血緣的號召。當然認同自己是漢人不等於認同是中國人。一個民族組成國家，血緣是重要的因素，但並非決定性的因素；否則美國也就不會脫離英國而獨立。此外，社會結構、經濟、文化、道德價值系統以及命運共同體的觀念，也都是重要因素之一。光復時的台灣人原本有熱烈的意願重新回到「祖國」懷抱的，可惜從中國來的統治者輕視台灣人，摧毀了台灣人美好的固有倫理，使台灣人再淪爲「同胞」的奴隸，這動搖了台灣人原本懷有的認同感，使得台灣人離心離德以至於爲生存而不得不起義抗暴，「二二八」於焉發生。鍾肇政的《怒濤》把這認同感從高昂刻畫到低落，都用當時曾經在社會上發生過的現象的細微末節予以呈現，認同感的徹底毀滅是基於台灣人對中國統治者冷靜而仔細的評估所產生的批判。對中國人充滿虛僞的內心結構的認識，導致對他們的腐敗墮落的生活發生譴責，這憤怒和譴責無處發洩，鬱結在台灣人日常生活中的細節中，使得休火山一碰到稍微的地殼變動就噴火岩漿四處亂流，一發不可收拾。光復後的台灣人心身受到極大創傷爆發爲「二二八」事件，而後台灣人的土地一片黑暗，台灣人沒有辦法再擁有理想和文化意識，變成對政治既冷感又麻木的一群死魂靈，任統治者欺壓、剝削、苟延殘喘。

這事實的眞相從來沒有一個台灣作家從正面予以挑戰，予以譴責和控訴。鍾肇政敢於挑戰這種題材，這充分表示作爲台灣首席作家的他不屈不撓的作家精神。同時《怒濤》這部長篇小說也繼承了一九二〇年代發軔的台灣新文學運動的傳統精神，亦即發揚了台灣人優美的固有倫理，井然有序的道德價値系統，特有的文化模式，堅強的抵抗精神及法治思想。這部小說批判新統治者統治政策的各種醜陋面，深入到中國人內心思想予以剖析都有細膩的表現。不過最大的成就恐怕是它繼承台灣弱小民族創立的文學體系，亦即譴責小說的精華。它譴責了新統治者的無知和殘忍，難能可貴的是又回過頭來譴責了自己同胞的「三腳仔」式的卑鄙勾當。鍾肇政的《怒濤》要爲台灣人討回公道，它要爲「二二八」事件的受難民眾尋求公義，這樣的作家精神的確符合了作家描寫人類困境，爲弱者呼籲的人道精神。

二

日本戰敗，「回歸祖國」懷抱所帶來的是大量族群史無前例的移動。往日威風凜凜的日本統治者約有三十多萬人依依不捨地被遣送回日本。他們中的一部分是「台生」，已經不認知故園日本本土，也很難適應故鄉的生活了。陳儀不採用台灣人爲官，卻把過去日本官僚的一部分留下幫助他統治台灣，這激起了台灣人的反感。但大多數殖民者的確離去，日本殖民統治隨著日本人的被遣送也告了一段落。這是「光復」時大量異民族被迫離開的歷史現實。但是除日本人離開之外，台灣的土生土長的族群並沒有移動；新遷移過來的新族群倒是不少。

代替日本人而成爲新統治者的中國軍民，依附國民黨權力機構如潮湧般流進台灣，其數大約二百萬到三百萬。除去惡質的黨政官僚和接收官員之外，還包括了素質不良的軍隊，給淘金夢弄壞了頭殼的三教九流，以及唯利是圖的財閣及其亞流的買辦，以征服者的姿態從海空兩途陸續來到「傷心之地」的台灣。就是這些人直接間接地迫害了台灣人，使得台灣人不得不起來展開全面抗暴的。當然由中國來台的新移民不全是壞人，充滿改革理想的一部分中國來台的經濟改革者及知識分子也曾經夢想過在這傷心之地重新建構民主、自由體制的新國家，但這些人後來在五〇年代的白色恐怖時代被囚禁、被放逐、被屠殺。

除這大量中國移民者外，在日據時代因各種原因離開故鄉的台灣人也結束了漂泊的生涯返回故國台灣。曾經到日本留學的台灣人菁英的留學生，爲建設民主、自由的台灣的希望而輟學回來；被日本殖民者徵用到僞滿洲、中國大陸、東南亞各地當日本兵、軍屬、軍伕、翻譯的台灣人大多返回。其中特別要注意的是日據時代不堪殖民者壓迫潛回中國大陸的「半山」人士。他們在大陸由於政治主張不同，有的傾向於中共，有的變成極右翼的重慶派愛國者，有的爲汪精衛或僞滿洲效勞，其意識形態五花八門不能一概而論。他們之中有的依附政治權力機構而生存，有的經商，有的變成地痞流氓危害中國人。但是這些「半山」人士回到台灣後跟陳儀政府勾結反過來欺騙及壓迫台灣人成爲陳儀共犯的，大多數是重慶派的「愛國」者。他們像黏住一塊糖的蒼蠅般爭權奪利，出賣台灣人，成爲十足的「台奸」。

鍾肇政的《怒濤》要處理這形形色色，各種各類的人際關係，必須一面符合歷史的事實，一面找出各族群各階層的典型人物才行。在處理這複雜的人際關係中，鍾肇政並沒有設定所謂明顯的主角，似乎以客家莊地方豪族的陸家維字輩和志字輩人物爲其主要描寫對象。《怒濤》不用農工階級爲其小說的主要描寫對象，也頗符合台灣社會結構變遷的歷史事實；因爲日據時代的台灣是個階級制度分明的封建社會，光復後不久土地改革還沒有實施以前，台灣仍然保持了資產階級（士紳）來控御整個社會各階層的形態；而唯有屬於這個階級的人，由於擁有土地和財產，有錢有辦法受高等教育、文化水準頗高，也了解島內外的各種政治、思想、經濟、文化的情況。陸家從滿洲國回來，有問鼎「縣知事」（縣長）的實力，可是他卻放棄了。一般說來陸家代表了台灣人反抗精神的一個層面，他們參加過台灣義軍跟入侵的日本軍戰鬥，之後在日本天年下不得不妥協過日，但在潛意識裡是不服日本統治的。這種抵抗外來民族入侵的保鄉衛土的抵抗精神是陸家的傳統。後來志字輩的志均、志駺實際參加過二二八抗暴，志鈞因而壯烈犧牲，這充分代表了台灣人的傳統抗議精神也符合客家人的「硬頸」氣質，鍾肇政把陸家塑造成正面性的家族之外，另外作爲負面性對照也塑造了「姜」家；這個妥協性濃厚的家族。姜家在日據時代做過「保正」，是不折不扣的三腳仔，而光復後從北京帶著中國老婆回台以後當縣長的姜勻，他也充滿了順勢妥協、獲致富貴的現實意識，缺乏理想主義，但是姜家並非地方惡霸，在鍾肇政筆下這個姜家雖然令人不滿意，但還是不至於嚴重到變成「台奸」。

鍾肇政也注意到中國人的典型人物。討妓女爲妻，出賣台灣兵給中共的空軍部隊長，死命追求陸家秀雲的中國人中尉的死賴活纏的醜相，都是譴責的對象。但是鍾肇政並非把所有中國人當做「黑臉」的。他描寫嫁給志麟的姜勻小姨韓小萍的心理曲折時，非常細膩的刻畫了台灣人與中國人的文化差距，不同民族歷史造成的認知差異，發揮了卓越的觀察眼。

這篇小說《怒濤》所提示的問題很多，禁得起從各種角度去研討。單以小說語言來說就是重要課題，小說中除敘述中使用中國白話文之外，對白全用日本語、英語、客家語去記錄；這固然眞正重現了光復當初的使用語言的實際情況，但以小說的普及性而言，它的功過如何，還得需要予以愼重的討論才是。

——一九九四年八月，選自九歌版《展望台灣文學》

葉石濤：台灣文學的多種族課題

自古以來，台灣是適於人類生存繁衍的豐饒島嶼。遠溯到三萬年前就有左鎮人生存活動。之後，長濱鄉八仙洞也有舊石器時代人類活動的痕跡，留下好幾千件舊石器。台灣舊石器時代的人類屬於何種人種至今尚未有答案，不過在舊石器時代並非只有一種人種活動，而是多種人類生存，倒是可以理解的。台灣古代南島語族都有共同的記憶，說到他們來台之後，曾受過矮黑人教導有關狩獵、遊耕等的知識和技術，也許矮黑人是台灣古代先住民之一。從六、七千年前的大岔口時代開始，台灣邁入新石器時代，多種種族從中南半島西海岸及華南沿海地區陸續渡海來到台灣，分散到台灣各地過那狩獵、遊耕的生活。這些種族是否爲現今台灣南島語族的祖先尚待考證。南島語族，台灣可能是發源地之一，這些古代航海民族從台灣出發，擴散到整個南太平洋各島嶼。

康熙初年，前清宦遊人士留下有關南島語族的紀錄，把南島語族分爲「生番」和「熟番」。他們所指的是山地原住民九族，平埔族十族，人口大約三十萬。從明鄭時代到日治時代，約有三百多年的漫長歲月裡，外來統治者都採用內容大同小異的「理番政策」，把山地原住民鎖禁在高山峻嶺之中。使他們遲遲不能現代化。同時由於拜「理番政策」之賜，反而使他們得以保存固有的社會制度、語言、文化和宗教以至於現代。可惜，居住在平地的平埔族，由於漢人的大量移民而同化於漢人之中，喪失固有語言、文化、宗教信仰。唯有南部的西拉雅族還保留有若干公廨，阿立祖信仰，噶海牽曲等宗教儀式。東部的噶瑪蘭族還保存著「基那桑」等宗教儀式。台灣這眾多的南島語族各有其固有母語，社會形態和文化、宗教，互相難以溝通，也很難認爲是單一種族，他們之間的差異猶如德國人和法國人那樣，有很大的差距。

南島語族只擁有母語，卻缺乏書寫的文字，致使有關他們的歷史、文化、宗教等紀錄一片空白。雖然南部西拉雅族人因荷蘭人的教化，得以發展用羅馬字書寫的新港語文字，且延續有一百多年之久，但離開文學創作之路，距離頗遠，除去契約的番文書之外，幾乎沒有任何影響和普及。

雖然原住民沒擁有任何文字記載的文學，但他們卻有龐大的各族群的口傳文學。舉凡神話、傳說、民話等可以比擬北歐神話的沙卡（saga）。南島語族共同擁有大洪水傳說之外，也有各族群互不相同的有關種族起源和祖靈的口傳文學。自荷蘭時代經過清朝、日治以至於現代，來到台灣的外來統治者都用各種互異的語文，蒐集及記錄了南島語族的口傳文學，得以保存了原住民歷史悠久的文學。這些口傳文學，應該是台灣文學重要構成要素之一；不問作者的國籍、膚色和世界觀，都屬於台灣文學的領域。如何去接續這些口傳文學且予以發揚光大，固然是原住民作家責無旁貸的任務，也是重要課題，但原住民作家之外台灣各種族作家也有繼承且予以精緻化的使命。

我們希望猶如北歐神話的沙卡（saga）造就了現代北歐的文學，原住民的口傳文學也能造就嶄新、多采的現代台灣文學。

除去南島語族的口傳文學之外，台灣其餘種族都是來自於中國的漢族。四百年來台灣漢族握有台灣政治、經濟、文化的主導權，他們主宰了台灣的命運。但是台灣漢人也並非單一種族，有早到的河洛、客家和戰後來台的外省族群。說到河洛人，他們之間有泉、漳、福州之分。客家也分爲來自福建和廣東各地之分。外省族群的構成分子更加複雜。三十五省十二個院轄市，漢滿蒙回藏苗，都屬於不同的族群，說不同的母語。唯有書寫系統一致，從古文到白話文爲共同語文。

由於台灣漢人主宰了台灣政治、經濟和文化，台灣文學的主體乃是來自中國。移民到台灣的漢人大多數爲勞動人民的兒子，粗通文字和簡單算計，並無優雅的文學傳統。一六六二年來到的明太僕寺卿沈光文是第一個在台灣播種古文學的先驅者。他創立了「東吟社」，在目加溜灣社開起書房，以台語教學，並接納了若干西拉雅族學生。沈光文所奠基的台灣古文學傳統，一直維持到九〇年代的台灣，成爲台灣文學重要的構成要素。連綿有二百一十二年的前清統治時代，除去宦遊人士的台灣本土化的詩文文學之外，民間的眾多詩社多有吟作流傳，發揚光大了台灣古文文學。直到日治時代，日本官吏和民間人士大多熟悉古文且能創作，也成就若干古文學創作，這也應該納入台灣文學的一部分。一九二〇年代，台灣發生了新·舊文學論爭，台灣漢人受到來自中國五四文學革命的刺激，排斥古文學，提倡以北京官話爲準的中國白話文爲書寫工具，日治時代產生了七十多位以中國白話文寫作的台灣新文學作家。三〇年代，以台灣爲主體思考的新文學作家反對以中國白話文創作，代之以台灣話文來寫作，以貼緊台灣民眾的心靈。一九三七年，爲了台灣人日本化，殖民統治者推行皇民化運動查禁漢文，以中國白話文創作的新文學作家從此銷聲匿跡，唯有日文文學一枝獨秀。然而台灣古文文學仍能在日本人默認下得以繼續保存。

戰後五十多年來，政府致力於台灣人中國化，禁止台語文書寫，一向以強壓手段，使中國語文一枝獨秀。台灣民眾忘去了母語，喪失了台灣人的自尊。然而五十多年，來台灣各種族逐漸因通婚而形成一個新的台灣種族，已經變成跟中國不同的人種。以後到的外省族群爲例，他們和河洛、客家、南島語族、平埔族通婚而溶入這多種族的台灣移民社會，逐漸本土化；這是大時代的趨勢，無從抵抗。雖然外省族群的一部分，不認同台灣，反時代潮流而逆行，丟不下鄉愁和祖國夢的包袱，但種族融合的滔滔浪潮將淹沒他們，不管他們願意與否，他們的後代子孫也將是新台灣人中的一份子。他們創造的文學，也是台灣文學的重要成分。

八○年代末期的解嚴帶來給現代台灣文學一大衝擊，台灣社會逐漸形成嶄新的民主自由社會，以前的異端思想不再是禁忌，台灣人擁有多元化，自我發揮的廣大空間。台灣各種族一面漸漸地融合，一面又有認同自己所屬種族的強烈意向。這正、反兩面的頡頏，使得台灣文學面臨多歧、多元化的局面。五十多年來的教育普及，使原住民產生了高級知識分子，其中有爲數不多的精英踏入文學創作之路。這些原住民作家以跟漢人不同的思考方式與特殊的固有文化和信仰爲背景，描寫了異乎漢人的原住民現實生活形態，在台灣文學裡開闢了嶄新的一方領域，同時豎立了鮮明旗幟。台灣原住民文學甚至出現了用泰雅母語寫成的創作。然而泰雅族本身分爲三大族群，各擁有稍有不同的母語，所以這以泰雅母語寫成的創作，很難以溝通。南島語族的母語創作，陷入困厄的局面。以河洛話、客家母語寫成的台語文學，由於標記法的多歧，現今難以統合，雖有若干實驗性作品出現，在現代詩領域已有優秀的作品，有卓越成就，但仍給人路途遙遠的感覺。在自由民主的社會裡，用母語去創作應該是主流。像法國作家米斯安拉爾（Mistral）曾以普羅旺斯母語寫作，獲得一九〇四年的諾貝爾文學獎。再說以撒列．辛格也以匈牙利地方以色列方言寫作，也獲得諾貝爾文學獎。創作語文在台灣，不管是中國白話文，原住民母語或台語文，應該享有平等的地位才是。此外，因台灣的歷史性遭遇，使得外來民族殖民台灣，留下了大量的文獻。雖然這些文獻大多不算是文學，也非用華文敘述，但未可否認也有一些文學作品。譬如荷據時代最後一任揆一大守也在繫獄於荷蘭本國時，所撰寫的《被遺忘的台灣》應該是一部文學作品。荷據時代所留下的有關台灣事物的描述，也算是台灣文學遺產的一部分。說到日治時代殖民者以日文書寫的大量日文創作，以及中國古文創作，日文的短歌和俳句等文學作品，只要是有關台灣事物的描述，也應該是在台灣文學的範疇之內。

台灣向來是多種族的移民社會。從先史時代一直到現代，不斷有外來民族和不同族群的新移民來定居。因此，留下了用不同語文書寫的文學作品，到底哪些文學屬於台灣文學，哪些文學並不算在內？

先輩作家黃得時一九四三年七月在《台灣文學》上發表了一篇論文〈台灣文學史序說〉，曾經規範了台灣文學的範疇。他說：「『台灣文學』在某種情況下，跟中國有特別的關係。把這些事項一併予以思考，台灣文學的範圍以及所要提的對象，大體上有下面的五個情形……。」

黃得時所提出的台灣文學的範圍如下面五項：

㈠作者出身於台灣，他的文學活動（在此說的是作品的發表及其影響力，以下雷同），在台灣付之實踐。

㈡作者出身於台灣之外，但在台灣久居，他的文學活動也在台灣實現。

㈢作者出身於台灣之外，只有一定時間，在台灣有文學活動，之後再度離開台灣不再返回。

㈣作者雖然出身於台灣，但他的文學活動在台灣之外的地方進行。

㈤作者出身於台灣之外，而且從沒有到過台灣，只是寫了有關台灣的作品，在台灣之外的地方發表。

黃得時的這種見解頗符合台灣的多種族移民社會，台灣的歷史遭遇和風土（包括了大自然環境和社會環境），我以爲是高瞻遠矚的看法。

台灣多種族共同創立的台灣文學，未來會走向哪一種結局，尚待觀察。但台灣文學的多種族特性，將影響台灣文學的發展，殆無疑義。

——一九九九年八月，選自九歌版《追憶文學歲月》

余光中：

從嫘祖到媽祖

——序陳義芝的《新婚別》

余光中

福建永春人，1928 年生。母鄉與妻鄉均在常州，故亦自命江南人。曾任教於台灣師範大學、政治大學、香港中文大學、高雄中山大學等校。著有散文集《左手的繆思》、《隔水呼渡》、《日不落家》、《逍遙遊》、《聽聽那冷雨》、《余光中精選集》等，另有詩集、論論集、翻譯作品等五十餘種。曾獲國家文藝獎、吳三連散文獎、吳魯芹散文獎、霍英東成就獎、新聞局圖書金鼎獎主編獎、聯合報年度十大好書獎等。

一

陳義芝詩藝的兩大支柱，是鄉土與古典。論者一提到鄉土詩，自然而然就想起吳晟、向陽等的作品。但是中國地域之廣，民俗之異，何往而莫非鄉土。祖籍在大陸，成長在台灣，陳義芝跟許多第二代的外省作家一樣，具有雙重的鄉土意識——一種大陸與海島的交纏情結。一方面，他認同成長於海島的生活經驗，另一方面，對於大陸的父母之鄉，先人之土，他又有一種地理的、歷史的、文化的鄉愁。這種鄉愁，跟我這一代的作家所懷抱的當然不同，因爲它沒有切身的記憶，只有史地的知識，父母的薰陶，所以浪漫而帶想像。

自從開放大陸探親以來，傳說中的，新聞中的大陸變成了伸手可觸、舉步可踏的現實。對於陳義芝，根深柢固的另一端鄉土既親切又陌生，既吸引又排拒，既令人興奮又令人失望，令他的情懷矛盾而難遣。對於陳義芝，台灣的鄉土就是他的童年、少年，因爲他就是那麼活過來的，自然認同，容易接受。而大陸的鄉土呢，是突然的現實闖進了悠久的傳說，一時令人難以消化。

在陳義芝的詩裡，〈出川前紀〉和〈川行即事〉是兩輯力作，十分重要。他是四川忠州人，明末巾幗英雄秦良玉的同鄉。兩輯詩中的世界，正是巴山蜀水和川人的生活。兩輯都是第一人稱自傳體的敘事組詩，篇幅均在二百行以上。抗戰的歲月我全在嘉陵江邊度過，所以對四川的風物恆感親切，甚至以「川娃兒」自命。陳義芝這兩輯組詩可謂川味十足，尤其當他列舉川芎、防風、赤芍、車前、辣蓼、野南瓜根之類的藥名，我幾乎已經置身中藥鋪裡，觸鼻盡是土香繞根的藥味，眞的是動人鄉愁。

不過兩詩卻有顯著的不同，因爲〈出川前紀〉所寫的風土人情是一九四九年以前的「舊大陸」，其事乃間接的揣摩，而〈川行即事〉的所見所聞卻是八〇年代的「新大陸」，其事乃直接的經驗。〈出川前紀〉寫一位四川的青年，從家世和父喪一直寫到從軍和出川，故事並不連貫，但是氣氛瀰漫，感性飽滿，語言上有一種純樸的土氣。且看其中〈家門〉的一段：

松木打樁
柏樹插柱
家門，據說青瓦爲尋常百姓
紅瓦一一浸染過前朝功名
凡廳堂都安置天地君親
廂屋接待詩書易禮
至於路邊，喏，閒閒地
開著茶館和煙館

〈出川前紀〉的副題是「——秋天聽一位四川老人談蜀中舊事」。這老人就是詩中的「我」，也許就是作者的父執鄉長，甚至可能就是作者的父親，因爲據作者在散文裡自述，他父親就是來台的軍人。

〈出川前紀〉洋溢著離愁與鄉情，帶有追憶的溫馨。對比之下，〈川行即事〉寫作者回蜀探親之行，由尋根的情切到近鄉的情怯，由回鄉的百感交集到辭鄉的矛盾心情，在感性之中寓有知性，感動之中帶著批評，是一首硬朗可貴的寫實力作。十段之中，以〈麻辣小麵〉、〈長江之痛〉、〈待決的課題〉等幾段最爲突出，在浪漫的鄉愁之上更提出現實的國恨，甘中有苦，甜裡帶酸，耐人嚼味。〈麻辣小麵〉的後兩段是：

天剛亮就在爐子上燙麵
土陶碗實實的土
而花椒確是正宗的麻
胡椒，正宗的辣
賣五角錢一碗
我唏哩忽嚕趁熱吞下

像長江一樣久長的麻辣麵喲
吞下歷史的龍蛇，文化的水怪
將我心扯緊
不教痛，但教堵住胸口
說不出一句話

麻辣麵在生理上激起的反應轉化爲遊子在心理上的波動，由實入虛，在主觀感覺上卻又不悖於實，正是詩藝所在。〈川行即事〉的心情就是這樣，既非英雄式的悲壯，也非浪子式的低徊，而是從歷史墮入現狀，從浪漫跌進現實的無助與無奈。陳義芝能把這種無奈的心情以欲語還休的苦笑托出，有賴非凡的藝術眞誠，確爲探親文學跨出踏實的一步。在〈長江之痛〉裡，詩人又說：

長江，是母親剖腹生我的臍帶
還是一條時常作痛的刀疤？

褐黃重濁的水
挾無情歲月
與泥沙俱東下
猿聲啼不住
舟，輕輕過了
老病的三峽
如一條啞嗓
一根發炎的腸子

三峽原是唐詩神秘而美麗的風景線，自從宋玉以來，無論是杜甫出峽或是陸游入川，都歌詠之不足，可是造化和神話畢竟抵抗不了無情的汙染，眞是可悲。這種無奈的失落與失望，到了末段〈待決的課題〉，表現得最爲透徹：

故鄉的人事因注入了異鄉的心情

乃像癬疥一樣令人痛癢
不敢深抓
又不得不抓……
半月來逆順長江
很難說依依
偏像咬牙吞下一個無汁的柑橘
那不易剝淨的黃皮
教人鯁喉的筋絡
帶一點藥味的苦
一點午夜磨牙的酸
塡到嘴裡
都嚥進肚裡

有趣的是：陳義芝在寫其他作品時，常愛運用古典文學的詞藻或句法，但是面對〈川行即事〉的直接經驗，在處理最富古典聯想的巴蜀時，他卻赤手空拳，只用樸素而苦澀的語言，甚至令人不悅的意象。也許正是因爲言之有物，就不遑巧其唇齒吧。

先人的鄉土糾根纏藤於意識深處，任取一截，都可以成爲寫作的豐富資源，由此可見。但是另一方面，作者生於花蓮，長於彰化、台中、台東，更久寓台北迄今，所以台灣當然也就是他的鄉土。對於第二代的外省作家說來，大陸雖是生父，孺慕之中卻有點陌生，台灣才是朝夕相處的養父，恩情更濃。相對於大陸的迷惘鄉情，台灣的鄉情有童年和少年的切身記憶來支撐，顯得落實可靠。像〈雨水台灣〉這樣泥味土氣的詩，必須有陳義芝這樣的成長背景才寫得出來。第三段裡的句子：

犁耙牽引
一畝畝一頃頃的田土踢腿翻身
睜開童濛的睡眼了

眞能道出泥土的感覺。輯中另一首好詩〈甕之夢〉寫的是二十多年前偏遠如瓦甕的村落，應該是彰化縣泉州村或溪底村一類的僻壤。整首詩在靜靜的回憶中運行，落實而具體，猶如電影鏡頭之次第展開。如果把首段移到詩末，並刪去原來的末段，則作者的按語可減到極少，當能保持「無我」之境。同樣地，〈生活的岸邊〉也善於表現鄉居的平淡與寂寥：

信云只能居住窮鄉
因爲經濟關係。四周房舍擁擠
夜裡聽得見隔鄰咳嗽
港中泊一群小船
舷欄曬網，桅杆晾一些衣物

坡頂有座小廟，門口常趴伏一頭黃狗
巷口菜攤子蒼蠅打旋
偶爾落腳在修女漿平的白衣上
她們也要過日子，買菜，細聲細氣地與人
討斤兩。小教堂靜立晚風中
空氣裡彷彿有點鹹澀

二

陳義芝詩藝的另一支柱，是古典。單看他三本詩集的名字：《落日長煙》、《青衫》、《新婚別》，也洩漏其中的情景了。他畢業於師大國文系，像他那一代崛起於中文系的青年詩人一樣，就地取材，自然而然把古典文學的教育轉化為新詩創作的養份。稍早於他的有蕭蕭，與他同時的則有渡也、苦苓、趙衛民。

古典文學的修養對新詩人應該是一筆豐盛的遺產，但是這遺產是否有效，就要看詩人如何運用了，否則鏽了的五銖錢恐難通行於當代。中文系出身的作家，長處往往在於詞藻豐富，語氣簡鍊，句法渾成，但是相對地，往往也容易落入前人的格局，安於四平八穩的成語，而不能創出自己的腔調。有時候的問題是筆下太文，不合詩中人的口吻，不配詩中特殊的場合，或是不協上下文白話的節奏，而演成文白夾雜。楊牧在《青衫》的序言裡，曾經指出作者的用語有時失之於文而病於隔，有時在上下文之間時而險巇，時而平坦，有欠暢順。這問題到了《新婚別》裡，仍然沒能充分解決，例如主題詩第七段的這一句：「驚見蟲蟻攀爬於上攢聚成行」，不但語氣太像文言，詞組有偶無奇也頗似散文。這樣的詞性與句法離白話太遠了，眞有點隔。他如「流水多變亦有其不變」，「戚戚焉久久」等句也嫌太文了。又如「教人忍不住大喊：爲什麼不跑，有何不捨？」就有點文白不調。楊牧說作者的「語法介乎生熟之間」，大概就是這個意思。

散文化是作者必須面對的另一個問題。詩的句法在於奇偶相間，跳盪生姿，圓熟溜轉，不黏不滯，若要把前因後果交代得一五一十，就落入散文的格局了。〈出川前紀〉裡有這麼兩句：

成群的飢民便作四處流竄的風
我的私塾生活恰與此同時進行

後面的一句顯然就是散文，讀到這裡，未免頓失詩意。〈天體行〉裡的三行：

在不同季候不同場所
對不同人放射出
強弱不一的磁力

也有點像散文的說明。再如我前引〈川行即事〉裡的兩句：

故鄉的人事因注入了異鄉的心情
乃像癬疥一樣令人痛癢

前面的「因」和後面的「乃」原是散文邏輯的呼應，到了詩裡反成了窒礙，應該刪去，讓句子有自由迴旋的空間。此外，在遣詞用字上有些地方似乎尚可再加鍛鍊，例如〈你眺望江上獨明的江船〉，兩個「江」字未免重複。又如〈慢性像想家的病〉一句裡，「像、想」的聲音糾纏難念，爲什麼不用「如」而要用「像」呢？再如〈一千年前的雲千年後還停在谷裡嗎〉本是佳句，可惜「千年後」實在多餘，正是散文化的思路。再舉一例以明句法之活路：

午後在和風連連的亭台小憩

這一句並無問題，其實還相當乾淨、自然。若與下句並觀，就會發現一個現象：

武昌在蛇山下

棋佈著一如從前的童話般的紅屋瓦

那就是，如果句法多半如此，就欠缺變化而稍嫌平直。這種句法只顧往前走，不知回頭，所以要用不少以「的」殿後的片語。其實我們可以將它化解，鬆綁如下：

午後在亭台小憩，和風連連
武昌在蛇山下
棋佈著紅屋瓦，一如從前的童話

這麼一來，不但「的」字少了，而且句法以尾應首，較有變化，也就是「不黏」。陳義芝的詩每有創意，如果語言上再加錘鍊精進，力量當能十足發揮。

古典詩詞是中國文學的上層精華，其下尚有舊小說、民間藝術、江湖傳說、鄉土習俗。善用古典傳統的作家若能兼顧這下層的種種，其風格當會更加深厚沉潛，也更富民族趣味。我說古典與鄉土是陳義芝詩藝的雙腳，其實這兩者並非截然可分。古典在上，鄉土在下；古典是時間的累積，鄉土則兼有空間的凝聚和時間的連綿。陳義芝經營古典的詩，如〈子夜辭〉及〈山水寫意〉兩卷中所收納的作品，雖亦不乏佳作，但是比起前兩卷裡歌詠大陸與台灣鄉土的作品來，味道就沒有那麼濃烈感人。這本詩集的主力，應當是在〈出川前紀〉與〈川行即事〉兩篇。我認爲四卷之中，〈子夜辭〉較弱。〈山水寫意〉卷中，〈讀書札記〉頗有奇氣，〈山水寫意〉主題詩七首均在水準以上，而以〈瀑布〉、〈樹〉、〈青苔〉爲尤佳。陳義芝自己頗看重〈瀑布〉，我也認爲〈瀑布〉亦儒亦俠，氣勢不凡，但是覺得〈青苔〉一氣呵成，高朗古樸，也是珍品：

一山獨高是從前部落的神話
如今山山崢嶸被翻滾的雲簇擁
溪水打聽雪融的消息
古松忍受風的襲擊
太陽照著的地方，草根不斷宣誓
照不到之處貼滿了青苔布告

至於〈燈下削筆〉一首，不但段式整齊，語言流暢，而且介入當代生活，頗有林彧的味道，在本詩集是一異數。這個方向可以探索下去。希望陳義芝今後詩藝的鼎立，能在古典、鄉土之外，更添當代生活的一足，俾能贏得更廣的共鳴。

——一九八九年八月於西子灣，選自九歌版《井然有序》

余光中：

斷然截稿

——序梅新遺著《履歷表》

一

《履歷表》是梅新的第四本詩集，卻已是他的遺著。六十而歿的詩人，一生只得四本集子，實在不算多產。值得注意的是：他的前三本詩集《再生的樹》、《椅子》、《家鄉的女人》，平均每隔十年才出一本，令人想起英國現代詩人拉爾金（Philip Larkin, 1922-1985）一生的四本詩集也是如此❶。不同的是：這本《履歷表》和《家鄉的女人》之間只隔了五年，足見梅新晚年不但詩藝加速成熟，詩評新闢天地，而且較前增產，冥冥之中，竟像是預感到時不我予。梅新一向用截稿日期催人交卷，而今，他卻被另一個更武斷的截稿日期逼出來這本遺稿。

二

梅新早期的詩，即以善寫親情、鄉情遍受肯定。選入《中華現代文學大系：台灣，一九七〇至一九八九》的〈鴿子〉、〈白楊〉、〈板門店之二〉、〈家鄉的女人之一〉四首，以及選入《新詩三百首》的〈風景〉、〈口信〉兩首，都是他的名作，論者已多。在主題上，這本《履歷表》大致上仍然經營他的親情與鄉情，卻加重了歷史與文化背景。專寫或涉及父母的作品，在《履歷表》中佔了七首，皆有可觀。其中除了〈子彈〉一首是寫父親之外，其他都寫母親。〈子彈〉中瘸腳的父親，身後火葬，檢骨師要剔出彈頭，孝子認為彈、人早已合一，不分也罷。父痛、子痛、歷史之痛，三者一體，其痛之深可想；詩人卻用十分平靜的低調來說，眞是含蓄的傑作。梅新三歲喪母、十歲喪父，孤兒情結特深，發為蓼莪之歎也特別動人。在〈壁紙〉一首裏，詩人恨不得把母親抱他在懷的舊照，放大到牆壁一般大，好讓母親的笑容溢滿一屋，孺慕之深令人感動。

寫鄉情的詩較少，而且和親情、歷史等主題常有重疊，難以純粹，其實可以併入他類。倒是歷史與文化背景的作品，分量很重，也多佳作，其中最出色的兩首該是〈長安大街事件〉與〈孔廟門前記事〉。

〈長安大街事件〉寫古都舊街令人懷古，千載之下猶充滿歷史的迴聲，恍覺英雄的馬蹄猶在滴答。不說人在懷古而說是長安大街思念漢王過度，轉一個彎，便有美感距離。至於行人訝問，長者解答，都說蹄聲滴答入耳，似在夢中，又似在醒時，更增迷離之感。最後行人竟然幻覺，那長者的語調聽來也像是馬蹄滴答了。題目也取得好，如果不是「長安大街」而是什麼「人民大街」或者「解放路」之類，就無法可施了。除了少數幾行稍長，全詩多用四字以內的短句，也有助於蹄聲匆匆之感。詩曰「事件」，其實全是無中生有，造境而成。既有動作，又有對話，更有蹄聲滴答配音，簡直是黑澤明的手法。主題、形式、語言，配得恰到好處，神而明之，此詩可謂梅新詩藝之極致。

〈孔廟門前記事〉既云記事，當然也是有事件的。不過詩的事件不是歷史，也非小說，只要發生起碼的一點什麼，夠做敘事、抒情，甚至議論的藉口就行。例如在這首詩裏，有了戲台（孔廟），又有演員（孔子與流浪漢）；有了演員，又有道具（吉他）；有了道具，更有配音（拍門、拄杖、蹀步）。至于對話，雖然有問而無答，卻別具深意。夫子久等的是顏回，不是彈吉他的流浪漢。儒家的文化無人承接，而流浪的現代人卻無家可歸：一門之隔，悵望古今。這獨幕短劇，情節儘管簡單，寓意卻很深長。每次讀到首段的末三行：

孔子輕拍著門問
外面躺的
可是許久不見的顏回

我都不禁要泫然流淚。這首詩給我的感受之深，十倍於一場大規模的漢學會議。誰要是還說現代詩全盤西化，吾將入孔廟借夫子之藤杖敲其頭顱。

梅新在來台軍中詩人裏，年紀較小，但國難家變之感不減其深，只是他的懷鄉症比他人的潛伏期似乎較長，所以到了臨老更加發作。也因爲如此，在這本遺集中他有不少詩是在大我的歷史背景上浮雕小我的身世。這類詩的主題介於歷史與自傳之間，暗示與聯想極濃。〈民國卅八年的事〉是最動人的一例。那一年大陸易幟，許多準詩人隨軍來台，梅新也在其列。詩中人說他摘下手錶，站在高不見人的櫃台下，當給了不知是誰？只當了二十塊錢，所以是「賤當」；回頭去贖，已經贖不回當掉的時間，所以是「死當」。錶當然象徵歲月。高大的櫃台，隱身的掌櫃，當爲歷史的形象，可以影射政局與執政者，也可以形而上些，影射命運與造物吧。然而這一切，詩人都以低調來訴說。梅新不愧是低調高手。

從〈長安大街事件〉到〈孔廟門前記事〉，再到〈民國卅八年的事〉，梅新的好詩總會無中生有，安排一些情節簡單而象徵深遠的事件，讓主題得以生動演出。缺少了這樣的事件而要凌空地抒情或議論，就容易淪入瑣碎、空洞、抽象。這樣的事件當然是虛擬的：長安大街上不會有蹄聲滴答，孔廟裏也不會有夫子拄杖歎息，當鋪的櫃台更不會高不見人，但是虛設的故事反而更能實證主題，所以超現實的手法只要運用得法，反而更能逼視現實。例如〈巨人的腳印〉：

我做了一個非常非常可怕的惡夢
醒來的時候仍覺餘悸猶存
我夢見一個似獸的巨人
一腳踩下來
將我踩成一個腳印
我在他的腳印裏完全消失
而使我最不甘心的
是我連尖叫一聲的機會都沒有

這惡夢固然非常可怕，卻不是亂做的，因爲它生動地表現了我們被徹底消滅的恐懼感。至於那巨人究竟是什麼，當然可以有不同的詮釋來「解夢」。這樣的事件比哥雅或布雷克❷的畫面更加駭人，可惜開頭兩行把驚駭效果「早洩」了，其實應該從第三行開頭。所以梅新最好的詩，安排的事件是在虛實之間，而非純然憑虛，例如〈孔廟門前記事〉。又例如早年的〈白楊〉：

不能飛
長高也是逃離塵世的方法之一
於是
你就拚命的長
長得比誰都高
你從別人
肩膀
頭頂
望出去的
視野
廣闊兼及別的星球

詩從擬人格修辭開始，出手已自不凡，卻要到末行「廣闊兼及別的星球」，才天啓一閃，超凡入聖。實入而虛出，於是天地間唯有這白楊一樹獨高矣，而擬人格終於修鍊成人格。但是梅新的超現實手法往往是變相爲生命的眞實服務；他很少爲意象而經營意象，所以他的詩也很少晦澀。他詩中的自傳常以歷史為背景，所以常與他人的生命相通。主題詩〈履歷表〉按照一般的項目：籍貫、出生、學歷、經歷逐條填來，儼然是一篇小小的自傳，不料到了末段，填表人竟說：

這分履歷表
我還沒有貼照片
你要也可以是你的

於是這分表不必是某一人的自傳，竟可任由華夏子孫人人認領了。

三

《履歷表》詩集之中有〈六〇年代雙城街的黃昏〉五首一列組詩，各有佳勝，亦可歸入歷史主題一類。另有六首散文詩，多為自傳。梅新的詩藝在題材上並不廣闊，在形式上也不算多般。他的詩篇幅本就短小，加以常用短句，更顯得濃縮。他自稱寫詩時常修改，接近苦吟，可是我發現他著力的地方不在鍊字、鍊句，而在營篇。拆開來看，他的詩句未必動人，所以很難「摘句」，但是合而觀之，張力卻又充滿整體，有秩序井然的結構之美。他的詩雖少警句，卻多佳篇，比較罕見「有句無篇」的困境。逐句讀來，他的語言似覺平淡，甚至接近散文，但是他善用錯落有致的短句來安排明快的節奏，令人讀來口感頗爽。例如〈長安大街事件〉裏的一句話：「此乃長安大街思念漢王過度所致」，原像舊小說的平淡語氣。梅新把它排成這樣的五行：

此乃
長安大街
思念漢王
思念過度
所致

便鏗鏘如詩了。長句如矛，短句如刀。梅新的超短句如鏢，勁而且準，乃成獨門暗器，另有取勝之方。梅新的意象每能出奇制勝，於無詩處捉出詩來。例如〈今年生肖屬狗〉便如此形容狗年逼人而來：

一路吠來
像追逐惡漢似的
愈吠愈大
愈吠愈兇

〈說詩〉的末段描寫贈詩與人，受者讀時的深刻感應：

你一口咬起
它的第一行第一個字
左右晃動

像婦人縫衣
緊咬衣中線頭
思念遠方遊人
詩句中每一個字
都留下你
深深的牙痕

這些高妙的意象不但緊貼生活，而且深於感情，比起英美意象派的純感性來，仍覺動人許多。

梅新的詩藝老而愈醇，十分難得。在現代詩的馬拉松長跑賽中，他背上的號碼本來不算領先；但在接近終點時他忽然加速超前，値得眾人注目。另一位加速超前的選手，是向明。兩人都不愧是大器晚成，老來俏。可惜梅新衝得太快了，不但破了他詩藝的終點線，也過了他生命的大限。幸而他有詩堪傳，且必傳之久遠。

我這篇序言早在梅新生前就答應了他的。直到今天才交卷，實在遲了，遲得連作者都無緣親睹，眞是愧疚。若是他在病中能看到此文，想必會感到一些安慰。詩壇寂寞，古今皆然。與其在身後爲詩人立碑，何若在生前爲其作序，思之憮然。

——一九九七年十二月於西子灣，選自九歌版《藍墨水的下游》

註釋

❶拉爾金的四本詩集依次為 *The North Ship* (1945), *The Less Deceived* (1955), *The Whitsun Wedding* (1964), *High Windows* (1974).

❷哥雅（Francisco Goya, 1746-1828），西班牙畫家；布雷克（William Blake, 1757-1827），英國詩人兼畫家；均以畫風神奇怪異著稱。

馬森：

當代台灣小說的中國結與台灣結

馬　森

山東齊河人1932年生，曾留學法國及加拿大，獲英屬哥倫比亞大學博士學位。在法國創辦《歐洲雜誌》，先後執教於法國、墨西哥、加拿大、英國、香港等地大學，足跡遍世界四十餘國。返國後，先後執教於國立藝術學院、成功大學、私立南華大學等校，一度兼任《聯合文學》總編輯，現任佛光人文社會學院文學所教授。作品兼含小說、劇作、文學評論、散文等數十種。

一、前言

我的文學課上的學生常常問起我有沒有「台灣文學」這一個問題，每次都使我對這一個問題重新加以思考，但每次也都找不到絕對肯定或否定的答案。

目前台灣是一個很特殊的地區，在政治上，有人主張與中國大陸統一，也有另一批人主張台灣應該獨立。在文化上，比較沒有這種兩極的主張，因為事實上台灣文化和大陸文化同屬中國文化。雖然有人覺得台灣的文化因為曾有外族殖民的歷史，與大陸各省的文化已有所差異，但是大陸上的任何一個省份都有些這樣或那樣的特殊背景（例如近代史上東北的滿洲國、上海、天津等大都市的外國租界等），卻也並未因此而認為該地已形成另外一種文化。文學與政治有關，但與文化則更是密不可分的一體。理論上說，文學可以脫離政治而獨立，卻無論如何不能自外於文化。因此，就文化的觀點而論，台灣文學似乎與廣東文學、福建文學或上海文學一樣，同屬於中國文學。但就政治的界域和意識形態而論，則又是另外一回事了。

台灣在意識形態上，有異於中國其他各省的感覺，乃因有一段長久與中國大陸割裂的歷史背景。從一八九五年的馬關條約割讓給日本後，台灣就脫離了大陸的母體長達五十年之久。雖然在日據時期，漢族意識依然存在，不時湧現出反日的情緒，然而到了日據的末期，日人則處心積慮地消除台灣人民的民族意識，先是禁絕漢文（一九三六），繼則在進入中日戰爭時期大力推行「皇民化運動」（一九三七—四五），提倡「國語」（日語）家庭，鼓勵改變姓氏（改漢姓為日姓），已經使部分的台灣人民認同日本的文化與政體。這種情形在滿洲國治下的東北、在帝國主義的租界區以及在戰時日軍佔領的華北地區，都是不曾出現過的。到了一九四五年台灣光復，重新回到「祖國的懷抱」，但是只有短短的四年依歸中國大陸，一九四九年以後跟中國大陸又陷入隔絕的狀態，直到今日才又開始有條件有限度的往還。在國府撤退到台灣以後的這四十多年中，台灣不但在政治和經濟上自成體系，獨立發展，就是在文化事業上，海峽兩岸也鮮有溝通。大陸的作者和台灣的作者，雙方在極不相同的政經環境中從事創作，不可能具有相同的意識形態和人生觀，甚至於在遣詞用字上也必定有所差異。因此，不但台灣本土的作家日漸趨向追求獨立自主的「本土意識」，就是大陸上的文學研究者也對在台灣的文學另眼看待，稱居住在台灣的作者爲「台灣作家」，稱台灣的文學作品爲「台灣文學」。雖然在政治上，大陸的執政當局一再宣稱台灣是中國的一部分，是中國的一省，但是他們卻有意無意地把台灣的事物特殊化了起來。把在台灣寫出的作品以及台灣出身的海外作家的作品統稱爲「台灣文學」或「台港海外文學」，就是有意無意地認爲台灣文學不同於大陸文學，而可自成一個範疇。

爲了舉例方便起見，現在縮小範圍，只論小說，看看有沒有獨立於中國小說傳統以外的「台灣小說」。小說是最容易染有地方色彩的文類，如要從地域的觀點來界定文學作品，小說是最適合的舉證對象。倘使對「台灣小說」獲得某些方面的澄清，那麼有沒有「台灣文學」的問題，也就比較容易獲得答案了。

二、台灣熔爐與本土意識

就人文薈萃的觀點來看，一九四九年後的台灣是中國歷史上少有的一次機會，使天南地北的中國人匯聚到同一個時空中來。他們帶來了不同腔調的方言，不同口味的餐飲，也帶來了沾有各省濃厚的地方色彩的風俗習慣。這些外來者經過四十多年與本地人的朝暮相處，雖然曾產生一些不可避免的摩擦與誤會，但主要的卻分享著生活中的酸甜苦辣、歡樂與哀愁，再加以無法以人為的偏見所能隔絕的愛情與婚媾的關係，終於使習俗各異氣味本不相投的外省人和外省人之間及外省人和本省人之間，逐漸融合成為一個共同體——一個大熔爐。這個大熔爐是由各省人和台灣本地人彼此互相撞擊、影響而形成的，使今日的物質和文化生活已大異於未接交以前的狀貌。就血緣上來說，今日很多人的父母分屬兩個不同的省籍，身分證上的籍貫反倒成為不實的虛文。就語言來說，台灣國語已經替代了上一代的南腔北調的方言，而閩南語也已成為另一種共同的語言。其融合的過程，如實地反映在小說在台灣的發展上。

一九四九年國府自大陸撤退來台時，帶來了一批在大陸上已經開始寫作或已著有成績的小說家，像謝冰瑩、陳紀瀅、王平陵、姜貴、王藍、林海音、潘人木、孟瑤、墨人等。他們抵台以後，仍然繼續描寫大陸上的人情風貌，毫未沾染上海島的氣息。即使是比較年輕的一代，像郭良蕙、彭歌、聶華苓、潘壘和以朱西甯、司馬中原、段彩華為代表的軍中作家❶，也仍背負著遙遠的故土之夢。筆鋒滯著在回憶中大陸上的夢土。跟大陸上來台的作家形成強烈對比的是約莫同齡的台籍作家，像楊逵、吳濁流、鍾肇政、陳千武等。他們本是用日語寫作的，光復以後不得不努力學習漢文、國語，以便加入以中文寫作的行列。由於他們堅強的毅力和決心，終於克服了種種困難，為台灣早期的小說增添了光輝的顏色。他們所寫的題材是本地人歷經日本殖民時代和光復後的生活以及不幸的二二八事件所引發的種種情懷。

這一代的外省籍和本省籍作家所描寫的對象和所懷抱的情懷非常不同，前者以描寫記憶中的故土爲主，心中充滿了懷鄉的情愁；後者則以描寫本地人從日治到光復後的生活境況爲主，心中常是憤懣不平的。在政治的認同上，前者比較認同國民政府，以共黨爲敵，故寫出相當數量的反共小說；後者則與國府疏離，有的時候或顯出歆羨社會主義的傾向。因此這兩組小說作家，雖然生活在同一時空中，卻甚少交往，可以說是不相爲謀。

例外的可能是林海音和鍾理和。林海音雖然祖籍苗栗，但是生在日本，長在北京。她作品的主題、應用的語言及個人的心態與外省作家沒有什麼分別。鍾理和在日治時期即居留北京，運用漢文自是不成問題，在北京時就已經出版過一冊短篇小說集《夾竹桃》，光復後返台與外省籍作家較有往來，並曾獲一九五六年的中華文藝獎金委員會長篇小說第二獎❷，但可惜於一九六二年就去世了。

早期外省和本省籍小說家之間的隔膜與差異，可說是環境造成，而非人爲的影響。一九六〇年前後，才開始表現出省籍融合的現象，可以說是台灣熔爐的第一代。這一代寫小說的人，年齡大概出生在一九三〇至三九之間，像於梨華、鄭清文、李喬、邵僩、水晶、白先勇、東方白、陳若曦、王文興、劉大任、黃春明、七等生、陳映眞、雷驤、歐陽子、王禎和及筆者都屬於這一個年齡層。以同屬《現代文學》的小說家而論，其中有外省籍的，有本省籍的，結成一個堅強的文學團體，不但沒有隔膜，而且成爲互相砥礪、彼此協助的朋友。他們都成長在光復以後的台灣，多少都受到過歐美現代文學的影響，所用的語言和技巧共同性大於差別性。他們多半描寫的是台灣社會，以大陸爲題材的小說已經少見了。熔爐第一代中較年長的省籍小說家像鄭清文和李喬，幼年時曾受過日文教育，但初中的階段已經光復，學習漢文已是順理成章的事，不像前輩省籍作家那般艱苦。但是在這一個階段，留學歐美成爲當日的潮流，有的去而復返，有的一去不歸。像於梨華、水晶、白先勇、東方白、陳若曦、劉大任、歐陽子等，今天都成了海外作家。筆者因爲出國較早，所寫的小說題材又多是海外異域的，雖然如今已返國定居，但仍被一些有心人士目爲海外作家。

這熔爐的第一代雖然表現出省籍混融的現象，但並不是說從此以後在台灣的小說家就走上了理想一致、意識共同的康莊之路。事實上意識分歧的暗流本就埋伏在那裡，當台灣的強人政治一旦成爲過去，言論禁域逐漸消弭，民主氣氛日盛之後，不同的意識趨向自然也就明朗化了起來。

這裡所謂的意識分歧，主要指的是「中國意識」與「台灣意識」（或稱「本土意識」）的對立。所謂「本土意識」，在文學界是早已存在的潛流，可以遠溯到日據時代。那時候台灣的文人有的傾向於跟日本文化認同，有的則抱有本土意識，早是不言自明的情形。遠在一九二五年，《台灣民報》就刊載過一篇社論，提倡具有地方色彩的文學：

> 要產生有價值的文學，不消說要表現強大的地方色彩（local color）的，如像蘇格蘭文學、愛爾蘭文學等的鄉土藝術，個性愈明亮而價值愈高昂的，才是現代的（之）活文學。在台灣有什麼詩人會描寫著台灣的風景、空氣、森林、風俗、人情和老百姓的要求沒有？我們不得不盼望白話文學的作者的將來，務（必）要拿台灣的風景爲舞台，台灣的人情爲材料，建設台灣的新文學，方能進入台灣文化的黎明期。❸

提倡地方色彩的文學並不等同於「本土意識」，但可以導向「本土意識」的覺醒。光復後，原來與日本文化對立的「本土意識」漸漸轉而爲與「中國意識」對立了。首次出現這種爭論的是在二二八事件以後的一年間（一九三七～三八）在《橋》副刊上所發表的圍繞著「如何建立台灣文學」的一系列文章。葉石濤後來對這次辯論評論說：

> 他們所討論的範圍很廣，從台灣文學的歷史性意義，她的全體性和特殊性，她的寫作模式，台灣文學是不是邊疆文學？鄉土文學？以至於方言的應用，幾乎在一九七〇年代的鄉土文學論爭裡所提到的所有問題都出現了。但是問題的癥結似乎繞著「中國意識」和「台灣意識」的頡頏上。不管是外省作家和台灣作家們都有一個共識：那便是「台灣文學」是「中國文學」一環的這認知。然而台灣作家卻不贊成以「中國意識」來涵蓋台灣文學的一切。台灣作家總是認爲台灣有其歷史性遭遇，有其特殊的社會結構和大陸截然不同的生活模式，他們希望建立富於自主性的台灣文學。❹

很顯然的在這次爭辯中，葉石濤認爲外省作家和本省作家在認知上是有區別的，後者「希望建立富於自主性的台灣文學」。

「本土意識」再度浮現出來成爲作家們辯論的主題，是發生在一九七六至七九年間的鄉土文學之爭。這次爭論的主要論點雖然在於「鄉土文學」是否呼應了大陸上的「工農兵文學」，但潛伏的另外一個主題卻是「鄉土文學」與「本土意識」之間的關係。一方面「鄉土文學」是描寫人民大眾的寫實文學，很符合大陸上官方的口味和社會主義國家所倡導的「現實主義」文學的宗旨，另一方面「鄉土文學」也是描寫本土的，富有地方色彩，涵蘊著濃厚的「本土意識」。在爭辯的雙方一旦進入「本土意識」的層面，外省籍的作者因爲多少都不可避免地具有一些「中國意識」，就排除在「鄉土文學」之外了。雖然朱西甯、段彩華和司馬中原有些作品也很鄉土，只因爲他們寫的是大陸上的鄉土，便不能被稱爲鄉土小說家，他們也不會站在爲「鄉土文學」辯護的一邊。後來「鄉土小說」的名稱等於專指省籍作家以台灣本土爲題材所作的小說。

台灣熔爐第一代小說家中的省籍作家，像鄭清文、李喬、東方白、黃春明、七等生、陳映眞、王禎和等固然是「鄉土小說」家，台灣熔爐第二代（一九四〇至一九四九年出生者）中的省籍作家楊青矗、鍾鐵民、王拓等也是毫無疑問的「鄉土小說」家，但是沒有人認爲外省籍的作家是「鄉土小說」家，即使他也寫了台灣的社會。這可以看出來，「鄉土文學」一詞的運用，受了「本土意識」的左右，多少含有些排他的成分。

「鄉土小說」雖然蘊含著「本土意識」，也並不必然爲其所限，演變成明顯的排外情緒。「本土意識」的適度表現，並不一定與「中國意識」相衝突，這就是爲什麼在六〇年代，外省籍和本省籍的作家大概都不會否認「台灣文學」爲「中國文學」之一環[5]。但是「本土意識」的極度發展，勢必要走向「台灣結」與「中國結」對立的道路。

在外省籍作家不可避免地保有了「中國結」的情形下，省籍作家便或多或少堅持著「台灣結」。這種客觀的事實演變成爲討論「台灣文學」或「台灣小說」的一個重要的話題。當然，並不是百分之百的省籍作家都強調「本土意識」（譬如陳映眞就比較認同中國意識）或百分之百的外省籍作家都具有強烈的「中國意識」（台灣出生的外省籍作家的中國意識就比較淡薄），但總的來說，省籍作家比較趨向於「本土意識」，也是不爭的事實。

在省籍作家中，葉石濤是一位鍥而不捨地強調「本土意識」的代表人物。他的〈台灣鄉土文學史導論〉、《台灣文學史綱》和《走向台灣文學》等論著，都一再地申述走向一種具有「本土意識」的「台灣文學」的重要性。他曾說：

任何不站在理性而公正的立場上，貶抑台灣意識的，過分膨脹的中國意識無異是漢人沙文主義的偏見和摧殘。❻

激動的語氣透露出他心中的憤懣與不平。他甚至說：

所謂台灣鄉土文學應該是台灣人（居住在台灣的漢民族及原住民）所寫的文學。❼

他之所以有這樣的一種立場和觀點也並非出之於偶然。正像他在《台灣文學史綱》中所敘述的，日據時代的台灣文人受著日本統治者的壓迫，光復以後回歸祖國的懷抱，本該揚眉吐氣了，誰知又碰上「惡名昭彰的舊軍閥陳儀來治理台灣」，失盡了台灣的民心。加上二二八事件使「無數台灣菁英分子從此從台灣歷史舞台黯然消失」。葉石濤本人也是受害者，很長的一段時間使他生活在忍氣吞聲的陰影中。這樣的一種人生經歷，又面臨著大陸上種種倒行逆施和知識分子在文化大革命期間所遭受的悲慘命運，期望他向「中國意識」認同，實在是強人所難。他胸中燃燒著熾烈的「本土意識」的火焰，也正是人性在特定的環境中自然醞釀發酵的結果。

小說和文學中的「本土意識」自然會催生政治的「本土意識」的覺醒。七〇年代的小說寫作，也出現了明顯的政治取向，例如王拓、楊青矗、宋澤萊都寫出了政治小說。而且王拓和楊青矗身體力行也參與到政治運動中去，竟因一九七九年高雄美麗島事件而一度入獄。

到了八〇年代，「本土意識」的確獲得進一步的發展，開始與「中國意識」發生了對立的情感。這種對立並不限於文學，更重要的是表現在政治權力的競爭上。例如一九八三年起在一些黨外雜誌上有關「台灣意識」的論戰❽，其中一方就明白地申述了台灣獨立自主的信念。至此，「本土意識」遂成爲一部分較激進的省籍人士追求獨立自主的旗幟和口號。文學和政治也因此熔爲一體。正像施敏輝在《台灣意識論戰選集・序》中所說：

自七〇年代以來，台灣意識的擴張，具體表現在政治上的民主運動和文學上的本土運動，前者是以台灣意識爲指導原則，追求島嶼的前途方向；後者則是以台灣意識爲重心，以文學的形式反映台灣的歷史經驗和現實生活。❾

從「台灣意識」的覺醒到「台灣文學」界定爲「台灣人的文學」，的確是一步步走向了陳映眞所焦慮的「分離主義」。到了一九九一年十月十三日民進黨五全大會通過台獨綱領，把台灣獨立納入黨綱，可說達到此一運動的高潮。從此以後，在理論上宣稱台灣獨立，已經不是禁忌了。如果台灣將來變成一個獨立自主的國家，那麼「台灣文學」當然就名正言順地不再是「中國文學」的一環了。正如葉石濤所說「此種問題很容易受台灣未來命運的影響」❿。

三、走向「台灣文學」

「台灣文學」這個名稱雖然早就出現了，但直到一九七七年的鄉土文學論辯才成爲一個有意識的論爭的題目。與「台灣文學」對稱的則是「在台灣的中國文學」。二者的含義當然不同。前者認爲「台灣文學」是獨立於「中國文學」以外的自我體系的文學，而後者卻認爲在台灣的文學不過是「中國文學」的一環。

主張獨立的「台灣文學」的代表是葉石濤，主張「在台灣的中國文學」的代表是陳映眞。這兩種主張開始的時候都有不少景從者，被視爲省籍作家的南北兩派⑪。至於外省籍的作家，對這個問題則始終保持了沉默。

葉石濤在《台灣文學史綱》中說：

> 進入了八〇年代初期，台灣作家終於成功地爲台灣文學正名，公開提倡台灣地區的文學爲「台灣文學」。……由於台灣海峽兩岸中國人的政治體制、經濟、社會結構不同，同時台灣的自然景觀和民性風俗也跟大陸不完全相同，所以台灣文學自有其濃厚的地方色彩和特具的創作使命。⑫

葉一直認爲「台灣文學」的主流是寫實的鄉土文學，其實他所講的「文學」，主要指的是「小說」。早在一九七七年，他在《台灣鄉土文學史導論》中就曾說過：

台灣作家這種堅強的現實意識，參與抵抗運動的精神，形成台灣鄉土文學的傳統，而他們的文學必定是有民族風格的寫實文學。⓭

也就是因爲這篇文章，引起了陳映眞不同的看法。對寫實和鄉土，二人應該沒有歧見，不同的是陳映眞認爲台灣的鄉土文學是中國近代文學中的一部分。他說：

在十九世紀資本帝國主義所侵凌的各弱小民族的土地上，一切抵抗的文學，莫不有各別民族的特點，而且由於反映了這些農業的殖民地之社會現實條件，也莫不以農村中的經濟底、人底問題做爲關切和抵抗的焦點。「台灣」「鄉土文學」的個性，便在全亞洲、全中南美洲和全非洲殖民地文學的個性中消失，而在全中國近代反帝、反封建的個性中，統一在中國近代文學之中，成爲它光輝的不可割切的一環。⓮

台灣文學既然是中國近代文學不可割切的一環，那麼就只有「在台灣的中國文學」，而沒有獨立於「中國文學」以外的「台灣文學」。由於陳映眞把他的理論基礎納入左翼的反抗帝國主義的民族解放運動中，所以又導致了「第三世界文學論」和「台灣文學本土論」的爭論。後來的發展，在年輕一代的省籍作家中似乎傾向葉石濤的觀點的佔了優勢，使陳映眞愈來愈顯得孤立而落寞了⓯。

向陽對此評論說：

台灣文學的形成固然無懼於長年被撕扯、被搖撼的政治壓力，不斷在暗鬱中努力茁長，但在台灣政治生態體系的劇烈變動下，亦無可避免的會受到政治體系及其改變的牽動，而產生「逃走現象」。以七〇年代「鄉土文學論戰」之際，台灣鄉土文學作家陣營的組合來看，當年並肩作戰的鄉土作家葉石濤、鍾肇政、王拓、陳映眞、尉天驄、楊青矗、王曉波等，在由「鄉土文學」轉型爲「台灣文學」的細胞分裂過程中，如今已分屬在野文學界的不同陣營。主張台灣文學具有獨異的台灣性格之作家，扛起了「台灣文學」的鮮明旗幟，反對者則從「中國文學」的角度抨擊台灣文學爲反祖國、反民族利益的政治化文學。⑯

向陽以爲陳映眞的「在台灣的中國文學」論是「台灣文學」的「迷失現象」。對「台灣文學」的定義也愈來愈以「本土意識」爲主。例如宋冬陽說：

以台灣本土意識爲基礎所寫出的作品，則是一般通稱的台灣本土文學。⑰

許水綠的定義是：

台灣文學是胸懷台灣本土，放眼第三世界，開拓自主性及台灣意識的文學。⑱

彭瑞金說：

只要在作品裡眞誠地反映在台灣這個地域上人民生活的歷史與現實，是根植於這塊土地的作品，我們便可以稱之爲台灣文學……我們便將之納入「台灣文學」的陣營；反之，有人生於斯，長於斯，在意識上並不認同於這塊土地，並不關愛這裡的人民，自行隔絕於這塊土地人民的生息之外，即使台灣文學具有最朗廓的胸懷也包容不了他。⑲

所指「生於斯，長於斯，在意識上並不認同於這塊土地」的人可以說呼之欲出。主張「在台灣的中國文學」的人恐怕並不承認不認同於這塊土地。以意識的差別來分成不同的陣營，包容一些人而排斥另一些人是一件很危險的事。抽象的「意識」很難界定。就如大陸上用「無產階級意識」來區別敵我的陣營，到了關鍵時刻，只有握有權力的人才是確定某一個作家是否具有正確意識的最後裁判。對這個問題，李喬的意見比較中和，他說：

台灣文學的定義是：站在台灣人的立場，寫台灣經驗的作品便是。⑳

他的意見雖然與葉石濤所認為的「所謂台灣鄉土文學應該是台灣人（居住在台灣的漢民族與原住民）所寫的文學」㉑很相近，但也有差異：葉乾脆界定只有居住在台灣的漢人和原住民所寫的作品才是台灣文學，而李則以為不管是什麼人，只要站在台灣人的立場寫台灣人經驗的作品都可稱為「台灣文學」，雖然事實上非土生土長的台灣人用台灣人的立場來寫台灣人的經驗，是不太可能的事。

最近幾年，「台灣文學」做為一個獨立系統的名詞似乎已經確立了。去年六月一部分關心台灣文學發展的學人出版了《台灣文學觀察雜誌》，也足以說明有意識地把台灣文學看作是一個獨立發展的單元。其中尹章義在〈什麼是台灣文學？台灣文學往哪裡去？〉一文中，提出界定台灣文學的幾種說法：㈠、描寫台灣人心靈的文學，㈡、以台灣話文寫作的文學，㈢、三民主義的文學，

㈣、邊疆文學，㈤、在台灣的中國文學㉒。根據李、葉的定義，也許可以再加上兩項：站在台灣人立場上寫台灣經驗的文學和台灣人所寫的文學。

以上的討論，只要把「台灣文學」中的「文學」兩字換成「小說」，就成爲對「台灣小說」的各種定義了。然而這種種議論，發言者似乎都沒有意識到文學的評論是針對具體的作品而來的，而不應該武斷地爲未來的作品指出既定的方向。這種種界定，實在容易令人聯想到毛澤東〈在延安文藝座談會上的講話〉爲一九四九年以後大陸文學確定方針、指出方向的歷史。其後果，我們都已經看到了。

正因爲這種以議論來指導創作的思考方式乃來自社會主義的文學理論，因此大陸上的研究者很容易轍入其中，而對「台灣文學」執有雷同的看法，無形中也助長了「台灣文學」的「本土意識」。

四、大陸研究者的盲點

在泛政治主義籠罩下的大陸社會，文化活動無不以政治動向馬首是瞻，文學的創作和研究也是如此。四人幫倒台以後，鄧小平日漸恢復權力。一九七八年二月二十四日全國五屆政協第一次會議中選鄧爲政協全國委員會主席，同年五月十一日《光明日報》發表〈實踐是檢驗眞理的唯一標準〉。第二天《人民日報》馬上轉載了這篇文章。八月十一日上海《文匯報》即發表盧新華的短篇小說《傷痕》，於是展開了一系列「傷痕文學」的創作，在文學界首次出現了針對社會主義的高壓政策吐苦水的作品，對文學描寫的主題與文學研究的對象有開拓的跡象。一九七九年元旦，人大委員長葉劍英在全國人大常委會上發表了〈告台灣同胞書〉，謹慎地開動起對台灣統戰的活動。同年《當代》第一期刊載了白先勇的〈永遠的尹雪豔〉，標明了是台灣小說家的作品。其他刊物也相繼選刊了海外和台灣作家的小說。由選刊作品進而評介作品，再進而編輯成書（例如陸士清的《台灣小說選講》、汪景壽的《台灣短篇小說選講》和《台灣小說作家論》、封祖盛的《台灣現代派小說評析》和《台灣小說主要流派初探》、王晉民的《台灣當代文學》、黃重添的《台灣當代小說藝術彩光》等），後來竟出版了台灣的「文學史」（如白少帆、王玉斌、張恆春、武治純主編的《現代台灣文學史》）和「小說史」（如古繼堂著的《台灣小說發展史》）一類的大部頭的書。大陸研究者對研究台灣文學的貢獻是不容抹殺的，但是這種一窩蜂地對台灣小說和台灣文學的研究狂熱，也反映了政治上大陸愈來愈積極地對台灣統戰的要求。正如大陸學者劉登翰在〈大陸台灣文學研究十年〉一文中所說：

> 在初期，這一研究便不能不蘊寓著一定的政治意味，使它有超乎研究自身以外的其他價值和意義。……這種潛蘊的政治價值，使最初的台灣文學研究一定程度上受動於彼時的政治環境和氣候，在價值取向上難以擺脫特定的政治尺度的影響。㉓

依據大陸當日的政治氣候，在選取作家和作品的時候，便重鄉土寫實而輕帶有現代意味的非寫實或反寫實的作家和作品。又由於對資料掌握的不全面和撰寫的匆忙，不免出現未曾消化的分析評價、遺漏、輕重倒置等極為嚴重的誤導現象。當然，不同的研究者會有不同的重心和不同的成績，但是他們卻有一個共同的觀點，就是把凡是在台灣居住過的作家一律冠以「台灣作家」的頭銜，不管他們是否從前在大陸上早已成名或者在台灣的居留期爲時甚短。

今以白少帆、王玉斌、張恆春、武治純所編的《現代台灣文學史》和古繼堂的《台灣小說發展史》[24]爲例。前一本書從張我軍、賴和、楊逵的作品談起，接下來是楊守愚、吳濁流、呂赫若、張文環、龍瑛宗和鍾理和等的作品。對早期由大陸來台的小說家像謝冰瑩、陳紀瀅、姜貴、潘人木、王藍等一筆帶過（對姜貴的《旋風》和王藍的《藍與黑》略加介紹），然後一下跳到聶華苓和於梨華的作品。對同時彭歌、孟瑤等的作品則一字未提。再接下來就是鍾肇政、白先勇、陳若曦、林海音、趙淑俠、張系國、瓊瑤、王文興、七等生、叢甦、歐陽子、陳映眞、黃春明、李喬、鄭清文、王禎和、季季、王拓、楊青矗、宋澤萊、洪醒夫一長串冠以台灣小說作家的名字。其中有在大陸上已經成名的作家，像謝冰瑩、陳紀瀅等，有跨越日治時代到光復後的省籍作家，像張我軍、楊逵、吳濁流、鍾理和、鍾肇政等，有來自大陸在台居留時間甚短而後定居美國的聶華苓，有生於大陸在台就學而後留美定居的於梨華、白先勇、張系國等，有生長在台灣而後留美因嚮往祖國回歸度過文化大革命終又出走港、加最後定居美國的陳若曦，有原籍台灣長在北京於一九四九年後抵台定居的林海音，有生於大陸長於台灣的王文興、瓊瑤等，也有在台灣土生土長的作家像鄭清文、李喬、陳映眞、七等生、黃春明等。這樣背景複雜、身世各殊的作家，都納入同一個「台灣作家」的標籤之下，只因一個共同點：就是他們或長或短地都在台灣居留過而過去曾經一度或現在仍是中華民國的國民。書中對嚴肅作家與流行作家的不分以及對重要作家的遺漏，呂正惠已有專文評論[25]，茲不贅述。

古繼堂的《台灣小說發展史》比前書對台灣小說的評介較爲深入，但仍然資料不全。例如與白先勇同代同是由台赴美的小說家劉大任、李黎、李渝、郭松棻、東方白等的作品均未論到。七等生的同班同學雷驤和他們的好友沙究在小說創作上均有特殊的風格和貢獻，也不見蹤影。在年輕一代的小說家中談到了許多在台灣均甚陌生的名字，但已有成績和貢獻的作家反倒被忽略了。例如書中只有三行文字寫李永平的《吉陵春秋》，卻連篇累牘地介紹一些沒有特色的作品。張大春也是在年輕一代中頭角崢嶸的一位作者，竟完全沒有論到。與前述的「文學史」一樣，這本書也令人覺得台灣的小說發展，是從日治時期的本土前輩作家香火傳遞而來，與中國五四一代的小說家殊少淵源。譬如稱賴和為台灣的魯迅，意味賴和對後代台灣小說家的影響猶如五四時代的魯迅對大陸作家的影響一般。這是比喻不倫誤導讀者的觀點。五四以後的小說家，誰未讀過魯迅的作品呢？筆者來台前後雖屬少年，都曾對魯迅的小說有所涉獵。即使魯迅的作品已成為禁書的時代，陳映眞也曾讀過魯迅的《阿Q正傳》，而且表示特別喜愛㉖。賴和做為一個本土的先行作家，自然有其應有的歷史地位，但是沒有理由違反史實地故意誇大他的影響力。賴和的作品恐怕要等到以後的楊雲萍、楊逵、葉石濤等大力加以宣揚才漸漸為人所知。大陸來台的小說家，不論長幼，恐怕很少人讀過賴和的作品。即使本土的小說家，像鄭清文、陳若曦、陳映眞、七等生那一代，有多少人是受了賴和的影響而從事小說創作的呢？鄭清文就曾坦然地說過：

因為家庭環境之故，當時我對日據時期台灣作家一無所知，就連楊逵的名字也沒聽過。一直到一九六三年左右吳濁流要準備開辦《台灣文藝》，拜訪寫文章的人，我也是受寵若驚的受訪人之一，這才接觸到這些作家。所以我並未受到台灣老作家的影響。㉗

從以上的兩部文學史和小說史中，我們所得的印象好像是台灣小說的發展，從張我軍、賴和、楊逵等的反抗日本人統治，到光復後的鄉土作家對抗國民黨的統治，一線相承地走向民族自決和本土意識覺醒的一條道路，其間似乎全沒有受過五四以後中國小說家的影響。對西方現代小說家所發揮的作用，則認爲是負面的，使台灣的小說家走上了歪路。如果一部文學史或小說史，表現不出作品的來龍去脈，也顯現不出所述作品在整體文學的傳承中所佔據的地位，更因資料不全或爲偏見所蔽誤導讀者對作家的評價，則難說盡到文學史家的職責，也通不過學術考驗的一關。

如果我們細心對照，就會發現以上所言的兩部大陸出版的「文學史」和「小說史」中的資料，似乎不出葉石濤的《台灣文學史綱》㉘和最早幾位訪問大陸且受到歡迎的海外作家像聶華苓和於梨華等所能提供的資訊。特別是葉石濤的《台灣文學史綱》中資料詳略取捨情況，都反映在大陸上的兩部著作中。葉著對一九四九年前的台灣文學環境以及用日語寫作的台灣作家敘述得特別詳盡（佔全書七章中的三章），大陸上的兩部書也是如此。葉書中忽略的作家，大陸的兩部書中也未提及。葉書中完全遺漏了台灣的劇作，《現代台灣文學史》中也只象徵式地談到了姚一葦的作品，對其他劇作家及作品均付之闕如。在資料的取捨上承襲的痕跡相當明顯。兩相對照以後，便覺得這兩本書的編者和作者似乎未有充足的時間或意願來廣搜博引。

至於論點上，大陸的兩書也接受了葉著中所強調的「台灣文學」就是「反抗文學」和「鄉土文學」的觀點。葉石濤在《台灣文學史綱．序》中說：

> 台灣作家共同背負了台灣民眾苦難的十字架，跟台灣民眾打成一片，爲反日抵抗的歷史

留下嚴肅的證言。㉙

又說：

文學既是反映人生、人性和時空情況的，那麼鄉土文學的發展，變成名正言順的台灣文學，且構成台灣文學的主流。㉚

並引用王拓的主張說：

鄉土文學是現實主義的文學，是台灣的現實主義文學。㉛

這種主張與大陸自一九四九年以後的官方文藝政策是非常契合的，因此大陸上的兩本著作自然可以放心地取此為綱，把台灣的小說家分成鄉土和現代兩派（雖然眞正的情況是鄉土與現代難以截然區分，而二者的意涵並不在同一的層次上，鄉土通常指的內容與主題，現代指的則是形式與技巧），形成崇鄉土而貶現代的論點。

大陸著作與葉著不同的是，前者把所有現在生活在台灣的作家和曾經在台灣居留過的作家（縱然他們早已不在台灣，而且不再擁有中華民國國籍），統稱為「台灣作家」。葉氏對此卻是有所分別的。他通常把在台灣的外省籍作家稱作「外省作家」或「省外作家」，把本省作家稱作「省籍作家」或「台灣作家」，認為二者雖然同居台灣，但對台灣本土認同的程度和意識觀念是有區別的。

葉的這種看法大體上沒有錯誤，反倒是大陸上的著作把在台的外省作家和省籍作家以及海外曾踏過台灣土地的中國作家，一股腦兒都稱作「台灣作家」，未免是一廂情願的作法。爲什麼在大陸上研究者的眼中，這些背景各異、觀念不同的人都是「台灣作家」呢？因爲大陸上習慣性的考量標準是政治的，而非文化或地域的：既然這些作家都沒有跟大陸的政權認同，他們自然不算是「中國作家」！至於這些作家是否跟台灣的政權認同，反倒不在考慮之中。這種「稱謂」的運用，透露出人們潛意識中的政治排他性，使人們即使在政治尺度愈來愈寬鬆的今日，仍難以超越以政治審視文學的藩籬。

大陸學者劉登翰就曾在〈大陸台灣文學研究十年〉中指出：

台灣鄉土文學思潮在整體上與大陸文學觀念有許多契合之處，因而也特別容易獲得大陸研究者的認同。[32]

這種看法是不錯的。但他又說：

台灣鄉土論爭做爲一個有著廣泛意義的政治文化運動，其所弘揚的民族精神、本土意識和對台灣社會政治經濟機制的批判，對於扭轉台灣自五、六〇年代以來受西方文化的衝擊所產生的負面影響，改變文學的歷史進程和現實構成，有重大作用。[33]

從大陸的觀點來看，這是過度樂觀的看法，因爲所強調的台灣鄉土文學，的確具有政治意涵，在思想上表現出對人民大眾的同情，帶出反資本主義及自由主義的色彩，但同時也不由自主地愈來愈走向本土意識，進一步導向政治的獨立自主的追尋。前者可能使大陸上的研究者產生同路人的喜悅，但後者觸犯了分裂國土的大忌，則恐怕不是大陸上的研究者（特別是政治意識強烈的）所樂見的了。

五、小說創作者的執著

在台灣的評論家和大陸的研究者正在熱烈地指出台灣的小說（或者廣義地說台灣文學）應走的道路和哪些人才配稱爲台灣小說家的時候，在台灣的小說作家仍然兢兢業業地從事創作，似乎全沒有受到這些鑼鼓聲的影響。寫作是很孤獨的事業，不像政治或商賈，要靠結黨結派或集體經營才可造成聲勢。一個作者最可貴的是自由創作的心靈，失去了自由創作的心靈，怕就只剩下理論，不會再有作品了。

今日不但台灣熔爐的第一代和第二代的小說家仍不時有新作問世，更重要的是熔爐第三代（出生於一九五〇～五九）和第四代（出生於一九六〇～六九）的小說家也早已嶄露頭角。東年、黃凡、袁瓊瓊、林雙不、古蒙仁、小野、宋澤萊、李昂、吳念眞、鍾延豪、履彊、平路、顧肇森、蘇偉貞、吳錦發、李赫、保眞、郭箏、張大春、張貴興、朱天文、朱天心、黃有德、王湘琦、張啓疆、洪祖瓊、王幼華、田雅各、楊照、駱以軍、林蒼鬱等都寫出了出色的作品。

從一九五〇年出生的算起，不管是外省還是本省籍，都是出生在台灣的。他們對他們父祖之土的大陸毫無印象，他們生活在台灣，吃著台灣的土地生長出來的稻米，喝著台灣的水，呼吸著台灣的空氣，他們怎麼可能不愛台灣呢？但是他們是不是都認爲「台灣的小說」不能算是「中國小說」？在沒有實際的問卷之前，我不敢下任何的斷語。尹章義在〈什麼是台灣文學？台灣文學往哪裡去？〉一文中說：

> 殊不知決定台灣文學地位的，絕不是文學以外的東西。台灣作家寫作的客體已經呈現了台灣文學的特殊性，只有量多質精的「台灣文學」作品，才能使「台灣」文學成爲中國或華文文學的主流。

是不是量多而質精？恐怕還要更大的努力。但是從台灣熔爐第三代和第四代作家的作品看來，除了極少數幾位熱烈地參與政治運動外，大多數的年輕作者似乎都在默默地寫作，並沒有特別強調鄉土的台灣經驗，或是遵循寫實主義的法則。相反的，其中特殊傑出的幾位，像張大春、黃凡、郭箏、平路、駱以軍等，追求的反倒是極爲個人的經驗，所採用的手法或是象徵的，或是魔幻的，或是荒謬的，或是後設的，或是超現實的，竟都是非寫實或反寫實的路線。他們是否辜負了前輩大師的指引，而成爲一群不可救藥的叛逆者呢？

這一點，恐怕要等到另一批只針對作品細心研究而不是以預言者領路人現身的新的評論家出現，才會有定論吧！

六、如果用語言文字來界定台灣小說

對文學作品的國籍或地域屬性的界定，並不是一件容易的事情，也並不一定有絕對的規則可循，但是倒有一些既成的先例可以做爲參考。

今日既以國家做爲人群集體生活的法律單位，以致政治、經濟、文化活動均以國家爲歸類的指標，譬如我們說中國小說、英國小說、法國小說、俄國小說、美國小說等，即以國別為分類的基礎。其實英國小說和美國小說同屬英語小說，只因國家有別，而把兩者區分開來。區分的指標一般有二：一是所用的語言，二是作家的國籍。

我們都知道康拉德是波裔俄人（生於蘇聯的烏克蘭共和國），二十一歲時登英國商船工作，二十七歲時入英籍，三十七歲棄航海而從事小說寫作，雖然所寫多異國情調，但因以英語表達，終成為英國的小說重鎮。貝克特為都柏林出生的愛爾蘭人，二十二歲時赴巴黎讀書，但不久即返英，三十三歲起定居巴黎，以法文寫作，所寫題材是對人類共同處境的關懷而非法國經驗，仍成為法國重要的劇作家和小說家。他的作品都經他本人及他人用英文譯出，又由於他祖籍愛爾蘭，英國作家中也有他一席之地。出生在紐約的亨利·傑姆斯（Henry James, 1843-1916）三十一歲時定居英國，並入英籍，他的名字遂進入英美兩國的小說家之林。那包考夫（Vladimir Nabokov, 1899-1977）是俄國人，流亡美國後改用英文寫作，成為本世紀重要的美國小說家。同樣是俄國人的索忍尼辛（Aleksandr Soljenitsyne, 1918- ）也曾流亡美國，但始終以俄文寫作，所以不論他居留美國多久，入不入美籍，終不算是美國小說家。

由以上的先例大概可以看出來，界定一個作家的國別，他的血統與出身並不重要，主要乃看他是否與該國的文化認同。與文化認同的主要標誌是看他是否使用該國的語言文字寫作，並非看他所寫的是否該國的經驗。用了某一國的語言文字，就等於是為該國的人民而寫了。其次是看他定居的地區，定居的法律標誌是入籍。所以一個作家不論血統如何、出生何地，只要他在某一國土定居（或入籍），而又用該國的語言寫作，一般而言，他就是那一個國家的作家。

台灣的省籍小說家，不管是光復後努力改以中文寫作的像鍾肇政、楊逵，還是本有大陸的生活經驗原來就用中文寫作的像鍾理和，他們都以中文寫成的作品而聞名。由大陸來台的作家，包括軍中的和在台就學的學生，沒有例外地都以中文寫作。其中可能因爲出生地的區別，而稍帶方言色彩（譬如王文興的文字，據會說福州話的朋友說，就帶有福州話的腔調）。一般而論，在台就讀的學生，因爲抵台時仍在可塑的年紀，在語言上會受到通行國語的大熔爐的薰陶，方言的色彩不濃。這些寫小說的人用的既是中文，而國籍又是名義上仍領有大陸主權的中華民國，說是中國小說家，應該是名正言順的。

到了台灣鄉土小說出版，黃春明和王禎和寫的作品中，人物的對話摻用了閩南語的句法和字彙，但是成分有限，還沒有達到方言小說的程度，仍是中華民國國籍的作家用中文寫小說。原則上，他們的作品仍屬於中國小說。

前些年，在台灣的小說家還沒有明確地把自己定位爲「台灣小說家」，原因是心目中仍與中國文化認同。即使有些作家後來在美國定居，也入了美國籍，但是並沒有改用英文寫作，而是繼續不斷地用中文寫作，在台灣或香港發表，人們也似乎並沒有認爲入了美國籍就不再算是中國作家。因此，就語文原則而論，台灣與大陸的小說，縱然主題不同，詞彙有別，但絕對屬於同一種語言、同一種歷史文化背景的產物，彼此全沒有閱讀上的困難。

然而，如果台灣的小說，有一天全部用「台灣話文」來寫作，非經過翻譯，中國其他地區的讀者都看不懂了，還能不能算是中國文學呢？這是一個值得進一步討論的問題。

關於「台灣話文」，葉石濤說在日據時代就有人大力提倡了[35]。光復後因爲推行國語的關係，對這方面的討論沉寂了一些時候。最近幾年，由於「台灣意識」的高漲，政治權力的本土化和台灣獨立運動的抬頭，「台灣話文」又以「台語文學」的名義引起了廣泛的討論。先是廖咸浩於一九八九年在淡江大學「文學與美學學術研討會」上提出了一篇〈「台語文學」的商榷〉的論文，同時以節文的形式刊載於《自立晚報・副刊》36。他認爲「台語文學」運動具有相當的盲點與囿限，遂引起了一場反駁和爭論37。一直到一九九一年，這樣的討論仍在繼續中。

什麼是「台語文學」呢？李瑞騰很乾脆地說：

其實所謂的「台語文學」，就是台灣閩南方言文學。38

那麼對「台語」的界定又如何呢？尹章義在〈什麼是台灣文學？台灣文學往哪裡去？〉一文中說：

隨著「母語權運動」發展的是「台語文字化運動」。所謂「台語」並不包含台灣所通行的各種語言而單指福佬話，可以說是「福佬沙文主義」的產物。少數人認爲「獨立自主的台灣文學」必須是「台語文學」；台語要文學化又必須奠基於「台灣話文」——也就是以某種文字來記述台灣話。39

小說家李喬也曾對這個問題發言說：

這個台語界說最嚴的是「福佬話」，較寬的是和原住民語、客家話包括進去，顯然把「北

京話」——中國大陸普通話排除在外。今後的台語內涵，如果排除上列四語系中任何一系，我個人都期期以爲不可，我反對！❹⓿

「台語文學」廣義地說應包括「福佬話」、「客家話」和原住民的各種語言，狹義的則僅指「福佬話」而言。至於「台灣話文」指的應該是狹義的台語。

如何把台灣話化作文字？大概有兩個方式：一個是蔡培火、張洪南等人提倡的羅馬文字❹❶；另一個是以漢文來書寫。

羅馬字跟大陸上文字改革所推行的拼音文字是同一種構想，同一種方式。大陸上的拼音文字雖然曾經中共的領導人物鼓吹，也早就由中共國務院公布了「漢語拼音方案草案」，但是直到今天仍未實際通用。中國文字單音字太多，一音多字是一個障礙，數千年累積的文字資料無法立刻轉譯是另一個障礙。這些困難同樣會出現在台語羅馬字化上，因此，到目前爲止，贊同的人並不多。

以漢字來書寫台語是目前正在嘗試的一條道路❹❷。但是這條道路也並非十分平坦。以前黃春明和王禎和的小說中部分使用方言，顯出相當生動的地方色彩；如全部以方言書寫，則會帶來閱讀的困難。不過目前正在嘗試的人不少❹❸。下面的一段話就是以漢字書寫的台語：

咦，誰講船備駛去大陸？那是不須奉報務員知樣喔，奉伊知樣，伊敲電報轉去警備總部，你們就沒命喔，嘻，簡單反攻大陸咱們才會須講備轉去大陸，姦，其實咱們轉去大陸做啥，咱們沒田也沒厝，去那兒沒效啊，咱們祖先古早就是因爲在大陸生活艱苦討沒呷，才會拚來台灣，有啦，有聽我老爸講，講古早我們第一代的祖先死的時瞬，伊的子有坐帆船轉去福建，我們是住在那漳州安溪南門城外，而伊去那兒抄家譜那什麼白字轉來，那當瞬大家對唐山是還可有感情有思念，但是尾來年久一深，根草就茫茫了了咯，嘻，那國民黨伊們那外省的即才來，還在癡想，就像咱們祖先以前按那，過幾年兒伊們就會慣習。（摘自東年《失蹤的太平洋三號》）㊹

這一段書寫的台語全用漢字，沒有特別造字，比較容易懂，但是對不懂台語的讀者仍會覺得無能卒讀。

中國的傳統小說，文言的或半文半白的姑且不論，若拿白話小說來說，其實多少都帶有一些方言的色彩。譬如《水滸傳》、《金瓶梅》、《醒世姻緣》中的語言具有山東腔調，《紅樓夢》和《兒女英雄傳》用的是當日的北京官話，《儒林外史》有安徽人的語氣。然而這些小說從沒有被視為方言小說，原因是山東話、北京話和安徽話都屬於中原普通話語系，是彼此互通的，差別在口音，而不在句法和詞彙。即使偶有地方性句法、詞彙，也不難猜出它的含義，真正使外地人看不懂的語句非常稀少。因此，以語言而論，這些地區各有口音特殊的方言，唯一旦形之於文字，則大致雷同，故不曾形成特殊的方言文學。

中國以方言寫成的小說使後來的文學史家不能不將之歸入方言一類的，始自韓邦慶用吳語撰寫的《海上花列傳》及繼起的張春帆的《九尾龜》等。其實這些小說也並非全用方言，只是在人物的對話中為了求真起見採用了蘇州話來摹寫人物口吻，其他的敘述文字用的仍是一般人皆能通曉的普通話。今舉《海上花列傳》二十三回衛霞仙對姚奶奶說的一段話為例：

老實搭耐說仔罷：二少爺來裡耐府浪，故未是耐家主公；到仔該搭來，就是倪個客人哉。耐有本事，耐拿家主公看牢仔；為啥放俚到堂子裡來白相？來裡該搭堂子裡，耐再要想拉得去，耐去問聲看，上海夷場浪阿有該號規矩？故歇覅說二少爺勿曾來，就來仔，耐阿敢罵俚一聲，打俚一記！耐欺瞞耐家主公，勿關倪事；要欺瞞仔倪個客人，耐當心點！㊺

以上的話，懂吳語的人會覺得真實生動，不懂吳語的人不但不會感到真實生動，反倒認為不過是一堆意義不明確的符號而已。

吳語小說因為有崑曲、彈詞中的吳語做為先導，又有商業文化中心的上海及其附近城市中使用吳語的廣大群眾做為可能的讀者，曾在這一帶風行一時，但事過境遷則後繼無力。今日幾乎沒有人再繼續寫吳語小說，而《海上花列傳》也逐漸為讀者所遺忘，致勞張愛玲女士奮筆轉譯為國語小說。

大多文學史或小說史棄方言小說而不論，固然是一種缺憾，背後的原因也正是因為方言小說的讀者有限，影響也有限，遂成為中國小說中無足輕重的一個旁支。

這種現象不獨發生在中國，也發生在其他國家中。例如加拿大是使用英法雙語的國家，法語的人口集中在魁北克一省，其他省份均用英語。文學作品也有英語文學與法語文學之分。近年來因為魁北克人的鄉土意識發皇，追求獨立的聲浪也時有所聞，故也有人用魁北克省中的一種叫做joual的方言來寫作。正像台語，這種方言保留了很多古法語的成分，跟現代法語的句法、詞彙和發音都頗有距離，彼此不易溝通。因此，使用 joual 方言的魁北克居民必定要學習現代法語，才能與其他使用法語的人民溝通。用 joual 方言所寫成的文學作品，對使用 joual 方言的居民會覺得鄉土而親切，但對其他法語地區的讀者則感到難以卒讀。所以在魁北克的「鄉土意識」高潮一過，用 joual 語寫作的作家又轉而用現代法語來寫作了。像因用 joual 語撰寫劇本而成名的作家米士勒·川布里（Michel Trembly）後來竟遷居巴黎，決心改用標準的現代法語寫作，以便獲得更廣大的讀者群。今日看來，加拿大 joual 語的文學作品不過成爲法語文學作品中一個方言的旁支而已。

另外一個例子是愛爾蘭在本世紀初一心想擺脫英國控制尋求獨立自主時期，本土意識高漲，在文學作品中也設法在英語中融入愛爾蘭的方言。劇作家辛格（John M. Synge 1871-1909）在他的劇作中就注入了愛爾蘭的農民方言。然而他也只是有限度地融入了英語讀者可以領略的句法和字彙，並不曾全用愛爾蘭方言來書寫，否則他的作品便無法在其他的英語地區演出了。

中國的方言文學和加拿大法語文學中的 joual 語的方言文學的雷同處，乃在吳語或台語與 joual 語都是另一種更強勢更龐大的現代語言的旁支，都是有音無字的方言。這幾種方言一直停留在語言的階段，而未形成文字；說吳語的人或說台語的人應用的文字仍是普通的中國文字，說 joual 語的人應用的文字則是一般的法文。如果把這幾種方言轉化爲文字，難度是很大的。吳語和台語小說，借用普通中文來書寫，遷就了聲，可能就必須犧牲了義，遷就了義，聲音又可能不合；何況一人的杜撰，一時難以得到眾人的認同，可能會形成懂吳語或台語的人，一樣會看不懂吳語或台語的小說。joual 語在加拿大的法語文學中，也有同樣書寫的問題。

我國的傳統小說，除了《海上花列傳》這類的方言小說以外，幾乎都是用一般均可通曉的文字寫成的小說。這些小說或多或少地都帶有一些方言俚語的色彩，但並非純用方言的小說。如果用語言與文字來界定小說的屬性，可以說：凡是用中文寫成的小說，都是「中國小說」。那麼「台語小說」如果用的不是羅馬字，而是中文，可歸入「中國小說」中的「方言小說」一類。

這是用語文來界定，如果改以國籍來界定呢？結論可能不同的吧？

同是英文小說，因國籍不同，可以有英國的英文小說、美國的英文小說、加拿大的英文小說、澳洲的英文小說、紐西蘭的英文小說、南非的英文小說，甚至印度的英文小說。同是法文小說，也有法國的法文小說、比利時的法文小說、瑞士的法文小說、阿爾及利亞的法文小說、摩洛哥的法文小說、加拿大的法文小說等等。如果在未來的日子裡，使用中文的不限於中國一國，譬如說新加坡人也用中文來寫小說，那麼在中國的中文小說之外，就有新加坡的中文小說了。以此推論下來，台灣倘若有一天果眞成爲獨立的國家，即使用國語來寫作，仍然可以稱爲「台灣國小說」。當然，如果有人要用「台灣話文」來寫小說，那也是未來台灣國民的自由選擇。

七、結語

如果「台灣小說」的定義，只限於「台灣人所寫的小說」，進一步把「台灣人」界定爲早期來台的閩粵移民和原住民，不包括一九四九年以後來台的各省人民，那麼所謂「外省籍作家」所寫的作品，自然排斥在「台灣文學」以外了[46]。在大陸的文學研究者及編輯的眼中，也是把在台灣及海外的中文作家排斥在「中國作家」之外的[47]。如此一來，在台灣的外省籍作家豈不等於掉落進台灣海峽之中，成爲海峽雙方都不肯收容的「亞細亞的孤兒」了麼？

如果「台灣文學」的定義，只限於「台灣人」所寫的作品，而將來又必須用「台灣話文」（福佬話）來創作的話，使用客家話的作家和原住民的作家不是也被排斥在外了？愛鄉愛土是每一個人自發的天性，但把愛鄉愛土的情懷發展成爲狹隘的排他意識，對一個地區的人民和文化都不是一件有利的事。何況就現代國家的權利觀念而言，具有公民權的人，不管他是原住民、第一代移民、第二代移民，還是第十代移民，都享有相同的權利，沒有人甘願被人排除在外。

台灣固然有其獨特的歷史背景，倘若片面地強調日據以前和日據時代的傳統，而完全不顧一九四五年光復直到今日四十多年的發展，豈不也扭曲了歷史的眞實？最近這四十多年在社會的底層建構和上層的意識形態的變化上，都遠遠超過了日據時代的五十年，甚至於也超過閩粵移民渡海以後的三百年。今日台灣的基礎建設、經濟發展、社會繁榮、財富增値，在過去的歷史上是不曾有過的。今日台灣融合了中國各省移民，彼此結成婚媾血緣的關係，享受著各地飲食的風味，使用著彼此都通曉的台灣國語，也是在過去台灣的歷史上不曾有過的。今日台灣的現實，已經不再是單純地對先期移民文化的繼承，也不是單純地對日本殖民文化的繼承，而是全中國各地文化在台灣所形成的中華文化的大熔爐，其融合性超過大陸上任何一個地區，本體便具有了十分的包容性。在這樣一種人文薈萃、內涵豐富的文化形態中，有沒有理由再去恢復日據以前的單一的文化形態呢？

在小說的創作上，作者的來源不同、風格不同、題材不同、技巧不同，正是今日台灣小說可貴的財富，有什麼理由必須要把台灣小說導入一種單一的狹隘的道路上呢？一個泱泱文化大國，首先總要有一種寬宏的氣度，譬如法國不已經常常把用法文寫作的外國人（盧騷原籍瑞士，貝克特原籍愛爾蘭，尤乃斯柯原籍羅馬尼亞）納入法國文學之林了嗎？英國也沒有因爲康拉德原來是波蘭人或俄國人，而寫的又是與英土無關的異域情調，否認他在英國文學史上的地位。賽珍珠（Pearl Buck, 1892-1973）生長在中國，雖然主要的作品寫的都是中國的風土人情，與美國經驗無關，並無礙她做爲美國小說家的榮耀，因爲她是美國籍用英文寫作的作家。

爲什麼台灣的小說必須定義爲台灣人的作品？或寫台灣經驗的作品呢？

目前在台灣的大多數小說家所使用的文字都是以國語爲基礎的中文，只有少數的小說家在部分的人物對話中使用了台灣的方言，眞正全部用台灣方言寫小說不過正在開始嘗試中。在小說的創作上，每個作家都有嘗試不同的技巧、不同的方言的自由，但是這樣的嘗試如果出之於美學的原因，恐怕要比出之於政治的或意識形態的理由更容易獲得文學上的成績，也更容易爲未來的讀者所接受。至於是否因爲用了方言而造成傳播上的局限，那是創作者自己應該考慮的事。

十年前詹宏志曾經擔憂台灣文學在將來是否會在中國文學史中流爲無足輕重的「邊疆文學」㊽，因而引起了「本土意識」強勁的年輕一代的抨擊，認爲詹宏志的論調代表的是棄兒或孤兒的喟嘆㊾。其實詹宏志的喟嘆恐怕主要是有感於大陸上的文化界對台灣所表現的一種褊狹的心理。大陸上的文學研究者既然並不把台灣文學納入中國文學之中，而另冠以「台灣文學」之名，的確使在台灣的作家感覺到一種不易吞嚥的「中原心態」的倨傲，難怪會產生這種「邊疆文學」的論調和不如「另立門戶」的反彈。然而目前大陸上文學研究者的這種心態，恐怕與社會主義意識形態的排他性有關。自中共掌握政權以後，四十多年來大陸上無數的政治運動，無不以排除資本主義國家中的自由思想和民主政治爲鵠的，早已養成對外在世界的戒懼之心，自然不敢貿然地把具有自由色彩的台灣作家引以爲自己人，像大陸上的作家一樣對待，不得不另貼上標籤，以便保持一種安全的距離。這只是目下的一種階段性現象。在長遠的歷史上看來，中國文化本來頗具兼容並蓄的精神。戰國時的楚國，相對於中原地區與中原的周文化，算是邊疆，但楚辭在以後的中國文學史上並未流於「邊疆文學」，而屈原也不是「邊疆作家」。唐朝的李白，出身少數民族，不會影響他「詩仙」的地位。老舍是純粹的滿族人，他也是中國現代小說和現代戲劇的重鎮。這些先例，足以說明只要在台灣有足夠分量的作家和足夠水平的作品，在未來的中國文學史上自會佔一席之地，甚至一樣可以成爲重量作家和主流文學。這是今日任何具有政治或意識形態偏見的文學評論家和文學史家都無法阻擋的事。

然而如果使今日的台灣小說在未來的中國小說史中佔有一席之地，先決條件是台灣在未來仍是中國的一部分。倘若台灣未來走上脫離中國而獨立自主的道路，那麼台灣自當會有獨立的「台灣國小說」，不管用的是國語中文，還是「台灣話文」，就像美國或南非的小說家用英文寫作，不必歸入英國小說家之林一樣。

不錯，台灣是否有獨立的「台灣小說」或「台灣文學」，繫之於台灣的未來是否走向獨立的道路。就實際情況而言，台灣目前的政經體制與大陸的差別極大，反倒與美日等國容易聯爲一體，這是大陸的當政者也不能不引以爲憂的一件事。血統與文化是否比經政的現實更具有決定的力量，實在未能預卜。如海峽兩岸立意統一，勢必要發生不是大陸的體制吞併台灣，就是台灣的體制淹沒大陸的結果。僥倖的中間路線的空間十分狹小。就民族自決的理論而言，台灣的前途應該取決於台灣全體居民的意願。如果台灣的全體居民，或大多數的居民都誓死要求獨立，像南愛爾蘭人民似地不屈不撓，則不達目的誓不罷休。但若多數的台灣居民仍然心繫中國，或沒有誓死的決心，而寧願與大陸的勢力妥協求存，那麼「台獨」的主張便將成爲一種歷史的謬誤，只會招致又一場無謂的災禍而已。

不過，即使台灣有一日成爲獨立自主的國家，排他性的「本土意識」也並非獨立的台灣之福。南愛爾蘭的文學發展就是一個前例。自從一八〇〇年愛爾蘭併入大英帝國之後，愛爾蘭人的獨立運動就不曾間斷過，中間幾經「二二八」式的屠戮，南愛爾蘭終於一九二一年獲得獨立，把北愛爾蘭（因爲有半數居民親英）仍然留在大英帝國的統轄之內。愛爾蘭的大作家王爾德（Oscar Wilde, 1854-1900）死於南愛爾蘭獨立以前，本身並未具有明顯的愛爾蘭「本土意識」，自然是名正言順的英國作家。另一個愛爾蘭文豪蕭伯納（George Bernard Shaw, 1856-1950），生於南愛爾蘭的京城都柏林，在南愛爾蘭獨立以前赴英倫，他的故土獨立之後並未回歸，依然留居英倫做他的英國作家。曾參與「本土化」運動的愛爾蘭大詩人葉慈（William Qutler Yeats, 1865-1939）和劇作家辛格那一輩，雖然倡導方言入詩入劇，卻都是用英文寫作的作家，因而也都成爲英國文學史中的一員。愛爾蘭的小說重鎮喬伊斯竟因受不了愛爾蘭宗教教義的偏執與強勁的「本土意識」，而遠走他鄉，終老異域。另一個宣稱忍受不了愛爾蘭狹隘的「本土意識」的愛爾蘭名作家，是獲得一九六九年諾貝爾文學獎的貝克特。他甚至放棄以英文表達，改用法文寫作，遠離故土而終老法國。他們豈不愛鄉愛土？但愛爾蘭那種偏執而狹隘的思想氣氛使具有自由心靈的作家無法忍受。這就是愛爾蘭一面產生優秀的作家，一面卻保不住優秀的作家的原因。在一個民族追求獨立的過程中，民族主義和本土意識幾乎是不可避免的一種風潮，但目的一旦達成，同樣的意識形態便成爲自囚的樊籠了！

從事文學創作的人，不管國籍爲何，來自何地，所具有的追求自由創作的心靈是共通的，是否某些作家應該有「特具的使命」，實在是一個值得懷疑的問題。

在「中國意識」和「台灣意識」彼此消長的發展過程中，在台灣的小說家的確受到了這種情結的衝擊，致使有些表現不差的小說家因此棄文而從政。其他大多數的小說家能夠不爲所動，實在是一件不容易的事。他們兢兢業業地繼續特立獨行的藝術追求，等待著未來的文學史家來爲他們定位了。

——一九九七年，選自聯合文學版《燦爛的星空：現／當代小說的主潮》

註釋

❶以年齡而論，司馬中原和段彩華應屬於熔爐第一代，但因為他們身在軍中，不若在學校中成長的外省人易與本省籍同學打成一片，因此他們心態上比較接近上一代的外省作家。

❷見葉石濤《台灣文學史綱》，高雄文學界雜誌社，一九八七年二月，頁九四。

❸原刊一九二五年十月四日《台灣民報》周刊第七十三號，社論題目是〈詩學流行的價值如何〉。引自莊永明《台灣紀事》下冊〈文學要表現地方色彩〉一文，台北：時報文化出版社，一九八九年十月，頁八三二。

❹葉石濤〈接續祖國臍帶之後〉，在《走向台灣文學》，台北：自立晚報，一九九〇年三月，頁三三～三四。

❺同註❹。

❻同註❹，頁三八。

❼見葉石濤〈台灣鄉土文學史導論〉，一九七七年五月《夏潮》第十四期。

❽參閱施敏輝編《台灣意識論戰選集》，台北：前衛出版社，一九八八年九月。

❾同註❽，頁六。

❿同註❷，頁一七三。

⓫例如高天生在〈新危機與新展望——鄉土文學論戰後台灣文壇發展的考察〉一文中說：「時序進入八〇年代，台灣文壇裡又出現了奧妙的對峙僵局，並雜揉了許多耳語、謠言，如『南北分裂』等……」（見《台灣小說與小說家》，台北：前衛出版社，一九八五年，頁二二五）。

⓬同註❷，頁一七二。

⓭同註❼。

⓮見陳映真〈鄉土文學的盲點〉，一九七七年六月《台灣文藝》革新第二期。

⓯例如一九八七年二月十五日成立的「台灣筆會」包括了葉石濤在內的多數省籍作家，而陳映真不與焉。

⓰見向陽〈可被撕扯可被搖撼，不可自我迷走！——台灣作家應以創作台灣文學為榮〉，一九九〇年九月《台灣文學觀察雜誌》第二期，頁七。

⓱見宋冬陽〈現階段台灣文學本土化的問題〉，收在施敏輝編《台灣意識論戰選集》中，頁二三〇。在對「台灣文學」的定義中，作者加了「本土」兩字，即在強調「本土意識」之重要。

⓲見許水綠〈台灣文學的界說與方向〉，一九八三年九月《生根》第十七期，頁四二～四三。

⓳見彭瑞金〈台灣文學應以本土化為首要課題〉，一九八二年四月《文學界》第二集，頁一～三。

⓴見李喬〈寬廣的語言大道——對台灣語文的思考〉，一九九一年九月二十九日《自立晚報・副刊》。

㉑語見葉石濤〈台灣鄉土文學史導論〉。

㉒尹章義〈什麼是台灣文學？台灣文學往哪裡去？〉，一九九〇年六月《台灣文學觀察雜誌》第一期，頁一九～二〇。

㉓劉登翰〈大陸台灣文學研究十年〉，一九九〇年六月《台灣文學觀察雜誌》第一期，頁六〇。

㉔《現代台灣文學史》，瀋陽遼寧大學出版社，一九八七年十二月出版；《台灣小說發展史》，台北：文史哲出版社，一九八九年七月出版。

㉕參閱呂正惠〈評遼寧大學《現代台灣文學史》〉，一九九〇年十月《新地》第一卷第四期，頁一九～二三。

㉖見許南村（陳映真）《知識人的偏執》，台北：遠行出版社，一九七六年十二月，頁二五。

㉗見王文伶〈靜裡尋真，樸處見美——訪鄭清文先生〉，一九九〇年十月《新地》第一卷第四期，頁九四。

㉘遼寧大學的《現代台灣文學史》中有節專門談到了葉石濤的《台灣文學史綱》，但是兩書出版僅相距十個月，亦足見大陸編輯該書的快速與匆忙。

㉙同註❷，頁一。

㉚同註❷，頁三八。

㉛同註❷，頁一四四。

㉜同註㉓。

㉝同註㉓。

㉞同註㉒，頁二四。

㉟同註❷，頁二四～二八。

㊱廖咸浩的論文發表於一九八九年六月十七日淡江大學「文學與美學學術研討會」，節文以〈需要更多養分的革命——「台語文學」運動理論的盲點與囿限〉發表於同年六月十六日《自立晚報・副刊》。

㊲反駁的文章很多，例如宋澤萊〈何必悲觀——評廖咸浩的台語文學觀〉（一九八九年《新文化》七月版）、洪惟仁〈令人感動的純化主義——評廖文：「台語文學」運動理論的盲點與囿限〉（一九八九年七月六～七日《自立晚報・副刊》）、林央敏〈不可扭曲台語文學運動——駁正廖咸浩先生〉（一九八九年七～八月《台灣文藝》一一八期）等（參閱李瑞騰〈閩南方言在台灣文學作品中的運用——以現代新詩為例〉附註❷，一九九〇年六月《台灣文學觀察雜誌》第一期，頁九九）。

㊳同註㊲，李瑞騰〈閩南方言在台灣文學作品中的運用——以現代新詩為例〉，頁九五。

㊴同註㉒，頁二二。

㊵同註⑳。

㊶參閱陳玉玲〈《台灣文藝》研究〉一文中「台語文學的爭論」，一九九一年一月《台灣文學觀察雜誌》第三期，頁五二～五四。

㊷參閱鄭良偉《走向標準化的台灣話文》，台北：自立晚報社，一九八九年二月。

㊸例如鄭穗影的《台灣語言的思想基礎》（台北：台原出版社，一九九一年二月）就是一本全部用漢字書寫台語的書。同一作者於一九八五年三月影印手抄本《台灣語現代詩試作》，則夾用漢文及羅馬字。

㊹東年《失蹤的太平洋三號》，台北：聯經出版公司，一九八五年三月，頁一九六。

㊺引自郭箴一《中國小說史》，台灣：商務印書館，一九六七年一月，頁四五八。

㊻本土意識強的文學刊物，從不刊載或討論外省籍作家的作品，與外省籍作家主持的刊物兼容並蓄的情形構成明顯的對比。

㊼大陸的文學刊物偶然刊用在台作家的作品，必註明台灣作家字樣，與台灣的文學刊物像《聯合文學》、《聯合報》副刊對大陸作者的作品一視同仁也形成明顯的對比。

㊽見詹宏志〈兩種心靈——評兩篇聯合報小說獎得獎作品〉，一九八一年一月《書評書目》第九十三期，頁二二～二三。

㊾同註⑰，頁二二。

施淑：

書齋、城市與鄉村

——日據時代的左翼文學運動及小說中的左翼知識分子

施　淑

本名施淑女，台灣鹿港人，1940 年生，台灣大學中文研究所碩士，加拿大英屬哥倫比亞大學亞洲系博士班研究，現為淡江大學中文系教授。著有評論集《理想主義者的剪影》、《大陸新時期文學概觀》、《兩岸文學論集》等書。

一

二〇年代中期，隨著台灣社會、政治運動的蓬勃發展，有關社會主義、殖民問題、民族解放等論述，以及與台灣有密切關係的中、日兩國農民運動的報導，在《台灣民報》中佔有顯著地位，這現象除了客觀現實使然，還可看出當時知識分子的思想動向。以一九二五年到一九二七年爲例，在經歷了二林蔗農事件，無政府主義組織「黑色青年聯盟」被檢束，日本「始政紀念日」逮捕文協和無產青年演講者的「六一七案」，以至於文協的左右翼分裂等重大事件，《台灣民報》除了持續關注中國的內戰及政治動態，報導日本無產階級運動及勞農組織的發展，翻譯各勞農政黨的黨綱、政策❶，此外，還針對台灣的特殊處境，就一九二五年十二月到一九二六年間，日本連續成立的五個無產階級政黨的分合及思想趨向加以分析。站在同屬被壓迫階級的立場，《民報》的評論文字指出這些政黨，對台灣的反殖民運動都採取「便宜主義」的妥協手段，雖然在黨綱、政策中有撤廢殖民地的差別待遇的項目，但卻無具體方法，因此都只不過是有名無實的殖民地政策，在這情形下，台灣人民如自己不奮起力爭，只仰仗他人，則無異緣木求魚，畫餅充飢。❷

在上述的事實認知之外，對於台灣政治社會運動的相關論述，《民報》也有著適時的譯介，其中特別值得注意的是日本共產黨理論家山川均的〈弱小民族的悲哀〉。這篇發表於一九二六年五月號《改造》雜誌的論文，立刻被張我軍翻譯，從一九二六年五月十六日到七月二十五日，總共連載了十期。這篇以〈在「一視同仁」「內地延長主義」「醇化融合政策」下的台灣〉爲副題的論文，分別由經濟、政治、精神三方面考察台灣人被日本統治者支配壓迫的實況。論述中，在理論分析和統計資料的徵引外，並涉及日本占領初期三菱公司官商勾結掠奪竹山、斗六、嘉義等地竹林，以及當時剛發生的林本源製糖廠剝削蔗農的「二林事件」。這些刊載時被新聞檢查刪去不少文字的敏感問題的討論，它的不完全和空白處，反倒表現了台灣和日本社會改革者的共同思想歸趨及其國際主義精神的交流。

繼山川均論文的翻譯之後，一九二七年六月二十六日及七月三日的《民報》，連續刊載了鄭登山翻譯布施辰治的〈階級鬥爭與民族運動〉，這是布施氏來台擔任二林蔗農的辯護律師，留台十日，演講三十次，宣傳無產階級解放運動的講稿之一。來台之前，布施氏曾在東京「台灣青年會」例會中演講台灣問題，對台灣解放運動中階級鬥爭與民族運動分裂的傾向，表示憂慮❸。《民報》刊載的鄭登山譯文，是他就同一問題，針對文協的分裂所暴露的台灣知識界的思想分裂，提出的諫言。演講中，他就當時被稱爲急進分子的堅持階級鬥爭路線的馬克思主義者，與主張漸進改革的社會文化運動人士間的思想衝突問題，指出殖民地的解放運動，需要同時尊重民族精神和團結全世界的無產者，前者是民族運動，是縱的團結，後者是階級鬥爭，是橫的團結，二者不可分裂，處於被壓迫民族的台灣人應自覺和認識這共同戰線的意義及必要性。與此相關，同年三月來台的矢內原忠雄，留台考察島內情況期間，曾由宗教的人類愛和人道主義角度，結合他對殖民地研究所得的信念，向台灣民眾演說「親善融和之徑路」、「幸福之社會」、「人道主義乃人類和平之根基」等道理，聽者至少一萬人。他又以和布施辰治一樣的「民族運動與階級運動」爲題目，向日本在台高官政商宣講殖民地統治者的理論與實情。結果他發表的所有言論，招致台灣部分左派人士及《經世新報》等御用報紙攻擊❹。矢內原忠雄和布施辰治的理論與觀念，他們受歡迎的情形，或可看出當日台灣知識界及群眾的殖民地式的思想困惑及精神苦悶。

關於中國方面，由於傳統的民族和文化的感情，《民報》對中國問題的報導和討論，更是不遺餘力。除去社會政治事件的報導，有關中國的論述文字，似乎傾向於由同是弱小民族的地位，以中國的社會歷史發展爲個案，探求和研究被壓迫、被侵略國家的解放之道。因而比較起上述由殖民地切身的、具體的問題出發，譯介和參考日本方面的有關論述，從中尋找台灣的因應對策的情況，社會主義理論和實踐的爭辯，特別是馬克思、恩格斯、列寧的經典著作的詮譯，倒成了有關中國論述的重心和收穫。從一九二六年八月《民報》第一二〇號，到一九二七年二月《民報》第一四三號，因陳逢源的〈我的中國改造觀〉而引起的許乃昌、蔡孝乾、陳逢源間，長達半年的斷續往復論辯，就是一個代表性的例子。從這次爭論中，許乃昌和陳逢源二人，環繞著馬克思〈政治經濟學批判序言〉對生產力、生產關係、社會發展階段，以及列寧有關資本帝國主義等理論性問題的探究，並且將它們用之於中國社會性質和革命路線的分析判斷，還有論爭過程中不時引用的河上肇、佐野學、盧森堡、布哈林、考茨基等社會主義理論家和學者的著述，可以讓人大致了解陳、許二人及當時台灣左翼知識分子的理論水平及其可能的社會實踐和影響。

在上述與中、日兩國有關的報導和論述之外，《台灣民報》在「社說」、「評論」、「雜錄」欄裡，還經常發表台灣社會運動的考察，左右派思想的評析，世界思潮的新動向一類的文字，這方面，連溫卿的翻譯和評論，不論在視野或思想深度上都有不可忽視的意義。如〈亡羊補牢〉談日本放逐俄國盲詩人愛羅先珂及所謂「宣傳赤化」的問題，〈蘇維埃與教育〉介紹新的教學法，〈反對徵兵制度的宣言〉論徵兵制度與軍國主義，〈要怎麼看〉則論證台灣資本主義不像工業先進國家的依次發展，而是由日本的殖民統治政策、經濟政策來決定❺。在他的這類文章中，一九二六年十月起分四次發表的〈什麼是世界語主義〉，有著突出的意義。從這文章，可以看出二〇年代經過西方自由主義、無政府主義及各式各樣的烏托邦思想洗禮後，台灣的社會改革者在現實實踐之後，找到的一條思想出路，一種看事物的方法，同時也可以看出台灣文化協會左右翼之必然分裂。

〈什麼是世界語主義〉主要在分析世界語及其鼓吹的「人類人主義（Homaranismo）」的發生、傳播和發展問題。有關它的發生，連溫卿指出是因俄國瓜分波蘭後，對波蘭採取「分割統治」，造成境內不同民族的傾軋，民族意識被扭曲。在這樣的時代條件下，世界語的創造者柴門霍甫（L. L. Zamenhof）於是由語言、宗教的途徑思考民族、國家之間的矛盾，並以之爲解決方法，因此他標榜的「世界語主義（Esperantismo）」的口號是：「超越民族觀念」，「倒壞國家的敵愾心」，「全人類如一家一致團結」。這些口號和世界語以一瀉千里之勢，普及歐戰前後的全球。對此，連溫卿分析說這是對狹小的國家觀念的反動，是和當時的「民族自覺」觀念互相影響的結果。他以日本安那其（無政府）主義者石川三四郎的「舌的叛逆」的說法爲例，指出石川氏以「舌的叛逆」來形容世界語廣被接受的現象，就是因爲被壓迫民族的「三寸之舌被封」，不能自由地和別的民族融和親善，轉而企圖透過世界語來反叛不自由的處境。對於這樣的解決方法，連溫卿認爲是無視於政治的作用，是把動機當成原因，因爲事實顯示，歐洲列強的統治者不歡迎世界語，視之爲社會主義運動，而弱小國家的統治者雖支持它，可是目的與一般民眾所期望的不同，他們只是想藉它喚醒國家民族意識，以對付別的國家民族，而這根本違背了世界語主義的理想。其次，連溫卿又討論到柴門霍甫提出的「人類人主義宣言」，他說這宣言雖根據世界語主義的平等、正義、互愛等理念，但在實行方法上與美國總統威爾森的和平條約無異，只不過是希望由國際聯盟一類的組織來解決國家民族間的紛爭，而事實顯示，國際聯盟不過是第一次世界大戰後，歐洲列強在經濟創傷尚未恢復，暫時議定休止各國經濟競爭而已。據此，連溫卿認為人類人主義和世界語對社會改革的成效「極微微」。理由是：只要人類社會組織仍處於壓迫與被壓迫，統治與被統治的階級關係，只要經濟結構仍藉政治勢力來維繫收奪者與生產者的剝削狀態，世界語主義和人類人的理想將無從實現。最後，有關世界語對改造未來社會的作用，連溫卿也持保留態度。他認為世界語的產生既有其時代性，一旦社會狀態改變，即失去它的作用，關於這一點，俄國無產階級革命的成功，蘇維埃制度之建立，已有著必要的證明。

經過思潮洶湧和社會運動面臨轉折點的一九二六年，一九二七年元月二日第一三八號的《台灣民報》，刊登了蔡培火、蔣渭水、連溫卿三人的回顧性文字，總結過去的運動成果，展望未來的行動路向。蔡培火在題為〈我在文化運動所定的目標〉的文章中聲稱，文化是人格做成的結果，而人格即辨眞僞、別善惡、分美醜、定行止等人的能力的總體。他認為文化運動即是人格運動，目的在使人格解放、覺醒，以做出適宜的新文化。他贊美美國的民主政治，使人自由快樂，並相信台灣文化運動的最重要武器是「好的文字」，它可以便於汲取新知，發展人格，而那就是羅馬字台灣話。蔣渭水的文章標題〈同胞須團結，團結眞有力〉，他以這為新的一年的口號，他認為團結是生物界共通的本能，是台灣人的唯一利器，是求幸福脫苦難的門徑，因此引馬克思說的「萬國勞動者須要團結」，期勉台灣工農大眾奮起，反抗壓迫。以上這些意見與前面談到的連溫卿論世界語主義相比較，思辨力及思想分野，立即可判。連溫卿在同號的《民報》的回顧性文章〈過去台灣之社會運動〉，在檢討一九二七年以前各階段運動的發展軌跡之後，特別提到一九二六年十一月，日本《改造》雜誌刊登的赤松克麿的〈右翼結成是必然的大勢〉，以及同月份《民報》第一三二號「評論」欄發表的〈左右傾辯〉，這篇未署名的文章，代表《民報》的立場，文中談到日本的社會運動家理解了來自蘇聯的革命理念和狂醉於共產主義之不可行，因此山川均提出「方向轉換論」，赤松克麿主張「科學的日本主義」。據此，〈左右傾辯〉的作者，表明了「我們的態度」云：反對無視傳統、國情的改造主義；保持理想，不墮入右傾的妥協；認清事實，排斥左傾的小兒空想病。面對這一切，連溫卿在他的文章末了特別提醒台灣的社會運動者：「須防日本的『赤松』到了台灣，即變做白心底蕃薯罷」。

在「赤」松與「白」心蕃薯的辯證間，生活在被殖民的荊棘地上的日據時代台灣左翼知識分子，在文協分裂後的台灣文學裡，走上了他們的荊棘之路。

二

作為意識生產的一個分野，台灣的文學界在一九二七年那標幟著台灣社會文化活動左右路線分裂的文協改組，也即被《民報》稱為「主張階級鬥爭的馬克思主義者與爭取全民運動的民族主義者的思想對立」❻的情況下，文藝理論和創作取向也有著相應的變化。改組後的新文協，在左翼思想主導下，除了將活動方針由原來的民族主義啓蒙文化團體的形態，轉變為無產階級文化鬥爭的組織，並在修改後的新會則中，明確訂立「普及台灣之大眾文化」為總綱領❼。自是而後，

「大眾文藝」和「大眾文學」的觀念及要求，成了二〇年代末到三〇年代間台灣文藝團體的普遍努力方向。這階段中，相繼創刊的文藝雜誌如《南音》、《福爾摩沙》、《先發部隊》、《台灣文藝》、《台灣新文學》等，對於「大眾文學」的定義、性質、創作方法，特別是作爲表現工具的台灣話文和中國白話文等問題，雖存在著觀念上的分歧以至於激烈的論爭，但從整個發展途徑來看，它之受到社會主義思想的啓發及當時的國際普羅文學運動的影響，倒是明顯可見的事實。以下就從當時各文藝團體的相關論述，探討日據時代左翼文學理論的大致發展情形。

如前文所述，文協分裂前後的台灣文化界，對於中日兩國的社會情勢及國際新思潮一直保持密切注意，相似的情形也表現在文藝訊息的溝通上。除了詩歌、小說等作品的譯介和轉載，在文藝思潮方面，一九三〇年由島內人士創辦的《伍人報》、《明日》、《洪水》、《赤道》、《台灣戰線》等刊物，首先揭開了普羅文學運動的序幕。這些在組織成員上包括有共產主義者、無政府主義者、民族主義者的刊物，與一九二八年在日本成立的「全日本無產者藝術聯盟」（簡稱「納普」NAP）及日本的社會主義運動組織都有聯繫❽。在這個階段，主導日本普羅文學觀念的是「納普」的發起人及理論權威藏原惟人所提出的「新寫實主義」，由於資料的限制，藏原惟人的理論是否曾爲上述刊物譯介，不得而知。根據現存的第二和第四期《赤道》報，其中有一篇題爲〈我們要怎樣去參加無產文藝運動〉的文章，全文以資本主義與十八、十九世紀西方文藝發展的軌跡，來論證文藝的形式、內容與社會背景、階級實踐的內在關係，最後還引述了普列漢諾夫說的：「藝術家是爲社會而存在的。藝術必須成爲幫助人類意識底發展和社會締造底改善的物事」作爲結論❾。《赤道》報的這篇短論，大致可視爲萌芽期台灣左翼文藝理論的代表。

相對於文藝理論資料的殘缺空白，一九三〇年的上述幾個左翼刊物，在活動方針及策略方面，則表現得相當明確活躍。如由台灣共產黨員和左翼文藝青年支持及投稿的《伍人報》，雖屢遭查禁，但仍發行了十五期，而且在全島建立七十多處發行網⑩。又如聲稱「在白色恐怖橫行下，要利用最小限度的合法性」的《台灣戰線》，在發刊宣言中，明確表白它的目的是：「欲以普羅文藝來謀求廣大勞苦群眾的利益」，「策動解放處在資本家鐵蹄下過著牛馬般生活的一切被壓迫勞苦群眾」，使該雜誌「成爲台灣解放運動上著先鞭的唯一的文戰機關及指南針」。在實際行動方面，這份雜誌表明了要以「正確的理論」來「促進文藝革命」，「讓勞苦群眾隨心所欲地，發表馬克斯主義理論及普羅文藝，如此地使無產階級的革命理論跟無產階級的革命運動合流，使加速的發展成爲可能，藉以縮短歷史的過程」⑪。這篇充滿英雄色彩的宣言，雖遭禁刊，總共發行四期的《台灣戰線》也全被查禁，但它的革命激情，組織意識，特別是對「正確的理論」的要求，卻延續在繼起的左翼文藝團體及刊物上，而且發展成與國際普羅文藝聯結的「統一戰線」的一個組成部分。

緊接著《台灣戰線》之後，一九三一年「台灣文藝作家協會」成立，這個由日本和台灣本地的左翼青年組成的文藝團體，在組織的「規約」中開宗明義地規定，它是以「探究新文藝並將其確立於台灣爲目的」，中心任務則在克服當時文藝運動的主觀化、自我陶醉等「無政府主義的排他主義」傾向。因此，在活動方針上特別強調文藝理論和文藝批判的重要性，強調：「對題材的選擇方法，對事物的看法，對它們處理方法——在作品的內容和形式面」，以及對「新文藝的探究和確立的方向，非有認眞的努力不可」。⑫

由於「台灣文藝作家協會」是受日本「納普」機關報《戰旗》影響而產生的類似「納普」的組織，因此在整個活動宗旨上對於文藝的黨性、國際主義精神，及其作為階級鬥爭的武器等主張極爲強烈。在它創立之後，曾有一份以「J. G. B.書記局」名義由日本寄來的賀電，賀電中首先引述一九三〇年十一月在烏克蘭首都哈里可夫（Kharkov）舉行的革命文學國際局第二次大會對日本藝術運動的決議，決議中指責「納普」對殖民地藝術的關心不足，據此，賀電作了一些指示。其一是：「正確的殖民地文學，必須是將殖民地本身的藝術團體所進行的強力鬥爭作爲主體，把它結合於本國內（按：指日本）的藝術團體的共同鬥爭才可以」。其二是當日的台灣社會物質生產力已充分發展到國際水準，且逐漸呈現複雜化的面相，因此台灣的「民族需要，已到了無法和勞動者階級的階級需要游離無關的地步。」在這情況下，「如果藝術要把民族的心理、思想、感情等，用國家主義的保守性或布爾喬亞性來加以體系化的話，其藝術不但會與勞動者階級的利益相對立，而且也會和民族全體的利益、民族鬥爭本身相對立」。因此，和日本帝國主義鬥爭的台灣普羅文藝工作者，必須摒除在鬥爭過程中逐步被突破而且揚棄的保守主義的民族思想感情及布爾喬亞的階級性。其三是批判「台灣文藝作家協會」把目標籠統定爲「探究新文藝，並將其確立於台灣」。J. G. B.書記局認爲這一規定「包含著許多反動危險性」，因爲「新」可能意味著藝術至上主義，如此將把「新興階級的這一個意思完全從大眾面前被蒙蔽掉」。爲克服這種機會主義的心態，賀電指示「協會」成員應參加台灣所有的民族、階級運動，應該以前衛性的眼光獲取藝術內容，「在發展理論的同時，非推行作品的實踐不可。爲推行作品的實踐，非成爲鬥爭的一員以便在鬥爭的過程中取得正確的前瞻性的看法不可」。而「如果前衛的眼光游離於大眾的鬥爭的話，那麼絕對不能搞活普羅列塔利亞的寫實主義」。最後，賀電指示「協會」的成員只有一條路，那「就是在殖民地樹立革命文學」，不要搞空喊列寧主義萬歲的托洛斯基主義，不要抱持派閥觀念，每個成員必須浸透於這一普羅藝術的組織裡，以便爭取「首創性及普羅列塔利亞底領導權」。⓭

上述「J. G. B.書記局」這份貫穿普羅文藝運動的官方意識形態的文件，它所提示的問題，不能僅僅視爲是對「台灣文藝作家協會」的個別現象而發，而應該是對台灣三〇年代左翼文藝運動的全面批判，因爲其中的每個指示，後來都成了左翼文藝工作者間激烈爭執且亟欲克服的理論上的、創作實踐上的核心難題。

從理論到實踐，一九三二年起，以大眾文藝爲立足點的雜誌，到處是一片「碰壁」之聲。葉榮鐘在一九三二年一月創刊號的《南音》發刊詞裡，一開頭就說：「目前的台灣可以說是八面碰壁了」。一九三四年七月發刊的《先發部隊》，卷頭言的開頭即大聲疾呼：「台灣新文學的發展行程碰壁了」，它的宣言中更進一步坦陳：「我們台灣的凡有分野，都已是碰進了極端之壁。」這無所不在的碰壁之感，促使基本上由社會主義思想出發，思考「有什麼方法或是什麼工具和形式來發表，才能夠使思想、文藝浸透於一般民眾的心田」爲使命的《南音》⓮，在期待作家創作「接近大眾，供給大眾娛樂、慰安」的「通俗化的大眾文藝」之後，轉而提倡立足於「台灣的特殊文化」及「社會意識」的「第三文學」，大力反對「拍賣民眾」，反對先學世界語、中國話才算普羅文學，質疑「由幾卷小冊子榨出來」，「排此列寧馬克思的空架子，抄此經濟恐慌資本主義第三期的新名詞」就算是普羅文藝⓯。《南音》立場的變化，它的發生背景，類似於一九三二年由中國社會主義文藝陣營分化出來，以「自由人」和「第三種人」的身分，與中國左翼作家聯盟對立，反對某一種文學把持文壇而掀起的那場有名的「文藝自由論戰」。關於這整個問題，此處無暇論述，但不論是台灣的「第三文學」或中國的「第三種人文學」，都是社會主義文藝運動內部矛盾的浮現⑯。因此《南音》在反對普羅文藝之餘，仍重視描寫台灣工農困境的作品，並且刊載了對三〇年代台灣和中國左翼文藝運動有深遠影響的日本普羅文藝理論家昇曙夢的〈最近蘇維埃文壇的展望〉，這篇介紹當時蘇聯最前衛的工農題材的新寫實主義作品的論文，它的翻譯者正是在語言工具問題方面，與《南音》的基本立場對立，堅持以中國白話文寫作的廖毓文⑰。此外，在它的專欄「文藝時評」中，也曾發表擎雲的〈關於魯迅的消息〉，文中由中國的清共慘案談起，談到一九二九年以後即未能讀到魯迅的作品，覺得寂寞，希望島內讀書階級只知菊池寬等日本作家的讀者，能讀讀這位中國作家的傑作，並期待不遠的將來，可以讀到魯迅「左傾後的新作品」。⑱

《南音》立場的變化歷程，或許可以作爲一個例證，說明上述J. G. B.書記局電文中，有關普羅文藝運動中民族主義與無產階級意識間的矛盾問題。這得由《南音》對「大眾文藝」的觀念談起。根據葉榮鐘執筆的，以「卷頭言」的地位出現的幾篇有關大眾文藝和第三文學的文章中，《南音》是在八面碰壁的政治、經濟、社會困境下，作爲「文學的啓蒙運動」而創刊的，目的在使生活於混亂慘淡空氣中的台灣民眾，得以領受思想、文藝的產品，提昇文化及精神生活⑲。這些觀點，與文化協會爲啓發民智而成立的原始宗旨可說並無二致。爲了達到上述目的，葉榮鐘認爲文藝非通俗化不可，於是接著便援用日本當時流行的大眾文藝的觀念，按他的說法，那是「寫給一般文化教養較低的大眾去鑑賞的通俗文藝」。他認爲唯有採取這途徑，才能使文藝接近大眾，使面臨「陰慘困逼的環境」的台灣多數人得到必要的娛樂、慰安。據此，他批評台灣當日的「藝術小說」大都是「虛玄之作」，作者只拚命表現自己的個性和心境，把讀者的興味置之度外，而且那些作品大都成自中國作家之手，與台灣「環境不同，心境異離」，還不如日本那樣的「以情節做中心的大眾小說」之引人入勝。在上述諸多理由下，他於是呼求「我們台灣自身的大眾文藝的出現」，「待望以我們台灣的風土，人情，歷史，時代做背景的有趣而且有益的大眾文藝的產生」。⓴

從上述的一系列論述，明顯可以看出葉榮鐘對大眾文藝的觀念，與文協分裂後，在左翼思潮支配下提出的那以「正確的理論」指導為先決條件的大眾文藝，在觀念上的根本分歧。同時還可預見它之必然朝向標榜台灣「特殊」文化，站在貴族和普羅之外的「第三文學」發展，以帶有濃厚的民族心理、思想、感情的「台灣全集團的特性」㉑，與革命性的無產階級意識對立，終而至於在台灣三〇年代初社會主義思想方興未艾的條件下，由無產階級解放運動的「同路人」身分，逐步遠離新興的普羅文藝的行列，漸行漸遠。葉榮鐘在提倡第三文學的文章裡之譏諷普羅階級的「金科玉律」，調侃那些排列馬克思列寧名字及抄襲社會主義小冊子新名詞的普羅作品㉒；周定山在雜文〈草包ABC〉中把中國的革命文學理論家錢杏邨稱之為「文學的暴君」，說他將「生殺預奪」的批判權發揮得淋漓盡致，而台灣思想界也隨著搬上普羅來拍賣㉓；堅持以台灣話文寫作的郭秋生，把認同中國白話文的人稱之為「事大主義者」，認為建設台灣話文是「台灣人凡有解放的先行條件」㉔，這類經常出現在《南音》中的情緒性文字，自有其批判的價值和意義，但更重要的是它所透露出來的文協分裂後，以大眾為旨歸的台灣左翼文學思潮中，普羅文學的「正確」理論所不能不正視而未必能正確地解決的潛存在大眾文藝內裡的民族主義要求和情緒。

繼《南音》提倡娛樂、慰安的大眾文藝及著眼於台灣特殊性的「第三文學」，而被左翼人士加上「少爺階級的娛樂機關」的封號㉕，一九三三年以後創刊的《福爾摩沙》、《先發部隊》、《台灣文藝》、《台灣新文學》等，都曾就大眾文藝及其相關問題有所論述，其中以《先發部隊》最能看出三〇年代左翼文學理論的轉折性發展。這份只發行兩期的刊物（第二期改名《第一線》），是「台灣文藝協會」的機關雜誌，它的成員雖包含了台灣話文的理論健將郭秋生，力主使用中國白話文的廖毓文、林克夫等人，協會的「會則」中也以「自由主義」為組織精神㉖，但在理論運作上，卻與前引《赤道》報、《台灣戰線》、「台灣文藝作家協會」一脈相承，充分表現普羅文藝觀念的影響。

在發刊的〈宣言〉中，《先發部隊》同樣由台灣現實處境的「碰壁」談起，然後針對當日台灣新文學的荒涼，荊棘叢生，無法和「時代的水準並行」的現象，指出根本原因之一是創作上的「散漫的自然發生期的行動」，這造成文藝表現非但未見進境，反而偏促於個人的天地而不自覺。據此，宣言提出「轉向」的要求：

> 從散漫而集約，由自然發生期的行動而之本格的建設的一步前進，必是自然演進的行程，同時是台灣新文學所碰壁以教給我們轉向的示唆。
>
> 我們以為唯其如此的行動，始足以約束新的劃期的發展到來，與待望台灣新文學運動的實際化。

上述自然發生期、本格的建設、文學運動的實際化等觀念，在同期郭秋生的長篇論文〈解消發生期的觀念／行動的本格化建設化〉，有著詳盡的論述。

郭秋生在論文一開頭即指出：「台灣新文學的碰壁，是其內在觀念的碰壁同時也是表現形態的碰壁」。按他的看法，這現象的產生是因一切建立於某一種主義或主張而發生的文學，在創作表現上大都有一脈相通的類似性，有其「類型」，而當時的台灣文學就是因爲在觀念上停留於它之所以發生的「反逆封建的觀念形態的前提」，以致表現上「不期而同以成了一種類型的形態來」，那便是作品內容和形式的類型化及公式化。他說：

畢竟基調於某一種主義或主張而發生的文學，是隨其內在意識的要求以規定其外的底形態，沒有變換主義主張，便不能變換行動的態度，已不能變換行動的態度，則形態的類型化公式化是不可避免的果實了。㉗

根據這些見解，他指出當時台灣的客觀狀態，已經從新文學萌芽期的反封建觀念形態的興奮期，躍進到冷靜的、清醒的「批評的意識」，創作上自然不需要「還在反復暴露舊式的罪狀與反逆」，而是要「能夠創造代替舊樣式的新樣式」。據此，他一方面譴責當時那些把文學當作娛樂品或逃避所的作者，「迷失了躍進的出路，而游離了目的意識，墮落於生活線外」，一方面呼籲：

台灣新文學的行動要轉向了，這轉向的意味，同時是躍進，放棄發生期的底行動，而驀進於第二期的建設的本格的行動，方才是台灣新文學的全面的發展行程，同時是現在台灣新文學的新的出發點，並就是不滿既成生活樣式而又不得不唯命是聽的台灣人全體的

苦悶焦躁不安的呼吸了。㉘

關於所謂具有目的意識的、建設的、本格的文學，郭秋生的解釋頗為含混，總的說來，他期待的是：「有熱烈的生活力、克服了冷遇的惡環境，以奏人生凱歌的新人物出現。」創作實踐上，他作了一些提示，如：解消發生期文學的暴露、破壞態度，不只是呈現病態，而是創造出具體解決的新形態、新世界；立腳於新的態度、觀察新的對象，排除發生期的眼光，因它會阻礙正確認識新的現實；著重主觀的感覺和對感覺的探究，對人的內部心理世界的探究，等等。㉙

從上述《先發部隊》宣言及具有理論綱領意義的郭秋生的論文，雖未見到直接搬用普羅文學運動的教條，但從其中使用的一些關鍵性的觀念，如：自然發生期的行動、目的意識、文學運動的實際化、內在觀念與表現形式的關係、正確認識，等等，卻不難看出日本普羅文藝理論家青野季吉的「自然生長與目的意識」的理論的影子。青野季吉於一九二六及一九二七年先後發表〈自然生長與目的意識〉、〈再論自然生長與目的意識〉兩篇文章㉚，主張普羅文學運動的自然生長是第一階段的發展，必須提升到目的意識，也即具有自覺的意識，才能達成它的職能，這也就是他所謂的：「開始自覺到普羅階級的鬥爭目的，這才成為階級的藝術，即由社會主義思想指導，這才成為階級的藝術。」㉛青野季吉的這個理論，後來雖被批判為機械地套用列寧在〈該怎麼辦〉一文中有關自然成長性及目的意識性的政治理論，是受蘇聯「無產階級文化派（Proletcult）」的觀念論的影響，但它對當時的日本普羅文藝運動，以至於中國的無產階級革命文學理論，卻造成深遠的影響。以《先發部隊》成員的中、日文兼俱的條件來看，它應該是同一思潮的產物。

在自然發生向目的意識躍進的觀念領導下，由廖毓文和郭秋生執筆的《先發部隊》的兩首序詩，充滿著建設、目標、進軍、武裝、正確、旗幟、同一戰線等辭彙。這些彰顯著台灣新時期文學的自覺意識的辭語，也就把雜誌由先發部隊帶上第一線的位置。在《第一線》的編後記中，編者交代：「改題第一線以示先發部隊的一過程，在評論，在創作，都自信有相當的躍進。」在這一期中，除了發表郭秋生的〈王都鄉〉、越峰的〈月下情話〉等深具社會主義思想色彩的小說，還刊載一篇郭沫若訪問記，安田保譯的〈蘇維埃藝術之眺望〉，林克夫寫的〈傳說的取材及其描寫的諸問題〉。林克夫在文章中主張以歷史唯物論的觀點整理傳說、探討古代文化的意識形態，並以新寫實主義作爲描寫的方法[32]。關於「新寫實主義」，正是青野季吉之後，日本普羅文藝理論權威藏原惟人在一九二八年提出的影響中、日左翼文藝思想發展的權威理論。

藏原惟人的新寫實主義理論是日本普羅文藝組織「納普」的指導思想，它的觀念來源是直接受蘇聯共產黨中央支持的「蘇俄無產階級作家協會（Russian Association of Proletarian Writers，簡稱拉普RAAP）對文藝創作的主張。根據「拉普」提倡的：辯證唯物論的寫作方法，描寫生活的人（living man），撕掉面具（Tear off the masks）等口號，藏原惟人於一九二八年到一九二九年先後發表了：〈作爲生活組織的無產階級藝術〉、〈到無產階級現實主義之路〉、〈再論新寫實主義〉等論文。在這些論文中，他沿用蘇聯的「無產階級現實主義」的概念，要求無產階級的作家對現實的態度必須是客觀的，必須脫離一切主觀的結構來觀察和描寫現實，也就是「以現實作爲現實，沒有任何主觀粉飾」。他把自己的看法歸結爲兩個要點：「第一，用無產階級的前衛眼光看世界，第二，以嚴正的現實主義態度來描寫。」[33]藏原惟人的這個新寫實主義理論，成了一九三〇年前後中、日左翼文學的觀念根據，在蘇俄官方規定「社會主義的現實主義」爲唯一的創作方法之前，左右了中、日兩國的普羅文藝運動㉞。因爲思想淵源的關係，台灣的文藝界自不能例外。不過正因爲如此，分別接受來自中、日訊息的台灣左翼人士，因爲中、日兩國理論發展的時間落差，加上日本「納普」的改組（一九三一）及普羅文藝運動的退潮（一九三三），使得台灣的左翼文學思想在一九三四年「台灣文藝聯盟」成立後，出現了上引蘇聯無產階級文化派、拉普、青野季吉、藏原惟人及其他普羅文藝理論家的主張雜然紛陳的現象。這情形反映在「文藝聯盟」的機關刊物《台灣文藝》，以及一九三六年由它分裂出去的《台灣新文學》上。

《台灣文藝》和《台灣新文學》中的左翼文藝工作者，雖然都在「文藝聯盟」提示的文藝大眾化、排擊反動作品、清算自己錯誤的宗旨下，重視創作路線、表現形式、意識形態、階級性等問題，但觀點上的分歧、運動路向的疑惑，在雜誌舉辦的座談會上的發言及相關論述文字中，時時可見。對於這整個情形，一向站在普羅文藝運動前列的林克夫，曾在文章中指出說：日本的「納普」被解散後，文學界四分五裂，「而我們台灣文學界直接間接地受了莫大的影響，尤其是當時熱血的進步作家，受了這狂風暴雨的摧殘，一時轉向的轉向，退步的退步，緊迫不安的空氣瀰漫全島。」㉟這現象一方面造成左翼文藝團體的宗派分裂㊱，一方面也產生了反省批判的意識，如王詩琅即針對當時的左翼理論陣營提出意見說：「公式的理論不是什麼地方都可適用的」，又說：「我們過去是食傷而且飽滿於抽象的、抄襲的理論了。在這著實地進步當中，大膽說一句，那些是無關痛癢，可置之不顧的。」㊲相對於王詩琅的看法，同時擁有「台灣的藏原惟人」和「公式主義者」稱號的劉捷，他的評論文章的理論來源，則在日本的理論觀念導引之外，由蘇聯革命前的社會民主主義者別林斯基（V. G. Belinsky），到蘇聯文藝政策制定者之一的盧那查爾斯基（A. V. Lunacharsky），以至於被稱爲社會主義的現實主義的奠基人高爾基，一一引證，顯示著眾聲喧譁的現象。雖然他的討論焦點仍不外乎對布爾喬亞的唯美主義、藝術至上論的批判，意識形態和世界觀，自然發生到目的意識等問題㊳，但論述上多少擺脫了粗糙的教條口號氣味，爲台灣左翼文藝理論帶來深化的訊息。

從追求正確的理論到陷入理論和公式的叢林，儘管這中間曾出現過上述林克夫和王詩琅的遲疑苦悶，甚至是否定的聲音，但三〇年代的台灣左翼文學思想，仍舊通過文藝大眾化及民族解放的時代命題的討論，提出一些文協分裂前，僅由自由主義的啓蒙的角度所不能觸及的有關文學與意識形態，作品的觀念和形式表現的內在關係，殖民地台灣的普羅文學之爲國際無產階級解放運動的一部分等理念。這些思考上的新角度，爲創作帶來了新的視野和新人物類型的出現，在小說中，這經常表現於扮演時代先覺者的知識分子及他們的世界。

三

一九二八年元月二十二日《民報》第一九二號到二月十二日第一九五號，連續四期刊登了一個名爲〈櫻花落〉的劇本，作者少品。在日劇時代數量不多的戲劇創作中，這個劇本具有特殊的象徵意義。全劇寫的是台灣留日青年文學家林隸生，排除種族歧視，與日本少女櫻子戀愛結婚，回台定居，最後櫻子因受不了台灣本地的生活和在台日人的歧視，求去不成，終告自殺。故事發生的時間爲一九二八年春日，地點在台灣某處，劇本開始的第一幕，場景是隸生的書房，門窗擺設之外，作者對書房細部及出場的男女主角描寫如下：

左右壁上掛著二張馬克思和列寧的寫眞，室內中央放著一張長方形桌子，桌上擺著幾本圖書新聞和雜誌。兩旁擺著兩把的椅子。幕開時中央方桌前，坐著一個青年，消瘦著，帶點神經質。左邊大鏡前，立著一個很漂亮的少婦，她粧得很瀟灑，還用著油不斷地塗抹。那青年拿著鋼筆不斷地抄寫。

這個場景，無疑是台灣的歷史鏡頭，而消瘦、神經質、不斷寫作的文學青年，漂亮、瀟灑的摩登女性，也無疑是故事發生時代的標籤人物。隨著劇情的發展，來自資本主義的文明自由國度，相信愛情、個人意志可以解決一切的櫻子，面臨的是「炎熱不衛生」，「性情愚鈍，奴隸根深」的殖民地台灣和台灣人，是解決不了的民族認同和歸屬的困境。而隸生，這個名字本身就寫著奴隸命運的台灣左翼青年，則在「同是人類，實沒有倔強優越，永遠保持得住，而也沒有弱小衰微就永遠不能向上」的信念裡，在睡夢中重晤他那從蘇聯歸來，熱情宣揚新青年、新社會、人類未來的日本無產階級朋友描繪的遠景之後，目睹妻子以自戕來回答他們的愛情、他們的理想無法扭轉的現實。這個在馬克思、列寧寫眞的注視下，以死亡來回答歷史難題的悲劇，也就在寺院的夜半鐘聲裡，徐徐溶入歷史的長夜。

像〈櫻花落〉裡的革命與戀愛主題，以及林隸生式的社會主義青年，在一九三〇年初的小說裡逐漸出現，只不過小說中那些站在時代尖端的知識青年，面對不能自主的婚姻，經常是以革命的，而非悲劇的方式解決。如廖毓文的〈創痕〉，女主角在無法與情人結合後，決心離開「齷齪的台灣」，她堅信：「水深火熱的革命場裡，才是我憧憬的故鄉」，於是和她的哥哥到對岸的中國參加革命，最後死於國民政府的槍下㊴。越峰的〈月下情話〉，描寫不滿封建家庭的一對戀人，女主角原本提議自殺，她相信死後會有「一個美麗的社會」在等他們，男主角則認爲有比愛情更重要的任務要做，最後這對「覺悟」了的戀人，面對發白的東方，決心「做個社會的明燈，同赴正義的前線」。㊵

走出書齋，走出死亡幽谷，固守台灣本土的社會主義思想者，在一九三〇年以後的小說中大都是以沒有名姓的「講文化的」、「過激人物」一類的角色，出現在街頭和人群裡，形象模糊，蹤跡不定。他們中間，比較上面目清晰的是署名「慕」的〈開學〉和「自滔」的〈失敗〉。前一篇的主角，因爲參加文化協會，長期失業之後，被日本警察勒令奪去他好不容易才找到的鄉村教師的工作㊶。後一篇裡的年輕醫生，「曾經參加過啓蒙運動的工作，在支配者的壓迫下，坐過好幾個月監獄」，出獄後，「他總算脫離了解放運動的戰線了，然而對於爲窮人爭取利益的鬥士們，卻也很接近」，只不過激情過後，回到小布爾喬亞生活的他，周旋於御用紳士和社會運動者之際，眼睛裡閃爍的是機警、洞悉一切的「獨自高人一等的高傲」㊷。這些失敗了的反對者，他們的聲音和行動，到了楊守愚的小說世界，才逐漸清晰明確。

一九三一年，楊守愚發表了〈一個晚上〉、〈嫌疑〉、〈夢〉等描寫知識分子的小說。〈一個晚上〉裡，背叛大家庭控制的穆生夫婦，貧病漂泊之後，希望窮人都能過那有著公共育兒院、公共食堂等等的「集團組織」的生活。最後，年輕的妻子在自殺前，留給丈夫的遺言是：「爲人類將來計」，應該「再去致力於工會」。〈夢〉與〈開學的頭一天〉、〈就試試文學家生活的味道吧〉、〈啊！稿費〉是楊守愚的一組系列短篇小說，它們的共同主角王先生，一個沒落的小資產者，因爲原本賴以爲生的塾師工作，在一九二九年以後的世界性經濟大恐慌下，前途暗淡，轉而寄望以寫作貼補家用。〈夢〉是這個系列的第三篇，寫的是王先生下定決心隨時潮「方向轉換」，嘗試文學家生活的味道，於是一個晚上，他在睡夢中經歷了二十世紀世界普羅文藝作家共同遭遇的辦雜誌、被禁、拘捕的命運。夢境之中，王先生與中國左翼作家聯盟的主要成員及其他進步作家，握手言歡，他被捕的理由正是他主編的雜誌《前哨》，「多登了郭沫若、蔣光慈……們一些左翼作家的稿子，和多介紹了一些普羅文學理論」。

從夢境到現實，〈嫌疑〉的主角曾啓宏是一九二七年二月十二日，被日本憲警整肅的台灣無政府主義組織「黑色青年聯盟」的成員之一。這篇查有實據的小說，可以說是楊守愚的現身說法，因爲事實上他就是事件中被檢舉的三十多人中的一個，小說中，他藉主角啓宏之口宣稱：「我覺得這樣的一個政府，眞是太會無端生事了，這無異是在強迫著人民起來革命，更無異是在替社會主義撒傳單」。他憂慮的是：「不知要到那一天，再能回復了我的自由，再能與無時無地都在活躍著、鬥爭著的人類見面？」

繼〈嫌疑〉之後，一九三三年楊守愚發表了也是處理左翼知識分子問題的小說〈決裂〉，這篇作品和楊逵於一九三二年在《台灣新民報》發表時被腰斬了的〈送報伕〉，在日據時代台灣左翼文學發展史上同樣具有里程碑的意義。必須到了這兩篇小說，原本以模糊的、被嫌疑的身分，以至於訴諸夢境的形式出現的社會主義運動者及普羅作家，他們的行動和方向，才在台灣的社會現實裡生了根，找到座標；也必須有了這兩篇小說，曾經在文協分裂前的《台灣民報》譯介和引起爭議的馬克思主義命題，文協分裂後發展起來的社會主義文學理論，還有象徵性地出現在劇本〈櫻花落〉裡那發生在書齋中的弱小民族解放運動、國際主義精神、革命加戀愛等世界性的普羅文藝主題，才獲得了必要的藝術加工，綻放出現實主義文學特有的光華。

如標題所示，楊守愚的〈決裂〉表現的是一對在愛情至上主義下結合，最終又因主義和信仰的緣故，夫妻決裂，各奔前程的經過。故事裡的丈夫朱榮，是個留日歸來，投身農民組合的大學畢業生，回台後，「日也運動，夜也運動」，「結交亂黨，想同資本家、政府做死對頭」，「甚至連親戚故舊，也不留一點情面」。就這樣，他在日本特務系統和親人的威脅利誘下，義無反顧地走上了背叛自己的階級的社會主義者道路。故事中的妻子湘雲，是一個「受過教育訓練的新時代的女子」，因為受不了日本特高警察「一月半月就得鬧一次」的「家宅搜查」，更受不了被她認定為「愛情的背叛者」的丈夫與農民組合女同志的階級感情，最後終於選擇回到她的地主階級的家庭堡壘。這樣的故事，加上小說所使用的成熟純淨的五四白話文，也許不免會被歸入經常為人詬病的三〇年代中國左翼文學中的「革命加戀愛的公式」。但從小說中揭露的白色恐怖，本土資產階級與日本殖民政府的精神上的、經濟上的同盟，還有，經由愛情發端，因而格外尖銳矛盾的有關個人生命意義的思考，卻使這篇小說與同一階段的國際普羅文學有著同步發展的意義和成就。㊸

同樣是在探討殖民地的困境和知識分子的成長，比〈決裂〉早一年寫成的〈送報伕〉，是三〇年代左翼文學中特別引人注意的一篇。在這篇作品裡，作者楊逵藉著小說主角楊君在東京受派報所老闆欺騙剝削的經歷，以及日本製糖會社強制收購農村土地，使他及故鄉的人們家破人亡的慘痛情節，精確有力地表現了對於資產階級貪婪狡獪本質的認識，對台灣農村破產與殖民主義間的結構性關係的批判。這藝術上的成就，不論是由社會問題的具體掌握或思想深度來看，都是前此的台灣小說中未曾有過的。在這之外，這篇洋溢著台灣和日本的無產者間的深厚情誼的作品，也使得它的知識分子角色，在形象上增加了國際主義精神的新幅度。而小說主角的楊君，這個與〈決裂〉裡的朱榮一樣，從二〇年代末世界性的經濟危機，從一九二九年台灣本島逮捕農民組合幹部的「二·一二事件」，日本國內撲滅共產黨及進步人士的「四·一六事件」，以及一九三一年台灣全面性的鎮壓左翼運動，農民組合癱瘓，台共、文協活動停滯等現實困境裡崛起的小說人物，他的正面、開闊的性質，開啓了楊逵筆下的知識分子，始終如一地帶著社會批判者和行動者的姿勢，同時也使他的小說創作瀰漫著普羅文學特有的樂觀昂揚的氣息。

〈送報伕〉之後，楊逵發表了一些由知識分子的視角，揭露和批判殖民地台灣的社會問題、人性發展、日本的軍國主義思想和戰爭罪惡的小說，這些作品裡的角色，大都與〈送報伕〉的楊君一樣，是實際介入行動的人物。在〈頑童伐鬼記〉裡，美術學校出身，憧憬美麗寶島台灣，來台旅行寫生的日本青年井上健作，當他目睹台灣的貧窮落後，兒童的遊樂場所被工廠老闆闢爲庭園，劃入禁地，不禁思考起他在征台之役中陣亡的父親，來台謀求發展的大哥，生命意義何在？同時懷疑作爲畫家的自己，連同他那入選帝展，被貴族高價收購的畫作，「無非只是供有閑階級服務而已」。最後，他畫了一幅圖畫，啓發兒童對抗工廠老闆及守門的惡犬，奪回失去的樂園。這個經歷，使「他開始相信，這樣做，才是眞正的大衆化美術」。在〈無醫村〉中，喜愛寫作的醫生，當他實際體驗到在貧窮和醫療制度的缺失下，窮人是直到要開死亡診斷書才叫醫生的，不禁激憤地想著以治病救人爲職責的自己，「已經不是診療醫，也不是預防醫，完全成了個驗屍人了」。從人的生命到人性，〈泥娃娃〉這篇寫於一九四二年的作品，透過業餘寫作的種花人，一方面目睹受軍國教育影響的幼年女子，以泥塑的武器模擬作戰，一方面看到改日本姓名的校友富崗，打算到南京發戰事財等情節，表現了楊逵本人對於侵入家庭生活的戰爭陰影及趁火打劫者的憎惡與批判。

上面幾篇小說，不論是關於藝術、殖民地、私有財產、醫療或戰爭，都是對資本主義的社會制度及觀念的重新思考，它們的表現，也都迴響著三〇年代左翼文藝理論的精神要求。這些帶有濃厚的社會主義意識傾向的小說主題及人物，在一九三七年寫成的〈模範村〉（原題〈田園小景〉），及一九四二年發表的〈鵝媽媽出嫁〉裡，有著較集中和全面的表現。這兩篇小說的主要人物阮新民和林文欽都是地主之子，也都是從他們原來階級反叛出來的知識青年。〈模範村〉裡，阮新民是個從日本留學回來：「到處煽動農民」，向農村青年散布「危險思想」的危險人物；〈鵝媽媽出嫁〉裡的林文欽，則是以人類全體利益爲目的，想「考察出一個共榮經濟的理想」，最終齎志以沒。環繞著這兩個人物，楊逵一方面以現實主義的冷靜客觀筆調，考察在日本的殖民政策、戰爭侵略及經濟蕭條下，所可能形成的人的社會生活及精神上的畸變；一方面熱情的想像、塑造及謳歌崛起於台灣殘存的封建勢力及新權貴階級之間的新青年及新的理想的萌芽。在這兩篇朝向全景式的探索台灣出路的作品中，由小說藝術設計上呈現的，探索者之一的阮新民之走入群眾，懷著抽象的人類共榮經濟理念的林文欽之貧病而死，可以看出作者楊逵的思想取向及歸宿。除此之外，由小說的寫作背景來看，只要把林文欽的共榮理念及現實上的家破人亡，還有被強制勒索的種花人及家庭破碎的鵝群等情節，對照著小說發表時，日本帝國主義爲使它的侵略戰爭合理化而提出的「大東亞共榮圈」的論調，將不難在小說的嘲諷批判聲音之後，讀出由國際主義精神出發的楊逵，始終如一的堅持姿勢。這一切，應該是對於「八面碰壁」下產生和發展起來的三〇年代台灣普羅文藝理論，在創作實踐上的具體的、正面的回應。[44]

相對於楊逵筆下正面積極的知識分子，在同時代的小說中，有著類似處境的左翼青年則顯得困頓和迷惘。這些人物，大都是透過閱讀社會主義思想著作，熱情地走上現狀的改革者和批判者的道路，但他們的志業，有的是因現實的橫逆，備遭挫折，有的是被貧病和死亡結束一切。前者如康道樂〈失業〉中，因研究社會科學，暗中參加運動而被迫辭職的公學校教員德興[45]。唐德慶〈畸形的屋子〉裡，那個高女畢業，朝夕不離列寧、史達林、布哈林的著述，後來投身農民組合，與丈夫進出監獄，天天被警察糾纏的女鬥士梅英[46]。後者可以拿龍瑛宗一九三七年發表的〈植有木瓜樹的小鎮〉裡的林杏南長子爲代表。小說中，這個沒有自己的名字的早夭的社會主義青年，終其二十三年的生命，是在那象徵著台灣的植有木瓜樹的小鎮裡，借助「不摻雜感傷與空想的嚴正的科學思索」，來抗拒腐爛可怕的生活空氣，以「探究歷史的動向」及「歷史法則」來解除在絕望的肺疾與絕望的時代中彷徨的重苦。他的閱讀對象除了日本、朝鮮、中國的文學作品，還包括恩格斯的《家族・私有財產和國家的起源》，摩爾根的《古代社會研究》等馬克思主義的理論著作。直到臨終，他雖理解個人力量的微弱，但依然確信並且勸告在小鎮的黑暗腐敗裡浮沉的小說主角陳有三：「在可能的範圍內，非改善生活、正確地活下去不可」。他留下來的遺稿，有這樣的句子：

> 我以深刻的思惟與眞知，獲得了事物的詮釋。
> 現在雖是無限黑暗與悲哀，但不久美麗的社會將會來臨。
> 我願一邊描畫著人間充滿幸福的美姿，一邊走向冰冷的地下而長眠。[47]

在龍瑛宗的這個早夭的社會主義青年旁邊，王詩琅的小說記錄了那些精神上夭逝了的理想主義者，在長眠於人類美麗的未來之前的流離失落的心靈史。

可能因爲本身就是烏托邦社會主義者的緣故，曾經是台灣無政府主義組織「黑色青年聯盟」的主要成員，並且因此繫獄兩次的王詩琅，他筆下的左翼知識分子，似乎一出場就帶著幻滅的、敗北的印記。在他日據時代寫作的僅有的五篇小說中，涉及知識分子思想和心理變化的就占了三篇，它們是〈青春〉、〈沒落〉和〈十字路〉，這些相繼完成於一九三五到一九三六年的作品，出現了當時台灣都市裡部分知識分子的剪影。如〈青春〉的主角月雲，是個會彈鋼琴，喜歡唱歌的高女學生，她熱愛「學校裡的雲雀般的浪漫生活」，立志日後以她在聲樂上的成就，爲台灣女性爭取世界性的聲名，可是肺病剝奪了一切夢想。〈十字路〉寫一個力爭上游，但因低學歷和種族歧視而不得升遷的銀行下級職員，在這個自稱被生活「去了勢」的頹廢者周邊，出現了因參加社會運動被判刑的同事，一群渾噩過日的朋友，還有行蹤飄忽，倉皇機警，曾到過廈門、上海、廣東等地，「耽於社會問題的書籍，也時常出入文化協會」，在「台灣××團體」中占有重要地位的表弟萬發。把這些人物的理想與絕望、破滅與無奈、失落與被迫害結合於一起的是一九三五年發表的〈沒落〉裡的耀源。

〈沒落〉這篇小說，可以說是日據時代台灣左翼社會運動者的一份自我告解，一部心靈秘史，它的主角耀源，則是王詩琅及他同時代的部分左翼知識分子，鷹揚之後，鎩羽墜落的表徵。從這位頹廢者身上，可以看到三〇年代台灣社會文化運動的縮影：經濟蕭條下的困頓陰鬱的小市民家庭，有著咖啡屋、留聲機、柏油路、霓虹燈、和穿梭著人群汽車的初步現代化的台北市街。在這裡頭，小學生舉著萬國旗遊行紀念明治天皇的彪炳戰功，時代兒女「諤諤地談主義、論社會、講戀愛」，由「漠然的民族主義」到決心參與，而後是「下獄的下獄，轉向的轉向」，剩下來的是出獄後「蒼白的、沒有氣力的」，以至於對一切「無感覺」的主角耀源自己。這整個過程，作者王詩琅藉耀源之口說：

英英烈烈從容就義，大聲疾呼痛論淋漓，那有什麼稀罕？但耐久地慘澹辛苦，走充滿荊棘的苦難之道，卻不是容易的。路是明而且白。只是能夠不怕險阻崎嶇，始終不易，勇往直進的，現在有幾個人？[48]

連溫卿在一九二七年歲初對台灣的社會運動者所下的「赤松」與「白心蕃薯」的警句，到這裡成了讖語。

從城市到鄉村，一九四〇年以後，在日本殖民地政府雷厲風行的皇民化運動下，在文學奉公、增產建設一類的集體主義要求的口號裡，包括呂赫若、楊逵在內的本質上信仰集體精神的左翼作家，寫作了表現知識分子上山下鄉，自我改造的〈增產之背後〉[49]、〈山川草木〉、〈風頭水尾〉

㊿等小說。這些在表現上可以被解釋爲皇民文學，也可能是記錄著日據時代末期，走出小布爾喬亞的城市，重新踏上荊棘之路的左翼知識分子，透過勞動改造，在「皇民」的僞裝下，努力朝向「人民」轉化的另一部心靈秘史的作品。它的「背後」，它的眞實訊息，倒是引人深思的了。

——一九九四年清華大學「賴和及其同時代的作家——日據時代台灣文學國際學術會議」論文發表，選自新地文學版《兩岸文學論集》

註釋

❶《台灣民報》第九五號（一九二六年三月七日）〈「無產農民勞動黨」被禁僅三月「勞動農民黨」的無產黨又再世〉。第九六號「社說」：〈勞動農民黨之前途與台灣〉，〈勞動農民黨的宣言〉。第一三五號（一九二六年十二月十二日）：〈左翼無產政黨的出現〉。第一三六號：〈又生一個無產政黨「日本勞農黨」〉。

❷《台灣民報》第一三七號（一九二六年十二月二六日），「社論」：〈無產政黨與殖民地〉，第一四八號（一九二七年三月十三日），皓白：〈日本無產政黨的分析〉。

❸《台灣民報》第一六二號（一九二七年六月十九日）：〈東京台灣青年會例會—布施氏講演中被中止〉。按該次演講時間為一九二七年六月十二日。

❹《台灣民報》第一五六號（一九二七年五月八日）：〈矢內原教授在台講演的概要〉，第一五七號（一九二七年五月十五日）：〈矢內原氏的台灣視察〉。

❺連緼卿的這些文章，依次見於《台灣民報》第一二三、一二四、一二七、一三五號。

❻《台灣民報》第一八九號（一九二八年元旦）：〈過去一年的回顧〉，文中並稱這「二大潮流橫溢於台灣島內」，「這兩種思想的論戰宣傳，於去年中最為熾烈，現在依然繼續中」。

❼林書揚等編譯：《台灣社會運動史》（原《台灣總督府警察沿革誌》第二篇），第一冊《文化運動》，第五

節〈台灣文化協會〉，頁二五八～二六八，創造出版社，台北，一九八九。

❽同上註，第六節〈無產階級文化運動〉，頁四〇一～四〇二。

❾《赤道》第二號（一九三〇年十一月十五日）頁二。同期中有〈新俄詩選〉，〈馬克思進文廟〉等譯作，論著連載〈無產階級與兩性問題〉，並轉載日本普羅文藝理論家秋田雨雀原作〈ソウエート、ロツセノ概觀〉，中國革命文學作家馮乃超詩〈快走〉。第四號（一九三〇年十二月十九日），除連載〈無產階級兩性問題〉，另有德國無產階級革命者倍倍爾（I. Bable）生平簡介，描寫勞動者及諷刺社會運動家等小說及詩作。這份資料由陳明柔女士提供，謹此致謝。

❿同註❽，頁四〇二～四〇三。

⓫同註❽，頁四〇三～四〇四。

⓬同註❽，頁四一〇～四一一。

⓭詳見〈致台灣文藝作家協會創立大會的賀電〉，同註❽，頁四一三～四一六。

⓮《南音》創刊號（一九三二年一月一日）〈發刊詞〉。第二號卷頭言，葉榮鐘：〈「大衆文藝」待望〉

⓯以上引文各見《南音》第八號卷頭言，葉榮鐘：〈第三文學提倡〉，第九、十號合刊卷頭言，葉榮鐘：〈再論「第三文學」〉。第六號一吼（周定山）：〈拍賣群衆〉，頁二二～二三。

⓰參見施淑：〈中國社會主義文藝理論的發展（一九二三～三二）〉，〈文藝自由論戰〉節，《理想主義者的剪影》，頁二〇九～二三二，新地文學出版社，台北，一九九〇。

⓱《南音》第五號，頁十六～二七。

⓲《南音》第三號，頁十四～十五。

⓳同註⓮，創刊號〈發刊詞〉。

⓴同註⓮，〈「大衆文藝」待望〉。

㉑同註⓯，〈再論「第三文學」〉。

㉒同註⓯，〈第三文學提倡〉。

㉓一氓（周定山）：〈草包ABC〉（六）〈文學的暴君〉，《南音》第九、十號合刊，頁二六～二七。
㉔郭秋生：〈再聽阮一回呼聲〉，同上註，頁三六。
㉕天南（黃春成）：〈宣告明弘君之認識不足〉，《南音》第六號，頁二四。又據他的回憶文章〈談談南音〉，也提到當時有人批評《南音》專唱高調，「是資本階級的娛樂刊物，是霧峰派的小嘍嘍」。見《台北文物》第三卷第二期（一九五四年八月），台北文獻委員會出版。
㉖《先發部隊》封底，〈台灣文藝協會會則〉。
㉗《先發部隊》，頁十九。
㉘同上註，頁二〇。
㉙同上註，頁二一～二三。
㉚青野季吉：〈自然生長と目的意識〉，〈自然生長と目的意識再論〉，見《青野季吉・小林秀雄集》，頁三八～四二，《日本現代文學全集》第六八冊，講談社，東京，一九六二。
㉛同上註，頁三九。
㉜該文以筆名H. T.生發表，見《第一線》，頁三六～三九。
㉝藏原惟人：《プロレタリア・レアリブムへの道》，同註㉚，第六九冊《プロレタリア文學集》，頁三〇九～三一四。
㉞詳見艾曉明：《中國左翼文學思潮探源》，〈太陽社與日本「新寫實主義」〉章，頁一一三～一六五，湖南文藝出版社，一九九一。
㉟H. T.生（林克夫）：〈詩歌的批評及其問題的一、二〉，《台灣文藝》第二卷第四號（一九三五年四月），頁一〇〇。
㊱林克夫：〈詩歌的重要性及其批評〉提到一九三五年台中文聯大會之時，楊逵和劉捷的宗派化問題曾引起激烈討論，見《台灣新文學》第一卷第七號（一九三六年八月），頁八五～八六。又如玄影在雜文〈沈默〉中，對台灣文壇時見台灣的藏原惟人、德永直、魯迅云云，加以譏評，同樣可見宗派之爭。該文見《台灣

新文學》創刊號，頁九〇～九一。

㊲王錦江（王詩琅）：〈一個試評〉，《台灣新文學》第一卷第四號（一九三六年五月），頁九四。

㊳郭天留（劉捷）：〈創作方法に對する斷想〉，〈台灣文學に關する覺え書〉，各見於《台灣文藝》第二卷第二號及第五號。

㊴毓文：〈創痕〉，《先發部隊》，頁七八～八三。

㊵越峰：〈月下情話〉，《第一線》，頁一五九～一六二。

㊶慕：〈開學〉，《台灣新民報》第三六六、三六七號（一九三一年五月三〇日，六月六日）。

㊷自滔：〈失敗〉，《南音》第十二號（一九三二年十一月）。

㊸本文所引楊守愚小說，俱見於張恆豪編：《台灣作家全集·楊守愚集》，台北：前衛出版社，一九九一。

㊹本文討論的楊逵小說俱見於張恆豪編：《台灣作家全集·楊逵集》。引文除根據小說原發表刊物並參照黃惠禎：《楊逵及其作品研究》第五章第一節〈作品的改寫〉，頁一三一～一四〇，台北：麥田出版社，一九九四。

㊺康道樂：〈失業〉，《台灣新文學》第二卷第五號（一九三七年六、七月合併號），頁四二～五八。

㊻唐得慶：〈畸形的屋子〉，同上，第二卷第四號（一九三七年四、五月合併號），頁四八～六三。

㊼龍瑛宗：〈植有木瓜樹的小鎮〉，引文見張恆豪編《台灣作家全集·龍瑛宗集》，頁六五～六六、六八、七〇，台北：前衛出版社，一九九一。

㊽本文所引王詩琅小說，見張恆豪編《台灣作家全集·王詩琅朱點人合集》，台北：前衛出版社，一九九一。

㊾楊逵：〈增產之背後——老丑角的故事〉，見張恆豪編《台灣作家全集·楊逵集》，台北：前衛出版社，一九九一。

㊿呂赫若：〈山川草木〉、〈風頭水尾〉，見張恆豪編《台灣作家全集·呂赫若集》，台北：前衛出版社，一九九一。

張子樟：發現台灣人

——試論李潼關於花蓮的三本成長小說

張子樟

台灣澎湖人，1941 年生，二次大戰末生於貧苦的蕞爾小島，求學過程艱辛，先後讀過四所大學（師大、政大、文化及威斯康辛），淺嘗四種不同的領域。近十年以中外少年小說為主要研究目標，曾任教於花蓮師院英教系，現任台東師院兒童文學研究所所長。著有評論集《少年小說大家讀》、《寫實與幻想——外國青少年文學賞析》、《人性與抗議文學》、《走出傷痕——大陸新時期小說探論》等書。曾獲國家文藝獎文藝批評獎、聯合報小說類首獎等。

一

如果把閱讀文學作品當做一種人生體驗，則不同年齡閱讀的作品層次不應相同，因爲不同年齡的人的生活體驗不太可能相同。一般而言，成人可以閱讀純粹屬於成人的作品，十二歲以下的兒童可以接觸翱翔夢幻世界的現代童話或文圖並茂的圖畫故事，但似乎不太容易找到適合十三到十九歲之間的青少年閱讀的好作品。根據專家的說法，十三到十九歲是一個人成長中最重要的年齡階段，情感和情緒都需要良好的疏導，而文學作品在這方面常常扮演極爲關鍵的作用。宋維村說：「文學對少年人格成長的功效，在於透過文字，激發孩子的感覺和想像力，藉著融入書中角色、經歷情節而拓寬經驗領域。文學因此不只成爲少年發洩情感、情緒的管道，同時也因爲文學情節的歷練，進而開發自我潛能、學習到尊重他人以及與自然萬物和諧共處的品德。❶」這種說法是假定閱讀的作品的確是適合少年閱讀的，同時並沒有賦予特別範疇。另一種功能的論說就比較具體。主張者認爲，如果在這段吸收力強、模仿力強的年齡，沒有機會閱讀一些有關描繪成長經驗的文學作品，未嘗不是一件很可惜的事，因爲對青少年來說，閱讀成長故事，不但可從中汲取樂趣，作品本身有助於他們了解自己、了解他人、了解世界，而且作品內容還可以提供各種訊息，幫助他們解決在成長過程中遭遇的種種難題❷。

無可否認的，成長故事有其特殊的功能，但對於國內的青少年讀者而言，整個大環境提供給他們的相關作品太少，圖書館、書坊陳列的盡是外國經典作品。我們發現，這些舶來品的人性刻畫，依然符合文學普遍性與恆久性的要求，但時間與空間卻與我們的背景差一大截。結果，青少年見識到的全是異國情節與他鄉夢境。實際上，屬於青少年閱讀的本土作品出現了嚴重的斷層現象。

造成這種斷層現象的原因有各種不同的說法，但作品的多寡與發表的園地有關卻是眾所公認的。國內報章雜誌幾乎從不刊登類似「少年小說」這類的文字。台灣省政府教育廳主辦的「兒童文學創作獎」每隔一年為「兒童小說」（或稱之為「少年小說」）；「九歌兒童文學獎」也以小說為主，但這兩種獎項獲獎作品的閱讀對象幾乎是針對八到十二歲的兒童，眞正適合青少年的少之又少。《幼獅少年》刊載的成長小說不少，但以短篇為主。《幼獅文藝》舉辦的「世界華文成長小說」徵文得獎作品素質高，但內容遠超過青少年的理解範疇❸。另外，國內專注於少年小說創作的作家屈指可數，大部分作品都是玩票的結果。屠佳在他得獎作品《藍藍天上白雲飄》的〈代序〉上這樣說：「十年前，我還在台北的宏廣公司畫卡通，工作之餘發現一個怪現象：整個台灣竟然只有一位李先生在為難以計數的少年朋友們寫小說。你說奇怪不奇怪？❹」其實一點也不奇怪，因為十年後，整個台灣為少年朋友寫小說的絕對不超過十人，而這位李先生在創作的質與量方面，依然遙遙領先。這位李先生就是本文要討論的李潼。

李潼左手寫成人小說、散文，右手寫少年小說、童話，都有相當不錯的成就，曾經獲得多次文學大獎。近四年來，他把全副精神投注在十六冊少年小說《台灣的兒女》❺上。他以近代台灣歷史為大背景，所有曾在近百年的台灣舞台上出現過的人物都是他擷取、梳理與描繪的對象。由於他認定所有的人、事、物都可成為作品的主軸，他的故事主角沒有限定非中國人不可，所以傳教士馬偕醫師的故事也在其內；也沒有限定非人不可，因此大象林旺也是主角之一。故事內容包含廣遠，凡與台灣社會變遷有關的都成爲他取材的來源，達官貴人、販夫走卒都化成他筆下鮮活的角色。他嘗試以生動厚實的筆調，充分地截取、收錄與傳達台灣近百年來的部分風貌，記錄歷史片段，凸顯人性表徵；他企圖以有限的篇幅全面刻畫台灣某些年代的生活實錄，並塑造他心目中的「台灣人」。從作品來驗證，他的野心部分實現了。

《台灣的兒女》這一系列的作品雖然仍未達到盡善盡美的地步，但已經十分可觀。這十六冊少年小說的重心在於詮釋近代台灣人的悲歡離合，藉歷史素材烘托新的典型，每本作品都可歸類爲歷史小說。這一系列小說的時間上起甲午戰爭，下至七八十年代，前後約百年。就空間而言，十六冊作品發生地以東部居多，李潼目前落戶的宜蘭比例最高，有七冊之多，其次是他的出生地花蓮，有三冊，台東最少，只有一冊。花蓮的三冊爲《我們的祕魔岩》、《白蓮社板仔店》與《尋找中央山脈的弟兄》。這三冊也就是本文要討論的。除了敘述這三本作品的主題、內容與技巧外，本文將深入探討他們共同呈現的一些相關情節，討論其優缺點，最後並以其表層與深層意義作爲結論。

二

在討論這三本作品之前，我們對於「歷史小說」與「成長故事」的界說必須先有明確的概念。卡爾（Carl M. Tomlinson）與卡洛爾（Carol Lynch-Brown）把適合青少年閱讀的歷史小說型式分爲三類。最普遍的一類是故事中的主角純屬虛構，但幾位次要角色卻是歷史中確實存在的人物。第二類是在書中充分描寫某個時期的社會傳統、風俗、道德觀、價值觀等，但不提及眞正的歷史大事，也不把眞正的歷史人物作爲故事角色，只爲讀者重建那個時期的眞實空間。第三類是歷史幻想，這類作品出現時間的扭曲與超自然角色，主角回到過去的年代去尋訪、去探險❻。

按照上述的分類法，《尋找中央山脈的弟兄》屬於第一類，主角沈俊孝是虛構人物，次要角色陳段長與蔣先生是確有其人。《我們的祕魔岩》與《白蓮社板仔店》屬於第二類，雖然《我們的祕魔岩》曾提及二二八事件，但那是時空的需要，而不是故事的重心。《白蓮社板仔店》提到的一九六七年的地方選舉，也是同樣的作用。兩本書主要在於重建某個特殊年代。另外，李潼也曾寫過第三類的歷史幻想故事，《少年噶瑪蘭》爲其代表作❼。

如果按照李喬的說法，這三本作品應屬於「歷史素材小說」。他認爲：「小說都是在處理『過去』的素材……都離不開『歷史』，都屬於『過去』的。❽」他進一步把利用歷史作爲材料的小說分成兩類：

> 作者選定一段時代，配以當時的風俗習慣、服飾、特殊景觀等作背景，以一或數件歷史事件或人物爲中心，依大家認同的常識爲主線，創設一相配的情節，使事實的面貌和虛構的部分重疊進行，這樣構成的作品便是「歷史小說」。
>
> 作者借重歷史素材的可能性和可信性，重點放在「虛構」的經營上；主題偏重於歷史事件的個人闡釋；更重要的，它仍然是出乎歷史的，亦即歸趨於文學的純淨上，這樣構成的作品便是「歷史素材的小說」❾。

根據這樣的說法，則《三國演義》應屬於「歷史小說」，鍾肇政的《台灣人三部曲》與東方白的《浪淘沙》則屬於「歷史素材小說」，因爲這兩部只以部分事實爲大綱、背景而寫作出來的小說，擁有非常自由的想像空間。但「歷史素材小說」並不侷限於成人小說，類似《金銀島》（*Treasure Island*）與《魯濱遜漂流記》（*Robinson Crusoe*）這類作品，借用歷史時空，以詮釋某一歷史事件爲主題，人物、故事與情節均以「虛構」爲主，人物性格鮮活，個個生命力強，又富於冒險精神，常能讓青少年認同，並激起他們不屈不撓的精神。這類以青少年爲主要對象，融合歷史、冒險與虛構的作品，也可歸類爲「歷史素材的少年小說」。

嚴格說來，李潼的這三本成長故事雖然「選定一段時代，配以當時的風俗習慣、服飾、特殊景觀等作背景」，但作者「借重歷史素材的可能性和可信性，重點放在『虛構』的經營上；主題偏重於歷史事件的個人闡釋。』因此，《尋找中央山脈的弟兄》、《我們的祕魔岩》與《白蓮社板仔店》這三本書的性質與《金銀島》頗爲相近，同樣融合了歷史、冒險與虛構的作品，也屬於「歷史素材小說」。

其次，在了解少年小說的素材後，我們應進一步探討它的基調。少年小說的基調永遠是啓蒙與成長。換句話說，啓蒙與成長是少年小說的永恆主題，任何一種企圖把淺顯或艱深的奧義播揚到青少年之間的少年小說，都可以用啓蒙與成長概括之。

人的成長是件痛苦的事是眾所皆知的，因爲成長的條件之一就是要「認識世界」。童稚的世界歡樂多於悲苦，但人無法拒絕成長，總得嘗試去認識周遭的世界。然而認識的結果往往是種不愉快的經驗，因爲我們發覺這世界的眞相與我們期盼的經常並不一致，而且由於我們的力量薄弱，我們對世界的一切也常常是無能爲力的。如果一篇故事描繪這種認識世界的過程，也就是一個人如何在挫折中認識眞實世界，在酸楚中蛻變成長的過程，就可以把它稱之爲「啓蒙故事」。當然，這類故事「通常是指故事中的青少年主角在很短的期間內，遇到一個重大的生命上的抉擇、存在的危機，或者遇到一系列的事件。這些遭遇，使得青少年在事後，對自己、對人生、對世界，有一分新的認知、頓悟，將來進入社會後，可以成爲一個比較成熟的人。❿」這種認知、頓悟的過程有如人類學裡的各種成年禮儀、社會學裡祕密幫會的儀式。換句話說，故事中主角認知、頓悟的過程就像參加了一個爲他（她）舉行的「啓蒙儀式」（initiation）。經過這些儀式的洗禮，他（她）便正式成爲人類社會的成員，進而對人生的奧祕有了更深一層的領會，自己有自己的主張、看法，不再完全受他人或社會環境所左右。

成長故事（growing-up or rite-of-passage stories）是「啓蒙故事」的另一種說法，因爲成長故事就是指有關於從兒童成長爲成人時所遭遇的考驗與試煉的故事。過去人們相信童年是天眞純潔、無憂無慮的。由於社會科學與醫學的快速發展，現代人們越來越相信童年的經驗並不是完美無缺的，因爲童年是無法停頓的，它只是人成長中的一個必經過程，在現實世界中，兒童遲早必須成長，變成大人。生命不斷成長、不斷發展、不斷走向成熟，這種現象在青少年時期更爲明顯。因此，我們可以認定，青少年的生命主軸是成長，以青少年爲基點的少年小說的永恆母題也是成長。

就題材來細分，無論刻畫的是哪一類青少年生活，總是脫離不了以下的這些範圍：成長的坎坷、成長的見聞、成長的喜悅、成長的苦惱、成長的困惑、成長的得失等等。透過這些題材的編織，作家以不同的悲喜表達手法，情思收縱自如，把一個典型青少年的成長過程，源源本本展現在讀者面前。由於這類成長故事中的涵蓋面相當寬廣，對於青少年而言，它的最大貢獻是藉著書中情節的呈現，刻畫出成長過程的種種感受，使青少年能夠產生心靈相通的貼近感。

青少年的成長往往得藉著多種力量，透過不同的表層形式，力圖窺視生命深遠蘊藏的特質。閱讀這種對客觀世界的精微描寫是其中一種比較講求實際的力量。青少年閱讀少年小說可能出於「體驗生活」的好奇和欲望。閱讀使他們不自覺地有了認同、洞察、淨化、移情、頓悟等不同感受，也可能扮演超越年齡局限的角色，這都充分表示了「成長」的願望。

三

在評析這三本作品之前，我們必須先要充分了解其背景與內容，才能登堂入室，目睹其精髓。就空間而言，《尋找中央山脈的弟兄》只有一小部分涉及花蓮。開拓東西橫貫公路當然與花蓮有關，但作品主要空間是在尚未完工的路上。《我們的祕魔岩》與《白蓮社板仔店》的所有大小事情全部在花蓮市演出。花蓮市說小不小，說大不大。雖比不上西部大城市那樣繁華，但它一直是東部觀光的重要據點，人來人往，「鄉村都市化」的味道頗濃。當地人與台灣其他正在轉型的小城鎮一樣，儘管周遭的大環境已經急速變遷中，他們多數人依然擁有傳統鄉里的固有美德，例如樂於助人、熱心公益等。表面上，這是一座寧靜平和的好地方，但還是依然有它荒謬的一面、陰暗的一面。它無法逃開白色恐怖的危害，它有時也照樣籠罩在狂歡化的荒謬中。至於時間方面，這三篇故事發生於一九五七至一九六七年之間⓫。這十年是台灣史上政治口號最多的年代，人人都遭遇不同程度的「關心」。但台灣的經濟成長也在這段時期逐漸成形，每個人開始關注周遭的一切，民智漸開，小孩有了深造的機會，整個社會充滿活力。三篇故事發生時間相差不到十年，對於六十年代的描繪，頗具代表性。

1.《白蓮社板仔店》：台灣式的嘉年華會

荒謬的年代必須經由無數的荒謬劇來烘托，才能凸顯其荒謬性。荒謬劇的演出往往仰賴狂歡化的行爲⑫。《白蓮社板仔店》這齣戲完全透過主角阿祥機靈的雙眼來觀照。他與數位同學跑到棺材店去遊學做功課，店主阿塗師不怕忌諱，躺在樣品棺木裡睡午覺，這兩件事都是新鮮事。阿祥的媽媽到棺材店找阿祥，被從棺材猛然坐起的阿塗師嚇暈了。有人提議，用阿塗師所謂的祖傳祕方收驚特效藥（口水）來治療阿祥媽媽的失魂，這當然是一種現代人難以接受的荒謬療法。荒謬情節就此開始。緊跟著的國慶大會、提燈遊行、政見發表會，都是類似廣場性質的狂歡場面。一個高潮緊隨著另一個高潮，荒謬的層次不斷昇高。

國慶大會與提燈遊行是荒謬的延伸。爲了搶第一個報到，清晨七時小朋友就得在廣場上曬太陽。在小朋友心目中，「重要人物」展開的馬拉松式沒營養演講比賽，還不如「禮成」兩個字來得有吸引力。阿祥班上發現提燈遊行準備的比別班差，臨時異想天開，借用阿塗師編好燒給死人的別墅、電視、汽車，改成其他顏色的燈籠，上街遊行。阿祥媽媽與好友秋月躲在由板車改造的航空母艦內大談選情，引出另一高潮。遊行時，有人不小心，把火把歪伸到航空母艦，一場大火營造了遊行的最高潮，但同時也終結了遊行。

縣議員選舉與學校選「自治鎮長」再把故事推往另一高潮。鍾家父親選議員，兒子選自治鎮長，兩人都懂得撒錢買票。阿祥不齒賄選舉動，想出方法來制止，因爲這種卑劣行爲會影響參於選戰的媽媽的成敗。作者以巧思破解了阿祥的困境。他讓中風後復原情況欠佳的鍾議員出現在政見發表會上，結果二度中風，永遠退出政壇。阿祥媽媽的競選經費不足，阿塗師便捐了一副上等棺木。鍾議員的去世剛好用上這副棺木，終於讓阿祥媽媽乾乾淨淨選上議員。

政治嘉年華會結束了，每個人回到自己崗位上繼續奮鬥。阿祥他們也從絢爛回歸平淡，繼續接受課外輔導，繼續在板仔店遊學。由於面對的是初中入學考試，所以術科全免了，結果，「我們還是看不懂樂譜，不太會唱歌，不喜歡圖畫和不太會做燈籠。」

2.《我們的祕魔岩》：親情的呼喚

在《我們的祕魔岩》中，作者藉三位少年對父親的懷念、尋覓與無奈，掀開了台灣現代史上埋藏多年的某個特殊空間與時間的荒謬與黑暗。主角阿遠的醫生父親死於白色恐怖。「無言」的父親在遺腹子十四歲時才浮出。阿遠四處找人詢問、探聽，才能勉強拼湊出從未見過面的父親的模樣。他從阿裕伯口中，知道父親是位熱血青年，「想以自己所學扶持社會的軟弱者，攻擊利益的霸佔者，對於政治體制的腐敗提出改革的意見。」這種想法基本上是正確的，但在特殊年代碰上「政治」這隻老虎，結果理想主義便被吞食。阿遠的父親就這樣犧牲了。

阿遠日思夜想，把心中的不平表現在祕魔岩上。他想像與模仿當年父親被執行死刑的模樣，用童軍繩綁死結，加手銬，兩腳踝打個腳鐐，中間加上大石頭，自我強迫地跪在祕魔岩的最前端。

這些動作把好友毛毛、歐陽給嚇壞了。阿梅姨告訴他，王醫師得到三名外省兵的協助，墜落懸崖，被船接往福崗博多港。這項傳言也曾讓阿遠激動過，希望那是眞的。但在林桑的照相館裡，他聽到林桑的悲痛敘述，親手撫摸父親的眼鏡與懷錶，讓他不得不相信，父親已經遠去。

與阿遠同樣失常的毛毛是中美混血兒，他的黑人父親永遠不知道在這島上有他的骨肉。由於母親的特殊行業，毛毛不斷搬家、轉校。在現實生活的磨鍊下，毛毛是個堅強、獨立的青少年。他對於形式上的後父（老榮民）沒有成見，但他想念從未見過面的親生父親。因此，在花崗山上公園紀念碑旁，他不斷追問來台度假的美國大兵；他向著海洋赤裸倒立，說希望自己從懸崖摔下去，變成化石；他以渾厚、悲涼的調子吟唱〈老黑爵〉，都在宣洩他久藏於心的痛苦。他終究還是必須面對現實，認同台灣，因爲「無知」的父親不可能接納他。

歐陽生活在比較正常的家庭，天天見得到逐漸失去記憶的父親。他的父親絕不是十惡不赦的人。時代的特殊背景與僵化的意識型態把他塑造成一個永遠活在已經消失歲月的老人。他是只記得「檢舉匪諜，人人有責」，得了間歇性健忘症的可憐老人。這位時代小人物「無奈」地執行逮捕匪諜的工作，甚至於在完全開放的年代裡，他依然沉湎於過去的英勇事蹟，繼續把虛有罪名濫扣在他人身上。阿遠、毛毛與歐陽的三位「無」字輩父親（無言、無知、無奈），給三位「無辜」的少年帶來永遠無法彌補的追憶與懷念。

3.《尋找中央山脈的弟兄》：落地爲兄弟，何必骨肉親

兩個來自舟山群島的十七歲雙胞胎兄弟沈俊仁、沈俊孝，隨著軍隊撤退到完全陌生的台灣，落

腳在蘇澳。兩人想自力更生，跑到宜蘭魚市去找工作。沒想到語言上的差異、當地居民的成見與小哥舉止行為的慌亂，竟造成嚴重的誤會，兄弟失散。沈俊孝風聞小哥參加開路工作，便加入文化工作隊，在深山峻嶺之間尋找失蹤的小哥。從東勢直到太魯閣入口處，一路下來，沒幾個月，周遭的天候變化、生死掙扎與純純的愛，使得沈俊孝完全變了一個人。

沈俊孝的啓蒙之旅的特色之一是強調在「無常」中尋求「隨緣」。來自大江南北、五湖四海的這一萬多人，組成分子複雜，龍蛇雜處，不懼艱難危險，在深山裡開路，生命經常朝不保夕。地震與風雪、出沒的野獸、爆破的施放，隨時威脅著這群把生命托付給冥冥之中的神的開路者，他們難免會有一切隨緣的想法。這種置生死於度外的生活態度並非消極，反而是智慧的圓融轉化。沈俊孝在親身接觸了「板凳老梅」之死與好友陳日新遇難後，終於體會到何謂「隨緣聚散」的「無常人生」。

一路走下來，沈俊孝誠心受教，不斷地仔細觀察他人的言行，不停地接納周遭的人給他的意見。除了這些言教身教外，還有兩段話給他的影響最大。蔣先生對一群外役重刑犯強調人性本善，人人都應發揮善良和仁愛的本性，讓他對人生的是非與善惡，有了新的看法。陳段長親自告訴沈俊孝，他絕不後悔選擇開路這件工作，重新選擇，還是一樣。這點讓這位十七歲男孩了解人活著的眞正意義：施比受有福。蔣先生與陳段長從不同角度詮釋人生的價值，給他的未來旅程帶來無限活力與希望。幾番生死考驗加上善意批評，使他脫胎換骨，不再畏懼未來。

四

這三本作品雖然在時空、主題、情節、人物等方面有極大的差異，但在某些層面卻又非常相似。這些層面支撐著故事的進展，並間接呈現作品的意義。深入討論每個層面，將有助於更進一步了解其內容。

1. 探索

仔細推敲，這三本書的主角最後都走上了「探索」（quest）的旅程，不論是朝向某處遠地的實質旅程，或是主角內心深處的內在旅程。但他們的探索並非是單純的磨練或考驗，都有一定的目標。他們的旅程終點放置了某件貴重物品，它就是促使主角走上這段旅程的目標。探索目標可略分為名譽（honor）與榮耀（glory）、勝利（victory）、社會秩序（social order）與愛（love）⓭。這些目標是推動與發揮主角本色的原動力。一般而言，主角必須走完此段探索目標的旅程，方能說探索已告結束，目標是否達成並不十分重要。詳細閱讀後，讀者會發現，三位主角最後也都達成部分探索目標。

沈俊孝年少不懂事，他的目標不涉及名利，因此絕非名譽、榮耀、勝利與社會秩序這些比較抽象的目標。他的唯一目標是找回雙胞小哥沈俊仁。他所追求的是兄弟之愛、親情之愛。雖然他沒找到失蹤的小哥，但他的「小愛」卻變成「大愛」。他的探索是成功的，一趟艱難的考驗後，他滿載而歸。魏叔、劉老爹、伙房阿嫂、陳段長夫婦、蔣先生、活張飛、陳日新都以不同的人生體驗給他帶來不同程度的啓發，讓他的啓蒙之旅變得多采多姿。

阿遠、毛毛與歐陽三人的探索目標都是「父愛」。經過一番各自追尋後，結果都不圓滿。阿遠發現父親冤死的原因與經過，肯定了父親的名譽與榮耀，但令他難過的是，名譽與榮耀無補於親情的喪失，他這輩子注定與父親無緣，只能在夢中相會。毛毛的遭遇也同樣悲慘，膚色是他的永恆疤痕，一生無法磨滅。他知道父親是黑人，也許可以揣摩拼湊父親的模樣，但即使雙方見了面，父親會承認他的身分、會接納他嗎？歐陽父親是活著，而且也生活在一起，但得了「失憶症」，行事不按常理，日後病情惡化，將成爲歐陽家的重大負擔，探索的結果只是讓自己提早面對人生的困境。

在政治嘉年華會結束後，阿祥的母親當選縣議員，達成「勝利」的目標，名利也是可期待的。阿祥自己可能只有短暫的勝利感覺，這並非是他的探索主要目標，也不是他的最大收穫。在競選過程中，他看到不同種類的「愛」的不同形式的呈現，這包括夫妻之愛、朋友之愛、鄉土之愛等。他學會如何分辨這些藉不同形式呈現的愛，見識了人生的眞實與虛僞。短短一年中，他的生命步伐是以跳躍方式向前邁進的，看盡了人生的喜怒哀樂。

2. 陰柔之美

三本書的主角都是青少年，書中描繪的一切也都分別透過沈俊孝、阿遠與阿祥的眼睛來觀察。橫貫公路開路英雄的豪勇；阿遠的父親一介書生，卻敢於批評時政；阿塗師不懼迷信，竟以送往生者的燈籠權充國慶遊街之用，都展現了陽剛的力量。但徒有陽剛之氣依然不足凸顯人間眞善美。三本作品中的女性雖非主角，但在重要時刻卻表露了一股不可忽視的力量。阿遠的阿嬤、母親，在摯愛的兒子、丈夫遇難後，默默苦撐家計，他們雖經歷苦難的往事，仍然具備吞吐痛苦的雍容氣度。阿嬤臨終時，才說出眞相。阿遠不斷挖掘拼湊，母親依然不想追究往事，她寧願選擇時間來治療一切；毛毛的母親被迫操賤業，撫養混血兒；歐陽的母親整日爲家事操勞，從不知埋怨；「小婦人」樓婷早熟乖巧，處處爲別人設想，舉止言談都顯示出良好的教養與天生氣質。她知道阿遠、毛毛與歐陽三人的心酸事，一一設法幫他們化解，尤其是幫阿遠解了心中之魔，沒有做出後悔一輩子的傻事。這幾位女性給《我們的祕魔岩》添加了無數的光彩。

《尋找中央山脈的弟兄》是一本男人的故事，但書中的女性依然十分搶眼。「現代孟姜女」陳段長夫人不畏艱辛，千里尋夫，她雖不是主角，但講的話卻一言九鼎，影響了陳段長對陳日新半路脫逃一事的處置，也給在一旁聆聽的沈俊孝另一種人生啓示。賣魚婦人與伙房阿嫂都有令人尊敬的一面，她們熱愛人生，肯定自己，也不歧視任何人，在必要的時候會伸出援手去幫助別人。只有十五歲的原住民小姑娘沙鳶更穿梭了全書。她的行事方式、言談、生活態度表達了她的豪爽、不扭捏與乾脆。她與漢人截然不同的健康人生觀更凸顯了原住民一向樂觀、與世無爭的天性。

比較之下，《白蓮社板仔店》中的女性就顯得十分強悍難纏。阿祥的母親與姐妹淘年輕時就曾「領導台灣女性參加消防演習，擔任第一潑水手，擊敗日本籍女生隊」，所以國慶提燈遊行，火把燒著了「航空母艦」（卡車）時，也是她們奮勇澆滅的。後來，阿祥母親被秋月姨說動，參加縣議員選舉，那種狂熱投入，讓男性目瞪口呆，阿祥的父親只有從旁協助的份。甚至在政見發表會，手捧下了藥的綠豆湯要送給阿祥母親喝的也是一位女性。強悍作風不讓鬚眉，令人爲之側目，凸顯了陰柔的力量並不輸給陽剛之氣。

3. 愛與死

文學作品常以闡釋「愛」爲其主題，這三本書也不例外。《尋找中央山脈的弟兄》中的沈俊孝的「探索之旅」原本追尋的兄弟之愛、親情之愛，是「小愛」，隨著時空的轉移，故事結束時，「小愛」卻變成「大愛」——「同胞之愛」、「鄉土之愛」、「民族之愛」，而且還附帶了「男女之愛」。《我們的祕魔岩》的阿遠對父親的思念，激起他追溯往事；毛毛想見一見從未見過的美國父親，行爲舉止上有些失常；歐陽寬容他那位失憶症日益嚴重的父親，因爲有愛。書中所有女性展現的也是人間至愛。《白蓮社板仔店》雖是嘉年華式的荒謬劇，但「愛」的闡釋依然爲其主旨之一。因爲心中有愛，書中的娘子軍熱中於參與地方選舉，想改善賄選風氣。阿祥的林老師常冒出驚人的口頭禪，實際上他非常愛護學生。

這三本書並沒有刻意逃避青少年比較敏感的「死亡」問題，事實上，死亡的啓示往往有助於青少年的成長[14]。《尋找中央山脈的弟兄》的沈俊孝一路走下來，親眼目睹了許多死亡事件，「板凳老梅」之死讓他觸目驚心；好友陳日新不幸遇難，給他帶來更多的感慨與領悟。故事結束時，他仍然沒找到「失蹤」的哥哥，成爲他的終生憾事，因爲「失蹤」常常是「死亡」的代名詞。《我們的祕魔岩》更是以阿遠追溯父親冤死的經過做爲故事的主線，這種死亡是坦蕩蕩的、光明正大的。悲到盡處竟無言，阿遠的阿嬤、母親早已克制了這場至親死亡的悲痛，只是阿遠一時不能接受。等他知道一切眞相後，他已成長，變爲一個成熟的人。《白蓮社板仔店》直接以棺材店爲書中幾位男孩「遊學」出沒的地方，淡化死亡的可怕。鍾議員死於二度中風，作者借阿祥父親的說法，表明了他對死亡的態度：「亡者已去，生者仍要努力，人只要一口氣，就是要認眞打拚。」這種說法十分理性化，阿祥與其他在場角色，甚至讀者，都是可以理解、可以接受的。

4. 族群的融合

這些年來，解嚴後的台灣社會正受困於族群衝突的高漲。在李潼筆下，族群關係並不特別顯得緊張。他無意嚴厲批評或介入族群衝突。在三本書中，他都以寬容的胸襟、正面的刻畫，來敘述他對島上不同族群之間的矛盾的感傷與不滿，淡淡的筆觸勾勒出他對族群融合的期盼。《白蓮社板仔店》從頭至尾沒有涉及族群問題，因爲書中的原住民與漢人（包括河洛人、客家人、三十八年後來台的外省人）打成一片。大人都捲入選舉的狂熱，有的一起助選、有的一起送禮、有的一起收賄；孩子們也被大人傳染了，把在現實社會觀察的心得也搬到學校的自治鎭長選舉裡。國慶遊行時，各族群都熱烈參與。孩子們到板仔店「遊學」，也無族群之分，只知尋找興奮與刺激。

《尋找中央山脈的弟兄》的開路隊與文化工作隊更是族群大融合。來自四面八方的各路英雄豪傑心中只有共同的願望：把路築好、把表演做好，那有時間與心情去管族群的事。沈俊孝與沙鴦後來的結合，當然是族群融合的一種方式，但陳段長的一段話已足以說明這些人對於族群的看法：「……自古以來，台灣人都是各世代移民組成的。我和一群弟兄全力開鑿一條路，就像別的弟兄在他專長的行業，也能爲台灣開出不同的路。我們對自己有交代，對後代的移民弟兄和小孩們有交代。……不論誰從那裡來，來早來晚，總要對自己落腳的任何地方，貢獻一點體力，貢獻一些智慧才好。」

《我們的祕魔岩》中王醫師冤死，應該是族群關係最惡劣、族群衝突最嚴重的一環，但作者把族群關係昇華了。阿遠的父母都是沒有省籍情結的人，王醫師「對待患者是大家都一樣，不管你是阿山、半山，不管芋仔蕃薯，不管你是唐山過台灣，還是台灣過唐山，誰來求醫，他都醫治。」阿遠的母親亦是如此：「媽媽爲所有不同種族的母親接生，迎接每個阿美族孩子、山東孩子、客家孩子、台灣孩子，都能健康啼叫的來到這個世界，長成健康活潑的台灣兒女。媽媽的那隻手，是世界最寬厚的手。」歐陽的客家母親與阿山父親的結合也說明這一點。即使走過白色恐怖陰影的阿裕伯與林桑，也沒有強烈的排「外省人」心態。阿遠他們這一代的族群關係更爲駁雜。阿遠是土生土長的台灣人，毛毛的父親是洋黑人，歐陽是歷史特殊環境湊成的姻緣的後代，樓婷則是典型的阿山。雖是如此，這四位青少年之間的感情與友誼，誰也無法用族群關係來分化，因爲在他們心目中，族群間的恩恩怨怨早已昇華。

這三本成長故事刻畫了書中主角的啓蒙過程與部分成長經驗。主角體驗了成長的坎坷、喜悅、苦惱、困惑、得失後，明瞭這個世界並非想像中那般美好，但也不是只有陰暗的一面。他們同時還發覺，每個人在成長過程中，都需要愛的滋潤，隨時要面對死亡的挑戰。這種書中人物對現實生活的共同感受，可以給青少年讀者一些啓迪作用，讓他們在面臨抉擇時，能有所愼思、有所警惕。

五

這三本與花蓮有關的少年小說是作者長期思索與細心篩濾的結果，充滿從現實生活爆發與昇騰的生命氣息，呈現了人世與時代的複雜風貌，鮮活雋永。他以犀利的筆法捕捉了青少年生活的眞相，暴露了成人世界的陰暗面。他詳實記錄了六〇年代具有代表性人物的追尋與夢想，給後來者留下了十分清晰的社會輪廓。他並沒有搬弄深奧難解的敘述技巧，但展現的卻是讓人掩卷沉思，思維深處遭受衝擊時的刹那回響。

作者寫這一系列作品的主旨是希望能帶給讀者閱讀的樂趣。他說：「我在書寫過程再三提醒自己的，仍是『如何爲讀者創造閱讀小說的最大樂趣』，也就希望這一系列小說，能寫得有趣、有情、有義，讓正巧和它相識的讀者，感到可讀、可親、可愛。⓯」實際上，這三本小說給讀者的不僅僅是「樂趣」（pleasure）與「了解」（understanding），同時還顯示了「資訊的獲得」（efferent）⓰的功能。青少年讀了之後，對於六〇年代的種種，一定會有相當程度的認識與理解，知道當年曾有一批人冒險犯難，爲台灣留下一條永恆之路；同時也了解白色恐怖的意義與傷害、嘉年華會式的選舉給台灣社會的衝擊等等。

深入梳理，這三本書裡的主角很湊巧的代表了三個不同求學階段的年齡層。《白蓮社板仔店》的阿祥是國小六年級生，《我們的祕魔岩》的阿遠是國中生，《尋找中央山脈的弟兄》的沈俊孝的年齡應該是讀高中了。不知是作者有意的安排，或者是無意的巧合，這三位敘述者由於年齡上的差異，時空的不同，想法自然不會一致，三本書表達的筆調也就有了出入。《白蓮社板仔店》

以荒謬劇呈現，充滿歡樂，言語俏皮，諷刺性強；《我們的祕魔岩》敘述過去一段不幸事件，挖掘現實的冷峻與陰暗，筆調哀傷凝重，淒涼低沉，令人感慨；《尋找中央山脈的弟兄》感覺上是藉成人的言行來催化與加速主角的成長，從東勢走到太魯閣，沈俊孝不曉得加添了多少歲。不同年齡層有了適當的展現，作者在這方面的努力，是值得稱許的。

此外，這三本作品的空間雖侷限於花蓮，但仍深具普遍性。三十八年政府撤退來台，有多少大陸人像沈俊孝兄弟一樣，由於語言、習慣的隔閡，在一處陌生地方遭人誤解，而轉變成心結。有多少大陸人像中央山脈的開路英雄一般，上山下海，爲這塊土地奉獻自己的心力。又有多少人因爲政治立場的不同，而長年生活在白色恐怖中，株連之廣，讓人心生畏懼與厭惡。阿遠家族只是一個比較幸運的例子。推行地方自治，選舉氾濫成災，選賢變成選錢，成爲台灣光復後的一大奇觀，有多少人得了「選舉癌」。《白蓮社板仔店》所刻畫的只是比較「善良」的一面，近年來，每逢選舉，動刀動槍的「黑暗」面，不忍聽聞。國中免試升學的長期「效果」已逐漸浮現，青少年犯罪率居高不下，部分國中班級甚至成爲培養少年犯的溫床。

李潼對於人物的經營掌握得恰到好處。在《白蓮社板仔店》與《尋找中央山脈的弟兄》中，他放手描繪每個角色，主角佔了較多的篇幅，因爲他們是故事的敘述者，配角也有了恰如其分的刻畫，如劉老爹、魏叔、活張飛、阿塗師、林老師等。在《我們的祕魔岩》裡，他改變了對配角的處理。爲了凸顯其沉重、悲涼，他淡化幾位關鍵性的配角。他讓配角躲在幕後，一言不發，即使是阿遠的母親也沒有幾次跳出來說話的機會。毛毛與歐陽的母親也沒出聲過，毛毛的後父更只是一個模糊的身影，讀者知道有這麼一個人，但卻不知他的模樣。讀者或許會納悶不解，這樣的一位老榮民爲什麼要娶一個聲名狼籍的吧女爲妻。作者刻意地壓縮、模糊與淡化角色，反而給讀者更大的想像空間。

另外，作者相當講究語言。他擅長以散文筆法寫景、寫場面，《尋找中央山脈的弟兄》與《我們的祕魔岩》多處提及的山水之美便是很好的例子。文字乾淨，但豐厚沉實，毫無采麗競繁、空虛華美之感。必要的時候又能適度地使用方言，凸顯了每個角色的語言習性，切合角色的身分、地位。最重要的是，他不想以過分淺白的文字討好讀者，堅持以一般的文字水準來表達完整的意念。基本上，他沒有高估也沒有低估讀者的閱讀能力。他字斟句酌地敘述每個情節，極力展露每位角色的言行舉止，讓讀者不知不覺感受到作品的張力。

上面的這些說法並不是說李潼的三本作品盡善盡美，毫無挑剔之處，實際上，也有其不足之處。他在《台灣的兒女》總序中說：「台灣多變的歷史，坎坷且豐富的人文風貌，給寫作人提供了不盡的題材。讓稍不愚鹵的作家，在俯視、仰望、遠觀、近看這些歷史人文及最切身的生活周遭時，有了拾取不完的寫作靈感。」以這三本成長故事來檢視，便可以證明從歷史中擷取創作題材這個方向絕對是正確的，但取材適宜並不能保證作品的品質。這三本小說的人物刻畫、情節安排都合情合理，但也許是寫作時間短促，想表達的範疇過廣，總覺得有些地方稍嫌粗糙。原本可以寫得更細緻、更深入，常常一筆帶過，十分可惜，例如對各個角色長相的刻畫就不夠細膩，或者欠缺。《白蓮社板仔店》中的阿塗師是個有趣的角色，但讀者似乎無法想起他的模樣，因爲作者沒有充分描述他的長相。再如《尋找中央山脈的弟兄》的沈俊孝與活張飛奉命趕去太魯閣阻擋陳段長夫人入山，途中遇到三位活張飛的老夥伴，這種偶遇與他們之間的「歡樂休假」對話就顯得突兀與多餘。

其次，或許是受到篇幅的限制，作者無法盡情揮灑，這三本書都集中於外在世界的描繪，內心世界著墨較少。比較之下，作者對《我們的袛魔岩》的阿遠心理刻畫較多，但依然不夠細膩詳盡。造成這種情形的另一種原因也可能是作者擔心青少年的理解力，但作者可以加強人物的主觀層面，鑽探到人類本性中那個更深的、更溫暖的層次，使心理描寫部分有更大的深度，更多的層次，更加細緻入微地反映這三種不同年齡對同一年代的特殊內心感受，則對生命本源便可作直逼內涵、縝密而扎實的探索。

六

李潼藉由這三本作品，舖陳時代的動盪、荒謬與殘酷，挖掘時代的某些眞實面，但他同時也嘗試倡導「新台灣人」，希望凡是久居這塊土地的人，能認同台灣，拋棄成見，讓人人都成爲新族群的一分子。依他看來，種族、膚色、家世等只不過是象徵性的符碼，必須捨棄，才能融入新的族群。一九四九年隨國府來台的大陸人約有兩百萬人，至今將近半世紀，在台灣這樣典型的移民社會裡，早應該融入其中，成爲這塊土地的子民。這些人的子子孫孫，生於斯、長於斯，完全沒有不融合的理由。依李潼的標準，所謂的「新台灣人」是曾經生活在這塊土地上，而且認同台灣的人，不論原來的族群、膚色。這種廣義、寬鬆的範疇在某些具有強烈省籍情結的人眼中，根本是一種無法接受的濫情，但深遠遼闊的視野卻是偉大作家必備的條件之一。純粹悲情的訴求與空泛的吶喊不再是以文學表達政治實況的唯一利器，也不再適用。作家如果只知在狹隘的小圈子打轉，極可能寫不出感人的故事。李潼的作品本身嘗試擺脫意識型態的束縛，拋棄「主題先行」的框框。這是作者的心意，值得讀者思考一番。

「族群融合」只是這三本少年小說的表層意義，我們還可嘗試深入探究，挖掘其深層意義。四百年來，台灣一直是個多數種族進進出出的移民場所，也是外力處心積慮要呑食的目標。由於歷史的種種糾葛，台灣人的移民性格常常在不同的場合中展現出來。李潼在《台灣的兒女》這一系列作品中極力想藉書中故事情節呈示台灣人的某些特殊性格。

如果我們按照這三本故事發生時間的先後來觀照台灣人的移民性格、形象，可能會得到一種有趣的訊息。這種訊息不一定是作者故意安排的。他極可能只是無意中顯示出來的。當然，也許是他隱隱約約在鋪陳他的鵠的。《尋找中央山脈的弟兄》發生的時間最早，故事中那些在深山開路的英雄，大多數來自彼岸，是台灣當時的最新移民。當他們面臨整個局勢的逆轉，知道回故鄉是個遙遠的夢，他們所表現的便契合了早期移民者的正面形象：冒險、開拓、奮鬥、創造、樸實、節儉⑰，生命在號聲、爆破聲、敲打聲、吆喝聲耗盡了。有時候依舊展露了哀傷、自憐與無力感⑱，例如老吳在晚會中的哭喊，點明了的離鄉背井者的心酸處；陳日新難耐思親之苦，離隊逃亡，是他無力掙脫既定命運的寫照；沈俊孝則兼有正負兩種形象，正面的是他在路上的種種行爲，但不知如何尋找失蹤的哥哥卻難免沉湎於悲哀與苦思中。

《我們的祕魔岩》中的阿遠有如李喬筆下的「追尋的孤兒」⑲。在他努力拼湊逝去父親的形象過程中，他不時表現了懦弱、依賴、被逼害感、自卑等這些體質和心理上的弱點，毛毛亦是如此。當然，他們兩人在尋父時，也展現了鍥而不舍的精神。林桑、阿裕伯見到故友之子，在欣喜之餘，仍然有餘悸猶存之感，言語不夠爽朗，吞吞吐吐，極可能是懦弱與被逼害感造成的。阿遠的阿嬤與母親在白色恐怖的威脅下，閉口不談最摯愛的親人的冤死，絕非懦弱，而是要保護阿遠，心中之痛可想而知。

到了《白蓮社板仔店》的年代（一九六七），隨著時代的變遷，自由的尺度放寬，台灣人的潛在性格慢慢顯現。台灣人熱中於選舉，美其名的說法是民主層次的提高，但也凸顯了「輸人不輸陣」的性格。賄選的盛行一部分要歸咎於社會風氣的敗壞，另一部分則是台灣人的商人性格⑳造成的。參選者往往把選舉當作生意的一種。選前賄選是投資，選後再撈本也就沒什麼好訝異了。

書中阿塗師的個性也值得探討。他答應把喪家使用的燈籠改裝，用在國慶遊街上，證明他是個「爽快俐落」的人，但也看出他並沒有考慮後果。當時如果有人密告，在國家誕生的日子，竟然用送葬的燈籠遊行，這個罪名可就不小了。我們不能隨便猜測阿塗師有沒有「反骨」意識，然而我們可看出阿塗師代表的部分台灣人性格：受到壓制，表面上順從，但一有機會，便會有反抗的小動作㉑。

上面的這幾個例子只是對這三本成長故事的深層意義的一種探討角度。實際上，台灣人的複雜性格並非三本書就能詮釋清楚的，何況，人在不同的時空，擔任不同的角色，往往展現的是性格的不同層面。從宏觀的角度來觀照，我們不難看出，李潼想要呈現的台灣人性格是正面多於負面，畢竟他主要的訴求對象是青少年。

這三篇故事均發生於花蓮，時間上又有重疊之處，三位主角生活在同一時空，但由於命運的播弄，面對的卻是截然不同的情境。《尋找中央山脈的弟兄》沈俊孝對政治一片空白，他甚至不懂母親爲什麼要他兄弟離開家鄉。《我們的祕魔岩》中的阿遠家人由於王醫生的不幸，極力排斥政治。《白蓮社板仔店》的阿祥一家人完全投入政治，其狂熱程度令人咋舌。在論文將結束時，筆者突發奇想，阿祥興高采烈地在嘉年會式的國慶提燈遊行隊伍吹著銅哨時，已經是高三生的阿遠會不會也夾在遊行行列中，或者只是站在路邊冷眼旁觀？在花蓮落籍超過十年的沈俊孝是否與沙鴦帶著或抱著下一代在一旁看熱鬧？

——一九九九年，選自天衛版《少年小說大家讀》

註釋

❶宋維村，「放眼世界少年文學——讓孩子學習拇指精神」（序言），《漢聲青少年拇指文庫》，台北：漢聲，一九九四年，五版。

❷Rebecca J. Lukens & Ruth K. J. Cline, 'Preface', *A Critical Handbook for Young Adults* (N. Y.: Harper Collins College Publishers,1995).

❸參閱陳祖彥主編，《「世界華文成長小說」徵文得獎作品集》，台北：幼獅，一九九七年。

❹屠佳，〈青青的歲月〉（代序），《藍藍天上白雲飄》，台北：九歌，一九九七年，頁五。

❺這一系列作品包括《戲演春帆樓》、《阿罩霧三少爺》、《太平山情事》、《夏日鷺鷥林》、《火金姑來照路》、《龍門峽的紅葉》、《開麥拉，救人地》、《四海武館》、《無言戰士》、《少年雲水僧》、《頭城狂人》、《魔弦吉他族》、《福音與拔牙鉗》、《我們的祕磨岩》、《白蓮社板仔店》與《尋找中央山脈的弟兄》等十六冊，由台北圓神出版社出版。

❻ Carl M. Tomlinson & Carol Lynch-Brown, *Essentials of Children's Literature,* 2nd ed.,（Boston: Allyn & Bacon, 1996）, p. 161.

❼李潼，《少年噶瑪蘭》，台北：天衛，一九九二年。

❽李喬，《小說入門》，台北：時報，一九八六年，頁二三二。

❾同註❽，頁二三一。

❿這段話是鄭樹森教授在「世界華文成長小說」徵文決審會議上引用新批評學者提出的「啓蒙短篇」小說的觀念。參閱〈尋找書寫的潛力和脈絡——「世界華文成長小說」徵文決審會議紀錄〉，《幼獅文藝》第五一〇期，一九九六年六月，頁八。

⓫作者在《尋找中央山脈的弟兄》一開始，就指明：「一九五七年十月，台灣東西橫貫公路破土開工一年。」《白蓮社板仔店》是一九六八年國民義務教育延長為九年前一年的故事。二二八事件發生於一九四七年，《我們的祕魔岩》的主角阿遠是遺腹子，開始追尋他父親的死因是在他十四歲時，約為一九六一年或六二年。

⓬巴赫汀（Bakhtin）在他的文化理論中提出狂歡節與狂歡化的觀念，《白蓮社板仔店》一書中描繪的國慶大會、提燈遊行與政見發表會的情景，頗有狂歡化的味道。參閱劉康〈大眾文化的狂歡節〉，《對話的喧聲》（台北：麥田，一九九五），頁二六一～三〇五。

⓭參考 Northrop Frye, *Anatomy of Criticism*（Princeton: Princeton UP,1973）一書中對「英雄」（hero）類型與「探索」（quest）的說法。

⓮參閱拙著，〈未知死，焉知生——談少年小說中的死亡問題〉，《兒童文學家》二十一期（台北：中國海峽兩岸兒童文學研究會，一九九七年六月），頁三一～四三。

⓯李潼，〈在小說的趣味中尋找人的溫度和反省力——《台灣的兒女》系列小說總序〉。

⓰同註❷。Louise Rosenblatt 認為，閱讀除了「樂趣」（pleasure）與「了解」（understanding）的功能之外，還應加上 efferent 。所謂的 efferent 是指經由閱讀獲得訊息（the acquiring of information through the reading)。

⓱這是彭明敏對台灣先民卓越特性的正面說法。參閱徐宗懋《務實的台灣人》，台北：天下文化，一九九五，頁七。

⓲張炎憲，〈序〉，李喬，《台灣人的醜陋面》，台北：前衛，一九八八，頁十。

⓳李喬，《台灣人的醜陋面》，頁二三六。李喬認為，台灣人的形象有三。最早的是「大地的苦難人」，擁有環繞貧窮而生的人性缺點：迷信、愚蠢、偏執、多疑、心胸狹窄、眼光短淺、祇重視有形的事物、缺乏抽象的思考等。「追尋的孤兒」為第二種形象。「自覺自強的現代人」是李喬嚮往的第三種台灣人形象。參閱該書頁二三四～二三八。

⓴徐宗懋說：「台灣本土的文學、音樂和藝術領域缺乏一般海洋國家常見的輕朗、明亮、跳躍、向大海挑戰的色彩，反而是自閉自卑的哀憐。海洋文化中的政治擴張性格儘管沒有，但海洋文化中重商意識卻充分體現，……諸如急功近利、投機騎牆、見風轉舵等等（特性）來維護其利益。」見徐宗懋《務實的台灣人》，頁二〇七～二〇八。

㉑史明說：「季風帶來的容納性和忍受性，以及熱帶、海島、地震所促成的各種特性相互交織在一起，使台灣所呈現的風土性格，成為『不寬闊不大方，同時帶有濃厚的順從性，但有時也會突然起來猛烈的反抗一番，然後又是氣短的忍受下去。』」見史明《台灣人四百年》，台北：蓬島文化，一九八〇，頁九。

張素貞：

姜貴《重陽》中的諧謔與蘊藉

張素貞

台灣新竹人，1942 年生，台灣師範大學國文系、國文研究所畢業。現任台灣師大國文系教授，專長在韓非子、現代小說。著有評論集《細讀現代小說》、《續讀現代小說》、《現代小說啓事》等。曾獲中國文藝協會文學評論獎等。

姜貴（一九〇八—一九八〇），本名王意堅，後改名王林渡。在出版《旋風》之前，曾出版過長篇《迷惘》、中篇《突圍》。民國四十年開始撰寫《旋風》，在五〇年代眾多傑出的小說創作中，《旋風》稱得上是能兼顧藝術技巧的精彩作品。民國五十年他自費出版《重陽》，事隔多年，他的小說技巧也有了進境。他後來又寫了不少小說，其中收入《姜貴自選集》的長篇《曉夢春心》也很出色。《姜貴自選集》出版當年十二月，姜貴病逝。鄭明娳在〈五月榴花照眼紅〉一文，起筆就提及：「在姜貴近三十部小說中，如果要推薦給讀者，無疑的，要數《旋風》、《重陽》和《曉夢春心》」。必須留意的是，以姜貴在台灣的創作生涯來說，他的頂尖作品竟然是頭尾兩段時期的成果；而我們重新檢視三部傑作之一的《重陽》，也就不致毫無意義了。

一、反共文學難得的是蘊藉

姜貴的《旋風》與《重陽》，自夏志清大力推薦之後，早受到重視和肯定。不過一般仍簡約地把它們列入「反共文學」，所謂五〇年代反共抗暴風潮中的應景產物。筆者曾談過《旋風》中的人物〉，在當代本土文學喧騰的此刻，重新細品《重陽》，不但不覺僵硬難讀，反而覺得姜貴的苦心孤詣不宜忽視，作品中的諧謔與蘊藉手法，更值得虛心探討。大體而言，反共文學有它的局限，為了主題意識的發揮，常不免流於明露刻板，《重陽》的文學技巧則是把諧謔和蘊藉手法巧妙地錯綜運用，使得明露時只覺其諧謔而不覺其樣板，而最最難得的是：作者把詩的蘊藉技巧融入小說裡，他懂得適度的留白，給讀者反覆思考的餘地，使小說的意涵更深、更廣、更豐富。

歷史小說的名作家高陽研究《旋風》，曾拈出題旨，認為是作者有感於國破家亡，有心要檢省共產黨何以能得勢而作；姜貴也自言：

這（《重陽》）是《旋風》的一個姊妹篇，都旨在探究共黨何以會在中國興起。《旋風》重農村，《重陽》重都市，是其不同而已。（《姜貴自選集》自序）

很明顯地，《重陽》的主題意識，也仍不脫反共文學的範疇，但作者的用心在於檢討性的思考，加上姜貴嚴肅的創作態度，作品便能兼顧到藝術技巧。《重陽》寫作比《旋風》晚了九年，由開筆到出版，橫跨五、六〇年代，台灣文壇的文藝思潮逐漸受到歐美現代主義的影響，反共文學漸趨低調，在這樣的環境之下，《重陽》是否展現一些特色？筆者想從諧謔與蘊藉來分析。

既是反共文學，難免要在作品中暴露共黨的罪惡，一味的口號呼喊或公式套入，都是拙劣不堪入目的。姜貴帶有省思的批判，常是藉人物的談話，自然呈現乖離、荒誕的動作背後的動機所在。《重陽》大約四十五萬字，登場人物不下百人，主要以武漢爲場景，反映國民政府容共、分共的一段歷史。書中的主題有二，一是共產黨的倒行逆施，一是洋人的肆虐。暴露的罪惡內容，離不開暴力和性。姜貴在《重陽》中描摹的幅度相當廣泛，而且相當大膽。他的手法略帶誇飾，可以說是盡力營造了諧謔的氣氛，以達到反諷的效果。一九五四年七月二十六日「中國文藝協會」響應先總統號召，發起「文化清潔運動」，「籲請各界一致奮起，共同撲滅文化三害：『赤色的毒』、『黃色的害』與『黑色的罪』。」我們無法斷定這樣的文學運動對姜貴有些什麼影響，不過當他揭露共產黨徒及洋人的罪惡時，勢必涉及黃色的性及黑色的暴力（有時又是同時存在的），他的處理手法能否「淨化」？「淨化」到什麼程度？這就得細細品味書中極爲可貴的蘊藉手法了。

《重陽》上百的人物，經由重要的角色洪桐葉的遊動揭幕，逐步牽引出許多相關人物。以全知的觀照做人物背景的介紹，大量的採行人物的見事觀點，醞釀氣氛，也便於營造懸念。全書二十四章，除了前五章的場景在上海，其他都在武漢；二十二、三章雖然以東北為場景，卻是由人物逆溯方式引出（雖然視點不盡統一），人物仍在武漢。洪桐葉乃革命先烈後嗣，受共產黨人柳少樵的誘引脅迫，成為同性戀人及共產黨徒，一再彷徨擺盪，終究掙脫不得，最後被推落江中。他的出身，含有象徵意義；另外還有一個革命先烈後人，是仲夫人的兒子，在蘇聯留學，有向共產黨提供情報的嫌疑。總之，這些革命先烈的後人都被共產黨利用了。諷刺的是，只有投機分子錢本三的兒子守玷算革命軍人，讓忠貞的國民黨人朱廣濟羨慕，但錢守玷並不是眞正的軍人，也可能不是錢本三的親生兒子。洪桐葉墮落的原因不在個性的缺陷，是因為環境困窘，母親急病，擔任鐵路局長的親叔叔不肯幫忙，而柳少樵透過工頭彭汶學伸出援手。柳自稱是偷雞之前撒米，有目的而為，洪桐葉從此難逃他的手掌。姜貴挖掘的人性惡質，淺化為「性」，瑣細之處仍可見端倪。叔叔不救急，經由洪大媽的敘述，又是過去初寡時期的謠言中傷，牽扯到有人追求不得，揑造壞話，斷絕接濟的來源等等。洪桐葉憤激之餘，「兩手一拍，格格笑起來。」說：「我聽人家說，局長嬸嬸在滄州別墅開著長房間，養著好幾個小白臉，把鈔票貼人家。我又聽法國老闆娘告訴我說，局長叔叔在法國的時候，生過梅毒、淋病，所以他現在不會養孩子，斷子絕孫了。」（頁四六八）這段從談論性事暗示洪桐葉的性情已有轉趨尖刻的傾向。

二、諧謔之餘，適度的留白

柳少樵的刻畫頗為誇張，可說是大刀大斧，文筆精潔，往往是以人物對話來交代情節。他以行動實踐個人奉行的理論，是傳統的大反動。主張廢姓，反對傳統道德，不孝順，不友愛，反對父母包辦婚姻，反對寡婦守節。他是雙性戀的魔頭，對洪桐葉又是親熱，又是暴虐；對妻子——賢淑美善的葉品霞，則是鄙視及凌辱。他懲罰洪桐葉的背叛，讓彭汶學拿刀子威脅，又準備好油布鋪著，說以免血流到樓下驚動二房東，極力渲染恐怖的氛圍，中段的暴力則以虛線交代；絕的是，他以吻來結束懲罰，三天後又帶洪桐葉去嫖法國妓女。諧謔的誇飾，中間卻是適度的蘊藉。最後他繼推墮錢本四到江心，轉身抱住洪桐葉親嘴，「輪到你」的話未完，「洪桐葉也被擊昏，和錢本四一路去了。」（頁六〇一）筆法精潔至極，柳少樵乖張、冷酷而又諧謔的形象自然浮現。

《旋風》裡的陶祥雲近似性變態，不愛年輕的龐錦蓮，卻愛年老的小狐狸龐月梅；柳少樵為了抗議父親的安排，不愛美麗的妻子，故意鄙視她，卻喜歡醜陋矮胖的瘸腿婢女白茶花。妙的是，從遊戲開始，柳少樵與白茶花氣味相投，竟然發展出相當的情感，兩人相依相偎的形影活像英文字母d字，小說重複兩次，既醜且美，白茶花還能邁出「蝴蝶飛」的步伐，讓讀者百感交集，所以說是諧謔之筆。柳少樵和白茶花，是除了洋人——洋老闆夫婦、碼頭鬼子之外，所有暴力的施展源頭。但是作者處理這些可怕的暴力，卻善用了蘊藉的高明筆法。共產黨控制了武漢的革命政府以後，柳少樵和白茶花擔任要職，便有了腥風血雨般的鬥爭，白茶花報復主人的拘禁，在長沙親手槍斃了葉德光及其族姪兩家男婦老幼三十餘口，還包括兩個嬰兒。這訊息是藉小說人物司靈鸞閱報而傳達的。

柳少樵和白茶花最後離開武漢前往九江，臨行回家，毒死全家七口人，老父、被離棄的妻子、被捉弄和漂亮弟婦配對的駝子二哥（此中尚有曲折，留待後文詳論）都在內。但是這一段情節，作者不但沒有明寫，只用客觀筆法，藉五金行老闆的視點呈現，談及化驗出酒中有毒，而且故意做不盡是事實的推述：

> 一般分析：工會、婦聯為患社會的時期，兩個最活躍的人物柳少樵和白茶花，都是柳家人。他們害人不少。這極可能是仇殺。因為兩個人逃走了，他們的仇家就拿他們的家人洩憤。（頁六〇四）

我們經反覆比照，細加推尋，才領略到：小說字裡行間其實含藏了許多耐人玩味的弦外之音。前文提及柳少樵要回家辭行，他不甘心就這樣離去，而同行的小苗子和宋二姐又死在五金行，文末那對男女在九江下船，「遠遠看去很像英文字母d字。」（頁六〇四）不言而喻是這兩個人。讀者此刻恍然而悟，「仇殺」云云，其實不過是煙幕，他們是眞正的兇手。姜貴善用客觀觀點的長處，不作心理分析，多留餘地讓讀者思考；敘述中又假設提供錯誤判斷，以便達成嘲諷的效果，整體來說，就得力於蘊藉的筆法。

姜貴把人性的惡質全放入柳少樵這個角色之中，目的可能就為了突顯共產黨人的可怖。既沒有交代他人格扭曲的根由，也從來不曾展現一絲一毫人性的溫情。所以基本上是諧謔的誇張。他對家人都兇殘，其中一個心結是：雖然白茶花意在捉弄，葉品霞和柳二配對，小嬸配大伯，美人配殘廢，有突破封建制度作用。但這是柳二主動提議，葉品霞毫不遲疑就答應。足見兩人的情感頗為深厚，柳二不僅為葉品霞解除抽籤配對的可怕惡果，還意外地成全了兩人的愛情，他們果然過得很好。當時柳少樵就反對，可能直覺吧，也可能見不得自己憎恨的人好，即使憎恨得很沒有道理。小說交代他不甘心離開漢口，乍看還以為是失敗得懊惱，讀完才知道，他的惡毒尚待宣洩，宣洩在自己家人身上。他毒死了他們，才肯離開。

柳少樵不僅把洪桐葉視為禁臠，還脅迫他幫忙，以「向處女貞操挑戰」、「打倒資產階級獨佔意識」的冠冕堂皇口號，姦污了他的妹妹和母親。這些性與暴力，作者都以氣氛的營造為主，而做適度的留白。對洪金鈴，作者寫她曾經智慧地逃脫，共產黨得勢之後，卻被綁架，這暗示金鈴有志節，有氣性。但現在落入虎口，大哥恐嚇於前，兩個婦人恐嚇在後，要不屈從，顯然不能保命。至於洪大媽受辱的部分，姜貴大膽地借用人物的視點，描摹半老徐娘被色情照片挑逗，被年輕工人男女性愛的淫蕩笑聲干擾，因而引發初婚階段的回憶，心理的描繪相當細膩。最後一行是：「洪大媽雙手捧住自己的臉。恰像一個避難的鴕鳥，牠已經把頭埋在沙裡了。」（頁四四二）這樣的明喻大抵傳達了人物處境的無奈。

三、含蓄、虛實互補

性的問題，在姜貴筆下似乎是探究人性的簡易標竿，即使是書中正面的可愛女性：葉品霞、錢守玉、洪金鈴，再堅持也無法達到完美無瑕。葉品霞被柳少樵凌辱、冷落，自怨自棄，卻又不肯離婚；柳二因為駝背而自卑、暴躁，卻是支撐家計的幹才。兩人互相關懷，日久生情。所以新來的女僕魏文縮百般介紹女人給柳二，他都搖頭；葉品霞去倉庫找柳二，柳二出聲詢問，她卻不應答。這一大段描繪，放在日本醫生板蒼實向朱廣濟解說女病人之後。一些含蓄的情意，足有可能使葉品霞成爲必須讓板蒼實破例爲她墮胎的女病人。板蒼實說：

> 這是第一次。爲了他們個人和家族的名譽，我不能不做。雖然壞掉一個胎兒，但許多人因此得救。（頁二七四）

以上的情節，充分展現了蘊藉的筆法，含蓄耐玩。

小說中前後有一點自我混淆之處。葉品霞是否墮胎，線索其實不明顯。倒是錢本三的女兒錢守玉有過痛苦經驗，也是日本醫院，不過地點在北京。姜貴有意把性的問題渲染成普遍性的困擾。錢本三的家事不比洪家、柳家簡單。姜貴拈出錢家的問題，倒是運用了多處虛實互補的方法。錢守玉慷慨資助洪金鈴匯錢給洪大媽的時候，藉她含糊的言詞，讀者可以拼湊出個梗概：「父親打死一個廚子，差點沒有鬧成官司！」「那時候父親用著一個小跟班，差不多像你哥哥那樣一個人，父親喜歡他，不理媽媽。」「所以也不能單怪媽媽。」（頁一六六）看來錢本三患有斷袖之癖，洪桐葉就因爲俊俏才被柳少樵盯上，小跟班像他，必然是這個困結。錢本三因此冷落妻子，以致妻子紅杏出牆，連女兒都認爲不全是媽媽的錯。他發現之後，竟然打死人，必定花了大錢才擺平。因爲守玉有母親，卻不能相聚，所以同情洪金鈴。姜貴在另一個段落，又藉錢本三的觀點，補充了錢府的祕辛：他有兒有女，卻偏愛女兒，懷疑兒子長得像死去的廚子，給他命名爲守玷。他爲女兒請家教，「但不到兩年，錢本三幾乎又要像打死廚子那樣的打死家庭教師。」（頁二四五）言外之意，是同樣的性事。結果家庭教師被迫退學從軍，爲革命犧牲了；守玉則由一位父執陪同去北京墮胎。守玉這個角色在書中原是少有的有見解、篤定的女知識分子，她曾經嚴詞拒斥司靈鷺的胡言亂語，她的名字既有堅貞之意，她的痛苦遭遇卻又和「守身如玉」的典故構成反諷；錢守玷，原本不怎麼成材，在父親的惡意疏離之下，後來勉強做了國民革命軍人，讓朱廣濟豔羨，其中也有反諷的意味在。這樣的筆法也稱得上是諧謔。至於洪金鈴，既失身於柳少樵，所愛的錢本四，年齡懸殊，有些戀父情結；更麻煩的是，洪桐葉救不成錢本四，兩人都遇害了，這樣的創傷也夠她一輩子難受的。

至於才讀中學的朱凌芬，被唆使批判國民革命黨老爸朱廣濟，安上莫須有的罪名，包括對女兒猥褻。她昏倒住院，轉而怨恨父親，前往婦女協會。因爲催促人力車夫快走，挨了一巴掌，被拉去工會，受盡粗暴工人群的欺凌，幸好指導員洪桐葉替她解了圍，卻又逃不了洪桐葉的魔掌。洪桐葉在漢口已經是既得利益的權貴，他扮演的角色，由被欺凌轉爲欺凌人。朱凌芬失身於洪桐葉，進入軍政學校，反而因此被讚美；她在渡輪上熱烈地替兩個姨太太身分的女人抱不平，下船之後，洪桐葉下令讓工人糾察隊逼著她們去告狀。其中一個丈夫已死，兒子很孝順，朱凌芬和洪桐葉要她告兒子，因爲父債子還。國民政府分共以後，朱凌芬隨共產黨控制下的軍政學校撤往江西。朱凌芬代表涉世未深的轉變期中的少女，經歷遠超過身心負荷的衝擊，而隨著浪潮浮沉。工人氣燄高張，甚至胡作非爲，以及朱凌芬逼人告狀，和白茶花逼寡婦再嫁同樣，都呈顯了姜貴所謂的可以做前車之鑑的「樣子」：

但它在十六年的武漢，實在早已經給我們看過「樣子」。如果舉國上下，都重視那個「樣子」，都重視他們在那個「樣子」中所表現的許多「過火」的舉措，作為一個前車之鑑，戒慎恐懼，積極的消滅共產黨所由產生的那些因素……（《重陽》自序）

「過火」，意謂著相當的執迷，朱凌芬是其中之一。對她種種遭遇的描摹，除了作者的悲憫之外，也是略作渲染的諧謔筆法。

四、繁簡得宜、危機預警

《旋風》以鄉村為背景，地主與佃農的關係成為探討的重點；《重陽》以都市為背景，雇主與勞工的衝突成了描繪的重心。《旋風》以田莊老頭和守墓人護惜地主，反映了共產黨所擬挑動的矛盾原本未必存在；《重陽》也以諧謔的筆法刻畫了工人得勢、反僕為主的失序狀態，諷諭多數的問題都是無中生有。五金行的老闆收養棄兒小苗子，視如己出，讓他當夥計；小苗子加入工會，便要求分佔股份，平分售現。不久就經營不下去，倒店了。葉品霞家的廚子把廚房工作都交給女主人，自己等著人伺候；錢本三家的李嫂替柳少樵做耳目，讓錢守玉端蓮子湯喝，看中新太太——洪大媽的結婚戒指，非要到手不可。改革，好像只是便利少數人做個形式，成了諧謔鬧劇。這樣的描摹，如果拿洪桐葉的洋行老闆和老闆娘壓榨他，以及碼頭鬼子欺壓小魚和小魚的老婆來比較，就呈顯出第二副題——洋人凌虐中國人的意義了。作者意在傳達：勞資的糾紛未必有，洋人欺壓中國勞工倒是明確的。這兩個枝節，處理頗見技巧。洪桐葉以極低的工資做繁重的工作，包括對他不宜的替老闆娘修腳的工作。他因此得了戀足癖，以及對西洋女人的幻想症。碼頭鬼子則逼著小魚搞同性戀，小魚結婚之後，又逼迫拍攝小魚老婆的小腳，還讓她生了個藍眼娃娃。洪桐葉的被虐待，從薪資十倍可以看出；最後堅持離去時，竟然被設計，受了兩星期的牢獄之災。他的戀足癖，使他追蹤安娜・魏蒙蒂，忍不住自我吹噓要替她修腳。小魚甘心受辱，老婆出身破落戶大家，是挨打後不得已讓碼頭鬼子拍攝小腳的；她「知道丈夫連睡覺的自主自由都沒有」（頁二三二）；抗拒碼頭鬼子的強暴，就被「扔」下樓梯，摔斷一條腿，碼頭鬼子還生氣。這些描摹生動而具體，後來的發展則逕自省略了，只交代：「過了一年，小魚的老婆生下第一個男孩，黃頭髮，白皮膚，藍眼睛，高鼻子，人人都說來路可疑。」（頁二三四）繁簡搭配得宜，後半便是蘊藉手法。

而帝國主義侵凌的可怕，也藉這兩條支系情節做了披露。難得的是，姜貴筆下的洋人並非清一色的暴虐角色，魏蒙蒂夫婦便是和洋行的烈佛溫夫婦做爲對比的人物，安娜的親切溫和，讓洪桐葉初次領會到洋人也有好人；魏蒙蒂先生更是藉他做個過場人物，由他同情國民革命的立場，以東北爲場景，帶出日本及蘇聯對中國的威脅。夏志清先生曾指出這二二、二三章「講的是間諜美人故事，離武漢地區太遠了，篇幅佔得太多，使小說結構鬆懈，可算是敗筆。」（見〈姜貴的《重陽》——兼論中國近代小說之傳統〉）

但是，如果從主題意識來察看，我認爲其實另有作用。魏蒙蒂向日本情報頭子廚川大佐提供線索，日本人就藉此掃除了清水先生的惡勢力；他向投機分子錢本三揭發高未明的複雜背景，錢本三基於個人利益卻根本未加反映。中國與日本後來的弱與強，似乎從這裡就可以看出一些跡象。

魏蒙蒂「不以為共產黨定會從此一蹶不振。」他在東北見到高未明與俄國間諜鬼鬼祟祟，就不了解：「中國人為什麼要給共產獨裁的蘇聯做事情，難道眞是無路可走，飢不擇食了？」（頁五三四）姜貴在散文集《無違集》中說過：

在《重陽》裡邊，我也用個楔子，即高未明是。那等於對共產黨說：你們不要太起勁。當局者迷，旁觀者清，且離開你們那個火坑，跳得遠遠的，看看外面是什麼世界。從外邊看你們，又是什麼世界。國家已經在強鄰窺伺之下，危如累卵了，你們還在胡鬧。你們自以為高明，其實未也。（頁二二一）

作者的命意，在向共產黨人提出勸諫。可以說，洪桐葉、小魚與洋人的際遇，是突顯個人在洋人肆虐中的災難，而魏蒙蒂牽引出來的情節，則在昭示國家的危機。像「高未明」這個名字本身就有象徵的意涵。撇開作者自言的意義，就小說衍生的意涵來說，它還有另一層深意：他代表中國未來一種不穩定的因素，他可能是危險人物，而汪精衛倚賴他，將來的國民政府非常危險。篇末他隨行南下，柳少樵與白茶花則在九江下船，對國民革命而言，這是雙重的危機，作者用客觀筆法終結，卻給讀者留存了迴盪不已的懸慮。這是高妙的政治寓言，卻以精潔的文字，傳達許多弦外之音，蘊藉的技巧令人讚賞。

五、象徵也是蘊藉手法

事實上，為書中人物取寓含象徵意義的姓名，也是一種蘊藉手法。《紅樓夢》的命名象徵技巧，在現代小說家手中也得到很好的發揮，張愛玲、白先勇是其中有名的例子。《重陽》中的人名，並不能完全拘泥於象徵技巧的探尋，如前文所論，像錢守玉、錢守玷有些既實質又兼具反諷的作用；葉品霞的新女傭魏文縮，和文丑弟弟魏文短的名字有些諧謔性，但並非眞實姓名。「列打資」則是寓含政治意味的名字：共產黨人爲標榜學習蘇聯老大哥，讓少年跟著列寧改姓；爲了「打倒資本主義」，把「達志」換成「打資」。列打資這個少年還代表受共產主義迷惑的青少年的典型。他對人疑懼，不辨是非，滿口共產主義教條，他的腿腫痛，但顯然給他「醫心、醫腦，可沒有醫腿容易」（頁五八七）。

列打資富有時代意義，而末三章出現的高未明，則富有預示的意涵，已詳於前。洪桐葉這個名字，桐葉，就是「同葉」，像葉子一般飄零無定。他受制於柳少樵，雖然多次試圖掙脫，都沒有成功；他在國民黨、共產黨之間擺盪，結果裡外不是人，都沒得到認同。林依潔在〈就《重陽》看姜貴小說的殘缺意識〉一文，曾經談到「《重陽》中梧桐飄零的象徵」，相當有見地：姜貴在洪桐葉的際遇變更時，三度以梧桐葉應景，象徵人物的境遇，「不自主的飄來飄去」（頁六三二）、在游離性格中搖擺不定。類似的象徵筆法，夏志清也指出，見於洪桐葉初會柳少樵，經過柳少樵住處附近的煉油廠，聞到作嘔的怪味，柳少樵卻覺得那豬油香。「桐葉所聞到的令人作嘔的臭，不僅是煉豬油的臭，也是共產黨的臭。」（〈姜貴的《重陽》——兼論中國近代小說之傳說〉）最後要離開上海，洪桐葉則是「特意停留一下，聞一聞隔壁的豬油香。」（頁一三四）這動作又象徵著洪桐葉已經受感染，不再能區辨是非了。這樣意在言外，也是蘊藉手法。富於象徵意義的人名，還有錢本三，姜貴在《重陽》自序中說：

錢本三這個人物並不代表「左派」。

錢本三祇是一個投機分子而已。

錢本三有三套本錢，樣樣生意他都可做。他也許有他自己的見解，但是他祇耽於接受現實，隨波逐流，而完全不知道「擇善固執」。他是那個時代自甘墮落的「自我犧牲」者。

錢本三這個角色，在書中的分量不輕，作者刻畫起來不比洪桐葉、柳少樵遜色，甚至更見眞實。他在國民黨左、右派及共產黨之間周旋，唯一的考量是生存下去，打到權勢核心去。他十足是個人利益佔先的投機分子，自信滿滿，以爲可以掌握時機，所以往往預留後步，不肯盡全力，卻也永遠左右逢源。這樣一個投機分子，洪桐葉幾度想攀附他做爲援手，命定要失敗；魏蒙芾機密約談，善意提供情報，到他耳中等於沒說。小說中的忠貞分子朱廣濟死得不明不白，小說已明確暗示柳少樵不知情，錢本三或者有嫌疑吧？他的弟弟錢本四是國民黨右派，最後也被柳少樵殺害，「好人」死了，投機分子活著，小說的諷諭非常明顯。正是危機潛伏的局面，所以重陽過後的表面平靜，事實上是令人不安的，無怪作者在篇首標示了這麼兩句詩：「野陰添晚重，山意向秋多。」多少含蓄的深意値得慢慢品味，即使是明白的提示，這兩句詩也是情韻無窮，蘊藉耐玩。

——二〇〇一年，選自九歌版《現代小說啓事》

呂興昌：知性與計算——詹冰詩評析

文訊雜誌資料室提供

呂興昌

台灣彰化人，1945 年生。台大中文研究所碩士，曾任教成大中文系十五年，從事中國古典文學及教學與研究；1989 年轉任清華大學中語系、文學研究所教授，開始專攻台灣文學，積極進行文學史料的田野工作，現任成功大學台灣文學系系主任。著有評論集《台灣詩人研究論文集》，編有《水蔭萍作品集》、《許丙丁作品集》上下二冊、《吳新榮選集》一二集、《獄中幻思錄：曹開新詩作品集》、《林亨泰全集》十冊等。

前言

跨越語言一代的詩人詹冰（一九二一—），本名詹益川，苗栗卓蘭人，台中一中出身，畢業日本明治藥學專門學校，自營西藥局，曾任卓蘭中學理化教師，後定居台中市迄今。詹冰從中學時代即對文學與藝術深感興趣，美術和作文全校第一，書法第二❶。他嚐試「和歌」（三十一音構成的日本傳統詩）之作，博得「國文」老師的嘉許，後以個性不適「和歌」，改習「俳句」（十七音構成的日本詩），曾獲台中圖書館舉辦的懸賞募集「俳句」獎；高度濃縮的「俳句」對他日後的新詩風格產生相當的影響。中學畢業後，留學日本東京藥學專門學校，由於對文學的熱情，開始一手試管一手詩集地展開文學與科學交相共鳴的學習生涯。一九四三年新詩〈五月〉、〈在瀧民村〉、〈思慕〉經日本重量級的詩人堀口大學推薦發表於《若草》詩誌，博得不少好評，奠定其詩人的一生志業。詹冰偏愛讀書，廣泛涉獵文學美術方面的書籍，尤其嗜讀詩集、詩誌，特別是屬於《詩與詩論》集團詩人的作品與詩論，並研究學習他們的詩法；同時對富於機智而明朗的法國詩也引發相當的注意與共鳴。此外，亦精讀小說、戲曲、哲學、天文學、醫學、心理學、動物學、植物學、宗教等類的書，作為詩的養分。戰後初期，繼續以日文書寫〈扶桑花〉、〈戰史〉、〈不要逃避苦惱〉等詩發表於《中華日報・文藝欄》，不久，該報日文欄停刊，失去發表的機會。一九四八年加入「銀鈴會」為同仁，日文詩作繼續發表於油印刊物《潮流》上，無奈隔年，政治氣氛肅殺，白色恐怖籠罩，銀鈴會自動解散，遂中輟詩的創作。一九五八年應聘任中學理化教師後，積極學習華文，開始作語言的跨越，一方面試著用華文創作，一方面將以前所寫的日文詩自

譯成華文。❷

談到語言跨越，須先了解，詹冰老家卓蘭，通行兩種本土語言，其父母雖然都是客家人，但在家裡，媽媽都講福佬話，到外面則大多用客語，朋友也是講客語的居多，所以詹冰的母語應該算是兼含福佬語和客語兩種。至於將日文詩譯成華文，則用福佬語構思，詹氏認爲福佬語是生活的語言，對他比較接近，比較親切，對翻譯有幫助。❸

一九六四年與桓夫、林亨泰、錦連等十二位詩人創立笠詩社，發刊《笠詩刊》。著有《綠血球》（詩集，一九六五年十月）、《日月潭的故事》（兒童劇本，一九七三年一月）、《牛郎織女》（兒童歌劇，一九七四年七月）、《許仙與白娘娘》（歌劇，一九七五年七月）、《太陽・蝴蝶・花》（兒童詩集，一九八一年九月）、《實驗室》（詩集，一九八六年二月）、《變》（詩文小說合集，一九九三年六月）、《詹冰詩選集》（詩集，一九九三年六月）、《銀髮與童心》（新詩、童詩、兒童歌劇，一九九八年五月）、《科學少年》（一九九九年六月）。

以量而言，詹冰在五十年間的創作不算很多，但以質而論，他在台灣詩史上卻佔了一個頗爲重要的位置，認爲他的詩清澄、冷澈，不讓情緒流露，是台灣現代主義的先驅者之一❹。至於他的圖象詩或具形詩的刻意經營，對台灣後來的後現代詩具有很大的啓發作用。❺

筆者對跨越語言一代的幾位重要詩人，一向保持高度的研究興趣，在討論過陳千武、林亨泰之後，茲再繼續進行詹冰詩的探索。以下分從三方面來加以觀察分析：⑴冷靜的知性燭照；⑵高度的形式自覺；⑶特殊的觀物美學。

一、冷靜的知性燭照

關於詩的構成，詹冰並不以「在心爲志，發言爲詩」那種素樸的情緒發抒爲滿足，他曾直截了當地說：「詩人如小鳥任憑自然流露的情緒來歌唱的時代已過去」❻，從小鳥之鳴囀啾唱取譬，認爲那種毫無曲折沉澱的本能式的、生理機能式的「直寫」心聲之創作態度已經有待調整，他從藝術史演進的角度宣稱「自然流露」固然有其歷史階段的意義，但就已進入「現代」處境的詩人來說，這種自然而然的情緒表現只是一種未經細心鍾鍊的原始材料而已，所謂「自然」流露，不啻表示被動地受情緒操控，缺少主動的理性觀照與反省，這樣的「原始情緒」就詩境開拓的深度與廣度而言，難免有所不足，因此他進一步強調「現代的詩人應將情緒予以解體分析後再以新的秩序和型態構成詩，創造獨特的世界」❼。標出情緒的解體與分析，正說明詹氏將情緒當作客體加以諦視辨思的運作過程，特別是「解體」一詞，更可體會他有意突破心理學上所謂「固定反應」（或謂刻板反應）的經驗法則，將一般性的、了無新義的感知關係拆除掉，重新創造一種眞正有意義的新秩序、新型態的「獨特世界」，這樣才足以完成詩人之所以爲詩人的「創造」天職。

誠然如他所言，這種詩觀的形塑固深受留學東京時，日本詩壇走向現代主義的大環境影響，但也與他個人的個性、學養與生活有關；詹氏生性眞誠篤厚、不善權變，所學專業爲藥學，生活資源主要來自理化教師的職務與藥局的開設，可以說他的知識與生活相當程度是結而爲一的，因此他自然地便以自己的個性專長來看待詩反省詩，這種落實在生活本身的詩觀「體驗」，在〈藥與詩〉這篇極具個人風格的散文詩中，有更爲精彩的呈現：

人類在直接採用野生的草根木皮爲藥的時代，詩人也直接歌唱他們的喜怒哀樂爲詩。❽以野生植物爲藥對比喜怒哀樂爲詩（指的應是「民間歌謠」一類的口傳作品及受其影響而發展的詩人、詞人之作），這就是原初狀態的藥與詩，在歷史階段裡他們對身體的治療及精神的淨化都分別扮演過重要的角色。然而「日新月異，藥是隨時代而進步。／日就月將，詩也隨時代而前進。」❾，藥與詩都需要一種嶄新的、「科學」的生產機制，才足以與傳統的「土法煉鋼」有所區隔：

現代的藥品是由草根木皮抽出藥分，再經過提煉，濃縮，結晶而製出的。
現代的詩也是由喜怒哀樂抽出詩素，再經過提煉，濃縮，結晶而作出的。❿

在此，詹冰巧妙地以「抽出、提煉、濃縮、結晶」等萃取藥品的術語移轉到詩的創作，這正是前文「現代的詩人應將情緒予以解體分析後再以新的秩序和型態構成詩，創造獨特的世界」更具體的說法，最後詹冰再以謙遜卻相當執著的語氣說：「要發明一種良藥，藥劑師應不斷地實驗，實驗，實驗……。／要創作一首好詩，詩人也應不斷地實驗，實驗，實驗……。／因此，我們決不能限制藥的界線。／同理，我們也不能界說詩的範圍。」⓫唯有透過永不止息的實驗再實驗，詩的新鮮度才能持續保存，永不退時。這就是他第三本詩集命名爲「實驗室」並自認「我的詩，大部分是屬於實驗性的詩比較多」的原因了⓬。我們注意到，詹冰這些言談中一再重複出現「現代」的觀念——現代的詩、現代的詩人——除了具有時間的指涉外，也有本質性的詩的意涵在，因此強調「實驗」，也正提供一種保證，保證那「現代性」隨時保持辨證的姿勢，從而避免時間因素的干擾而有過時的疑慮。

這樣的詩觀，印證其實際的詩作，我們發現詹冰的詩的確充滿冷靜的知性色澤，他認爲這是他一九四〇年台中一中畢業後，前往日本繼續求學所養成的。當時日本詩壇正在流行「新詩精神運動（從法國輸入的新藝術運動）」：主張新的主知的追求，用知性來寫詩。運動的中心是季刊詩誌《詩與詩論》。他很喜歡該詩誌及參加該運動的詩人們的詩集。他們的詩論和詩，很合他的口味而由衷發生共鳴，乃學習他們的理論和技巧而作主知的詩。多年後詹冰回想，主知的詩與他的性格（感覺型、美術型）很合適，認爲他會寫主知的詩是很自然的演變⓭。且從一首夫子自道自省式的〈詩人〉來切入詹冰的知性之旅：

靜靜地燃燒著的，無色透明的火焰
鉑絲蘸取「愛」的離子
火焰就呈七彩的焰色反應
撒下「眞」的結晶體
火花就流星般飛散而閃光
注入「淚」的液體燃料
外焰就花冠般氧化而發熱

無色透明的火焰，靜靜地燃燒著——
因此保持了人類的體溫
因此發揚了人類的光輝⓮

以詩論詩、論詩人之自我觀照，是台灣詩人在創作過程中經常出現的重要主題，是詩人把創作活動客觀化成反省對象所進行的探索，這方面王白淵、楊雲萍都有相當優秀的作品傳世，詹冰此作可以說也是此一系譜的佳篇。然而對詹冰而言，他的重點不在傳達詩或詩人能如何，就像詩末所說的以「保持人類的體溫」「發揚人類的光輝」來彰顯詩的功能，並非特別出人意表的發現，甚至還可以說其實並無新意，然而詹冰關心的原就不在此點，他在意的是透過什麼方式去表現這個古老的主題。關於這點，他曾作理性的分析說：「我的詩作可以說是一種知性的活動。簡言之，我的詩法是『計算』。我計算心象的鮮度，計算語言的重量，計算詩感的濃度，計算造型的效率，以及計算秩序的完美，最後的目標是要創造前人未踏的詩的美的世界」⓯，結果，正如他所強調的信念：「詩人該習得現代各部門的學識和教養，傾注其所有的知性來寫詩」⓰，就是這個信念，使他發揮個人理化方面的學識與教養，傾注其知性寫出了與眾不同的這首詩。

除了最後兩行以外，首行「靜靜地燃燒著的，無色透明的火焰」與倒數第三行「無色透明的火焰，靜靜地燃燒著——」，以雖有變化仍屬相同的句式，在迴環語氣中給蓄勢待發的「詩心」做了穩健而寧靜的定調：燃燒著的火焰之靜靜、之無色而透明，是一種極冷靜的觀照，把可能引起強烈爆發力卻按兵不動的詩心特性寫得相當傳神。接著夾於其間的六句分成三組，分別以「愛的離子」、「眞的結晶體」、「淚的液體燃料」三種不同型態的物質置入火焰之中，亦即象徵性地讓詩心在「愛」「眞」「淚」的注入中產生巨大的作用，於是類似煙火發放式的或是七彩映照、或是流星飛散、或是花冠燦爛，將詩人的精神撼動力寫得光彩奪目，這就是詹冰知性計算的實際運作！在此，誠如林亨泰所言，詹冰的知性並非知識的玩弄，絕無炫學的傾向⑰，而是藉理化的知識精準地去重新詮釋詩人大放異彩的作用，於是在「精打細算」下，暗示苦難與感動⑱的「淚」成為助燃的液體燃料，表現義理的「眞」是晶瑩剔透的結晶體，至於相互吸引關注的「愛」則是帶電的原子（離子），這樣的處理既合乎外向的冷靜的知性計算，更具有內斂的感性的支撐，從而構成富於機智的整體效果。這也正是詹冰強調知性時並不否認抒情感性的實踐，這就是爲什麼他的處女詩集《綠血球》仍分〈綠血球〉與〈紅血球〉二輯的理由，蓋綠色代表冷靜，所以寫出的作品，比較近於知性。紅色代表熱情，所以寫詩時比較注重感性。⑲

再看〈金屬性的雨〉一詩：

銀白色的雲
發射白金線的雨，
於是少女的胸裡，
就呈七色焰色反應。
鳥類的交響曲是
沸騰的高錳酸鉀溶液。

心臟型的荔枝是
燦爛的血紅色結晶體。
並列的檳榔樹是
綠色的三角漏斗，
啊，過濾的詩感
水銀般點滴下來……。
充滿 Ozone 的花圃就是
新式化學實驗室。
太陽脫下雲的口罩，
顯出科學家的嚴肅。

這首詩以故作嚴肅狀的太陽爲科學家，以充滿新鮮空氣（臭氧 Ozone）的花圃爲化學實驗室，詼諧而機智地展現詹冰拿手的知性觀察，是一首獨具慧眼的出色之作。因爲是「實驗」，所以此詩一開始就脫離一般性的常識思維，首先，透過科學家太陽的操作，雨成爲他的試劑，是一種白金線式的試劑，而「裝載」這試劑的雲隨之變成銀白色的雲，這起手的安排調度馬上就顚覆了「烏雲密佈」那種僅具表象的、陳腐的傳統意象，創造出詹冰個人式的、令人眼睛爲之一亮的新視野。於是其後所寫各種接受「實驗」的「實驗物」遂都萌生各異其趣的實驗效果：做爲花圃背景的山峰是少女的胸，因雨的滋潤而映現的便是七彩的虹，林中的鳥一受試驗，立刻沸騰如高錳酸鉀溶液地演奏起澎湃的交響曲，心臟形的荔枝「有心地」呈現出燦爛血紅的結晶體，雨中整排檳榔樹是一個個的倒三角錐形的漏斗，從檳榔樹葉中（漏斗）「漏」下來（過濾）的是如水銀般的詩感！而這「詩感」的出現，從結構計算來看，正是這場實驗最後的「結論」，於是實驗者的太陽終於鬆了一口氣似地脫下了口罩（雲收雨停，完成實驗），將喜悅隱藏在故作嚴肅的表情裡。在此，詹冰透過他的專業學養，舉重若輕地把傳統「雨中即景」這老掉牙的題材賦予令人激賞的新意，顛覆了「太陽之下無鮮事」的刻板印象，創造出「前人未踏的詩的美的世界」。

二、高度的形式自覺

論者常以圖象詩之開創於先與影響後進來讚許詹冰的詩藝成就，這是正確的，但筆者卻深深感覺詩的圖象化仍隱藏著諸多可待反省的問題，例如，平面文字的圖象化若進一步躍入「超文字」的網頁世界裡，各種經由 Html 、 Flash 等電腦語言所建構起來的動態的、三度空間的「語言形像」、「語言動畫」，將逼使過去大家嘖嘖稱奇視爲珍品的「創獲」，小巫見大巫地淪爲無足稱道。因此，筆者不擬繼續沿用這即將退潮的觀念來看待這些作品，從而「保守地」把圖象化僅視爲一種有關文字意義之指涉、暗示、象徵等老行業的配套措施，一種高度的形式自覺，如果他眞的成功了，功也不全在那圖象本身，而是文字的示意功能讓那圖象看起來並不失策。詹冰自己也說：「圖象詩就是詩與圖畫的相互結合與融合，而可提高詩效果的一種詩的形式。假若用這種形式，而不能提高詩的效果，那麼你就不必寫圖象詩了。」[20]

底下且先從他常被討論的〈自畫像〉說起：

圖一

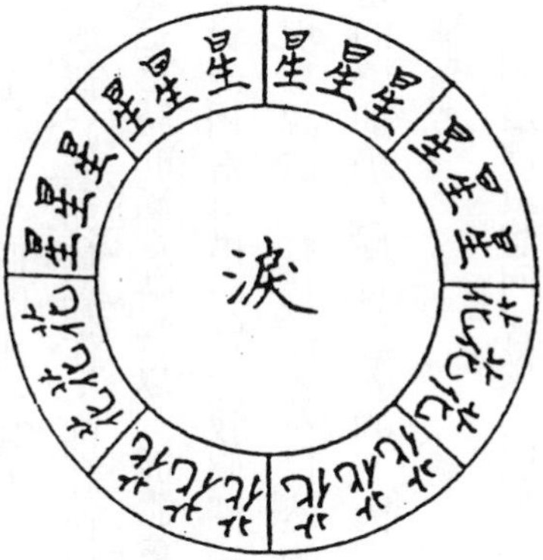

圖二

圖三

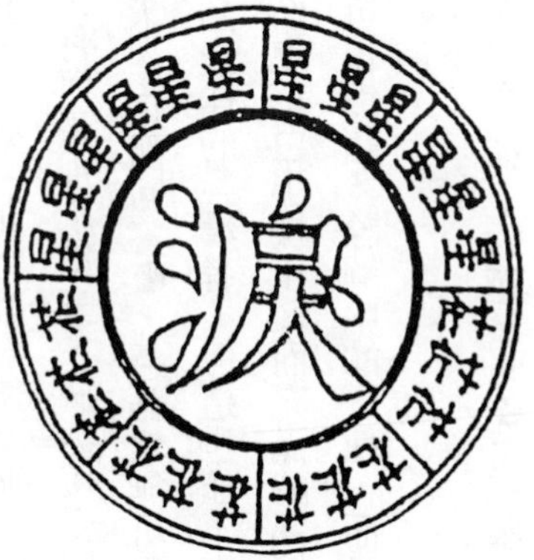

圖四

這首作於一九四六年一月十六日的作品，其實有不同的版本：最早出現在處女詩集《綠血球》的〈自畫像〉是圖一的樣子，其後見於詹冰〈圖象詩與我〉一文㉑的版本變成圖二的形象，接著收於《詹冰詩選集》的版本又恢復與圖一頗為接近的圖三，至於評論者轉相引用的版本也各異其形，僅擇其一如圖四作為代表㉒。對照四個不同版本的〈自畫像〉，從圖形與文字的相互配合來看，他們傳遞給讀者的訊息是不一樣的；就線條與筆畫而言，圖一與圖三最相類似，顯得清淡纖細，圖四濃黑粗壯，圖二則介乎其間；再看處於圓心位置的「淚」字，圖一圖三佔內環空間的最小部分，圖二次之，圖四則完全充塞其間，一幅涕淚縱橫的樣子，最缺少知性觀照的趣味（當然這與詹冰無關）。整體而言，即使不考慮圖四非出於詹冰之手可以不計，由於版本的差異，在詩意上仍是有所不同的，這是第一個問題。其次，圖中的文字，例如「星」與「花」都只是一個個靜態的名詞，他們既無狀態亦無動作，則其功能與非文字的圖形花有何區別？第三，詹冰接受廖莫白訪問，談及這首詩的涵意時答以「能體會多少，就算多少」，不作正面回答㉓，這雖然無可厚非，但筆者還是覺得相當可惜。雖然我們深知作者不一定是其作品最佳的詮釋者，但這也並不表示作者絕對不可現身說法，有時作者在自然的機緣中，例如面對像廖莫白那樣年輕而充滿詩熱情的晚輩時，適當的啓迪仍是極具意義的，因為作者的創作構想仍可視為諸多詮解中的一種，而且是頗為重要的一種參考。

在得不到詹冰具體回答後，廖莫白推斷說：「淚是天上的星，地上的花。」㉔這與羅青的評法不同，羅青說：「星在上，花在下，淚在中。星是永恆，花開短暫，二者循環不斷的在這個世界上出現，而人在星花之間，流下悲天憫人的淚水。這是詩人對自己所持的人生意義之詮釋，也是一張文字組成的精神畫像。」㉕這樣的詮解從讀者反應的角度看，自有其「參與創作」的誤讀快感，然而就筆者保守的觀點看，這篇作品在圖象的創意上誠然有其可取之處，但就詩論詩，她仍缺少精確的文字意義的配合，結果只有材料的排列，沒有將形象與意義冶爲一爐，這就像詹冰自己所說的對詩的效果並無提高的功能，不能算是成功的詩作。這種情形如果對照他的〈墓誌銘〉或許可以看得更清楚：

他的遺產目錄裡
有花
有星
又有淚

就使用的意象文字而言，這首短詩與〈自畫像〉頗爲近似，但由於她在文字上有著引導示意的作用，其「詩的」效果就遠比〈自畫像〉來得精確出色。首先詩題〈墓誌銘〉點出這是對死者一生總結性的觀感（當然我們也了解這是詩人的預想，有個人精神的投影色澤，但基本上仍應先承認其詩法計算還是設定在對亡者的追思），具有蓋棺論定的意味在，而「遺產目錄」的設想，正強調死者對其子孫（或者擴大來講對社會國家）的貢獻清單，結果，這份清單卻與世俗的期待背道而馳，竟是無關緊要的花、星與淚，甚而透過「有」花、「有」星、「又有」淚再三鄭重的語氣，肯定這些遺產的價值，在此，花、星與淚到底何所指？可以用較彈性的方式去呼應，總之不外啓發人心高遠如星、純美似花、鍾情如淚等高潔的情操。總之，〈墓誌銘〉言簡意賅地以顛覆世俗財產觀念的手段，獲得了創造新價值的目的，這種創獲，〈自畫像〉是付諸闕如的。

在形式自覺上比較進步的是〈Affair〉一詩㉖：

男女 7
男女 6
男女 5
男女 4
男女 3
男女 2
男女 1

Affair一般譯爲「事件」，其實比較精確的譯法應該是「情事」，即男女之間的愛情事件。於是，藉著詩題的示意，讀者很容易就抓住「男」「女」字體左右翻轉所要傳達的訊息，這一點陳千武〈視覺性的詩〉一文有相當精彩的詮釋：⑴男女相對，一見傾心；⑵男追女，女人逃避；⑶女不依男，男人有點生氣而回頭站過來；(4)男無奈轉身繼續追求；(5)男人真生氣，反臉不理女；(6)女反過來追求男；(7)愛情挽回，男女相視而笑㉗。問題是，作爲一首在形式創造上有其高度的自覺這一點，這首詩是成功的，但就詩意而言，她仍然缺少令人深思的質素，企圖將千古以來本屬常事的男女之分合迎拒入詩，且能獨出機杼，創立新境，談何容易？因此僅以文字爲圖顛倒反轉，固然有其小小情趣之斬獲，但嚴格講對「提高詩效果」仍是有所不足的。

至於像〈插秧〉一詩就完全不一樣了：

水田是鏡子
照映著藍天
照映著青山
照映著綠樹
農夫在插秧
插在綠樹上
插在青山上
插在白雲上
插在藍天上㉘

從形式看，本詩兩段，段各五行，很明顯的是水田形象的模倣，而每行的文字也形同剛插下去的秧苗，這樣的形式設計自然或多或少會引發讀者某種程度的聯想興趣，不過筆者認爲，這種興趣充其量也只是附加的，如果這首詩在詩境方面沒有任何嶄新的創發，這種刻板的圖象反適足以形成造作的匠氣，例如，全詩若改成字數相等一再重複的「插秧水田上」或「插秧插秧插」，就視覺效果言，與原詩或無不同，但詩意效果顯然就潰不成軍了。因此，本詩之所以出色，主要還是歸功於非圖象部分的精彩演出，例如首段水田如鏡照映藍天白雲青山綠樹的描寫，的確把農村寧靜安詳的美呈現得相當準確，不過，一般人不太警覺到首句「水田是鏡子」，除了有足以照映一切的意義外，還隱藏著水田之所以能平亮如鏡，其實是經過農人犁田翻土、注水平土等繁重工作後的成果，因此所謂照映這照映那，是有著辛苦經營後的滿足與快意的，而這正是他們進一步要插秧時的愉悅心境，所以第二段自然順理成章地把這種心境，「落實」在將秧苗插在綠樹青山白雲藍天形同遊戲的動作上，而這種工作，尤其是「把辛苦遊戲化」的表現，正展現台灣農民與土地親密結合的精神特徵。

同樣的情形也可見於寫得最爲成功的〈水牛圖〉：

角　角
　黑
擺動黑字型的臉
同心圓的波紋就繼續地擴開
等波長的橫波上

夏天的太陽樹葉在跳扭扭舞
水牛浸在水中但
不懂阿幾米得原理
角質的小括號之間
一直吹過思想的風
水牛以沉在淚中的
眼球看上天空白雲
以複胃反芻寂寞
傾聽歌聲蟬聲以及無聲之聲
水牛忘卻炎熱與
時間與自己而默然等待也許
永遠不來的東西
只
　等待等待再等待！

如果過分強調此詩的圖象性，那麼首段二小「角」一大粗體「黑」的形式安排，確實可以將牛角牛臉的圖形表現出來，其他利用句子的長短搭配也頗能「畫出」牛身、牛腳、牛尾，甚至牛尾末端的尾毛來，然而嚴格地說，這些形象與詩中所要傳達的主題其實關連不是很密切，吹毛求疵地看，詩裡浸於水中的主人翁也絕非站立的姿勢！誠如李魁賢所分析的：「圖象詩是表現詩人視覺上的巧思，以圖形來增加詩的情趣。詩的重點還是在詩的語言上所傳達的意義性，所以圖形的繪畫是附帶的，不能取代意義性，也不能喧賓奪主地佔據超越意義性的優位，否則易淪爲文字遊戲，不算詩了。」㉙

乍看這首詩固然可當作是針對水牛本身的描繪，但從全詩文字所呈現的意象看，顯然又是藉物寫情，另有所喻；這頭水牛，無論從圖形或文字內涵看，與我們所熟知的替人犂田（只爲人類而活）的水牛形象是不一樣的。牠沒有籠絡沒有韁繩，牠是不受支配控御的存在！牠不在「工作崗位上」（多麼人類中心主義的偏執狂），牠浸在水中！黑字形的臉，不是用來侍候人取悅人的，而是用來遊戲用來自我創造的：牠一擺動黑臉，就創造出不斷擴開的同心圓波紋，讓停在波上反映著夏日陽光的樹葉跳著扭扭舞，這是多麼有力地擺脫人類本位的功利思考、轉而聚焦於水牛本身意義之開展的新視境！接著，雖然以不懂阿幾米德原理暗示著水牛存在的事實與分量，不能從理性的、數學的角度去計算，但馬上又將一對牛角的彎度用「角質的小括號」賦予數學計算的形式，這樣的設計，正是要凸顯詹冰樂於數學計算卻又不想被數學計算支配的「詩人本色」，因此括號中排列的不再是左右橫展的數目字、數學符號之運算，而是前後貫穿、一直吹著的「思想的風」，這種另類的奇思異趣，既明朗又機智，使水牛的自主性格更形顯豁。

此詩後半部以「沉在淚中的／眼球看上天空白雲」，這是接續「思想的風」後的另一發展，即以「感性」的角度來仰觀「自然」，表現出一種開闊的視野，從而巧妙地把次句「以複胃反芻寂寞」可能引發的感傷情緒適度地化消，保持詹氏一貫冷靜的觀物風格，以致可以順理成章地「傾聽歌性的炎熱、概念性的時間以及全幅的自我，也就是以最純粹、最不受任何外在因素干擾的自在心境，等待也許永遠不會出現的「東西」，表現既不強求也不放棄的理想堅持。分析至此，水牛的喻意或可昭然大白：牠不就是詩人的自況嗎？筆者認爲，〈水牛圖〉之動人處其實不在外形的肖似，而是藉著水牛的遊戲、創造、思考、超越等舉止動貌，刻畫出詩人之所以爲詩人的特徵來。

聲蟬聲」甚至「無聲之聲」，充分表現水牛能與萬彙感通的特質，最後再以忘卻（亦即超越）感受

三、特殊的觀物美學

詹冰詩另一項迷人的特色是：以特殊但合乎美學規範的態度來觀察、欣賞天地間的萬事萬物。從他內在心靈之眼中所看到的奇景鮮事，常讓讀者一新耳目之餘，整個心靈也隨之產生一種汩汩然的活力，而就在這交會中，深深被詹冰冷靜的獨創風格感動著。

例如他一九四八年所作的〈液體的早晨〉：

瞬間，
初生態的感覺
游泳在透明體中。
毫無阻力——。
現在，
讀新詩般我要讀

被玻璃紙包著的
新鮮的風景。
例如，
水藻似的相思樹下，
成了魚類的少女
搖著扇子的魚翅。
於是，
早晨的 Poesie，
好像 CO_2 的氣泡，
向著雲的世界上昇。

一大清早，瞬間感覺空氣不再是空氣，而是浩瀚無邊的水中，於是自我得到釋放如在初生態中，獲得最大的自由，這種自由正如讀到「新」詩般開始有了新的眼光，新的美感經驗，於是相思樹成爲款擺搖動的水藻，樹下搖扇的少女變成鼓動魚翅的魚，如此新鮮的風景自然要牽動詩興，而詩興既發，自是不吐不快，於是乎詩句甫出，當然便有如氣泡上昇，昇向象徵高超精神的雲的世界！這大概是筆者所見描寫詩藝最新鮮最動人的形象了，觀物觀到這種境界，眞是幾近神乎其技了，而其所營造出來的帶給讀者的美感經驗，也就豐饒多姿美不勝收了。

再看〈花鹿〉這首小詩：

花鹿頭上
生樹枝
只有樹枝
沒開花
花鹿天天
吃草花
天天等待
枝開花㉚

這首一般認爲是童詩的作品，從成人的世界看，仍然極爲出色。因爲他有兩種讀法，一種是旁觀者看花鹿，一種是花鹿看自己。旁觀者的「觀」點使花鹿天天吃草花的動作只是一個客觀存在的事實，並無特別的命意；所以等待枝開花較具有蒐奇采風的諧趣。至於花鹿看自己，則是另一種心境，因爲花鹿吃草花變成有目的性，是爲了「吃花補花」鹿角長出花，所以等待枝開花便產生一種煞有介事的童心稚情來。總之不管是哪一種，都有鼓勵成人放下機心，重拾童趣的效果。

最後看〈遊戲〉這篇作品：

「小弟弟，我們來遊戲。

姊姊當老師，
你當學生。」
「姊姊，那麼，小妹妹呢？」
「小妹妹太小了，
她什麼也不會做。
我看——
讓她當校長算了。」31

這場違反常識的戲劇演出，由於是「遊戲」，因此不必引伸到社會批判、教育改革之類的大議題去，而是透過童心的思考重新發現不同邏輯的世界，竟也有讓人會心的新思維。

結語

詹冰在五十多年的詩人生涯中，其實尚有許多值得深論的議題，例如他的兒童詩，水準相當高，有待專題探討；又如他提唱「十字詩」，這顯然與他早年學習俳句有關，然而日文以十七音組成一首俳句，這與他們語言文字的特色有關，在台灣的情形是否可以循例嚐試簡化成十字？這應該還有討論的空間。再如七〇年代以後詹氏比較生活化的眾多作品，語言風格與本文所論諸詩大異其趣，散文化敘述的傾向頗重，較少五、六〇年代以前詩作的精煉，也須以專文加以分析評論，可惜時間所限，在此僅能約略點題，完整的論述只好留待他日了。

——二〇〇二年二月，選自春暉版《越浪前行的一代——葉石濤及其同時代作家文學國際學術研討會論文集》

註釋

❶見莊紫蓉〈詩畫人生：專訪詹冰〉，《台灣文藝》一七四期，二〇〇一年三月。

❷有關詹冰生平介紹，參見氏著《綠血球．後記》，台北：笠詩社，一九六五年十月。

❸同❶。

❹見李魁賢〈論詹冰詩〉，《台灣文藝》七十六期，一九八二年五月。後收入氏著《台灣詩人作品論》，台北：名流，一九八七年一月，此據《台灣詩人作品論》，頁五六。

❺見孟樊《當代台灣新詩理論》（台北：揚智，一九九五），頁二三五。

❻見林亨泰〈笠下影．詹冰〉（《笠詩刊》第一期，一九六五年六月）題下所附詹冰詩觀，頁六。

❼同❻。

❽見《笠詩刊》十九期，一九六七年六月；後收入氏著詩集《實驗室》（台北：笠詩刊社，一九八六年一月）作為代序。

❾同❽。

❿同❽。

⓫同❽。

⓬見氏著〈後記〉，《實驗室》，頁八八。

⓭見莊金國〈通信訪問：莊金國訪詹冰〉，《笠詩刊》，頁一二九，一九八五年十月，頁一一～一二。

⓮見《實驗室》，頁一二一。又收入《詹冰詩選集》（台北：笠詩刊社，一九九三年六月），頁五一，詩末註發表於《中華日報》一九六八年五月。

⓯見林亨泰〈笠下影．詹冰〉題下所附詹冰詩觀，頁六。

⓰見林亨泰〈笠下影・詹冰〉題下所附詹冰詩觀，頁六。

⓱見林亨泰〈笠下影・詹冰〉，頁八。

⓲莊紫蓉〈詩畫人生：專訪詹冰〉一文，詹冰表示：淚是感動的意思。沒有感動，就寫不出詩來；讀別人的詩沒有感動也沒有意思。所以，感動才能產生詩。

⓳見莊金國〈通信訪問：莊金國訪詹冰〉。

⓴見詹冰〈圖象詩與我〉，《笠詩刊》八十七期，一九七八年十月。

㉑同⓴。

㉒見丁旭輝〈詹冰圖象詩研究〉，《台灣詩學季刊》，頁三三，二〇〇〇年十二月）頁一一一。

㉓見廖莫白〈繆斯的實驗室：詹冰訪問記〉，《詩人季刊》八期，一九七七年十二月。

㉔同㉓。

㉕見羅青〈白話詩的形式〉，《明道文藝》十六期，一九七八年五月。

㉖見《綠血球》，頁三三。

㉗見《笠詩刊》二十四期，頁六一～二，一九六八年四月。

㉘見《綠血球》，頁一七。

㉙見李魁賢〈論詹冰詩〉，《台灣詩人作品論》頁六八。

㉚見氏著《太陽・蝴蝶・花》，台北：成文出版社，一九八一年三月，頁五六。

㉛見氏著《太陽・蝴蝶・花》頁三。

李元貞：什麼是女性詩學

李元貞

湖北人，出生於雲南昆明母親的家鄉，1946 年生，1949 年隨父母遷台，高雄左營海軍子弟小學、花蓮女中、台灣大學中文研究所碩士畢業，任教淡江大學中文系二十餘年。 1982 創辦婦女新知雜誌社，推展台灣婦女運動二十年。現兼任行政院婦權會委員及總統府國策顧問。著有評論集《女性詩學》，小說《愛情私語》及編輯《紅得發紫——台灣現代女性詩選》等書。曾獲陳秀喜詩獎、 2001 年度詩獎評論獎等。

對一九五一至二〇〇〇的台灣現代女詩人的作品與作者做過研究之後，發現女性主義以「性別」或「女性」做爲女詩人集體研究的觀點，的確在台灣現代詩學的討論上，有不少新見解，當然亦有其局限。本文以「什麼是女性詩學？」做切入點，除了歸納研究觀點外，也嚐試與台灣現、當代詩學對話，更願意討論出女詩人未來書寫的策略，使女詩人的創作不止與未來台灣社會、文化的脈動共鳴，也同時能豐富女性複雜的文化面貌。本文從三個論點說明之。

一、語言體系、文學傳統、女性社會位置交織的書寫情況

對女詩人（女作家）而言，既存的語言體系、文學傳統、女性社會位置，三者初始都對書寫產生不利。先談語言體系，法國精神分析學家拉崗（Jacques Lacan）早說過語言體系（父的律法）是以「陽具」（phallus）爲優位的意符（signifier），將女性排除在外或排斥在邊緣，使女人難以藉之來表達自己的慾望。台灣現代女詩人所使用的漢語（北京話、福佬話、客家話）皆是父權語言體系，亦是一樣自古深受《易經》乾坤（陰陽）的二元等級思想的滲透，同時男人可以陰陽互補，女人卻只能陰不能陽。體現在語言裡，女性的自我認同強調在女性性別本身的認同上，男性的自我認同則不必建立在性別本身上，有較多的社會性、文化性，比較自由、多元，如千金一諾：千金一笑、三妻四妾：三貞九烈、三綱五常：三姑六婆等語詞的對照。男性用語的含意又常代表男人經驗具宇宙性（普遍性），而女性用語則將女性經驗同質化，抹去女人經驗的差異性（Sally McConnell-Ginet:1985:162），如天生我才必有用：天生尤物，允文允武：宜室宜家等語詞的對照。至中國辛亥革命和五四新文化運動後，女人的社會角色增多，因此女作家、女詩人、女教授、女

工、女兵、女秘書、女權運動者……等冠女字的新詞出現，在社會的一般認知上，這些冠女之詞都有貶意，有較原詞爲次等的含意❶，大多數女作家也如此自認。

文學傳統更不必說是以男作家爲主來形成文學史，除了因此消音女作家外，在中國古典詩中，更有胡錦媛所謂的男詩人以女性爲代言人，呈現閨怨的女性婉約文風。屈原〈楚辭〉中以「美人香草」自比，企求得到君王的眷顧寵幸，表達自己追求精神上的純潔與政治上忠誠的熱望。並從古樂府到唐詩，男詩人所代言的閨中少婦對夫君的思念也是如此。胡錦媛以爲這種男詩人「變裝換性」（transvestism），以女性爲代言人的閨怨詩可以說是佔據了女性的位置，篡奪了女性的語言空間。「女性」因此成爲「隱喻」而非指涉物，非具有身份認同（identity）的歷史社會行動主體（文訊雜誌主編：一九九六台灣現代詩史論：二八八）。葉嘉瑩在〈論詞學中之困惑與《花間》詞之女性敘寫及其影響〉中，探討出男性詞人以女性爲代言人，反倒豐富男性雙性的寫作潛能，造成詞體「要眇深微的特美」（中外文學：一九九一年第八期、第九期）。兩者對照之下，男性在陽剛的文學傳統外，轉向婉約（陰柔）的書寫，在豐富自己外對女性書寫卻造成局限。再從大多數中國女詩（詞）人的書寫，均受男詩人所製作的婉約（女性化）等於女人的觀念影響可知，雖然女詩人書寫的婉約風格，絕非男詩人僵化的婉約觀念❷，但女人書寫與女性化（feminine）之間的糾纏難解，迄今對女作家都影響深遠❸，因爲女人書寫的基礎，必須先向既存的文學傳統學習。

至於女人的社會位置，迄今仍可用西蒙．波娃的「第二性」觀點來闡釋。在男性爲中心的主流社會結構內，女性被視爲「他者」，一個被定義的他者，缺乏自我（self）定義的權力與自由。雖然台灣的女權運動在九〇年代已經破除了父權體制不少的局限，學界與文化界也有女性主義批評與創作的聲音，但根基尚淺，對一般人閱讀的影響也有限。在對五〇多位台灣現代女詩人的考察發現，約有七人是高中左右的學歷，其他皆在大專畢業以上，職業爲家庭主婦、中學老師、公務員、大學教授、在商界、藝術界工作等情況，沒有得到農婦、工廠作業員、原住民婦女❹的作品，頗符合艾斯卡皮（Robert Escarpit）的研究，藝文圈都是朝向社會階層裡一個中庸範疇雲集（葉淑燕譯，一九九〇文學社會學：五四）。在此中庸範疇裡的成員，除笠詩社、蕃薯詩社、風燈、心臟詩社外，女詩人所參與的現代、藍星、創世紀、葡萄園、秋水、星座、草根、大地、天狼星、草原、漢廣、地平線、象群、曼陀羅、女鯨等都屬北部詩社，中南部詩社也都受台北藝文圈影響。因此台灣現代女詩人的社會位置屬於中庸階層，其心靈（所思所想）在基礎上，尤其性別思想，完全符合中產階級出身的波娃的「第二性」觀點對女人的解析。

在語言體系、文學傳統、女性的社會位置，三者交織一起所形成的女人的書寫經驗裡，其間雖有個別女人遭遇與敏感度的不同而形成不同風格，但完全可以解釋爲何絕大多數的女詩人們書寫的題材以愛情爲主，以表現情感純潔、企求眷寵的心理爲主，這種偏嗜有時形成抒情詩的浮濫，增加閱讀的厭倦。在我的研究中所挑選的愛情詩，已是百裡挑一，並剔除重複、增加多樣性的情況了。更值得討論的是女人爲人母、且被社會看重的母親經驗的書寫，不敵愛情詩書寫的分量，令人起疑是受文學傳統男詩人以女性爲代言人所形成的婉約抒（愛）情的影響，說明人類經驗的被書寫，會受到文學傳統或風潮影響，浪漫主義所強調的個人創作自由未免天眞。《女性詩學》第三章研究亦發現，女詩人因「第二性」的社會位置的關係，在詩中的「我」的「主體」敘述，常顯露不穩定、不安、不確定的現象，這又是西方女性主義者們發現女詩人比女小說家，因不能逃避在詩中主觀的「我」的發聲所產生的焦慮狀況❺所致。美國十九世紀末二〇世紀初著名女詩人愛彌麗・狄謹遜（Emily Dickinson）便採取「傾斜」的角度，以認同夏娃的角色對亞當的語言中心質疑，從而崩毀整個二元等級制的語言體系（Margaret Homans: 1980:165, 176, 177）。台灣現代女詩人則從女性經驗的哀歌出發，對被局限的陰柔位置，有意無意的悲嘆與抵抗，不但暴露父權結構的面目，也使詩作新鮮動人。雖然大多數女詩人非常缺乏女人身份的認同，尤缺乏集體女性「我們」的認同，像二十世紀中後期美國女詩人芮曲（Adrienne Rich），隨著美國第二波婦運，寫了很多召喚婦女、深刻解剖父權的好詩。台灣這種情況，在九〇年代已有詩作表現精采，未來在語言體系、文學傳統、女性社會位置持續的改進下，性別問題會交織其他問題成爲女性書寫的風潮。

二、女性詩學與現、當代詩學的對話

自胡適在一九一九年發表〈談新詩〉一文，提出新詩的作者在追求「新形式」、「新精神」，迄今都是現、當代詩創作的基本圭臬。朱自清曾將第一個十年（一九一八—一九二七）的詩創作成績，在其〈導言〉一文中總結爲三派：自由詩派、格律詩派、象徵詩派。而晚近出版的《中國新文學大系（一九二七—一九三七）》艾青的序末❻與朱自清爭論，認爲「自由詩派和格律詩派是從形式上劃分；而象徵詩派則是從內容上劃分……從一九一七至一九二七年，若要劃分流派，……不妨從『文學研究會』的『爲人生』的文學和『創造社』的『革命文學』爲一條線，到『新月派』和『象徵派』爲另一條線，這樣的劃分比較清楚。」艾青是三〇年代馬克思主義思潮下，主張社會寫實主義的詩人，較偏重詩的內容價値勝於形式創造。然而這樣的劃分，將新詩爲求脫離舊詩必須創建新形式的歷史狀況模糊掉了。艾青不必論了，朱自清在〈導言〉中，對女詩人冰心首開「小詩」的創作，如此敘述：「周啓明氏是民十（一九二一）翻譯了日本的短歌和俳句，說這種體裁適於寫一地的景色，一時的情調，是眞實簡鍊的詩。到處作者甚眾。……周氏自己的翻譯，實在是創作，……也在那一年，冰心女士發表了《繁星》，第二年又出了《春水》，她自己說是讀太戈爾而有作，……民十二宗白華氏的〈流雲小詩〉……《流雲》出後，小詩漸漸完事，新詩跟著也中衰。」從朱自清的敘述，冰心只是小詩的作者之一，然而中國女性學者趙遐秋卻認爲冰心「首先，在詩的體式上，她開啓了中國新詩史上一個『小詩的流行時代』。」❼引證了小詩的古典源頭，並用阿英、周作人、宗白華的資料說明冰心小詩的影響力。我甚至可以進一步推斷，在新詩中衰的兩三年後《北京晨報詩鐫》開始興起格律派詩的實驗，反對自由派詩的散漫無音韻美，多少受到小詩「簡鍊含蓄」的詩風影響。由此例可以看出，治學嚴謹的朱自清在無意間就未深究女詩人冰心的成就，而朱自清的〈導言〉，是研究新詩歷史與理論必讀之文，影響甚大。

在朱自清所說的三大派之後，無論分行或分段詩，甚至到台灣的圖象詩，新詩或現代詩的主要形式已經形成。艾青說象徵派是內容的劃分，只對了一半。象徵派詩除了表現生命虛構的神秘與揶揄外，也注重意象自由連接與文字情緒細密或破碎的波動，卻是屬於詩的技巧的實驗。也是五〇年代紀弦帶來台灣的現代主義詩風之一，再與台灣日據時期風車詩社與光復初期銀鈴會所扎根的超現實等現代主義匯流而成，加上創世紀詩社踵繼超現實主義而風行，其詩學的美學特點，可以一九六四在創世紀詩刊發表並重刊好幾次的李英豪的〈論現代詩之張力〉❽一文爲代表。他認爲「現代詩的佳作，無不伸向豐繁、伸向濃鍊、伸向歧義、伸向密度、伸向深廣、伸向多樣性、伸向矛盾的統一、伸向對立的和諧、伸向意義的反射層……綜言之，即伸向張力的強度。」爲達到此種美學特點，台灣現代詩人在技巧上最常用的是矛盾意象的並置，以荒謬的情境表現眞實。李英豪在文中推薦葉維廉、方莘、羅門、洛夫、周夢蝶、鄭愁予、瘂弦等詩作具有張力之美，自然沒有提及女詩人。當時像張秀亞、蓉子、胡品清、林泠、敻虹皆已發表詩作知名，若與李英豪文中所舉的詩句「張力」的例子比較，這些女詩人的詩句的確不夠荒謬、意象也不矛盾並置，難入其法眼，相當合理。但女詩人的抒情詩，就沒有「張力」之美嗎？像蓉子的佳作〈我的妝鏡是一隻弓背的貓〉、〈白色的睡〉、林泠的〈微悟〉、〈不繫之舟〉、敻虹的〈我已經走向你了〉、〈汎愛觀〉，也都有雙重視野在抗爭[9]，其張力是詩想的整體結構，更與女性書寫的位置產生關連。我以爲並非只有矛盾意象的並置，產生荒謬的情境才能表達張力。當然像後來的羅英、藍菱、馮青、夏宇、零雨、羅任玲、顏艾琳等女詩人，喜愛使用矛盾意象與荒謬的情境來表達詩想，也有不錯的成就，比較受到詩壇主流的肯定。

一九七二年，台灣退出聯合國的後一年，關傑明與唐文標的批判台灣現代主義喪失身份認同、逃避現實的詩評發表，他們並沒有留下什麼新鮮詩學，批評現代主義詩也有粗疏之處。由於當時國民黨威權統治開始動搖，他們的文章引發各方論戰，亦將現代主義詩風打破，將台灣現代主義封閉自大的個人內在挖掘打開至不同題材、思想寫詩的風潮，鄉土詩、工人（包括女工）詩、政治詩、環保詩等寫實詩大行其道，至八〇年代可歸結爲「本土」詩派。「本土」詩派自當以「笠」詩社爲代表，笠詩社在六〇年代中期，固然也主張現代主義，但「笠」的隱喻「本土」則十分清楚。笠詩社在一九八八年的台中市召開了一場「論台灣新詩的獨特性」❿座談會值得討論。其中陳千武、詹冰、林亨泰、趙天儀、白萩都互相爭辯，觸及到「語言」、「意識」、「題材」等詩創作的基本問題。以笠詩社本省籍（福佬、客家）詩人而言，日據時期使用日文、國民黨遷台後使用中文，都有不能表達自己的困難，因爲語言不是透明的表達工具，它還規範人的思想感情，而使用台語（福佬、客家、原住民）又缺少完整有共識的語文體系。雖然如此，大家的結論是使用華語（不是標準的北京話）及台語文字化的努力是可行的兩大方向。大家也認爲，相對於中日的霸權而言，「台灣意識」是有抵抗性的，抵抗精神包括使用語言的自覺與有意識地選擇台灣風土來描寫，都可在使用日文、中文時表露抵抗於無形。這些討論，觸及抵抗西方的各種後殖民文學相同的書寫策略。使七〇年代詩壇開始引起的「身份認同」問題的書寫，至八〇至九〇年代已明顯成爲「台灣人」的認同問題。然而就女性書寫而言則更爲複雜，相對於西方、中國、日本文化霸權對女人而言，台灣意識仍是有抵抗性的，但相對於父權，「女性意識」具有更強的抵抗性。

笠詩社的重要女詩人陳秀喜的詩作中，像〈台灣〉、〈我的筆〉，杜潘芳格的詩作〈中元節〉、〈選舉合味〉，利玉芳的〈水稻不稔症〉、〈古蹟修護〉，都有以女性觀點介入而展現「台灣人」與「女人」的「和而不同」的意涵，雖然她們更常分別描寫台灣人與女人的題材。吳潛誠說「『在地詩人』的指涉和『本土意識』的定義，毋寧是開放的，永遠有待界說的；……」⓫單從女性書寫看來，「台灣人」的認同，就有雙重性可以爭論，開闊了所謂台灣文學的（獨）特性。此外，笠詩社的女詩人，像王麗華以陽剛（男聲）書寫政治詩，不但獨樹一幟，而且突破女性被局限陰柔的書寫位置。而蔡秀菊與蕭秀芳更深耕本土，展現原住民困境，豐富了本土詩的面貌。

相對於「本土」派詩學，八〇年代中後期，台灣出現「後現代」派詩與詩學，後現代派詩人以夏宇、林燿德、黃智溶、陳克華、丘緩等爲代表，詩學以孟樊的〈後現代主義詩學〉⓬一文影響較大，當然林燿德也以「都市詩」、「羅門研究」及「新世代」詩人的提倡，使用後現代去中心、多元、破碎的標籤。孟樊在〈後現代主義詩學〉一文中，以文類越界、意符（signifier）遊戲、諧擬（parody）拼貼來解析一些後現代詩作，雖在具體詩作的解析上有諸多問題，奚密曾加以糾正⓭，但在後現代詩的一般技巧運用上，確有提供。可以廖炳惠⓮用晚近的文學理論家在後結構、後殖民的架構之下所提出的「交錯」（cross cutting）的見解，去說明台灣「畢竟，後現代主義已在文藝領域中，經由本地學者或文化工作者以誤解而具有創意的方式去推衍、擴散其歷史效應，就此一歷史事件，我們與其尋找開端或終極目標，了解其來龍去脈，毋寧把後現代主義看作是比較文學上的歷史交錯事件……」（六九）廖炳惠發現：「台灣要談後現代情境的多元——開放，只能做到片面的挪用，而且大致上是只能運用在某些階層與時機上，特別是在一些不加深究的都市軀體與政體上。」（七四）另外，廖咸浩在引用向陽的分類，來辯論後現代（台北的）與本土（台灣的）差異⓯時做結論說：「有一部分應屬於『宏觀政治』與『微觀政治』的差異。也就是『人生基本或普遍性議題的探討』與『社會實際問題的介入』這兩者之間的差異。但平心而論，兩者其實必須兼顧，並無所謂孰對孰錯」（四四七）。在結論前，他也強調後現代深具政治性與顛覆力，因爲它要打倒的是「理言中心」（Logocentric），也就是質疑語言體系所「再現」（representation）的「眞實」的合法性與眞理性。廖咸浩以「宏觀政治」與「微觀政治」來區分「後現代」與「本土」頗有問題，但他彰顯打倒「理言中心」是後現代的政治性與顛覆力的觀點，則頗爲重要。由於後現代主義（其實任何主義被引進皆是交錯情況）在孟樊及林燿德的挪用下，對於「去中心」是在彰顯「再現」受到「理言中心主義」的操控，包括自己的詩作也須揭露自己言說的位置，才是深具政治性與顛覆力缺少敏覺，他們的論述容易誤將異質元素湊在一起來展示眾聲喧譁即是後現代，還聲稱自己的詩作不帶政治性，使他們的後現代詩學與詩作，不免流於膚淺與自我中心的蒙蔽。

再者，西方後現代主義受到女性主義的影響，不但拉崗承認語言體系（象徵秩序）不利於女人的慾望表達，德希達（Jacques Derrida）也不止反對理言中心，同時亦反對陽具理言中心（phallogocentric）。甚至西方一些後現代作家，爲避免蹈入已不合法的父權眞理，通過女人的「陰性」（gynesis）去想像開拓更自由的書寫，更是借助女人來開新路（Alice A. Jardine: 1985）。然而後現代主義與女性主義之間，有可以共謀的部分，也有目標的不同。舉夏宇詩爲例來說明：

一般見識

一個女人
每個月
流一次血
懂得蛇的語言
適於突擊
不宜守約（《備忘錄》，八九）

夏宇這首詩因冠詩題〈一般見識〉，將詩內所描寫的女人定義，彰顯爲一般人的想法，而所謂一般人的想法，指的是在父權社會與文化內一般人才會有如此的想法。也許女人每月的月經有生物基礎，但定義女人「懂得蛇的語言／適於突擊／不宜守約」則完全是文化（如西方男人書寫的聖經、男人喜歡襲擊女人的通俗思想）強加於女人身上，且變成一般（普遍相信）的見識。此詩以解明詩題的方法，框出父權言說，達到質疑父權言說的目的，正是後現代與體制共謀（所說的女人看法確實是一般見識），又在體制內批判它⑯的解「定論」之方法，解「定論」即解「中心」，將中心「虛構」的一般見識揭露，從而顚覆其見解（眞實性），其政治性（抵抗霸權）在此。而夏宇的另一首詩〈姜嫄〉則採取與體制共謀（成爲立國大母），再突顯出大母生殖慾望與生產的首要性，有與體制爭（主體）權的用意，因此一般批評家視〈姜嫄〉一詩爲女性主義詩作。在批判父權體制，後現代與女性主義有互惠之處，但後現代在顚覆體制的同時，爲避免「理言中心」的陷阱，反對任何再現的主體，而女性主義在解構體制之外，還想帶來眞正的社會變更，頗有興趣發展新體制。比較起來，後現代似乎較開放、自由，能避免主體建構的陷阱（任何主體建構皆易落入自我中心，包括台灣人與女人的主體建構），然而女性主義與後殖民理論一樣，不願只揭露體制霸權，還要抵抗及發展新體制，以避免後現代對體制變革的消極態度。我以爲夏宇的第三、第四本詩集雖有後現代即興、隨機及解構語言意義的趣味，亦有內挖想像的現代性，卻毫無女性主義發展新體制的慾望。

三、朝向女性主體（複雜）位置的書寫策略

後殖民女性批評家史碧娃克（Gayatri C. Spivak）在一九八八年發表〈從屬階級能發言嗎？〉⑰一文，以印度農民暴動及寡婦自殺殉夫的兩個例子，說明在西方帝國主義的論述和殖民地印度精英份子的論述中，農民（農婦更為次之）與寡婦做為主體發言的艱困，被建構的「他者」，在雙重強勢的發言系統中，委實難以甚至不能發言。那麼，女詩人所寫的詩，算是女性的「發言」嗎？女詩人寫出婉約（女性化）之詩，發言就沒有「主體」嗎？女詩人的陽剛論述又該如何看待？同時在精神分析與後現代、後殖民的思潮中，已發現主體的分裂、矛盾和變動不居，女詩人需要如何把握複雜的主體書寫呢？這些都是我研究「女性詩學」時思考的問題，也試著在此將它說明清楚。

一九八五美國伊蘭·修華特（Elaine Showalter）提出新月形的沉默的女性荒野地帶⑱，做為女性「雙聲陳述」的（double-voiced discourse）無聲區，同時也強調這個阿德納模式中也包括女性之外其他無聲團體區，並主張沒有眞正能夠獨立於支配結構之外的寫作或批評，但無聲區的浮現，也總是女性主義寫作或批評觀注的焦點。就像美國蘇姍·格巴（Susan Gubar）以迪尼森的「空白之頁」⑲做為抗拒父權污染的起點，讓女性從被書寫的空白之頁變成脫離父權控制的無數可能性。就「雙聲陳述」而言，女性的發言，以陰柔（女性化）位置的發言，只要以悲歌發聲，就能在父權體制下帶入無聲團體的情緒，甚至可以解釋為何許多女詩人的婉約書寫，以悲歌方式感動讀者，連男作家也以此種婉約書寫來感動人，因為這是女性在支配結構裡常見的經驗，有它體制

的共鳴而又彰顯體制。它的缺點是往往造成一種宿命的導向，堵住了其他女性經驗再現的可能性以及將「女性化」之於女人，由社會文化規範變成本質。至於抵抗的女性位置發聲，可以展現女性的憤怒，表現父權的不義，但往往未能細心地探索女性主體的複雜性。所以女性書寫除了悲歌、抵抗的女性書寫外，還是需要從「空白」處，也是瑪利．戴利（Mary Daly）的「聖父之外」的主張開始出發，有如芮曲（Adrienne Rich）所主張的「寫一首詩，刻劃一個人物或描寫一個動作，都需將現實進行一個想像豐富的轉換，……這就需要心靈的自由——就像滑翔機飛行員一樣自由地踏進妳思想的激流……」[20]來探討女性其他書寫的可能性。

自中國五四新文化運動或台灣二〇年代新文化運動之後，女人與男人都是「人」的觀念，被社會逐漸認可，創造女人「陽剛」書寫的機會。晚近台灣社會吸收心理學家容格（C. G. Jung）及女性學者赫布蘭（Carolyn G. Heilbrun）的雙性人格（androgyny）說，更加打破中國古典易經規範女人只能陰不能陽的觀念。台灣現代女詩人在書寫國家或社會正義時，經常出現中性「人」的書寫位置，像晚期的淡瑩等[21]。不過，她們的陽剛書寫，卻有不易落入陽具中心的優點。像王麗華的政治詩，不是諧擬男聲，就是諧擬男性掌權者的口吻，頗有女扮男裝的諧謔，揭露出男性自我中心的面貌，爲女性雙性書寫開闢一條有趣的道路。其實，夏宇詩中女性的自我十分強烈，除了少數詩之外，即使描寫男人之詩，也隱藏女人的珍愛加揶揄的交纏效果，並以知性口吻敘述，便顯出詩的中性風味。零雨的詩，亦有陽剛的意象與語言，在佳作中都偏向中性人的關懷，略有迷信男性抽象價值的缺點。在《女性詩學》第六章的女詩人時間書寫的研究中，也只有丘緩試圖描寫時間爲一純粹形式，在詩中預測二十一世紀可能是以形式通訊（如電腦的通訊）重於內容的情況。詩中顯示人與人的通訊，一旦抹去內容，就抹去人為（性別）的差異，可算另一種中性書寫，但其詩量太少㉒，尚未形成風格。而蔡秀菊、蕭秀芳的原住民及生態關懷書寫，則有關懷弱勢的情懷，在觀念上，亦可屬於中性的書寫。總之，女詩人的陽剛或中性書寫，除了王麗華、零雨較有特色外，其他女詩人也都是書寫的一部分，說明性別對女性書寫雖具有中心性，女詩人卻可跳脫性別的局限，關懷其他問題或虛構男性聲腔，這在文學藝術的虛構手法中並非難事，倒是在虛構的敘述中，女詩人仍難逃性別的規範。

對於美國女性主義者在父權規範外開拓女性文學批評與創作的空間，法國女性主義者西蘇（H. Cixous）與伊蕊格萊（L. Irigaray）卻對「女性化」（feminine、他者），展開顛覆父權的另類書寫。她們認為「他者」既在象徵秩序（理言中心）之外，「他者」是不可定義的、自由的，反轉了波娃存在主義觀念中的被定義的「他者」。西蘇在〈美杜莎的笑聲〉㉓一文中，將女性身體包容異己（如性交、懷孕）的慾望宇宙化，既用理性邏輯的語言，又用非邏輯的感性聯想語言交織書寫，說明她的在雙性中（in-between）書寫的「陰性書寫」。伊蕊格萊在〈此性非一〉㉔一文中，反佛洛伊德女性匱缺的理論，以女人的兩片陰唇，構想開放與多重的女人慾望的書寫，以抵制陽性書寫的同一性。兩人可說是將傳統「女性化」（婉約）的消極書寫，轉變成顛覆父權的「陰性書寫」。這種顛覆父權的陰性書寫，夏宇、劉毓秀、江文瑜和女同志詩的書寫，都有此功能，但「陰性書寫」所構想的包容異己的想像風格，並不多見。美法的女性主義者在建構父權外的女性主體及以陰性書寫顛覆陰陽二元等級制的思想多所貢獻，卻在女人之間的權力差異，亦即女人之間也有階級、種族、性傾向的差異，以及女人主體也穿梭在各種位置的有權、無權的複雜情況，卻由具有馬克思階級意識的女性主義者及受後殖民女性主義者影響下，才開拓了新的書寫空間。卡普蘭（Cora Kaplan）在〈潘朵拉之盒：社會主義女權主義批評中的主體、階級和性〉㉕一文說：「在這些（指十九世紀英國小說）文本中，做爲表現階級和性的方式，女性間的差異至少與兩性間的差異一樣重要……『眞正的女性』（指中產階級女性所建構的觀念）……不僅避開低下階級妓女的被貶抑的主體性和危險的性，且避開所有其他類似的低等的主體。」她以此批評了〈爲女權辯護〉一文經典女性主義作者瑪莉（Mary Wollstonecraft）在文中反女性熱情（危險的性）的書寫以及吳爾芙（Virginia Woolf）在日記中對女傭的歧視。證之《女性詩學》的研究，爲女工寫詩的台灣現代女詩人只有葉香一位女詩人，且是在台灣七〇年代關懷社會的風潮下留下的優良記錄，幾乎被詩壇淡忘。而台灣原住民女性的書寫，在散文方面有利格拉樂・阿嬶，詩的部分尙待發掘。這些現象與藝文圈（作者與讀者，尤其現代詩）是中庸階層有關，文學有階級性在此表露清楚。不但女人之間有權力不同的書寫問題，即使在女性個人的認同上，亦即女人主體的認同，也往往交織其他的主體認同，像上舉的台灣人與女人主體的認同，這兩者的認同之間並非沒有矛盾，而一個女人的主體認同中，其實包括了族群、階級、性傾向等等的位置交織的認同，都會在書寫中有意無意中流露，因此「女性主義」解讀文學的觀點，除了「性別」、「女性」的觀點爲重要外，與其他觀點的交叉討論，已是未來女性主義批評的新疆域，是本論文力有未逮之處。

　　最後，關於女性主體（複雜位置）的書寫策略，一種多重關係與影響的反省與書寫，可舉美國婦女運動中出現的代表詩人爲例參考：美國中產白人女詩人葛拉含（Judy Grahn）的寫作策略，是將自己融入一般女人的觀察描寫中，創出自己詩的風格。她寫女侍、女老闆、胖女人、母親、女兒等，使個別女人的特色與女人的集體性一起顯現。美國黑人女詩人佐丹（June Jordan），則結合黑人身份認同與女性身份認同的雙重性，在詩中展現出美國白男人政治中心的雙重打壓的抗議，詩之語言常用黑人日常語言的直接節奏，既有力量亦詼諧。一九八九得過美國詩人學會大獎的女同性戀兼離婚媽媽詩人普拉特（Minmie Bruce Pratt）將自己的女同性戀身份與爭取愛前夫一起生下的小孩的掙扎過程，以家鄉河流爲意象，寫出篇篇感人的詩句。還有美國本土女詩人哈瓊（Joy Harjo），雖然不得不用殖民者語言（英語），她卻將自己部落的神話建構於詩中，讓其詩重建自己部落的精神認同，她亦將女人及有色人種的處境混合部落遭到毀滅的處境，寫出許多感人的詩篇。這些女性身份相同又有差異的女詩人們，都是能掌握自己身份或位置的複雜性（亦包括矛盾性），來寫出觀點非一的豐富作品，落實女性主義開放的寫作策略㉖。誠如福瑞德門（Susan S. Friedman）在〈『超越』性別：新的認同疆界與女性主義批評的未來〉一文㉗的主張：「我推薦認同的定義，是多重主體位置的場所（site），即是由種族、族群、階級、性傾向、宗教、與原屬國家等等的不同而常常競爭的文化結構的交錯面。在這些規範內，自我並非單一的，而是複合的。它所佔據的位置，包含多重地位，其中每一種地位又會由于同其他地位的交叉而產生個別的變化。就像多重壓迫的觀念一樣，認同的連續性出現，來自於上述一系列的範疇中。但是並不是多重危難的定義，定義的焦點並非排他性的壓迫與受害，而是各式各樣的差異的組合，這些差異與壓迫或許有關、或許無關。」表現了晚近西方女性主義主體挖掘的廣度與深度，亦是未來女性詩學的美學開拓。

最後，對於史碧娃克的提問：「從屬階級能發言嗎？」首先，從屬階級可在支配結構裡以哀歌發聲，接著是抵抗與憤怒，接著是主體的複雜探索。連結政治社會的變動，從屬階級必須想盡辦法爭取自己的發言機會。畢竟語言學家莎莉（Sally McConnell-Ginet）也認爲：「依我看，語言不是一個釘死的結構，而是不斷在多種行動與反應中互相作用，這種作用即可被解釋爲多重和改變結構的可能性。」㉘而文學批評或書寫，即在破除同一化的各種努力，在現代文學發展標示「新精神」、「新形式」的探索中，在女性與其他問題的交錯中，女詩人從經驗出發，可以反省自我的局限，並因此豐富自己。

——二〇〇〇年，選自女書版《女性詩學——台灣現代女詩人集體研究一九五一～二〇〇〇》

附錄：台灣現代女詩人的社會階層

姓名	出生年	學歷	職業	詩社
張秀亞	一九一九	研究所	教授	
彭捷	一九一九	高中	主婦	藍星
陳秀喜	一九二一	日據公學校	主婦	笠
胡品清	一九二一	研究所	教授	
杜潘芳格	一九二七	台北女專	主婦兼醫	笠、女鯨
沉思	一九二八	漢民中學	空軍就職	藍星
蓉子	一九二八	大學	電信局	藍星
李政乃	一九三四	師專	主婦	
陳敏華	一九三四	大專	主婦	葡萄園

林泠	一九三八	博士	化工公司	現代詩
謝馨	一九三八	大學	曾任空姐	藍星
王渝	一九三九	大學	報紙編輯	藍星、創世紀
朵思	一九三九	高中	主婦	創世紀
張香華	一九三九	大學	中學教師	草根（前期）
葉香	一九三九	商專	教師兼主婦	
敻虹	一九四〇	大學	室內設計	
羅英	一九四〇	女師專	教師	現代詩
涂靜怡	一九四一		編輯	秋水
古月	一九四二	書院	公務員	創世紀
劉延湘	一九四二	大學	編輯、商業	創世紀
淡瑩	一九四三	碩士	教授	星座
席慕蓉	一九四三	碩士	教授	
鍾玲	一九四五	博士	教授	星座
尹玲	一九四五	博士	教授	
藍菱	一九四六	碩士	主婦	藍星
李元貞	一九四六	碩士	教授	女鯨
洪素麗	一九四七	大學	版畫家	
蘇凌	一九四七	碩士	教授	星座、大地
翔翎	一九四八	碩士	教師、編輯	大地
蘇白宇	一九四九	大學	教師、主婦	
海瑩	一九四九	大學	商業	笠、蕃薯

馮　青	一九五〇	大學	編輯、商業	創世紀
朱　陵	一九五〇	商專		
利玉芳	一九五二	高商	主婦兼商	笠、女鯨
斯　人	一九五二	大學		
宋后穎	一九五二	師範	教師	葡萄園、秋水
王鎧珠	一九五二	大學	新聞助理	藍星
萬志爲	一九五三	大專	公務員	藍星、草根
沈花末	一九五三	大學	報紙主編	女鯨
蔡秀菊	一九五三	大學	教師	笠、女鯨
葉　紅	一九五三	大學	出版社社長	
雪　柔	一九五四	大專	廣播、電視	秋水
方娥眞	一九五四	大學		天狼星
王麗華	一九五四	碩士	主婦、教師	笠、女鯨
劉毓秀	一九五四	碩士	教授	女鯨
蕭秀芳	一九五四	大學	教師	笠、女鯨
夏　宇	一九五六	大專	藝術家	草根（前期）
葉翠蘋	一九五六	碩士	教師	創世紀
筱　曉	一九五七	大學	教師、主婦	風燈、心臟
梁翠梅	一九五七	大學	公務員	創世紀
零　雨	一九五九	碩士	教師、主編	現代詩
江文瑜	一九六一	博士	教授	女鯨
曾淑美	一九六二	大學	廣告	草原

洪淑苓	一九六二	碩士	教授	
陳斐雯	一九六三	大學	編輯	漢廣
羅任玲	一九六三	大學	教師、記者	地平線、象群、曼陀羅
言　言	一九六四	大學	教師	
張芳慈	一九六四	師專	教師	笠、女鯨
丘　緩	一九六四	大學	商業	創世紀

註：有些新世代女詩人未能細究，但其出生於中庸階層，則是一般的印象。

註釋

❶見李元貞《女人的明天》〈中國語文中的性別歧視〉一文，台北：健行，一九九一。

❷見蔡瑜〈從對話功能論唐代女性詩作的書寫特質〉收入淡大中文系主編《中國女性書寫——國際學術研討會論文集》，台灣：學生，一九九九，頁八一—一二五。

❸鍾玲，一九八九，《現代中國繆司——台灣女詩人作品析論》，台北：聯經，頁二八—四一。

❹表格見附錄。

❺見《女性詩學》第七章〈台灣現代女詩人作品中的語言實踐〉第四節。

❻艾青之文，收入《中國新文學大系（一九二七—一九三七）》詩集序，中國：上海，一九八四，頁一—一五。

❼趙遐秋〈釀成他獨創的甜蜜——重讀《繁星》和《春水》〉收入中國詩歌藝術學會主編《兩岸女性詩歌學術研討會論文集》，台北：葡萄園詩社，一九九九，頁一—三二。

❽李英豪〈論現代詩之張力〉收入瘂弦、簡政珍主編《創世紀四十年評論選（一九五四—一九九四）》，台北：創世紀，一九九四。

❾ 見《女性詩學》各章論述。

❿ 白萩策劃、張信吉記錄《詩與台灣現實》第一章，台北：笠詩社，一九九一。

⓫ 吳潛誠《感性定位文學的想像與介入》書中第三章〈台灣在地詩人的本土意識及其政治涵意〉，台北：允晨，一九九四，頁二九。

⓬ 孟樊《當代台灣新詩理論》第9章，台北：揚智，一九九五。

⓭ 奚密《現當代詩文錄》第二輯〈後現代的迷障——對台灣後現代詩的理論與實際的反思〉，台北：聯合文學，一九九八。

⓮ 廖炳惠〈比較文學與現代詩篇：試論台灣的「後現代詩」〉，中外文學7月號，一九九五。

⓯ 廖咸浩〈離散與聚焦之間——八十年代後現代詩與本土詩〉，文訊雜誌社主編。一九九六，《台灣現代詩史論：台灣現代詩史研討會實錄》，台北：文訊。

⓰ 蓮達·赫哲仁（Linda Hutcheon）著，劉自荃譯，《後現代主義的政治學》第六章，頁一六〇～一六六，台北：駱駝，一九九六。

⓱ 史碧娃克著，邱彥彬、李翠芬譯，〈從屬階級能發言嗎？〉（中外文學十一月號，一九九五）及 Bill Ashcroft 等編 *The Post-colonial Studies Reader* Part 1, 3:"Can the Subaltern Speak?"（Routledge London and New York, 1995）。前者節錄較多的是寡婦事例，後者是農民事例。

⓲ 伊蘭·修華特著，張小虹譯〈荒野中的女性主義批評〉（中外文學第十四卷第十期）。

⓳ 蘇姍·格巴〈「空白之頁」與女性創造力問題〉一文，收入張京媛主編，《當代女性主義文學批評》，北京大學出版，一九九二。

⓴ 芮曲或譯為里奇，〈當我們徹底覺醒的時候：回顧之作〉收入張京媛主編，《當代女性主義文學批評》，一九九二，頁一三三，北京大學出版。另外可參考張國慶著《邊緣辯證》書裡第三編第一篇〈雷琪〉一文，台北：書林，一九九八。

㉑ 參考《女性詩學》各章論述。

㉒丘緩之詩，可參考奚密的評論，同註⑬。

㉓西蘇〈美杜莎的笑聲〉。同註⑲。

㉔參考王志弘譯〈此性非一〉收入相同譯者《性別、身體與文化譯文選》一書，一九九五年九月自版發行，台北唐山書局經銷。英文版於 Robyn r. Warhol 等編 *Feminisms-an Anthology of Literary Theory and Criticism*（Rutgers University Press 1997）修訂版，頁三六二。

㉕卡普蘭一文，見格蕾・格林和考比里亞・庫恩（Gayle Greene and Coppelia Kahn）編，陳引馳譯《女性主義文學批評》*Making a Difference Feminist Literary Criticism* 第六章，台北：駱駝，一九九五。英文版同註㉖，頁九五六。

㉖見 Kim Whitehead, *The Feminist Poetry Movement*, Mississippi University Press, U.S.A. 1996.

㉗ Susan Stanford Friedman, *Mappings: Feminism and Cultural Geographies of Encounter,* Princeton University Press 1998 U.S.A., P. 21.

㉘ Sally McConnell-Ginet, *Difference and Language: A. Linguist's Perspective,* Hester Eisenstein and Alice Jardine, Ed, The Future of Difference, Rutgers University Press, New Jersey, 1985. early 1980, p. 160.

陳萬益：

內斂沉思與平靜溫柔

——論陳列的《地上歲月》❶

陳萬益

台灣台南人，1947 年生，台灣大學中國文學所博士。曾任清華大學中文系主任、文學研究所所長、成功大學台灣文學所所長，現任清華大學台灣文學所教授。著有《金聖歎的文學批評考述》、《晚明小品與明季文人生活》、《于無聲處聽驚雷——台灣文學論集》等評論集，主編《張文環全集》，並從事《台灣文學辭典》的編纂。

一

作爲一部散文集，即使不是絕無僅有，《地上歲月》也確屬難得的存在：首篇〈無怨〉，是作者的第一次出手，立即獲得一九八〇年時報徵文散文首獎；隔年，〈地上歲月〉連獲首獎；第三年，〈同胞〉被選入年度散文選，陳列就被編者肯定爲「大家」❷……一直到一九八九年發表的〈老兵紀念〉，十年歲月，十二篇散文，每一篇都重複入選各種散文選。這樣的存在清楚地說明陳列在戰後台灣散文版圖上的深耕書寫，確實贏得讀者的賞鑑和推崇，那麼，我們就要問：陳列如何在同輩間呈現出「大家」的氣質？《地上歲月》又如何鶴立於八〇年代而闊步至今的呢？

我們先看下列三段陳列不同篇章的文字：

雨繼續下著，室友也繼續睡著。外面散步場邊的草地必已滿是潮濕，今夜將是雷馬克所說的屬於根與芽之夜。生機只要沒有完全死去，終究會萌芽茁長的……當天地間萬物貫注於生長的時候，似乎其他的什麼都不值得怨恨和記掛了，最該珍視的是自己的完整。因此，我開始自覺得如此溫柔，如此強健，如此地神。❸

我走進兩歲小女兒的房間，看到她正好翻了一個身，抱著枕頭繼續安睡。窗外有風吹樹葉的細微沙沙聲。水銀路燈和葉子形成的光影在玻璃上晃動變化。我看著這些，逐漸感覺到滲進來的涼氣裡有著愈來愈濃的歡愉。快樂原來就像那些搖曳的光影啊，難以捉摸和規範。如果我能在平凡紛雜的日子中發現和單純，如果我不那麼癡迷地盡是盤算著私己的問題，如果我在家鄉的田裡揮汗工作一整天，如果心中活著那些活得比我努力卻又比我辛苦的人，如果對生命充滿了虔敬之意並因而知所疼惜，那麼，我就不至於傻傻地要在抽象概念中找尋某些行爲的依據了。我回去關掉電燈和音樂，一片黑暗恬靜中，全面的溫柔。❹

在那過渡的歷程裡，在所有的那些山巒的剪影和色澤裡，在整個的大氣層中，我總覺得彷彿有一種令人內斂沉思的特質，讓我從一天的身心漫遊中逐漸收束回來，使內心漸趨平靜和溫柔。❺

敏銳的讀者將三段文字在心眼中讀過，立刻會發現「溫柔」一詞之遍在，同時感受到在文字語調和情境中散發出來的溫柔的感覺。

我要說的是：每一個有獨創性的文學家，都有他獨特的語言和旋律，有其自覺或不自覺的偏好的詞彙句式或語調，並且在其間凝聚他獨特的觀察生活、感受生命的心靈模式和藝術表現的特質。「溫柔」是陳列散文最偏好的詞彙，溫柔的境界是其生命的追求，同時也是其散文傳遞的信息與媚力所在。當然，我們必得對陳列的「溫柔」作進一步的詮解，以避免此一極其平常的詞語被讀者立刻往俗膩方面聯想下去。

第三段引文是陳列記錄他在玉山面對天光雲影、結構色澤變化的心靈感受，他指稱大氣層的內斂沉思的特質，實際上是個人的心靈投射，而所謂的「內斂沉思」也就是下文所說的把漫遊的身心收束回來，不任其馳騁，不由其散鶩，而後才能在心中獲得充實完整、自足有序的「平靜和溫柔」的心境。這是在大自然的氣運中的生命體驗。

由此來觀照第二段引文。此文原題「快樂」，全文只有五百多字，總共五小段，省略的前兩段所提示的背景是「我」因對快樂問題的苦思焦慮而煩悶抑鬱。而小女兒的安睡與其周遭的氛圍安撫了我的心靈，整全了我紛亂的思緒，使我從抽象概念的追尋，回歸到具體的生活與生命的體驗，因而能獲得黑暗恬靜中，心靈自足的「全面的溫柔」。

第一段引文出自〈無怨〉，是全篇的結尾。〈無怨〉是雷雨聲中，「我」在禁錮鎖閉的牢房中的省思，牆外的懷想、牆內的孤獨、生命的無奈與枯竭，卻又在相濡以沫的室友的日常言動中不減哀愁生命中創造的信息。全文結尾即是在天地愴然的雷雨聲與獄囚的憤懣心緒中，體悟內在生命泉源的永在，化解過去糾葛的怨恨和記掛，終於可以灑落一切，在大地生息中重獲自我的完整、溫柔的境界和精神的提昇。

〈無怨〉原題〈獄中書〉，在戒嚴時期犯忌，應編者要求而改變。陳列在事後說出這段因緣，並作出解釋：

> 其實，我無意也不曾在其中暴露或控訴什麼，而只想呈現一個人被禁錮時其內心起伏騷動和省思以及可能的自足而已。❻

說實在的，〈獄中書〉改題〈無怨〉是錯有錯著，前一命題只點出外在的現實，後者則扣住內在的精神；前者較泛，台灣文學史上相同命題已多，後者較精確，獨一無二。但是，陳列的說明卻為自己散文書寫的起心動念，以及作為散文家的書寫定式下了一個最好的注解。

作爲一個良心犯，戒嚴時期莫名其妙被逮，坐了四年八個月的牢❼，陳列當然有權力暴露和控訴，一九八〇年不可以，解嚴以後自然可以大聲嚷嚷，可是，一九九四年 他在參加選舉期間再版《地上歲月》，仍然說「文學教人溫柔體恤，是一種須久遠的文化修持，不是工具」❽一開始，陳列創作散文就無心「媚政」，也不故意逆反「訐政」❾，政治和文學間的界限，他本就有所堅持，暴露和控訴的激亢情緒和語調，原本就是他所不屑，更重要的是：對文學的「溫柔體恤」的追求，使他把創作當做一種「修持」，這就是本應有怨，而獄中書卻無怨，最後又歸結到溫柔的緣由；這也就是我們在陳列的散文感受到「內斂沉思」的氣質，以及「平靜溫柔」的前提。

二

陳列的「內斂沉思」是自我主體的修持，卻絕不是對外在客體的拒斥逃避，以至於淪爲自我的耽溺與自憐，這正是他散文創作精神與前此作者異趨之所在。一九八一年，他二度獲得時報散文首獎之後，發表了題爲「散文大有可爲」的得獎感言，他說：

> 再次獲得首獎，當然是很歡喜的。有人會接納甚或欣賞傷春悲秋之外的題材，足證散文還是大有可爲，有其積極意義。我生長於農家，農人的苦樂、農村的變貌和土地的生息，對我的感思一直有著不小的影響。那是我最熟悉的事物。有一次，隔了一段較久的時期才從北部返鄉，看著依然忙碌的父母和一些顯著的變化，我總覺得該爲沉靜的鄉間生活和大地說些話。❿

八〇年以前台灣散文的主流，基本上是游離於台灣的土地和人民之外：要不是沉湎於逝去的中國，咬嚙傷痛的鄉愁，就是在風花雪月和傷春悲秋中去感覺自我的存在，林文義美其名爲「臨照水仙」⓫，苦苓則直斥爲「目中無人的散文」⓬。陳列在面對已經大變化的農村大地和鄉間父老，依然沉靜無語的狀況，他有不能已於言的苦衷，這就使他不可能寫作一些遠離社會的囈語謊言。

八〇年代，他寫了不少。除了集結在《地上歲月》的十二篇散文之外，也至少在《人間》雜誌發表了六篇以「人間煙火」、「人間像」、「人間少數民族」爲欄目的報導文字⓭，另外，還有一些素描性質的短文⓮，這些文字從性質和篇幅來看都與《地上歲月》的十二篇文字有所不同，但是其題材和創作精神基本上是一致的。陳列說：

> 我在這塊土地上生活、走動，經歷見聞的某些人和事物曾令我感動、不安或憤懣。這幾篇文章，大致上，便是此類情思的紀錄與詮釋。⓯

又說：

> 我曾設想，我的第一本散文將分別處理各種人的生活切面，他們在這塊土地上活著的歲月，他們生活過的臉孔，他們的遭遇和希望。⓰

陳列八〇年代的散文如上所述記錄了他所踐履的山川土地以及親炙見聞的各種人民和事物，就以《地上歲月》而論，其居停遊走的場域包括：牢房、農地、礦村、碼頭、山中、水涯、都市邊緣地帶；他所接觸感念的人民則是：囚徒、農民、漁民、礦工、原住民、老兵以及都市邊緣人。總之，閱讀《地上歲月》總會有一種感覺：陳列好像是一個孤獨的旅人，我們隨著他踽踽而行，他走的路線遠離了都市的繁華，也沒有觀光客的景點，他走的是都市的邊緣、荒僻的山野，相遇和交談，相知和感心的行路人都是散在社會底層的卑微人物。在一片經濟奇蹟的表相璀璨之外，台灣的剩水殘山、以及沒有光彩的黯淡角隅，仍然躍動著感人的生息，《地上歲月》記錄了這些人事物在陳列心靈激盪起的情思。

〈無怨〉記錄的是與社會隔絕的獄囚，最卑微無奈的一息仍存的生命的感動；〈地上歲月〉道出了農民與土地的永恆歸屬、堅韌的生存意志和最深的生活美質；〈同胞〉和其他篇章裡對原住民的審視，尤其是文明進逼以後原住民同胞生活的惶惑、挑戰、與危疑前進，陳列有超越族群的「同胞」體悟；〈漁人、碼頭〉在漁港的動靜和人船來往的白描中，對討海生活與勞動，有極溫情感人的想像；〈山中書〉對自然給予人們的紅塵煩憂之外的清涼與寧謐慰安，有很詩意的書寫；〈人在社子〉[17]呈現的是開闊的江山中，黯淡卑陋的人文景觀，寫出都會邊緣人的愛慾掙扎和希望；〈在山谷之間〉平靜地白描敘寫山中樸實親近的聚落生活；〈礦村行〉則深情地注視噩夢一般的無奈的礦工的悲苦命運；〈遙遠的杵聲〉讚頌原住民的歌舞純美以及歲月中的哀愁和寂寞；〈親愛的河〉[18]寫河流賦予人類生活、美和歡笑的親愛鄉愁與逐漸失去的歎惋；〈老兵紀念〉則跨過數十年時間縱深，以個人交往經驗，寫出老兵的血淚滄桑。

上述的篇章題材，個別而言，不是沒有人寫過，但是集結在一本散文集裡面，則呈現陳列散文的開闊局面：走出作家的書房、都市的高樓，台灣的社會有更多可歌可泣、可悲可歎、可親可愛的人和事。《地上歲月》走出散文的自憐情緒，在更寬廣的場域和生活面向中，寫出生命的感動。題材的拓展在九〇年代以後的台灣散文，如自然寫作、旅行書寫，原住民文學與眷村經驗等，都有更多的作手參與，可是，回過來看，我們不能不說《地上歲月》是轉換時期散文版圖上的一個重要地標。

再者，如前文所述，陳列不作興暴露和控訴，可是，對於「外省兵」由「勇氣、榮譽、正義、犧牲」的化身，和青春活力的「好漢英雄」的形象，逐漸在年華老去之中，呈現歷史的譏諷、荒謬、擺弄，變成這大地上的苦難生靈的悲劇，〈老兵紀念〉的深刻歎惋和對政客美麗謊言的針刺、對台灣悲情歷史的省思，最足以令讀者低徊省思；對於富裕飽足的台灣社會另一面的貪婪醜陋、髒污吵雜，陳列在〈我的太魯閣〉、〈人在社子〉等篇中也都有驚心怵目的描述和指摘。但是，總體而言，陳列的發言位置是若即若離，他泯除知識份子的優越感與人我距離，與對象交往，因此而生同情共感的生命體驗與情思，陳列的書寫策略是外觀內省之後，白描細寫其自然和人文景觀，呈現其生活樣態和感懷，再抽離而面對自我，內斂沉思。如〈人在社子〉在描述了美麗大地和開發歷史的想像之後，極瑣細的白描髒亂的生活空間、慾望街景，勞動男女和老小的憂苦戲樂之後，陳列最後提出了「生存該是個什麼模樣？活著是不是應有一些希望？」與對物質和心靈一起成長的「互相效力的社會」的期待。〈在山谷之間〉下列的文字說出了作者的心跡：

> 我毋寧希望在途中碰上一兩場雨，最好還是大雨。雨中山間獨行，對事物的觀察應該是異於平常的吧，體會思索或許也會因而另有所得。我選擇這條陌生的山路，也只不過是希望把心打開，沿途收納一些我不曾知道的事物而已，看看屬於我們卻又少有人到的這

塊地域生成什麼模樣，看看別人如何過活，有何想法。[19]

所以，在散文世界裡，陳列不是一個政治人物，他是一個思索者，一個詩人，他把心打開，在地上歲月的內斂沉思中，追求平靜和溫柔。

三

我們前文已說，陳列的散文有他自己的語言和調子，這些都和他追求的平靜溫柔合拍。首先，讀者一接觸陳列，馬上就可以感受他舒緩的調子，我們就以《地上歲月》首篇〈無怨〉的第一段來看：

午睡在雷聲中醒來，脆急沉厚的聲音響在因房外。一場大雨應該就會接著而來的；我聞得出雨的味道。若在家鄉盛夏的平原上，這必是一番壯闊的景象：涼風、奔馳的陰雲以及稻田間頓時高昂起來的蛙鳴，然後，父親可能就會穿起雨衣，扛著鋤頭，要掘水路去。[20]

對照陳冠學《田園之秋》的下列文字：

下午下雨滂沱，霹靂環起。若非蕃薯田在家屋邊，近在咫尺，眞要走避不及。低著頭一心一意要把蕃薯蒂趕快摘完，霎時間，天昏地暗，抬頭一看，黑壓壓的，滿天烏雲，盤旋著，自上而下，直要捲到地面。這種景況，在荒野中遇到幾回。只覺滿天無數黑怪，

> 張牙舞爪，盡向地面攫來。四顧無人，又全無遮蔽，大野中，孤伶伶的一個人，不由膽破魂奪。㉑

同樣寫到盛夏雷雨，陳冠學寫景，陳列抒情；寫景則刻意渲染，抒情則由景而情，景文旨在醞釀情境；渲染雷雨之急迅，陳冠學使用簡截句式，以呈顯跌宕起伏的慌張節奏，陳列卻在有限的奔馳脆急的相應的字眼之外，使用長句，以引發悠悠的遠思，而聚焦在千里之遙的老父穿衣荷鋤掘路的影像上，自然傳達了不盡的情思。

《地上歲月》除了〈礦村行〉寫災變的一段文字㉒，陳列刻意收短句式之外，全書幾乎處處可見長句，譬如：

> 被漁會舊磚色的樓房和運銷商人坐鎮的一長列式樣一致的小屋從西南兩方圍住……㉓
>
> 我似乎見到了一顆精進地想要從貪瞋癡所織造的世俗價值以及隨之而來的煩惱解放而來的誠懇心靈……㉔
>
> 觸動了一顆孤寂的心靈，一個被僵冷的情思模式束縛而又缺乏親切的人文潤澤的我。㉕

這些長句可能性質不完全一致，有的可以點斷，有的可以重組句式，有的可能被指爲在名詞上面累積一大堆修飾語的高帽病句，固然是極端的例子，它們確實使讀者望而生畏，產生疏離，但是，整體而言，普遍的長句式，確實產生疏緩的節奏，在讀者比較習慣以後，可以調整急躁的心緒，比較平靜地面對文字，品賞文字背後的情境。

當然，一味的舒緩，結果可能是平板、是沉悶。陳列則以警策、詩語和畫境引領讀者入勝。帶有哲思的警策，是不可以剽竊的最深刻的生命體驗的濃縮，最具有醍醐灌頂、提振思緒的作用。《地上歲月》的警策很多，例如：

夢境和風情畢竟已經遙遠了，甜美只是想像中的感覺，疼痛卻是擾亂秩序的眞實。㉖

在那些年紀，一起離經叛道、受責吃苦所建立起來的男人友誼，往往含有一種臭氣相投的忠誠連繫。㉗

人唯有在有知覺地活著，在擔負和委屈所感到的迷惘和毅力中，才能顯出人所以爲人的魅力。㉘

一個讓人氣餒卻又時而滿懷希望的世界，但總是我們存活的世界——不可能割捨，而且終將回去。㉙

陳列的詩語不是語言的刻意矯飾，而是美和生命溫柔的感動字句，例如：

生命是一首淺淡的情歌；他們（按指青年）邊走邊顚躓邊低低地唱。㉚

多次上山，作數日甚或經月的離群索居，生活的情懷，一如山間的煙嵐，或像僧人的梵唱，單純而悠遠。㉛

那連綿山水的整個迷人氣勢啊，既親切溫柔，又肅穆偉闊。㉜

至於陳列的畫境則是以具體生動的文字鉤勒情景，傳達出眞實可感的畫面。例如：

陽光直射在水泥地上，輝亮溫熱，屁股卻是涼涼的，我時而聽到雞在雞舍裡的撲跳啄食聲。[33]

躺在床上，我一直似睡未睡。我老是彷彿聽到風在臥室外的屋宇巷弄間遊走，拂打著人家的窗扉，沙沙吹起樹木的葉子。但又不完全像風聲，而是悠忽渺茫的祭典裡的歌韻，是絮絮的人語，其中也可能還有著樹林間鳥在飛翔撲翼，獸的跳躍掩藏，或果實的落地，新葉的伸張，然後是貓在屋頂喚叫追逐，狗在沉沉地吠吟，更也有低悶的杵音，其聲咚咚，很遙遠，像是在大地邊角的蔭綠多溼的叢林深處，帶著蘭花的香味和彎刀的蠻氣，以及莫名的恐懼和憂鬱。[34]

畫境文字，文學作手多擅勝場，陳列寫山水風景，動植飛鳥的優異，在後來的《永遠的山》有淋漓透澈的展示，而此處以文字寫聲音的神祕聯想和感覺，眞是白話散文中不可多得的段落。

當然，《地上歲月》的大部分文字多屬自然素樸，而無刻意斧鑿的痕跡，這類文字在白描的時候，顯得更加精確眞實，有說服力，譬如，軍營生活的白描：

一大群男人，口音相異，有些我甚至不容易聽懂。他們卻一起併排睡在廟側廂房大通鋪，棉被稜角分明。吃飯時就在廟前紅磚廣場上圍蹲成一圈圈。陽光混著菜香灑照著一顆顆短髮的頭顱。好幾繩串的內衣內褲，淺淺的草灰色，有的已洗成泛白，全部靜靜垂在紅磚外的綠色菜園子旁。口令，哨聲，粗大的嗓門，有時卻又一下就安靜了。架在寢室牆角的長槍，摸起來冷冷的。我興奮地隨意走著，聽著異鄉風味的口音此起彼落地傳揚，分明地感受到他們這個世界的活力、豐盛，以及秩序中的互相照應。㉟

這一則簡短的素樸文字，簡潔清晰地勾勒出軍隊場所的日常景象，空間與擺設，有條不紊；阿兵哥的樣貌、姿勢、口音、衣物、色彩、菜香等等，以及青春的活力與秩序，幾乎不用上一點形容語詞的修飾，卻活生生的再現了戰後初期的軍隊表情，極有感動力。

總之，《地上歲月》的散文語言，在舒緩平靜的語調中，引領讀者走出表相的繁華人世，走近黯淡卑陋的人文，從挫折、苦難、絕望中，體會堅韌、歡喜和希望，在最幽微處領受生命的美和悸動。

四

陳列是個生命的求索者，在經歷過牢獄的磨難之後，他沒有讓心猿外馳，而更加涵攝內斂；他沒有被現實的醜惡所扭曲，而是在生命最卑微無望處去領受美，醞生溫柔；寫作成爲自我修持，《地上歲月》有如對生命的平靜頌禱，這使得芸芸眾生在紛擾人世中，有緣親近其書中的文學美質者，都能得到最大的慰安和喜悅。

可是，近年來陳列按抑不住政治細胞的躁動，割捨了文學的美質和溫柔，我們當然相信再回歸的時候，陳列的散文一定另有一番進境，只是，這期間台灣文壇又不知損失了多少美妙的散文篇章呢！

——一九九八年六月，選自花蓮縣立文化中心《第一屆花蓮文學研討會論文集》

註釋

❶《地上歲月》初版由漢藝色研文化公司於民國七十八年印行；二版改由聯合文學出版社於民國八十三年十一月印行（版權頁仍注初版）。兩個版本正文十二篇並無差異，唯聯合文學取消初版的〈小序〉，另加題為〈紀念〉的自序，並附錄郭楓與郭明福的兩篇評論文字。本文寫作依據聯合文學版。

❷季季的說法，見其主編的《一九八二年台灣散文選》，前衛，一九八三，頁一七八，「編者的話」。

❸《地上歲月》，頁一八。

❹陳列，〈快樂〉，張雪映選編《人間短歌》，希代，一九八七，頁七五。

❺陳列，〈排雲起居注〉，《永遠的山》，玉山國家公園出版社，一九九一，頁三三。

❻陳列〈轉折〉，聯合文學第十三卷八期。

❼除了〈無怨〉以外，陳列未曾在其散文創作中涉及其一九七二年元月惡夜逮捕，後以「反攻無望」「為匪宣傳」罪名判處七年徒刑的經驗。一九九四年，在題為「陳瑞麟的花蓮愛、民主情」的競選文宣冊子中，才有較清楚的敘述。

❽〈紀念〉，《地上歲月》，頁六。

❾鄭明娳評論八〇年代台灣散文使用的術語，她說：「早年的『媚政散文』跟現在的『訐政散文』都是文學以外的產物。」見其所作〈八〇年代台灣散文現象〉，收入林燿德、孟樊編《世紀末偏航》，時報，一九九〇，頁六三。

❿中國時報「人間」副刊，一九八二年十月八日，與〈地上歲月〉同時刊出，另有子敏、三毛、吳宏一、林文月、鍾肇政等人簡短的決審意見。

⓫林文義，〈不做臨照水仙——八〇年以後台灣散文的社會參與〉，自立晚報副刊，一九八九年六月二十

日。

⓬苦苓，〈再見吧！軟骨文學〉，見其所編《紅塵煙火》，敦理，一九八五，頁二一。

⓭陳列發表在《人間》的報導文字有：〈讓我牽著你的手〉（第七期），〈叩寂寞以求音〉（第八期）、〈幫你們蓋那個新動物園的時候〉（第十二期）、〈收集台灣史前史標誌的倉庫管理員〉（第十四期）、〈山刀出鞘——記東埔挖墳抗議事件〉（第十九期）、〈證嚴法師的蘭巴侖〉（第三十八期）。

⓮就個人所見，除了註❹〈快樂〉一文之外，有〈人物印象〉，台灣文藝八十一期，一九八三年三月；〈寒村〉，散文季刊創刊號，收入《一九八四台灣散文選》，前衛，一九八五。

⓯陳列，〈小序〉，《地上歲月》（漢藝色研版），頁二一。

⓰〈紀念〉，《地上歲月》，頁六。

⓱〈人在社子〉，《一九八五台灣散文選》（前衛）收錄此文，題作〈水湄小生涯〉，出處是《台灣地理雜誌》創刊號。兩種文本相較，有不少異文。

⓲〈親愛的河〉原題《金色的大河》，發表在《大自然》雜誌第十五期，《地上歲月》兩個版本均誤作第三期。

⓳〈在山谷之間〉，《地上歲月》，頁八六。

⓴《地上歲月》，頁九。

㉑陳冠學，〈田園之秋〉，前衛，一九八八修訂再版，頁三七。

㉒陳列處理災變的一段文字，引錄以供對照：「驚慌失措擁擠穿梭的人群。警察憲兵。哨音此起彼落。救護車的尖吼和紅燈。擔架和氧氣筒。記者照相機。嚎哭哀叫或是啜泣嗚咽。淚水，深鎖的眉頭，憂慼無告的臉孔。日以繼夜的漫漫等待，相互探詢救災的進度。裝在袋子裡的死人。搜救者進坑又出來，出來又進出，心事重重，雙手廢然抱攏胸口，憤怒和悲傷。屍體並排放在木板上，臉部和身軀蓋著膠布麻袋，露出的腳腿焦黑紅腫。僵死的骨肉。盼望與絕望。披麻戴孝，坑口燒冥紙，呼叫丈夫兒子兄弟的名字，頓足搥胸。死了的心。紙灰在人的頭上翻飛。白衣護士掩面疾走。」（《地上歲月》，頁一〇三）

陳列這一段文字節奏快慢的轉換，對應災變現場的情景，把握得很好，尤其在景象排列中，使用句號隔斷，類似停格畫面的特寫效果，更增強觀者的沉鬱悲痛。而句號和逗號的轉換也隨現場狀況的敘述而改變，別具用心。由此更證明他使用長句也是刻意為之。

㉓〈漁人、碼頭〉，《地上歲月》，頁六五。
㉔〈山中書〉，《地上歲月》，頁六五。
㉕〈遙遠的杵聲〉，《地上歲月》，頁一〇八。
㉖〈地上歲月〉，頁三〇。
㉗〈同胞〉，《地上歲月》，頁三四。
㉘〈同胞〉，《地上歲月》，頁三七。
㉙〈山中書〉，《地上歲月》，頁七二。
㉚〈同胞〉，《地上歲月》，頁三八。
㉛〈山中書〉，《地上歲月》，頁五九。
㉜〈親愛的河〉，《地上歲月》，頁一二三。
㉝〈在山谷之間〉，《地上歲月》，頁九〇。
㉞〈遙遠的杵聲〉，《地上歲月》，頁一一〇。
㉟〈老兵紀念〉，《地上歲月》，頁一三八。

陳芳明：後戒嚴時期的後殖民文學

——台灣作家的歷史記憶之再現（一九八七——一九九七）

陳芳明

台灣高雄人，1947 年生，輔仁大學歷史系學士、台灣大學歷史研究所碩士。現任政治大學中文系教授，開設台灣文學史與台灣文學研究專題課程。著有：《後殖民台灣——文學史論及其周邊》、《謝雪紅評傳》、《危樓夜讀》、《深山夜讀》、《殖民地台灣》、《左翼台灣》等書，即將完成《台灣新文學史》。

引言

歷史失憶症曾經支配台灣社會長達四十餘年之久。這種記憶的喪失，全然是由於威權統治對島上住民的身體、思考、書寫進行箝制與囚禁而造成的結果。到今天為止，戒嚴體制為台灣社會心靈、人格帶來何種程度的傷害與扭曲，學術界似乎未出現全面而嚴謹的研究報告。縱然傷害的確實數據還未能獲得理解，但如果與一九八七年解嚴後整個社會所展現的活潑生機來比較，大致可以揣測那段蒼白時期台灣人民所付出的生命代價與文化成本是相當龐大的。即使僅就台灣文學在解嚴後的蓬勃景象來觀察，就可窺知過去潛藏在社會內部的想像與創造力是受到何等的摧殘。

文學上的歷史失憶，絕對不只是指檔案文件的淪亡與史實紀錄的遺忘，它應該還牽涉到作家的生命經驗變得非常遲鈍、緩滯而拘束。這樣的生命經驗包括了官能的反應、情欲的追求、語言的表達，以及思想的運作。更具體而言，這種經驗可以延伸到身體政治、鄉土想像與國家認同的層次。因此，所謂歷史記憶的重建，其實是意味著作家如何從事個人主體的再建構；或者更進一步來說，它指的是劫後的社會如何展開文化主體的再建構。沒有歷史記憶，就沒有主體可言。這說明了為什麼解嚴後台灣社會的歷史重建會突然變得那樣壯闊而洶湧❶。積極追求歷史眞相的認識，當然不會止於為個人的名譽與身分辯護而已。就在辯護的工作全面推動之際，受到囚禁的身體與思考事實上也隨著釋放出來了。

台灣作家透過文學形式來追索歷史記憶的重建，並不表示他們能夠獲致一個完整而客觀的歷史事實。在權力支配到處氾濫的戒嚴時期，個人的記憶往往呈現支離破碎的狀態。因此，幾乎可以想像，在重新建構歷史記憶時，就無可避免會產生斷裂與跳躍的現象。甚至可以預見的是，在記憶重建過程中出現縫隙缺口時，許多虛構的想像與模擬的情節也有可能滲透進去。眞實與虛構的敘述混合在一起之後，就不再可能是歷史的恢復（restoration），而是一種歷史的再現（representation）。

再現，是一種政治，它包含了再詮釋與再定位，而這牽涉到創作者的政治立場與偏見。如果依照後殖民理論學者史碧娃克（Gayatri C. Spivak）的說法，再現實際上並存著兩種意義，一是指政治上的「爲誰說話」（speaking for），一是指哲學藝術上的「再呈現」（representation）❷。如果史碧娃克的說法可以接受，則歷史記憶的再現就有爲特定族群發言的意涵在內，同時也涉及到美學上的顯影技巧。從這個觀點來看，解嚴後台灣作家的歷史記憶再建構，就不是史實的恢復，而是同時具有政治意義與美學意義的再呈現。也就是說，在政治上爲了回應過去單元的、獨裁的權力壟斷，台灣作家在思考歷史問題時，勢將考慮到族群、性別、階級等的多元聲音。在美學上，也是爲了挑戰過去官方的意識形態與政策指令，作家也著手開發曾經被壓抑的情感、欲望、思想等等的表達方向。

這篇論文把解嚴後的台灣社會定位爲後殖民，是有理由的。最主要的原因在於，戒嚴體制對島上文化主體構成的損害，並不亞於日據時期的殖民體制。無論是戰前的殖民時期，或是戰後的戒嚴時期，台灣本地的語言、歷史、政治、文化等，都被統治者以排除異己的方式徹底予以歧視與壓制。被殖民者的文化主體被迫淪爲「異己」（the other）的邊緣角色時，一個合法化的「知識暴力」（epistemic violence）就變成了殖民者的重要統治基礎。戰後台灣文學與歷史研究會變成學院中的高度禁忌，其實就是殖民知識暴力的再延伸❸。倘然這樣的說法能夠成立，那麼解嚴後歷史記憶重建的多元現象，便可理解爲一種後殖民狀況（postcoloniality）；在此狀況下所產生的台灣文學，也應該可以理解爲後殖民文學。

本文討論的後殖民文學，重點放在去殖民（decolonization）的精神之上。歷史記憶的再建構，是任何文化主體企圖重塑的過程中必要的工作。本文涉及的歷史記憶當不止台灣意識本土論是如何崛起，而且也延伸討論族群記憶、性別記憶是如何重建。

文學本土論之對抗中國大敘述

台灣文學本土論或台灣意識論，是台灣後殖民狀況的重要表徵之一。台灣意識的發展並非始自戒嚴體制之終結，而是從七〇年代鄉土文學論戰就篤定而加速地孕育。有關鄉土文學論戰的研究，到現在爲止已相當繁複❹。從這些研究，可以對此論戰的性質有一個了解，那就是批判官方強勢文藝政策的支配，批判台灣對美國資本主義的依賴所造成的殖民地經濟。自鄉土文學論戰以降，台灣意識論者對於本土性的歷史根源與現實基礎的關切，超過以往任何一個時期。尤其是八〇年代初期，台灣意識論者與中國意識論者之間發生一場長達兩年的論戰，更充分證明台灣文學本土論對歷史記憶重建的迫切與焦慮❺。從鄉土文學論戰開始，一直到台灣意識論戰爲止，一個具體的結論便是把台灣文學稱爲「台灣文學」。

在戒嚴令還未解除前，台灣文學一詞之宣告成立，顯然是對霸權式的中國取向思考寓有強烈的抵抗與批判意味。任何一個喪失文化主體的社會，在面對霸權論述時，不僅會採取民族民主解放運動的形式來進行抗衡，而且也會訴諸文化歷史再建構的方式來進行批判。以此史實來印證七〇年代到八〇年代台灣草根民主運動與本土文學運動的桴鼓相應，可謂恰如其分。在戒嚴體制的支配下，占多數的台灣本地人在政治上受到貶抑，在文化上受到排擠。這是由於以中國思考爲取向的統治者，刻意設計掠奪與剝削的體制，使台灣人民對自己的歷史產生疏離，對自己的文化感到自卑，以達到永久性的支配。草根民主運動的發軔，從後殖民的觀點來看，誠然具備了「民族解放」的意味。這樣的解放運動，又促使島上住民開始尋求屬於自己的歷史記憶❻。

沿著這條台灣意識路線發展下去，解嚴後文學盛放的情況自是可以想見。劃時代性的戒嚴終結，發生在一九八七年七月。就在那年，歷史冤案的平反運動也紛然展開。這包括二二八和平日運動，以及孫立人案件、雷震案件等等的重新評價。對於歷史事件的再認識，自然對原有官方的國族記憶暗含高度的批判。以中原意識爲基礎的官方國族史，側重在雄偉、悲壯、崇高、寬闊等歷史人物事物的描寫。也就是說，中華民族取向的歷史再現，乃是以大敘述（grand narrative）爲基調。在這種史觀的影響之下，台灣歷史無可避免就被矮化成爲狹隘的、地域性的小歷史（petite history）；無論在史觀上或美學上，都不足以與偉大的中國歷史相互比擬。台灣作家利用解嚴後出現的政治缺口，開始滲透不見經傳的台灣歷史人物於文學書寫之中。在中國史的視野裡，台灣並沒有任何的能見度。一旦台灣作家回頭向島嶼的歷史索取想像與啓示時，中國史的大敘述美學就不能不受到挑戰。

這並不意味在戒嚴時期台灣作家沒有對國族認同的議題提出質疑。吳濁流從戰後初期到六〇年代爲止，完成了《亞細亞的孤兒》、《無花果》與《台灣連翹》三部自傳性的系列作品，便是嘗試從細緻、枝節的史實紀錄來塑造戰後台灣史❼。鄭清文以長達四十年的時間，集中描繪他的原鄉舊鎭發生的小人物故事，也是對中國的大敘述做強烈回應的行動❽。李喬在七〇年代寫出了大河小說《寒夜三部曲》，更是以邊緣的觀點重建台灣抗日運動的記憶。誠如齊邦媛所說：「從第一頁開始，《寒夜三部曲》全部是邊緣人的紀錄；被移置、排擠、壓榨、控制，然後仍是拋棄……。」❾台灣作家避開官方民族主義的意識形態，而專注於家族史的細節經營，無非是一種去中心、去殖民的追求，同時也是在國族議題上另闢一種全然不同的思考。

不過，必須等到解嚴之後，作家對國族議題的想像才有更爲積極的營造。向台灣的歷史尋根，在後戒嚴時期最明顯的一個事實，莫過於日據時期台灣作家全集的大量出版❿。這些史料的出版，對作家歷史記憶的再建構有相當大的幫助。尤有進者，台灣本地語言的振興運動，也在解嚴後開拓了極爲廣大的空間。特別是台語詩集的書寫，已經有了豐收⓫。無論史料的整理，或是台語的推廣，都牽涉到歷史記憶再現的問題。

在文學創作方面，作家對官方民族主義的挑戰則更積極。東方白在一九九〇年完成的大河小說《浪淘沙》共計三冊，便是以三個家族爲中心，探索台灣移民的國族認同之游移不定⓬。鍾肇政在一九九一年完成的《怒濤》，大量使用日文、中文、福佬語、客家語的混雜現象（hybridity），以再現戰後初期台灣社會文化認同的凌亂⓭。東方白與鍾肇政的小說，不僅觸及歷史再建構的困難與障礙，更觸及台灣社會內部族群語言與殖民語言之間的互相干涉。這種問題，在霸權的中華民族主義當道時期，似乎從未受到重視。在戒嚴體制下，台灣其實是被「發明」（invented）出來，是被虛構（fictionalized）出來的，以符合中華民族主義的普遍要求。支配性的戒嚴時期終結後，台灣的眞相與內容才得到較爲清晰的呈現。

在眾多的歷史小說書寫中，値得注意的作品恐怕應推李喬的《埋冤．一九四七．埋冤》上下冊。這部小說以二二八事件爲中心，敘述事件過程的細節。第一部的書寫方式，是以跳躍和拼湊的記憶，重新組合發生在宜蘭、基隆、台北、台中、嘉義、高雄、屏東、花蓮等地的個別受難故事。第二部則是以台中的林志天爲主角，勾勒戰後初期知識分子在事件中的反抗、挫折與掙扎。李喬全書的〈後記〉特別提到：「這本書下筆之前，約有一年時間，我深陷在『文學與歷史的兩難』中，最後找到的途徑是，上冊貼緊史實，乃以文學虛構貫穿；下冊經營純文學，但不捨歷史情境之眞。」⓮在歷史書寫與文學書寫之間的抉擇，其實都牽涉到歷史記憶再現的問題。所謂眞實與虛構的彼此穿透，乃是典型後殖民再現（postcolonial representation）。

曾經受到政治高度干擾的記憶，很少能夠以「貼緊史實」的方式呈現出來。李喬的小說，負載的歷史絕對是虛構的。因此，在完成兩大巨冊的文學作品之後，就認爲已經建立了正確的、眞實的歷史，無疑是一種迷信。《埋冤》一書，最主要的任務其實並不在於史實本身，而是作者本人所發展出來的鄉土想像與國族認同。就如同李喬在〈自序〉所承認的：「當台灣人、台灣社會數百年的變遷展現在我眼前時，歷史已不只是記憶中人事的浮動而已。從記憶躍升至反省整個族群生命、文化精神，進而成爲文學創作的意識根源，它載負著我對台灣斯土斯民深厚的情感與理性的自覺。」⓯換句話說，作者的記憶是爲「整個族群」發言的。他呈現出來的多元族群，就像東方白與鍾肇政的小說那樣，也是讓日文、中文、福佬語、客家語同時並存共鳴，產生多種聲音交響的景象。然而，那樣的語言是經過作家文字化了，就像記憶那樣，也是被作者過濾、沉澱過的。

李喬的這部歷史小說，頗能反映解嚴後知識分子的心情。在面對記憶時，他選擇與過去威權體制的歷史教育截然不同的途徑，對於一度被視爲政治禁忌的二二八事件予以揭露，並且透過故事的鋪陳，對於戒嚴體制的統治者進行徹底的批判。

李喬的書寫方式，頗能代表八〇年代以降本地作家對國民黨政權的疏離與抗拒的態度。幾乎在本地作家中出現過的話語（discourse）、題材（topics）與主題（theme），都在李喬的這部小說中集中出現。因此，國民黨軍隊的殘暴、台灣無辜百姓的家破人亡，以及事件後社會內部的悲傷情調，都成爲李喬小說中熟悉的場景。

這裡要指出的是，在對抗國民黨所建立起來的中國大敘述時，其實李喬也還是使用了另一種大敘述的策略。這種策略在宋澤萊、林雙不的小說中使用過，亦即把統治者描繪成邪惡的、粗暴的角色，而台灣社會則是屬於正義的、昇華的受害者。爲了對抗威權統治，這種正／邪對立的主題描述有其階段性的使命。也就是說，這樣的截然劃分乃在於喚醒台灣社會的歷史失憶症。回歸到台灣歷史記憶的脈絡，才能認識曾經被歪曲、被損害的眞相。無疑的，這種代表受害族群發言的文學作品，確實具備了高度的批判意義。

相對於中國大敘述，台灣本土意識小說誠然是屬於小歷史。然而，從台灣社會內部的多元歷史記憶角度來看，這種代表全體台灣人的台灣本土意識小說本身，又不免落入另一種大敘述的窠臼。因爲，這種書寫方式基本上還是以整體化（totalization）的觀點來概括社會內部所有的族群與性別，欠缺區隔不同族群／性別的差異（differences）。具體而言，在某種程度上，台灣意識的歷史記憶仍然帶有威權的性格。雖然小說中讓不同族群的語言發出聲音，卻在面對同一苦難事件時釋放了一致的、雷同的悲傷情緒。當悲情化爲同調時，性別與族群的差異反而被擦拭且模糊了。

女性書寫之抗拒男性大敘述

台灣意識文學的後殖民呈現，事實上是把父權思維與國族認同等値看待。除了在國族議題上，台灣本土論者與中國意識論者的取向不同之外，文學思考的模式仍然是不脫父權的陰影。更確切地說，類似李喬的歷史記憶，乃是以男性的國族思考來取代所有台灣人的認同。問題在於，構成台灣人之一的女性究竟在小說中如何被呈現出來？從戒嚴體制解放出來時，女性作家的聲音其實也獲得了解放的機會。如果歷史記憶只是單一性別的，則所謂解放其實也還是殘缺不全。相較於男性思考的台灣意識小說，後戒嚴時期的女性小說可以說更爲精彩而盛放。

女性與國族，自來就是緊張卻又看不見的議題。當女性在文化上、制度上不斷受到歧視與排斥時，其國族認同絕對不可能與男性的思考是一樣的。就像英國作家維吉尼亞・吳爾芙（Virginia Woolf）所說，每當談到國家時，她永遠都是局外人（outsider）。她再三指出，在整個歷史發展過程中，女性在教育、財產、階級、性別上一直都承受不公平的待遇。她很懷疑，國家到底有多少是屬於女性的⑯。這種說法拿來與台灣歷史相互印證，仍然値得深刻思考。在威權體制隨著戒嚴令的終結而發生鬆動時，以男性爲主體的反對黨逐漸獲得執政的空間。但是，在政黨更迭之際，女性的身體顯然還是沒有翻身的機會。國家機器在權力轉移過程中，現階段的女性不免依舊要扮演局外人的角色。從這樣的觀點來看，台灣的歷史記憶有多少是屬於女性的？

以歷史事件的平反而言，李喬的《埋冤》巨著似乎不能再視為僅有的後殖民再現。女性聲音釋放出來後，就開始對男性大敘述進行深沉的抗拒；無論這種大敘述是屬於中國意識或台灣意識。長期操縱在男性手上的歷史解釋權，顯然已經達到必須讓女性來分享的時候了。在解嚴後，爭取女性歷史發言權的兩位作家是不能不予以注意的，那就是平路與李昂。這兩位作家分別對中國與台灣的國族記憶提出對抗性的女性觀點。平路從最早的《玉米田之死》（一九八五）、《是誰殺了×××》（一九九一），到近期的《行道天涯》（一九九五）、《百齡箋》（一九九七），就不斷挑戰國家權力與國族記憶的合法性。尤其是《行道天涯》一書的完成，幾可窺見平路書寫工程之企圖所在。李昂的創作，則是對台灣的男性大敘述展開強悍的質疑。她的思考格局之可觀，見諸於她的《殺夫》（一九八三）、《暗夜》（一九八五）、《迷園》（一九九一）與《北港香爐人人插》（一九九七）。觀察這兩位作家的書寫策略，大約也就能夠掌握解嚴後的後殖民文學中的女性思考之一二。

以《行道天涯》而言，平路刻意選擇女性的肉體情欲來反諷男性的國體情操。對中國近代史稍有記憶者，都知道孫中山的神格地位是無可侵犯。他是民族精神的象徵，是開國英雄的典範，是革命運動的領袖，是崇高人格的表率。有如此宏偉人物的存在，歷史書寫就有必要拭去種種不必要的枝節，並採取男性的宏觀立場來營造孫中山與國族史的神聖關係。在許多官方記載中，孫中山身旁的女性可以說微不足道，甚至是不曾存在的。國民黨與共產黨的近代史建構，縱然政治立場是何等相互對峙仇視，但是在塑造孫中山的人格上卻有志一同。在男性大敘述的審美方面，國民黨與共產黨顯然對彼此沒有歧見。平路的書寫焦點則放在小女人宋慶齡身上。

在神聖的孫中山生命史中，他最後的愛人宋慶齡被解構了。平路並不以神聖女性來看待宋慶齡，她以拆解的方式來描繪這位「國母」：她到底是「神女」還是「聖女」？官方的國族史是冰涼的、嚴峻的，平路的女性史則充滿熱騰騰的肉軀。當權者以崇高、神聖的名號加諸宋慶齡身上時，其實就是把名節、道德的枷鎖囚住她的情欲。孫中山能夠拯救中國人民的歷史苦難，卻不能解放他的妻子肉體上的情欲煎熬。孫中山留下改朝換代的歷史名聲，竟沒有爲女性留下改頭換面的政治空間。《行道天涯》一書，對中國意識論的歷史記憶與國族想像構成顚覆性的嘲弄。平路在寫完《行道天涯》後曾經公開承認，她在描寫宋慶齡時，「我那麼小心翼翼地，深怕又有什麼地方褻瀆了她；情欲的想像，要成爲極端清明的自制」⑰。這樣的說法固然反映了平路的局限，卻更反映了父權文化在她深層的心理結構所發生的困擾。縱然如此，平路所塑造的宋慶齡形象，已足夠揭穿男性敘述的虛構與虛僞。

相形之下，李昂的女性書寫則是緊扣台灣社會政治的脈絡，對男性大敘述採取更爲深切的剖析。《迷園》這部小說揭示的兩性戰爭，可以從殖民與被殖民的關係來觀察⑱。不過，李昂採取的策略卻是選擇鄉野傳說與稗官野史做爲歷史的架構，這種方式與李喬在建構歷史的途徑是全然不同的。李喬的記憶重建是經過多方考證與實地調查，李昂則寧可求諸於不太可靠的口傳歷史。她的目標不在於追求雄偉的美學，而是爲了傳達官能上的具體感覺。男性渴求的是空幻的情操，李昂要求的卻是具體的情欲。

引起各方爭議的《北港香爐人人插》，一直被詮釋爲對號入座的政治小說，反而忽略了書中收進的「戴貞操帶的魔鬼系列」作品。在撰寫這一系列小說時，李昂曾經表達了如下的感受，在寫這系列小說之前，「女性認同絕對是高於一切的，它才是我最終的追求；可是現在我的認同裡，可能『女性』跟『國家』跟『歷史』在打仗。如果很忠實的就一個女性的觀點來寫家族或國族的話，絕對有很多我現在寫的東西出來，可是這絕對會被那些愛台灣的人批評。」⓳這段簡單的表白，透露了兩個重要的信息。第一、現階段李昂的女性認同，對國族認同與歷史記憶有她的抵抗存在。也就是說，現在已經普遍被接受的歷史書寫方式，亦即屬於主流的台灣史，她並不能完全認同。第二、她寫出的魔鬼系列，與台灣史的主流論述是有落差的。這樣的主流論述其實就是主張「愛台灣的」男性大敘述；在此論述支配下，魔鬼系列顯然無可避免會受到批判。

不向主流論述靠攏，是李昂在後戒嚴時期的文學身段。在此之前，她支持過黨外運動，也支持台獨傾向的民進黨。在某種意義上，她接受過男性大敘述的審美觀念。但是，等到民進黨逐漸躍昇爲極有可能的執政黨時，李昂選擇了分手的道路。她越來越發現，伴隨著民主運動成長的台灣意識，在其形塑的過程中女性一直是缺席的。女性的缺席，並不意味女性拒絕參加，而是在此運動中掌握權力的男性領導者從來就沒有考慮過具體的女性議題。在「魔鬼系列」中的同名短篇小說〈戴貞操帶的魔鬼〉，便是在揭露男性政治運動中爲女性帶來道德枷鎖的事實。

女性的體內都囚禁一個充滿情欲的魔鬼。這個魔鬼不能釋放出來，乃在於男性文化所造成的壓抑。小說中的女主角是一位代夫出征的民意代表，她的丈夫因民主運動的罪名而遭監禁。在議壇上，她可以做爲丈夫的替身，也可以爲丈夫發言，但她不能表達自我。丈夫被監禁的歲月裡，她也是一個具有情欲的肉軀。然而，民主運動的光環卻牢牢鎖住她的身體。於是，一方面她身上有魔鬼的欲望，另方面她精神上又有道德的貞操帶。在小說中，貞操帶幾乎等同於民主運動的情操氣節，而這種情操則建基於丈夫受難的形象之上。她必須為丈夫守身，也大約就是為整個民主運動護衛名節。如果身體的官能也是屬於女性記憶的一部分，在民主運動的道德指令下，女主角的情欲則是在記憶與失憶的邊際掙扎。這篇小說的挑戰姿態是相當高的，通篇小說充滿了性的暗示，女主角陷於調情與煽情的「危險」地帶。事實上，這篇小說乃是向男性的大敘述逼問，為了完成神聖的民主運動，女性的身體是不是也必須犧牲？

系列小說中的另一篇〈空白的靈堂〉，更是尖銳地批判七〇年代以降的民主運動。小說以自焚殉身的「台灣國父」的遺孀為中心，描述烈婦與蕩婦共存在女性體內的相剋相生狀態。性欲與政治原是男性大敘述的主調，現在卻轉移到女性的身上。在權力徵逐的場域裡，男女關係的議題，常常是政敵之間相互詆毀的利器。男人對此尚存禁忌，何況是投入政治運動的女性？如果這位女性碰巧又是為有「台灣國父」之稱的丈夫參加運動，她必須在男女關係上嚴守分際。但是，血肉之軀是活生生的，而貞操帶則是冷冰冰的，這位遺孀會做何種抉擇？李昂不斷把情欲煎熬與肉體誘惑推到極致，其目的也是為了緊緊扣問男性大敘述的眞實與虛構。這裡暗藏了一個問題，民主運動的完成重要，還是情欲的滿足重要？犧牲女性的小我，成全男性的大我，恐怕是一個永遠與現實脫節的神話。

當男性作家在強調歷史悲痛與政治苦難時，李昂完全投入女性身體政治的刻劃。她營造起來的美學，全然不同於男性對歷史表象的描繪，而是進入女性身體內部，探隱尋幽，挖出從來就被遺忘的感覺。肉體層面與心理層面的痛苦，較諸國家民族的悲慟還來得具體而深刻。台灣作家的歷史記憶之建構，由於有了女性書寫的出現，才有更為完整的呈現[20]。

原住民文學之抗拒漢人敘述

在歷史記憶的重建過程中，女性聲音的釋放，是後殖民文學的一個重要現象。不過，還有一個更重要的現象，便是原住民聲音也開始介入了。在台灣意識形塑史上，原住民的缺席狀態，較諸女性還更嚴重。自一九八〇年以後，原住民文學漸漸在文壇上浮現，一個不同於漢人的歷史記憶也隨著加入拼圖的行列。

被歷來統治者與漢人視為原始、野蠻、欠缺文明的原住民，在移民社會與殖民社會的改造衝突環境中，一直未能獲得發言的權利，歷史撰寫權與詮釋權也未曾落在他們手上。原住民同時是外部殖民（external colonization）與內部殖民（internal colonization）的受害者。長期被迫處於邊緣的位置，他們不曾有過充分的機會參與漢人的歷史活動與意識形塑。對他們而言，如果有所謂台灣意識的話，那毋寧是一種霸權論述的支配。

漢人的台灣意識乃是在殖民者的政治壓迫下慢慢產生的。特別是日據時期以後，統治者帶著現代性的面具，為其殖民體制護航。在進步、文明、理性的現代化運動侵襲之下，島上漢人不得不在殖民過程中接受洗禮，但另一方面也為了追求文化主體的重建，而學習接受現代化的觀念，並認識了所謂科學文明的現代性。在很大程度上，漢人也以進步的角色自居，對原住民採取內部殖民式的文化歧視。因此，台灣意識的形成，不僅沒有讓原住民參與，而且這樣的意識在許多時期竟然對原住民也構成了優越的、支配的政治文化。

原住民意識的覺醒，必須到八〇年代初期才漸漸發生。第一代布農族作家田雅各（本名拓拔斯・塔瑪匹瑪）與泰雅族作家柳翱（本名瓦歷斯・諾幹）在文壇出現時，原住民部落已呈現離散狀態，而部落子弟則正在島上的各個角落流亡。

在第一本小說集《最後的獵人》出版時，田雅各說：「開始認識漢字至今，不論是被輸入或自己獵取的文字裡，發現中國由許多民族漸漸融合而成，併吞歸化邊疆民族而壯大，但這些擁有美麗土地的可愛民族失去生命似的，他們少見於中國文史上，……。」㉑原住民歷史記憶的喪失，一方面是漢人的歷史紀錄取代了他們的意識，另方面則是他們的傳說也同時遭到竄改。田雅各的書寫策略，便是努力尋回自己的歷史之根。〈馬難明白了〉這篇小說頗富自傳性的意味，作者以本身的經驗與自己的孩子交談，發現孩子在學校仍然得到「野蠻」的歧視性稱呼。小說使用對話的方式糾正吳鳳故事的扭曲與揑造，從而讓孩子認識原住民的文化主體。小說中的父親以悍然的語氣表示：「吳鳳是什麼樣的一個人，沒有必要去追究，更不需要記住他，如果爸爸活在那個時代，也會雙手贊成砍下吳鳳的人頭，因爲他註定要被山地人砍頭祭神。」㉒漢人歷史故事的合法性，在此就受到嚴重的挑戰。

收在另一部小說《情人與妓女》的〈洗不掉的記憶〉，是有關二二八事件的回憶故事。在漢人壟斷歷史解釋權時，原住民的受害事實反而隱晦不彰。田雅各通過原住民警察的形象，重新建構事件是如何涉及部落。這篇小說並未深入挖掘原住民的傷口，但可以想像的，同樣的歷史事件並非只有漢人才擁有記憶，原住民聲音的介入，才使事件的眞相更清楚㉓。文化主體的再建築，正是田雅各所要強調的。〈尋找名字〉這篇寫實的小說，更確切點明了重建主體的企圖。小說的主題在於透過原住民的參加遊行示威，以爭取部落姓氏的正名。遠赴都會去請願的部落長老與子弟，顯然不畏鎮暴警察的包圍。其中有如此動人的描述：「原住民各族被漢化的速度如野燕飛般地快，而尚存有族群意識的長者漸漸消失，已年屆八十高齡的祖父拓拔斯不願含恨入土，因此執意參加此次正名請願活動去洗雪污名，討回眞正可以祝福後代子孫茁壯起來的好名字。」㉔這位祖父的思考，頗能反映原住民文化的焦慮。他們要尋回名字，並不只是向歷史尋根而已，更是爲了要向未來祝福。因此，正名運動乃在於洗刷污名，也在於去殖民，更在於重建文化主體。

瓦歷斯．諾幹的詩與散文，最主要的特色乃在於書寫原住民在島上流離失所的景象。他的詩集《想念族人》後面附有訪談錄，瓦歷斯接受訪問時特別表達原住民歷史消失的悲哀。他說：「我在今年寒假看完十八本《台中縣志》，我們看到漢人的開墾史，完全看不到原住民的部落史。」㉕這是漢人掌握歷史撰寫權的活生生例子。原住民受損害、被犧牲的史實，在漢人記載中全然擦拭淨盡。

《想念族人》呈現出來的景象，其實就是原住民在台灣現代史上最大的流亡圖。他們流亡在都市、在海洋、在礦區；唯一不能達成的，便是回歸到自己的部落。隨著資本主義在島上的擴張繁殖，原住民比起任何一個時期還更嚐到被放逐、被遺忘、被拋棄的滋味。〈在大同〉這首詩，最能顯現他痛苦的控訴。詩中描寫的是一位流落在城市裡的原住民少女的命運：

進入社會，我不再捧書朗誦
被賣斷的青春課本從不解答
在華西街陰冷的房間一角

偶爾，我還會想起故鄉
賭博醉酒的母親，死於
斷崖的父親，荒廢的田園
和尚在讀書的弟妹

荒涼的少女心情與荒涼的部落情景，相互隱喻，構成流亡生命的主軸。部落的被殖民與身體的被殖民，使原住民的命運落入雙重剝削之中。無論留在故鄉，或浪跡都市，出路永遠都是幽暗的。這樣的歷史記憶，在漢人的紀錄裡是找不到的，但它卻是島上的眞實記憶。

到了九〇年代，原住民作家的聲音越來越繁複。其中最値得注意的，是施努來（夏曼・藍波安）的《冷海情深》（台北：聯合文學，一九九七），描寫雅美族知識青年回到蘭嶼的故事；以及利格拉樂・阿媽的《誰來穿我織的美麗衣裳》（台中：晨星，一九九六），她的父親是外省籍人，母親是排灣族，現住於泰雅族部落裡。這兩冊散文頗能表現原住民追求部落認同與文化認同的意志，代表的是一種回歸的願望。歷史記憶的再現，如果沒有納入原住民的經驗，必然是殘缺的。

去殖民化：重建歷史記憶

後殖民文學的重要意義，乃在於抵抗威權體制的延伸，並且也在於批判權力支配的氾濫。到戒嚴體制終結以前，台灣作家很少有足夠的空間開發自己的鄉土想像，更沒有充分的機會追索自己的歷史記憶。當「台灣」這個符號，在解嚴後從中國取向的思考囚房釋放出來時，它便開始承受許多前所未有的信息與意義。「台灣」與「台灣人」的定義，就不可能只是指涉戒嚴時期的特定族群，它應該延伸到島上所有住民。在高壓的中國體制下，似乎是福佬族群壟斷了「台灣」、「台灣人」、「台灣話」這些名詞的全部意義。從階段性的抗爭立場來看，這種壟斷顯然可以理解。然而，隨著戒嚴令的解除，盤踞島上的中國體制也發生了動搖，「台灣人」、「台灣話」的政治意涵也得到擴充的空間。台灣文學一詞之普遍使用，大約也可從這個角度來理解。凡是客家人、外省人、原住民都可劃入台灣人的範疇，因爲台灣人不再只是具備了政治意義，而是塡加了另一層文化上的意義。由不同族群所寫出的文學作品，自然也都是屬於台灣文學的格局。

因此，沒有一個族群的歷史記憶，可以代表全部族群的記憶。每一種歷史記憶都是個別的、特殊的、相互有差異的。只有把這些不同的記憶累積起來，才能代表台灣歷史記憶的全部。台灣意識論的文學作品，絕對不能取代女性的歷史記憶；同樣的，漢人的文學作品也不可能替換原住民的歷史記憶。不同族群、性別，就有不同的歷史經驗；不同的歷史經驗，當然也就有不同的記憶。後殖民文學的歷史再現，可以說是相互區別，卻又是相互補充的。

這篇論文應該擴充篇幅討論眷村文學。在歷史記憶的重建上，眷村文學較諸其他類型的文學還更積極。不過，眷村文學牽涉的範圍較廣，它是屬於多重失落的綜合產物。既聯繫了中國／台灣雙重原鄉的失落，也銜接了過去／現在雙重時間的失落。這是台灣文學中的重要現象，値得擴大篇幅去討論㉖。日後當再以專文，深入探索。

在這裡有必要強調的是，重建歷史記憶乃是後戒嚴時期去殖民化工作的重要步驟。不再接受威權式的歷史解釋，不再接受支配式的歷史書寫，正是後殖民文學的主要精神。所以，多元的歷史再呈現，無非是使台灣文化主體與文化營造更為豐碩。如果以為重建文化主體，就是要盤踞文化中心位置，則殖民式的夢魘將不可能祛除，而知識暴力也將繼續橫行。

——一九九九年四月一日至三日中央研究院台灣研究推動委員會「威權體制的變遷：解嚴後的台灣」論文發表，選自麥田版《後殖民台灣——文學史論及其周邊》

註釋

❶自一九八七年以降，歷史冤案的平反運動先後次第展開，但大多集中在個別政治案件的田野調查與檔案分析。目前較值得注意的調查報告，包括行政院二二八事件小組，《二二八事件研究報告》（台北：時報，一九九四）；以及台灣省文獻會編，《台灣地區戒嚴時期五〇年代政治史料彙編》（五冊）（台中：台灣省文獻會，一九九八）。

❷Gayatri Chakravorty Spivak, "Can the Subaltern Speak?" in Patrick Williams & Laura Chrisman, ed., *Colonial Discourse and Post-ColonialTheory: A Reader* (New York: Harvester Wheatsheaf, 1994), p. 70.

❸關於解嚴後台灣社會是後殖民或後現代的傾向，參閱陳芳明，〈後現代或後殖民：戰後台灣文學史的一個解釋〉，見《後殖民台灣——文學史論及其周邊》頁二三～四六。

❹有關鄉土文學論戰的單篇論文，已不勝枚舉。目前國內就此議題所寫的碩士論文包括李祖琛，〈七十年代台灣鄉土文學析論：傳播結構的觀察〉（國立政治大學新聞研究所碩士論文，一九八六年一月）；周永芳，〈七〇年代台灣鄉土文學研究〉（中國文化大學中國文學研究所碩士論文，一九九二年六月）；藍博堂，〈台灣鄉土文學論戰及其餘波，一九七一—一九八七〉（國立台灣師範大學歷史研究所碩士論文，一九九二年六月）；翁慧雯，〈文學與政治：七〇年代台灣的「鄉土文學」論戰〉（國立台灣大學社會學研究所碩士論文，一九九四年六月）；何永慶，〈七〇年代台灣鄉土文學論戰研究〉（中國文化大學中國文

學研究所碩士論文，一九九五年十二月）；洪儀真，〈三〇年代與七〇年代台灣鄉土文學論戰中的左翼思想及其背景之比較〉（國立台灣大學社會學研究所碩士論文，一九九七年六月）。

❺參閱施敏輝（陳芳明）編，《台灣意識論戰選集》（台北：前衛，一九八九）。

❻Amilcar Cabral, "National Liberation and Culture," *Return to theSource: Selected Speeches of Amilcar Cabral* (New York: Monthly Review Press,1973).

❼陳芳明，〈吳濁流的自傳體書寫與大河小說的企圖〉，《左翼台灣：殖民地文學運動史論》（台北：麥田，一九九八），頁一四三～六一。

❽關於鄭清文小說風格的討論，見陳芳明，〈英雄與反英雄崇拜〉，收入齊邦媛等編，《鄭清文短篇小說全集》，第三冊，《三腳馬》（台北：麥田，一九九八），頁一～九。

❾齊邦媛，〈李喬《寒夜三部曲》中難忘的人物〉，《霧漸漸散的時候》（台北：九歌，一九九八），頁二九二。

❿到一九九八年為止，日據時期台灣作家的全集與補遺不斷出版，包括：張炎憲、翁佳音編，《陋巷清士：王詩琅選集》（台北：稻鄉，一九九一）；呂興昌、黃勁連編，《吳新榮選集》（三冊）（台南：台南縣立文化中心，一九九七）；鍾理和紀念館編，《鍾理和全集》（六冊）（高雄：高雄縣立文化中心，一九九七）；施懿琳編，《翁鬧作品選集》（彰化：彰化縣立文化中心，一九九七）；黃英哲、張炎憲、陳芳明等編，《張深切全集》（十二冊）（台北：文經社，一九九八）；許俊雅編，《楊守愚全集》（二冊）（彰化：彰化縣立文化中心，一九九八）；彭小妍主編，《楊逵全集》（十四冊）（台北：中央研究院中國文哲研究所籌備處，一九九八～二〇〇一）。以上所舉，僅是較值得注意者。另外，新竹縣立文化中心正在編輯《龍瑛宗全集》，台中縣立文化中心也正在編輯《張文環全集》。

⓫台語詩集的出版，包括林宗源，《林宗源台語詩選》（台北：自立晚報，一九八八）；黃勁連，《雉雞若啼》（台北：台笠，一九九四）；陳明仁，《流浪記事》（台北：台笠，一九九五）；莊柏林，《莊柏林台語詩集》（台南：台南縣立文化中心，一九九五）；李勤岸，《李勤岸台語詩集》（台南：台南縣立文化中

心，一九九五）。此為犖犖大者，還有更多的出版及其討論，參閱林央敏《台語文學運動史論》（台北：前衛，一九九六）。

⓬東方白，《浪淘沙》（台北：前衛，一九九〇）。

⓭鍾肇政，《怒濤》（台北：前衛，一九九一）。

⓮李喬，《埋冤一九四七埋冤》下冊（苗栗：作家自印，一九九五），頁六四四。

⓯同上，上冊，頁一五。

⓰吳爾芙的說法見於 Virginia Woolf, *Three Guineas* （New York: HarbingerBooks, 1938）, pp. 107-09；此處轉引自 Lois A. West, ed., "Introduction:Feminism Constructs Nationalism," *Feminist Nationalism* （New York:Routledge, 1997）, p. xi.

⓱平路，〈在父權的邊緣翻轉：《行道天涯》裡的女性情欲〉，《中國時報》（一九九五年三月十七日第三十九版）。

⓲參閱彭小妍，〈女作家的情欲書寫與政治論述：解讀《迷園》〉，收入李昂《北港香爐人人插》，「戴貞操帶的魔鬼系列」（台北：麥田，一九九七），頁二七三～三〇一。

⓳邱貴芬，〈李昂：訪談內容〉，《（不）同國女人聒噪：訪談當代台灣女作家》（台北：元尊，一九九八），頁一一二～一一三。

⓴以二二八事件的記憶重建為例，蔡秀女、陳燁，以及許多女性的口述歷史，都正在改變台灣社會對事件的認識。參閱邱貴芬，〈塗抹當代女生二二八撰述圖像〉，《中外文學》第二十七卷第一期（一九九八年六月），頁九～二五；以及簡素淨，〈二二八小說中的女性、省籍與歷史〉，《中外文學》第二十七卷第十期（一九九九年三月），頁三〇～四三。

㉑田雅各，〈自序〉，《最後的獵人》（台中：晨星，一九八七），頁一一。

㉒田雅各，〈馬難明白了〉，同上，頁一〇五。

㉓田雅各，〈洗不掉的記憶〉，《情人與妓女》（台中：允晨，一九九二），頁六一～七三。

㉔田雅各，〈尋找名字〉，同上，頁八三。

㉕魏貽君，〈從埋伏坪部落出發：專訪瓦歷斯・諾幹〉，收入瓦歷斯・尤（諾）幹《想念族人》（台中：允晨，一九九四），頁二三一。

㉖有關眷村文學議題的討論，參閱齊邦媛〈眷村文學：鄉愁的繼承與捨棄〉，《霧漸漸散的時候》，頁一五三～八八；王德威，〈以愛欲興亡為己任，置個人死生於度外〉，收入蘇偉貞《封閉的島嶼》（台北：麥田，一九九六），頁一五～一九；梅家玲，〈八、九〇年代眷村小說（家）的家國想像與書寫政治〉，收入陳義芝編《台灣現代小說史綜論》（台北：聯經，一九九八），頁三八五～四一〇。

陳芳明：余光中的現代主義精神

——從《在冷戰的年代》到《與永恆拔河》

引言

現代主義思潮在台灣的傳播，曾經發生過至深且鉅的影響。凡是在六〇年代、七〇年代卓然成家的文學工作者，無不受過現代主義的洗禮。但是，經過一九七七年鄉土文學論戰之後，現代主義開始遭到批判，以致這股一度澎湃洶湧的思潮所受的誤解與曲解，日益加深。許多迷戀過現代主義的作家，紛紛與之劃清界線，彷彿視之爲洪水猛獸。然而，從文學史的觀點來看，現代主義開創了台灣文學全新風格的事實，則是無可否認的。站在世紀的末端回首環顧，就可發現最積極投身於鍛鑄並重塑現代主義精神的台灣作家，當首推余光中。本篇論文在於重新評估六〇年代現代主義風潮中，余光中所扮演的角色爲何，究竟他是一成不變地模仿西方的現代美學，還是刻意以批判性的接受態度改造現代主義。這個問題是台灣文學史上的一個公案，值得再三推敲。

改造現代主義

戰後引燃現代主義火種到台灣的先驅行列裡，余光中是其中之一。早期浸淫在浪漫主義的餘韻，特別是延續五四新月派的流風，余光中完成了《舟子的悲歌》、《藍色的羽毛》、《天國的夜市》、《鐘乳石》等詩集。把這四冊詩集置放在五〇年代的歷史脈絡中，仍有其不平凡的意義。歷來討論詩史者，過於偏重紀弦傳遞現代詩的歷史角色，而忽略了在反共文學臻於高峰的年代，台灣社會其實也潛藏了另一種浪漫主義的思考。余光中早期詩風就已開始表現繁複的想像與譬喻的技巧，而感性的熱情與知性的冷靜也相互交織於詩行之間。倘然沒有經過浪漫主義的試煉，就很難建立他在稍後所經營的現代主義精神。在撰寫《鐘乳石》期間，正是夏濟安主編的《文學雜誌》起步介紹西方文學之際。余光中的現代主義傾向就在這冊詩集中呈露出來，清楚預告了他日後追求的方向。

所謂現代主義，在西方原是源自工業革命的勃發與資本主義的成熟。都會裡的中產階級逐漸意識到自己淪爲機械生活的一部分，遂產生無法言喻的焦慮與苦悶。現代主義文化便是在描述現代人如何逃避狹隘的社會現實，也是在刻劃人類內心的意識流動，並且也在自我審視中探尋生命存在的意義。然而，這樣的現代主義到達台灣以後，卻有了相當程度的轉化。在整個改造過程中，余光中正是扮演了重要的角色。

五〇年代末期的台灣社會，事實上仍然還是受到高度政治權力的干涉。知識分子的內心如果存在著所謂的焦慮與苦悶，那絕對不是來自資本主義的影響，而應該是來自戒嚴體制的掌控。余光中在反共政策當道的年代向現代主義汲取詩情，自然寓有消極抗議的意味。不過，從他的詩作來看，可以窺見他並非全盤接受西方的文學思潮，他與同時代詩人截然迥異之處，就在於並不完全迷信現代主義的一切。

余光中對現代主義的改造，在台灣文學史上有其特殊意義。從二十世紀的全球觀點來看，現代主義通常被視為西方殖民主義的再延伸。如果這個看法可以成立，則現代主義對台灣社會的衝擊，無疑是新殖民主義的一次再挑戰。在五〇、六〇年代之交，許多詩人紛紛向現代主義棄械投降之際，余光中展開前所未有的既接受又批判的工作。當其他詩人模仿西方作家的「斷裂」與「疏離」等等負面精神時，余光中反其道而行，利用現代主義的技巧，從事「銜接」與「救贖」的嘗試。

斷裂（rupture），指的是在美學上與傳統切斷關係，重新尋找新的感覺與思維。跨入六〇年代以後，詩壇開始出現「自動語言」與「純粹經驗」之說，可以說是全面向現代主義學習並模仿的徵兆。余光中經營《萬聖節》、《天狼星》、《五陵少年》與《敲打樂》四冊詩集時，他一方面挑戰古典美學，一方面則又從中國傳統文學中尋找想像。同樣的這些作品中，也可以發現余光中耽溺於意象的懸宕與內心世界的挖掘，但同時又對現代主義的過於悖離與背叛的美學進行抗拒。這說明了余光中在當年參加新詩論戰時，為什麼必須要為現代詩的立場辯護，同時又要與同屬現代陣營的詩人爭論的原因。他的雙面作戰，恰恰凸顯了批判性地接受現代主義的態度。

疏離（alienation），則是指與主流價值文化保持一定的距離，甚至是刻意自我逃避。在反共時期，現代主義的疏離顯然是對戒嚴體制的一種反諷。但是，逃避的風氣一旦盛行時，詩人就與整個社會現實全然脫節了。余光中拒絕跟隨流行，反而是面對著當時政治上的壓抑，使用隱喻、象徵、拼貼的技巧，批判保守腐朽的文化。從而，透過批判的態度，放棄自我逃避，而訴諸於自我救贖，也正是因爲這樣的追求，而終於爆發了他與洛夫之間的論戰。余光中的《天狼星》受到洛夫的批評，便是這冊詩集現代不足，傳統有餘。被詬病爲不夠虛無太過貼近現實，也許某些現代詩人引以爲恥。余光中爲此提出他的雄辯，爲詩史留下可供議論的空間。如果以早期所寫〈降五四的半旗〉與稍後發表的〈再見，虛無〉相互印證，則可理解余光中的詩觀在六〇年代已相當成熟地建立起來了。

「自我」的重新塑造

要觀察余光中現代詩創作在六〇年代的重要轉變，就不能不注意他的兩冊詩集，亦即《蓮的聯想》與《在冷戰的年代》。前者，是古典美學的再整理；後者，是現代史經驗的再過濾。余光中曾說《蓮的聯想》是他的「新古典主義」時期。當他如此自我定位時，等於是對同時代的現代風潮提出正面的回應。他毫不掩飾地向宋詞美學擷取精華，而且極其放膽地在傳統的旋律與節奏中耽溺。這冊詩集自然不是完全襲仿詞學的藝術，同時也不是承續浪漫主義的格律形式。余光中獨創一種「三聯句的形式」，採取正反合的辯證結構，讓句子與句子之間相生相剋，使讀者產生跌宕連綿的錯覺，而終於製造了生生不息的意象聯想。新古典美學的熔鑄，對余光中或對整個詩壇而言，是一個深刻的啓發。中國文字特有的聲音、色調、嗅覺與聽覺，從未受到如此高度的開發。余光中以他靈敏的想像，既在詩中渲染文字的魅力，也在散文裡釋放語言的能量。他縱情符號與意義之間刻意扭曲重塑，卻又不全然放棄傳統文學所負載的潛在信息。他掌握了文字的流動性與跳躍性，但也不輕易割捨其中連續與漸進的性格。

這種對現代主義所強調斷裂的傾向，誠然是一嚴肅的宣戰。不過，值得議論的尚不止於此，六〇年代末期出版《在冷戰的年代》，余光中正式放棄疏離的態度，投入歷史的觀察，對中國近代的挫敗經驗予以檢討反省。余光中自己說過：「《在冷戰的年代》是我風格變化的一大轉捩，不經過這一變，我就到不了《白玉苦瓜》。」在台灣社會陷於悶局的時期，現代詩人大多避開政治與歷史的觀察，汲汲於對自我深層意識的挖掘，由於歷史與政治充滿太多的高度禁忌，挖掘自我是尋找出路的一條途徑。在那苦悶的年代，這其實也是屬於精神上的自我放逐。余光中在這段時期，選擇了介入現實的態度。縱然他的介入，還是有時代局限；特別是從現在的觀點來檢討，介入的深度是很淺的。但如果放在當時的文化脈絡來考察，自然就顯現他的格局與其他同輩詩人非常不一樣。

《在冷戰的年代》有余光中的〈新版序〉，頗能反映他在六〇年代後期的文學思考：「我壯年的靈魂在內憂外患下進入了成熟期，不但敢於探討形而下的現實，形而上的生命，更敢於逼視死亡的意義。這時自我似乎兩極對立，怯懦的我與勇健的我展開雄辯。」（余光中，一九八四：三）他回顧自己在這段時期的生命，將之視爲「成熟期」，顯然是相對於在此之前的創作生涯而言。如果對這段陳述沒有誤解的話，余光中似乎暗示稍早的詩作頗具實驗的性質。也就是說，早期的現代主義傾向，思考並未穩定或沉澱，只不過是在爲後來的創作做鋪路的工作。必須等到《在冷戰的年代》宣告完成，他的形式與內容才臻於成熟的境界。不過，比較值得注意的是，他對「自我」

一詞的詮釋，全然有別於六〇年代現代主義詩人的看法。現代主義思潮在台灣的登陸，使作家與詩人發現了內心世界的存在。啓開心靈的窗口，現代詩人找到可以讓苦悶、焦慮的情緒恣意渲染的空間。詩人孜孜開發自我的深層意識之際，正好找到了拒絕面對紛亂現實世界的理由。現代主義的「自我」（ego）與後現代主義的「自我」（self）之間的最大差異，在於前者強調個人的心理活動與深層意識，而後者則側重於外在世界中個人的主體定位。流行於六〇年代台灣的現代主義，顯然還未把主體的追求提上日程表。余光中在詩中不斷追問「我是誰」時，其實已經是在尋找主體的重建。這並不是說，余光中在當時已經預先意識到後現代主義的即將到來。他與同時代現代詩人最大不同的地方，便是他勇於介入，勇於抗拒流行。他以主體意識來取代當代詩人之間蔓延的自我中心精神（egocentrism）。所謂主體，便是自我與客觀世界之間的互動關係。放在六〇年代的台灣社會，無非就是在荒涼的現實中確立自己的身分，以自己的思想與感覺來看待世界。在早期的現代化實驗時期，余光中嘗試過虛無精神的探索。例如關於死亡的主題，他寫下毫無抵抗態度的句子：

只有零亂的斷碑上仍刻著
一些斑剝的文字，誘行人
以苔的新綠（〈廢墟的巡禮〉）

這是出現在詩集《鐘乳石》的作品。他以自然主義的書寫方式，並不爲死亡做價値判斷式的詮釋。這裡無所謂失落，也無所謂掙扎，而只是順從與接受。從這個角度來看，它當然是屬於虛無。「誘行人／以苔的新綠」，暗示了死亡的吸引力。足證初涉現代主義的余光中，還未對生命意義進行正面的審視。跨入六〇年代初期，亦即創作《五陵少年》的時期，他開始呈現對生命的積極意義，縱然現代主義的虛無並未完全退潮。自我的身影，清楚反映在如此的詩行裡：

暴風雨之下，最宜獨行
電會記錄雷殛的一瞬
凡我過處，必有血跡
一定，我不會失蹤（〈天譴〉）

「凡我過處」的寫法，開啓了他在那段時期的自我想像。他在後來《在冷戰的年代》所寫的作品，如〈凡我至處〉與〈熊的獨白〉，就特別強調「自我」所占據的位置。「我不會失蹤」的宣稱，等於是預告他的投身介入，而並不逃避現實。他刻意把自我的生命，置放於社會與歷史的脈絡中來檢驗。自我與現實之間的對話，構成了這段時期的主題。

《在冷戰的年代》呈現出來的現實大約有三：一是越戰，一是中國歷史，一是中國大陸。在某種程度上，余光中還是相當技巧地避開了台灣的社會現實。不過，政治大環境的限制，也不容許有餘裕的空間供詩人馳騁。對照於當年的同期詩人，余光中的想像頗具突破的勇氣。特別是面對越戰的爆發，他採取的是反戰的立場。曾經受人議論的〈雙人床〉與〈如果遠方有戰爭〉，無疑就是他反戰思考的生產品。如果現代主義所主張的疏離是可以接受的，余光中經營的反戰詩顯然就浮現了複雜的意義。

誠如前述，疏離是對主流價值的一種抗拒。但如果從馬克思主義的觀點來看，疏離就是一種異化。異化，是指工業革命後人類創造了全新的文明，卻又陌生於這樣的文明。異化，同時也是指人類創造了新的價值以改善生活，卻反而被這種新價值所駕馭與支配。然而，在文學的現代主義美學中，疏離代表的是消極性的批判，代表的是冷漠與失望。越戰的硝煙瀰漫在六○年代的台灣時，掩護戰爭是社會的主流思索，至少那是反映了官方政策的延伸。余光中並不支持戰爭，亦不與主流價值附和。他以反諷的方式，在作戰與做愛之間劃清了界線：

讓政變與革命在四周吶喊
至少愛情在我們的一邊
至少破曉前我們很安全
當一切都不再可靠
靠在你彈性的斜坡（〈雙人床〉）

不確定的年代，不穩定的社會，成爲詩中的主題。現代主義基本上是在鑑照現代人內心的不穩定與不確定，但在詩中卻主客易位，可以確定的反而是詩人選擇的愛情，不可靠的則是充滿敵意的世界。在雙人床上，「仍滑膩，仍柔軟，仍可以燙熱」（第十五行）的詩句，反襯了邪惡戰爭的粗糙與冷酷。這種書寫，似乎與現代主義美學有了落差。

現代主義在西方的盛行，爲的是表現都會裡中產階級被物化並異化之後所產生的冷漠。歷來現代人的面貌如果不是荒謬，便是支離破碎。現代美學裡出現的人類，在精神與性格上大多帶著模糊的影像，有時是孤絕的，有時則是陰鬱的。這種美學，對台灣現代詩人曾經造成很大的影響。余光中對現代主義的改造，乃是以救贖的方式來取代逃避。在戰爭疑雲籠罩之下，他選擇愛情來對抗仇恨，選擇和平來質問戰爭：

我們在床上，他們在戰場
在鐵絲網上播種著和平
我應該惶恐，或是該慶幸
慶幸是做愛，不是肉搏〈如果遠方有戰爭〉

這首詩不斷重複使用疑問句，他刻意採取猶豫的態度，毋寧是在諷刺戰爭年代的危疑。「做愛」與「肉搏」的兩個意象，在行為上彷彿很接近，但在意義上卻有很大的分歧。做愛，等於是意味著生機，肉搏，則暗示了死亡氣味的降臨。「鐵絲網」象徵的是人與人之間的敵對與隔離，和平的播種則代表人與人之間的寧靜共存。一戰一和，一生一死，反覆在詩中辯證式地出現，正是疏離與救贖的交織進行。所以，這首詩最後以嚴厲批判的句子暴露戰爭的醜惡：

如果遠方有戰爭，而我們在遠方
你是慈悲的天使，白羽無疵
你俯身在病床，看我在床上
缺手，缺腳，缺眼缺乏性別

在一所血腥的戰地醫院
如果遠方有戰爭啊這樣的戰爭
情人，如果我們在遠方

此詩的最後第二十一行至第二十七行，雖然是以「如果」的假設語氣來構築想像，詩人對戰爭的批判則已有確切的結論。在戰火中，愛情是以分裂的面貌出現。愛人昇華成爲天使，詩人淪爲「缺乏性別」的病患。作戰對做愛的破壞，一至於此。如果余光中是一位純粹的現代主義者，處理戰爭的主題，當是順水推舟，而非逆向操作。也就是說，他可能會依據現代主義的要求，描繪戰爭攜來的災難與虛無，並且刻劃生命的絕望與失落。余光中並不遵循這樣的紀律，採取正反對照的辯證思考，使墮落與昇華並置，造成強烈的對比。在詩中，他從來沒有放棄生命的憧憬。這種手法，與同時期洛夫《石室之死亡》所處理的戰爭意象，可以說是相悖的。

自我，究竟是社會的產物，還是孤立的存在，在余光中作品中誠然有明確的答案。他寧可通過經驗主義（empiricism）證明生命的苦與痛，而不是耽溺於抽象的演繹。現代主義通常傾向於強調沒有一致的認同（coherent identity），亦即人的存在是由各種不連貫的因素所構成。台灣現代詩會產生破碎的意象，從而人的生命也呈現不定的狀態，主要是詩人過於遵奉現代主義的信條。同樣在現代主義中接受過洗禮的余光中，全然並不這樣迷信。他在塑造自我時，仍然堅持有一理想的彼岸。

〈火浴〉的經營，正是他拒絕接受分裂的自我的一個明證。在水與火之間，存在著洗濯與焚燒兩種嚮往的欲望。洗濯的憧憬，來自西方；而焚燒的渴望，則源自東方。這首詩，曾有論者指出乃是受到美國詩人佛洛斯特（Robert Frost）所寫〈冰與火〉的影響。不過，〈火浴〉在冷熱相剋相生的對峙欲望外，還具有更爲豐富的隱喻。水象徵著西方文化的洗禮，火則暗示著東方的苦痛經驗。火鳳凰的再生，代表的是東方人格歷經劫難之後，終於沒有放棄生之欲望。熾熱的火，自然也是隱喻詩人本身的感情傾向，以及對理想的激烈追逐。這首詩，最後捨棄了水，轉而求諸炙痛的火，恰可說明生命已獲得確切的認同。這種書寫策略，正好違背了現代主義的紀律。全詩的結束，營造了一個清晰的自我影像：

我的歌是一種不滅的嚮往
我的血沸騰，爲火浴靈魂
藍墨水中，聽，有火的歌聲
揚起，死後更清晰，也更高亢（〈火浴〉）

毀滅，對現代主義而言，可能是一種抗議。在余光中詩中，毀滅不必然等於毀滅，而產生另一種積極的意義。毀滅，是輪迴，是再造，是生生不息。〈九命貓〉、〈自塑〉、〈狗尾草〉、〈白災〉、〈凡我至處〉，都是相當自我的作品。但他並沒有將自我從客觀世界中抽離出來，而是不斷與現實經驗、歷史經驗進行對話。他總是使用雙元對立的技巧，相互衝突，終而取得和諧。或者，在兩種價值觀念中，他採取延遲的速度，鋪陳猶豫與徬徨的詩句，最後到達一個抉擇的關鍵，結論當會油然浮現。他的詩恆有一個目標隱藏在尾端，讓讀者跟隨詩的速度迂迴前進。他善於在詩中提出模稜兩可的問題，在答問之際，主題便漸漸拆解開來。最典型的句法，莫過於此：

> 壯年以後，揮筆的姿態
> 是拔劍的勇士或是拄杖的傷兵？
> 是我扶它走或是它扶我向前？
> 我輸它血或是它輸我血輪？（〈守夜人〉）

收在《白玉苦瓜》裡的這首詩，是余光中思維模式的最佳寫照。他的懷疑，其實就是他的不疑。他手中握筆，很清楚是他掌握靈魂的自畫像。自我與筆，是一而二，二而一的辯證，都是生命的一體兩面。答案自在其中，所有的疑問都只是爲了烘托出這樣的答案。另一種寫法則是如下：

> 不知道時間是火焰或漩渦
> 只知道它從指隙間流走（〈小小天問〉）

這裡又是提出疑問的句法，但答案已儼然出現。這首短詩的最後四行點出了他預設的主題：

> 爲了有一隻雛鳳要飛
> 出去，顫顫的翅膀向自由
> 不知道永恆是烈火或洪水
> 或是不燃燒也不迴流

他向時間叩問，只因爲它一去不回首。抽象的時間只能以具體的事物來形容，才能感知它的存在。他選擇火焰與洪水來比喻，頗知似乎都不是很恰當，所以，他才使用「不知道」的不明確語氣，助長全詩懸疑的氣氛。他再次證明自己的生命禁得起考驗，在時間的折磨之下。火焰的燒與不燒，洪水的流與不流，並不是主題所在，它們只是被用來釀造氣氛。最重要的是，他要把不碎不滅的意志，羅列在全詩之中。

以回歸取代放逐

余光中改造現代主義的工作，便是當其他詩人著迷於「切斷」的美學時，他傾向於不切斷。更確切一點來說，文學中的斷裂可以使用不同的形式表達出來。就美學理論而言，現代是對古典的一種反動。凡是屬於傳統的事物，現代主義即使沒有刻意要推翻，至少也會思考如何去抗拒。就精神面貌而言，現代主義往往以流放與漂泊自況，他們殫思極慮要與自己的社會斷裂，從事心靈上的自我放逐。傳統或本土，意味著深沉的保守與封閉；現代追求的是開放與前衛（avant garde）。爲了營造全新的感覺，凡是傳統與本土，很有可能被視爲陳舊、腐敗。更徹底的斷裂，便是在語言文字上全盤整頓，重新試驗其新的想像空間。舊的說法，舊的修辭，都必須翻新。

對抗古典，批判傳統，自我放逐等等的實踐，在余光中早期作品中歷歷可見。以他在六〇年代初期完成的《鐘乳石》與《萬聖節》爲例，流亡的精神隱然可見。當然，詩中的流亡不必然都是由於現代主義的煽惑，有很多是來自苦悶的政局的薰陶。不過，對現代主義的迷信，確實也支配了他早期的詩觀。現代主義臻於高潮的階段之際，他欣然選擇了回歸。對於六〇年代余光中詩中的轉變，我曾經有如此簡單的分期，亦即：㈠、走向古代中國，以《蓮的聯想》爲主；㈡、走向近代中國，以《敲打樂》與《在冷戰的年代》爲主；㈢、走向當代中國，以近日民謠歌頌台灣鄉土味的作品爲主。這是在一九七二年的分析觀察，似乎還可以證明是正確的。在分期裡的「走向當代中國」，當然是指台灣而言；而當年他所寫歌頌台灣風味的作品，稍後便收入詩集《白玉苦瓜》之中。爲詩人的創作生涯劃分時期，有時不免是武斷的，不過，這種解釋無非是在強調他採取了回歸的路線，恰好與眾多現代詩人的走向背道而馳。

倘然要考察余光中的回歸精神，大約可以從兩方面切入。當現代主義者不斷經營死亡主題的時候，他以生命予以回應。當其他詩人喟嘆花果凋零的失根狀態時，他以文化中國與現實台灣的土壤予以答覆。放逐（exile）或流亡（emigre），是公認的現代主義精神的主調。流亡可以分爲兩種，一種是心靈上的流亡（mental exile），例如刻劃流浪、飄零、失常、死亡等等的象徵；一種是肉體的流亡（physical exile），例如描繪離家出走或無家可歸的苦悶狀態。余光中的作品都沒有經營這樣的主題。就在死亡氣息傳染於現代主義者的詩頁時，他的詩集充滿了勃勃生機。就在無根的靈魂浮游於其他詩人的書冊時，他的思索已在自己的土地上找到根鬚。

死亡，你不是一切，你不是
多風的邊境鎮立著墓碑
反面對著墳墓
正面，對著歷史（〈死亡，你不是一切〉）

這首出現於《在冷戰的年代》的短詩，是答覆詩人羅門而寫。背對墳墓，面對歷史，誠然具有繁複的意義。人們都必須經歷一次死亡，死亡就是一次審判。但是，對於詩人而言，他們的作品往往要經歷許多身後的審判。每次受到審判的考驗，他的文學就復活一次。死亡，終結的是人的肉體生命，卻終結不了文學的生命。這種思考方式，頗具辯證精神。猶如他在另一首詩〈安全感〉所說：「敢於應戰的，不死於戰爭。」創造生的契機，在他的作品裡反覆提出。他使用現代主義的技巧，不斷反問自己。像是獨白，又像是對話，也就是以兩個自我進行論辯，結局總是會找到正面而積極的意義。他也會與古人對話，每次對話可能是對決，但最後便是爲歷史、爲生命留下肯定的詮釋。《白玉苦瓜》所收的〈詩人：和陳子昂抬抬槓〉與〈貝多芬：一八〇二年以後他便無聞於噪音〉，便是在古典與現代之間取得和諧的平衡。陳子昂的詩句是「前不見古人，後不見來者，念天地之悠悠，獨愴然而涕下」，余光中給予的答覆如下詩行：

凡你過處，群魎必啾啾追逐
何須愴然而涕下
你和一整匹夜賽跑
永遠你領先一肩
直到你猛踢黑暗一窟窿
成太陽（〈詩人〉）

這又是對死亡的另一種諷刺。無視於時間帶來的孤獨，無視於歷史累積的蒼茫，詩人的作品永遠可以禁得起考驗，可以在每一時代找到知音，則孤獨與蒼茫都是多餘的。〈貝多芬〉一詩，則是在描述文化大革命期間紅衛兵的反智運動。被標籤爲資產階級藝術家的貝多芬，竟然受到文革狂左派的鞭屍。余光中以貝多芬的音樂回應文革的噪音：

鼓聲是心悸，聽，誰在擂門？
命運第一句，霹靂四個重音
二十五年的緊閉後，誰，在搥門？（〈貝多芬〉）

藝術之不死，在革命、戰爭陰影下最能接受考驗。《命運交響曲》絕對不是一場政治運動就可消音的，等到激情的運動退潮之後，音樂又將宣告復活。「誰，在搥門」的生動問句，對於封閉的中國社會無疑是很大的諷刺。貝多芬不死，他的聲音高過政治噪音；而凡塵的噪音，卻不是已聾的貝多芬能夠聞見的了。

余光中對於生命的堅信，也出現在《與永恆拔河》詩集中，〈與永恆拔河〉與〈菊頌〉等詩，幾乎就是〈火浴〉、〈自塑〉的延續，這構成了余光中文學思考裡的主要詩風之一。幾乎可以說，他厭倦了現代主義的那種虛無與消極，才選擇了歌頌生命的題材。長期營造下來，就成爲他個人的重要傳統。究竟是他輸血給詩，還是詩輸血給他，已無關緊要。他對於死亡主題的抗拒，已經改寫了台灣現代主義的風貌。對死亡的抗拒，就是對流亡的批判。因此，捨棄自己的文化主體，而泅泳在西方的文學思潮中，絕對不是余光中能夠認同的。

無需繼續在西方流浪，便成爲余光中一直警覺的問題。他從《在冷戰的年代》開始，到《與永恆拔河》爲止，詩中意象日漸圍繞在中國與鄉土台灣的圖像建構之上。他在七〇年代初期發表〈車過枋寮〉時，使用的是民謠風的創作模式。這首詩展開了他日後一連串的台灣圖像之營造。同樣的，〈白玉苦瓜〉的發表，也帶出了稍後歷史想像系列。這些題材，可以用來解釋余光中的認同找到據點的理由。

是現代主義的衍生，也是本土文學的延伸

改造現代主義並不必然放棄現代主義，他只是爲了使這種新感覺不致過於離奇。他在詩中創造錯愕，而這種錯愕又是可以接受的美感。六〇年代期間在詩中釀造出驚人的意象，一直是現代主義者的心之所好。余光中對氣氛的掌握，對意象的描繪，往往與讀者能夠產生共鳴。恰到好處，見好就收，幾乎是余光中最擅長的現代技巧。

一架七四七的呼嘯遠後
落日淡下去，如一方古印
低低蓋在
一幅佚名氏的畫上（〈樓頭〉）
你航空信裡寄來的紅葉
滿是霜餘的齒印，血印
夾在詩選的「秋興」那幾面

便成爲今年最壯麗最動人聯想的
一張書籤（〈秋興〉）

意象的經營，不必然要依賴奇僻的字句。最尋常的文字，做最恰當的銜接，也可造成奇異的聯想。引述的這些詩行正好可以說明，現代主義的改造，是中年以後的余光中從事的重大文學工程，但他還是巧妙地利用了現代主義的技巧創造開闊的想像空間。所以，當其他詩人抱持冷漠的疏離時，余光中詩中不僅沒有疏離，反而是充滿了救贖。同樣的，現代主義者勇於斷裂時，他選擇的卻是銜接。救贖與銜接，構成了現代主義風潮中的逆流。他能夠投身如此的工作，主要在於他沒有偏離現實，也沒有偏離歷史。

對現實的觀察，使余光中繼續堅持兩個方向，一是他的懷古與懷鄉，一是他的台灣經驗。長期以來，他同時受到讚美和批評的作品，便是對中國的懷念與歌頌。尤其是在七○年代鄉土意識崛起後，這種美學經營逐漸引起爭議。在爭議的漩渦中，圍繞的一個問題便是他屬於「本土文學」嗎？在淒厲的七○年代，官方文藝政策與民間文學思考發生正面衝突時，本土論的聲音有其深厚的歷史淵源。由於余光中發表〈狼來了〉以後，已被視爲是爲官方發言，從而他的作品也被歸爲現代主義的陣營，以致他在那段時期的詩風受到忽視。

鄉土文學論戰的功過，坊間已有定評。余光中在這個問題上始終保持沉默，但在他內心想必也自有一番論斷。然而，要理解他在這段時期的藝術追求，還是必須回到作品本身來觀察。他在七○年代出版《白玉苦瓜》之後，非常清楚地理出了美學方向。詩集裡所收〈車過枋寮〉、〈霧社〉、〈碧湖〉等詩，足夠預告台灣經驗已成爲他詩中的重要主題。對於本土論者來說，這似乎還不夠本土。因爲，余光中對於中國歷史文物的眷戀，以及對中國傳統文學的重新詮釋，似乎不是本土論者所能接納。

「本土文學」是把僵硬不變的尺碼嗎？在威權體制的年代，本土乃是相對於當時虛構的中國想像及其延伸出來的霸權論述而存在。不過，在八〇年代解嚴之後，本土不應該再以政治意義來理解，而應該從文化角度給予較爲寬闊的意義。凡是在台灣社會孕育出來的文學作品，都應該屬於本土文學。倘然本土文學不是意味著單一價值的觀念，則不同背景出身的作家所寫出的文學作品，就必然有不同的美學表現。余光中的懷鄉懷古之作，乃是他個人生命經驗無可分割的一部分。正是有台灣這塊土地，才提供了那樣的空間寫出那樣的作品。倘然，他的詩作不能被認同爲本土文學，則整個台灣文學史都必須改寫，而且必然是很難下筆。

強烈的懷舊一直是余光中從年輕到近期的重要題材。利用時空的落差，他創造了一個可觸及卻又無法企及的想像格局。七〇年代以後完成的《與永恆拔河》、《隔水觀音》、《夢與地理》、《紫荊賦》、《安石榴》與《五行無阻》，更見證了他在情感上的成熟飽滿。幾乎任何題材都可入詩，他更把親情做最細緻的處理，不但寫自己的妻子，也寫出嫁的女兒，甚至他的孫兒也成爲詩中人物。《安石榴》的出版，似乎是向台灣的土地傾訴內心的情緒。從〈埔里甘蔗〉到〈台南的母親〉，在流動的聲響中聽見島嶼的脈動。不過，文學作品絕對不是交心表態，倘然是爲了符合一種固定的標準來創作，則何異於思想檢查？

曾經參加過論戰也曾經受到議論的余光中，文學生涯橫跨半個世紀。他從事的書寫工作，包括詩、散文、評論與翻譯。在文學史上受到肯定的，仍然還是他在現代詩方面的成就。他曾經說過，要成爲一個時代的重要詩人，就必須長壽，而且多產。就產量而言，他已完成了十七冊詩集。在朋輩之中，足以睥睨。在現階段，余光中已宣稱要與歷史競賽，要與永恆拔河。這場對決，顯示了他不滅的意志。

——二〇〇二年三月，選自麥田版《後殖民台灣——文學史論及其周邊》

參考書目

余光中，一九六〇，《鐘乳石》，香港：中外書報社。

——，一九六〇，《萬聖節》，台北：藍星詩社。

——，一九六四，《蓮的聯想》，台北：文星。

——，一九六七，《五陵少年》，台北：文星。

——，一九六九，《敲打樂》，台北：藍星詩社。

——，一九六九，《在冷戰的年代》，台北：藍星詩社。

——，一九七四，《白玉苦瓜》，台北：大地。

——，一九七九，《與永恆拔河》，台北：洪範。

陳芳明，一九七三，《鏡子與影子》，台北：志文。

——，一九七六，《詩與現實》，台北：洪範。

Calineseu, Matei. 1987. *Five Faces of Modernity: Modernism, Avant-Garde,Decadence, Kitsch, Postmodernism.* Durham: Duke Univ. Press.

Nicholls, Peter. 1995. *Modernisms: A Literary Guide.* Berkeley: Univ. of California press.

Schware, Daniel R. 1997. *Reconfiguring Modernism: Explorations in the Relationship Between Modern Art and Modern Literature*. New York: St.Martin's Press.

蕭蕭：

台灣現實主義詩作的美學

蕭　蕭

本名蕭水順，台灣彰化人，1947 年生於彰化社頭鄉。輔仁大學中文系畢業，台灣師範大學國文研究所碩士。曾任北一女中、景美女中教師，現任南山中學教師、東吳大學中文系兼任講師，《台灣詩學季刊》主編。著有評論集《現代詩學》、《從鍾嶸詩品到司空詩品》、詩集《雲邊書》、《悲涼》及與張默主編《新詩三百首》等書。曾獲新聞局金鼎獎、五四獎文學編輯獎等。

一、台灣現實主義者的美學傾向

現實主義者堅信：文學是與土地「骨肉相連」、與人民「血淚相關」的道德志業。

文學創作者，最基本的個人氣質、才具與美學信仰，或許使他自覺或不自覺走向不同的文學之路，這種不同的途徑所形成的景觀，大約可以簡略分爲四種類型：一是純粹美的追尋，如古典主義與浪漫主義者，他們會選擇美的題材，美的形式，美的語言，透露他們內心對美的渴望。二是典範的追求，潔癖性的完善的傾慕，理性主義者所夢想的境界，意象主義者、象徵主義者所創造的文字世界，均屬此類。三是悅樂的發現，對於生活經驗、創作歷程，講究方法論的文學工作者要從技巧的操縱、語言的冒險，得到最大的快感，超現實主義、後現代主義，都能樂此不疲，爲社會大眾帶來驚喜。四是眞的挖掘，這是現實主義者的宗教，生活就是一切，生活的原貌就是文學不必修飾的美，活在此刻，活在眼前，活在當下，跟時代同脈搏，跟語言共呼吸，跟土地、人民相與視息。

現實主義是目的論，也是方法論，其目的在具體呈現現實，積極批判現實，企圖改造現實；其方法則是以細膩鋪陳反映生活的眞實，以塑造典型顯映本質的眞實。目的與方法，合而爲一。如：言「其目的在具體呈現現實，積極批判現實，企圖改造現實」時，呈現現實，批判現實，其實就是一種方法的指陳；言「其方法則是以細膩鋪陳反映生活的眞實，以塑造典型顯映本質的眞實」時，反映生活的眞實，顯映本質的眞實，未嘗不可以說是目的的追求。特別是狹義的現實主義者，目的與方法結合爲一，言論與行動相伴而行，如日據時代的賴和，以雜入台灣話語的漢文白話文創作文學，開啓台灣新文學的先聲，被譽爲台灣新文學之父，之外，他在一九二一年十月加入「台灣文化協會」所參與的社會政治改革運動，掀起巨波大浪，影響深遠，正是言行相符的顯例。二十世紀前期的現實主義者賴和（一八九四—一九四三）如是，二十世紀後期的現實主義者吳晟（一九四四—）亦然，五十多年來吳晟植根於自己的土地，不曾遠離，台灣農民、台灣農地、台灣農作：形成吳晟憫農詩篇的主要活力，而吳晟自己正是務農維生的農耕者，鋤耕與筆耕並行；二十多年來地方自治選舉，文宣、站台，吳晟亦花費甚多心血，過程與結果兼顧。這是狹義的、積極的現實主義者。

所謂狹義的、積極的現實主義者，是指十八世紀末、十九世紀初取代浪漫主義而在歐洲具有主導地位，能以自覺的意識、細節描述的手段，眞實反映生活的文藝流派，巴爾箚克、福樓拜爾、莫泊桑、狄更斯、普希金、果戈裏、托爾斯泰、左拉、羅曼・羅蘭、哈代、托瑪斯・曼等人，都是歐洲文壇的佼佼者。十九世紀三〇年代至六〇年代，俄國革命民主主義者別林斯基、車庫尼雪夫斯基所發展出來的寫實主義美學，極力主張藝術應當具有「人民性」，與現實革命鬥爭相結合，能反映人民的願望；藝術也應當具有「時代性」，要能體現時代精神和鬥爭意志；爲了體現藝術中的思想（或者稱爲「情致」），藝術也應當具有「行動性」，可以是「活的激情」的熱烈燃燒。台灣新詩人雖不以主義屬性爲其歸類依據，但日據時代的賴和，戰後的吳晟、詹澈等彰化詩人，觀其創作理念、詩學成就、與時代互動的行徑，或可視之爲狹義的、積極的、行動派的現實主義者。

廣義的現實主義，以漢文（漢族）文學傳統而言：《詩經》的內容以書寫地方民情的十五國風爲「風雅頌」之首，作法則以「直陳其事」的「賦」爲「賦比興」的基礎；《離騷》是因爲「意有所鬱結，不得通其道」而作；詩的兩個源頭也正是現實主義的源頭。漢代樂府是民間歌謠的輯錄，古詩是樂府的仿作，都可以視爲白話、民間文學的主流，現實主義的主流。唐詩是上自皇帝下至乞丐的全民文學，杜甫因爲書寫民間疾苦而被稱爲「詩聖」，因爲忠實紀錄安史之亂而被稱爲「詩史」，白居易主張「文章合爲時而著，歌詩合爲事而作」，則是現實主義的高潮。至乎元代的戲曲、明清的小說，與人民的生活更是息息相關，好像是圍繞在生活周遭的溪河細流，無時不涓涓滴滴，絮絮聒聒，化入生活之中。至於台灣新詩壇，廣義的現實主義書寫者極多，以「笠詩刊」爲其大本營❶，但詩作傑異而有美學特徵者，當推「被迫」跨越語言的林亨泰與「自主」跨越語言的向陽。

現實主義是一個隨時代而成長，隨時勢而變易的文學流派，在歷史的長流中湧現不同的浪花❷，茲以時代、語言、土地三者見證台灣現實主義詩作的美學傾向及其歷史地位與特徵：

1. 時代、種族、境遇：日據時代的現實主義者

世界各地的現實主義者，可能隨著所處時代而有美學角度的轉移，思想觀念的改變，但像台灣這個島嶼，在短短的一兩百年間，時代格局迴異，種族接觸頻仍，環境變遷迅速，恐怕是絕無僅有的現象，特別是在日據時期。

十七世紀以前，很長的一段時期，台灣是原住民的天下，以漁獵維生的時代，其後漢人渡海來台墾殖，西班牙、葡萄牙人海上行商、關稅、傳教等活動，雖有衝突、剝削，但未曾引起生民作息巨大的衝激。直至一六六一年，鄭成功（一六二四—一六六一）率軍來台，大批漢人入境，形

勢有了變革。「在這之前，台灣的漢人雖群居，而並無族群意識，鄭成功在台灣建立了政權，才使此地漢人形成漢族意識，畢竟政權的確立和隨之而來的文教制度是塑造凝聚族群意識不可或缺的條件。也因爲鄭成功的民族主義乃是抗爭性、解放性的，因此使台灣漢人在型塑其族群意識之時即染上抗爭的色彩。」❸島上居民生態自此轉變，漢人農耕成爲台灣經濟的主要命脈，台灣進入農業時代。台灣人的種族意識在歷史環境的變遷中有了省思的機會：鄭成功爲避開滿清外族的統治，轉進台灣建造遺民社會，在全中原都爲滿清管轄之時，獨留台灣賡續中原文化，這是第一度省思。鄭成功爲驅趕荷蘭人，寫下鏗鏘有力的〈與荷蘭守將書〉，爲收復失土，面對外族而能理直氣壯，這是第二度省思。從此，漢人與台灣原住民如何同生共榮於這個島嶼，不同種族不同文化如何相互激盪，則是台灣人永遠應該省思的問題。這樣的三度省思，在面對日本強權入侵時，卻激起了更強烈的民族意識。無論如何，相對於滿族而言大和民族絕對是一個外來民族，相對於葡萄牙人而言日本人是以勝利者的強硬姿態君臨台灣，使得型塑族群意識染織著抗爭色彩的台灣人，爆發了全面性的對抗，從武裝抗暴，到政治、文化的覺醒，台灣意識的抬頭，日據下的現實主義者正視這樣的問題，思考台灣未來的走向，賴和正是其中的先覺者。

2. 語言、人性、物理：跨越語言的現實主義者

日據時代日本殖民政府以日語爲台灣的國語，台灣人平日溝通、思考則仍以母語（閩南話、客家話、印度尼西亞語系的原住民語言）爲主，書寫時則以漢字文言、漢字白話、日文爲大宗。但自一九二〇年台灣新文學發展之後，漢字文言日漸式微；一九二四年十月連溫卿在《台灣民報》

連續發表〈言語之社會的性質〉、〈將來的台灣語〉之後，台語的保存與運用也成為對抗殖民統治的一種無形的武器；一九三〇年八月黃石輝在《伍人報》（第九號）發表〈怎不提倡鄉土文學〉時，力主「用台灣話做文，用台灣話做詩，用台灣話做小說，用台灣話做歌謠，描寫台灣的事物。」❹之後，台灣話文與漢字白話文、日文，成為日據時代台灣新詩的主要書寫工具。

自稱「走過現代，定位鄉土」的林亨泰（一九二四—），其求學過程中雖然有碰觸「漢文課」（漢字的四書五經、古文詩詞）的機會，卻是以日語訓讀而非以台語閱讀，即使從日語的「詩吟」中體會漢詩之美，林亨泰自承這些古典漢詩對他的創作並無影響❺。因此，一九四九年國民黨政府來台，推行國語（北京話）政策，中文書寫，禁止使用日語日文，林亨泰身受其苦，早已習慣使用日文閱讀與寫作的他，必須拋棄這項拄杖，改習全然陌生的中文，因而謔稱像他這樣經歷「台語→日語→中文」的詩人為「跨越語言的一代」。

跨越語言的一代在語言學習上可能有他的盲點與障礙，但作為一個以刻畫台灣現實為其職志的詩人，林亨泰卻顯現現實主義美學上異乎常人的特質，那就是：人的本性的追索，物的原理的探求。因為中文使用無法達至圓滑暢順，內心的思路必須多繞幾圈，下筆之前必須更加愼重，因此在現實的背後，人性與物理的知性思考也就更為深邃與開闊。跨越語言的現實主義者不在現實表像上多所著墨，卻深入現實之中耕耘。

3. 土地、情意、事義：扎根土地的現實主義者

一九四九年隨國民黨政府來台的人士背離自己的鄉井，遠離了自己的土地，一時之間又無法認

同腳下客居的泥土草根，無法確信眼前現實爲眞、進而付出相當的關懷，因此，正如簡政珍在撰寫〈八〇年代詩美學〉中所回顧的「五、六〇年代是一個超現實詩的時代，詩人感受現實的威嚇，但無力迎拒現實，因而躲進自我的心靈世界，詩從眞實世界中放逐，而在超現實的世界殘存。由於和外在世界隔離，語言幾乎喪失訊息溝通的功能，而變成一種類似的文字遊戲；如此的詩是自我的嬉戲，而非和現實辯證。」「七〇年代是另一個極端，許多詩人大膽跨入現實。但反諷的是，詩的介入現實，卻變成現實對詩的干預。表面上是詩介入現實而重整現實，但實際上是詩變成現實的工具，文字被動承載訊息，詩淪落成口號吶喊的化身。」❻簡政珍批判了悖離土地、無顧現實的超現實詩作，也指責了意識型態重於一切的劣質現實詩。但是，就在這樣的年代裡，長年扎根泥土，深耕現實的吳晟，卻以拙樸的現實詩美學呈現泥土的芬芳，稻作的文明，親情的可貴，護鄉的情操。這種堅實的本土寫實風格，正如宋田水所稱：「他的詩不是渾沌世界裡，一些無色無臭的夢話，而是土地深處開出來的、有根有葉的生命之花。」❼

扎根土地的現實主義者吳晟，著著實實以自己立足的土地爲傲，以先祖的傳承爲榮，他不必像賴和要跟時代、殖民政府對抗，不必像林亨泰要跟語言、白色恐怖對抗，他可以充滿信心，有情有義，書寫自己的鄉土自己的鄉親，他要對抗的是使自己的家鄉沉淪，使家鄉的土地受到蝕害的外來力量。

台灣的現實隨著政局的變遷而變易，台灣的現實主義詩人也隨著時代的變異而有著不同的對應——勇於面對現實，或許正是現實主義詩人的本質。

二、賴和呈現的現實主義美學

時代、種族、境遇三者是現實主義文學的決定性因素，因爲所有的文學作品無法逃離這三者的影響，綜觀「台灣新文學之父」賴和的一生，作爲現實主義大纛的掌旗者，享有「台灣魯迅」美譽，更見出時代、種族、境遇三者加之於賴和文學作品中的軌轍。

賴和（一八九四－一九四三），原名「河」，亦名「葵河」，字「懶雲」，另有筆名：賴季和、甫三、安都生、玄、浪、灰、X、T、孔乙己、藝民、走街先（走街仔先）等十一、二種。台灣彰化人，清光緒二十年，西元一八九四年四月二十五日出生，一九四三年辭世，享年五十。賴和十六歲入台北醫學校，二十一歲畢業，前往嘉義實習，二十三歲回彰化開設「賴和醫院」，第二年遠赴廈門博愛醫院服務，二十六歲返台，其後加入「台灣文化協會」，以強烈的民族意識，展開社會運動與台灣新文學運動，賴和生卒年代和日本治台時間大致相符，終其一生賴和都有「我生不幸爲俘囚」的感嘆。

賴和不但是台灣新文學的開拓者，也是台灣鄉土文學的先驅。賴和爲台灣新文學「打下第一鋤，撒下第一粒種籽」，後人尊他爲「台灣新文學之父」。林瑞明在他的《台灣文學與時代精神——賴和研究論集》中，強調：「賴和的作品是由現實出發，透過寫實主義與藝術的觀照，深刻表現日據下台灣殖民地的眾生相，尤其是一群被壓迫的弱者，從而強烈地表現了『我値強權妄肆威』的時代，也傳達了『被侮辱人勝利基』的訊息。」❽「勇士當爲義鬥爭」正是他描寫受壓迫的台灣農民、凸顯日本政權不義的抗日精神的最佳註腳。

異於其他現實主義作家，賴和及其同時期文人所面對的時代、種族、境遇，眞的不是常人、平日所處的時代，不是常人、平日所遭的境遇：

1. 異世：時代的錯亂

林瑞明說：「在殖民地台灣最能具體反映時代精神（Zeitgeist）的代表性作家即是台灣新文學之父賴和。他經歷台灣文學的三大論爭，以其文學創作忠實地描繪了二、三〇年代他所看到的一切事物，沒有恐懼也沒有偏愛，成爲時代的一面明鏡。」❾

特殊的是賴和所處的時代卻是一個錯亂的時代，賴和出生於一八九四年四月，這年六月中國與日本因朝鮮東學黨問題爆發甲午戰爭，次年四月訂立「馬關條約」，台灣、澎湖割讓給日本，五月，日軍接收台澎，六天後，台灣獨立爲台灣民主國，制定藍地黃虎國旗，推舉唐景崧巡撫爲大總統，劉永福爲大將軍，維持一百四十八天政制而告終，從此台灣總督府有效控制台灣。一九一一年，中華民國建立；一九一四年七月，第一次世界大戰爆發；一九一九年，中國五四文化運動開始掀起浪潮；一九四一年日軍偷襲珍珠港，太平洋戰爭喧騰，直至一九四五年日本全面投降。這種大時代的遭遇，容易錯亂的政治認同，「清國奴？台灣人？日本國民？」的選擇，理清或理不清的立場，考驗著這個時代下的台灣人，考驗著這個時代下的台灣作家。

賴和，「他的文學態度，始終保持與歷史、時代、民眾，緊密的聯繫。因之，他的創作意識與歷史意識、時代意識一直是共通並存的。」❿這是陳明台在〈人的確認〉這篇論文中所確認的，但是他說：「賴和具備了凝視個人在歷史中存在的清醒意識」⓫，不如說：「賴和具備了凝視台灣在歷史中存在的清醒意識」。

賴和文學的時代意識正是「凝視台灣在歷史中存在的清醒意識」，試看他爲「退職官階下無斷開墾地」事件寫的〈流離曲〉，所流露出來的錯亂時代中的清醒意識，沉痛的呼告：

沉下去！沉下去！
墜落到萬仞罪惡之淵，
任憑你，喊到喉破聲竭，
也無人垂手一援。
粉碎了！粉碎了！
橫落在時代巨輪之前，
任憑你，喊到喉破聲竭，
也無人能爲解脫。
痛哭吧！痛哭吧！
正對著喫骨飲血之筵，
任憑你，哭到眼淚成泉，
也無人替你可憐。（節錄自〈流離曲〉）⑫

2. 異族：種族的錯位

賴和一生五十年都在日據下渡過，他見證台灣人的武裝抗日事件，參與台灣文化的啓蒙與覺醒，他深深知道日本殖民政府與台灣人民、土地之間的對峙，他的詩〈日傘〉：「炎天下的行人／把日傘高高擎起／遮住酷烈的直射光線／安然地闊步行去／／在生的長途上／多數的人們赤條條／略無避庇／可是火熱的日輪／紅赫赫高懸頭上／要有什麼去處能容我暫避」⓭，以「火熱的日輪高懸頭上」作爲日人酷虐統治的暗喻，以日傘作爲對抗的象徵，正是被壓迫的民族在高壓統治下，自我意識的覺醒。

日據下「自我意識」的覺醒，其實就是「台灣意識」的覺醒。林亨泰曾認爲「台灣精神」是以「故鄉——台灣」作爲認同目標的「民族精神」。「民族精神」又是什麼呢？是爲了認同「故鄉——台灣」而作的一種態度與自願的選擇，因此，也就是一種一提到「故鄉——台灣」就會感到榮譽與自尊的感覺⓮。日據下的賴和「意識裡，仍覺得沒有一條辮子拖在背後，就不像是人。」⓯時時有「我生不幸爲俘囚」⓰的感嘆，終其一生，賴和不曾以日文寫作，或許就是這種台灣意識、民族精神的堅持。

他爲哀悼霧社事件而寫的〈南國哀歌〉，曾這樣看待原住民的抗日抉擇：「人們所最珍重莫如生命，／未嘗有人敢自看輕，／這一舉會使種族滅亡，／在他們當然早就看明，／但終於覺悟地走向滅亡，／這原因就不容妄測。」詩的末段，「他們」變成「我們」，賴和呼籲原住民、漢民族，如呼籲自己的兄弟：

兄弟們來！

來！捨此一身和他一拚，
我們處在這樣環境，
只是偷生有什麼路用，
眼前的幸福雖想不到，
也須爲著子孫鬥爭。（節錄自〈南國哀歌〉）⑰

爲種族、爲子孫的萬年大計，賴和清楚地意識到在台灣的原住民與漢民族不是「異己」不是「他者」，而是「自我」而是「主體」⑱。

不過，我們不可忽略：賴和所處的時代是種族錯位的時代，當賴和說「沒有一條辮子拖在背後，就不像是人」那是台灣在滿清統治下的百姓意識，但是，賴和自己承認是忘記客語的「福佬客」（「我本客屬人，鄉語竟自忘」），以閩南語爲日常用語，童蒙時即已習用漢字，其後卻是日語教育栽培出來的醫學院人才，在這種情況下又能與原住民以兄弟相招呼。日據下的文人，種族的現實與認知是要比一般人更難於撥尋、判定，但賴和卻堅持以漢字融合台語作爲主要書寫符碼，以甲子紀年不用日皇年號，在鼓吹新文學創作中自己仍不放棄傳統詩，如此貞定而強烈的民族意識是寫實主義者的美學潔癖。

3. 異鄉：境遇的錯愕

自己的家鄉成爲異族高壓統治的疆域，家鄉成爲異鄉，母語成爲方言，令人錯愕的現實、重大的歷史事件，就這樣一一成爲賴和筆下斑斑血淚，賴和的新詩是當時台灣人民被屈辱的心聲，也是當時台灣土地的慘烈斷代史，顯現了政治的欺壓，經濟的榨取，揭露了潛藏在背後「民族對抗」的伏流。

賴和第一首發表的新詩是一九二五年十二月二十日刊登在《台灣民報》的〈覺悟下的犧牲〉，爲二林事件的戰友而寫，其中第二節、第三節以「反語」對照「弱者」（台灣農民）與「強者」（殖民政府）：「弱者的哀求，／所得到的賞賜，／只是橫逆、摧殘、壓迫，／弱者的勞力，／所得到的報酬，／只是嘲笑、謫罵、詰責。」「使我們汗有所流，／使我們血有處滴，／這就是——強者們／慈善同情的發露，／憐憫惠賜的恩澤！」[19]詩中的「反語」具有嘲諷的效果，更能激起同仇敵愾的反應。「賞賜」的應該是金銀財寶，結果卻是橫逆、摧殘、壓迫；得到的「報酬」應該是生活資材，結果卻是嘲笑、謫罵、詰責。「強者的慈善同情、憐憫惠賜」，反使我們流汗、滴血。這種錯愕的境遇，血淚的控訴，也就是賴和寫實文學的「反語」力量。

賴和最後發表的新詩是〈呆囝仔〉[20]，自此以後未再發表新詩，繼續以傳統詩抒發感觸，對抗不公，作品產量極多，雖屬古典格律，卻極富時代寫實精神，考其回歸漢詩創作的原因，或許是因爲傳統詩有其一定的格律，容易書寫，賴和內心的不平之氣非如此不足以快速宣洩。新詩、舊詩，甚至於雜文、小說，對賴和而言都只是書寫工具，境遇的錯愕，種族的錯位，時代的錯亂，才是他不能不高舉現實主義的大纛，展現寫實精神及其美學特質的原因。

因此，引述陳淑娟〈賴和漢詩的主題思想研究〉[21]之結語，可以作爲賴和現實主義文學生命的結論：

一、時代精神：反映台灣社會的政治、經濟、教育等重大問題，提出前瞻性的看法，為日本統治下的台灣文學，思考未來可行的走向。

二、抗議精神：賴和的用世之心強烈，其思想具有強烈的社會性與抗議性。他試圖以文化啓蒙的方法，期使人民有所自覺，勇於追求人間的公理與正義，這樣的抗議精神是賴和文學中極重要的一部分。

三、人道主義思想：賴和以人為本的思想基礎，建基於自我存在尊嚴的確立與對弱者的同情，展現了他的人道主義襟懷，賴和的關懷面向極廣，具萬物愛的情操，重視生而為人的尊嚴，富悲天憫人的胸懷，深具人道主義思想。

四、具有追尋台灣自主性的理想：賴和有民族自決、社會主義、無政府主義的思想，認為台灣人民有追求幸福的權利。台灣的殖民地處境，台灣人追求幸福的過程中遭遇了種種挫折，啓發並鞏固了賴和的台灣自主性思考，進一步朝向台灣主體性的建立而努力實踐。

三、林亨泰呈現的現實主義美學

對林亨泰作品搜羅最完整、研究最透徹的呂興昌教授，曾策劃出版《林亨泰研究資料彙編》二冊，《林亨泰全集》十冊㉒，對研究林亨泰的學者具有相當大的便利。呂興昌在兩篇論文中，歸結林亨泰的詩路歷程時都說：「林亨泰之『起於批判——走過現代——定位本土』的創作歷程，正是台灣新詩發展的一個典型縮影。」㉓究其義，林亨泰「銀鈴會」（一九四二—）時期的「批判」是現實主義的精神，「笠詩社」時期（一九六四—）的「本土」是現實主義的內涵，「現代派」

時期（一九五三—一九六四）的「現代」仍是以現實爲其內容，只是透過現代主義手法、知性思考、形銷骨立的語言策略，給出心眼裡的現實，就因爲給出的是心眼裡的現實，知性的現實，才可以支應眞正現實中的千變萬化，才可以傳遞百代千世而依然是「眞」的現實。林亨泰的現實反應不同於一般見事起興、聞雞起舞的淺薄現實主義者，因而才有這樣的讚辭：「他眞摯地站在現實基礎上，並堅持知性視野，呈現了獨特的形象，堪稱台灣戰後詩現實主義者的典範。」[24]

作爲一個評論者，林亨泰如何看待自己的作品？早在一九六四年十二月《笠詩刊》第四期「笠下影」，林亨泰寫林亨泰，可以看出他要發現別人所未發現，永遠以新人自許的心志，他說：

> 那些所謂「美麗的」風景的特徵，有如被大頭針釘牢的蝴蝶或昆蟲一樣的標本，更像被人類去勢的狗或貓一樣的家畜。那樣標本化或家畜化的風景也許是美好的，但是我還是讓給那些「懂得價值的人」去玩賞吧。
>
> 我寧願盡力去探求還沒有被那些「懂得價值的人」的足跡所踐踏過的地方，縱然那是有著猙獰的容貌而不能稱爲風景，或者不過是醜陋的一角而不足以稱爲風景，可是，我以爲只有在這裡才體會得到人類居住的環境底眞正的嚴謹性。[25]

詩，對林亨泰而言，不是「美麗的」風景，經由詩，他期望的是「體會得到人類居住的環境底眞正的嚴謹性」，這樣的自我體認其實就是現實主義者的宣示，這時他剛在《現代詩》發表過〈符號論〉、〈談主知與抒情〉、〈鹹味的詩〉，正在《創世紀》發表〈紙牌的下落〉、〈概念的界限〉，這些論述正是他被標誌爲現代主義（派）發言人的依據，可是他卻要從「有著猙獰的容貌而不能稱爲風景」、「醜陋的一角而不足以稱爲風景」的地方，去體會人類居住環境底眞正嚴謹性，他對自己的認識是從現實主義的角度來書寫的，他對自己的要求也是以現實主義的精神來自我警惕的。因此，本文將從現實主義的特質來發現林亨泰的美學特色。

1. 語言：多感交集

林亨泰自稱是「跨越語言的一代」，從小講台灣話，上學後接受嚴格日語訓練，不曾接觸漢文；一九四九年國民黨政府來台，其年四月「銀鈴會」所屬刊物《潮流》，林亨泰發出一則「我們非獲得中文寫作能力不可」的通訊㉖，二十五歲的他在時代的折磨下早已領悟「語言」不只是工具，而是思想控御的利器，極具征服和侵略的力勁。林亨泰相信：「文學家對於這個世界的認識是透過語言的，然而語言是一個民族的精神與特性的具體代表。這個意思就是說，你用的是什麼語言，等於認同了什麼民族。」「現實是無法直接表現的，文學家若不戴上『語言』這個具有民族特色的『有色眼鏡』，則無法表現現實的。」㉗因此，在〈跨越語言一代的詩人們〉文中，他曾提到兩則小事，足以證明語言的現實功能：「我一生感到最痛快的一件事，就是在剛光復的當初，自告奮勇地到日本人小學校去擔任台語教師的這件事。當時針對那些通常以征服者姿態出現的驕傲的日本子女，我所要教授的正是他們以前一直所想消滅的台語，這是帶有一種『報復心理』。」「一些前輩文學家所採取的以其人之道反諸其人的策略是非常明智而令人敬佩的，如楊逵先生，他以日文寫作揭發日本人的醜陋，用了日文發揮了台灣的意識。」㉘這種語言所顯現的、潛伏性的民族認同，是現實主義者最爲敏感的課題。何況，林亨泰所面臨的又是使用的語言與心中的民族認同起了衝突的時候：被迫使用日語時，必須以台灣意識的內涵來超越日語這一工具；不必被迫講日語時，卻面臨喪失純熟的語言工具，不得不對另一種語文的表達能力作技術性的突破。

這是第一層次的「語言」多感交集。以其他現實主義詩人加以驗證：賴和在日據時期拒絕使用日文寫作，最常以雜入台灣話語的漢文白話文創作文學；吳晟以鄉土語言入詩；向陽有完整一冊的《土地之歌》的台語詩創作；甚至於林亨泰本人也曾將自己的詩作「回譯」成台語，並有再度跨越語言，學習台語注音的準備（《林亨泰全集》第一冊後半冊是四〇年代詩作的台語譯文）。凡此都足以證明現實主義詩人與母語的密切關聯。

第二層次的「語言」多感交集，則要以林亨泰的「怪詩」、「符號詩」作爲討論的對象，依林亨泰自己的看法，現代派運動共分前後二期，前期由現代詩社所主導，爲期三年（一九五六年一月至一九五九年三月）；後期現代派運動則由現代詩社和創世紀詩社所共同推動，爲期十年（一九五九年四月至一九六九年一月）。林亨泰前期現代派作品傾向於所謂的「怪詩」、「符號詩」的嚐試，後期的重要作品是〈風景〉和〈非情之歌〉㉙。這些「怪詩」、「符號詩」，其實就是後來詩壇習稱的圖象詩（具象詩，具體詩），傑異的作品如〈農舍〉、〈風景〉㉚：

農舍

門
被打開著的
正廳

神明
被打開著的
門

風景No.1

農作物 的
旁邊 還有
農作物 的
旁邊 還有
農作物 的
旁邊 還有

陽光陽光曬長了耳朵
陽光陽光曬長了脖子

風景No.2

防風林 的
外邊 還有

防風林　的
外邊　還有
防風林　的
外邊　還有
然而海　以及波的羅列
然而海　以及波的羅列

此二詩，論述者已多，大體而言都在符號、圖象上打轉（如〈農舍〉的「門」就像農村處處可以看到的大廳的門，敞開的門可以望見神明神像；如〈風景〉中的「防風林」的排列疏疏密密，彷彿海邊防風林的光影輝映）。唯陳千武先生能從一九二八年日本《詩與詩論》雜誌創刊，進入詩現代化的革命，去尋找林亨泰創作這類型詩的源頭。他說：「這些運動首先是詩的外形破壞，從繪畫運動的精神接受思想構成派的詩，認爲藝術的對敵是概念，盡量破壞文章論、常套的句法，排斥形容詞副詞的屍體，使用動詞的不定法，以期達到不被侵害的境域。因而，詩的方法只採取描寫存在的主要點，造成藝術性的短詩或圖象的方式。」[31]這就是從詩的語言去思考：何以林亨泰用這樣的圖象詩去表達他所親近的現實——台灣的農舍、二林海邊的防風林。

就事物思理的推究而言，林亨泰會將事理推至極點，推至非黑即白的地步，〈非情之歌〉就是類型的作品，我們將在〈物理：多元思考〉中探討。此處引錄〈作品第三十九〉，可以看出林亨泰的創作觀：「寫詩並非那麼神秘，只是把白寫得更白，只是把黑寫得更黑」，這就是將事理推至極點，推至非黑即白、極黑極白的地步。〈風景〉二詩，農作物與防風林就是最單純的存在，究其至，台灣農民每日辛勤以赴的就是安內（農作）與攘外（防風）而已：

作品第三十九

寫詩並非那麼神秘
只是把白寫得更白
只是把黑寫得更黑
　寫風景
只是
通過農作物
通過農作物
通過農作物
而已……
寫詩並非那麼神秘
只是把白寫得更白
只是把黑寫得更黑
　寫風景

只是
通過防風林
通過防風林
通過防風林
而已……

就詩創作的方法論而言，林亨泰在〈詩的三十年〉文中，自述最早寫詩時「所想到的詩技法就是『疊句』（refrain）的運用。」他舉〈夢〉與〈影子〉爲例，說：「『疊句』——反覆詩句——的運用，本是歐洲抒情詩的一定型，後來也廣被日本自由詩所喜歡採用，它能使殘篇斷句不致陷於支離破碎而得以統一成爲完整。……例如『夢是苦痛的、空虛的，但又不得不去做夢』之衝突的矛盾的心情，或如『看得見又好像看不見』之迷失的茫然的感覺，則非藉這種反覆又反覆的『疊句』法來發洩與傾訴是無法獲得協調與解脫，是無法求得寧靜與安適的。」㉜在〈笠下影：林亨泰〉「詩的特徵」中亦云：「當文字的使用逐漸地流於修飾底使用時，隨著文學即開始墮落了。對於這種墮落，詩人作爲挽救的手段之一，就是排斥一切修飾，將文字使用極端地加以樸素化。」林亨泰的詩就是這種極端樸素化的典型。

再以「跨越語言的一代」加以思考，林亨泰使用中文的能力滯澀而不油滑，不若台語之輪轉，日語之流利，這種缺點在思考詩、創作詩時，反而成爲詩思考、詩創作的優點，當詩之思要成形而未成形，詩人的詞彙有限，必須斟酌再三，因此不會有一瀉千里不知何所止的現象；添加形容詞、修飾語的機會減少，詩的意指反而擴大，如「馬」、「白馬」、「英挺的白馬」、「一群英挺的白馬」，語言的意指越來越明確，而其範疇則越來越狹小。詩，需要的是更開闊的想像空間，現實主義的詩作需要的是可以推之久遠的事理，否則，讀者無事跡可循時，依傍事件的詩將失去詩的依傍。

語言，可以是詩的依傍。將語言推至最純最淨，形銷骨立，最接近詩思的原生質存在，是林亨泰所講究的。在〈概念的界限〉文中，林亨泰提出這樣的質疑：「有誰能說因爲步行不曾有過那種步法爲理由，便向舞蹈家提出要求他的舞步亦必須按走路的樣子？」林亨泰可以棄「步行」之步而追求「舞步」之舞，可以棄語言而直指詩心，「詩的關係，並不是人類與文字所發生的關係，而是人類與存在所發生的關係，它是概念以前，語言以上的。」㉝因而，〈笠下影：林亨泰〉的結語是：「他不是以文字所持的意義寫詩，而是以精神所具的秩序寫詩。」這種捨棄「詩是美文」的觀念，直探「美先於文」的美學本質，是他前後期現代派運動中以「符號詩」滌肌去肉，刮垢磨光，以顯現台灣現實的基本理念，唯其語言削淨，所以能以簡御繁，以一貫萬，肆應不同的世代與現實。

2. 物理：多元思考

林亨泰是一個「主知」的詩人。

在〈詩的三十年〉這篇自剖文章中，林亨泰說：繼「疊句法」之後，「知識」的「情緒化」是我早期慣用的另一種手法。他發現自己有衒學與賣弄知識的傾向，想起 T.S.艾略特的話：「詩即是思想之情緒的等價物。」所以他一直在思考「知識」如何「情緒化」這個課題。林亨泰這段話的用意不在「情緒化」的過程，他所強調的卻是源頭的「知識」；因爲在〈五十年的『詩』生活〉裡，他說，詩中有過多的傷感，是寫詩時唯一的禁忌。

紀弦與林亨泰都自稱是「主知」的詩人，實際上，紀弦個性外鑠，宜屬浪漫派的英雄主義者，理念上雖有「主知」的企求，操作時卻以意念駕馭一切，不如說是傳統的「言志」詩人。林亨泰的詩如上節所言，除削殆盡的不只是浮詞贅字，還包括傷情悲緒，有時，甚至於，只是單純的情緒也在拋除剝削的行列。

以〈進香團〉爲例，一般寫實主義者或許會陷入宗教性的狂熱，道德式的批判，情緒詞語大量湧入，但五〇年代才三十三歲的林亨泰所寫的〈進香團〉，卻不加任何讚辭或貶語，純任進香團靜靜演出。

進香團

旗——

▼黃

▼紅

▼青

善男1　拿著三角形

善男2　拿著四角形
香束
燭台
信女1　拿著三角形
信女2　拿著四角形
～～～～　■■
～～～～　■■

「符號詩」類近「唯物史觀」，「物」在讀者眼前默默演進，「史」在讀者心中默默變化。以〈進香團〉來說，有人會感受到隊伍行進時的虔誠，有人會覺得隊伍行進滑稽可笑。林亨泰讓一件可評述的事（線狀的存在），只以簡單的「物」（旗，點狀的存在）串演，以達利瘠瘦冷肅的雕塑豎立在曠野，是卓別林冷眼看人生的默劇。可以說，「物」之「理」探究到極致，掌握到最精粹、最簡約的原理原則，所以能任讀者多元思考，多向體會，多層次的悸動。甚至於情意的抒發，在林亨泰的詩集中本不多見，也以冷然的面貌呈現：

孤獨者的夜

爲了供給孤獨者喝，

水缸盛滿了光，
鄭重地擱在屋後了。
爲了供給孤獨者用，
「北斗七星」的柄，
鄭重地掛在屋角了。

「北斗七星的柄」去舀「水缸盛滿了的光」——水光？月光？——林亨泰將孤獨者的孤獨放在天與地的距離中去衡量。「物」使「情」有了依託。

五〇年代的林亨泰選擇「物」以說理，藉「物」的原形原貌、「物」的本質本性，靜靜以「不說之說」說理。或許因爲是「跨越語言的一代」，選擇「物」時無法俐落，詩往往一改再改，《林亨泰全集》中存有三首詩，句意不變，只是「星移」則「物換」，呂興昌仔細註明發表的年月㉞，我們因而可以窺測林亨泰揀擇名物的考量歷程，見證一個現實主義者如何從「文字的美」慢慢靠向「生活的眞」：

四　月

有胖的薔薇和胖的太陽，
有女人們在唱著胖的歌，
還有，胖的碧空凝看著我，

凝看著我，呼吸在這胖胖的空氣中。（原載《現代詩》第十期，一九五五年夏季號）

四月

有胖的玫瑰和胖的太陽，
有女人們在唱著胖的歌，
也有貓睡在那裡的胖空氣，
還有凝視著我的胖胖的碧空。

（原載《野火詩刊》第四期，約一九六三年二月）

亞熱帶之一

有胖的軌跡和胖的太陽，
有女人們在唱著胖的歌，
有肥豬睡在胖胖的空氣中，
有香蕉有鳳梨更有胖胖的水田。

（收於《長的咽喉》「鄉土組曲」輯中《笠》第五一期，一九七二年）

第二首的〈四月〉改「薔薇」爲「玫瑰」，將文學性用語改爲生活性用語。「凝視」是一般人習用的詞彙，「凝看」則是文人求其變化的用語，所以改「凝看」爲「凝視」；不過，「凝視」終究是文謅謅的語詞，在第三首終於消失了。第二首〈四月〉與第一首〈四月〉最大的改變是加入了「貓」，家居生活的眞實感就出現了。到了第三首，「貓」換成「肥豬」，「我」也不再置身詩中，更客觀地呈現亞熱帶地區台灣的風情：香蕉、鳳梨、水田。第三首題目改爲〈亞熱帶〉，爲表現北回歸線而出現「軌跡」，替代了原有的「玫瑰」，更接近生活的眞實。

從〈四月〉變爲〈亞熱帶〉（之二），間接也見證林亨泰「主知」的訴求，將〈四月〉抒情的「有我」的情境，去除主觀，過濾情緒，轉換成〈亞熱帶〉記敘的「無我」的客觀事實。這是以「物」的選擇過濾私我的情緒，「物」選擇的過程就是作者多元思考的過程，「過濾私我情緒」的結果則是讀者有更多多元思考的空間。

六〇年代林亨泰唯一的作品是寫於一九六二年五月至六月，發表於一九六四年一月《創世紀》第十九期的〈非情之歌〉（連序詩共五十一首）。不在「物」的選擇上猶疑，直接將「物」推至終極之處，非黑即白，以易經「非陰即陽」的太極原理，電腦二進位的數理邏輯，追索萬物，思索人生。

序詩

始於花瓣
終於枝頭
最初的一次
最末的一次

一個開始
一個結束
從白的邊緣
到黑的邊緣
開成花朵
結成種子
最透徹的醒
最峻厲的罰
把白推出
把黑關進
不再是最初
不再是最末

有時是一首之中黑與白對比而存（如十二、十三、十四、十五、十六），有時是兩首之間黑與白對比而生（如二與三、五與六、七與八、九與十），有時整整一首專述黑，有時整整一首專述白，都以最極至的黑與白去對照晝與夜、晴與陰、男與女、睡與醒、愛與恨、生與死……衍生為生活的眾貌，社會的眾生，宇宙的萬象。一個開始——最初的一次——從白的邊緣（或許從黑的邊緣），開花，結子，透徹的醒、峻厲的罰（仍然是一種極至），結果是：不再是最初（當然也不再是最末）。這樣的歷程就是林亨泰觀察、省思的歷程，推極「物」以逼近現實之眞之最的歷程。如〈作品第四十六〉：「我以白的泥土／塑造／但你卻以黑紗／裝束了／／我以白的溶液／洗濯／但你卻以黑膏／整容了／／我以白的語言／讚美／但你卻以黑字／歌頌了」。

至簡至約的「物」的探索，異於一般現實主義者敘「事」的書寫方式。但「評者之討論往往脫離不了一個惡習——即一味地以詩人對現實乃至社會所作的外在描寫的多寡，作爲判斷作品中現實觀乃至社會性之有無的憑據。」對這種現象，林亨泰深不以爲然，他說：「詩人在許多場合必須把自己所關心的焦點從描寫外在的客觀狀況移至表現內在精神的層次上，縱使他所表現的正是有關現實的外在問題，也非得把它當作內在精神的表現問題來處理不可。」㉟揀擇「物」，探索「物」，推究「物」至極處以尋其「理」，是爲了追蹤「物」的「內在精神的層次」，這是林亨泰與一般人相異的現實主義美學特質。

3. 人性：多種體會

尋物理以探人性，人性的體會是林亨泰現實主義美學的另一種特質。

康原在〈八卦山下的詩人——林亨泰〉㊱文中指陳林亨泰詩作的特色：一是充滿濃厚的鄉土色彩，二是本土意識的表現，三是社會問題的探討，四是具實驗性的現代觀。前三項是現實主義的內涵，後一項是現代主義的方法。前三項現實主義的內涵，也是題材的選擇，可以歸納爲一：尋物理以探人性。

林亨泰曾言：「『關心』（interest）對於詩來說是非常重要的。從前有人以『靜觀』作爲詩的重要動機，但，這種態度未免過於靜態而消極，往往會導致逃避現實、脫離現實的現象。就這一點而言，『關心』是積極而且含有潛在的行爲。優秀的詩人必定去關心他周遭的社會、政治、經濟、時事、愛情……等問題是很自然而合理的，但，如果說詩人寫詩時，任憑這些社會、政治、經濟、時事、愛情……等等問題，反撲過來指使、干涉的話，詩的立場等於從根本就被否認掉了。」[37]林亨泰強調詩人的「關心」，但也防止現實問題反撲過來指使、干涉，最好的辦法或許就是林亨泰所採取的：尋物理以探人性。一般以「敘事型」關懷現實者，往往不免因爲涉事太深而走向政治，遠離文學；輕者，其作品也淪爲被意識所操控的廣告文宣，爲智者所不屑爲。關心而不謀事，是林亨泰的哲學，舉三首詩來證明他的態度。〈回扣醜聞〉（一九八九年作品）是典型的尋物理以探人性的作品，從衣服上扣子的體面瀟灑，不可或缺，轉向官員索取回扣的醜陋，以同音的「扣」字聯繫物理與人性，此詩必定是因爲某個社會新聞而觸發，但，不爲某個單一事件而寫，因而保有詩的恆常性。〈腐爛〉一詩（一九九四年作品），以果實的腐敗印證財閥、政客（人性）的腐敗，同樣是因（某）事而觸發，藉（某）物以見意，不直接寫事件。〈見者之言〉（一九八四年作品）則以觀察鳥與魚：各在其位，各安其居，顯示貪婪的人性不足取。

這三首詩都是九〇年代的作品，林亨泰熟諳人性之作。

四〇年代林亨泰的寫實主義作品，則以關懷各種不同的族群，發揮人性之光爲其主調。呂興昌〈林亨泰四〇年代新詩研究〉[38]論文曾從七個層面探討詩作特色，其中「女性典型的塑造」、「原住民經驗的詮釋」、「社會苦難的關懷」即屬此類。舉〈山的那邊〉第一首〈烏來瀑布〉及第六首〈杵〉可以看出眞正的仁者心懷：

烏來瀑布

霧雨之中
打開胸膛即見一條白色的生命
歷史雖已造就塵世
此地依然深垂夢之薄薄紗帳
獨自呢喃著永恆之聲的
烏來瀑布啊！

那是夢般之所在
懷著美夢徘徊流連之旅人
更加動心於
高亢優美的番社歌謠
啊　異族語言之美的旋律
正是我想尋求的繆斯啊

杵

「番社就是這樣過日子的」
指著臼中杵過的米說
文明人瞇起三角眼笑著說
「番社就是這樣過日子的」

這兩首詩揭露林亨泰以對等心看待原住民的胸懷，衷心羨慕原住民語言之美的旋律才是眞正的詩，不喜歡有人以「文明人」的姿態自居。這才是人性之光。即使到了二十一世紀的今天，相信還有很多人缺乏這種族群存異和同，相互尊重的認識，林亨泰卻在四〇年代就創作了這樣的作品。四〇年代林亨泰以花瓶的花凋零、倦怠寫〈尼姑〉，以澄澈的眸子閃著孩子氣的光彩寫〈新畢業的女老師〉，以疲憊的眼瞼孕育著淚寫〈被虐待成桃紅的女人〉，一樣以尊重的態度面對異性，一樣閃現人性之光。特別是相對於日人、日本政府，這些詩作都出現在男性威權的日據時期，外來政權欺壓台灣百姓（漢人、原住民）的被殖民的日子，彌足珍貴。

林亨泰是一個知性詩人，關於人性的寫實之作，除了發揮人性之光，當然還會以他的知性去體驗人性之眞，透過生活的眞實以認識生命的眞實：

生活

你的聲音，若不從你的喉嚨發出；
而要裝成有體面的人的喉嚨發出；
那是可悲的。

你的聲音，必須是極爲單純的，
要單純得像一個農夫那樣才像你，
要單純得像一個工人那樣才像你。

那些聰明的傢伙一個個地得志了，
有些人出了名就趾高氣揚，
有些人發了財就遠走高飛。

不必靠了一個特別理由來生活，
活下去本來就是不用藉口，
除非你侮蔑了它。

活下去，有尊嚴地活下去。這就是生活的不可侮蔑。農夫，工人，從自己的喉嚨發出自己的聲音。這就是生活的不可侮蔑。甚至於卑微低濕如青苔，也有燃燒起來的時候：

群眾

青苔　看透一切地
坐在石頭上　久矣
從雨滴
吸吮營養之糧
在陽光不到的陰影裡
綠色的圖案
從闇秘的生活中　偷偷製造著
成千上萬無窮無盡
把護城河著色
把城門包圍把城壁攀登
把兵營甍瓦覆沒
青苔　終於燃燒了起來

群眾就是青苔，人民就是力量，卑微低濕，也有燃燒活力，改變命運的時候。「青苔」或許正是台灣人民的象徵，根據呂興昌的估量，此詩寫於一九四七年二二八事件之後，若是，則其現實性更爲強勁；但以林亨泰不顯本事只究物理的寫實特質，凡物皆有是理、凡人皆有是性，此詩的現實力量、美學價值，無可估量。

林亨泰，台灣詩壇的哲人，他的詩冷如匕首，但刺出去的力勁卻熱如鮮血。冷的是言語的削減、情緒的濾除，熱的是生命的活力、物理的沉思，唯其如此，他的詩不會引起喧囂，卻有一股深沉穩定的力量在推促，一把熾熱的火苗在內心深處燃燒。

「沒有語言／這世界／可能也沒有什麼驚訝」[39]

林亨泰以最精簡的語言說最強悍的事件，引發最大的驚訝。

「沒有驚訝／這世界／可能也沒有什麼情愛」

林亨泰以哲人之眼深入事物的核心，究其理，闡其微，發現聖人凡人共通的人性，現實世界共存共榮的奧義。

「沒有情愛／這世界／可能再也無須留戀了」

歸結於人性的現實主義詩作，才是永恆的詩，詩的永恆。

——二〇〇一年十一月眞理大學「福爾摩莎詩哲林亨泰文學會議」論文發表，選自《台灣詩學季刊》第三十七期

註釋

❶笠詩社，《台灣精神的崛起——笠詩論選集》，高雄：春暉出版社，一九八九年十二月，頁二九四～三一四「詩與現實」座談紀錄。

❷參見鄭明娳編，《時代之風——當代文學入門》，台北：幼獅文化公司，一九九一年七月），頁二。書中略謂：「寫實主義，另譯現實主義，是一個文體變動不居、含義曖昧矛盾、可以多方擴充角色的文學流派術語。寫實主義難以遏止地吸收修飾語而形成新的歧義，如批判寫實主義，理想寫實主義，反諷寫實主義，心理寫實主義，社會主義寫實主義，等數十種，其中有許多術語如魔幻寫實主義，已經和寫實主義的基本原則大相逕庭，反而歸入現代主義的一支。」

❸陳昭瑛，《台灣文學與本土化運動》，台北：正中書局，一九九八年四月〈明鄭時期台灣文學的民族性〉，頁三七。

❹廖毓文（廖漢臣），〈台灣文字改革運動史略〉原載《台北文物》第三卷第三期、第四卷第一期，一九五四年十二月、一九五五年五月。

❺呂興昌，〈林亨泰四〇年代新詩研究〉收入《林亨泰研究資料彙編》下冊，彰化：彰化縣立文化中心，一九九四年六月。

❻簡政珍，〈八〇年代詩美學〉收入於《台灣現代詩史論》，台北：文訊雜誌社，一九九六年三月。

❼宋田水，《「吾鄉印象」的鄉土美學》台北：前衛出版社，一九九五年二月，頁一四八。

❽林瑞明，《台灣文學與時代精神——賴和研究論集》台北：允晨文化公司，一九九三年八月，頁一〇〇。

❾同前註，〈自序〉頁九。

❿陳明台，〈人的確認——試論賴和的人本意識〉，李篤恭《磺溪一完人》（台北：前衛出版社，一九九四年七月），頁一〇九。

⓫同前註，頁一〇八。

⓬賴和，〈流離曲〉，《賴和全集》第二卷（台北：前衛出版社，二〇〇〇年六月），頁一一〇～一一一。

⓭賴和，〈日傘〉，同前註，頁六六。

⓮林亨泰，《見者之言》（彰化：彰化縣立文化中心，一九九三年六月），頁三一八。

⓯賴和，〈無聊的回憶〉，李南衡編《賴和先生全集》（台北：明潭出版社，一九七九年三月），頁二三一。

⓰賴和，〈飲酒〉，見前註，頁三八一。

⓱賴和，〈南國哀歌〉，見前註，頁一七九～一八四。

⓲陳昭瑛，〈文學的原住民與原住民的文學——從「異己」到「主體」〉，《台灣文學與本土化運動》，台北：正中書局，一九九八年四月，頁七七～八四。

⓳賴和，〈覺悟下的犧牲〉，李南衡編《賴和先生全集》，頁一三九～一四二。

⓴賴和，〈呆囝仔〉，李南衡編《賴和先生全集》，頁一九六～七。原載於《台灣文藝》二卷二號，一九三五年二月一日。

㉑陳淑娟，《賴和漢詩的主題思想研究》，台中：靜宜大學中文研究所碩士論文，二〇〇〇年六月，頁二一一～二一二。

㉒此二套書均由彰化縣立文化中心印行。《林亨泰研究資料彙編》二冊，彰化：彰化縣立文化中心，一九九四年六月；《林亨泰全集》十冊，彰化：彰化縣立文化中心，一九九八年九月。

㉓呂興昌，〈走向自主性的時代〉、〈林亨泰四〇年代新詩研究〉，均收入《林亨泰研究資料彙編》下冊，頁三六五～三七六，頁三七八～四四六。此一引言分別見於頁三六六、三七九。

㉔林亨泰於一九九二年十月榮獲第二屆「榮後台灣詩獎」，此為詩獎讚辭，收入《林亨泰研究資料彙編》下冊，頁三七七。

㉕《林亨泰研究資料彙編》上冊，頁三八。

㉖《林亨泰全集》第七冊，頁二一。

㉗林亨泰，〈跨越語言一代的詩人們〉，《台灣詩史「銀鈴會」論文集》，彰化：磺溪文化學會，一九九五年

六月，頁七二～八〇。

㉘同前註，頁七八～七九。

㉙林亨泰，〈走過現代‧定位鄉土〉，《林亨泰全集》第六冊，頁一八。

㉚見《林亨泰全集》，以下各詩均同此，不另作註。相關評論可參見《林亨泰研究資料彙編》。

㉛陳千武，〈知性不惑的詩——評林亨泰〉，《林亨泰研究資料彙編》，頁四四七～四五七。

㉜見《林亨泰全集》第六冊，頁一一～一六。

㉝林亨泰，〈概念的界限〉，《林亨泰全集》第七冊，頁四八～五一。

㉞參見《林亨泰全集》第二冊，頁四五～四七。

㉟林亨泰，〈現實觀的探求〉，《林亨泰全集》第四冊，頁二〇四。

㊱《林亨泰研究資料彙編》上冊，頁一九二～二〇一。

㊲林亨泰，〈《跨不過的歷史》序〉，《林亨泰全集》第六冊，頁二三〇。

㊳《林亨泰研究資料彙編》下冊，頁三七八～四四六。

㊴林亨泰，〈爪痕集之六〉，《林亨泰全集》第三冊，頁二四。

彭瑞金：

〈思索阿邦・卡露斯〉透露的新生代小說敘事重心的偏移

彭瑞金

台灣新竹人，1947 年生，現任靜宜大學中文系助理教授、《文學台灣》主編。著有《瞄準台灣作家》、《台灣新文學運動四十年》、《台灣文學探索》、《文學評論百問》、《鍾理和傳》、《葉石濤評傳》、《驅除迷霧　找回祖靈》等書。主編《台灣作家全集》短篇小說卷・戰後第一代：《李魁賢全集》、《李榮春全集》等。曾獲巫永福評論獎、賴和文學獎。

一、前言：從陳鏡花到舞鶴

舞鶴出生於一九五一年。和當今活躍於文壇的更新、更年輕的一群比較起來，把他歸類爲「新生代」，的確是有些突兀的。何況，舞鶴在七〇年代中期，即有不少作品發表，最早發表的是〈牡丹秋〉❶，其次是〈微細的一線香〉❷和〈十年紀事〉❸。他出任鴻蒙出版的「前衛文學叢刊」的社長，他在叢刊上發表的作品，可以說是維繫「前衛」很重要的一根支柱，也獲得許多好評。雖然沒有人交代其間的因果關係，但「前衛」出了三輯即停刊，舞鶴停筆——至少是停止發表作品，時間是一致的。

一九七九年發表〈十年紀事〉後，有十多年的時間，舞鶴的文學生活處於漂泊的狀態，他否認這期間是「停止寫作」。他說：「我遲至二十八歲才當兵，當完兵出來，已經三十歲，我隱居到淡水，決心寫一部『家族史』。」❹爲了準備寫這部家族史，大量蒐集、閱讀台灣史料，「補強思想性的不足」，閱讀文學、史學方面的書。他與楊照的對談中❺，是他迄今爲止僅見的寫作心路歷程、比較具體的表白。他認爲淡水十年，是他的寫作準備期，他決定只要寫出「家族史」，有些短篇可以不用寫了，同時，因爲準備寫「家族史」的閱讀經驗，改變了他的文學觀。所以，距離他一九九一年再次發表〈逃兵二哥〉❻的十多年間，他的文學創作並未空白，只是沒有發表作品。舞鶴還表示，離開淡水後，抽屜中還放著好幾篇接近完成的短篇，也是淡水隱居的成績，或許他自認爲「家族史」才是他的成績。

「家族史」迄目前仍未完成，眞正原因雖不可知，可能從〈悲傷〉❼中，可以看到一些端倪。

不過，「家族史」的寫作計劃，徹底改變了舞鶴的文學，是他自己也同意的：「在我隱居淡水期間，終於有了一個大的轉向——轉向本土，慢慢我不讀本土之外的東西，我眼睛朝內看，實際行動也是朝內走。我年輕時也只是在西部城市跑來跑去，直到我朝向中央山脈，走入台灣內部，我才發覺對於將近四十歲的我，台灣還有許多內在，包括風土的美，是我所不知道的。我想身爲一個台灣作家，最值得寫而且可以寫得好的，甚至可以成爲所謂世界級的東西的，應該是屬於我們本土的深度與內在。」❽

舞鶴這段話，主要用來說明他的淡水經驗前後的重大文學觀念的區別。他指出，之前，他的文學很注意西方所謂的藝術性，特別是集中精神沉迷在現代主義的潮流，而環繞著「家族史」的淡水經驗，使他轉向本土。這之間，需要加上但書的是，四十歲以前在淡水的舞鶴本土轉向，應該指的是閱讀、精神關注的「走向」，而不是指行動的「走入台灣內部」。〈逃兵二哥〉、〈調查：敘述〉❾、〈拾骨〉❿、〈悲傷〉，應該就是作者自承的放在抽屜裡的淡水作品，或者至少也應該是淡水經驗形成的作品。不過，由於沒有「家族史」的印證，無法肯定此一時期的舞鶴，所謂「轉入本土」是指一種精神的洗禮，還是作品風貌的脫胎換骨。

舞鶴曾經明確表示，他「完全沒有大中國情結，沒有這個背負」⓫。因此，他和一般人所謂的「轉入本土」，意謂著從「大中國的架構下思考」改變以「台灣本土意識」，所形成的創作意識，是完全不相同的。甚至他還進一步釐清了「文化中國」和他的創作的關係，他說，雖然受的是國民黨的制式教育，「特別是我們讀中文系的，這些漢文的東西都是從大陸傳過來的，但是我的寫作跟我受的教育並沒有必然或密切的關係。坦白說，我幾乎沒有思考過所謂大中國的問題，我只覺得我出生在台灣，我一直生活在台灣，我寫作的時候刻意要求自己把一生寫作的題材固定在台灣本土之上。」⑫

根據舞鶴的自述，可以發現「淡水十年」帶給舞鶴的文學思考是脫胎換骨的轉變。由崇尚現代主義，投入藝術技巧摸索、磨練的磨劍階段，躍入意識覺醒的階段。不能因爲他的「家族史」沒有出現，便忽略他對自己文學主張的實踐能力。其實，他和楊照對話而提出上述表白時，他應該已經著手，或至少有相當把握在進行「深入台灣本土內在」的寫作計劃了，只是他在表述時，沒有把在淡水的思考時間和離開淡水的後淡水時間的落差，特別清楚地釐清開來而已。

一九九一年底，《文學台灣》創刊後，舞鶴陸續將〈逃兵二哥〉等作品整理出來發表，較之〈微細的一線香〉那明顯煙薰的破舊、陰濕、鬼怪，九〇年代的舞鶴是開朗、現實得多了，但〈逃兵二哥〉等作比較受重視的還是它更見圓熟的藝術技巧，還不太能找到所謂蛻變性的變化，相信這些作品是從存稿整理出來的，還不是九〇年代的新作，但從「對談錄」幾乎可以完全肯定他新的寫作工程已經開動。〈思索阿邦·卡露斯〉使舞鶴在眾多作家以顛覆大中國情結尋找本土意識以爲自己的文學新生的九〇年代，以顛覆被通俗化的「本土意識」，以全新的本土體驗，帶來自己文學的新生。

以〈牡丹秋〉、〈微細的一線香〉踏進文壇的舞鶴，雖然留給人對他的特異文字風格的無限想念，畢竟只是曇花一現，如果不是九〇年代重出江湖，他在七〇年代的出現，未必在文學史上有太大的意義，尤其是經過十多年的沉潛、修煉，重出的是舞鶴，已經不是昔日的陳鏡花，脫胎換骨的新生意義，對作者而言也是自覺的。拋開年齡和歷史的註記，以全新的新生意義來看待九〇年代的舞鶴，可以看到台灣小說敘述重心移動的意義。

舞鶴本名陳國城，七〇年代發表〈微細的一線香〉時，用的筆名是陳鏡花。雖然他沒有正式交代過筆名的由來，但「舞鶴」是東台灣一個原住民部落的名字，其厚實有根，固然不是「鏡花水月」的空幻之喻可以比擬。詩家解詩說，「詩有可解不可解，鏡花水月，勿泥其跡也。」這樣的文學態度，相當接近迷戀現代主義文學思潮時代的「陳鏡花」表現出來的文學風格。〈思索阿邦・卡靈斯〉以好茶的魯凱為背景，一個曾經耽於文學藝術之美的作家，以行動證明他的文學「走向中央山脈」，在意義上當然是新生的。

二、〈微細的一線香〉與〈思索阿邦・卡露斯〉

〈微細的一線香〉發表時，適值鄉土文學論戰結束不久，前衛叢刊以它為第一輯的輯刊名，之後又被當年度的兩本年度小說選——李昂編選的書評書目版《六十七年短篇小說選》及葉石濤與筆者聯合編選的文華版《一九七八台灣小說選》同時選入。葉石濤肯定這篇小說重現了一個府城家族三代人的生活，同時予以歷史性的批判。是日治以來，大約八十多年台灣史的縮本。整篇小說陰鬱、黯灰的色調，有助於顯出破敗世家衰落的景象。「作者把長篇小說的題材處理為濃縮的巨型短篇絲毫未露出破綻。」⓭李昂除了肯定它的意象經營有獨到之處，認為小說的結構不完整、不均衡，基本是失敗的。「恐怕也較易引起爭論」⓮，此外並沒有交代選它的具體理由。

這篇出現在鄉土文學論戰作出結論之後的作品，可以說適時敲到了一些文學爭論已經縫合的痛點，讓人說不出它的好，也很難說得出它具體的壞，因為它實際分別融合了現代主義文學和鄉土文學擁護者雙方的某些特質，構成了雙方從各自的文學信仰看到的「可解不可解」。不過，從後來，舞鶴投注了相當長的時間和相當多的精力去經營的「家族史」寫作計劃一事看來，〈微細的一線香〉勾勒的家族史，很可能就是他尚未完成的大家族史的雛型。若然，則有關它的技巧、結構和意象的評論都是多餘的，主要的還是作者如何去呈現他的精神世界的問題了。

〈微細的一線香〉隱約要呈現的一個台南府城家族四代人的家族史，雖然使用的是自我嘲諷的筆調，仍然隱隱存有維繫一線香火傳統存續的「懵懂」心意在，敘述這個家族故事的第三代傳人——我，可以說被宿命地開了一個玩笑，因爲喚承祖的父親早逝，二叔叛逆，成爲祖父屬意的香火承續者，可惜他發現由祖父手中把這個由五進大厝敗落賣地成三進的黃昏家族，實際上可以承傳的只是「破舊、陰濕，滿是鬼怪。伊娘的，攏是鬼！」僅存的、對祖父「癲狂」的記憶裡，那個中年時曾經是「孔廟以成樂社司笙者」的祖父，因「莫名辭離樂社」，竟然「於自家堂厝經營起類似廟祭的規模」，「加厲地收購著簠簋尊爵等諸種祭器」，實際只是老祖父領著小孫子的「家族二人祭」。

諷刺的是，這樣一個癲狂地固守著傳統的老人，在《潛夫論》、《明代名醫言行錄》、《大清會典》、《顏氏家訓》等線裝書的內裡，最下層的斗櫃，藏的卻是代表御用士紳的「台灣公益會旨趣書」和〈大和頌〉、〈送尾崎一郎東歸詩〉、〈和上田總督詩〉。或許老人身份認同的紊亂，可以解釋爲「原來那只是一種在每個世代中俱可瞥見的卑微苟存的人性」，把它視爲市井小民苟全性命於亂世的一種生存哲學，但與其鄭重其事的護持道統行爲，總是形成強烈的諷刺，而不禁懷疑其「還是在其鄙憎的面目下，有更崇高的企圖」？

老人那喚「承祖」、曾是文科畢業的兒子，「奮戰」歸來，被引介在縣府稅捐處做文書工作，終因對人懷有仇怨般的敵意，很快地便自社會潰退下來。迷上養貓、蒔花，使得「古厝中到處都是躺著漫步著、慵懶身子呵欠著的貓」、「庭院甬道廂房簷下盆栽著各色花」。三十九歲便撒手人寰。顯示這個古厝家族的遺傳裡注入的頹廢、腐敗因子，不管如何勉力「照顧這線香」，也終將因爲它的頑固而被時代淘汰，難以「續著下去」。老人的另一個「叛子」，雖然因爲母親生他時難產，不得老人喜愛，被一陣亂棍打跑之後，反而闖出一番天地來。在老人開的工廠結束的慘淡之際，他成了一家紡織廠老闆，後來又新建了一座綠藻廠。老人對「叛子」始終不能諒解，老得在半昏睡狀態，還要勉力寫下「天譴如斯之人」，卻渴望著「叛子」經濟上的奧援。

作者有意透過「叛子」凸顯古厝裡的人頑強的固守，本質上是絕望的，病態的、虛僞的、荒謬可笑的，卻完全無法自我解脫。第三代的「我」雖然已能以自我解嘲的心情來看待固守這一線香的荒誕本質，但因爲沒有離開古厝的決心和魄力——「我十分戀著古厝，在思念中感覺一種奇異的溫馨。」所以儘管二叔有意拉他一把，把他帶到自己的工廠擔任「總管理員」。但他發現「二叔」所代表的戰後台灣新興的資本家，「原料、零件購自對方；重要技術師供自對方，技術秘密保留著；產品銷至對方。」、「餵飽自己的肚囊錢囊」、「從不會站前一步，主動爲人設想！」不過是保留著完整的「殖民地性格」、「遺留著殖民的痕跡」、「同是殖民治下的遺魂！」[15]因而對「管理員的職責厭怠起來」，趁著母親的喪期不再赴職。先是買台二手速霸陸賣舊書，終是憑著讀古書的底子到印刷廠擔任撿字工作。在他兒子的作文簿中，父親是「傍晚後，客廳黑暗暗，只燒神明的香，老是抽煙的爸爸坐在椅內，眼睛瞪大大，都不說話……。」[16]像遊魂一樣穿梭廳房過道

「盪來盪去」。「叛子二叔」說：「這屋厝讓人頹廢。」「我」肺癆已至膏肓的母親聽了也眼眶滲著淚說：「廢人嚒？說的也是——呵我的廢人。」

守著岌岌可危的一線香的府城舊世家，到底要堅守的是什麼，恐怕他們自己心裡也不清楚，實際已經空無一物，只是裝腔作勢作出來的舊世家空殼子，不但在下層斗櫃的「折疊整齊的和服衣料」、「一雙木屐」、「台灣公益會旨趣書」、以及〈大和頌〉等紙軸裡，找到「祖先的羞辱」，使得他無法和戰後與日本人合作經營工廠的「叛子二叔」就「殖民地性格」、「民族感情」做理直氣壯的辯論。其實在「光復後第三年春天」的全省暴亂時，「祖父」經營的罐頭工廠，生產大批大批運到中國去，面對出現十來個持著棍棒、闖入工廠「打豬仔」的兇漢，「祖父」忽而稱自己是「台灣人」，忽而又說自己是「中國人」，把持棍棒的人弄得目瞪口呆。所以他苦苦執守的是什麼？雖然態度是認眞、嚴肅的，卻無改於他的執守是一場空茫的事實。「我」與「叛子二叔」的民族情感爭論，同樣也是禁不起「現實」的檢驗，在身份、情感上，都由於流於「民族情感」的不能落實而「踏空」，只是頹廢一族，不能清醒地感覺這些而已。

線香代表的意象是相當虛空的，卻有一種形式主義的眞實，即使作爲身份、地位——即使是形同黃昏景象的表徵，仍然有人要捨命抓住它。正如苦苦守著線香的家族，並不認眞地去想燃線香的意義，也沒有多少眞實感，但篤守著它等於還可以在沖刷舊時代的洪流裡，手裡還握著一根稻草，聊以自慰。終〈微細的一線香〉這篇小說，「陳鏡花」都無意解開他感喟的、被時光流失的是什麼，但不論是固守孔廟祭奠儀節、要孫子習舞八佾的老人，種菊花的「承祖」、不願當工廠管理員寧賣舊書、當撿字工的「我」，無疑仍是漢族中心意識文化的執守者，而且是出自非常典型的中產階級意識，儘管這中間有執守的方式、程度、態度的差異，基本的信仰仍然是相同的，他們一律浮懸於台灣的土地之上。

九〇年代初期，舞鶴拿出來的作品，如〈逃兵二哥〉可以說刻意在顛覆一些昔日信仰的屍居餘氣，他要把昔日作品裡擺弄的穿著怪模怪樣長袍馬褂的怪布偶，換成現代時裝的新布偶。回到非常現代感的現實的舞鶴，所謂「跟台灣現實的政治、社會，特別是政治的現實有很密切的關係……希望能深刻表現本土政治、社會的種種層面。」⓱但這些「表現」的特質，與〈微細的一線香〉仍十分雷同，仍然是非常知識，非常中產階級的一頭熱，有些看似生動的挖苦、嘲諷，甚至嚴肅的指陳，如果掃興地詰問一句，與土地何干？於眾生何涉？很快便可能被逼回到一個非常非常偈限的角落裡去。而寫作〈思索阿邦．卡露斯〉時，清楚地註明自己「年過四十」，可見這才是九〇年代舞鶴的作品。

〈思索阿邦．卡露斯〉不同於〈逃兵二哥〉的是，它不只是觀念上的「轉向本土」，也不是舞鶴所批評的「年輕的寫作者」所寫的「一種非常膚淺的層面」的本土，最主要的是他的本土經驗是長時間用腳走出來的，所謂「我朝向中央山脈，走入台灣內部」，不是形容詞，而是實際的寫作經驗。合計約十一萬字⓲的〈思索阿邦．卡露斯〉的兩個要角分別是經常騎著機車走百里路，來到內山部落拍攝，以至於「立志『專業魯凱』後半生」的阿邦，以及四十五歲以前在都市求生滿二十年覺得夠了、決心回歸原鄉開始他的「寫作專業」的卡露斯。

阿邦和抱著朝山、朝聖心情進入部落的民族學家、人類學家或媒體工作者、山服隊員、大傳系的大學生不同，阿邦只抱著鏡頭、搶按快門「恰擦」，不多話。本質上，阿邦不同於動不動使用高難度術語的學院派，接近「素人攝影家」，靠勤奮的雙腿，穿梭在部落裡，埋伏、跟蹤拍攝的對象，但阿邦在卡露斯身上看到自己的不如，六天的「巴魯冠」魯凱聖地探險，卡露斯贏得阿邦的信任，阿邦不得不嘆服：「到底呢我們是有比不上人家的東西。」

比起那不尊重人家的某報社女記者，穿著牛仔褲、混進「人家獵人男人不能碰觸的傳統」，以自己的身體當墊子，誘引酒醉魯凱青年躺上去，以攝取近距離的原住民「有酒味的影像」。阿邦是絕不會僅憑一張醉臥山溝的原住民照片，表達「原住民醉倒部落水溝」的意象的。阿邦認為「單獨一張影像往往是片面的，不僅不可能代表眞實、更可能是歪曲了事實」。雖然，阿邦也曾經因爲獵取一位喪妻不久的中年男人，在屋簷下晾一套他亡妻的藍色羅曼絲奶罩三角褲，而遭到厲聲質疑他「按快門的良心問題」。但他的專業魯凱，終因「踏遍好茶每一個角落，讓泥土的芳香自鞋底滲入他的腳底」，而得到了獨家的「坐在門檻的魯凱人瑞」——「孤絕」老人比阿紐的接受、同意拍照，成爲女記者調侃的「魯凱官方認定的攝影師」。隨著阿邦騎車上山的頻率和認眞學習的態度，固然使他破了「素人攝影家」的形像，卻加重了他對魯凱的使命感，幾度和好茶人同上古茶布安，一起「再回歸、再肯定、再出發」，原本只用冷冷的鏡頭燭照古茶的阿邦，終也陪著在馬櫻丹中找不到昔日家屋的魯凱青年一起「情不自禁、情動于衷的哭」，感動了卡露斯先生「肯定他的血液中至少已同化成爲半個魯凱人」。

阿邦給自己「跟進」同時「尋根」兩條路線來遂行自己「一種對魯凱這個族群的使命感」、「爲了跟上時代的鮮度，他勤讀有關原住民在魯凱尤其好茶的資訊，起先他默默地聽、默默地做筆記，到後來他發問勤快、筆記文字如膠捲底片愈積愈多」、「出現在必要出現的場合並不時提出類似批判性的意見」⑲尋根活動是儘可能與會。阿邦是舞鶴眼中眾多不同程度、目的「跟進」、「尋根」的例子中的「特例」。雖然舞鶴也冷眼觀察到幾年來阿邦的一些「轉向」，阿邦還是眾多尋根者中可以被魯凱，被山、被好茶容忍的「跟進」，這也是相對於那些田野調查工作者、民族學者、人類學者、媒體工作者……的「跟進」方式而言的。相對於「殘存的『我們六〇年代成長的知識份子所持有的良心』吶喊：我替我們的『原罪』贖罪，今天起我甘願做牛做馬做你們百步蛇忠貞的子孫」！或「自然生態研究者」「洪兄」看了古流君在筆記本封面手繪的百步蛇趴在蕃薯島國地圖上後，脫口而出「我寧願是百步蛇的子孫——從今以後我不再是龍的傳人！」那麼，阿邦的「情不自禁」的「哭」要平實眞實多了。舞鶴嘲謔地建議想歸化魯凱、當「百步蛇的傳人」的知識份子，向國家文建會申請一筆經費，舉行一場「有力者漢族人士自願歸化無力者原住民儀式典禮」，可說一針見血地洞燭了知識份子的原住民熱的空茫、虛幻本質。

讀過神學院的卡露斯，在「都市求生」二十年後，中年回到古茶。承認自己「做過日、美、德，甚至一位沙烏地阿拉伯王公貴族的嚮導，買辦麼他可能介紹過小器物，大文物他不敢動腦筋因爲牽涉到許多威權、禁忌。」讓作者從他身上看出來，即使如魯凱史官卡露斯這樣的原住民先知的「尋根」、「歸鄉」也不是自然而沒有障礙的，一樣迷惘地走過一些曲折的路。這一切可能要歸「功」於那些隨著傳教士、聖經、武士刀、槍炮、「國家」溯溢寮溪而上的「文明」了，它提供魯凱人反省的動機。

舞鶴在思索卡露斯，而卡露斯也正在思索魯凱、古茶，乃至整個原住民，他們同樣不得定論。但相對於阿邦鏡頭下出現的：在厝簷下晾絲質藍色羅曼絲奶罩三角褲的中年男人，愛喝「康有力」

的人瑞咯各・咯各，酒瓶可以成爲家屋壁飾的浪子、騎摩托賽可、穿綠野迷彩軍裝、滿口「放克」的特種部隊退下來的青年魯凱……魯凱面貌──卡露斯的沉穩內斂，無疑是更接近山、更貼切自然的。可能，卡露斯青年以前的魯凱生活，有助於將自己的根深植在魯凱部落和它的人文、歷史，後來的「都市求生」則有益於他體認現實。因此面對激動的自然生態研究者的「歸化大事」，他建議簡化爲「回歸自然」；由他出面洽商一小塊小米田連帶一間小石板屋工寮，讓有心回歸的都市人作短期一至三個月的「生活體驗」。他雖然唸過神學院，卻最討厭「禱告之必要」。他責付給自己的是，以文字記錄族群傳統文化的工作，而這項工作不只是在書架上蘑菇就可以完成的。以他五十歲的年紀，面對自己的傳統文化仍有許多不明白的地方，需要到別的部落訪談，探訪舊部落廢墟、錄音、筆記、照像。他的「寫作事業」也受到批判和挑戰，『寫作』對現今攸關原住民命運的『運動』是一種『逃避的動作』，同屬於進步聯盟的原住民知青，訓誡族人說：「回歸不是眞正回到傳統去，而是要在傳統中找出有意義、有效益的，可資再利用的資源，作爲向壓榨的、不公平的體制發動反擊的『現代＋傳統』混合彈藥。」卡露斯要回到眞正以物易物的古茶布安。他相信「即使在今天，一對青年男女有心留在部落，耕作狩獵紡織刺繡養兒育女，他們的經濟生活不但過得去，而且生活的品質有優秀的『傳統文明』來保證。」、「部落將瓦解流離的預測顯然是專家的迷思」、「只要願意，原住民仍可以在部落活過他們的傳統。」

當阿邦代表的平地、文化、知識份子向中央山脈跟進、上溯、遷移、尋索的時候，部落本身也在「再回歸、再肯定、再出發」的號令下移動、變化，使得這兩支力量的互動充滿了許多不確定，卡露斯則很像這個變動的軸心，也成了旁觀的「文字工作者」舞鶴，觀察此一變動時的基點。因此，相對於卡露斯此一觀測基點的明確性和穩定性，可以發現做爲〈微細的一線香〉基礎的老人，可以看到從陳鏡花到舞鶴，實際上是一個作家從懸空到植根土地的重大遷移。

三、「大漢沙文主義豬」與「先進知識份子」和「弱勢原住民」的激變、回歸、重整

在阿邦和卡露斯兩種截然不同的文化背景所代表的存在之間，思索的起點是「大漢沙文主義豬」。不過，以阿邦作爲大漢沙文主義的表徵，也有不盡恰適之處，因爲絕大多數的漢裔族的「漢族」意識禁不起具體的驗證，正如〈微細的一線香〉裡的「一線香」，到底在老、舊之外，代表多少具體的承傳意義？作者陳鏡花也是持批判、質疑的態度。但〈思索阿邦・卡露斯〉的舞鶴，卻清楚地以行動顛覆了過去的「空茫」，已經有明確的立足點，這個立足點便是肯定顛覆大漢沙文主義之正當。

隔離在阿邦和卡露斯分屬的族群之間的一片巨堵，是人爲的，在沒有揭穿它的虛妄性以前，使兩邊族群的人錯覺彼此分別生存在兩個不相屬的國度裡，而昧於彼此共同生在同一土地上的事實。因此，阿邦這一邊的國家認知，雖然有各種不同的稱謂，卻沒有一個是可以認眞「回歸」或回歸得去的國家，一如〈微細的一線香〉中的老人的國家認同——錯亂又矛盾。而卡露斯這邊的國家認同，雖然有在達都古魯或古茶布安之別，卻都是眞實的存在，區別是有限的。

橫梗在兩邊族群的那堵牆，主要的不是阻止兩邊族群的交流、融合，而是阻擋了舞鶴或阿邦所

代表的漢裔族群通過「魯凱」「原住民」文化，深入台灣本土的內在。在〈思索阿邦·卡露斯〉這部作品裡，舞鶴不能苟同於以觀光、採風、獵奇心態進入中央山脈的媒體、山服隊員、自然生態研究者、民族、人類學者，也嘲諷那些出自一時情緒激動要歸化原住民、當百步蛇子民的「知識份子」。阿邦介乎他們之間，他以立志「以影像全面性的記錄整個魯凱：包括史地檔案和人的活動」出發，等到足跡踏遍好茶的每一寸土地，終於能和魯凱同一感情——同哭，而獲得魯凱的認可、接納，自然和偶一來到這裡採風、拍照、採訪、研究者……，所獲得的「激變」不同。

舞鶴在整個的兩邊互動或魯凱的變遷過程中，扮演的是觀察者，只在旁邊冷靜的思索，他甚至特別感念浪子「阿屁噗」是唯一不曾問起他爲什麼來到好茶的魯凱，但他受到的潛移默化最大。在這部紀錄九〇年代，台灣知識份子懷著對弱勢族群的同情、好奇深入台灣的「內部」，而身爲台灣「內部」的原住民進步知青覺醒、激變、交會到合流的變遷史中，包含了諸多層面的人物，小說中，不太被提到的文字工作者「舞鶴」，是唯一不隨著波濤起伏，能冷靜地標示自己的心靈方向的人，也是唯一能從波雲詭譎的激變中，釐清自己的過去、空茫，找到自己身份定位的人。那就是許多人還在爲「向外、向對岸」猶豫不決時，他已經堅定地擺脫「侷限在西海岸，特別是西海岸的幾個大都市」的本土經驗，而建立了島與自己一體的宏觀的本土觀了。

從卡露斯立志從事「寫作事業」，以文字記錄族群傳統文化，仍備受質疑，自己也備感猶豫來看，宏觀的本土觀是必要的。卡露斯要避開「部落主義」，就是要避免和其他的族群間豎立另一道藩籬，陷部落於孤立的地位，而文字寫作本身，也很難和知青熱中的「運動」達到一個平衡點。爲了不受指責他的「寫作」是「逃避」，卡露斯也會出現在「抗議」「運動」的場合。卡露斯雖然因爲弱勢族群的背負，使得他不能將自己的本土意識作出宏觀的主張，但因爲他所立根的就是眞正的本土，本土的內部，他沒有要袪除的迷惘，他沒有轉向、轉化的問題，他仍然撐起整個九〇年代「思索」行動的支點。和卡露斯比起來，舞鶴背負的意識包袱要多得多，但這些背負，其實在〈微細的一線香〉裡，都自我檢查過，也批判過了，問題是只有接近卡露斯，進入魯凱、好茶，台灣的中心、中央山脈之後，那些背負的虛妄性立刻被洞穿，空茫也立刻得到回補、充塡。舞鶴不經意地數度在文中提起，四十歲以前，他知道的原住民是圖書、資料上的，親自深入部落，使他的本土觀落實、改觀，拆掉那幕假牆之後，使他清楚地找他的文學出路，走出迷霧，展現全新的生命。

做爲漢裔知識份子走向弱勢原住民的途徑，所以是一條曲折而漫長的路，「德博士」⑳的大漢沙文主義言論是典型的絆腳石。這位「博士」自二二八事件後即旅居日本，直至一九九二年老死異邦扶桑島，都未再踏上台灣的土地，他寫了一本有關台灣歷史的書，藉以抒發「發燒的異鄉」的苦悶。書中描寫台灣原住民時說，「台灣生番」絕不多做超出一日所需的米，以之爲其「習性懶惰」的證詞，並說，他們頹廢的性生活、不衛生的風俗習慣，不知防備飢荒和傳染病，是其人口銳減的原因。博士的博，固然贏得七八分醉的卡露斯說：「我替我們祖先魯凱感謝同時咒他博士三代他……」但博士的隔洋、隔空的侃侃而談的原住民論，等於是漢裔認識自己土地的一面鏡子，適合拿來自攬。舞鶴的思索，其實也是從這裡開始的。如果不拋棄這些自以爲是的大漢中心知識份子的優越感、隔空發言的惡習性、懶得用腳親近自己的土地，盲目的抄襲殖民主人惡意的偏見、歧視，就無法打開對原住民文化可恥的「誣」解，更重要的是，隔著這重迷霧，永遠無法找到自己。所以，舞鶴在思索阿邦及卡露斯以及他們周邊的九〇年代現象的時候，他找到的不僅是他的文學的新立基點，而且找到了現實裡新的自己、新的生命觀。

四、結語：自傳統出走的舞鶴

從賴和開始，台灣文學裡即不缺少原住民的書寫，戰後有鍾肇政、鄭煥、李喬、吳錦發等作家的作品裡，都有出自善意的原住民取材和描寫，不外是以代言、代筆的立場發聲，稍晚的八〇、九〇年代，則有原住民作家如莫那能、拓拔斯、瓦歷斯・諾幹、夏曼・藍波安、利格拉樂・阿𡠄等健筆直接發聲，不再需要代言人。不過，誠如卡露斯所遇到的難題，在幾近形成傳統的原住民等於弱勢族群的僵硬思考下，不論原住民的原聲抑或非原住民作家的代言，都很難脫離這樣的思考模式，也很難跳出悲憫乞憐的弱勢心態，甚至，不滿意卡露斯自我「文字工作」定位，卻逼得卡露斯「不回去參加，心裡不安」的「部落主義」運動派，用來武裝自己的「抗議」精神，實際上還是具有弱勢族群的行動特質。

九〇年代，漢裔知青的本土尋根運動，和原住民知青的回歸運動，在外形上好像是兩條不相屬的路線，但彼此所面臨的質疑和困境是相同的，同樣都在打破舊傳統與建立新信仰、新秩序之間，面臨取捨的難題。舞鶴在陳鏡花的時代，雖然嘲諷也批判了象徵封建舊世代的府城的一個家族，但用來修理舊封建的「叛子二叔」，其買辦與欠缺民族情感的行爲，仍然受到陳鏡花的批判。也正如以今天的舞鶴而言，其實他也在顚覆陳鏡花。而著意帶領魯凱走出迷茫的卡露斯，和堅決走「抗議」「運動」路線的青年魯凱光頭拉拜與社長沙勒君之間的分歧，也在說明同一現象。這恐怕就是要想從竹籬圍起來的族群意識，不管圍得大、圍得小、圍得鬆、圍得緊，都只是建立在不同程度的區隔意識上，人我之間的溝，不管怎麼塡、怎麼跨越，裂縫怎麼彌縫，因爲先前畫下的溝，總有個痕跡在，這也是悲憫乃至贖取原罪式地走向弱勢族群的姿勢，仍然被視爲虛矯的原因。

舞鶴所以和卡露斯顯得特別契合，是卡露斯的「天人合一」。爲什麼溯溪而上的文明被質疑？因爲之間無論是夾藏在聖經或武士刀裡的善意和惡意，都有強勢弱勢之別。爲什麼第一代人類學者，在眞誠地感受到深山族群陌生人的美與和諧之後，而有殉死「人類學」的淒美傳說？無疑是出自超越了種族、主雇、強勢弱勢的差別。易言之，生活在這塊土地上的人，已經不是回歸什麼，跟進什麼的問題，而是誰先學習了把背負在自己身上的種族、強勢弱勢、知識、語言……完全釋放了，誰就有機會走進台灣本土的內部。卡露斯也唯有三四分酒意的時候，才肯說出類似有玄味的語言：「最後的獵人是永遠的獵人」、「你們上來是要來向我們學習，學習怎樣看星星。」「我們是屬於雲豹的傳人，我們居住在雲豹的故鄉。」也誠如魯凱青年新作的歌：「山永遠是山，原住民永遠是原住民……」畢竟要從曾經是永遠的弱勢裡建立這樣的自信是不容易的。而舞鶴從鏡花水月的迷戀中回到現實、深入本土，背負一樣繁重，謂之脫胎換骨的新生，誰曰不宜？

——一九九七年一月廿五—廿七日，行政院文建會主辦、中國青年寫作協會承辦「林燿德與新世代作家文學研討會」論文發表，選自春暉版《驅除迷霧　找回祖靈》

註釋

❶發表於一九七四年三月出版之《成大青年》二十八期及一九七五年元月號《中外文學》。
❷見鴻蒙出版公司出版「前衛叢刊」第一輯《微細的一線香》，一九七八年五月四日。
❸見「前衛叢刊」第三輯《蓬萊紀事》，一九七九年三月二十九日出版。
❹見《文學台灣》第八期〈文學的追求與超越〉（舞鶴、楊照對談錄）一九九三年十月出版。
❺見同註❹。
❻發表於《文學台灣》第一期，一九九一年十二月出版。
❼發表於《文學台灣》第十期，一九九四年四月出版。
❽見同註❹。
❾發表於《文學台灣》第二期，一九九二年三月出版。
❿發表於《文學台灣》第七期，一九九三年七月出版。
⓫見同註❹。
⓬見同註❹。
⓭見葉石濤、彭瑞金編《一九七八台灣小說選》〈序〉，一九七九年五月，文華出版社出版。
⓮見李昂編《六十七年短篇小說選》，一九七九年四月，書評書目出版社出版。
⓯見同註❷，後收入小說集《拾骨》，一九九五年四月，春暉出版社出版。
⓰見同註⓯。
⓱見同註❹。
⓲計分十四章，分三次發表，分目如下：
(1)初識阿邦和卡露斯先生 (2)「十萬個為什麼：」為什麼阿邦信任卡露斯 (3)「傷心無目屎」以對某明治大學博士的論評 (4)「獵什麼？你！」有位中年魯凱厲聲問阿邦 (5)「好不嚇人」古流君筆記中的百步蛇

⑹兩種風格：「爽朗」咯各・咯各對比「孤絕」比阿紐 ⑺兩種辯證：「跟進」同時「尋根」阿邦、「寫作」同時「運動」卡露斯 ⑻青年魯凱光頭拉拜與社長沙勒君 ⑼特別的一章：浪子「阿屁噗」生活中的一天 ⑽文明這個東西為什麼必要溯溪谷而上 ⑾山永遠是山嗎？原住民永遠是原住民 ⑿由世足大賽的名腳起興到獵人的小腿 ⒀為什麼「最後的獵人」是「永遠的獵人」 ⒁「我更捨不得死了！」阿邦・卡露斯說，「人生多麼美啊！」

一九九五年四月於《文學台灣》第十四期，發表十一章，約六萬字，收入小說集《拾骨》。又於一九九六年四月第十八期，發表九、十二章，約二萬五千字，十一章將發表於一九九七年四月第二十二期，約二萬三千字。

⓳有關阿邦之描述，見〈思索阿邦・卡露斯〉之七。

⓴「德博士」指王育德，「苦悶書」指王育德著《苦悶的台灣》一書。

李敏勇：台灣在詩中覺醒

——笠集團的詩人像和詩風景

李敏勇

台灣屏東人，1947 生，曾主編笠詩刊、擔任台灣文藝社長及台灣筆會會長，現為鄭南榕基金會及台灣和平基金會、現代學術基金會董事長。著有詩集《雲的語言》、《暗房》、《鎮魂歌》、《傾斜的島》、《心的奏鳴曲》等，另有散文、評論、小說共三十餘冊。曾獲巫永福評論獎、吳濁流新詩獎及賴和文學獎。

一

一九四五年八月十五日，日本戰敗，結束了對台灣的殖民地統治。但台灣並未因終戰而成爲獨立的國家，反而在「祖國」的迷障裏，淪入了另一個類殖民地統治時代。短暫的無政府自治在同年十月二十五日結束，代表中國的國民黨統治權力入據台灣。在回歸「祖國」的懷抱後，台灣人民希望據此迎接戰後新紀元的天眞認知，無視於兩者在政治、經濟、文化、社會上的差異，不幸成爲悲劇的開端。因此，戰後的台灣歷史，可說是以一九四七年的「二二八事件」，以及隨後的清鄉運動和白色恐怖整肅展開的。

一九四九年秋，國民黨政權從中國全面潰退，大量的大陸人隨著逃難來台，台灣的族群因而更趨複雜化。比較一九四五年至一九四九年從大陸來台的中國作家、詩人與台灣的作家、詩人，雖然對於文學的中國坐標或台灣坐標曾產生爭執，但卻能共同對文學的現實主義精神予以肯定；而一九四九年後隨統治權力逃難來台的許多作家、詩人，實際上是統治者的文化幫凶或宣傳打手。台灣的作家、詩人在經歷了語言斷裂及「二二八事件」之後，又再面臨文藝政策的箝制。面對著全由大陸來台的作家、詩人所把持的文壇，台灣的作家、詩人大都只能噤若寒蟬。然而，文學究竟不是政治教條所能完全控制和驅使的。五〇年代「戰鬥文藝」的口號雖然喧天價響，但通俗化的言情文學依然從政治隙縫裏滋生。在詩文學方面，一些反戰鬥文藝的大陸來台詩人，分別在一九五三年創辦《現代詩》（紀弦），一九五四年創辦《藍星週刊》（覃子豪等）。其中，紀弦更於一九五六年一月十五日成立「現代派」，網羅八十三位詩人，投入現代主義運動。

台灣詩人在經歷坎坷的環境後，有的加入「藍星詩社」，也有的加入「現代派」。這樣的合流與一九四五至一九四九年間台灣作家、詩人與中國作家、詩人的合流不盡相同。因爲這時候的台灣坐標在文學的現代性和抒情性的覆蓋下未曾凸顯出來。

表面上，紀弦於五〇年代中期撐起了現代主義的旗幟，但實際上，旗手卻是台灣詩人林亨泰。換句話說，紀弦的「現代派」是在獲得林亨泰的理論支援後展開的。「現代派」的現代主義主張，後來由一九五九年改版的《創世紀》（第十一期）所承繼。此後，《創世紀》與《藍星》形成對峙的局面。《創世紀》標榜超現實主義，主要參與者也有台灣詩人。

到六〇年代初期，《藍星》和《創世紀》已無法按時出刊。他們的詩作後來逐漸脫離現實，變成怪誕、晦澀、虛無，而走入死胡同，七〇年代更受到強烈批判。

曾經參與《現代詩》、《藍星》、《創世紀》的一群台灣詩人，在經歷了以大陸來台的詩人爲主的詩刊、詩社活動後，終於在島國的土地上結合戰前本土的根球，成立「笠詩社」，創辦《笠》詩刊，時間是一九六四年六月，距離日本結束對台灣的殖民地統治將近二十年。

二

一九六四年六月十五日創刊的《笠》詩刊，與同年創刊的《台灣文藝》，是戰後台灣文學獨立自主新紀元的開始。《笠》的十二位創辦人中，包括戰前已寫詩但戰後未積極活動的陳千武（桓夫）、詹冰，戰後跨越過語言障礙的吳瀛濤、林亨泰、錦連，以及戰後出發的白萩、黃荷生、趙天儀、杜國清等人。

在台灣淪為國民黨統治權力下的類殖民地近二十年後，台灣詩人才結合起來，成立詩社，創辦詩刊，象徵了台灣詩文學的獨立運動——獨立於以在台灣的中國詩人為主導的詩文學運動之外，這至少有兩個重要意義：一是台灣詩人跨越語言文字的鴻溝後，已能純熟地使用通行的語言文字發聲；另一是台灣詩人跨越過「二二八事件」的恐怖肅殺經驗，從挫折中重新站立起來。

《笠》與《台灣文藝》的結社、出刊，比民主進步黨早二十多年，說明了戰後台灣本土反專制統治的文化覺醒與結盟已於六〇年代開始，而且持續成長、壯大。而《笠》也從初創的十二人，不斷擴大成員，增加到八十人左右。《笠》詩刊二十多年來從未中斷的出刊，顯示了這股詩文學力量的耐力和韌性。儘管在專制的、扭曲的政治、文化結構下，交纏著「官方」與「中國」的雙重壓迫力量，使得《笠》並沒有在台灣社會獲得應有的評價。這個現象，對於一個由外來政權統治的社會而言，毋寧是極自然的事。但自七〇年代末期，尤其是進入八〇年代以後，本土意識的興起與本土文化之逐漸受到重視，使得台灣文學的評價重新獲得調整，而附庸於官方、附屬於中國的詩文學則受到質疑和批判。

如果我們仔細觀察，自《笠》詩刊創刊後，戰後台灣的詩文學運動形成台灣坐標與中國座標兩條軸線在發展。台灣坐標這一軸線以《笠》為主，其後也加入許多不屬於詩社的詩人；而中國座標以《藍星》和《創世紀》為主。《創世紀》是從國際坐標的游蕩而回到中國坐標的，其返回的因素除了文學性的詩觀變化外，另有政治原因：那就是相對於《笠》台灣坐標的本土意識而產生的反本土意識。從這個觀點而言，《創世紀》是逐漸向《藍星》靠攏的，摒除了過去的對抗。

如果從文學集團運動來看，《笠》的運動質量，只有一九五六年的「現代派」運動可以相提並論。在戰後台灣的詩文學運動中；一方面《笠》在政治、文化、意識上與《藍星》、《創世紀》相抗衡；另一方面，以本土主義與「現代派」各自形成質量上的集團性。《笠》的詩文學運動持續以詩社、詩刊進行。而「現代派」則爲結盟性質，在短暫的時間裏就轉化到其他詩刊，而由《創世紀》承繼，然後放棄。「現代派」並不等於《現代詩》，後者雖又於一九八二年復刊，但並無運動性。

《藍星》和《創世紀》皆曾出版了代表性詩選，《創世紀》更以編輯《六十年代詩選》、《七十年代詩選》、《八十年代詩選》及其他多部詩選集，企圖以偏頗的編選角度，壟斷歷史的發言。在這種情勢下，《笠》一方面因爲詩選集受到刻意的排斥，而處於不利的地位，但另一方面卻因本土運動的興起與台灣坐標的顯現而強化其地位。戰後台灣詩文學的歷史如果不從這種扭曲的文化現象重新檢視，便無法獲得正確的詩文學軌跡。

三

《笠》集團的詩人像，最大的特徵在於集結的詩人以台灣本土詩人爲主體。雖然《笠》並未明訂入社詩人限爲台灣人，但在集團的形成與壯大過程中，自然集結了以台灣本土詩人爲主的團體。目前《笠》同仁中，祖籍中國廣東的旅美詩人非馬，其實一九三六年生於台灣，不久隨家人遷回廣東，一九四八年再到台灣。《笠》集團也包括了部分的外國詩人。在《笠》詩刊發表作品的因不限於同仁，所以雖以台灣本土詩人爲主，但仍包括許多一般所謂的外省詩人和外國詩人作品。

《笠》集團詩人像的另一特色是世代性傳遞的屬性相當綿長。《笠》包括戰前已開始寫作的詩人，也包括一九六〇年代後出生的詩人。如果以十年爲一個世代計，《笠》至少包括了五、六個世代的詩人。依序爲第一世代的巫永福等人，第二世代的陳千武等人，第三世代的白萩等人，第四世代的鄭烱明等人，第五世代的利玉芳等人及第六世代的張信吉等人。世代承繼交替的傳統，橫跨了戰前、戰後兩個不同的殖民地與類殖民地統治時代，也標示了台灣現代詩傳統根球與中國區隔的色彩。

《笠》集團的詩人群，明確地站在民間，以在野詩人的立場反對附屬於統治權力的國策文藝體制以及詩人向統治權力投靠的行徑。這樣的立場，因爲行動介入的程度差別，而形成了「純粹的」與「社會參與的」兩種姿勢。所謂純粹並不是許多附庸官方的詩人習於掛在嘴上卻不斷附和體制的純粹，而是堅持詩作品的藝術純度與詩人行動的純文學性。較爲積極關切社會事務，特別是對政治改革投入參與的《笠》同仁，則在許多公共事務領域參與：包括政治、環保、人權與各種弱勢團體的社會運動。

《笠》集團的詩人，除了詩與詩論的領域有許多同仁經常譯介他國的詩文學外，有些同仁也從事其他文類的著述，包括散文、小說與社會批評，積極地以詩以外的文體向社會發言。在政治事務領域裏，《笠》集團明顯地支持反對運動，反對類殖民地統治，反對專制獨裁體制。但《笠》同仁的反體制，是鮮明地站在詩人社會批評的立場，而不是政治運動人物的立場。這從《笠》同仁很少有眞正的政治職務，或成爲政黨黨員，可以證明。

《笠》集團的詩人，分布在台灣各地，在城市，或在鄉村，也有許多同仁在海外。詩以外的職業領域涵蓋面也非常廣泛，幾乎包括了各種行業，士農工商都見蹤跡。而較明顯的特色是民間職業較多，政府職務較少。這種組合與其他詩社較爲單一性的樣相大不相同。因而相對於其他詩社，《笠》集團呈現了鮮明的不同色彩；而在《笠》集團本身的相互鑑照中，也呈現繽紛的個別存在。《笠》集團的詩人像，在各種質素的結構裏，呈現多樣性與繁複化的形態。但從某些角度來說，例如政治立場的分野，則又呈現出相當純一的情況。《笠》集團的詩人像不能從單一視角、單一方位去察看，不但在時間裏，更在空間中不斷放射繽紛的色彩。

四

某些故意的偏見或詩學的淺識，常常狹化《笠》集團詩人作品的風格。最常見到的就是習慣依賴漢字中文（華文）修辭學的辭藻製作詩的一些詩人與評論家。這些不乏帶著文化和政治偏見的批評，最喜歡以《笠》集團某些跨越時代鴻溝的詩人在語言文學上的痛處，批評、羞辱他們語言文字的不流利。這些批評很明顯是站在華文的角度來發言的，無視於歷史的條件性。其實，跨越語言一代的台灣詩人，原大可不必跨越語言，也可以繼續以原本使用的日文從事寫作，保持與戰前台灣社會中已經在日本語文的體系裏寫與讀的人們溝通、交流。也許，這就是受到殖民地統治歷史殘害的台灣，在文化上的特徵。從這樣的角度觀察，台灣本土詩人所運用的華文，與在台灣許多來自中國，標榜自己爲「中國詩人」所運用的華文也不盡相同。不論造句遣詞，不論發想思考，儘管文字似乎相同，但語言的背景、文化價值的認知，使得台灣本土詩人的認識論、記號論與在台灣的許多非本土詩人迥異。而以台灣語文的創作，更形成了另一個詩文學風景。

除了語言文字的問題外，有些喜歡誇稱從中國帶來新詩火種的詩人，無視於台灣在戰前早已進入詩的現代主義並受其洗禮的歷史事實，常常連帶在現代主義的概念上，批評《笠》沒有現代主義意味；否則就是由於《笠》曾經爲了提示現代主義非僅有超現代主義，而指出另有新即物主義等等的觀念，將新即物主義冠在《笠》的頭上，有意無意地說那就是《笠》單一的特色。

《笠》爲了矯正戰後的台灣詩文學，特別是「現代派」的現代主義運動，在某些詩社的實踐後，簡約成超現實主義，甚至於對超現實主義的認識也只是片面的，一知半解的。因而，譯介了包括超現實主義、未來主義、意象主義等文獻，譯介了現代詩文學的用語辭典，也介紹了新即物主義相異於超現實主義的客觀思維。因此，《笠》常被刻意指陳爲主張、實踐新即物主義的詩法。更有甚者，把新即物主義這種發源於德國的詩觀念說成是日本的詩學。

現代主義的詩觀念，在台灣，於戰前已有台灣詩人的認知和實踐。一九五〇年代末期到一九六〇年代初期，喜歡炫耀超現實主義的許多戰後詩人，無視於台灣已經有的詩經驗，標榜自己是站在現代詩的前線，而實際是除了超現實主義以外，對其他的現代主義詩學則欠缺研究。即使演變到後來的後現代主義，亦大多只是藉著對台灣社會現實不欲介入的不在場心態，投影在其主觀主義傾向的表現而已。戰後，《笠》集團以外的一些詩社掛在筆尖的現代主義，常只是一些偏頗的概念性的現代主義，放在詩文學的傳統上審視既不前衛，也不新鮮。稱之前衛、新鮮，只能說是與中國新詩歷史的發展比較而成立的論證。

五

《笠》集團的詩，是以現代主義和現實主義爲縱橫基軸發展出來的詩。以這樣的基軸，發展《笠》集團的詩風景；在這樣的基軸四周，又發展著《笠》集團的詩風景。

《笠》集團的現代主義精神，一方面有超現實主義傾向的主觀經驗主義；另一方面則有表現主義、新即物主義的客觀經驗主義。前者的感性傾向、內向性思考，與後者的知性傾向、外向性思考，在個別的性格取向上發展出不同風格的作品。其特色是不以表相的經驗素描做爲唯一的選擇，也就是不滿足於單一的意義、意象，而尋求詩的繁複性和豐富的內容表現。因爲這種特色，使《笠》集團的詩，被某些耽於現實主義但反對現代主義者批評爲太傾向現代主義。

《笠》集團的現代主義傾向，不像某些只偏執在超現實主義的解釋上，而是複合意味的現代主義。集團成員各自在發展中尋求個別的定位，不是形式主義，而是現代性與現代精神的探求。重要的是：《笠》集團的詩風景，是以現代主義的方法論和精神論，站在現實主義的基盤上，爲呈顯戰後台灣人精神史而努力的證言。《笠》集團的許多詩人，在形式上是現代主義，但在精神上則是現實主義的，既不停留在素樸經驗的點描，也不沉迷在單純觀念的敘述裏。

唯因這樣的執著，《笠》集團的詩人才能在戰後台灣歷史的發展過程中，面對著統治權力的惡意壓制、監控，通過詩文學反映了台灣人的精神史，也呈顯出文學工作者抵抗和批判的詩篇。在《笠》集團的詩風景裏，現實性的坐標上，顯現著詩人個人的、台灣社會的、個人和社會結合的現實經驗。這些詩經驗有文化的、有經濟的、有政治的，涵蓋了生與死，涵蓋了愛與恨，涵蓋了美與醜，涵蓋了土地與人民，也涵蓋了夢與眞實。而所有這些在現實裏反芻出來的經驗，又與台灣人的覺醒經驗相互關連著。《笠》集團的詩風景是台灣人覺醒心靈的風景，是覺醒心靈投射在現實中的風景。在細讀詩人筆下的詩篇，在細讀這些被喻爲不歌唱花的台灣詩人們的詩篇時，現實的苦悶、壓抑與心靈的反抗、衝突，面對政治的恐懼、憂慮與對政治的抗爭、反擊，就像許多被泥土掩埋的心靈的種子，在那裏訴說著、叮嚀著，期待歷史的翻醒。

現代主義與現實主義相遇，詩才能迸出眞正閃耀的火光。在這樣的信念下，《笠》集團的許多詩人，既不滿於純粹依賴現代主義的方法，也不滿於純粹依賴現實主義的精神，因而走出一條屬於自己的鮮明的詩的軌跡。這樣的軌跡，必須對照其他戰後詩的發展，才能找出它特有的精神所在。

戰後詩，也就是第二次世界大戰以後的現代詩，可說是以現代主義發展出來的各種方法論，以凝視現實的眞實，把握現實主義的精神，反官方宰制，反附庸於國策文學而發展的。《笠》集團的詩人不只要凝視戰後台灣的現實與社會，更要眺望戰後世界的詩視野。《笠》集團的詩風景，就是這樣的風景。

六

戰後的台灣，從農業性、鄉村性的社會轉變到工業化、都市化的社會。但是，農業凋疲，工業紛亂；鄉村不滿，都市不安；甚至形成鄉村已消失而都市未眞正形成的社會基盤崩壞現象。《笠》穿越了變遷的時代，認識、紀錄、思考、批評了這樣的現實經驗。

戰後的台灣，在國民黨類殖民統治的威權體制下，面對著血腥肅殺、白色恐怖以及各種的政治彈壓，追求近代獨立民主國家的政治改革運動，從未曾死滅的人民心靈燃燒出前仆後繼的烙痕，尋求人權、民權與主權的憧憬。《笠》參與了追尋的行列，也反映了這樣的意志和熱情。《混聲合唱》（笠詩選），就是一九六四年起，追尋台灣文學獨立運動的一群台灣本土詩人穿越戰後台灣社會變遷的歷史，穿越戰後台灣政治困厄的歷史，是透過詩所呼喊出來的聲音，也是台灣人族群心聲的大合唱。標示著「台灣精神的隱喻」，象徵著《笠》集團的詩人，在現代主義的方法論和現實主義的精神論的結構裏，展現戰後台灣人的精神史。隱喻在詩裏的一言一語的台灣精神，有台灣人的吶喊在沉默裏，有台灣人心的跳躍在靜寂中，等待著我們時代的共鳴，等待著我們土地的呼應。

台灣在政治上覺醒，台灣也在文化裏覺醒。而《笠》集團的詩人像和詩風景，展現在《混聲合唱》這部詩的堂皇巨著裏，集體向台灣社會發聲，集體向台灣國度發言，更象徵了台灣在詩中覺醒。

——原載一九九二年八月號《笠》一七〇期，並爲「笠」詩選《混聲合唱》序論，選自自立版《戰後台灣文學反思》

李豐楙：

七十年代新詩社的集團性格及其城鄉意識

李豐楙

筆名李弦，台灣雲林人，1947 年生，政治大學中文研究所博士，曾任政治大學中文系、所教授，現任中央研究院中國文哲研究所研究員，著有評論《探求不死》、《誤入與謫降——六朝隋唐道教文學論集》、詩集《大地之歌》、《下午，寂寞的空廊》、散文集《蝶翼》等。曾獲中國時報文學獎散文獎及敘事詩優等獎等。

台灣的新詩發展在七十年代所呈現的，是一種以集團性爲主的文學運動，這一代新起的詩人集合辦詩社、出詩刊，對於前此的詩壇及其創作表現進行批判，造成一種類似顚覆舊典範的風尚。因此他們試圖建立新典範，從語言意象的轉換到題材、主題的新選擇，無不試著掙脫舊典範的束縛。等到舊典範被挑戰完成及解構時，這種凝聚「集團」的力量就會逐漸消失，它也就自然地解體，所以七十年代的這次文學運動是一次「破壞與建立」的典範輪替階段。多年來學界研究台灣新詩史，對於這段歷史常因資料較不集中，而其突顯出來的文學運動意義也比較屬於過渡性，因此常被有意無意地忽略。在此將在初步重建其文學史的現象之後❶，進一步針對當時較具代表性的詩作及其主題加以分析。由於當時新詩社紛起，詩人亦頗衆多，因此在此只選擇社會變遷中城鄉關係的變化爲主，觀察整個人口遷移中人與土地的關係如何發生變化。在城市中產業發展所帶來的革命性影響，對於戰後新世代的文學運動及其作品意識，促使其形成破壞舊典範，並試圖建立新典範的一種力量，它將較具體地影響到八〇年代，類此考察或將有助於建立詩史的完整性並思索其演變的規律。

一、詩壇「集團性格」的內外成因

在台灣文學史上，相較於小說、散文及戲劇諸文類，確是較易於採用結社式的活動方式，用以推動文學主張並進而造成一種文學運動。其原因除了源自中、外常見的詩社傳統外，主要的還在於詩的美學主張需要經由集體性的運動，借以凝聚、推動而獨領一段時期的風騷。因此新詩的結社方式及因此形成的寫作風格，就易於形成「集團性」。如果說新詩人的集體表現較易與政治取得聯想的話，那麼詩集團所特有的組成分子、活動方式，是與革命團體有近似的血緣關係：就是那股充沛的生命力相當具有破壞性、顛覆性，將舊有的一切合力摧毀，然後讓自己及更新的一代在這基礎上重建詩的新王國。七十年代所興起的新詩社正是這種集團表現，在新舊典範的轉換之際，形成了一種破壞與重建的意義。

從中外文學、從台灣文學的歷史脈絡考察，詩的更新較諸其他文類要快速而有力，一種調子唱舊了就要新創新調；更新的週期雖則長短不一，不過在台灣幾乎十年一代，也就是新風格的創新、流行在新詩的圈子內，一直不斷地更迭不休。七十年代的變動，如果以民國六十年元旦「龍族詩社」創立到民國七十年「陽光小集」完成結集，剛好整整十年，其間起起落落的詩社大約有十餘個：依時間順序排列下來，在民國六十年台北有「主流詩社」的成立並創刊《主流詩刊》、屏東有「暴風雨詩社」出刊《暴風雨》，此外尚有《詩人季刊》在中部刊行；隔一年台北「大地詩社」成立並出刊《大地》，台北「草根社」在創社後也創刊《草根》於六十四年發行；六十五年中部詩人另組《詩脈》發行，成員多是由原參加的詩社游離出來的。另外在高雄地區也曾陸續刊行過《綠地》、「風燈」詩社的《風燈》等詩刊。基本上，每一個詩社成立都一定有同仁詩刊發行，它的地區遍布於台灣中、南、北部，而並非全部集中於台北都會，可見當時新生代的文學活動是全面的自發行動。

這一次結社的新世代大多是戰後、光復後出生的一代，被習稱爲「戰後世代」就表明未經歷過第二次世界大戰的戰亂，卻又在光復後、民國三十八年國民政府撤退來台後共同經歷了一段時代的鉅變，政治、經濟及社會狀況都有特殊的變化。所以在他們的生活經驗中，並未體現眞實的中國，而只是在政府教育政策之下所教導的「文化中國」，其生活所及的空間大多以台灣本土為主。直到民國六十年以前，台灣的經濟、文化成長，多少是「依賴」歐美、日本的經濟，實行加工出口，以此逐漸累積其經濟力。當時政府在經濟上放鬆而政治則是採用戒嚴體制，但是隨著外來經濟進來的，就是政治思想上的自由主義、藝文思潮上的現代主義，成為歐美、日本經濟、文化輸入情況下的次殖民地。就在這種社會、文化的氛圍中，台灣的前行代詩人長期處於政治壓抑的情況下，將戰亂、流離的生命體驗，假借歐美戰後流行存在主義的思潮及其作品模式，而作了晦澀、虛無的表達，以此試圖取得與「國際」詩壇交流、對話的共通經驗。不過前行代的生活經驗對於戰後的世代，卻沒有那麼深切的意義，他們所面臨的是另一種時代困境。

為何戰後世代會遲至民國六十年後才覺醒，紛紛組成眾多文學集團來推動另一次的「革命」，主要的是這批年齡約在三十到二十歲的文藝青年，到了此時已有一定的能力、充沛的熱情面對共同問題，並嘗試尋求解答。他們受激於整個時代環境的劇變，對於文學中新詩的命運有分外的一分關心，當時所謂的「現代詩」所面臨的局面是：六十年代曾經各領風騷的大詩社，諸如現代詩社、藍星詩社及創世紀詩社等，及其有關詩的活動大多停頓：論戰不再、朗誦詩活動不再，而各詩社的同仁刊物也多已停刊；其間雖曾一度組成「詩宗社」而出版較袖珍型的刊物，不過已難挽回頹勢。不僅這些曾經激勵後進的詩刊不能刊行，減少了年輕一代發表的機會；就是一般雜誌、報紙副刊也不太刊登「現代詩」，理由多是與晦澀、難懂有關！

詩的創作環境日趨困窘，並非短短數年所造成的，而是長時間以來所累積的積弊，然則為何會在民國六十年前後讓新世代不能再沉默、忍耐下去？主要的原因即在於七十年代初期國內外政治局勢的逆轉。原本被政府刻意掩飾的國家大勢，終於在民國屆滿一甲子的神秘年接連發生，它可按時間列出一張重要大事表：從民國六〇年四月發生保釣事件開始，十月剛慶祝過「雙十國慶」後，政府竟然作出退出聯合國的重大決定，退出國際政治舞台；翌年二月美國總統尼克森訪問北京，然後三月中日斷交，這一斷交警訊一出現後，就已足以刺激知識分子思考國家的處境，等後來中美斷交，更是激盪了整個台灣社會。由於戰後出生的世代一向在政府掌控的教育環境中成長，較無直接的資訊理解國家眞正面臨的形勢及其在國際社會中面對的艱難處境，只是隱約「感覺」周遭瀰漫詭異的氣氛。因此連年的重大變局激使文學青年認眞地思考：詩人該何去何從？

國內外的政治形勢確是較直接激盪詩壇、文壇的一種刺激，因而引發兩股較大的論戰，將原本累積已久的問題揭露出來，曾是「龍族」創始人之一的高信疆，在中時副刊陸續譯登了關傑明的質疑文章，從民國六十一年起，一連質疑中國現代詩的困境、幻境？直指現代詩人忽略了民族特性，而以所謂的「世界性」、「國際性」來掩飾過度的西化。當時熱心作譯介工作的葉維廉等，其所英譯的《中國現代詩選》實在不易辨明「中國」的民族特色，而只表現出「文學殖民主義」的可悲現象❷。這些質疑來自新加坡的一位華人知識分子，只是初步激發了問題，它的嚴重性要等到唐文標採取「矯枉過正」（唐氏自用之語）的手法，就在台北的文壇上作出直接的批判，在民國六十一年前後，他直率地指出現代詩的沒落，乃因現代詩人的思考晦澀，導致其表達方式、主題思想也都晦澀難解，這是現代詩的僵化❸。類此關傑明事件、唐文標事件剛好呼應了新生代的「革命」行動。

鄉土文學論戰其實他是在同一變局中的路線之爭，在整個論戰中重點所在自是以小說爲主，卻也牽連到現代詩的未來走向。這是國民政府遷台以來，較大規模的一次公開論戰：代表官方的評論家針對鄉土文學、現實主義文學的走向，採取有計劃的「攻訐與圍剿」；而在野的自是也激烈回應，批判國民黨的保守路線。由於眾多的傳播媒體也紛紛投入，因而激盪了大多數的作家思考未來的寫作方向，新生代詩人在這一波論戰中，都曾直接間接地涉入：像事後兩方所綜理出版的論戰資料中，都分別出現一些名詩人、名詩評家，就評論態度而言，其實均各有其堅持的立場❹。當時余光中對於唐文標所作的反批評，既檢討了前此現代詩的弊病：「晦澀、虛無、惡性西化、形式主義、暴理作用」，卻也不滿如此嚴厲的「批評時代」❺。到了論戰末期，陳映眞則在總檢討詩壇的病相之後，集中於評論吳晟、施善繼及蔣勳等，將他們作爲戰後新世代的典型❻。

整個七〇年代的詩社活動就是在這種大形勢下展開的，政經變革讓戰後出生的世代發現：詩人是無法自外於社會的，鄉土、現實主義小說家都在台灣的現實經驗中落實，較直接關懷現實、批判現實，然則採用現代詩的語言、形式是否也能對於現實加以關懷、批判？由於新詩教育是一種教育體制外的，由文藝青年在閱讀接觸、參與活動中自行訓練完成。因此他們實際上的感受遠較批評家還深刻，其中涉及「如何寫」的方向問題、如何發表的刊登問題，前行代詩人的作品固然曾是閱讀、模仿的學習對象，卻也成爲首要的反動、革命目標。因此針對前一世代的集團性作業，在內外形勢的交逼情況下，只有採取更富集團性的運動型態，才足以造成聲勢。而當時的論戰及現實局勢則進一步激化其行動，使集團的內聚力更強，用以團聚反抗前行代所施加的壓力。所以七〇年代戰後世代之具有「集團性」，可視爲台灣詩壇非常時局下的正常現象。

二、戰後世代詩集團的自主意識

戰後世代在七十年代組織詩社時，從他們的命名考慮、發表宣言，並進行計劃性的集體評論，都顯而易見的是爲了要彰顯其集團性格。比較前行代的組社，「創世紀」是基於職業的同質性、「藍星」則較近於沙龍式的雅集，而晚一些的「笠」卻是較偏於省籍、出身而結合。新世代由於時代情境的改變，爲了共同完成詩壇的革命，確是較自主地對於前行代進行解構。這些在當時已建立其詩壇地位的老一代，其實多已建立了一套詩的語言符號、語法結構，及用以表達其內在情緒的隱喩系統。對於詩壇上已隱然成形的典範，新世代必得尋找出新典範才足以取而代之，所以從集團自名的名稱、從共同發表的宣言開始，就已標明了這是具有自主意識的集團行動。

詩人在集團作業中自是擅於精選其名號、結撰其宣言，特別針對過度的西化、虛誇的國際化，以及虛幻的中國化，他們確是有意關注兩個大方向：一個是「中國是什麼？」：相對於世界主義的文學取向，這是民族主義下的自主意識，從民族形式到民族精神，這種「中國」的關懷原是文學的文化的中國氣象、中國氣派。不過在當時的戒嚴體制下，「中國」有時變成敏感的政治語言、政治符號，如果和後來曾經引發疑慮的統派意識聯想在一起，拈舉「龍族」的龍圖騰，正如「龍的傳人」一樣，象徵的是文化中國，也可能是政治中國。相較於此，另一個問題則是「台灣是什麼？」在詩的批判時代前、鄉土文學論戰前，這是被整個政治大環境所壓抑下去的本土意識；不過藉由一段批判、論戰後，台灣文學的本體意識反而獲得進一步的體認，它是相對於西化、現代化而能爲土生土長的新世代所掌握的，因而「大地」、「草根」之類所象徵的關懷本土意識，其實也是「主流」、「詩脈」及「陽光小集」所普遍關懷的。所以在不同地方、不同時間分由不同群體，幾乎一致地提出關懷本土的聲音，表達出集團的共同願望。

在中國的或台灣的、鄉土的或現實的大方向下，首先要解構的是五、六十年代所建構的西化式神話，經由語言意象的模擬表現出荒謬、蒼白的主題，因此在譯介後自認為、也被認為可放在世界性的詩壇上。在當時新世代有意打破這種神話，認為這種隱晦的難懂的意象語是錯誤的路線。基本上對於前行代所努力建立的舊典範，大多採取既承認又要揚棄的態度。〈草根宣言〉就明確地指出上一代：「他們已盡了他們的力量，且留下了豐富的遺產」，但是「一切終將成為歷史，歷史終將成為廢墟，廢墟終將為我們所佔領。」集團的看法如此；個別的也不例外，掌杉就認為新生代最重要的任務，就是「在於如何承受前行代遺留下來的詩的遺產，如何再避免走入前行代已走過且業經評定為錯誤的路線。」❼將前行代的創作成果視為已成「廢墟」或「遺產」，就是宣布舊典範的死亡並將被取代。

從典範轉換的原則言，舊典範所建立的準則其實已為新典範所吸取納入，文學上的典範交替亦復如此，在當時較為激動的前行代面對新生代的詩人，常會使用一句較具象的表達：「你們是吃我們的乳水長大的」，就含意而言即是舊典範早已為新世代所學習，問題是如何才能建立新典範？由於詩藝的創作原則，雖然不一定有如一般所說的是：「內容決定形式」，但至少必須內容與形式協調一致。為何新世代會相當一致地指摘：前行代中有部分詩人所走的是「錯誤的路線」！就是他們在戰後出生、成長及工作的時代情境，實在不易完全身歷其境地體會那個「晦澀」的時代，諸如創世紀中數位主要的行動者，以及藍星、南北笛等團體中，都有一批「大兵詩人」及身分職業性質相近的，在人生成長、成熟的關鍵階段，卻是在逃亡、戰亂中活過，然後又在軍營的保守、封閉環境中工作，他們既然不想寫反共八股或制式的膚淺「歌德」派作品，剛好「晦澀」就成爲一種僞裝。

在民國六十年以前一些被公認爲較有成就的晦澀詩人，大多已完成被詩壇承認成功或不成功的作品，洛夫、瘂弦、商禽，甚至管管、碧果、辛鬱、張默等，在一系列名單之後，仍可開列一些隨從的模仿晦澀詩的，多少都和軍人的身分有關，來台後也大多在相關的單位工作，甚或多少參與過戰爭。這些足以提煉爲詩的卻也是最易觸犯禁忌的，因此現代主義、超現實主義等較「difficult」的表現手法剛好提供了一個借鏡，結合軍人飽經訓練的「僞裝術」，在他們日夜面對的政治、思想禁忌的情境中，自然就會採用如同部落生活中的「魔術」技巧，一種高度濃縮的隱喻性語言和形式符號，剛好可以曲折地表達一些潛藏著的被扭曲的經驗。因此洛夫拈舉「石室」、商禽使用「單日」、管管借用「罌粟」，都是由戰地經驗進一步擴大而成爲繼起意象的表達，作爲人類悲劇性處境的象徵。後來他們在詩集序跋或私下交談時都曾或明或暗地表示其原初動機；而擅寫晦澀意象的瘂弦就曾公開承認「晦澀」的主因是「社會因素」，說在「五〇年代，如果寫東西赤裸的話，保守社會、文學界不接受，政治當局也不一定接受。」❽戰爭與性愛、逃亡與死亡……都是禁忌，卻也是佛洛依德門徒最喜愛的「象徵」：商禽之寫〈逢單日的夜歌〉、洛夫之完成《石室之死亡》，都因爲「那時候的詩人不能把話說得太明白，才把眞正想說的話隱藏在意象的枝葉背後。」（同上）這些詩人及其作品之所以「晦澀」，有「部分」原因實在緣於那是個「晦澀」的時代。

戰後的世代其實並非完全不理解那個時代和人性的晦澀、禁忌，只是由於不同的出生、成長經驗，勢必逼使他們在內容和形式上作較大幅度的調整，即以當時「龍族」中較活躍的詩評健將陳芳明爲例，他就代那群龍的傳人作過告白：戰後的一代對於戰爭可以說缺乏體認，生活空間也僅限於土生土長的台灣，自然就沒有受到苦難和鄉愁的濡染，因此作品所顯示出來的，也沒有像上一代那樣激進而極端了❾。這一代經歷過戰後艱辛的生活，台灣的土地和人民就是他們的生活本身，因而同時經歷過從農業向工商業的轉型，生產力從農村流向城市，爲了前途，爲了生活，戰後世代這時剛好二、三十餘歲，升學或就業都會促使他們離開鄉村而集中到臨近的都市。在劇烈的社會變遷中，政治固然處變不驚地堅持不變，但是經濟卻已快速在變，文化也隨之而變，因而人生的價值也在變。變遷中的台灣爲戰後世代帶來新的生活和寫作情境，自然也就無法再認同那個晦澀年代和晦澀詩。

新詩社的組團行動除了是告別晦澀的姿勢，也在其自許爲「暴風雨」的破壞力、爲「主流」的自主意願，一旦面對前行代所發出的不屑、譏諷時，自然就會展開了主流和支流的霸權爭奪。兩個世代各爭風騷盟主，除了筆戰放話，就是各自爭取解釋權、發言權，因此各據要津而編詩選、作導讀，都成爲熱烈且熱鬧的競賽。從史的觀點言，這是個讓人懷念的有活力的年代，新世代爲了回應已建立寫作典範的前行代，逼使他們不斷積極地建立新美學、挖掘新題材、嘗試新語言，務必找到一種內容與形式相一致的語言符號系統，才有可能建立新的典範。民國六十年以後是個詭譎的年代，由於社會的量變也促使質變，但是老人政治卻想頑固地不變或少變，其實在時代大局勢之所趨下，瘂弦既已明白「整個台灣文學的表現及一般言論的尺度，漸漸在改變中。」❿不過新世代卻還是覺得變得太緩慢太迂迴，「集團」的力量就是要加速其改變，並將「變」的跡象落實到創作中。而辦刊物和出詩集、編叢刊正是集團行動的表徵，只有如此才能爭取到發言的空間，爭得領一代風騷的霸權，這是才氣加霸氣的詩人集團性格的寫照，其實這才眞是文學史寫出新頁的力量的根源所在。

三、土地之夢的失落和重建——新世代的變

台灣的社會變遷情況，在民國六十年前後十餘年是有較明顯變化的轉型階段，戰後出生的世代在升學和就業時，都會經歷過從鄉村到城市的城鄉經驗，在各種「打拚」的過程中也較眞切地體驗到時代轉變的壓力，這是與前行代此時都已擁有穩定的工作有所差別的。不管新世代的籍貫如何註明，主要的成長和教育卻都在台灣完成，因此也較能務實地關懷生活的現實，並從實際的日常生活中挖掘出創作的素材。這是和前行代經歷過兩個時代有不一樣之處：大陸經驗和日據經驗對他們而言，其實都只是長官或父兄口中的模糊或制式印象，「中國」只成爲血緣或文化緣的圖騰符號，但是眼前變遷中的台灣卻更眞切地展現希望和希望達成前的苦惱——這就是經濟學依賴理論裏開發中國家所面臨的共同困境。如果轉型成功，台灣就會創造出經濟奇蹟，戰後世代剛好趕上這一轉型、創造的階段，因此他們就用詩寫下了變遷中的愁緒。

由於社會變遷所必然形成的人力移動，自然會變成一股吸力與壓力，造成城、鄉之間人才大量的移向都市。這一社會學家所觀察到的社會現象，到了新世代詩人的經驗中，就會出現許多不同的城鄉意象。在這十年間台灣各地陸續成立的詩社雖分南、北、中三區，不過各區域所見的人力

遷移卻頗爲一致，都是從較小的村落移向較大的鄉鎮、或更大的城市，這種必然的轉變在詩人的感覺中，卻較深刻地觀察到土地與人民的關係。在農業社會原本農民與土地乃是具有不可分割的紐帶關係，安土重遷，老死不離，農民是少有從土地游離出去的，除了特大的饑荒才會出現流民圖。不過工業革命形成後，農村和城鎮在壓力和吸力並行的原則下，卻造成農民及農民的後裔從土地從農村游離出去的情況，這是前所少見的，六〇年代即是這類遷移的上昇期。戰後世代的詩人有不少正是從鄉村到城市的，因其也具有根深柢固的農民根性，也較能深刻體驗這種轉變。前行代中從內地來的詩人，不管是在學院或在營區，雖然對於這種轉型無法獲得直接而完整的體驗，卻仍然能感知到這個大轉變時代已然悄悄來臨。所以由他們主導的傳播媒體和獎勵資源，諸如在吳望堯設置的「中國現代詩獎」的第二屆詩獎中就頒給吳晟，而在紀念特輯《眞摯與奔放》裏有綜合評審的一段話就是這樣寫的：

詩風樸實，自然有力，以鄉土性的語言，表現時代變化中的愁緒，眞摯動人。

吳晟的詩先是由瘂弦推介刊登的，在〈吾鄉印象〉的系列中正是內容決定形式地表現出社會變遷的面貌，就以《吾鄉印象》中的〈入夜之後〉爲例：

入夜之後，遠方城市的萬千燈火
便一一亮起
亮起萬千媚惑的姿態

寥落著吾鄉的少年家
入夜之後，收音機的流行小調
（哭了幾千年還在哭的歌仔戲）
便在店仔頭咿咿唔唔
溫暖吾鄉老人家的淚腺

入夜之後，疲憊的路燈下
吾鄉囝仔郎捉迷藏、打陀螺的遊戲
以及男男女女未經潤飾的開講
喧鬧著吾鄉寂寞的夜晚⓫

吳晟擅於採用淺白的語言，間雜了台灣本地的慣用語，因而也就不可能使用字質密度高的詩語、或表現潛意識的自動語言來表現，前行代詩人有的可以接受此類題材與語言的一致性。但是比較重要的訊息，是城／鄉對照之下一組組的意象和情緒：萬千燈火／疲憊的路燈、媚惑的姿勢／寂寞的夜晚。這位學成回鄉任教的青年教師較諸未出過鄉的老一輩，其了然於其心中的就是不可抵擋的社會變化，他認同於那片土地和人民，因而使用「我們」、「吾鄉」的敘事觀點，既無奈而又認命地展開老人／少年的對照：在〈店仔頭〉一詩中，「我們」面對城市的抗拒是相當阿Q的，這是七〇年代台灣農村中小店面的一群阿Q，其中就有一節集體告白：

千百年來，千百年後
不可能輝煌的我們
只是一群影子，在店仔頭
模模糊糊的晃來晃去
不知道誰在擺佈

在「誰在擺佈」的提問句下，隱藏著的是時代變遷的鉅力，它形象化爲電視、汽車、機車和路：

電視啊，汽車啊，城裏回來的少年啊
不必向我們展示遠方
豪華的傳聞

詩中既認命地承認我們是一群影子、是泥土般笨拙，卻又無奈地抗拒知道遠方的豪華。不過它卻是具有一種高度的滲透力，〈路〉的標題也即是一種象徵：

自從城市的路，沿著電線杆
——城市派出來的刺探
一條一條伸進吾鄉
漫無顧忌的袒露豪華
吾鄉的路，逐漸有了光采

路燈的豪華、光采對比的是「吾鄉恬淡的月色與星光」的陰黯。其實城／鄉的原型性意象，在台灣的七〇年代正是一組組地對照出現，從電視機／店仔頭開講到少年／老人，其實也正是工商／農牧的形象對照，而問題的關鍵則是土地的荒涼與荒廢，引發農村人口結構的改變、社會價值觀的改變。戰後世代以吳晟較早率先準確地表現出這種感覺，也許他並不熱中於參加某一特定的詩社，不過中部一批新世代卻常聚會論詩，眞切知道詩壇上新語言、新表現手法所表現的新題材已經入詩，而這正是前行代所未能完全掌握的，縱使具有草根性的「笠」詩社及其成員也並非如此的寫實。

新世代自覺而又自主地寫出時代變化的愁緒，類如吳晟的回到故鄉，工作、寫詩成爲他們的生活，「詩脈」所結聚的其實也是一群村鎭教師或公務員，《詩人季刊》也是，岩上、王灝、蘇紹連、廖莫白等都是經歷城市後再回歸鄉村的；不過更多的則是從此落腳城市，城市生活對於這批打拚的青年，確是一段現實的考驗。從歷代祖先所固著的土地游離出來，既已扭斷與土地的紐帶關係，也割斷了閒散的生活哲學，從此就必須在城市中過另一種生活。由於文人的性格就會共同組織一群氣味相投的詩的愛好者，人數多少不拘，就可組成詩社，在讀書、就業之餘從事文學活動，甚且推動一些共同的詩觀。因此較早組成的「龍族」、「主流」或「大地」，雖然都是在台北市活動，其中有不少成員多是離開故鄉的土地、親友，而以青蒼年少在「台北居大不易」的情況下打拚，這種「失根」感常使他們成爲城市中的浪子或漂泊者，實際體驗到游離出故鄉之後的游民、游士經驗，嘗試著在新土地上重新爲自己找到新定位。

這批匯流到台北的四方好漢，原本在所自來的社會中也較少有仕宦、商貿甚或「地主」階層，大多只是中下階層出身的農家、軍公教或是小商人的子弟，也有一小部分是從海外僑居地回國讀書、就業的。由於出身的身分比較相近、遭遇也近似，因此大家就易於聚集為文學組合，當時在學院中就讀的如「大地詩社」的成員，教育水準較高較整齊，年齡多在二十五歲上下，被稱為學院派，而擅長評論，如李弦、林峰雄為雲林、嘉義人；陳慧樺、藍亭（梁建亭）為馬來西亞、越南僑生；相較之下「主流」的年齡層則在二十到二十五歲之間，大多為尚在讀書或準備升學的、也有剛進入社會的，較活躍的如黃進蓮（勁連）、羊子喬、陳寧貴及吳德亮等，都積極也充滿了草根性的活力，故宣稱「在年輕一代的血管裡都奔騰著一股叛逆的潮音」，「叛逆」兩字多少顯示其衝決傳統的力量。至於「龍族」中如施善繼、林煥彰是小公務員，陳芳明也尚在讀研究所，高信疆則隱然已站穩在傳播媒體中，多要從事「敲打我們自己的」鑼、鼓、「舞我們自己的」龍，他們也大多顯現高度違棄舊傳統的自主意識。較晚結集於台北的「陽光小集」則是當時的後起之秀，起初也曾意氣風發地重選詩壇十大、評定年度好詩，活動力較強的如向陽、張雪映以及苦苓等，這個集團後來在高漲的批判現實風潮中，因成員的主張有差異而解體。這股從八方來而匯流於政經正處於上昇而又緊張的台北城，本身的職業、地位及其性向也都處於充滿機會卻又不甚穩定的狀態中，當然與前行代大多已穩居黨政軍職者對於現實有完全不同的感受。

叛逆的新世代所要叛逆的，並不只是文學上陣勢穩紮的前行代——他們不屑依附於創世紀或藍星的餘光之下，而是有意叛逆當時的政治、制度，這些人中還應包括「笠」詩社中自稱為「戰後世代」的李敏勇等人，與「創世紀」較有往來的沙穗、連水淼等；此外則是另一批在北部成長的

「草根」中人，如羅青、邱豐松等，多少具有叛逆原有文學體制的觀念。不過對於台北的現實生活、對於經濟尙在上昇中的開發中國家的社會成長，都曾帶給他們一些希望、一些機會和挫折。因此他們寫下了六〇年代的台北，正如李弦所處理的系列「吾街吾巷」，相較於吳晟的「吾鄉印象」，他們從新水泥森林中要重建自己的土地：李弦拈出「公寓記事」的公寓意象，也正是象徵一種並沒腳踏的泥土卻又要經營生活空間的城市生活⓭。

在前行代所處理的城市經驗中較前衛的，如羅門所標題的〈都市之死〉等系列，都是通過現代主義所呈現的扭曲的都市面貌和現代精神；白萩所處理的「流浪者」也是影子模糊、細小的都市邊際人的漂泊、荒涼。不過新世代就不想重覆這些蹈襲西洋的現代感，而是以比較寫實的語言和眞實的情緒處理實際生活中的漂泊、流浪感，黃勁連曾有一首直接標名〈漂泊啊漂泊〉的，就選定台北街景中的漂泊男人，前半部即寫出另一種較眞實的都市邊際人的悲涼：

酒醉的夜晚
孤伶伶一個人
坐在台北街頭
霓虹燈下的亭仔脚
猛打著抽搐的胸膛
灼痛的眼眶
掉下二滴熱淚

俯下吧
抱著頭
想著漂泊的行囊
想著無力的出外意志
想想此來經年
想想淒涼寶劍篇
想想黃葉的風雨
想想青樓的管絃⑭

二節的後三句連續出現了一些傳統詩套語，雖多少削弱了整首詩所醞釀的漂泊情緒；但在後半的醉後悲情中：故鄉、白髮的爹娘以及心疼的兒女諸意象語一一浮現，就會興起「回去吧」的漂泊感、苦澀感。這類鄉下出身又能為同一命運者代言，都是從實際的現實生活出發，而不是從西洋現代詩所獲取的假象世界。

土生土長的詩人既關愛祖先開發的土地和故鄉的語言，因而離開它就易於產生臍帶關係硬生生割斷後所產生的失落感；不過在六〇年代農業衰退而工商成長的轉型階段，二、三十歲的一代無不被整個城市的鉅大吸力吸納進「台北」的神話世界中，神話自是被集體創造出來的語言象徵，而集體中的各個個體卻為了要融入這個神話而成為儀式中帶血帶淚奉獻的犧牲。所以六〇年代台灣的「經濟奇蹟」神話，就是一群城市遊民在需求安定中所共同創造完成的，廖莫白曾有一首〈下港人〉就是民國六十六年所記錄的遊民情懷⓯：

從二林到台北
我們變成下港人
才二百公里
他們把彼此的距離
拉得好長好長
爸爸從不說什麼
反正我們要落地要生根
就要愛自己站立的土地
目前台北是我們的家
下港人有什麼不好
我賣我們的麵
這是交易
不是行乞
只是偶而端麵的當兒
我會偷偷滲進幾滴心酸

有時爸爸看到
就用慣常的眼色嘆息
不知他總在想什麼
以前在自己的家鄉
爸爸從不如此沉默
現在，從早到晚
他只陪著鍋鏟
一句不語
爸爸：下港人沒有什麼不好
我是你的兒子
也是下港人
要是你想回去
我們就回去
回去家鄉
不要人家叫我們
下港人

農民根性常是激發生根落腳的一種神秘力量，而妥協以求生存的適應能力也正是台灣人、中國人的民族性，所以「認同」新土地常是一種繁殖、綿延的根源。廖莫白就以寫離居的〈通河街〉來表達一種家族命運共同體的願望，在首節的「興奮」和末節期待通河街「到底通不通／我們生活的方向」中，就有兩節寫台北之夢：

弟弟睡了
通河街睡了
我們流浪的歷史
暫且寫到這裡
下回再也不要分解
把我們的夢
擱在月租二千的屋角
悄悄的，聽它說些什麼

明天就要離開通河街了
來了台北
就這樣把命和運
寄在這裡
除了兄弟三人
爸爸沒有夢

夢呀，它能說些什麼
夜深深
世界也睡了
沒有眷念
它是聽厭我們家的往事

在租賃的公寓裏構築台北之夢，正是一股驅遣兄弟打拚的力量源泉，而爸爸則沒有。在六〇年代的城鄉歷史中，戰後世代就這樣參與台北參與台灣的重建，在台灣的經濟奇蹟中這才是一股眞實的力量，他們共同參與創造了國民政府遷台後的新中國。有土斯有財，施善繼所寫的〈房東，再見！〉⑯，就是具體表現出一個公務員打拚買一層「公寓四樓／廿七坪四十四萬」的喜悅，因爲在和「房租兩仟、押金六仟，再見！／房東，再見！」的心聲中，表現了城市中產階級的卑微願望，就在有了一間屬於自己房子時當然要以詩紀之，所以首段就此欣悅相告：

終於我們買了房子，
買了房子，
赫然發覺買房子，
並不是什麼稀鬆平常的事。
雖不值得動心動容，
卻驚心動魄，

雖不值得大書特書，
竟餘悸猶存。

台灣新世代在當時確實是相當踏實、平實的，國家、政府並不曾爲他們解決住的問題，這是與對前行代隨國民政府遷台的軍公教待遇不同的。這些被政府脫卸的社會福利，端賴戰後新生代自求多福，而他們卻也如施善繼一樣承擔了下來，不滿意卻接受了如此的「命和運」，他鄭重地宣告：

搬來中和幾近三年，
景安路、景安路一巷二十弄的
石子，踢過多少？
聯亞麵包店的
土司，嚥下多少？
停過電、停過水、斷過氣，
就是不曾到對面
算命擇日的「遊子方寓此」，
問問卜卜，卜卜問問。
當然明天小耕還要長大，
我們還要上班，

十一月我們將添新寶寶。
石子還得踢，
土司也得嚥。
電視、新聞看要挑著看，
美軍電台聽要挑著聽，
中國論壇到期不續訂。

這一代在艱辛的成長經驗中：諸如「通貨膨脹」、「物價」等，都曾讓受薪階級感同身受，因此這首詩能為民國六十五年前後的年輕一代所接納，詩後有三行易於忽略的寫作時間附記：

一九七六、七、七初草，一九七六、八、廿七完稿
一九七六、十二月，刊香港《羅盤》詩雙月刊第一期
一九七七、九月，台北《大學雜誌》第一一〇期轉載

香港詩人即以此測知、而大學人也以此體會台灣的社會眞相。新世代中不寫制式八股的，就採用口語、生活語的表白方式，這是讓前行代及前行代詩導讀者所期期以為不可的。因為類似施善繼，曾吸過現代主義現代詩乳水並曾被收編入《七〇年代詩選》的，竟然會叛逆了舊典範！這是讓當時有些人感到迷惑不解的，不過新語言符號的革命也就在這股風潮下被推動完成。所以讓當時的台灣詩壇並沒有出現不世出的天才，而只是一群敢於打破陳套的平凡世代，其實文學史的興

革原則本就是這樣寫成的。

在七〇年代新舊兩代曾在論戰中相互詰難、質疑，新世代認爲上一代已經與時代脫節，只有他們自己才眞正體驗到變遷中的問題。從吾鄉吾土到吾街吾巷，不管是對變中的鄉村充滿愁緒、或對變中的台北及其他都會產生深沉的無奈，土地與人民確是他們所關懷的現實。所以大多相當一致地放棄了前行代所建立起來的詩藝典範：字質穠密、意象繁複、題材深潛，及由此形成的晦澀、浪漫和多變。新世代所強調的語言較貼近口語，親切而明白，也較能貼近現實生活的眞實。他們的確是比較著重處理開發中台灣的變遷風貌中，一種比較平實而有力的生活體驗。兩代之間顯然存在著明顯的代溝，彼此之間既不能相互欣賞，因而激使新世代在同仁刊物上「舞我們自己的」，也通過評選前行代的再批判行爲來重新認定，這種叛逆確是朝著爭取建立新典範之路在走，而主要的旨趣則是重新爲人與土地的關係加以定位。大概適應「變」的能力本就是年輕人的本能，因而調適時也就有比較深刻的體會而以入詩，這場詩的革命就如此普遍地覺醒並行動了起來。

四、高雄和台北：城鄉關係中新隱喻的完成

根據現代工商社會的發展經驗，人民對於自由民主的政治需求將隨著經濟發展而提高，而社會也將隨之多元化，台灣從開發中邁入開發國家就經歷過這種演變。台灣的七〇年代可說是蔣家政權維護其強人統治的最後階段，政府透過龐大的國家機器想要操控一切。戰後出生的一代確是在這種威權體制下受教育、成長，不過隨著知識教育的完成，不免心生疑惑，因而在思想上、行動

上就逐漸叛逆了起來，對於那些不被鼓勵的都想要加以衝決。現代詩論戰、鄉土文學論戰就是針對那些指導性政策加以質疑，要寫什麼該寫什麼？不應該觸犯那些政治禁忌？這就是新世代在論戰中參與也被激醒的：沒有什麼題材不可以寫、越是禁越要寫。所以當時前衛出版社所編選的年度詩選，從編選者到所選入的作品都與爾雅版完全不同，他們在努力爭取發言權、解釋權。這一波集團的叛逆多少打破了詩的神話王國，奠定了比較多元而開放的創作空間。

從七〇年代到八〇年代文學和政治的關係是密不可分的，由於時代在改變中，戰後世代並不像前行代的保守、顧忌，而敢於挑戰父、兄輩的前行代，除了「笠」詩社比較還能維繫世代的交替，堅持「美麗島」的精神圖騰。其餘從前行代陰影下毅然出走的大多不太願意受到舊典範的束縛，而選擇自主地走自己的路：其中較受肯定的諸如吳晟、羅青的獲獎，他們仍是以較溫和或直率的方式，表明其在語言、題材乃至主題上都有自己「吃西瓜的方法」。這種比較強烈地要求自主的姿勢，是與前行代未曾承受太多上一代成就的壓力所難以想像和體會的。由於他們都是在那股城鄉遷移的風潮中紛紛進入新的工作環境裏，因此也不若前行代大多身在政府單位中，而是分散在各個階層和崗位上，也促使詩的取材大爲擴增，以往未曾觸及的反而成爲新開拓的題材。這一點從「草根宣言」中所強調的：城市的寫城市、鄉村的寫鄉村，可以代表題材的多樣性，這些經驗並非在咖啡廳空想出來的，而多是現實生活的如實反映。詩史學者實在需要細察此中演變的原委，否則只是方便地以前行代的諸名家或流行名家作爲代表，而無法洞燭其演變大勢，是無法完成文學史深入的論斷的。

戰後世代中有的較明確地揭櫫關懷現實、批判現實的主張，有的雖則未曾表態卻在實際的寫作行動中切入生活的核心，不管採取何種方式都是爲了實踐對於當前現實的關心，正如唐文標曾逼問「大地」詩社中人：「爲什麼要寫詩呢？在什麼時候在什麼地方寫詩呢？寫詩是給誰看的呢？而且，若果不寫詩，又怎樣呢！」而當時大家也都覺醒地宣示，如陳芳明強調要寫中國的、民族的、時代性的[17]；大地詩社在選集序中也重新強調創刊號所揭舉的原則：「重新正視中國傳統文化以及現實生活中獲得必要的滋潤和重生」，因而由李弦代表作序，表明要「回歸傳統文化與關懷現實的兩大課題」[18]。而「草根宣言」則重在反映人生、民族、傳統諸項外，也指出要「批判這個我們親身經歷的生存環境」[19]。總括而言，就是要「走回十字街頭，走進人群」[20]，實實在在地採用新形式表現新內容，這是相當有意區隔於前行代詩人的創作新方向、新認識。

由於中共文藝路線的「工農兵」方向是被視爲政治禁忌，高準在民國六十六年五月出刊《詩潮》，就以小標的方式鮮明地列出「工人之詩」（第一集）、「勞動之歌」（第二集）及「稻穗之歌」（第一集），刊登爲工人、農人寫的詩，就引發了不少敏感的反應[21]。但台灣也確實存有一批工農兵，他們寫不寫、能不能寫是一回事，詩人要不要、該不該爲他們寫詩？前行代對這些題材因政治顧忌或生活環境隔閡而無法使用，卻因新世代實際涉入其中而能爲工廠、辦公室以至弱勢職業者寫作。在台灣邁向已開發國家的過程中也曾設置工場、工廠及加工廠，楊青矗就曾將它寫成系列的小說，一時成爲工廠作家的代言人，也是社會學家用以觀察台灣開發的良好題材[22]。類此一向被視爲非詩意的、不夠浪漫或深潛處理的意識，卻由莊金國、李昌憲等人寫出來，莊金國在《鄉土與明天》中收有〈加工區的女孩〉兩首，寫的就是那些從農村進入加工廠的女孩：「摘下斗笠，除去幪巾／灑那麼一種香水／梳那麼一髮披肩／不再是憨呆憨呆的模樣」（之二），在這個

〈今日的世界〉中成爲工廠的一顆顆螺絲釘式的生命㉓，第一首就是以象徵的方式表達：

這些不開花的鐵樹被纏於
爬藤一類的花草
開著不知名的花瓣兒
我在想著：那些穿著
不同制服笑著不同笑臉的
女子開花的年齡
伊們正在操作機器
抑或受制於機器
伊們是美麗的機器人
不止地宛轉而反覆地

在台灣的經濟成長中，加工外銷是當時政府特設的賺取外匯和獲得技術的方式，那些密集勞力就是來自農村的女工。詩人用花的開放隱喻伊們，由外景切入，引出加工區的女子——在制服下的青春、機器人式的生命，正是由於眾多女工耗盡了花般的美麗，才能幫忙造就了島國的經濟奇蹟。

在關懷現實的熱情呼喚下，開挖出加工區的題材，由於詩的語言具有含蓄性、暗示性，既不能太直露，又不能太隱藏，它較諸有關加工區的小說可以事件爲鋪述，詩的表達確是較難掌握。不過當時李昌憲卻以《加工區詩抄》的整本詩集，從各個角度反覆刻劃，形成女工的不同形象，在台灣詩史上確是一次頗有新意的嘗試：無論是語言的使用、事物隱喻的關係，及由此表現出的主題，都成爲一種女工文學㉓。這是因爲詩人本身親自深入加工廠的工作環境中，長期觀察後才能寫出女工的心情，而眞正扮演了工人代言者的角色，像〈女工之怒〉就以「我們」的虛擬的人稱代名詞，直接地表達出花樣年華之後所隱藏的辛酸：

臉都冒煙
捲起褪色的工作服
議論紛紛
唉！我們都是被貶謫的一群
想想還是趁現在逃
出加工區的圍牆
那知牆外投進來的眼光
暗藏何種色彩
把姊妹的婚約再退回

花開花落
每一句謠傳是一支匕首
刺進加工區女孩的心臟
匆匆過開發路
不同生命的花
低垂著頭飽含過多的心酸

「花開花落」是女子的命運，社會學家也曾針對當時加工區的女工問題作過研究，提醒政府多加關注女工離鄉背井地齊聚都市，從事單調而機械的加工區工作，她們的交友、感情與婚姻所面臨的問題，都需要專家來進行諮詢輔導。類似的問題意識表現在形象藝術中，自是含蓄而耐人尋味。

開發中國家運用廉價的勞工，其中自是難免隱藏著經濟強國的剝削，戰後世代在歷史教育中自是熟悉這段痛史；不過在七〇年代面對軍事侵略變形的經濟強權，正經由加工掠奪其經濟的利益，却也正是當時急需引進的外國資本和技術的「依賴」情況。這種陣痛時至現在獲得經濟成長後已漸成記憶，但是在當時李昌憲所見的加工區開始發展的初期，確是存在有種壓抑下去的憤怒。他表現爲化裝了的「我們」——一群「女工心聲」，從這一視角透視歷史中國：

都在等董事長
昂頭挺腹而來

早會開始
他美麗的謊言
開始在我們心中喧譁

還不是想
把我們視同勞役
把價值強權劫掠
把我們意志摧殘
把國魂連根拔棄
換一幅面具
脈絡可尋的心態
要問就問
近代中國史
令人髮指的侵略
殷紅的血未乾
我們是
面對事實，或者
漸　漸　腐　去

「董事長」所象徵的形象不是經濟買辦，就是外國資本家的化身，巧取豪奪開發中國家的人力、物質資源。看出這種嘴臉的是經由女工的身上，也是所有高雄加工出口區中有心人士的悲哀、悲憤，所以結句幾乎是一字一頓，聲聲驚心。

南部高雄加工區的女工是如此辛酸打拚的景象；而北部台北的都會即景，所呈現的則是另一種生命的酸楚，當時散文家阿盛曾經用訪談的方式，紀錄過城市表面繁華之下的男男女女，尤其是一群耗擲青春的女性㉕。新世代對於這些社會變遷中的醜惡面有意挖掘，他們厭於製造虛浮的浪漫主義、也不造作那些宣傳性的光明面，鄉土文學論戰所暴露的社會眞相，終於在經過了一段時間後，由新一代詩人嘗試使用於現實的批判中。張雪映就是在「陽光小集」中試著表現這一代的憤怒。他選擇了另一批女性，也是當時外商所買賣的我們的女同胞的青春和肉體，場景則是移到中山北路、德惠街，從日據時代到開發中的台灣社會都是外人夜晚的天堂，卻也是較易刺傷新世代詩人的民族尊嚴的地方。在〈今夕何夕〉一詩的首節中，從「我」的敘事觀點觀看世界，正從喜多郎的悠揚神秘的音樂中走出，「彷彿引領著我走進／古老而堂皇的中國」，這是吊詭的手法，由日本人所作的音樂中幻設出虛假的中國印象；接下就是無情的撞擊：

如痴如醉，帶著有無數
異邦人來朝的榮耀心情
走到了繁華的中山北路

突然被一聲
DEAR JOHN, FOLLOW
ME……
驚醒，在霓虹的酒廊門外
（一名酒醉而狂嚷著的吧女被個子高大的老外摟著走出）

那名女子醉態又不失媚態的身影
無聲地擊傷了我
走回租來的破陋家門
聽到調頻電台懷念老歌的節目
又播出了大江東去和今夕何夕
的迷醉歌聲時，幾乎
令我發狂

被老外玩的「吧女」出現在標幟「中山」的路上；而相交橫向的德惠街又是如何？
閃亮在陰濕的德惠街上的一家酒廊
一位充滿淚光的歌女，用沙啞不全的
日語拚命賣唱著一首酒與淚之後，接著

一位喪盡知覺的醉漢，上台摟住她合唱
一曲愛妳入骨，一片交杯喧譁的沙發上
幾名台灣女子依偎著遠來的日本觀光客
在一片不安定的和平中，調情作樂

歌唱、美酒、佳女，無從享受的我
摟抱著冷冷的西北風，在德惠街上

花十塊錢購買三口檳榔驅寒
一口檳榔在口中有咀嚼不盡的家鄉味
有百般哀痛地受到酒廊的歌聲擊傷
有武士刀和機關槍瘋狂歌唱過的土地
一種焚心的往事，自千瘡百孔的胸口
彷彿鑿出血孔！呸！一口鮮紅的檳榔液

這首〈德惠街、檳榔液〉用嚼檳榔的鄉下人動作，撞傷吐出的卻是一口鮮紅㉖。被日本佬摟著、被老外摟著，也是另一種花開花落，台灣女子在參與創造台灣奇蹟中，確是各自在不同的場景中分別扮演著命運相近的角色。類似這種經濟光明面之下的另一種醜惡面，是前行代所未曾入詩的，新世代在時代變化中卻眞正掌握了，從語言符號的直截明快到主題的顯豁有力，都顯示他們逐漸拋棄陳腐的意象，另行運用一種新穎的語言意象，因而在新題材中掌握了社會變遷的時代脈動。

新世代熱切地關懷本土的變遷，並及於變遷中與己有切身之感的中低階層，都顯示了破壞舊典範之後，需要實際思索、實踐新典範的意義，這是由於客觀的環境、情境變化促使他們需面對自我，而平實地處理人和土地、和社會的新關係。由於不再承受政治禁忌，反而能以平常心對待歷史和現實，而當時的詩壇到了七〇年代的後半期也逐漸接納這一切，而不再以爲叛逆及不可忍受。像沙穗在那段時間就寫出了如〈失業〉、〈歸鄉——失業續稿〉，其實都是典型地表現出那波城鄉變化中，新世代所需面對的改變及適應變遷中的諸多挫折㉗。這類題材正是「創世紀」的前行代所無法親身證驗的，卻眞實地出現在第二代的生活經驗中，也就成爲「創世紀」的轉變契機，一種新經驗的來臨。〈失業〉中間的兩節就是這樣敘述：

我能夠去那裡？
去問聯合報和中國時報
車床平車拷克還是ＡＥ？
沒有背景的露背裝
在櫥窗之外
我把饑餓摟得很緊
在西門町總得有樣東西摟著
才不像南部來的

即使摟自己影子

失業的台北經驗變成感覺的眞實；「入夜之後／台北沒有我　但我確實／是在台北　這很虛無」，對比之下從首節就出現的母親意象、烙餅意象交叉貫串全詩：一是愛的饑餓、一是食物的饑餓，以此象徵失業時心靈的饑餓。所以結句的「華燈初上／我必定會回到母親的眼裡」，母親已成爲地母的回歸的原型。在〈歸鄉〉詩則由妻子所象徵：

我摟著我的妻子燕姬
我們是在逃難
逃現實的難
（燕姬摟著小廣
小廣摟著一個空的奶瓶）

沙穗的「燕姬」已普遍化爲一個失業者的心靈母親原型，在城／鄉的對比中，首節的燈火即是城市原型——一個輝煌、炫耀的發光物：「華燈初上／台北沒有一盞燈火是爲我而點／我是九點半平快車上　熱著來／而冷著回去的　一杯茶」，而他及妻子所要「歸鄉」的鄉，則是挫折時讓人恢復生機的神秘泉源，卻也是生機恢復後又註定要離開的家、母親和土地。這種遷移意識是七〇年代的新世代共同具有的普遍性經驗，而城與鄉的對照也是世界各地產業革命後，文學藝術深刻處理的變調主題。如同陳映眞在〈夜行貨車〉，從城返鄉的貨車不也是奔赴那黑暗而沉厚的南方土地嗎？

在城／鄉的對比意象中，七〇年代的「台北」就如唐詩中的「長安」，詩人心中的希望和失望的象徵所在，所以在政治、經濟及文化核心的象徵意義上，也就成爲台灣詩史上永遠的原型性意象：由燈火所幻設的，就像連水淼從飛機上下望，沙穗的出台北顯得淒涼、悲壯；而連水淼的回台北則如機上播出的悅耳小調，意味著家的安頓，〈燈火〉一詩即輕緩地如是敘說著：

繞過萬水千山　已然
忘卻疲倦的我
從高雄飛回來　偶一探首
群山合抱向晚的大台北
像一個炒過　滾過　燒過　而
如此和祥　如此安分　如此冷靜的
大烏盆

夜色還沒完全掩至哩！　摯愛的
萬千燈火　已是一個接一個
亮出自己的名號大小都一樣
一燈一個字　一字一鏘鐺
草書也好　隸書也無妨

正楷最好不過　一亮
一亮就到天明
零亂中自成秩序　千燈萬燈
燈燈交換歡愉的眼色
燈燈派司最新的消息
情急地出去摯愛地回來
啊
大台北像個大烏盆
生活像一塊大黑板
歷練像寫了又擦　擦了又寫的
字
我想家　我想家
想拉下自己的龍頭
在大烏盆裏在大黑板上
在一燈寂寂的書房裏
即使是小小的一點　也是
光

大烏盆、大台北的「萬千燈火」；書房、家小小的一點「光」，新世代在台北安頓身心後也安頓了命運㉘。

從城市從工商生活中，台北對於新世代到底有何意義？有何致命的吸引力，它正是如工商文明所見的螺絲釘哲學，沙穗所寫的「我是詩人工人還是廣告人？／我不是人／我是一個標點一枚螺絲／一個 idea 如此而已　我是什麼／我都死了」，在台北這個大機器中，一枚螺絲也有一點作用。眾多的新世代不斷湧入，也分別發揮了螺絲釘的功能，所以城市就被動了起來，時代被推進前去，在七〇年代明顯地發揮了漩渦效應：從四面八方吸納一切，然後壯大成爲新都會，一種政治、文學象徵，而奔赴的膜拜者則是爭相奉獻自己，祈求恩寵。所以在盆地內每一棟高聳的建物，都成爲圖騰柱式的，散放神聖而又神秘的光，從戰前到戰後，台北已然蛻變爲另一種朝聖者的聖地，讓新世代發願朝拜、匍匐。羊子喬有一首送報員派發聖地所發出的 Calling：

早安，台北城
我是下港人，來到首善之都
便學會了晨跑和全身運動
以一趟太極拳的手勢
抱住一輪緩緩爬昇的紅日
天天讀著城門那張大花臉
便知道這是什麼節日

早安，台北城
雖然每天以雙手的勞動
來維持心臟的跳動
從未抱怨，也不曾吶喊
忙碌的工作就像秒針一樣
沿著街巷投送報紙
投送一顆顆炸彈
裏面裝著石油漲價，以及限武談判
不是命案搶劫，便是歌星花邊
炸裂了都市人狹窄的心胸
早安，台北城
我從來不知道星期天和假日
由於每天騎單車做全身運動
聽說可以促進血液循環
眞感謝擁有這樣的工作
吹吹口哨，揮揮襯衫袖子
讓我帶來石破天驚的消息

這樣的工作、城市機器中的螺絲釘，都足以讓下港人有感恩的心㉙。滿足朝聖者的內心虔奉情緒，聖地的一切：神聖與污穢、美麗與醜惡都可一體承受，所以在那個年代戰後成長的都具有其認知和判斷，就如中國傳統文人的不遇都來自功名、利祿的挫折，長安都城也成爲傷心地。現代詩人則是在轉型爲工商時代的台北都會中較具韌性，「台北城」在七〇年代正是上昇中的都會，挫折感和無力感還是存在，卻總是提供一個可能；混亂和罪惡也確是眞實，但「零亂中自成秩序」，所以這是適合用混沌論解說的年代和城市。

七〇年代的大變遷中，台灣有兩個城市成爲戰後世代的聖地：高雄和台北，從鄉村出走的女工或知識人都絡繹前往朝拜，朝聖途中角色模糊、未之分明，但是在聖地的圖騰柱之下，只要膜拜就可被恩賜靈力。大家都一起擁擠於此，不分彼此地共同挖掘財寶和知識，並願意爲之獻身，奉獻生命中的一切。在城／鄉關係中，新世代運用自己的語言建立一組組新隱喻系統，這是由於新事物、新經驗大量地出現，新語彙、新感受也就自然形成，他們從中發現新事物間的隱喻關係，也賦予了舊事物以新意義。高雄的加工區、台北的街巷都被新變爲新的舞台，詩人從中建立新的表演方式，也帶動社會大眾新的欣賞習慣，這就是戰後世代集合集團的力量所推動完成的。從初期的破壞到後期的建設，叛逆和革命就是一個世代在變化中如此顯現其精神面貌。

五、結語

在台灣詩史上組織詩社以推動文學運動，早在日據時期既已有此類習慣，戰後前行代所組成的更是推動詩活動較早的一波；等到民國六十年前後，卻接連出現由戰後世代組織新詩社的風潮，並配合當時激烈的文學論戰，一方面針對前行代的創作及詩論，進行全面的檢討和批判；另一方面則通過創刊辭和詩論試著建立其批評理論，並展開另一種語言意象、題材主題都有意區別於前行代的新風格。類此顛覆、解構前行代的革命行動，在當時多少會引起兩代之間的緊張和衝突。這是文學發展史上的必然現象，完全符合新舊典範輪替的準則，成爲一種文學運動內在的驅力與壓力。不過當它表現於論戰時，則易於形成爭取一領風騷的權利爭奪，也就是新生代對於文學主流的「爭霸」。七十年代前後十餘年，這種論爭採取不同的形式反覆進行，無疑的，它發揮了對舊典範的「破壞」作用，對原本既已陷入僵局的詩壇更加速了迅速改變的功能。

新詩社是採用「集團」形式：揭舉共同的詩社名號、宣言，並經常舉辦活動借以凝聚其共識。類此集團性是和戰後世代的成長環境有關的。他們的出生多在農村或小市鎮，也都曾經歷了物質、精神條件比較匱乏的戰後階段；不過等到民國六十年前後，正是二、三十歲的學習、就業年齡，剛好遇見了台灣社會由農業轉型爲工商業的變遷階段，在開發中國家所出現的社會現象也重複地在此出現：諸如農村人力（尤其是年輕的一代）爲了就業、改善生活而移往市鎮；已開發國家挾其雄厚的資本、先進的技術到開發中國家設置加工區……諸如此類問題正是戰後世代所親歷的。因此他們就以所見聞、所經歷的經驗作爲創作題材，自然爲了與這類內容有相互配合的形式，勢必使用新語言新符號：諸如口語、方言等較淺易的語言，而這是與「創世紀」一代詩人所提煉的密度高的詩語有相當的差異。這一語言的「革命」顯示新世代自有其自主意識，而不願隨從前行代所建立的陳腐意象，他們的嘗試成功到何種程度，在當時是頗引起爭論的，其實到了八〇年代既可證明它自有其影響力，甚至連前行代也不得不加速改變其語言表達的部分習慣。

由於新詩社集團性的活動力，雖則在採用題材上有其多元多樣的傾向，不過在此只選擇析釋其中較具代表性的城鄉變遷一類。在這不可遏抑的改變中，有吳晟寫出鄉村的變貌及由之而形成的愁緒；也有黃勁連、廖莫白寫出城市遊士、游民的無奈和一絲希望。在城／鄉的對照關係中，台北、高雄即是城市的典型：一是文化、經濟的消費型；一是工業的生產型，因而也容納了不同職業、不同身分者的不同表現，新世代詩人前往台北後所擔任的，雖也遍布於不同階層中，卻是仍以藝文出版及公司行號爲多，因此也有意深入表達其中比較陰暗的一面，特別是選取和外商作職業交往的女性。這些可以對比加工區的女工，在離鄉外出、異鄉寂寞的情況下，都會面臨著青春、戀愛和婚姻之類問題，詩人自是不同於社會學家，而採用形象地表達她們抑鬱不去的憤怒和不滿。不過這些形象和情緒其實也正反映知識人在加工區所深刻感受的，這一點是前行代所未嘗處理的，也是新世代詩作中特具特色的一批關懷台灣的本土意識。

新世代所嘗試運用的語言、主題是否已建立了新典範，在七〇年代其實只是由破而立的過渡階段，一直要等到八〇年代緣於政治、社會形勢的激化，也更進一步激勵更年輕一代的詩人寫出更具現實性的城市詩及批判現實之作。由此可知一種文學運動的推動，在集團力量的集體運作之下，所發揮的效應確有可觀之處，它對於新題材的開拓、新隱喻的創新以及新風格的形成，都會因其具有較寬闊的空間而足以吸引一批同好及繼起者熱烈投入，因而得以造就一個世代的風潮。七〇年代的整體成就要等到八〇年代才比較明顯地呈現出來，只就這一點而論既已足以載入詩史中，爲台灣的現代詩史注入了他們這一世代的貢獻。

——一九九六年，選自文訊雜誌版《台灣現代詩史論》

註釋

❶詳參拙撰，〈民國六十年前後新詩社的興起及其意義——兼論相關的形跡可疑現代詩評論〉，該文較著重於歷史的敘述和初步分析，可與此篇一併參看。《從影響研究到中國文學》（台北：書林，一九九二），頁三九～六三。

❷一九七二年二月先在高信疆主編的《中國時報》〈人間副刊〉發表關傑明的〈中國現代詩的困境〉，同年九月又發表了〈中國現代詩的幻境〉；後來又在《龍族特刊評論專號》發表〈再談中國現代詩〉。

❸唐文標的評論有〈詩的沒落——台港新詩的歷史批判〉，原刊《文季》季刊第一期；〈甚麼時代甚麼地方甚麼人——論傳統詩與現代詩〉，原刊《龍族詩刊評論專號》。

❹目前所見的鄉土文學論集，代表官方立場的是彭歌等著，由中華民國青溪新文藝學會印行的《當前文學問題總批判》（一九七七·十一）；另一屬於在野立場的則為尉天驄所編的《鄉土文學討論集》（台北：遠景，一九七八年四月）。

❺余光中〈詩人何罪？〉刊於《中外文學》二卷六期。

❻陳映真的評論見於〈試論吳晟的詩〉、〈試論蔣勳的詩〉、〈試論施善繼的詩〉，均原為詩集序，收於《孤兒的歷史，歷史的孤兒》（台北：遠景，一九八四年九月，頁一七五～二二八）。

❼草根社的〈宣言〉，發表於創刊號（民國六十四年五月四日出刊）；該文獻也收於張漢良、蕭蕭編選《現

代詩導讀：理論、史料篇》（台北：故鄉，一九七九年十一月），頁四四九～四六一。

❽瘂弦編選《當代中國新文學大系》〈導言〉（台北：天視，一九八〇年四月），頁22。

❾有關龍族的創社經過，參見《龍族詩選》陳芳明所撰序〈新的一代新的精神〉，張漢良、蕭蕭前引書，頁四三九。

❿瘂弦註❽前引文。

⓫吳晟《吾鄉印象》（台北：洪範書店，一九八五年六月）。

⓬《主流創刊號》，出版於一九七一年七月三十日；又二號〈編輯室的話〉（一九七一年十月），也有明白的宣示文字。

⓭李弦有關〈吾街吾巷〉系列陸續發表於《大地詩刊》第七、八號。

⓮黃勁連《蟑螂的哲學》（台北，一九八九年九月）。

⓯廖莫白《戶口名簿》（台北：遠流，一九八四年一月）。

⓰施善繼《施善繼詩選》（台北：遠景，一九八一年八月）。

⓱陳芳明前引文。

⓲李弦為《大地之歌》所撰的序記（台北：東大，一九七六年），頁一～十。

⓳草根宣言註❼引文。

⓴李國偉〈文學的新生代〉、〈略論社會文學〉，《中外文學》，一九七三年二月，六月號。

㉑高準所主編的《詩潮》第一集出版於一九七七年五月，十二月出第二集，此類資料蒙高先生提供，並提示一些文字不妥之處，特此致謝，並予改正。

㉒詳參楊青矗，〈起飛的時代〉提及美國留學生艾琳達對於高雄工廠所作的研究，收於《工廠女兒圈》（高雄：敦理出版社，一九七八年一月）。

㉓莊金國《鄉土與明天》（台北：大漢，一九七八年八月）。

㉓李昌憲《加工區詩抄》（台北：德華，一九八一年六月）。

㉕阿盛的〈綠袖紅塵〉、〈墜馬西門〉等散文，及筆者的評介〈變中天地——評阿盛的散文〉就指出從鄉鎮出身而在台北工作者的觀察經驗，收於《阿盛散文》（台北：希代，一九八六年九月）。

㉖張雪映《同土地一樣膚色》（台北：前衛，一九八三年十一月）。

㉗沙穗《燕姬》，心影，一九七九年一月。

㉘連水淼《台北・台北》（台北：創世紀詩社，一九八三年四月）。

㉙羊子喬《收成》，鴻蒙文學，一九八五年五月。

呂正惠：

皇民化與現代化的糾葛

——王昶雄〈奔流〉的另一種讀法

呂正惠

台灣嘉義人，1948 年生。台灣大學中文系畢業，東吳大學中國文學博士，現任清華大學中文系教授。專研古典詩詞與現代小說，著作有：《杜甫與六朝詩人》、《抒情傳統與政治現實》、《小說與社會》、《戰後台灣文學經驗》、《文學經典與文化認同》、《殖民地傷痕》等書。

王昶雄的〈奔流〉是日據時代皇民化時期的重要小說，由於它和陳火泉的〈道〉幾乎同時發表❶，但在處理「皇民化」問題上卻有不同的視角，因而引起廣泛的注意，並且很自然的常常被人拿來和〈道〉作比較。❷

在作這種比較時，一般較容易採取的觀點是：王昶雄和陳火泉對「皇民化」的態度。也就是說，王昶雄是否如陳火泉一樣，在小說中表現出對「皇民化」的完全認同，還是技巧性的暗示了某種批判。再說得更簡單，就是：〈奔流〉是否如〈道〉一般是一篇「皇民文學」作品。就這個問題而言，其實答案應該不難找到：我們很難把〈奔流〉視爲「皇民小說」，因爲王昶雄很明顯的在小說中對「皇民化」的某些偏差提出了批判。

但是，如果比較這兩篇小說時不把焦點局限在這個問題上，我們對於〈奔流〉的理解也許可以更寬闊一點。在細讀這兩篇小說時，我個人即感覺到，王昶雄對「皇民化」問題的處理和了解上，「視角」（不只是態度）和陳火泉也有所不同。如果從這個「視角」來看〈奔流〉就可以發現，王昶雄所謂的「皇民化」，其實包含了更複雜的現象。我相信，和王昶雄同時的一些知識分子，可能也如王昶雄一般，沒有更細膩的分析，所謂「皇民化」的表象下，其實還暗含了「現代化」的問題。也許正因爲對「皇民化」和「現代化」的糾纏不清一時產生混淆，才讓王昶雄一類的知識分子表現出一種奇特的焦慮與不安，不知道要以何種「明智」的態度去面對「皇民化」問題。

〈奔流〉對「皇民化」的態度和視角，是以三個人物的關係去加以呈現的。伊東春生（本名朱春生）以最「勇猛」的方式來進行「皇民化」：他不僅要娶日本太太、把名字改成日本姓名、絕對不用「本島話」交談，甚至還厭棄生身父母。而他的學生林柏年（按中國親屬關係來講，還是姨表兄弟）則是伊東的對立面，他無法忍受伊東對待父母的方式，他對伊東的評論是：「他是拋棄自己的父母，過著那樣的生活，只認爲自己過得快樂就好……。」（王昶雄集，頁三四〇）❸他認爲伊東的「皇民化」純粹是自私自利。

站在這兩人中間，一面觀察，一面尋找「皇民化」的「正確途徑」的是敘述者「我」（或許可視爲王昶雄的代言人）。「我」是留學東京的醫生，爲了繼承父親的診所不得不回台灣開業。但他內心眷戀東京的生活，無法忍受台灣小鎮的單調與無聊，精神感到非常空虛。認識了伊東春生以後，從他的純日本式生活中，「我」好像找到了在東京所熟悉的東西，因此很容易的就和伊東變成可以談話的朋友。但從林柏年對伊東的厭惡和揭露上，「我」又逐漸看到伊東的徹底厭棄台灣事物也許有問題。不過，林柏年在畢業後，不顧家境的困窘，還是勇敢的決定到日本讀書。林柏年最後所以能成行，其實還是因爲伊東承諾柏年的父母他願意在經濟上加以資助。這是林柏年自己不知道，「我」從柏年母親口中得知的。所以最後「我」所得到的結論似乎是：伊東的「皇民化」並不出自利己之心（要不然他就不會資助林柏年到日本進修），他也眞心希望台灣更好，只是他的方式過度極端，應該不宜效法。而林柏年從日本寫給「我」的信中的幾句話，也許就是「我」

也願意接受的關於「皇民化」的看法。話是這樣說的：

不錯，我今後非做個堂堂正正的台灣人不可。不必爲了出生在南方（指台灣），就鄙夷自己。沁入這裡的生活（指日本生活），並不一定要鄙夷故鄉的鄉間土臭。（頁三六〇）

看到林柏年的這些話，又無意中發現三十三、四歲的伊東已有三分之二以上的白髮，「我」是懷著「同情之心」這樣評論伊東的：

也許伊東是爲了拋棄俗臭沖天的父母而贖罪，才會在感覺上格外激烈，對不成熟的生活方式感到戰慄的本島青年，懷著粉身碎骨的獻身精神從事教育去吧。（頁三六三）

從以上的評述可以看到，〈奔流〉所企圖呈現的「皇民化」的難題似乎可以化約爲：如何同時去尋求「進步文明」的日本式生活，而同時又「擁抱」「落後」的台灣鄉土（鄉間的土臭、俗臭沖天的父母、本島人卑瑣、懦弱的性格等等）。

二

王昶雄的〈奔流〉寫作於所謂的「決戰時期」，那個時候的台灣知識分子，即使對「皇民化」運動有什麼不同意見，恐怕也不能暢所欲言。因此，我們無法判斷，王昶雄對「皇民化」的看法是否有所保留。不過，從小說的情節發展和人物關係來看，小說中這種對「皇民化」的認識，應該是一個基本性的問題，值得加以分析。

正如前面的小結所提到的，〈奔流〉所呈現的台灣人面對「皇民化」的困境，在於：進步的日本和落後的台灣的對立。如果眞是這樣，又如何可以「對抗」皇民化呢？而這也正是敘述者「我」苦思不得其解的矛盾所在。但是，「皇民化」的本質眞是這麼「簡單」嗎？

在小說一開始，「我」回憶起他離開了十年的東京，剛回到台灣來時的沮喪心境。按「我」的本意，想留在東京行醫，並繼續作研究，如果不是父親突然逝世，他根本不想回台灣開業。他已習慣了東京的生活。他說：

> 像長蛇一般開往下關的夜車，九點離開了東京站，經過有樂町、新橋、品川、大森，街燈逐漸從視野消失時，簡直無法抑制，熱熱的東西湧上心頭。不全是離情的苦，而是自己一旦回到鄉里，不知何時再能踏到這首善之區的心思，使我感到難以忍受的寂寞。（頁三二五）

從這裡可以清楚看到，眞正使「我」眷戀不捨的，是東京的鬧區，及其繁華、進步的現代都市生活。相對來講，他所回到的台灣的鄉間，則是「難以逃脫的無聊」、「如此單調的生活」。這樣的心理矛盾，從另一個角度來看，正是農業的鄉村和現代大都市之間的生活差距所造成的。但是，在這篇小說中，這卻是「我」開始思考皇民化問題的起點。城、鄉生活的截然對比，被作者擴大爲一個台灣人是否該「日本化」的問題。

對出身鄉鄙的台灣知識分子來說，東京這個現代大都會之成爲現代進步文明的象徵，可以說是很自然的。另一個在台灣及日本受過完整日本教育的台灣青年知識分子葉盛吉，在回憶十七歲時一次遊覽日本的經歷時，這樣說：

> 第一次目睹日本的美麗與繁華，在我心中栽種了對於日本極爲強烈的嚮往之情……京都、奈良的名勝古蹟，東京、大阪的繁華，還有那閃爍炫目的霓虹燈……，時時都在我腦海中燃燒，在歸途的航船上，每一回想，流連之情，油然而生。❹

葉盛吉也把這種強烈的嚮往之情，結合他所受的日本教育，形成堅強的「皇民思想」。後來長期在日本讀書的所見所聞，以及戰爭末期的閱歷，才讓葉盛吉開反省「皇民化」的問題，從而加以克服、加以超越。

從回憶中「反省」首次日本經驗的葉盛吉還談到，這次經驗的強烈印象，可能來自於錦繡年華的青年所具有的好奇心，第一次獲得強烈的滿足的緣故。相對而言，他二十幾歲到亞洲另一個現代文明的大都會上海旅行時，印象就相對的淡薄得多❺。從這個角度來講，日本是日據時代台灣知識分子對現代生活的初戀對象，其地位是無可取代的。這種心理，也就成爲日本統治者對台灣進行「皇民化」的基礎之一。

從殖民統治的立場來看，日本，特別是東京，成爲台灣知識分子最重要的「留學」場所，也是非常自然的事。在這種統治架構下，這些知識分子難得有人到更先進的英、美、德、法各國留學，而唯一可以作爲不同選擇的中國大陸，現代化的程度當然還不及日本。於是，日本就「壟斷」了台灣知識分子的「現代化」視野，使他們在無法比較的情形下，不知不覺地就把日本當成最現代化的國家，從而把「現代化」與「日本化」相混而論。呂赫若在〈清秋〉中的處理方式就要清醒而細膩得多。〈清秋〉的主角耀動也和〈奔流〉的「我」一樣，在日本留學，但在家庭的要求下回台灣開業。同樣的，耀動也眷戀東京，對回台灣有所抗拒。但是，在〈清秋〉裡，呂赫若卻讓耀動對祖父的漢文學素養存著相當的敬意，也讓耀動去思考戰爭時期台灣人的處境。由於這兩種因素，耀動終於在長期遲疑之後，克服了「現代化東京」的誘惑，下定決心在台灣小鎮開業。呂赫若的思考模式顯然較複雜，不像王昶雄「進步日本」和「落後台灣」那種單純化的對立。❻

呂赫若在〈清秋〉中刻意的讓耀動尊敬祖父所具有的深厚的漢文學素養，如果拿來跟〈奔流〉「我」和伊東春生對日本事物的愛好相比較，就更能顯出〈奔流〉對「皇民化」的認識中的問題。「我」和伊東春生對日本的推崇，由於對日本現代文明的懾服而產生全盤的信仰，進而，擴及到所有日本事物。例如，伊東稱讚《古事記》「具備著絲毫沒有歪曲的眞率風格」，可以讓人「像幼兒依偎在祖父母的膝下，亮著好奇的眼睛，傾耳於那古老的故事那樣」（頁三三〇）。而「我」在一次拜訪伊東日本式的家中見到伊東的日本太太，也有一段讚美日本女性以及與她們有關的日本花道的聯想。在小說的中段，爲了表示台灣人也可以與日本人一樣具有勇猛精進的精神，王昶雄描寫了林柏年及其他台灣學生如何苦練劍道，並在比賽中打敗日本學生，獲得優勝。更有甚者，「我」在回台灣之初，還會「憶起內地（指日本）的冬天，關東平原的冬晴之美」，而「想到灼人的季節很長的台灣，眞令人沉悶」（頁三三一）；連在「氣候」上，台灣都是落伍者！❼

對於台灣的事物，他們的感覺又完全不同了。當「我」用傳統方式向伊東拜年時，伊東說「那樣太舊了，我們用新體制吧！」（頁三三二）；在參加自己父親的葬事時，伊東對女人們的號哭，忍無可忍的怒斥：「不要再學那種不能看的做法啦！」（頁三四三）；伊東所以拋棄父母，彷彿只是因為父母「俗臭沖天」；即使極力反對伊東，而想擁抱台灣鄉土的林柏年，也不得不痛苦說出「故鄉的鄉間土臭」、「母親是怎樣不體面的土著人民」（頁三六〇）樣的評語。

這種毫無保留的崇拜日本、毫無限制的貶抑台灣的態度，連一向注重日本對台灣現代化的貢獻的垂水千惠，也忍不住批評：

> 落後國家的日本，曾經被永井荷風罵得狗血淋頭……如今以輝煌的「近代」之姿欲腐蝕台灣人的認同意識，這是否也是一種歷史的諷刺呢？或者台灣人學習日本人的思考方式，連貶抑鄉土、壓制母語，把自己奉獻給「近代」的姿態都照單全收了呢？還是應該說：「近代」的本質就是忘本呢？❽

不過，現代化的本質，特別是在日本殖民統治下進行現代化的台灣的問題，恐怕也不能只按垂水千惠的方式來回答、或表示疑惑。

落後國家在現代化的「勇猛」時期，不免都會有全盤否定傳統，全力進行西化的傾向，如永井荷風的批評舊日本，如五四初期中國知識分子的反傳統。但是，任何有深厚文化傳統的國家，即使有意如此，也不可能「清洗」掉具有千年以上歷史的文化特質，更何況會有一批知識分子隨後產生反省，進行調整。以日本為例，誰也不能否認已經完全現代化的日本，還是鮮明的保留日本文化的特質。歷史更為悠久的中國文明或阿拉伯文明，雖然他們還正掙扎於「現代」與「傳統」的長期拔河中，但可以肯定的說，現代化成功以後，他們仍會保留自己文化的特質。

那麼，台灣現代化的過程卻產生了自願「皇民化」這樣特殊的例子，問題到底出在那裡呢？首先，在漢文化的區域內，由於台灣發展較晚，早期移民來台灣的漢人又以犯人及「羅漢腳」爲主，無可否認的，文化的體質較爲薄弱。在日本進行殖民後，除了有深厚家學淵源的家族外，一般的台灣人其實對漢文化或中國文化的認識逐漸趨於淡漠。而由於見聞的限制，他們又很容易把進步、強大的日本當作國家的楷模來崇拜，從而對日本的現代化及整個日本文明產生獨特的仰慕情緒。再加上統治者在宣傳上推波助瀾，當然就會有伊東春生及「我」一類型的人出現了。

即使像林柏年，以及逐漸覺醒以後的「我」，想要抗拒全盤「皇民化」，保留一點台灣「自我」，他們也只能悲苦的說出：

> 不論母親是怎樣不體面的土著人民，對我仍然無限的依戀。

或者：

> 沁入這裡的生活（指日本），並非一定要鄙故鄉的鄉間土臭。

這純然是一種感情式的解決，無法抗拒理性認識的誘惑。所以林柏年仍然要奔赴日本，繼續學習，「非做個堂堂正正的台灣人不可」。問題是，台灣作爲漢文化的一個區域，雖然發展較晚，文化根基較爲薄弱，難道眞的只有「鄉間土臭」，難道只是「不體面的土著人民」，一無憑藉嗎？這恐怕就呈現了〈奔流〉作者及其同一類的台灣知識分子在歷史認識上的不足。

——一九九六年五月淡江中文系主辦「第七屆中國社會與文化國際學術研討會」論文發表

註釋

❶ 陳火泉的〈道〉發表於一九四三年七月一日發行的《文藝台灣》六卷三號，隨後，七月三十一日發行的《台灣文學》三卷三號刊出王昶雄的〈奔流〉。

❷ 最近發表的〈道〉和〈奔流〉的比較的論文有林瑞明〈騷動的靈魂——決戰時期的台灣作家與皇民文學〉，見《日據時期台灣史國際學術研討會論文集》，一九九三年六月。又，近日發表的分析〈奔流〉的論文有陳萬益〈夢境與現實——重探「奔流」一文〉，日據時期台灣學國際學術會議（清華大學中文系主辦）論文，一九九四年十一月。

❸ 本文所引述的〈奔流〉譯文為林鍾隆所譯，經王昶雄本人校訂，見《翁鬧集、巫永福集、王昶雄集》（前衛出版社，一九九一）。以下所引均按此書頁數。

❹ 見楊威理著，陳映真譯《雙鄉記》，（人間出版社，一九九五），頁三五、三六。

❺ 同上，三五頁。

❻ 日本學者垂水千惠站在日本人的立場，無法體會呂赫若委婉「拒日」的複雜情緒，認為呂赫若是「經常表示厭惡近代的作家」，這種詮釋很難令人接受。參見垂水千惠《論清秋之遲延結構》，日據時期台灣文學國際會議（清華大學中文系主辦）論文，頁二～三，一九九四年十一月。

❼「我」在接到林柏年從日本寄回來的信，深受感動，有一次在港口眺望，「不可思議地在我的心靈中，聯繫上某種悠久的東西，以及人智不可及的偉大事物」，對於台灣的山川草木，也「清清楚地感覺到有生命的東西存在的力量」（三六一頁）。顯然，「我」的心境前後是有所調整的。

❽ 垂水千惠，〈戰前「日本語」作家〉，見《台灣文學研究在日本》（黃英哲編，涂翠花譯，前衛出版社，一九九四），頁九八。

吳潛誠：詩人少年時的一幅畫像

——楊牧的（虛構）自傳散文

吳潛誠

（1949–1999）本名吳全成，台灣台南人，美國西雅圖華盛頓大學比較文學博士，曾任台灣大學外文系教授，講授英語文學，鑽研現代愛爾蘭文學，撰寫本土文學論述，譯介西洋文學，策畫桂冠文學名著兩百種，主編《中外文學》（1993–1996），創立東華大學英文系（1996–1999），因肝癌病逝。著有《詩人不撒謊》、《感性定位》、《航向愛爾蘭》等書。曾獲巫永福文學評論獎、第八屆南瀛文學特別貢獻獎等。

我們都知道楊牧是一位相當受推崇的作家，我猜想他會最樂意把自己看作是一個詩人，雖然台灣很多人都覺得他最大的成就在散文方面。我今天要來談這位詩人的散文作品。我把講題定爲：「詩人少年時的一幅畫像：楊牧的（虛構）自傳散文」，英文是：A Portrait of the Poet as a Young Man。這個標題取自愛爾蘭小說家喬伊斯的自傳性小說書名 *A portrait of the Artist as a Young Man*，這個英文標題如果翻譯成《一個藝術家少年時的畫像》，是錯誤的，而應該是《藝術家少年時的一幅畫像》。一幅畫像告訴我們，他（藝術家）可以有很多畫像，他可以自己畫一幅像，旁人也可以幫他畫。找一百個畫家畫，以他爲對象幫他畫的話，這一百幅畫像都不會一樣。我們也可以在此看到藝術創造本身的虛構性。英文題目在詩人或藝術家之前要加上定冠詞 the，代表特定的那位詩人，同時也泛指一般的藝術家，具有普遍意義。

自傳是一種虛構的文本

我們要談的是楊牧的兩本自傳性散文《山風海雨》和《方向歸零》。首先，自傳，跟其他所有的作品一樣，也都是一種虛構的文本，虛構意即由文字建構起來的。在自傳裡，我們看到的不是一個眞實的人；自傳的主角是一個敘述聲音所想要建構的角色，他被創造出來，談論著他自己的過去。這樣的講話者，他在呈現一個面具（mask），他的一個面向。換句話說，我們與其說這個自傳主角是詩人的自我，不如說這是他所設想的、他經營建構的另一個自我，也可以說是一個理想的自我（ideal self），是詩人自己希望扮演的一個角色，也是詩人自己最關心，希望別人看到的那個角色。我們可以在楊牧的這兩本自傳性散文裡面，看到敘述者自己最關心，最願意讀者看到的是，「那個」後來叫做楊牧的詩人的童年以及他的青少年階段。

楊牧以一個詩人的成長，一個「詩心」的萌芽，來貫穿他的整個少年時代的經驗。在他的自傳文集，我們看到的是一個戴著詩人面具的楊牧。作品裡頭的楊牧是一個演員，不是眞實生活世界裡面的楊牧。換言之，詩人的萌芽茁長，決定了他的生平，而不是他的生平經驗產生了他的自傳，也不是他的生平經驗，左右了他的自傳。《山風海雨》跟《方向歸零》這二本書裡面的一切描述，所呈現的詩人少年時的經驗，是描寫他的故鄉的高山大海，他小時候對女性的愛慕，或說是性的啓蒙，他對原住民的印象，他對死亡的恐懼，以及其他種種的幻想，還有他對知識的探討，全部都直接或間接牽涉到詩人的成長。那意思就是說，楊牧用他發展成爲詩人，這樣一個主軸，這樣一個 motif，去貫穿他的一生所有的經驗，譬如他的時代的背景，他童年發生的歷史大事，他整個成長的歷史脈絡，全部串連在一起，就是要告訴我們，他怎麼樣在這些經驗之中追尋，怎麼樣變成一個詩人。任何自傳都一樣，我們寫自傳時，是我們的生平決定我們的自傳嗎？楊牧什麼時候才知道他是一九四〇年出生的呢？他出生的三年之內，恐怕都不知道什麼叫「一九四〇年」。《山風海雨》的開頭說：「最初是陽光耀眼」，「最初」一詞，就和《聖經》〈創世紀〉的開頭 In the beginning 一樣，並不是事實上的「最初」——任何所謂的「最初」、「起點」的前面都已經有事情發生過了，例如作者的誕生，他的家庭背景、他的祖先的事蹟等等，「最初」云云，是作者選擇的敘述策略，是建構下的產物。再舉一個例子，有一個人死了，我們爲他寫墓誌銘，或者在告別式裡，敘述他的生平事宜，我們眞的去敘述他一生的經驗嗎？不是，我們其實是依照一種流傳的模式來敘述，講他的家世，他在家中排行老三，唸花崗國中、花蓮中學，然後大學、研究所，他的教育背景，然後擔任什麼職務，最後還要說他有幾個兒子，他兒子在台大教書等等，我們用那個架構來觀看他的一生，他有什麼成就，他當過什麼大官等等。我們一般人以爲，一個人的一生產生了他的傳記，就像是一個媽媽生了一個小孩，但我們可以倒過來講，是一個人的傳記，產生了他的生平。自傳提供了一個觀看的角度，讓我們看他過去的事蹟，使它有意義。這就是面具。我們剛才講到一個戴了面具的詩人，看到那個面具時，我們就想到那個詩人。當然，自傳比墓誌銘和生平事宜是複雜多了，能發揮的空間也大多了。但總歸它還是虛構的。哪些部分是它的「虛構」呢？你表達的媒介、你使用的膠卷、文字，用字遣詞，你使用的意象、語調，以及題材的選擇、寫作上的技巧、文體全部加起來，都可以叫做面具（mask）。

詩人藉自傳寫理想的自己

我並沒有誇張，楊牧本人就曾告白：「有人說我的《山風海雨》、《方向歸零》是在寫我自己，可是我不喜歡聽到這樣的說法，因爲那不能稱爲自傳體的東西，那是書店爲了廣告而這樣寫的。我並不是在寫我自己」。用我的話來解釋，楊牧並不是在寫他自己，而是在寫他另一個自己，他寫他一個「理想的自己」，或者至少是楊牧所認知的、同意的、所感受的自己。寫一個很像「楊牧」的人，他如何在花蓮成長的過程。讀者看完這作品，甚至沒有看到作者的父親，甚至不知道作者楊牧有幾個兄弟姊妹，他當然提到了母親，但他談得更多的是幾位女性，包括代數老師，小學被她罵，他心裡就覺得很沮喪，她怎麼可以踐踏一個暗戀她的少年的心，以及他愛慕的小女生。

兩部作品的基本敘述模式是以一個成熟的心靈或意識，去回想、去追述他童年的經驗。雖然我們看到作者經常刻意地去摹寫、去保存童稚的眼光跟感受，想要呈現一個小孩子的狀態，但更多時候他明白告訴我們，這是回憶，是一個成年人才知道的知識，告訴我們很多地理上、歷史上的知識，很多甚至是參考《辭書》上引述的資料，告訴我們台灣有那麼多山，一個山一個山的名稱都列舉出來了。

這些作品的主要內容，呈現出詩人從童稚的心靈到藝術性的成熟（artistic maturity）的整個追尋過程：他如何發現自己的志業。這二本文集整個結構，告訴我們詩人對眞理、對知識、對美的一種好奇心，好奇心是他的動因，因爲動因而開展出整個自我教育、自我形塑。這二本文集，都可以看作是作者自我心靈的探索。

《山風海雨》談的是成長經驗，成長經驗本身並不是那麼重要，重要的是「類型化」，藉以詮釋他的一生。從讀者的角度來看，是去探索他這些主要的類型（patterns）、模式爲何。這些模式正是他創造力的泉源、他寫作的主要題材。

家鄉環境、少年啓蒙與歷史脈絡

這些東西，第一項，就是他的家鄉環境。這二本文集裡，高山大海的意象，給他一種啓示，扮演著教育滋養的角色，在書中一再地出現，而且總是在關鍵的時刻出現。就像音樂的主旋律會一再重複一樣，也使得整本書有了「結構」可辨。高山大海見證了人世的滄桑，和作者之間有著「私密性的對話」，在作品裡面經常可以找到印證之處。譬如，他在文中提到，「河是沒有方向的，方向或許只有一個絕對的方向，那就是無邊浩瀚的大海。一切水文和漩渦，一切浪花、濕濺，一切豐滿、速度、冷冽，溫暖的歸宿，我認識那大海，在我日夜的知覺的意識裡，是屬於我的永恆的，無論這世界怎麼變化，都不會失去。」他甚至覺得跟高山大海的緣分是前生就注定的，歷經幾世紀，終於等到有一天，我這個人來了，我來表現「它」，楊牧對於高山大海有一種超自然的、神秘的詮釋。

另外，自傳寫作裡，一定有所謂的「懺悔」，講小時候不可告人的事蹟，甚至不惜予以誇張。楊牧在文集裡，寫了很多的女性，包括小時候，曾到一個日本人家裡，日本婦人露出胸脯，他說那是「讓人不好意思的奶子」。日本婦人並沒有「不好意思」，而是看的人自己不好意思。對女性的愛慕，或者性的啓蒙，是所有人成長經驗中重要的一部分，至少是自傳文類裡經常要刻意渲染的東西。楊牧的作品裡，此類例子非常多，譬如有一段，他到外省老師住的宿舍，看到一位師母要餵奶，後來師母被喚進房裡，作者看不到胸部之後，卻轉而去描寫一直未注意到的屋旁的蓮霧，寫得蠻含蓄的，其實也不太含蓄，很有意思。

第三，原住民，楊牧花了不少篇幅寫原住民，他也頗能夠認同原住民，甚至提到，離開花蓮後，最能夠激發他的幻想的，除了高山大海，就是阿美族的聚落。

對「死亡」的認識或恐懼也是詩人童年的重要經驗之一，譬如他看到人家屠殺水牛，他說：「我始終不能忘記那流淚的牛，在一次解除警報後，被三個男人聯手屠殺的水牛，我懷疑我的童年，是不是已經隨著那屠殺而結束了。」西方文學裡常寫一種「啓蒙故事」，就是說一個天眞無邪的孩子，目睹了人間一些殘酷的事情，或人間的醜陋，然後就領悟了人世原來眞實的情事。

最值得注意的是「歷史脈絡」，楊牧書中很多篇幅直接間接涉及他成長的時代背景，其中一項是描寫一些外來的、掌權的人，和本地文化的衝突。譬如，有一段文字說：「前面是一些疲困到極點的陌生人」，這裡「疲困到極點的」，就是那些打了敗仗跑到台灣的軍隊，他把他們講成「陌生人」。陌生人指的是文化認知、語言溝通上的差異。這些人來到台灣，扮演統治者的角色，於是就發生許多衝突。又譬如說，《山風海雨》第一〇六到一〇七頁描述當時大力推行國語教育，在楊牧筆下，變成有些「熱中、凶悍、顢頇」。中國北方的民謠，對他而言，對在台灣長大的小孩子來說，是陌生的、不能認同的音樂。《方向歸零》的三五和三六頁記載：校長當眾宣布不准講台語，並辱罵台語卑俗，引起學生隊伍中一陣騷動，有一位素孚眾望的老師昂然走出行列，以「沉著的腳步一級一級向上走，到最高處，停駐片刻……」，台階的最高處當然有其象徵意義。接下來，楊牧將視野從人事移開，開始以一種超離的口吻去描寫附近的自然景觀，「海風輕柔地吹拂……古舊的屋舍……有一種傲氣，一種溫情。」楊牧更進一步把視野拔高，仰視家鄉的山脈：「更遠是青山一脈，而青山後依稀凜然的，是永恆的嶺嶂……」楊牧有意告訴讀者，故鄉的嶺嶂恆久屹立，見證著某些人短暫的囂張與愚昧。

楊牧關心的另一個題材是有關大自然的現象及其背後的奧秘、精神層面的意義。

文學志業與追尋記憶

接下來，我們可以看楊牧對「眞」跟「美」的嚮往。《山風海雨》的第一六〇頁，描寫一位雕刻師雕刻神像的過程，我們很清楚看到詩人最後對自己宣布要做一位藝術家，也講了很多文學的信念，包括讓自己的作品，像神像的創作「以取悅人，以屈服人，以教誨人」，「捕捉那隨時流逝的美」，用文字賦予形式留存下來、產生意義。我們可以在此發現，他要以文學創作作爲志業和他對藝術的信念。他故意用雕神像告訴我們，其實文學也具有宗教一般的莊嚴意義。

楊牧常常訴諸感官經驗，讓我們如臨其境，分享他的感受。譬如第五頁描寫他們家的環境，「再遠處是鄰居他們另一道籬笆，外面響過一輛腳踏車的鈴聲，丁令丁令到街尾左轉，那邊還有成排的人家」。

楊牧作品的整體效果，就是他知道有些東西是在流逝的，最嚴重的當然是記憶。當你四十歲再回顧你的童年時，很多東西你不見得能記憶起來，必須很努力地尋尋覓覓，去捕捉。他整本書的特徵，就是利用文字節奏，利用韻律，運用重複的手法，製造效果。他也利用冗長的段落，渲染出詩人在沉思、在追尋記憶的狀態，也是一種心靈的旅程，在混沌的狀態裡摸索。簡單地講，我們可以看到整個文集，是一個在回憶童年往事的詩人，在對自己講話，他在獨處的時刻，獨自一人在沉思默想，而沉思冥想，可以說是詩的要素，詩最重大的效果，就是達到一種沉思冥想的境界。沉思冥想最常利用意象，創造、安排一種氛圍。例如我們看完某些電影，還會陷入沉思的狀態。很多小說，到最後也會塑造那樣的效果。楊牧的散文集經常會有那樣的時刻，就是詩人他自己陷入了 trance（恍惚狀態），他要尋尋覓覓，很努力地，才能捕捉某些生命中的經驗，以及這些經驗背後所代表的含義。在這樣的過程中，讀者也就會隨著敘述者的聲音，進入一種出神恍惚的狀態，因此，讀這樣的作品，相當程度而言，也就是一種心靈的探索過程。去發現詩人楊牧的成長，也可以幫助我們回憶自己的成長，反省自己成長的過程。

——一九九九年，選自立緒版《島嶼巡航》

何寄澎：當代台灣散文的蛻變
——以八〇、九〇年代為焦點的考察

文訊雜誌資料室提供

何寄澎

祖籍河南扶溝，1950年生於澎湖，輔仁大學中文系畢業，台灣大學中文研究所碩士、博士。曾任幼獅文化總編輯、政治大學、清華大學中文系兼任教授，日本京都大學、德國漢堡大學客座研究員，捷克查理士大學、北京清華大學、南京大學等校客座教授。現任台灣大學中文系、所教授。著有評論《北宋的古文運動》、《唐宋古文新探》、《典範的遞承——中國古典詩文論叢》等書。曾獲嘉新優良學術獎。

一

觀察五〇年代以降的台灣散文發展，八〇、九〇年代顯然是變化最劇烈的階段：蓋前此三十年，就體類而言，大抵不出抒情、寫景、敘述之功能；文字風格則承襲五四以來散文傳統❶；其中較特殊者，唯六〇年代以還，余光中、楊牧等積極創作詩化散文❷，務求台灣散文之「現代化」；而七〇年代雖有鄉土文學論戰以及報導文學興起，但其影響散文，需待八〇年代以後始較顯。八〇年代以後，台灣散文之變化所以加劇，實有深廣之背景因素在：要言之，政治之日漸民主、社會之日漸開放、經濟之日漸發展、價值之日漸多元，乃至都市興起、農村消失，以及資訊傳播之迅速與網際網路功能之無遠弗屆……等等，在在促使作者、讀者、評者的角色不斷變易，進而乃使文學的內在與外在迭生新態，散文於此亦不例外。值得探索者，此中種種新變究於散文發展有何意義？其予吾人啓示省思者何在？其短長得失又如何？值此世紀末，觀省過往，俯察當下，若對八〇年代以台灣散文之蛻變作一探索；對其現象背後所可能隱含的意義作一思考，則固不僅有助於鑑往，或亦可助於知來，因作本文，以就教於先進。

二

八〇、九〇年代台灣散文之變化，實自形式以至內涵、自題材以至風格、自語言以至技法……，莫不有之；而其中猶自包含著個體與群體、感性與知性、虛幻與眞實、作者與讀者……等種種面相之糾纏與顚覆；令人滿眼繽紛、目不暇給，唯細細爬梳，或可化約爲：文類之跨越與次文類之交融、寫實與抒情框架之擺落、新語言與新形式之試煉等三項，茲依次述之。

1. 文類之跨越與次文類之交融

所謂文類跨越，就散文而言，即向詩、小說，乃至戲劇的領域入侵，以詩、小說、戲劇的表現方式創作散文，使散文成爲或如詩、或如小說、或如戲劇的樣貌。此種寫作策略，其實古已有之，如韓愈之「以詩爲文」、「以文爲詩」即是。五四以來，徐志摩以詩筆爲文，奠立抒情美文之典範，殆現代散文跨文類（入詩）之先鋒，惜繼踵者鮮又不顯，至余光中始再張旗鼓，戮力爲之，但余氏之人格與風格發揚顯露，其融詩筆尚不免失於直切，其論見則往往過於銳利❸，故影響暫遭壓抑，迨楊牧繼踵，化剛爲柔、化顯露爲深曲、化迫促爲雍容、化單純之情感爲融合知性之新感性，詩化散文始臻熟美。八〇年代以後，楊牧所樹立之新美文風格，爲世所肯認，故自此之後，散文出位乃成歷久未衰之風氣，幾成作者心中之典律。❹

楊牧以下，詩化散文所在多有，唯彼此之間程度深淺有別而已。若論名家，則陳克華、許悔之、林燿德等均足以當之；而純散文作者中，簡媜筆下特富音聲辭采意象之美，固亦詩化傾向之見證。

散文之出位，本以詩化爲先聲，然隨理念之漸被與風氣之漸開，糅合小說，戲劇表現方式以創新體者，尤覺後來居上，至堪注目。簡媜之《女兒紅》已然自道：「這書雖屬散文，但多篇已是散文與小說的混血體。」❺廖鴻基的〈鐵魚〉（收入《討海人》），亦有跨入小說的意圖，對話、情節、懸疑，以及戲劇性的張力等，構成此文強烈的小說傾向❻；而前此最著者，非林燿德莫屬。林氏之都市散文，融詩與小說之形構，並有濃厚科幻、寓言意味及歷史、神話色彩❼，格局最大、思感最深，實為台灣散文之出位做最勇銳果敢的實驗、立最鮮明懾人的標幟；其不幸早殞，為台灣文學至大的損失，殆無疑義。❽

此外，尚有跨入戲劇領域者：七〇年代末，張曉風〈許士林的獨白〉❾已然揭示可堪代表的佳作。所以如此，自與張氏因李曼瑰教授之鼓勵，自六〇年代末期起投入劇本寫作有關。吾人可以想見張氏對人物、情節、場景之安排必有體會，余光中早評其散文最精采動人者在特具「臨場感」❿。值得注意者，張氏散文好採綴段式寫法，唯其綴段式寫法，頗異一般，蓋為有機結構、貫串呵成之設計，大有舞台劇幕幕承轉之形構與趣味，分觀則獨立成景，合觀則完整成戲，一如紙上之搬演。

張氏之外，阿盛最堪注目，《行過急水溪》、《散文阿盛》、《五花十色相》等，莫不表現其鄉土散文之特質——具濃厚史傳及民間說書或通俗曲藝之況味，已為八〇年代以降台灣散文出位做了最「庶民性」、最「諧謔性」的展現，故吳江波比為中國大陸之阿城，稱其「刻鏤著話本筆記和通俗演義的痕跡，並且不時有滑稽突梯的神來之筆」，又盛讚其「善用民間俗語、相聲、說書和講笑話、打油詩等等表現手法……化俗為雅」；終則索性名之為「阿盛體文學」。⓫

八、九〇年代台灣散文跨越文類之表現，其要者略如上述，然除此之外，尚有次文類交融之變，亦應略窺究竟。

所謂「次文類」交融，乃借用「文化／次文化」之觀念，強調在「文類」概念下，已獨特發展的「次文類」間，彼此跨越交融的現象。舉例言之，都市散文、自然寫作、性別書寫、專業散文以及原住民散文等，俱爲台灣八、九〇年代散文此一文類中獨特發展的次文類，作家以之爲書寫內涵與主題時，往往跨越其本然之屬性而與他者互涉，以簡媜爲例：女性意識實一貫存於其作品中，成爲其重要的主題，然鄉土亦爲《月娘照眠床》一書之主題，都市亦爲《胭脂盆地》一書之主題；換言之，《月》書、《胭》書分別展現的是鄉土與女性、都市與女性二種次文類書寫的交融。再以莊裕安爲例，其作品既爲專業散文（音樂）一體，然亦可視爲旅行書寫之體；單純地視爲音樂散文或旅行書寫均有未安；但抽掉西方古典音樂之精靈以及西方文學名著之典故，莊氏旅行書寫之姿采與神貌又幾近蕩然無存。與莊裕安異曲而近似者，如徐世怡《獻神的舞慾》，全以柬埔寨吳哥古城爲主題，大量運用其建築專業背景，且採論文體例，爲時髦的旅行書寫匯入極其專業性的色彩，形質獨特。餘如利格拉樂・阿𡠄以及夏曼・藍波安，在原住民主體性的主題探索下，分別兼包女性書寫與自然寫作（海洋文學）；前者代表作品爲《誰來穿我織的美麗衣裳》、《穆莉淡》；後者代表作品爲《冷海情深》。

回顧八、九〇年代台灣散文文類跨越與次文類交融之現象，吾人或可有以下省思：一方面，文類跨越與次文類交融反映的是散文文體界線的泯除以及體式的解構；它們代表了散文作者在技巧上追求更新、形式上追求更美（文類跨越），在內涵上、主題上亦務期更深更廣的企圖與實踐（次文類交融）；它們似乎成爲台灣散文在跨世紀的前夕，正逐漸邁向成熟兼美的指標。但另一方面，文類不斷跨越，愈演愈烈，是否將增添作品的艱難，演變成表現方式的賣弄？而次文類的交融若無休無止，是否又造成主題的離散與焦點的模糊，並且加速同一題材發展空間的侷促困窘？而主題意識太強，是否又顯示另一種「載道」濃厚的創作觀，因之可能妨礙了作品應有的藝術性？至於民國以來新散文中如周作人之流那種閒淡有味，極耐咀嚼的「純」散文，可能因之乏人問津、體會，而終遭遺忘、失落的命運，則尤啓人殷憂，值得吾人深入省思。

2. 寫實與抒情框架的擺落

中國古典散文成爲一種文類，自始即在性質與功能上與詩迥然有別。大略言之，古典詩言志詠懷，故終形成一悠久堅實之抒情傳統；散文則記人記事、傳達思想，具有強烈「實用」性格。魏晉以後，詩之力量強大，雖影響散文亦增抒情詠懷一路，但原始的「實用書寫」仍爲主流，則迄明清而未改易。民國以來新散文，一方面隱承舊傳統；一方面因國勢振衰起敝之需要，故自始即深有「載道」意識，具文化、社會改造之目的，寫實性濃厚；抒情則僅許地山、徐志摩可堪代表，而未居優勢。五〇年代以降，則因政治之禁忌，形成與二、三〇年代之斷層，加以戰後人心撫慰之需求以及文藝政策之主導，故五四以來新散文傳統中寫實之趨向日漸消沉，人生、家國、鄉愁、親情、愛情、友情之主題成爲大宗，故七〇年代以前，抒情美文實可謂一枝獨秀。自鄉土文學論戰起，此風稍替，貼近生活、貼近社會，具反思性與議論性的寫實作品漸次增多；入八〇年代，報導文學興起，關懷土地、關懷弱勢，富批判意識，成爲此類作品基本持守、恆常不替的精神。質言之，新散文之初乃以寫實爲主；五〇年代在台灣則轉向抒情爲重；至七、八〇年代則又以寫實爲尚；自八、九〇之交起，則作家寫實、抒情之「意念」均漸淡化，其原分別爲作者心目中創作上綱的框架也漸擺落。我們做這樣的回顧、省察，並不是說九〇年代的台灣散文，已全然無與乎寫實或抒情，只是無論就長遠的中國文學大傳統而言，或晚近的現代文學乃至台灣文學的小傳統而言，「寫實」與「抒情」一直是文學的二條主軸；它們的成分也許偏全有別、深淺有異，但基本上揭示的是二種鮮明的創作理念——兼含著文學本質與藝術本質等嚴肅的課題。然而九○年代的台灣散文，在文類不停跨越與次文類不斷交融，以及社會變化快速、價値轉益多元的激盪下，新題材翻湧而出，新意念隨之浮沉，「寫實乎？」「抒情乎？」似乎已然不是作者經心罣意的重點。以自然（生態）寫作為例，在報導文學興起以後，漪歟盛哉的這一類作品，基本旨趣原都歸趨於環保意識，具有寫實精神，但就劉克襄而言，筆耕十餘年的進境，則早已使其自生態保育那種「固定」的思維、意識中走出，進入人與自然（鳥）融合的境界，平靜而如實的紀錄中，自有動人情韻，固已非寫實、抒情之概念可以統攝牢籠。又如鄉土田園之作，吳晟顯然在寫實與抒情中穿梭出入，未逾傳統書寫之框架，然陳冠學則迥然不同：一則則日記掇拾組合成的《田園之秋》，讀來宛如觀賞一支呈現作者日常生活的紀錄片——既無寫實之批判，亦少情緒之抒展，唯鉅細靡遺如流水帳的生活細節。更奇妙的是，那些彷佛實錄的文字，其實又是作家重整編織後的創作⓬，所以其實是一種「虛構」的實錄；因之，其作品屬性自難以寫實、抒情二種舊觀念範圍之，倒有點類似「新新聞」寫作的自我報導文學⓭。至於旅行書寫，本多興情感悟，但如前揭徐世怡《獻神的舞慾》則儼然為一古蹟建築之專業論文，大破散文體式；旅行對作者而言，只是她「專業」的驗證，偶然的體悟思辯，也還是植基於建築背後隱喻的意義，異乎一般之抒情表現。

自然、鄉土、田園、旅行，這種種原本不易軼出寫實、抒情框架的題材，卻已然有上述的異曲別調，則如專業散文，功能本重「傳知」的此一體類，自不斤斤為寫實、為抒情；其中莊裕安的音樂散文甚且擺落專業的傳知功能，翻轉成爲一種有趣的文字遊戲和享受。此外，最特殊的是林燿德的都市寫作，林氏說：

我將都市視爲一個主題，而不是一個背景。換句話說，我在觀念和創作雙方面所呈現的都市，是一種精神產物，而不是一個物理的地點。八○年代我屢次提出都市文學的概念，這個概念不是建立在城鄉二元化的粗糙思考之上，我的關切面是都會生活型態與人文世界的辯證性。⓮

對林燿德這種新都市散文，瘂弦的詮釋是：

這種新都市散文，不再著力描寫都市景觀。對工商社會現實問題的挖掘，也與寫實主義作家不同。新都市散文所要捕捉的，應該是都市現象背後的精神，一種都市精神⓯。

蔡詩萍則認爲林燿德：

藉著這些題材重新詮釋了歷史／政治、眞實的關係。⓰

事實上，林燿德都市散文的底層蘊含了深沉的現實意義與思維感懷，其實難脫寫實與抒情的精神。但由於他取材的範疇極爲廣博，他書寫的方式異常怪特，所以似寫實而又非寫實、似抒情而又非抒情，乃標示了台灣散文中最難以定型的特質。

八、九○年代的台灣散文持守寫實與抒情精神的作品當然仍多有之，不過將之擺落者亦屢見不鮮，略如上述。這種現象一方面可能反映了作者的自信與成熟，他們可以超越二個傳統的框架，自在書寫；一方面也可能反映了作者對文學本質與功能傳統觀點的揚棄；更直截地說，它或許代表了對文學莊嚴價值與意義的顚覆或重新詮釋。作者不斷在問的可能是「我該寫什麼？」作者眞正關心的可能是「我」這個寫作主題的存在意義：我寫故我在→我在故困惑→困惑故書寫——如此遞嬗而下，作品斯成爲「意義」的追尋與探索，由是，所有的「框架」都失去了它的必然性，是可以隨時拆解的。

「框架」的拆解，使作品呈現無限繽紛的樣態，也提供作品無窮伸展的空間；此中精采的表現固不鮮見。但流風所被，若非敬謹矜愼，「框架」的拆解是否反易造成作品旨意的模糊、主題的失焦、形構的失序，以及資料堆垛、知性太強，主觀太重、感染力太弱等弊端？這似乎像回到一個古老的問題：原聲的文學原無所謂文體，但隨著文明的進步，文體慢慢成立了；文體的成立代表文學藝術的典律化；然而典律化後，隨之而來的是僵固；不願僵固，就只有把文體再打破；文體一打破，文學的生機可能再現，而典律卻也消失不見，於是再開始典律的追尋……如此周而復始。行至九〇年代，台灣散文作者已輕易可以不存框架之意識、不受框架之束縛，但前述之弊端亦往往隨之浮現。然則吾人是否可以如是思考：「框架」如果是一種文學信念的表徵，則「框架」愈多，代表的便非束縛牢籠愈多，反是文學信念的多元化，因此「框架」不必然是需要擺脫的。一個「優秀」作者的「優秀」表現，絕不純繫於他對框架的擺落；反之，一意擺落框架的作品也不保證便是「優秀」的作品。也許形塑更多「框架」以創造更多的表現空間，是比務求擺落「框架」更重要的課題。

3. 新語言與新形式的試煉

從文學發展的經驗法則來看，新語言、新形式的試煉，每隔一段時間便有英豪起而爲之，六〇年代以來，余光中〈剪掉散文的辮子〉（收入氏著《逍遙遊》）首先揭竿，遂開台灣散文「詩化」之路，語言、形式俱一新耳目；其後楊牧轉益多姿，其語言富聲采神韻而無痕跡，其形製更大破窠臼，《年輪》、《疑神》、《星圖》可爲見證⓱；再其下，林燿德精彩驚人，語言、形式之新變遠邁前人，神貌特異，無以名之，作品俱在，無庸多述；三家之外，簡媜、阿盛、張曉風乃至莊裕安等俱爲名手，雅俗、剛柔、美醜、莊諧皆能冶一爐而成金，復能於古今文類藩籬中出入自如，見證台灣散文語言、形式之成熟，絕無可疑。値得注意者，諸家此種新創，除極少數外，皆見於八〇年代以後，是足證八〇年代以降，確爲台灣散文藝術高度發展、成果耀目之時期。然耀目則耀目矣，耀目中亦不免有令人眩惑者，姑以上述諸家爲例：余、楊、簡、張諸人，雖新變，而猶熟美自然；阿盛雖時夾泥沙以俱下，亦未失正軌；林、莊二人則不然，其新其變，幾無軌跡可尋，林氏尤然。平心而論，林氏爲不世出之怪傑（筆者不吝讚美已見前述），但林氏如此顚覆、解構的新變試煉，衍及九〇年代新秀，在後現代風潮的加厲洗禮之下，將演成怎樣的散文風景？令人憂、盼參半。以事實觀之，八〇年代以下，散文語言與形式的新變實略可分爲二種：一種是中軌的，一種是出軌的。前者，楊牧、簡媜已成典型，一時之間，尊奉此派之後起者甚難逾越，僅能心嚮往之；後者則林氏早夭，猶自留下可供揮灑的空間——尤其在一個去中心、尙解構的後現代風潮裡，果敢的新銳自然無懼新語言與形式的不斷變妝／裝；此中最可代表者爲張惠菁與唐捐。

張惠菁是新近崛起的新星，《流浪在海綿城市》一書表現的是：行文漫不經心，隨意縱發，文章結構的層次秩序似不在其念中；語言則輕俏佻達，尤其口語化的程度幾至無所謂經營錘鍊的地步；但敏銳剔透的認知以及隨處可拾的嘲謔與輕喟，形成其極個性化的風格與魅力，試看這樣的文字：

你知道北極嗎？

不，我不是要說極光，或是半年的永晝半年的永夜。我也不是要說企鵝，企鵝在南極。北極沒有陸地。祇有長年冰凍的海面。冰塊因爲過度巨大，看起來就像得了白化症的陸地。所有陸地該有的顏色，都被沉厚的白雪取代。

可那到底還是冰塊。冰塊底下是海。海洋的季節流來的時候，冰塊就以人類無法覺知的緩慢速度順著洋流的方向漂移。

因此，關於住在冰塊上的愛斯基摩人，該說他們是定居者，還是流浪者呢？

（〈在定居與流浪之間〉）

又來了，阿拉伯海洋裡的猶太島。在我小時候，不是每年雙十國慶日也都會聽見這種風雨飄搖，建國惟艱的說法嗎？眞是好熟悉喔，彷彿帶我回到了童年。在飛往紐約的英航班機上，飛機引擎隆隆的聲響裡，空中小姐「前有亂流，請繫好安全帶」的廣播聲中，童年時代燦爛的標語，竟然又回到我腦中。然後我又想起小時候被騙去的愛國捐款，

「拿出我們的錢給國家買飛彈」的那種。

光頭哥哥對我笑了笑。那眞是一顆非常漂亮的光頭啊。（〈飛行的猶太人〉）

你要的東西就是那「沒有」。你有車，有雙安全氣囊，有眞皮座椅。好罷即使沒有這些你至少有汽缸有引擎有排氣管。但是你沒有「沒有」。繞遍你找得到的每一條巷子，唯一需要卻又找不到的東西就是「沒有」。一整個城市繁囂的物質生命裡，「沒有」消失了。

（〈靜止的神話〉）

我們可以說張惠菁散文的「形式」就是不講究形式；張惠菁散文的「語言」就是不講究語言。她既不華美，也不怪異，更不深澀；迥然不同於楊牧、簡媜或林燿德。然則她的隨意縱發似又非蕪雜；她的口語化似又非淺俗；就散文體貌而言，自爲一種新表現。但這種新表現除了使人感受作者的「慧黠」外，在散文藝術性的拓展，以及台灣散文獨特風貌的形塑上，還看不出有何重大意義⑱。

相對於張惠菁「漫不經心」的「隨寫」，唐捐所展現的便是「嘔心瀝血」的「苦吟」。唐捐散文的語言比詩更抽象，更不可捉摸，而且詭異、迷離、驚悚；唐捐散文的形式，則顚覆散文規則，不僅出入各種文類，並且揉雜中國傳統「搜神」、「誌異」（兼佛兼道）的精神體貌⑲。〈魚語搜異誌〉一文最可爲表徵：該文體制宛如一篇志怪小說⑳，分「魚臉」、「腸肚」、「血緣」、「輪迴」、「水孕」五節，僅就標題已可見其詭異、迷離、驚悚，並兼志怪佛道之奇幻色彩。再看這樣的書寫，更可證明：

湖裡浮現一對慘白的月亮，如溺者泡水數日的乳房，點綴著一塊塊深褐色的屍斑。夜裡的湖泊凝滯如果凍，少年Q蹲踞在湖畔，讓鳥的啼鳴蟲的聒噪獸的叫喊滋潤他枯乾的耳膜。

一般散文中月亮之意象在此被徹底顛覆固不言可知，而結合泡水的乳房，以及屍斑點點的譬喻，更完全解構了散文傳統的美學風格[21]；加上果凍一物在此並列，且擔負與其原本甜滑美好感覺全然相逆的意符，在在使人瞠目。此外，唐捐散文中如詩、如超現實詩的文字更俯拾皆是：

劇烈的節奏，好像急撥著算盤，要解決一種困難。這聲響跳躍鼓盪，在耳膜的彈簧床。可能是粗獷的鐵器相互摩擦碰撞，可能是巨大的引擎消化燃料。有一種氣息濃厚如瀝青，鋪在嗅覺的神經網路，我站在車廂接榫處。（〈大規模的沉默〉）

離水的魚目具有一種神奇的透視的能力，牠們看見每個人的腸肚都像池塘，游著無數的魚魂，牠們看見天空的底部埋著鳥的骨骸，牠們看見自己的腸肚化入昆蟲的腸肚，在草叢裡蹦蹦跳跳。（〈魚語搜異誌〉）

魚鱉魚蝦在鼓面上游泳，疲憊的雁子從嗩吶中列隊而出，其中還穿插著一隻濫竽充數的白色烏鴉（牠爲了團體的榮譽，而換上制服）。曾經當選十大傑出老鼠新郎，挽著號稱模範貓的新娘，走過市置豪華的陰溝，在一個名叫天堂的小鎮。（〈不在場證明〉）

整體而言，唐捐苦心「蒐奇」，刻意「出奇」，務求塑造現代散文最「奇異」的體式風格；他又格外注重語言的錘鍊，希冀確實達成「精緻」之境界。就前者言，他運用自己出身中文系，嫻熟古典的背景，變出林燿德的都市「奇幻」；就後者言，他結合魏晉南朝詩的沉重深曲以及中晚唐詩的詭麗迷離，變出楊牧的雍容高華。他的企圖心是可佩的，他的實驗性是可許的；但從《大規模的沉默》一書觀之，亦難否認，作者已然掉入一種自我架構的泥淖而難自拔，這樣的風格體貌，雖驚動一時，但究能如何拓展？而一意的追「奇」，就文學史的經驗法則觀之，似也非能可大可久。柯慶明似亦有類似觀點，柯氏云：

> 對於這樣的作品，我一方面讚歎唐捐的才華之高，感受之深；設想之奇，描摹之詭；一方面卻不免想提醒他：或許在思考告子的「食，色；性也」之餘，也可以考慮孟子的知言養氣，體會一下「浩然之氣」的宇宙境界；或許在沉思「萬物相制迭相食」的事實之際，亦當注意其中「物類平等」的襟懷，不妨於「不敖倪於萬物」之餘，「獨與天地精神往來」；在觀想因果循環的無休無止之時，亦當「行深般若波羅蜜多」，「照見五蘊皆空」，以「度一切苦厄」，而能「心無罣礙」，「無有恐怖，遠離顛倒夢想」。㉒

張惠菁、唐捐之外，吳菀菱〈業障幻海記〉（《台灣文藝》一六一期、一六二期合刊本，一九九八年六月），文長數萬，思路漫流、歧異，遣詞造句詭魅迷幻，體裁形構更任由作者吆喝編排，並無理序；至於內容，更廣及性別、宗教、自我認識……，是亦新生代極顛覆、解構能事之又一例。

然就讀者而言，必須面對作者個人極端私密難解之思緒——甚或是思緒的碎片中，不斷撿拾、不斷失落，極端厭倦疲憊地追趕、猜測；散文奇變至此，不失去讀者亦戛戛乎難矣。

三

綜觀前文所述，八、九〇年代台灣散文的精神與特質，若以一言蔽之，實可曰：「變」。其不斷實驗、不斷變易、不斷創新之景況，令人印象深刻，卻也感受萬千。因爲就我個人的體會而言，在此種種新變之中，其實存在著本質的差異：中生代與前行代作者的求新求變，猶然基於自我莊嚴的文學信念——文學必須如此始能永恆彌新；同時也是自我惕勵與提昇的責任表現。新生代的作者則不然，兀自在強烈的後現代風中，追趕時尚㉓。「中心」既已不復存在，拼貼、模擬，遂成爲理所當然；時間、空間既可以斷裂，行文的肆意飄流飛行，也就不足爲奇；語言既可反叛顚覆，則其終勢將完全成爲作者恣意捏弄的玩具。「後現代」原本無罪，其自西方興起並發展，亦有其深層的文化結構因素與意義，然台灣新生代的作者於此究有多少體認與反省？長期以來，我個人從不敢蔑視後起者之俊發，只是憂慮若將「後現代」膚淺化並奉爲無限上綱時，是否給自我應有的磨難與鍛鍊找到輕忽的藉口？給「只要我喜歡」找到冠冕堂皇的理由？文學畢竟不是追求時尚，恣意流行的商品。我也希望新一代的作者更能注重沉潛而不盲信「策略」；然則世紀末的進一步即是世紀之初，現代散文新典範、新境界的出現，誰曰不可期待？㉔

——二〇〇〇年「戰後五十年台灣文學國際學術研討會」論文發表

註釋

❶參見〈中國現代散文選析〉冊二，李豐楙，緒論，頁四七六～四八六，台北：長安出版社，一九八五年三月。

❷其實，「詩化散文」乃由徐志摩開其端緒，唯自徐氏以降，作家較少體會，至余光中、楊牧始有意為之，遂開散文新貌。

❸余氏基本上有重詩而輕散文之偏歧態度，故以為「詩不可像散文，散文卻不妨像詩」，其論點具見〈剪掉散文的辮子〉一文（收入《逍遙遊》）。該文時或言過其實，有失厚道，故雖為台灣散文批評史上最勇悍之主張，但爭議亦多，其功在「破」——至於「立」，則有待後來者。

❹嚴格而言，八〇年代中期以前，散文跨越本身之體制、藩籬者，尚未成風氣，至八〇年代末乃至九〇年代以降，出位之散文竟如雨後春筍，無時不見，尤其後起之秀（各文學獎得獎者），莫不如此。就現象而言，誠覺突然，似乎一時之間，此為寫作策略不可移易之典律。我個人以為，這與八〇年代以後楊牧新美文風格之被理解、被肯定，乃至被視為一種崇高典型有關——而此中，學院中人推挹詮解，以之啓導後進之功不可沒。復次，八〇年代以後新起散文作者，往往兼擅其餘文類，如陳克華、許悔之先以詩名；褚士瑩、王家祥先以小說名；林燿德則衆體皆備。相較於以往散文作者之「專業」化，後起之秀顯示了更寬廣的才具與企圖心，則散文欲不出位，亦戛戛乎難矣（參見拙作〈江山代有才人出——管窺散文新銳、蠡測散文新趨〉，載《文訊雜誌》一〇〇期，一九九四年二月）。又，「散文出位」一詞借自林央敏〈散文出位〉，該文載於一九八四年十月，《文訊》第十四期。案，林氏此文作於八〇年代中，文中所論尚簡，並以余光中為主而及於楊牧，此一則可知散文跨越文類之現象已然發軔，為先覺者所見；一則尚未蔚成風氣。

❺見《女兒紅》（台北：洪範書店，一九九六年九月）自序：〈紅色的疼痛〉。

❻參見陳信元〈跨越文類、超越流行一九九六散文創作現象〉，載《一九九六年台灣文學年鑑》，行政院文化

建設委員會，一九九七年六月。

❼舉例言之，林氏《迷宮零件》（台北：聯合文學出版社，一九九三年六月）中，詩的語言俯拾皆是，諸如：「流失的耳語飄出窗口，會不會幻化成蝶呢？」「有的房間就像是蛹，亮著不變的燭光」（〈房間〉）「喧鬧的日光，隱藏在緊掩的窗簾後。／斷續的練琴聲……逐漸消逝。／我永遠記憶不起夢，醒時卻記憶起妳的睡眠。／愛情不會要情節，愛情本身就是事件。」（〈音樂〉）；而〈綠屋酒吧〉實小說體；〈魚夢〉為神話與戲劇之融合；〈大司命〉又為詩與神話之融合；至《地球零件》諸篇，則綜合科幻、寓言、歷史、神話，形成奇特作品。

❽林氏早殞，不僅為其個人之不幸，亦台灣文學之不幸，蓋林氏於創作、評論、文學教育三方面俱有驚人表現，其才、其能、其敏銳與毅力於同輩中甚少出其右者。

❾載氏著《步下紅毯之後》，台北：九歌出版社，一九七九年七月。

❿見余光中〈亦秀亦豪的健筆〉，原載一九八一年三月五日、六日《聯副》，收入《中華現代文學大系》評論卷，台北：九歌出版社，一九八九年五月。唯余氏以「臨場感」論張曉風之散文如現代詩，恐是詩人「本位」之見。

⓫吳氏之文原載香港《讀者良友》六卷一期，一九八七年一月，後收入《阿盛別裁》，台北：希代出版有限公司，一九八七年八月。

⓬亮軒在《田園之秋》的序中已經指出：「這本書是一九八三至一九八五每年一冊出齊的，為什麼花了三年的時間，才出齊了三個月的日記？不得而知。」吾人可據此推斷，這是一本「想像」的日記。

⓭根據彭家發《新聞文學點線面》（台北：業強，一九八八年八月）的說法，所謂新聞寫作有三點特徵：一、新新聞是一反過去客觀報導的主觀報導，寫作者必須表達自己對事件的解釋和態度；第二，即使如此，新新聞仍然可以和客觀報導一樣詳實，因為新新聞的前提是事前鉅細靡遺的密集採訪；第三點，也是最重要的一點：新新聞須運用散文的高技巧經營，包括伏筆、蓄勢、象徵、諷刺、隱喻、方言、對話、韻律節奏、性格刻畫等，也就是說，它是基於事實的一種文學性寫作。準此而觀，陳冠學的《田園之秋》頗

類新新聞式的報導文學。

⓮見氏著《鋼鐵蝴蝶》頁二九〇，台北：聯合文學出版社，一九九七年二月。

⓯見林燿德《一座城市的身世》頁一四，台北：時報文化，一九八七年八月。

⓰見氏著〈八〇年代後都市散文的新世代性格——林燿德的一種嘗試〉，收入《林燿德與新世代作家文學論》，台北：行政院文化建設委員會，一九九七年六月。

⓱請參拙著〈永遠的搜索者——論楊牧散文的求變與求新〉，台大中文學報第四期，一九九一年六月，以及〈「詩人」散文的典範——論楊牧散文之特殊格調與地位〉，台大中文學報第十期，一九九八年五月。

⓲張惠菁有濃厚的村上春樹風，雖似見其欲將之轉化為自我面貌，但猶待努力。

⓳柯慶明氏認為從唐捐的散文中，可以很清楚的看到「搜神」、「誌異」等筆記小說的傳承；而其「論說兼記敘兼抒情」的特殊寫作，既超越了五四初期所建立的文體功能區隔的規範，一方面也為「後現代」的散文寫作標誌了精神上的系譜。文見唐捐《大規模的沉默》（台北：聯合文學出版社，一九九九年八月）〈序·馳感入幻的世紀末寫〉。我個人同意唐捐為文有法於古典「搜神」、「誌異」精神體貌者，但不認為這是唐捐風格最主要的傳承，詳見文內論述。

⓴其實《大規模的沉默》（台北：聯合文學出版社，一九九九年八月）所收諸篇，泰半具情節、人物、想像、虛構，皆已近小說體。而意象繁多，語言濃密則有類於詩。

㉑用柯氏的看法，或將唐捐將此類描寫納入對魯迅《野草》的繼承（參前揭文）。但比較二者，現代散文美學風格的逆轉在魯迅筆下固然有之，但尚非「本質」的撼動；魯迅塑造的不過是冷厲肅殺；唐捐則詭異驚悚——這才是徹底解構了現代散文美學風格的「本質」。

㉒見柯氏前揭文。

㉓本文所指出的台灣八〇、九〇年代散文三種蛻變，其中一、三兩項本相類通，將之分論，實有感於二者仍有內在本質的不同。蓋「文類跨越與次文類交融」猶深蘊作者突破體式的企圖以及其主題意識的關懷——隱含作者莊嚴的文學信念。而「就語言與新形式的試煉」則為後起新秀浸潤後現代風中務現新奇的「顛

覆」，除了「策略」功能，尚見不出有何重大意義；二者實不可同日而語。做為一個關懷台灣散文發展的研究者而言，我確實有如上的體察，無論褒貶，均為愛深言切，幸知者不誣我。

㉔二十世紀初，因新文學運動之風起雲湧，乃使二、三〇年代成為現代散文典範樹立時期：魯迅、周作人、胡適、徐志摩……等皆為一代宗師，影響深遠。行至二十一世紀，省察本世紀末台灣散文之劇烈蛻變，似乎正是變出新境的前奏——一如風雲詭譎乃是晴朗和暢的前兆；然則新典範的出現勢當因緣際會，應運而生。另，「世紀末的進一步，即是世紀之初」仿借柯慶明先生語，見文內所引註㉑文之後，不敢掠美，特此證明。

林瑞明：現階段台語文學之發展及其意義

林瑞明

筆名林梵，台灣台南人，1950年生，台灣大學歷史研究所碩士，日本立教大學研究。現任成功大學歷史系教授，著有評論《台灣文學與時代精神——賴和研究論集》及《台灣文學的本土觀察》等書及詩集《失落的海》、《未名事件》。曾獲金鼎獎、台灣筆會年度十大好書獎、賴和誕辰百周年紀念獎、巫永福評論獎、台灣文獻傑出研究獎等。

一、前言

一九二〇台灣新文學運動發軔以來，迄今已有七十年歷史，其發展的軌跡，極爲曲折。以政權而言，歷經日本統治與國府時代；以使用的語言而論，有漢文，先是以中國白話文爲基調，三〇年代則有台灣話文；一九三七年七月以後則全然是日文的天下；終戰第二年光復節後全面禁用日文，現代中文在中原正統主義的絕對優勢下，取得支配性的地位，在官方義理下只有中國文學而沒有台灣文學，後者矮化爲地方文學，長期瑟縮於角落的邊緣性地位。從日文跨越語言而使用中文的作家，在五、六〇年代，即使寫得再好，在整個文壇中僅處於聊備一格的邊緣位置而已，也引不起在國府戒嚴體制下受教育的年輕一代之注目。一九六四年三月《笠》詩社、四月《台灣文藝》相繼成立，勉強讓台灣作家有了屬於自己的園地。《笠》取台灣斗笠的純樸與普遍性，也象徵了本土精神；《台灣文藝》在中國當頭下冠以「台灣」兩字則是創辦人吳濁流的堅持，維持了台灣新文學運動以來的一線香火❶。這兩個作者群相當程度重疊的文學社團，其作品的重新受到肯定，首開其端是一九七三年唐文標掀起現代詩論戰，甚至延續至一九七六年迄七九年廣泛的鄉土文學論戰之後的事了。隨著台灣意識的興起，八〇年代中期「鄉土文學」已逐步躍昇爲「台灣文學」，儘管仍有台灣土生土長的作家陳映眞在中國統一的信念下，堅持代表著台灣文化、精神的台灣文學，是「在台灣的中國文學」，島上也有一定的追隨著。兩方不時有所論爭，海峽對岸的中國，亦不時給予台灣統派聲援，但爲區別台灣新文學運動以來，台灣本土文學的特殊性，仍不能不稱在台灣這塊島嶼上產生的文學爲台灣文學；內在支撐著台灣文學的台灣意識，也是客觀的存在❷。

在國府長達三十七年之久的戒嚴體制下，台灣意識向來是被擠壓成鄉土意識而已，只承認其地方性，而不承認客觀存在的事實，亦即中原正統主義強力壓制了台灣意識，在長期的「反共抗俄」國策下，雖與中國共產黨勢不兩立，在文化政策上其實仍沿續了北京觀點，在語言上貫徹了國語（北京話）政策，推行之徹底直達到台灣的每一個角落，即使是原住民的生活區域，亦無一例外。一九四七年二二八事件前，陳儀政府接收台灣，禁日語、禁方言，以致造成的文化摩擦，再加上政治、經濟因素，終至釀成巨禍的不幸事件，並未使整個撤退到台灣的國府得到任何教訓，強力推行國語（北京話）的結果，使語言染上了政治色彩❸。

在禁用日語，禁止公開場所使用方言的國語政策下，日本時代活躍過的台灣作家，要承受「奴化教育」的指責，大多數只有瘖啞下來，老一輩的作家復出大抵已是七〇年以後了；新一代的作家長期以來，必須以北京話爲表達的工具，否則幾乎無法在文壇佔有一席之地。在這期間以母語創作的作家，不是沒有，但寥寥可數。詩人林宗源是代表性的人物，六〇年代就嘗試以母語創作，但他取得詩人的地位還是來自於《力的建築》、《食品店》、《力的舞蹈》等北京話的詩創作；黃春明、王禎和等善寫小人物的作家，其應用母語也僅夾於對話中，至於其行文敘述，仍然是北京話的文體；客家籍的作家鍾肇政、李喬寫大河小說，亦只在對話中加入少許客家語彙、語尾詞以表現人物的特性。絕對優勢的國語支配了台灣作家，這是結構性的問題，一如日本統治時代，尤其是皇民化時期，作家也得使用國語，只不過這一時期國語是日語罷了。饒有興味的是，即使台灣作家未能以母語創作，遂行「我手寫我口」的新文學極爲重要的理念，但不論那一時代，絕大多數的台灣作家，仍在他們的作品中，自然呈現了地域性、風土性，或多或少的表現出台灣意識，甚至不管在戰前或戰後，有些作家在支配政權的長期精神改造下，難免有扭曲的現象，但透過其作品之藝術的描繪，仍然凸顯了多重文化結構下的掙扎，最終現實強勢文化壓制了弱勢族群意識之精神歷程。一九四三年陳火泉於《文藝台灣》六卷三期發表了中篇小說〈道〉，是極爲顯著的一例，尾崎秀樹曾批評這是「精神的荒廢」❹，也反省檢討殖民統治過台灣的日本。戰後台灣文學的「中國意識」與「台灣意識」亦呈現互爲消長的局面，葉石濤在〈接續祖國臍帶之後〉一文，有極爲精采的探討❺，這也是今後研究台灣文學需要不斷重新思考的重大問題。

台灣意識既是客觀的存在，同是文化上層結構的文學，自會表現出來，只是由於台灣的特殊處境，顯得曖昧曲折。如從台灣新文學七十年發展歷程鳥瞰下來，表面上其斷裂性遠大於延續性，但始終有一股潛流在底層流動，這是台灣文學極爲特殊的一個面相。

鄉土文學也罷，台灣文學也罷，或者現階段發展中的台語文學也罷，在日本與國府統治的兩個不同時期，皆曾重複出現。文學發展到一定的階段，同樣的論題就自然湧出，只是後代的人，不清楚前代的人到底有過怎麼樣的論爭？得到怎麼樣的結論？

七〇年代末期的鄉土文學論戰，是非常典型的一個實例，雙方因鄉土文學抬頭而涉入了廣義的文化與意識型態之爭，但皆不知一九四七年至四九年以《台灣新生報》「橋」副刊爲主戰場已經有過一次廣義的鄉土文學論戰，更不用說戰前一九三〇至三一有過鄉土文學論戰，一九三一年至三二年有過台灣話文論戰。七〇年代論戰雙方，大體而言皆在中國意識主導下演出了一場左、右翼文學之爭。左翼提倡現實主義文學，右翼則指責對方提倡工農兵文學，實質是社會主義的現實主義文學，皆未落實到台灣文學的傳統。論戰過程中，僅有從戰前活躍過來的葉石濤「站在本土台灣人的立場，清晰地描述了台灣鄉土文學與台灣這個地方地緣、史緣的緊密關係，並特別凸顯了『台灣意識』做爲台灣鄉土文學精神標竿的意義。」❻葉石濤在鄉土文學論戰中成爲特異的存在。

檢視現階段台語文學的發展，也有必要先行概略回溯一九三〇年至三二年台灣新文學本土論的形成。

二、關於台灣新文學本土論

有關台灣新文學本土論，是八〇年代台灣文學研究深刻化一個表徵。日本方面已有松永正義〈郷土文學論争（一九三〇—一九三二年）について〉一文，一九八九年發表於《一橋論叢》一〇一卷三號❼；台灣方面，研究生以此相關題目做爲碩士學位論文的有兩位，一是成功大學歷史語言研究所的廖祺正之《三〇年代台灣鄉土話文運動》❽，一是東吳大學中文研究所的游勝冠，已正式發表的論文是〈日據時代台灣新文學本土論的建構〉❾，反映出年輕學子對於此一論題之關切。

以上三文，大體皆環繞著台灣話文論的「大眾化」與「本土化」，引用詳細的資料討論。本節因屬概略回溯性質，筆者不打算長篇細論，還是以自己研究的心得歸納出一些看法。

台灣新文學的發生，其影響來源是多方面的，以賴和的觀點而言歸納，是「世界主義下的台灣新文學」❿，然而由於發生於日本統治時代，富於新精神的新文學，帶有相對於日本的文化抵抗性；又由於文化的基盤是以漢文化爲主體的架構，二〇年代的第一階段以漢文創作，形式自然傾向於發展中的中國新文學，所以第一代的作家賴和、楊雲萍、陳虛谷、楊守愚等人，以白話文學作品實踐了文學理論，並且摸索出一條以中國白話文爲基調，但儘管容納台灣方言、俚諺，以表現台灣特色的折衷式白話文的表現方式，形成了日本統治下台灣新文學初期形式上的特色。

當時在北京留學的張我軍，因天時地利的方便，引進了文學革命階段時期胡適的文學理論，稍加變化，強調台灣新文學運動，有兩項重點：即⑴、白話文學的建設，⑵、台灣話語言的改造。第一項主張，大勢所趨普遍得到年輕一輩的認同；第二項主張，則是欲依傍中國的國語來改造台灣的語言，使之與中國的國語合流。張我軍的理念，無疑帶有強烈的漢民族主義，然而在日本殖民地的台灣，這是忽略台灣現實的高調主張。簡言之，當時台灣在政治的關係上，不能用中國標準國語來支配。日本統治者只會強力推行日本語教育；另一方面，在民族的關係上，不能用日本國語來支配。從台灣人的觀點來看，日語是語系完全不同的外語。作家爲了表現台灣大眾生活的感情、心性、義理，並以文學來提升大眾的精神文化，最能符合現實的是舌筆和筆尖合一的台灣話文。這也說明了台灣新文學運動史上，一九三〇年黃石輝提倡鄉土文學，一九三一年郭秋生提倡台灣話文，有其理論上內在的必然性，因爲他們是站在台灣的這塊土地上思考問題。

一九三二年《南音》雜誌特別關出「台灣話文討論欄」。台灣話文派有郭秋生、莊遂性、黃石輝、李獻璋等人，主張「屈文就話」，亦即以語言爲中心；廖漢臣、林克夫、賴明弘、朱點人等人，認爲福佬話有各地不同的口音，並且還有客家話，如果各寫各的，反而會在文學的表現上造成混亂，因此強調「屈話就文」，以適應中國式的白話文。這樣的主張被台灣話文派批評爲「事大主義」。經過了將近一年的論戰，值得注意的是兩派的人，儘管語言的使用，各有不同的主張，但辯論的雙方都呈現出「台灣文學」這樣整體性的概念。至少顯示出一九三〇年代，殖民地台灣表現出來的新文學，既非日本文學的支流，也非中國文學的亞流。在特殊的歷史條件下，成立了獨特的台灣文學。

再就文獻資料來看，顯然台灣話文派在理論上比較取得上風。像原先以折衷式白話文首先崛起文壇的賴和，亦嘗試以純粹的台灣話文發表小說創作〈一個同志的批信〉。不過台灣話文派的作家亦面臨了迫切需要解決的問題。此即，有一部分台灣話的虛字、詞彙沒有適當或固定的漢字來表示，而這些白話音又是文學創作上經常會重複使用到的詞彙。解決的方式不外以下兩種：㈠、往古書上找，證明台灣語言符合古老的漢語文表現法，但這樣的方式對於作家而言，實在緩不濟急，找到了字，靈感都枯竭了，不可能期待每一個作家都是語言學家；㈡、借用或創造新的漢字，但這樣一來，各人都有一套，容易造成「你寫我不懂」，以致形成閱讀上的困難，往往使讀者半途而廢。

這是三〇年代台灣話文作家的困境。將語言書寫成文字的重荷，也是台灣作家在文學上無法取得更高成就的根本原因。隨著日文教育的推展及私塾的沒落，三〇年代初期，不像二〇年代有少數幾位，已開始有成群的年輕作家用日文來創作了，而且方興未艾。一九三七年在強大政治的壓力下，漢文作家在報刊雜誌上幾乎已沒有發表的園地，對台灣話文自然是另一番更大的厄運。

整個論戰的過程，朝台灣文學整體化的概念走，可惜外在的現實環境沒給他機會，這是弱小民族的宿命，尤其一九三七年以後日本一步步走向大東亞戰爭，皇民化運動相繼推動，台灣話文完全沒有進展的可能性，全然夭折了。日文系統的台灣作家，即使仍然有台灣意識，但也只有曖昧的表現，在皇民文學的主調聲中，根本沒有發展成「台灣民族文學」的可能。

三、台灣文學之正名及內外在的挑戰

一九三〇年代台灣文學本土論深化之後，具體的結果展現於李獻璋所編的《台灣民間文學集》，集了近千首的民歌、童謠與二十一篇故事傳說，一九三六年六月由台灣文藝協會出版。這本細心編纂，台灣語記錄正確，印刷裝幀俱屬一流的民間文學集，連當時台北帝大的金關丈夫教授評論時都特別帶上一筆，認為「現在有個有為的文化民族存在吾國裡頭」⓫。然而歷經戰爭時期，台灣文學的發展被強烈扭向日本，戰後又一百八十度逆轉扭向中國，但以台語民謠風寫作詩歌，在四〇年代後期楊逵是典型的代表，如〈卻糞掃〉（〈撿垃圾〉）、〈生活〉⓬，都是全詩可以用台語朗讀的，這是繼承一九三〇年代鄉土論戰、台灣話文論戰之後的具體成果。可惜好景不常，五〇年代在反共文學、戰鬥文學當家的大環境裡，連有長期中國大陸生活經驗的鍾理和，寫了極為優秀的農民文學《雨》、《笠山農場》都遭到埋沒，更不用說寫《魯冰花》的鍾肇政，才剛剛初試啼聲而已；六〇年代是台灣文學「復活」的年代，一九六九年吳濁流文學獎的成立，象徵困頓的年代結束，從台灣本土產生的文學已突破封口，萌芽生長。以當時的台灣而言，文學發展的軌跡遭到雙重的斷裂，中國大陸三〇年代文學與日據時代台灣文學的傳統均被切斷，台灣文學青年對於過去年代左翼文學幾乎一無所知，能從左翼文學學習的，佔絕對的少數。縱的繼承無著，只靠橫的移植打開禁錮年代的封閉窗口，現代主義或超現實主義（雖然一九三〇年代台灣已有《風車》詩社所代表的超現實主義，但斷裂無所傳承）的引進，皆有時代性的正面意義。台灣的文學青年因與土地的緊密關係，吸收西洋文學思潮，仍產生了不少具有「土氣」的作品。從日據時代以來，屢次成長，但又斷裂的文學傳統，在六○年代官方文藝政策的灰燼中，仍然因潛流的台灣意識，承先啓後的擴展。初步的具體成果展現於鍾肇政主編的《本省籍作家選集》十冊（一九六五年十月文壇社出版）、《台灣青年文學叢書》十冊（一九六五年十月幼獅書店出版），當時是以紀念光復二十週年的名目，始能有這樣的大手筆。也就在這一時刻，日據時代最後的作家葉石濤又一次復出文壇，創作與評論雙管齊下，一九六五年十一月於當時民間最有影響力的《文星》九十七期發表〈台灣的鄉土文學〉，再次接續了日據時代的文學傳統；並且專注於評論台灣作家的作品，一九六八年九月出版《葉石濤評論集》（蘭開出版），給寂寞中創作的作家注入了生氣；此一勞心之作，延續至一九七三年三月《葉石濤作家論集》（三信出版）。與鄉土結合的作家，因有評論家關注，更加有了信心。〈台灣的鄉土文學〉一文，則擴展至七○年代後期鄉土文學論戰的〈台灣鄉土文學史導論〉（一九七七年五月《夏潮》十四期），讓西潮衝激下新進的文學青年又接上了日據時代以來的台灣文學傳統；當時係以「鄉土文學」的名目出現，延續至八○年代，再加添補一九四五年至四九年的文學材料（原先亦幾乎是一片空白），始有一九八七年二月《台灣文學史綱》之出版，將台灣文學的斷裂面給以初步縫合。原本皆稱之爲「鄉土文學」或「本土文學」的創作，始得以「台灣文學」的正名出現。另一方面，一九七三年十月楊逵之再臨文壇，也掀起重視日據時代台灣文學的風氣；一九七五年十月陳映眞亦復出文壇，這些曾因叛亂囚禁的作家，都引起年輕一輩的好奇心；研究者張良澤相繼編《吳濁流作品集》六冊（一九七七年九月遠行出版），《王詩琅全集》十一冊（一九七七年十一月德馨室出版）；在鄉土文學論戰的尾聲中，李南衡主編《日據下台灣新文學》五冊（一九七九年三月明潭出版），葉石濤、鍾肇政主編《光復前台灣文學集》小說八冊（一九七九年七月遠景出版），這些大套書，初步總結了日據時代台灣文學的成果。有了這些研讀的材料，創作者、評論者皆能從中吸取養分。相較之下比起風風雨雨的鄉土文學論戰，更有了實質的影響。而七〇年代的鄉土文學論戰，竟然以一九七九年十二月十二日國際人權日之遊行，引發了美麗島事件作結，隔天鄉土文學的代表性作家王拓、楊青矗因介入現實政治運動雙雙被捕，分別被判六年徒刑。

七〇年代成長的作家，因鄉土文學論戰而進一步地接續了日據時代以來的台灣文學傳統，再加上美麗島事件的刺激，而有了政治覺醒。政治詩、政治小說與散文大量表現了批判政治體制，並充分表現了抵抗性；社會關懷面加深，人權文學也揭示了道德正義性，在野與官方系統的作家立場涇渭分明；台灣文學史的整理、研究及深刻化，譜成了發展的軌跡與作家的系譜。「台灣文學」與「在台灣的中國文學」，越是論戰，「台灣結」與「中國結」的對立，越是解不開，實質上則是牽涉國家認同的重大問題。

隨著台灣民主運動的深刻化，一九八七年七月長達三十七年的戒嚴體制終於衝破，台灣文學的立場更不必躲躲閃閃，葉石濤的《走向台灣文學》（一九九〇年三月自立報系出版），是堂堂的揚展旗幟，也是種昂然挺進的姿態！

沿著文學本土化發展的內在邏輯，母語創作的作家群，在台灣文學越受肯定時，會出現越多。由於台灣兩千萬人口中，以福佬話（通稱台灣話）為母語的族群佔絕大多數，以台語創作的詩人，六〇年代有林宗源，七〇年代後期有向陽，皆曾寫詩表現，然而主要仍是以北京話創作；宋澤萊一九七九年以〈打牛湳村〉贏得第十屆吳濁流文學獎，被譽爲年輕一代鄉土文學代表性作家；八一年十月赴美國愛荷華大學國際工作坊，短短幾個月的時間，以異軍突起的姿勢，寫出《福爾摩莎頌歌》，其中第一部〈若你心內有台灣〉共有六首詩作，皆能以台語朗誦。茲舉起首一段爲例：

太平洋水清冷冷
回歸線上好光景
蕃薯粒粒好收成
甘蔗大欉萬事興
若你心內有台灣
大家合唱台灣歌⓭

取台灣傳統民間歌謠的形式，而賦予故鄉台灣無限的深情，深刻打動了人心。繼續嘗試，一九八七年六、七月間正好是台灣解嚴之前，又發表了台語小說「抗暴个打貓市——一個台灣半山家族故事〉⓮，全篇皆以漢字表現，必要時加上讀音註解，全文可以台語讀；爲了擔心讀者不耐煩，又自譯爲北京話〈抗暴的打貓市〉，爾後兩篇俱收入《弱小民族》（一九八七年七月前衛出版），證明可以用台語創作小說。掀起了台語創作的高潮，但是三十五歲的宋澤萊，自此一心參禪，停止了文學創作。在台灣文學已定位，而其聲譽亦達到最高的時刻，自己停止了作家的生命，至今仍然是謎。

而此一階段，在野派的台語研究學者輩出，鄭良偉、洪惟仁、許極燉、陳冠學、林繼雄皆極爲活躍，形成台語研究的戰國時代，老一輩的許成章亦老當益壯，迭在報章雜誌發表台語研究的心得；各種台語辭典如雨後春筍，台語教學班也相繼成立。這是台灣解嚴後文化界一大盛事，自然蘊含有對長期國語政策的一種反動；相對於日本統治下的三〇年代台灣話文論戰時未具備的條件，這時全然呈現了。母語是文化的根本，追尋母語的源頭及其演變，潛伏不彰的台灣意識亦隨之迸流而出，年輕人在公開的場合不再羞於以母語交談，也逐漸破除了只有國語才是高雅的神話。一九八九年八月十五日有《台語文摘》之創刊，每月收集發表於報章雜誌的有關台語的研究或創作影印出版。發行二十四期後，一九九二年一月十五日革新改版，標出「文學的、文化的、語學的」，成爲台語專業雜誌正式發行，涵蓋面及於客家語、原住民語；二月，更有台灣語文學會的正式成立，第一屆會長由清華大學語言學研究所的曹逢甫教授擔任，更進一步與學院結合。

凡此種種皆有助於台語文學的向前邁進。語言學家鄭良偉首先與台語詩人結合，以漢羅體（漢字與羅馬字並用）編出《林宗源台語詩選》（一九八八年八月自立報系出版），嘗試走向標準化的台灣話文；接著又將傑出的台語詩人林宗源、向陽、宋澤萊、黃勁連、林央敏、黃樹根等人之詩作編成《台語詩六家選》（一九九〇年五月前衛出版），標示著與向來佔主流地位的國語詩壇分庭抗禮的局面；九一年更有以林宗源、向陽、黃勁連、林央敏、李勤岸、胡民祥等二十人組成的《蕃薯詩社》，這是台灣有史以來第一個台語詩社。該社成立宗旨如下：

(1)本社主張用台灣本土語言創造正統的台灣文學。

⑵本社鼓吹台語文學、客語文學參加台灣各先住民母語文學創作。

⑶本社希望現階段的台灣文學作品會當達著下面幾個目的：

①創造有台灣民族精神特色的新台灣文學作品。

②關懷台灣及世界，建設有本土觀、世界觀的詩、散文、小說。

③表現社會人生、反抗惡霸、反映被壓迫者的艱苦大眾的生活心聲。

④提升台語文學及歌詩的品質。

⑤追求台語的文字化及文學化。⓯

不久即於民眾日報每月二十日刊出「台語文學特刊」，並以叢書的方式出版《蕃薯詩刊》，第一輯《鹹酸甜的世界》（一九九一年八月台笠出版）到此一階段，顯然台灣文學已面臨內在的「語言革命」，以母語思考、創作，原是文學基本出發點，但從台灣新文學發展的歷史來看，八〇年代解嚴之後，台灣意識已全然表面化，被官方長期抑制的台語熱鬧登場，具有顛覆國語的政治性格；對於長期以來，以日文、中文創作的台灣作家亦加以挑戰，有些人認為這全屬於被殖民文學，只是不明言而已。「蕃薯詩社」社長林宗源即認為：

台灣儂用統治者的語文閣唔反省覺醒，無氣節兼奴性，那有啥物台灣精神咧！……台灣儂凡是用唔是個的族群的母語來寫，一定無算是台灣文學。道理眞簡單，有啥物款的儂則有啥物款的語言，有啥物款的語言則有啥物款的文化及文學⓰。

（台灣人用統治者的語言而又不反省覺醒，無氣節且奴性，那有什麼台灣精神呢！……台灣人凡不是用他們的族群的母語來寫，一定不算是台灣文學。道理眞簡單，有什麼樣的人即有什麼樣的語言，有什麼樣的語言即有什麼樣的文化及文學。）

林宗源的語言決定論，觀念的推衍不僅是「台語文學就是台灣文學」，還會延伸至「台語文學才是正宗的台灣文學」，這從《蕃薯詩刊》的〈稿約〉即可看出：

爲著卜建立有尊嚴的、正宗原汁的台灣文學，阮逐家主張使用本土語言來創作⑰。（爲了要建立有尊嚴的、正宗純粹的台灣文學，我們大家主張使用本土語言來創作。）

因爲了追求「正宗原汁」，就難免產生語言的排他性。林宗源所用的台語採廣義的用法，亦即凡台灣島上各族群的母語皆是台語，然而由於在台灣兩千萬人之中，以福佬話爲母語的族群佔絕大多數，通稱的台語即是福佬語，雖然現階段鼓勵以本土語言創作，《蕃薯詩刊》的〈稿約〉又云：

提昇及推廣台語文學、客語文學、原住民文學……是阮逐家共同努力的目標⑱。

明顯的可以看出台語文學，特定指的是以福佬話創作的母語文學。這不免令人擔心隨台語文學的生根、發芽，又產生另外形式的語言霸權、文化霸權。

九〇年代台語文學蓬勃發展、客語文學、原住民文學亦以母語的形式跟進⑲。台灣文學界面臨了來自於母語的核心革命！

四、結論

早在一九八九年六月，比較文學研究者廖咸浩即在淡江大學「文學與美學研討會」，發表了〈「台語文學」的商榷〉，對於台語文學基本上持否定的看法，認爲「『台語文學』運動，走的顯然是一條去路不多的死胡同」，但亦不得不認爲「『台語文學』運動做爲一種肯定鄉土的努力，仍然有其保留與更新本土文化的功能」[20]，這樣的矛盾心情反映了台灣知識人的基本心態。然而這一兩年來，隨著台灣意識的解放，台語文學運動方興未艾，在文化的衝擊面，既廣且深，誰也不能斷言台語文學無法進一步茁壯。從台灣歌謠作者陳明章、林強、羅大佑等人，以節奏強烈的曲調，演唱切合時代精神的台灣歌謠，而深受年輕人的喜愛，大體反映出台語的新生；現階段以母語創作文學的詩人、作家，其書面文字尚未達標準化，讀者閱讀文字的慣性亦尚未改變，但有跡可尋，這是台灣新文學運動七十多年以來，條件最佳的時候。雙語教育的呼籲，終必衝破國語政策的鐵壁，屆時台語文學的發展，將更加無可限量。當以母語創作形成核心時，現階段發展中的環保文學、女性主義文學、原住民文學都將有更大的表現空間。

所可質疑的是，佔有台灣百分之七十五的福佬語族群，一定要有包容性，不可形成另外的語言霸權、文化霸權。歷史上結構性的存在，比如日本時代以日文創作，國府時代以中文（台語派以華文稱之）創作，都有可貴的文化遺產存在，不宜排斥。一切「從零開始」，只是窄化了台灣文學而已。

再者，台灣命運共同體，既在形成凝聚的時候，以北京話爲母語的族群亦不能被排斥，在母語被強調的階段，以北京話爲共通語，不失爲各族群溝通的一座橋樑。結構性的存在卻漠視其存在，反而更容易掀起無謂的爭端。

台語文學論者，任重而道遠。立論難免矯枉過正，這是可以充分理解的，更重要的是，拿出有分量的作品來。有重要的作品，自然取得重要的地位。

——一九九二年四月於「冷戰後的亞洲・太平洋地區與兩岸關係研討會」東京國際學術研討會論文發表，選自允晨版《台灣文學的歷史考察》

註釋

❶參見鄭炯明編《台灣精神的崛起》（高雄，《文學界》，一九八九年十二月）及拙文〈鄉土的聲音——《台灣文藝》與《笠》〉（《幼獅文藝》四三七期，一九九〇年五月）。

❷周青〈從鄉土文學窺視「台灣意識」〉，收於《台灣研究文集》（北京：中國社科院台灣研究所，一九八八年六月）。在該文中周青云：「我肯定台灣人有『台灣意識』的，我是一個徹頭徹尾的『台灣意識』論者。」亦從辯證法分析「『台灣意識』有三大特點和兩面性。這三大特點是：『愛國性、反抗性、自主性』，這是它的正面；『抱怨性、排他性、分離性』，則是它的負面。正面的本質是主要的，負面的是非本質的次要的東西。」周青本名周傳枝，台北人，二二八事件後流亡到中國大陸，現任社科院台灣研究所研究員。周青之言，分別見於前揭書頁二〇〇、頁二一八。

❸關於國語政策，前經濟部政務次長汪彝定的回憶錄《走過關鍵年代》（台北：商周文化，一九九一年十月），第二章〈走過「二二八」〉「方言染上政治色彩」一節，有非常深刻的反省，汪氏云：「方言問題在過去也沒有發生過什麼摩擦。不幸在台灣，它卻成為外省新遷入者和兩百多年前遷入者人群之間一個主要的摩擦因素。用歷史的眼光來說，這是非常不幸的事。而追源究本，這樁事的形成，我國政府接收後對方

言文字的要負全部的責任。」前揭書，頁四八。另外，許雪姬〈台灣光復初期的語文問題〉（《思與言》二十九卷四期，一九九一年十二月）亦云：「在歷經朝代轉換，語言改變這樣困境的本省人，未免覺得祖國將『語文』的問題泛政治化，……讓本省人覺得面對外省人，自己是『異族』，間接地使本省人學習國語的熱忱減退。」頁一五六。兩人所談皆是二二八事件前的現象，但剛性推行國語，實一直延續至今，方稍稍認清現實。

❹尾崎秀樹〈決戰下の台灣文學〉，收於《旧殖民地文學の研究》（東京：勁草書房，一九七一年六月），頁一八七。

❺葉石濤此文發表於聯合報文化基金會及《中國論壇》一九八七年八月二十二日——二十四日舉辦的「『中國結』與『台灣結』研討會」，後收於《走向台灣文學》（台北：自立報系，一九九〇年三月），頁一——四三。值得注意的是發表之時，已是在台灣民主化過程，蔣經國在一次與其十二位「民間老友」談話中說：「我已經是台灣人……。」之後了。

❻彭瑞金《台灣新文學運動四十年》（台北：自立報系，一九九一年三月），頁一六六。

❼松永正義之論文，葉笛翻譯成中文，發表於《台灣學術研究會誌》第四期（東京：台灣學術研究會，一九八九年十二月）。

❽成功大學歷史語言研究所一九九〇年六月之碩士論文。在此論文中僅針對文學層面，認為對於台灣的影響，一是對民間文學的整理有功，一是有助於對台灣話的研究。

❾發表於一九九一年八月二十日——二十二日中國古典文學會舉辦之「中國二十世紀文學」。

❿參見拙文〈賴和的文學及其精神〉（《台灣風物》三十九卷三期，一九八九年九月），以賴和的小說及文學觀引證說明。

⓫金關丈夫的評論發表於《民族學研究》（卷期不詳），轉引自李柏如編譯〈母語之情——福佬語研究史上的一齣〉（自立晚報，一九八九年十月二日）。

⓬發表於《台灣文學》第二輯（一九四八年九月）。楊逵這類詩作是文學大眾化的實踐。

⓭《福爾摩莎頌歌》（台北：前衛，一九八三年十一月），頁二一。宋澤萊這種歌謠形式的詩，實質上沿續了一九三六年李獻璋編《台灣民間文學集》的精神。

⓮這篇小說原分上下兩期刊於《台灣新文化》（一九八七年六月、七月）。由於以台語寫作小說，牽涉口語比起台語詩而言更多，寫作上挑戰也更多。在宋澤萊之後，也不斷有作家嘗試，但迄一九九二年寫此論文時，恐怕仍無人超越過他。

⓯見於《鹹酸甜的世界》（台北：台笠，一九九一年八月），頁三。

⓰〈台語文學就是台灣文學〉，民衆日報「台語文學特刊」，一九九二年一月二十日。

⓱同註⓯，頁五。

⓲同註⓯，頁五。

⓳蕃薯詩社，亦有客家同仁利玉芳、黃恆秋等人，詩刊亦有客家語詩，但畢竟是少數。原住民文學八〇年代以來有長足的發展，布農族拓拔斯（漢名田雅各），曾以〈最後的獵人〉獲得吳濁流文學獎；其後排灣族莫那能善長於詩，泰雅族柳翱寫散文，但皆以中文表現。泰雅族的娃利斯・羅干（漢名王捷茹）更進一步以泰雅語、北京話對照的方式出版《泰雅腳蹤》（台中：晨星，一九九一年七月）。原住民文學的開展，意謂著原住民追求人的尊嚴，其文學所反映的心聲亦將促成台灣文學內涵的變化。

⓴全文發表於《台大評論》（一九八九年夏季號），引文見於頁一一四。

由這一代的詩論詩的本體

簡政珍：

簡政珍

台灣台北人，1950 年生，政治大學西洋語文學系畢業，台大外文研究所英美文學碩士，美國奧斯汀德州大學英美比較文學博士。曾任中興大學外文系主任，《創世紀》詩刊主編。現任中興大學外文系所教授。著有理論專著《放逐詩學》、《語言與文學空間》、《詩心與詩學》、《詩的瞬間狂喜》等及詩集《失樂園》、《浮生紀事》、《歷史的騷味》等八種。曾獲中國文藝協會新詩創作獎、金鼎獎、創世紀詩刊詩獎等。

一

一九四九年以後出生的詩人❶對於這一個特定的時空有什麼看法？這個時空對這一代的詩人有什麼影響，詩人和時代的互動是否會波及詩的本體？何謂詩的本體？

這一代的詩人是放逐者的後代。當他們的父母或祖先來自於另一個廣大，但已渺茫的大陸，新生代一出生卻面對一個狹小的海島。他們試圖經由口語或文字，去感受一個幾乎淪爲歷史名詞的國土，藉由想像去揣測那遙遠的一切，而目前所見却是可觸摸的眞實。家是眼前活生生的實體，還是要在虛幻中尋求？

這一代的詩人出生不久即陷於意識上對於家的辯證。成長似乎是從實景到想像，再從想像落實於現實。家的意念和此時此景，在無形和有形中辯證成長。一方面，新生代在成長中感受自己仰望的蒼穹，腳下所踩的泥土就是家的所在，不是一個已成朦朧的抽象意念。另一方面，那遙遠的大中國藉由教育已滲入人的意識。新生代不知不覺已和那無形的意念牽繫。思鄉不一定遙望海的那一邊，如上一代渡海來台的詩人，但它轉化成放眼中國的意識。

因此，成長是正反相合的過程。不論父母是一九四九年由大陸來台，或是在此土生土長，這一代的詩人，大都從出生的這個家漸漸領會到那個家，但繫念那個家也關懷這個家的現實。這就是當代各詩社時常所要標明的詩心：如草根復刊宣言要「在詩的題材上，要小我、大我、台灣、大陸並重。在探索「過去」，反映「現在」，展現「未來」時，應把台灣與大陸放在同一層面來深刻的思考❷。」其他七十年代新創詩刊，如《龍族》、《主流》、《大地》、《詩脈》等詩刊也有類似的信條。「重建民族詩風，關懷現實生活」❸正是如此意識的寫照。

所謂民族風當然是中華民族留下來既令人尷尬，又令人引以為榮的傳統。前一輩詩人把思鄉的個人經驗溶入這個綿延的傳統，寫了不少成功的作品。但新生代的詩人，所表現的民族風，不是明顯的思鄉之情，或放逐之感，而是在前一輩部分詩人從西方文學的詩風中走失後，新生代的詩人在中國文字或形式上的自覺。換句話說，所謂民族風不是以詩的題材或詩的主題作為唯一的憑藉，而是在詩表現方式，包括遣字措辭，長短句的控制，詩的韻律感，意象的處理方式上，讓人覺得這是中國人寫的。它可能是更像用中文寫的詩，而不是西洋句法的中譯，也不是停留於潛意識的獨語。不論前一輩或這一代的詩人，要在詩作中保持中國文字的特色，已是近十多年來詩壇共有的自覺。

進一步說，傳統不是重複，更非考古❹。雖說哲學的主題經由文學的處理可出現不同的面貌，一個老舊的主題，幾千年的文學作品並未將其說盡；但若題材重複，它所映顯的是，人生觀照的限囿、視覺的盲點。詩人無不想跳出自己既定的觀點和思維模式，讀者也因此免於題材的重複而呈閱讀疲乏。以思鄉的主題來說，前一輩的詩人不乏佳作，但詩作的累積已充塞某一個時間的斷層、緊接著另一個時段不能再使類似的題材氾濫。新生代的詩人，不再以如此的題旨作為寫詩的內容，除了大環境的變異，也緣起於這種省思。

事實上，對現實的關懷是民族風格的延續。詩是和現實交互激盪的結果。詩人是人文主義者。從《楚辭》、《詩經》開始，中國詩和現實一齊演進成長。詩來自現實又超越現實。現實使詩的題材豐富，但詩不一定要寫實。

一九四九年以來，台灣現實環境遽變，在這年以後出生的詩人看到的表象是：教育的普及、國民教育的延長；生活水準提高，從逢年過節才能吃肉到怕吃太多的肉血壓高；生活方式多樣性，各種媒體充斥如電腦、卡拉OK、MTV……經濟成長，從仰賴美援度日到產品外銷引起美國恐慌；政治上從戒嚴到解嚴，從國民黨到民進黨，口號從反攻大陸到三民主義統一中國……。

詩人看的當然不只是表象，新生代的詩人更不乏敏銳的靈視，看穿人事的虛浮。教育普及卻導致一般閱讀水準的低落。經濟成長卻換來道德的淪喪。五顏六色的媒體變成麻醉自我的媒介。而政治更難以明言是非。政策的搖擺使昨日是而今日非，昨日非而今日是。生活其間的人隨著政治的起伏，滲入詩中化成這個時代的暗影，牽動詩人的那一支筆。

這一代的詩人寫出了什麼世界？

二

詩的傳統是詩人內在精神的傳遞，所以嚴格說來，並沒有上一代或這一代之別。但在這一代的作品中，至少有兩點值得注意：㈠以詩作的量來說，對現實生活關懷的詩，遠遠超越思鄉的詩；㈡詩人反應現實時，觸角且伸展至以往被視爲禁忌的陰暗面。

第一點前面已略微提及，不再贅述。第二點，和上一代詩人相較，筆觸變得大膽，好似幾十年來政治的氣壓，開始感受反彈，正如外在政治的風風雨雨。詩人試著揭開口號遮掩下的內幕。在詩人筆下所謂政策往往是個人政治利益的面具。這些感悟事實上並不表示，這一代的詩人比上一代更具慧眼，而是應和時化遞嬗，他們有一顆更具挑戰的心。

前一代已經卓然成家的詩人中，如洛夫、商禽、瘂弦、楊牧、羅英、余光中、向明、辛鬱、張默等，所關注的大都是和個人有關的生活。能撇開自己而描繪周遭現實中的小人物，或政治上引人悲憐事件的並不多。有時沉思人之生死，但也是從個人的處境著手，再引申成宇宙性的問題。前一代的詩人較少描述「他人」的世界，也較少以「他人」來看世界。

新生代詩人以現實爲著眼點的詩佔了詩壇相當大的比例，礦工暗無天日的日子和微弱的生命，在杜十三的〈煤〉裡是一具黑色的阿爸，台北的妓女是一條「蛇」，這些現實裡人世的哀樂點滴累積成他的《地球筆記》❺。林彧的《單身日記》著筆現代上班的男子，「所有的青春和尊嚴／都在資料的字裡行間」❻。而他的《夢要去旅行》，不論「這些人」或「那些人」大都是被現代生活幾近掏空的遊魂。〈神女〉中的諷刺和走鋼索的人的宿命，是渡也一串串《憤怒的葡萄》❼。詩人在這些詩裡都跳出自己的生活圈，以一種人道精神來爲無數的「他人」道出他們的心聲和悲慘的命運。

四十年來台灣生活模式的改變當然開闊了詩人的視野。由農業社會發展到工業社會（事實上在詩人眼光中是加工業社會），無不附帶牽引出一些都市和農村的問題。前者使一些「中空人」❽步上詩的舞台，後者則牽動政治的層次。

前一輩詩人中，羅門的詩曾觸及都市人的心靈和都市裡一些容易令人忽視的角落。因此，草根詩社的〈都市詩專輯〉刊出羅門對都市詩的看法❾。羅門強調都市詩是把都市當作第二個自然，是田園以外的另一個生存空間；詩人面對這個空間是以心輪配合時化的齒輪❿。

都市的生存空間迥異於田園風光，所以這第二種自然是培養「中空人」的場所。都市詩裡的人物也大都殘留有回歸鄉野的意念，而這個意念在都市的齒輪下無以殘存。進一步說，都市詩中的人物在表象的思維麻痺，生活中空，潛意識卻暗藏著浪漫情懷。馮青的加班族「用淒傷的心情／交出自己透明貧瘠的火種」；他們是工蟻，「正重新估定了／新的日出日落」⓫。

詩人的心輪配合都市的齒輪。這無異又是一場詩人和現實的對話。對話是語言的運作，「語言是存有的屋宇」⓬，心輪滾動下的詩作，也絕非以是否碰觸現實作爲詩存有的依據。處理現實，不論是描寫都市或農村，當詩進一步要碰到社會的痛處，指陳政治問題，有些寫詩的人就將語言淪爲傳達訊息的工具，而忘卻它也是具有生命的存有。這一代的作品中，以政治爲主題的詩作產量甚豐，但大部分的作品卻成爲「語言工具論」的犧牲品⓭。

新時代給詩人一些嶄新的素材，又由於詩並不是文學研究者的專利品，新生代配合其他學科的專業知識給詩壇開闢了新的領域。詩的世界可以大至視覺無以窮盡的宇宙，小至電腦上的晶片。陳克華的《星球紀事》以外太空的背景來暗喩人世。詩是人心緒最高層次的結晶，不論以太空或宇宙的洪荒爲詩中人馳騁的空間，或是假手寓言，一切都是人心靈的語言。這也是林燿德在《都市終端機》或《銀碗盛雪》的詩心。電子零件的世界也是人的世界，「我搖身在四次元的角椎晶體時時以太陽取暖」⓮。

由這一代的詩所處理的內容看出這一個時代的多樣性，但較優秀的作品所顯現的卻令人感到同一的低調。不論在高樓大廈裡看街道熙攘的人群，或從地下舞廳看迅速變換的臉孔，從太空中尋求自我，或從電子元件的火花中捕捉人性，從一落寞的老兵到鄉間看到滿地柑橘的老農，從吹噓經濟成長的官員到政治犯遺族的叫囂，當代反應現實的詩中，詩中人都帶有一種悲憫，但卻充滿對現實的無力感。一九四九年以後誕生的詩人至今最多還只有四十歲，當這個時代的年輕人享盡物質生活改善的好處，從股市和房地產的狂飆看到「錢」途的遠景，當代的詩人所看到的是少數人投機取利，富可敵國，而大多數人卻終年工作仍買不到一坪地；當官員以紅潤的雙頰炫耀經濟成長的指數，荒蕪的農地旁邊是一張張農民苦皺的臉；當政府每年都自我標榜大有爲，颱風季節或下一場一小時的豪雨，城市的居民都要定期進行「水祭」；所有的文告和訓詞都宣稱我們的自由民主，國會殿堂內卻奉養了一群四十年未經改選的老國代。

當然也有詩人悠遊於現實之外，詩在承襲一個所謂的抒情傳統，好像寫詩就是爲了少年強說愁。當有些人爲了某種理念的訴求，而在警棍下淌血，這些人總是談不完的情愛，時而爲昨日的一個殘夢猶豫今日何以面對鏡裡的淚痕。詩裡充滿哀傷，憂鬱的字眼，典型的意象是月亮、星星下的情，春風秋雨下的愛，當然還有一朵花在嘆息聲中飄落。

三

當代詩人由於現實環境的變遷，使新生代的詩在某些題材的運用上迥異於上一代。但正如上述，現實可以在一個具有人文精神中，由「他人」溶入「自我」，有些人卻也將現實完全排拒在外，甚至無視現實的存在，完全隨著個人的情感和情緒的起伏，轉化成文字。

「自我」是詩人最難面對的對象。詩總難以擺脫自我的意識，但詩人又需以人文的觀點映顯他人的經驗。詩的成長大都是從稚幼期中強烈的自我，轉進到成熟中適度的去除自我。從寫「我」到寫「他」的過程是詩人成長的必經之路。一個只能寫自己經驗的詩人很難是一個有深度的詩人。

從「自我」到「他人」也應襯從抒情到知性的內省。林彧早期的詩如〈白色的揚帆手〉、〈爲你闔起兩扇小小的窗〉⓯，是少年的抒情感懷，但到了〈某上班的男子〉和〈白領系列〉這一系列的詩，「自我」得轉化成「他人」，詩較冷靜，較能以知性的眼光來看人的處境，雖然這個他人隱約有「我」的影子。但有些當代詩人，在前後的詩和詩之間，詩集和詩集之間，卻較難看出這種變化，楊澤《薔薇學派的誕生》大都是年少感懷，把自身的視野投射到外在的世界，詩的重點是自我的情，而非外在的景、物或他人，到了《彷彿在君父的城邦》仍是這種心緒的延續。

女詩人對抒情別有鍾愛，沈花末的《水仙的心情》是這樣的代表作。詩集中「我」常常滲透景而以情取代景。但是女詩人在這個劇變的時代也會從個人的情走入外在的現實。沈花末現任職《自立晚報》副刊，心懷這一片土地的污染等問題，未來結集的詩集可有另一番境界？曾淑美的《墜入花叢的女子》，顧名思義，是以「我」襯底的情感世界。但同一詩集的最後一首詩〈紀念〉，以「我穿著阿根廷來的絨布褲穿過裝滿晚霞的巷弄／同志們住在木棉樹旁／枝頭花朵一樣高的閣樓上」開始，和同一集子中〈雨夜書〉開頭：「所有的星星伏在窗口哭泣／但是我喜歡在晴天／想念你」⓰相比，讀者可能誤認爲出自不同的手筆，但這是一九八三年到一九八七年的變化，詩人，不論男女，在這四年中，或多或少，總因社會現實的刺激，學習從孤芳自賞，或顧影自憐轉而著墨這個今生今世？

當一個女詩人寫的詩不像出自女人「典型的」文筆，這大概是一首不錯的詩。前一輩的女詩人羅英是值得注意的例子，關鍵在於如何去除女詩人慣有的自艾自憐，撇開那些嬌柔和夢幻，放眼更開闊的天地。馮青和夏宇雖然也有很多詩寫情，但大都溶入知性的省思和巧趣，是較特殊的個例。

詩人對於「自我」的割捨，反而能保有一個完滿的自我。詩人想在時空中留下痕跡，唯一憑藉的是詩，但詩中自我過度的介入，卻足以將「我」抹除。一個能善待「我」的詩人，在詩中將「自我」騰空，而終至保有自我。前一輩詩人雖然以「他人」的處境爲觀點的詩作並不多，但較成功的詩人大都巧妙抑止「我」的膨脹，而使詩變成爲冷凝的個人和普遍人性的寫照。洛夫、向明、瘂弦、大荒、商禽都是成功的個例。

詩人對「我」的控制，卻使「我」在文學史上顯彰。當「我」能經由詩藝術性的處理，詩所呈現的已不是私人的（personal）我，而是有人類共通性的個人（individual）。

進一步說，個人的成就即是文學史上的成就。任何階段的文學史無不是個別成就的累積。因此，一個團體，如詩社的宣言不能代表成員個別的主張，個人的成就也不一定反映出詩社的水準。新生代詩人組織不少詩社，但詩社或詩刊的興衰卻不影響到個別詩人的發展。文學史是傑出個人的展現，而非詩社或詩刊的興亡史，平庸的詩社也無以遮掩成員個人的光彩。詩人即在詩中適度去除「自我」而在文學史上確立這個我。陳克華目前主編《現代詩》，但他詩作上的成就並不能說是《現代詩》普遍的成就，他的詩也並非都像《現代詩》所偏向的實際性。詩的深厚也非表象的「實驗」可以一言以蔽之。

嚴格說來，由於這一代的詩人未來仍有很長的路要走，個人詩作結集的最多約四、五本，以個人的成就要在文學史上佔一席之地言之過早，但以目前已出版詩集的水準研判，「詩路」上已有一些奇葩。

這些詩人在詩作中，摒除個人生活中的癖性，他們和語言對話，而以語言銘記周遭的生命。詩人以詩證明自己的身份，故詩中的我不是現實生活中的我。詩人透過文字表明存在，因為作品裡的詩人不是真實生命裡的肉身。他五官的齊整並不重要，重要的是詩行裡的「形象」。真實世界的詩人和一般人無異，他要按生活既定的步調隨日升而起，日落而息，詩人也要蹲馬桶，做一些非常沒有「詩意」的事。但寫詩時，他使肉身化成無形的面目，呈現於字裡行間，詩人即以披戴文字的面目向不同時空的人表明身份。

因此，新世代詩人對於「我」的處置方式，無形中變成詩成敗的關鍵。通常面對現實的激盪時，許多新世代詩人都略顯急躁，急於介入詩行，以干預詩中的「我」。

再以林彧為例，他第二本詩集《單身日記》是以上班族的眼光看人世，其中不乏人情的冷漠，現實的殘酷和荒謬。詩心由早期的田園轉至人事，詩風也從以前的抒情轉趨諷刺，詩作因此暗藏機鋒；這是古典和浪漫基本上的異調。

但諷刺需配合說話者的語氣。林彧的詩在著筆低沉的現實時，有時會介入詩的內在世界加以評論。換句話說，真實作者的「我」時常「入替」文字世界裡的「我」。當一首詩自其圓融有機地構築紋理，真實作者藉由議論展現意圖而影響詩境。如將一個上班族的「弓背彎腰」和迴紋針相比喻是個巧思，迴紋針「夾著／我的考績表」將兩者進一步從比喻推至彼此的認同，但第二節卻出現如此的詩行：「是誰／將它折成這等模樣／迴紋針不會感到委屈嗎？」，原來令人回味的詩心轉至明言，殊為可惜。〈午茶時間〉整體構思不錯，但最後的說理：「反正不久／還要面對冷冷的現實」[17]損害了詩的餘韻。

其實，林彧是新世代詩人和現實辯證的過程中，頗能以意象暗諷，以文字迂迴轉進而不作意識形態淺明表白的少數優秀詩人之一。但即使如此，也偶爾有如上的誤失。在新世代感受七、八〇年代文學走趨明朗化的潮水波及時，詩人如何在意象敘述中保持「我」的適切位置，值得仔細思辨。

文字是詩人和語言對話的結晶。詩的成功與否在於這一場對話。對話之初，語言是一獨立有生命的存有，詩人以沉默面對語言，在靜止中聆聽語言的呼吸。有時，語言以豐沛的氣勢試圖將詩人淹沒；有時，語言以柔美之姿向詩人訴求。詩人在這兩極的拉扯中一方面要把持自我，一方面又要進入語言。一連串的對話也許是經年累月的事，詩作是對話後的新生命，在這生命誕生的前夕，詩人已由語言的相對，而變成二者合一，語言的生命即是詩人的生命。

語言是存有，故以語言作爲工具的詩作註定失敗。這一代社會現實批判的詩浮濫，但很多作品乏善可陳。表面上，詩人爲現實悸動是人文精神的發揮，以寫（事實上的批判）「他」來取代寫「我」，但若將語言視爲只是傳達訊息的工具，寫詩的人實際上是「自我」的另一種腫脹——他將「自我」凌駕在語言的「我」之上。

語言化身文字銘記詩人的存有。詩中語言的成敗即詩作的成敗。當語言崩垮，只剩下一堆訊息，詩作已淪爲一篇社會報導和控訴。但一首控訴「詩」能比一篇社會學的調查報告和分析更具說服力嗎？如把詩用來診斷社會的症狀，詩人乃成庸醫。本質上，詩只是描述，不是動手術。

當「詩人」爲了一社會現象造成心靈的震撼，他在傾瀉內心的控訴時，事實上是將情感交諸情緒，所表現的是道地的自我，雖然表面上是描述他人。

將語言當作工具，也是把語言中性化。語言之「中性論」相信語言沒有色彩，沒有個性，它只是被動地傳達一個旨意，一個訊息。語言這時已淪為一個記號，傳達的過程中記號如紅綠燈一樣，惟恐交通秩序亂了章法。假如詩的語言只是如此機械的記號，詩人何必寫詩。他應該以散文寫社論，寫陳情書，或到街頭喊口號。畢竟詩的讀者群是那麼稀少。

當代詩語言散文化的情形非常嚴重。這也許是對五、六十年代某些晦澀詩的反應。七十年代有些新詩人雖然去除了以前的晦澀，卻也同時丟棄了當時詩作中語言的稠密。當代詩人中有很多詩明朗易讀，甚至可以速讀，但詩平淡乏味，和語言散文化很有關係。有趣的是，很多批判現實的詩都充斥著散文化的句子。

詩和散文的區別，許多詩論家和詩人已論及，不贅述。大體說來，雖然現代詩都是以白話文寫成，詩的語言是視野，甚至是多重視野，重整或壓縮，以表達靈慧的詩趣；而散文大都是所寫即所見的平白直敘。陳克華的〈煙灰缸〉有這樣的詩行：「以雙手盛接，思想的頭皮屑。／榴火晶瑩／因吸吮而陣陣發紅。」⑱將煙灰轉喻為人思想的頭皮屑，由煙灰缸來承接，當然不是現實的實景，而是視野經過重整所呈顯的詩境。吸吮的動作是擬人化的展延，當然也不是眞實情景的平白直敘。優秀的現代詩不乏這種由靈慧的詩心，經由語言的壓縮，而造成的詩趣。

有時候個別詩行看來像平白的散文，但其詩意建立於整首詩的戲劇性，整首念完有迴峰突轉的興味或反諷，這時仍是首成功的詩，而不是散文。渡也和劉克襄較擅長這樣的詩作，如渡也《憤怒的葡萄》裡的〈耶穌的信徒〉和〈水火土〉等，劉克襄詩集《在測天島》裡的〈小旅館九〇二房〉，和〈女工之死〉。但若是整首詩散文化的句子充斥，而戲劇性的氣氛又營造不出，詩就變得單調無趣。渡也有一些詩作有這種傾向，劉克襄較早的詩集《松鼠班比曹》，成績就昔非今比。

詩本體是容納散文所要排斥的所謂「殘渣」⑲，這些「殘渣」從散文的眼光看來，只增加歧義和繁複，會阻礙信息的傳輸。散文要求語言清澈見底，意義和訊息在其中歷歷在目。

詩本體上是沉默，詩人寫下沉默⑳。這沉默可能是詩行間的空隙，是詩給讀者的想像空間。詩是道地的書寫；而非口語，而書寫本質上要表達的是弦外之音，言外之意。詩人因爲散文式的口語無以表達心中的沉默，故寫詩。

詩人在心靈的靜謐中寫詩。詩是詩人寫作時內心的獨白，而這個獨白的唯一聽眾是語言，和語言對話的結果才有詩，對話在沉默中進行。這個時代，現實給詩人很大的撞擊，詩人當然爲著他人或自我有很多話要說。但是詩人必須以沉默的心情來聆聽現實的聲音，將激盪的情緒交付和語言的對話，而化成文字。大抵情緒的激流會淹沒語言，而語言一旦流失，詩也隨之蕩然無存。當代詩人具有可貴的詩心，但當詩本質上的沉默被所有的喧嘯所掩蓋，詩就容易變成說理或吶喊。

詩人所自覺要面對社會，這是當代詩人的可愛處，但是社會性的呼籲不能以犧牲藝術作爲代價。詩人寫詩是要透過詩講話。使詩不淪爲散文，使詩在詩的美學上定位，是對詩最起碼的尊重。如詩人使詩變成散文，藝術性被破壞殆盡，人人皆可寫「詩」，詩人的身份將曖昧不明，詩的散文化會危及詩的存有。

詩是意象思維。意象書寫詩人的存有。詩以意象抵制文字的僵化，因此也是語言的憑恃。語言藉意象展延生命，橫亙詩的歷史。但意象在這個時代卻面臨了文字遊戲和解構理念的衝激。

四

一九一七年俄國形式理論家史可洛夫斯基就曾經質疑以意象爲核心的藝術觀。他在一篇〈藝術即技巧〉（Art as Technique）㉑的文章裡，強調藝術是使熟悉的客體顯現不熟悉，使讀者對於所描述的產生一種驚覺；而達到驚覺效果的方法並不一定是意象思維。語法前後的倒置，視覺焦點的調整，都可以打破讀者原有的認知而產生趣味。史氏的觀點有其建設性的一面，但爲了顯現正文疏離感（defamiliarization）的巧趣，有一些詩人刻意將既有的語法瓦解，使讀者的閱讀變成解謎。

但嚴肅詩人對人生的感受終究會感覺到：捨棄意象思維的語法演練是自我封閉的寫照；如此的詩大都是雕蟲小技，不能長存。表面上，符徵似乎掙脫符旨變成自我的縱容，但詩人的符徵到頭來總隱約朝向符旨跳躍。美國詩人康明思的「蚱蜢」在文字的嬉戲中解體，變形，但當讀者最後辨識到它的眞面目時，詩趣也在「解謎」後蕩然無存。閱讀變成讀者努力拼湊一幅詩人故意打散的拼圖；讀者似乎無暇顧及詩人的人文關懷，而詩人在耽溺於語文的技藝時，似乎也忘了人生。

但這只是暫存的現象，康明思雖然在一些詩中堅持排版上的奇異和字詞上的奇巧，但在大部分詩中，人生的潛沉卻穿透表象幾近嬉戲的句構和文辭。構思精密，充滿反諷的意象，在他許多的詩作中觸及人生的傷口，如〈我的父親通過愛的劫數〉（my father moved through dooms of love）；〈任何人住在一個漂亮不知何如的小鎭〉（anyone lived in pretty how town）等。其中第二首的「不知何如」，英文是「how」，其弦外之音竟是台語發音「哭」的意思；它暗指一個小鎮裡四季輪迴，人生來去，表面上雖然不知何如，但實際上卻叫人欲哭無淚。

五、六〇年代台灣有一些極膚淺的圖象詩，只模仿了西方康明思等詩人的表象，於今看來，幾近遊戲之作。這些詩人現在也棄絕以圖象取代意象的詩。基本上圖象是語法本身匱缺的恐懼，因而以文字演練力追形象；而意象則是詩人對文字的自覺，是詩語言的本體。

新世代詩人成長的過程適逢西方解構學風起雲湧。台灣近年來有關比較文學和文學理論的探討，也使閱讀和解讀沾滿後現代解構的「痕跡」。解構學有關於「文字的嬉戲」（freeplay）是否和二、三十年前文字的遊戲相呼應，而成爲一種風尚？

所幸，除了一、兩位詩人外，新世代詩人大都對文字嬉戲或文字遊戲的理念持保留態度，意象仍針對人生思維。而這兩位詩人的差異又使所謂的解構詩有不同的層次。

一個是林群盛，另一個是林燿德。表面上兩個有些共通點：以字詞或詩行特殊的排列突顯文字對圖象的指涉，對一般習慣語法加以切割，重整，並賦予新的次序等。兩人某些詩行保有五、六〇年代圖象詩的殘痕。以一個較嚴肅的觀點看他們的詩，讀者可以感受詩飄浮的符徵嘗試掙脫符旨的規範，而自己開拓一個遊戲天地。

林群盛大部分的詩躍動如卡通，如童詩的變形展延，它所「解構」的既有意象和現實虛實相濟的詩心，而更趨近超現實的眞空。五、六〇年代超現實的詩總或多或少和現實相繫，某些較晦澀的詩被詬病爲潛意識的獨語，事實上是詩心怕被現實暴顯的表徵，詩本質上仍是圍繞著現實的課題。但在林群盛典型的詩行裡：「一隻羽齒龍飛近／一邊啣著太陽的切片／一邊標本自己的呵欠」；或「他將天空折成一只行李提著」㉒，宇宙和星球卡通化，而人無限制的膨脹，這些星球時常變成他的玩具。詩展現了童稚的趣味，但也漸漸累積成一種寫作文法，由於脫離傍依人生的符旨，凡不可能的想像都能入詩，詩久了反而變成一種文字機械性的演練。

和其相對的是一個年齡稍長的林燿德，詩中也有特異的語法或文字的切割，但語法主要是用於烘托一個深沉的語意。他所解構的是文字的表象形式，所建構的是語言豐富的可能性。他力圖構築龐大的母題，語法歷經不同的變奏。因此，有趣但反諷的是，他表象解構的傾向卻最具結構的功能。他的詩行排列似乎暗指自然的形象，如〈太平洋之甍〉詩行的錯落如海浪的起伏，有高有低，而且標點符號出現於行首，猶如飛濺的水花；又如在〈U235〉以「光」字排列成一個核子彈爆炸的光影。這些「表象」當然會被有些人攻擊為玩弄文字，但當一個讀者隨著其中的詩行流轉浮沉，他可能「瞬間漠視」詩行中文字的技法，而感受其悲劇感，同樣如林群盛有太空星球的意象出現，但林燿德的詩所關懷的卻是人間。

寫詩是極嚴肅的，它並非文字遊戲。詩人面對人生的悲喜，和語言沉重對話，詩因此不是逞口舌之便。機智本身也不是詩，除非它融入人生嚴肅的課題。當代詩人某些詩有遊戲的傾向，但詩作的成功與否不在於遊戲策略的巧妙，而是要看這個遊戲所暗指的世界。現實有時是個禁忌，遊戲策略也許是一種迂迴，它所顯現的可能是另一層次的譏諷和悲哀。解構的意義當如是。

當代詩人中，有些歷經成長中「自我」所設的陷阱，他們能聽到這個時代眞正的聲音，而在詩中以沉默回應。他們感受社會性的呼聲，但要求詩在藝術性的培育中茁壯。他們不使詩淪爲遊戲，詩默默在筆下問世，於是我們聽到蘇紹連、馮青、杜十三、白靈、羅智成、向陽、夏宇、陳克華、林燿德等的名字。雖然他們的詩仍未盡完美，但我們希望對於這些「沉默的聲音的回響」能綿綿不絕，我們更希望所有的回響已是新的聲音。

——一九九〇年二月原載《中外文學》十八卷九期，選自書林版《詩心與詩學》，本大系選文時稍作修改

註釋

❶以下簡稱這一代詩人或新生代詩人。

❷見《草根》復刊，〈草根宣言第二號：專精與秩序〉，一九八五年二月一日。

❸見向陽〈七〇年代現代詩風潮試論〉一文，《文訊》第十二期，一九八四年六月。此段引文，林燿德也曾加以引用，見《不安海域》（台北：師大書苑一九八八年）頁一。

❹美國詩人艾略特也有類似的說法，參見他的名文〈傳統與個人才智〉（Tradition and the Individual Talent）重要的批評論文集大都選收此文，如 Hazard Adams 編的 *Critical Theory Since Plato* （New York: Harcourt Brace Jovanovich, 1971），頁七八四～八七。

❺杜十三，《地球筆記》（台北：時報文化，一九八六）。

❻林彧〈卷宗生涯〉，《單身公寓》（台北：希代，一九八六），頁三十五。

❼渡也，〈神女〉，〈鋼索的傳統〉，《憤怒的葡萄》，（台北：時報文化，一九八二）

❽〈中空人〉是艾略特詩"The Hollow Men"的譯文。艾略特的詩中人內心空洞茫然，要尋求人類的再生而不可得。

❾見《草根》的〈都市詩專號〉，一九八六年六月。

❿同右。

⓫馮青，《雪原奔火》（台北，漢光文化，一九八九），頁七十四。

⑫這是海德格後期的語言哲學。參見 Martin Heidegger, *On the Way to Language, trans*. Peter D. Herty （San Francisco: Harper & Row, Publishers, 1971）中 "The Nature of Language," "The Way to Language" 諸章。

⑬將在第三部分詳述。

⑭見林耀德，〈幽浮〉，《都市終端機》（台北：書林，一九八八），頁二三。

⑮〈白色的揚帆手〉和〈為你閤起二扇小小的窗〉也收集於《單身公寓》。

⑯曾淑美，《墜入花叢的女子》（台北：人間雜誌社，一九八七），頁一〇四及頁三十六。

⑰以上〈迴紋針〉和〈午茶時間〉分別見《單身公寓》，頁三十六及頁三十。

⑱陳克華《星球紀事》，（台北：時報文化，一九八七），頁二〇九。

⑲這是 John Crowe Ransom 在其著名的〈批評公司〉的精采見解。見 " Criticism Inc," *The World's Body* （New York: Charles Scribner's Sons, 1938）。

⑳參見簡政珍〈沉默和語言〉，《中外文學》第十五卷，第八期，（一九八七年元月）頁四—頁二十四；或《語言與文學空間》第二章，台北：漢光文化出版，一九八九。

㉑ Viktor Shklovsky, *Russian Formalist Criticism: Four Essays.* trans. Lee T. Lemon and Marion J. Reis （Lincoln: University of Nebraska Press, 1965） 5-24.

㉒以上兩段詩行分別引自林群盛的自印詩集，《聖紀豎琴座奧義傳說》（台北：一九八八），頁三十七及頁七十二。

鄭明娳：新新聞與現代散文的交軌

鄭明娳

湖北武漢人，1950 年生，台灣師範大學國文研究所畢業，國家文學博士，歷任台灣師範大學國文系副教授、教授，現任玄奘大學中文研究所教授。著有《現代散文欣賞》、《現代散文縱橫論》、《現代散文現象論》、《現代散文構成論》等書。曾獲中國文藝協會文藝論評獎、中興文藝文學評論獎、嘉新優良學術著作獎、國家文藝獎文藝理論獎等。

一、報導（告）文學

報導必須透過新聞媒體才能達到傳播目的，在清咸豐八年（西元一八五八年）我國第一張中文報紙《中外新報》在香港創刊，由伍廷芳和英人合辦。同治十一年（西元一八七二年），史良才和英商在上海創辦《申報》，中國報業才慢慢成長起來。❶

西方新聞學（Journalism）在二十世紀後也逐漸發達，它引導了新聞的寫作。新聞學本身並不是一種很獨立的學科，它必須與其他社會科學產生密切的關係。換言之，新聞學必須依賴其他社會科學的支持，因爲它所報導的內容，主要是社會各種現象，而不是新聞學本身。所以，一位記者時常需要用到各種社會科學的知識來幫助他深入報導以及評論分析，跟新聞學關係最密切的是政治學、經濟學、社會學及法律等。但是，新聞學與文學之間是否能透過交流、整合而產生新的、介於文學與報導之間的作品呢？一般而言，所謂報導，必須是客觀、理性、以眞實爲基礎，而文學卻可以主觀、抒情，可以發揮廣大的想像空間。基本上文學是以虛構爲主，尤其是小說。即使多係從個人出發的散文，其本身語言的特性仍然充滿了非寫實，它可以把作者充沛的感情灌輸進文章中；但報導不然，它必須建立在事實的基礎上，尤其新聞寫作的標準要文字力求精確與客觀。如此看來，一般人必然會認爲報導與文學是兩個互不相涉的領域，因此，一方面作家如何把報導語言介入文學作品裡，另方面，新聞記者，又如何把文學意境化入新聞寫作中，似乎是個兩難命題。但是，現代文學史上，已經產生了整合新聞及文學的科際文體，那就是報導文學（Reportage）。

二、深入報導的觀念及理論

新聞寫作有一個原則就叫客觀報導。它要求新聞記者必須是個忠實的記錄者，把個人主觀的成分完全排除於文字之外；他最重要的責任是嚴整的陳述事實，不但在用語遣詞上要求精準，且絕不能涉及主觀感性的層次，以免事實遭受扭曲。不過在二次大戰以後，新聞界已突破了「客觀報導」的框架，進入「解釋報導」的時代。蓋洛普說「新聞中應該包括更多的背景說明與更多的解釋，是言之有理的」。有關解釋報導的內涵，美國《基督教箴言報》的莊蒙德有過很好的說明：「解釋報導就是昨天的事實與今天的事件連繫起來，產生明天的意義」，經過這個理論，解釋報導可以引用背景資料、細述前因後果；也可以用相同的事件觸類旁通，其主觀加大、其感性增多。也因此，文學的功能得到初步運轉的可能。❷

在客觀報導之後，新聞學又開闢了一種深入報導的觀念及理論。所謂深入報導，是要求新聞從事者在執筆同時應考慮到讀者所關心的是那些事，因此啓發新聞記者研究的精神，培養他們新觀念，以及從多角度觀察事物的能力。在深入報導之後，又產生調查報導，乃是更深入的調查，不但採訪且發掘問題、解決問題，有著強烈的攻擊性與偵察性，使得新聞記者的工作幾乎與情報員相似。最後，又有人認爲新聞寫作理論不能被「客觀報導」的原則所左右，於是出現了「新新聞學」，新聞學開始向文學取材。至此，新聞界已在理論上掌握了報導文學的要求。

在我國，辛亥革命前後，有位《申報》駐北京記者黃遠庸，寫了一連串政治通訊，他的政治通訊：「看看是淡淡著墨，其實是大筋大絡，最要緊的，也可說因小見大。有時他實在爲政治環境

所拘限，無從著筆，他就旁敲側擊，寫閒常瑣事，反而可以了解內情。」❸

從黃遠庸的〈政界內形記〉便可看出，該文已深具西方二次大戰後發展出來的調查報導與深入報導的氣息，顯見我們的新聞從業人員，在民國初年已突破了客觀報導的原則。黃遠庸之後，傑出的新聞從業人員還有劉禺生、徐彬彬以及陶菊隱等，但他們只是在報上寫專欄，並未考慮報導文學的觀念。報導文學第一次正式出現是在一九三〇年，名為「報告文學」；當時也出現了「勞動通訊」的名詞，乃起源於蘇聯，強調利用勞動農民通訊的製作過程中，要產生出勞動者和勞動作家的預備隊。它與報告文學基本上並不相同。勞動通訊「只是工廠新聞或農村新聞製稿的主要的一種，而報告文學卻是純然的文學」。報告文學是從 Reportage 翻譯而來，而 Reportage 是從 Report（報告）一字衍生出的新名詞❹。可見報告文學名詞的出現就與報導有密切關係，可算是文學與新聞學的整合。當時所謂的報告文學，袁殊說：

> 報告文學，如其名所示的是把靈心安置在事實的報告上；但不如照像寫眞樣的，機械的攝寫事實，它必須具備著一定目的與傾向的，然後把事象通過印象加以批判的寫出。這目的，是社會主義的目的。❺

袁氏把它歸入「社會主義的目的」，而其實，它的背後還包含著政治的意義。但是在今天，我們從文學的角度來看，不必把政治意義放進去。報告文學的出發，本身乃是從新聞寫作的觀點；並不止於照像寫眞式的記錄，還要有文學性。要如何加入文學呢？三、四〇年代的理論家們也提出許多觀點，例如胡風認為要從平鋪直敘中掙脫出來，不允許浪費、不容許囉嗦，從繁雜的現象中間

抓出那特殊的一點，通過那在你心裡所引起的印象、所引起的感動，把它抒寫出來。❻

報告文學可以修正新聞報導的時效性。它希望透過文學，使作品不僅存在於短暫的新聞中，也具有不因時間流逝而喪失藝術性的永恆價值。因此，他們本身雖然採用新聞寫作的方式，但仍強調選擇、剪裁，尤其強調文藝的手法。周行〈新形式——報告文學的問題〉中說：

> 怎樣把選定的材料生動逼眞地報告出來，則也需要以文藝的〈形象化的〉手法去寫作。不如此，則寫作結果依然只是一篇紀事新聞，而不是一篇感動人的報告文學作品。由此可見，報告文學不僅要正確地記錄，報告事實，而且還要文藝地去報告它。正是在這樣的意義上，即就一篇成功的報告文學作品所具有的作用來考察，我說「它一樣具有使人從特殊看出一般，從個別看到全體的本領。」然而，問題的解答決不能終止於此。我們還必須指出：報告文學也有別於一般所謂純文藝作品的地方，雖然兩者並不根本對立。儘管它一樣要文藝的去寫作，但它的最中心的任務還是在於正確而迅速地報告事實。❼

周鋼鳴在〈報告文學者的任務〉中則認爲：

> 同時報告文學者，還要把每一事變的環境、關係、特徵，分析得清清楚楚；因此他們所憑藉的，不是一般作家的憑藉經驗豐富的想像，與藉形象的思維來創造典型。他的藝術任務，是要依訴於事實渲染和分析了。同時他不能等待事變以後若干時候才去寫，他立刻要把這些事件用報告表現出來，他若是失掉了這種敏捷的機能性，他就忽視一個報告

文學者的主要任務了。❽

從周行引文，可見報告文學在三、四〇年代誕生時，就已要求要深入報導、甚至調查報導的寫作方式，要有高明的分析能力，且其本身的寫作又強調時效性，要立刻報導出來。從這幾點可以看出，當時的報告文學者已具有許多新聞寫作者的觀念。周行說以文藝的手法來寫作，又含有濃厚的文學訴求。

三、報導（告）文學的本質與發展

羅蓀引述加博爾〈報告文學的本質與發展〉論文中的幾項，可作三、四〇年代報告文學者所奉行的規則：

㈠它必須反映現實中的事實。個別的生活現象，個別的社會事件，個別的戰鬥行動……非常迅速的，具體的報導給讀者大眾，這裡不准許對於事實加以粉飾和歪曲，不准許有虛描的事件和人物。在報告文學中所反映的人物和事件，都是在現實社會中眞實存在的。

㈡它必須是從繁複多變的事象中抉擇最具體的，最爲大眾關心的，而且是與現實社會整個發展相關聯的，洋溢著戰鬥精神的這些事實。

㈢它必須具備著批判現實的精神。它不但是發揚英勇的戰鬥的現實事件，而且要觸到現實的底裡，對於腐爛潰壞的舊勢力暴露出來，加以嚴重的一擊。

㈣它必須具備著熱烈的感染性。由於作者的豐富的社會感情的傳染，使讀者和作品一同喜怒，一同哀樂。其能激起讀者的同情，才能發揮了報告文學的暴露的、煽動的目的。

㈤它必須具備正確的政治認識，才能把握每個個別事件與現實社會整個發展中的關聯，才能夠正確的表現每個個別事件的中心意識。

㈥它必須是結合著新聞性與藝術性的統一物。報告文學是依據事實作迅速的報導，它本身就是新聞性，但更爲主要的是報告文學並不等於新聞記事，因爲報告文學是用具體的形象表現事實，新聞記事只用概念敘述事實。所以報告文學一定要有藝術的表現手法，把事件的發展導入具體的形象描寫中加以反映，也正是說在偉大的報告作品的場合，它的目的不僅僅是在於再現一時的現實，而是在於造出一個那一瞬間的世界的形象。❾

就這幾點來看，可知當時的報告文學已具有科際整合的意義。報告文學的出現，原與抗日戰爭息息相關。以群在〈抗戰以來的報告文學代序〉中說：

報告文學是中國新文學當中的一個最年輕的兄弟，它底產生和發達，永遠和中國民眾的反日運動，抗日鬥爭密切地結合著。它是從民眾反日抗日運動底土壤上產生，吮吸著抗日鬥爭底乳漿而成長起來的。❿

在抗戰的大背景下，社會及戰爭都需要直接的表達方式，以傳達其反日的愛國思想及情操。茅盾在〈關於報告文學〉⓫中認爲雜文和速寫都是變動得很快的社會中文化鬥爭的利器，而後起的報告文學更具有這種作用。

中國早期報告文學的理論、觀念、特質如上述，但是它眞正的範疇，並無確切的定論，例如通訊乃是報告文學的來源之一。上引茅盾文中又說：

「報告文學」在中國的「標本」，據「審定」，並不多；而「衆所周知」者，則是〈包身工〉。我還沒有專門研究過「報告文學」，可是我讀過若干「來路貨」的「報告文學」，覺得他們的形式範圍頗爲寬闊；長十萬字左右，簡直跟「小說」同其形式的，也被稱爲「報告文學」，日記，印象記，書簡體，sketch——等等形式的短篇，也是。我覺得這一新分的部門大概不以體式爲界，而以性質爲主，因而我對於有些「批評家」之審定的〈包身工〉爲標本曾表示了懷疑；我以爲不應該用「標本」的說法來暗示青年作家，使擠上一條「只此乃是官道」的狹路。

我們知道，報告文學的來源廣泛，它在體裁上也可以有很多變化，但基本上必須是新聞寫作與文學寫作的結合；它會產生各種面貌，包括上述日記、印象記、書簡體、速寫等等都可能轉化成報告文學的形式。此外，報告文學本身也可以用遊記、甚至部分傳記的形式出現，報告文學發展之多元化乃是必然的趨勢。

一九三二年阿英編的《上海事變與報告文學》及《文藝新聞》編的《上海的烽火》，主要都是戰場上的實況記錄，實是用文學的手法處理新聞報導。但是像阿英一九三二年的《灰色之家》寫他自己在獄中經歷，若歸諸報導文學，則不無可議之處。蓋該文僅從個人的觀察角度，並未做廣泛訪問與調查，其本身回憶錄的性質較大，不算是純粹的報導文學，因爲他在調查的層面及觀物角度各方面都還不夠精確與客觀。

一九三六年是報導文學的豐收季，例如夏衍的〈包身工〉，被公認是相當成功的報告文學。其他如茅盾主編的集體創作《中國的一日》，是收集許多通訊稿件整理而成。

一九三七年范長江寫了《中國的西北角》、《塞上行》等作品⓬，范氏此作與遊記形式結合。他仔細報導中國西北的社會實況，其報告文學的意味遠重於遊記。因爲他不只是記敘山水，其目的乃在考查中國西北政治社會的各種實況。一九三八年以後，有大量關於戰地的實錄出現，例如周立波《戰地日記》是用日記形式來報導，劉白羽《游擊中間》、梅益等編的《上海的一日》等等，迄一九四八年一直出版不輟。

四、報導（告）文學的缺陷

三、四〇年代的報告文學，到了台灣，在六〇年代已易名爲報導文學。一九六六年，國軍文藝金像獎設立報導文學獎，一九七六年《中國時報》設立報導文學獎，其他如《台灣時報》副刊、《戶外生活》雜誌、《綜合》月刊等等，許多傳播媒體的推動，形成台灣報導文學的興盛期。在一九八〇年，就有十部報導文學專書出版。

在表面上看，新聞學和文學之間的科際整合似乎正在蓬勃發展。但是，其間也產生不少問題，

三、四〇年代羅蓀〈談報告文學〉已提出當時報告文學的缺陷：

第一：對於現實事件的認識不夠，分析力和理解力都還不夠充分，因而不能夠表現所報告的事件之間的矛盾的因果。

第二：由於上述的第一個原因，以致於作者單純的報告了一些特殊的偶然的事件，卻不能使讀者從這些特殊的偶然事件中找出它的一般性與必然性的關係。

第三：認爲一切現象是可以作爲報告的素材，於是不加選擇的把任何事件都「客觀」的報告出來了，這結果頂多是要做原料堆棧，卻不是報告文學。⓭

五、報導與文學寫作的分立性

台灣的報導文學在本身類型的檢討中，也產生了一個很重要的問題：報導與文學寫作的分立性。這是三、四〇年代的理論家及創作者從來沒有意識到的。在台灣被提出來，是因爲對新聞寫作更進一步的研究以及文學理論的發達而產生科際整合的一個難題。李明水在一九八二年文藝季「報導文學座談會」中就提到「報導」與「文學」寫作的分立性，並舉出張系國的話：「『報導』應該是客觀的原則，『文學』則是主觀的見解」。基本上，科際整合就是要調和二者間的關係，但是文學與報導在本質上是否可以結合，確實是一大問題。而很多報導文學的先驅，對於「文學」及「報導」二者都缺乏深刻正確的認知，因此三、四〇年代的許多作者，對於現實世界的把握還不夠充分，剪裁不很適宜、資料處理不甚妥當。這些問題，在七〇年代並未得到解決。李明水說：

> 吾人應知，文字寫作，依功能來分，約略可分爲「文學寫作」、「廣告文案寫作」（廣播與電視講稿原則上不屬文字寫作）。甚至由於傳播科技之發展，在歐美等先進國家，已普遍出現「電子畫面新聞」（electronic photo Journalism）的「文字寫作」。僅以「文學」和「新聞」兩類的寫作方式來說，有極大不同，最起碼兩者在「主觀、虛構」及「客觀、非虛構」要素，互易或互扯是要不得的。

文學與報導之間在本質上的不同，李明水提出代表性的觀念，他認爲主觀虛構與客觀非虛構之間的要素無法互相牽扯。他又舉出一九八一年四月公佈的普立茲新聞獎，後來因爲發現《華盛頓郵報》記者珍尼特·庫克小姐（Janet Kocks）虛構〈吉米的世界〉（Jimmy's World）獲獎而被取消，造成所謂的「普立茲愚弄事件」。另外一九七八年，因國內某報副刊登載朱桂先生的〈南海血書〉，也引發海內外巨大言論波濤。依朱桂說法，該文爲「虛構故事」卻被誤認爲是報導文學。因它本身缺乏事實依據，而產生重大疑案，爭訟不休，最後報刊不得不承認它爲一虛構故事⓮，但卻成爲傳誦一時的宣傳品，因爲大家都把它當做一個眞實的事例。

在該次座談中，楊月蓀針對高信疆等人的新聞學提出強烈的質疑：

> 五、六年前，美國新聞界曾曇花一現式地興起了一陣所謂「新新聞寫作」（Newjournalistic Writing）的風氣。說穿了，也就是以虛構、故事體的寫作技巧來作新聞報導；目的自然

不外使報導生動、多彩以吸引讀者閱讀的注意力。然而，終因這種新聞寫作方式適用的範圍有限，而且一般報章雜誌的篇幅有限，作業的時間也匆促，「新新聞寫作」也就並未普遍地發展起來。（頁四六八）

他舉出很多實例說明「新新聞寫作」的方式也許適合多類報導文學的採用，卻不一定適合一般性的新聞寫作，楊氏又說：

近年來，報導文學在美國現代文學領域中爭取到相當重要的地位，美國文壇巨匠諾曼．梅勒（Norman Mailer）、楚曼．卡波第（Truman Capote）與高爾．維達（Gore Vidal）等人的「非虛構小說體」的鉅作，均曾風行一時。越戰與水門事件之後，許多美國新聞記者撰寫的報導文學作品，幾乎每年都有打入全美暢銷書列「非虛構體」金榜的例子。最近轟動一時的《紐約時報》前駐北平記者包德甫先生的《苦海餘生》就是一個典型的例子。（頁四六九）

楊氏認爲報導文學的基本條件是：

首重內容與一般大眾的興趣相關，報導眞實、客觀、富解釋性，且能提供讀者啓發性的資訊，其次才是文章組織與結構的嚴謹，以及文學技巧的流暢、生動；最後講求令人欣賞與回味的文學境界。（頁四七一）

回顧國內的報導文學作者們，在文學理論上確實缺乏具體的概念。大致上都偏重於感性的、抽象的、譬喻的描寫，很少人能具體掌握報導與文學眞正結合的原因。往往是在嘗試錯誤中摸索走下去，而社會大眾對報導文學更不甚了了，因此我們實在應該對報導與文學的問題做較嚴肅的檢討。

台灣報導文學的主要提倡者高信疆說過，在理論層面上，因爲台灣的報導文學「不但沒有它足可依恃的理論，也缺乏相關的方法的研究。而史學研究法、人類學的田野調查……都可以補充它的不足並有所發揮」⑮，高氏不但體會到報導文學目前的缺憾，也提出以科際整合的方式來補救報導文學之不足。

六、報導與文學的整合問題

在報導與文學二者的整合問題中，語言是一個較少注意，但卻是相當重要的問題。到底報導語言要求精準、客觀、確實，與文學語言之訴求抒情、鋪張、想像等，該如何適度調和？高信疆推崇法國文學家羅蘭·巴特曾寫過一部名著《零度作品》，其中極力提倡一種「中性」的、「據實報導」的，像玻璃一樣明淨無塵的寫作態度；他所謂的「零度」就是指作家的語氣要用「陳述語氣」，不應該用「虛擬語氣」或「祈使語氣」，高氏認爲巴特的文學理想也多少走向了「報導文學式」的途徑。⑯這正代表高氏對報導語言的看法。

林燿德在〈台灣報導文學的成長與危機〉⑰中認爲：

從五四迄今，凡是文獻上曾被評論者納入報導文學統轄下的作品，都可自其情節結構中分割出報導概念和文學概念兩組情節，也可自語言結構的角度分離出報導語言和文學語言，因而我們也可將所有報導文學作品依報導與文學之間的比重還原為兩個型態：①夾雜報導的文學；②夾雜文學的報導。如果所有的報導文學皆可還原至新聞寫作或文學創作的範疇中，報導文學便無法在任何一方中確立其獨特的地位，這種本質上的矛盾無法僅僅通過時間的遞嬗而淡化……

林氏與前舉李明水兩人角度恰好相反，林氏為還原說，他承認報導文學此一文類，但卻把報導文學的內在結構拆散，文學還原為文學、報導還原為新聞學，實質上，報導文學仍欠缺地位；李氏則持分立說，認為文學與新聞學二者在寫作上各有其不可侵犯性，不能結合，根本上否定了報導文學。李氏代表新聞學的看法，林氏則代表文學的觀念，如果各自堅持己念，則新的文體便很難發展。報導文學已是既存的事實，我們就應該突破文類觀念的束縛，讓報導文學有新生、蛻變、成長的機會，則科際整合才會有意義。

七、從語言角度破除文學與報導分立的問題

文學與報導分立的問題，應該先從語言上破除。我們首先要確立報導文學在科際整合過程中，如何把文學語言用妥善的方式結合。報導文學跟一般散文不同，是在語言上的特性。它並不是一般人想像的，以新聞寫作的題材，而用充滿感性的文學語言來描寫，這只不過是用文學包裝的新

聞報導而已。我們應該考慮的是：報導文學的語言必然要客觀、精準，它本身必須以眞實爲基礎，此爲其充分必要條件。文學語言，絕非就是感性甚或濫情的語言，目前我們幾乎找不出文學與報導語言都很平衡穩當的作品。但是在小說創作上，卻能屢見報導語言運用得極爲成功的例子。這是相當令人驚訝的事。也就是說，新聞寫作很難把文學吸收進去，而純粹虛構的文學，卻經常能利用新聞語言做其營養。可見要調和報導與文學，應該在新聞寫作上加強。因爲新聞寫作本身已具危險性與虛誕性，它是否能純客觀呢？當同一重大事件發生時，我們發現每一家報紙報導的內容都有出入，因爲新聞記者進入現場的能力、觀物的角度、蒐集資料以及保持純客觀的能力都不等，綜合起來，並不能掌握眞實。再退一步言，即使掌握住眞實資料，其剪裁與銜接又是一大難題。因爲搜集的任何資料都具眞實性，但若處理關鍵地方——例如隱藏重要證據，便容易產生誤導。這種現象，在有關自然生態保護、環境污染方面的報導文學最常出現。報導者提出一項數據資料，它往往不是唯一的資料，因爲同一個污染事件，往往會有不同的機構去做檢驗，因檢驗的標準不同，就產生不同的結果。報導者若選擇於他報導目的有利的資料做爲佐證，其他隱而不提，便會產生嚴重的偏差。報導者僅以平實客觀的外表引用強烈的證據，而其目的卻在文學與報導之外，這實是新聞報導已存在的危機，而報導文學要站在新聞學上更進一步做文學工作，其危險性不言可喻。

尼洛對報導文學的質疑是另一角度的代表[18]。他認爲報導文學不應受限於意識形態，也不能僅發掘社會的黑暗面而已。在文藝座談中，他舉出范長江爲例。范氏寫了許多報告文學，使得「八路軍」成爲家喻戶曉，其形象也不是一般人所熟習的「打土豪、分田地」的「紅軍」，這個創痛，使我們有長期無法磨滅的記憶。范長江確實有功於中共，最後卻死於政治的迫害。尼洛又舉劉賓雁為例，在「四人幫」垮台後，鄧小平復辟，大力鼓勵「報告文學」，劉賓雁就寫了《人妖之間》，也因此被哄抬起來，被稱為「暴露文學」，他寫的「人妖之間」也是「眞人實事」，看得讀者對「文革」、「四人幫」咬牙切齒。但是鄧小平「揭批四人幫」的目的已達到，劉賓雁「文學爲政治服務」的目的也完成了，至於劉賓雁是否會走上范長江的老路，則「將來自有分曉」。在一九八七年——文藝座談之後的五年，劉賓雁被中共開除黨籍，也走上范長江的老路。另外，尼洛也認爲台灣的報導文學有因辭害義，「爲賦新詞強說愁」等意識形態上的積弊，他認爲我們今天如果爲了「標榜報導文學而去『刻舟求劍』，求不到劍，而舟已成木，形成顚倒，會不會成爲吾人始料所不及呢」？

尼洛提出意識形態的偏差，是個很重要的觀念。報導文學絕不能被意識形態所誤導。它可以不必刻意規避社會的黑暗面，但也不能存心只挖掘黑暗面。一位報導文學家如果被政治或其他因素所利用，則不僅生命會遭到可悲的下場，其作品也將失去文學的價值。

八、結論

今天，站在科際整合的立場，我們對報導文學的了解和認知，必須從基礎建立起報導文學的公準原則。文學與報導的分立絕非不能解決的事，若拘泥於強烈的文學類型牢籠中，就失去文類的彈性，也失去了日新又新的生機。我們應該調和報導文學的危機，發展新的方法論，才能整合溝通文學與新聞學間的橋樑。

首先，就作者或理論家而言，都應該對文學理論及新聞學理論有相當的熟悉。其次對報導文學的沿革及發展，都要有深入的了解，才能掌握報導文學的來龍去脈，才能理解這種文學類型的範疇。對實證的作品尤其要深入了解，才能發現在文學發展過程中，那些作者發生了那些問題，出現了那些錯誤，引爲借鑑。

報導文學是現代散文的新類型，它與感性散文一樣，都以眞實爲基礎。但一般感性散文個人色彩非常濃厚；報導文學雖然是散文特殊結構的類型，卻絕不能走入個人化、以自我爲中心的散文型態中，報導文學的作者必須一思一行，都要與事實——報導的客體密切相關；其論斷必須有具體、確鑿、全面化的證據，切忌妄加評論，尤其雜文式的評議更要避免。

報導文學在文學的結構上，要妥切剪裁，在報導語言中適當運用修辭技巧，但這些都不能傷害到事實的眞相本體；更重要的是，報導文學必須加入作者主觀的評斷，否則將淪爲客觀的新聞報導，然而這種主觀的評論本身必須非常制約而含蓄，不能動搖事實的本貌。總之要透過文學能力，把事件用適當的方式凸顯出來，如此，我們就能滿懷希望的期待著理想報導文學的誕生。

——一九九二年，選自大安版《現代散文現象論》

註釋

❶參見荊溪人〈泛論報導文學〉，收入《現實的探索》，陳銘磻編，東大圖書公司，一九八〇年四月初版。

❷參見高信疆〈永恆與博大——報導文學的歷史線索〉，《現實的探索》。

❸見曹聚仁編撰《現代中國報告文學選·甲編》，台灣翻印本，未注出版社年月。

❹見袁殊〈報告文學論〉，收入《中國現代散文理論》，俞元桂編，廣西人民出版社，一九八四年五月初版。
❺同上註。
❻參見胡風〈論戰爭期的一個戰鬥的文藝形式〉，《中國現代散文理論》。
❼見《中國現代散文理論》。
❽同上註。
❾見羅氏〈談報告文學〉，《中國現代散文理論》。
❿見《戰鬥的素繪》，陽明書局，一九八二年四月出版。按：以群認為「在一九三一年底『九一八』以前，中國還沒有報告文學。那時，即或有少數類似報告文學的作品也未被稱為報告文學。因為當時的『報告文學』這一個名詞還未被確立起來……」。
⓫見《中國現代散文理論》。
⓬二書皆由上海《大公報館》出版。
⓭見《中國現代散文理論》。
⓮見《文藝座談實錄》，行政院文化建設委員會編印，一九八三年一月初版。
⓯同上註。
⓰同上註。
⓱見《文訊》月刊第二十九期，一九八七年四月。
⓲尼洛所說見註⓮。

應鳳凰：五十年代台灣文藝雜誌與文化資本

應鳳凰

台北市人，1950年生，美國德州大學奧斯汀校區東亞系文學博士，現任教於成功大學台灣文學研究所。著有《筆耕的人》、《台灣文學花園》等書。曾獲中國文藝協會文學史料文藝獎章。

一、前言

五〇年代是國民政府遷到台灣之後的第一個十年，一般評論家所謂的「反共文學」時期。若要再細緻一點來劃分這個時期起迄時間，目前爲止有兩種分法，第一種認爲這個時期該從一九四九年底算起，到一九五六年爲止；原因是民國三十八年八月一日起，國民黨總裁辦公室從大陸遷設於台北草山，而在民國四十五年，官方的「中華文藝獎金委員會」停辦文藝獎金，《文藝創作》月刊停刊，且夏濟安的《文學雜誌》在同年創刊。

第二種分法把時間向後延伸到民國四十九年（一九六〇）；只因這一年三月，白先勇的《現代文學》創刊，從這一年起，台灣文學史的分期便進入另一個「現代主義文學」時期；而這樣的分期法，也剛好與西元的一九五〇到一九六〇年，所謂的「五〇年代」完全吻合。葉石濤的《台灣文學史綱》便採用的是第二種分法。

本文也願採用第二種分期，我的理由跟前面兩種分法一致的，也是以「雜誌」作爲分期依據：以雷震、殷海光等大陸自由主義知識分子爲首，所創辦的《自由中國》雜誌，就在一九四九年創刊。而雷震被捕的日期在一九六〇年；換句話說，五十年代結束，這一波由右翼知識分子主導的民主運動也隨之而結束，拿它作爲反共文學時期的分段點，豈不也十分恰當。

正如王德威在他論文中說的：「不論我們如何撻之伐之，反共文學是台灣文學經驗中的重要一環。它的興起與『墮落』與彼時的政治環境緊緊相扣」❶。本文即以五十年代的文藝雜誌作爲討論對象及範圍，且將這時期由文藝雜誌及作者、讀者、編者所形成的中文讀書市場／文壇，看作一個整體的文化生產領域，嘗試回答：「反共文學如何主導了一個時代台灣文學的話語情境？」（引自王文，同註❶）。換句話說，希望能以具體的資料，呈現或追蹤這十年的反共文學，是透過什麼樣一種社會機制而產生。同類題目，王德威在一九九三年十二月台北聯合報召開的文學會議上，發表有〈五十年代反共小說新論〉；林淇瀁在一九九五年四月師大召開的學術研討會發表〈戰後台灣文學的傳播困境初論〉❷，本文希望與他們產生一些對話。

二、他們為什麼辦雜誌？

從《文藝創作》、《軍中文藝》，到《文壇》、《文學雜誌》，台灣在短短十年之間，竟陸續創刊了近三十種文學性雜誌——尤其在一下子膨脹了一百多萬人的典型移民社會：台灣小島上，當時說著各省方言的百萬人馬，才從旅途的倥傯，離鄉的惶惑中，試著怎麼把生活在這裡安頓下來——在這麼一個精神不安定，物質又極匱乏的台灣社會，卻有這麼高的文藝雜誌密度，不論從社會或文學的角度看，都是個有意思的現象。想想看整個七十年代或八十年代，台灣社會有幾份新的文學雜誌創刊，別說三十種，只怕不到十種。

分析各刊的創刊詞或發行宗旨，可從它們不同的內容及特性，不同的發行對象，大約歸納出這時期文藝刊物的四種類別：

第一類，兼具陶冶與娛樂性，以愛好文藝及一般人士為對象，例如（依時間順序）：

《寶島文藝》（潘壘主編，一九四九年十月創刊，十二期後停刊）
《半月文藝》（程大城主編，一九五〇年三月創刊，一九五五年停刊）
《野風》（師範等人主編，同年十一月創刊，一九六五年停刊）
《火炬》（孫陵主編，同年十二月創刊，至少發行六期）
《文藝創作》（中華文藝獎金委員會會刊，一九五一年創刊，六十八期之後停刊）
《文壇》（穆中南主編，一九五二年創刊）
《皇冠》（平鑫濤主編，一九五四年二月創刊）
《復興文藝》（一九五六年創刊，一九五九年至二十一期停刊）

除了《文藝創作》官方色彩較濃厚之外，《寶島文藝》、《半月文藝》、《火炬》等各刊，都是本身喜歡寫作的文人以個人力量創辦，編寫校一手包辦，這些靠極有限的資金及無限熱情支撐的刊物，壽命大半都不長。

穆中南的《文壇》情況較爲不同。它一段時間成爲五〇年代發行量最大，也較有影響力的刊物，不只因爲它的開本體型特大，每期容得下字數極多的稿件（因此刊登了許多長篇小說），還因爲穆中南與軍方的關係，經營有方的兼辦了一個賺錢的「關係企業」：文壇函授學校，他不只因此而名利雙收，更培育了無數軍中的、偏遠的、因遷徙流離而失學的青年，使他們有機會靜下心來提筆寫作。

若問這些作家爲什麼要辦刊物？穆中南在創刊號的「編後」上寫道：「能體會到『母親爲什麼

要生孩子，母雞爲什麼要抱窩』的人，就會了解到從事文藝的朋友，死活要想有個像樣的文藝刊物了。」

這句話不只譬喻生動，也最能顯現作爲媒體的文學雜誌，長於「生產讀者」的基本傳播功能。作家寫出的作品，須要有發表的園地；雜誌最大的功能，就是把作家寫好的作品印刷「生產」出來，送到廣大的讀者面前。也即是，把作家的創作，送進大眾閱讀的「市場」。

五〇年代文藝刊物的創辦人好些與穆中南有相同的出身背景，不是早在大陸已有新聞工作經驗，就是像辦《半月文藝》的程大城一般，是隨軍隊來台的流亡學生（程是河南人，開封中學後，考進國立西北大學政治系，來台之後，還曾一邊辦刊物一邊在台北師大附中教書）。也就是說，這些主編大半是有著一定黨政軍關係的熱情知識青年。

這幾個刊物中，又以《野風》最具純粹的小市民文學氣質；是由台糖公司一群愛好文藝又有編輯經驗的青年創辦的，光看它別出心裁的名字，就可略見其桀驁的、新潮的、浪漫的色彩。連發刊詞也與眾不同：竟用一篇題爲〈任務〉的純粹小說來代替，巧妙的把必要的口號都免了。他們一直把創刊宗旨清清楚楚印在每期雜誌上——「創造新文藝，發掘新作家」。也因爲它的通俗性，努力與大眾結合的結果，據主編師範的回憶，《野風》十幾期後，每天會收到三百件以上的稿件。

《野風》當時的風格，接近今天的《皇冠》。現在回頭看，《文壇》的壽命超過三十年，直撐到八十年代，《皇冠》至今更在「熱賣」中；不過五〇年代的《皇冠》還偏向刊登綜合性及翻譯作品，與當時的文壇關係尚不密切。

第三類：兼具文藝性及教育性，以學生群眾為發行對象，例如：

《晨光》（吳愷玄主編，一九五三年創刊）

《幼獅文藝》（中國青年寫作協會機關刊物，一九五四年三月二十九創刊）

《中華文藝》（李辰冬主編，一九五四年創刊）

《晨光》的發刊詞說：「我們無論從任何方面來看，目前要培育青年的朝氣和加強一般人思念大陸共復國仇的熱潮，這是刻不容緩的事」。如果不了解台灣此時特殊時代背景的人，簡直不能明白這兩件事怎麼會並排出現。

《幼獅文藝》創刊的話，開宗明義就說：「辦一本刊物不容易，辦一本文藝刊物尤其困難。……但正因為『吃力不討好』才投合我們的胃口：敢於向困難挑戰，這就是獅子精神。」

因為屬於救國團，又是青年作協的機關雜誌，初期便採取輪編制度，分別由協會的理監事：馮放民、鄧綏甯、劉心皇、楊群奮、宣建人、王集叢輪任主編。細看這張名單，有一半是終身職國大代表，一半是國民黨文宣黨官。事實上《幼獅文藝》「生命史」上，對台灣文壇最有影響力，內容也最扎實的黃金時代，是朱橋、瘂弦擔任主編的時期，但那已經是下一個十年，一九六五年及一九六九年以後的事了。

《中華文藝》的發行對象是「中華文藝函授學校」的師生，所以創刊詞說：「本刊的使命是提高創作水準與探討寫作技巧」，作者群包括謝冰瑩、梁容若、覃子豪等教授作家。

有別於上述兩大類，卻又是五〇年代極具代表性的兩個文藝刊物，其一是標榜戰鬥性，以軍人爲發行對象的《軍中文藝》。

《軍中文藝》最早創刊於一九五〇年六月，當時名字是《軍中文摘》，隸屬國防部總政治部，主編王文漪女士，一九五四年改的名，一九五六年再改名《革命文藝》。從其再三改名的原因，也呈現雜誌發展的幾個階段：初期的「文摘」只是服務的目的，旨在提供軍人精神食糧，第二期便進一步開闢了軍人自己的創作園地，因爲「近兩年來，軍中寫作已蔚爲風氣」（發刊詞）；到了第三階段，則爲了「要使軍中文藝的力量和社會文藝的力量交流互注，以擴大革命事業的陣容」，也就是與「社會見面」，走上擴大對外發行。

軍中文藝風氣一步一步成長，軍中作家，所謂兼拿「筆桿與槍桿」的人數不斷擴大，正是五〇年代台灣文壇的一大特色，爲其他各時期所稀有。這自然與台灣社會在一九四九年前後，一下子從大陸移入八十萬軍人有關，再加上政府爲了「加強心防」，不遺餘力提倡：例如當時任總政治部主任的蔣經國，在一九五一年曾發表〈敬告文藝界人士書〉，號召「文藝到軍中去」。事實上，前述青年作家協會與反共救國團，也皆由蔣氏主持。

其二是較傾向學院氣質，台大英文系教授夏濟安主編，創刊於一九五六年的《文學雜誌》；合作創辦者還有同爲英文系出身的吳魯芹。未將本刊歸入前述兩大類，是因爲雜誌內容的偏重性有別：在創刊號的「致讀者」上，夏濟安言：「文學理論和有關中西文學的論著，可以激發研究的興趣；它們本身雖不是文學創作，但是可以誘導出更好的文學創作。這一類的稿件，我們特別歡迎。」就其創刊精神來說，《文學雜誌》可說是《現代文學》，甚至目前台大《中外文學》一系的前身，有別於其他大眾性文藝刊物。

況且《文學雜誌》的創辦，明顯是與五〇年代瀰漫的「戰鬥文藝」氣息相抗衡的。編者在同文中說：「我們的希望是要繼承數千年來中國文學偉大的傳統，從而發揚光大之。我們雖然身處動亂時代，我們希望我們的文章並不『動亂』。我們所提倡的是樸實、理智、冷靜的作風。」

另外該附帶一提的是尉天驄主編的《筆匯》革新號也已在這年代末的一九五九年創刊，除了創作，也介紹西歐新思潮。但尉等人的舞台應與《現代文學》一樣，皆屬於即將來臨的六十年代了。

三、文藝雜誌與台灣中文讀書市場的形成

一九四九年前後隨蔣介石來台的大陸黨政軍人士，各書提供的數目從一百五十萬到兩百萬之間不等，總之，這個數字再加上在台灣的本地知識分子（一九四五年時剛脫離日本五十年殖民統治，四年之間，學習能力快的，也許也能逐步從日文的閱讀習慣轉換為中文）——這些人正是五〇年代台灣社會讀書人口主要的組成分子。必須分清的是，掌握閱讀能力與充分運用中文創作，是兩回事，它們所需的時間長短完全不同，這也說明了為什麼此時整個台灣文壇的作家生態，大陸來台第一代文人佔絕大多數。

一九四九年國民黨大軍剛撤退來台，一九五〇年六月二十五日，韓戰即爆發，隨後六月二十七日美國第七艦隊協防台灣海峽，從此時到一九六五年，台灣政府得到的美援超過一點五億美金，國民黨政局因此日漸穩定。一九五三年實行「耕者有其田」；一九五四年「中美協防條約」簽

訂，一九五八年台灣度過驚險的八二三金門砲戰，一九五九年中南部八七水災。用這些簡單的社會大事，爲下面將討論的讀書出版市場，先畫出一個大概的輪廓。

在一九四五年戰後的幾年，大陸出版的一些期刊，尤其上海一帶，還皆能利用航空版行銷台灣，並且擁有不錯的銷售量。但一九四九年初上海撤守之際，幣値巨幅波動，所有雜誌幾乎全部斷絕。

根據台灣省雜誌協會的統計，一九四九年全台擁有雜誌，包括從大陸遷台復刊的，總數不過四十餘家，其中還一大半是消遣性雜誌。❸但是《寶島文藝》、《半月文藝》、《野風》等陸續創刊之後的十年，情形更逐漸改觀。一九五六年全部雜誌已增至三百五十五家，一九五九年則增至六百六十六家。至於單家雜誌的銷售量，根據野風主編師範的一篇回憶，他們創辦了半年之後，即差不多出刊了十二期左右（野風初期爲半月刊），已經把每期的發行量突破到超過五千份。這個數字與今天的雜誌比較，仍覺十分可觀，更別說那個物質匱乏的時代。

而造成他們成立這份刊物的原因是，他看到當時台灣社會一份相當暢銷的雜誌：《拾穗》半月刊，刊載的卻全部是翻譯作品，因此他們要辦一個類似上海《西風》的雜誌，是以創作爲主的（也許這與取名「野風」有關）。

官方支持的《文藝創作》，也同是一九五一年，在第八期的封底印有一小塊聲明：「本刊以篇幅太多印刷成本太貴，所以贈送很少，實銷約兩千餘。因此之故，本刊目前已可自足自給。」這裡透露的讀書市場訊息是：雜誌的印數只要超出兩千本，就能回收成本，不致虧累。

一九五〇年以後，各文藝團體也相繼成立：最大也最早的「中國文藝協會」就在一九五〇年五月四日成立，這日在台北中山堂召開大會，由張道藩等國民黨中央宣傳部及相關文化人士籌備發起；從成立時的基本會員一百五十餘人，至一九六〇年的十年之間，增加到一千二百九十人。❹根據該會印行的資料顯示，這一千多人中，女性會員約佔六分之一，大學以上學歷佔一半以上。他們更陸續在全省分別成立南部中部分會，也在台北舉辦過爲期半年的兩期小說研習班，及開設「小說寫作研究講座」、「星期文藝講座」等等文藝活動。研習學員的名單中，不乏後來的成名作家，如王鼎鈞、蔡文甫，及前述的野風主編。

接著是「中國青年寫作協會」在一九五三年八月成立，輔導其成立的是蔣經國任團主任的「中國青年反共救國團」，初創會員即二百五十六人，十二年之後，總會員三千多人，筆友會員則高達兩萬餘人。又會員學歷，大專者佔百分之七十八點七；就性別說，男性佔百分之七十二點四；以職業分，學生佔百分之八十點二。❺

青協比上面的作協更深入各地基層，救國團所屬各大專院校分會與各縣市分會多半還各自出版刊物，如各大學中學校刊；而這麼多分會，可想像「總會」出版的《幼獅文藝》有多大的讀者群。青協尤其在年年暑假配合救國團辦戰鬥文藝營隊。

一九五五年五月五日，台北再成立「台灣省婦女寫作協會」，也有會員三百多人；本會一大特色是出版：計出版集體創作的文集《婦女創作集》九輯，個人創作集十八部。

以上數量可觀的文藝團體成員，都是台灣讀書市場的中堅人口。我們還可舉一個五〇年代的特殊例子——學員龐大的函授學校。創立於一九五四年李辰冬的「中華文藝函授學校」，及成立於一九五七年的「文壇函授學校」都先後接辦過「軍中文藝函授班」。主持人穆中南曾回憶：「我在半年之內建立起一百五十萬字的講義——每星期五發講義，在星期四裝講義，——我在一個小樓上，每天只有兩三小時的睡眠。」❻他以這筆財務的源源收入，來填補文藝雜誌的虧損。函授學校發達盛行於五〇年代，應當與大陸這些年戰亂，大批人因而喪失受正規教育的機會密切相關，有意思的是，負擔起這份彌補工作的，竟然是文藝媒體，這又可見文藝雜誌的傳播力量，及其建立讀書市場的另一個功能。

葉石濤在他的《史綱》中，談到五〇年代文學思潮時，說到：「來台的第一代作家包辦了作家、讀者及評論，在出版界樹立了清一色的需給體制，不容外人插進。」（頁八十六）他認為此時台灣作家的作品既少水準又不高，原因有兩個，一是面對語文轉換的艱辛，不容易運用中文寫作，其二是四〇到五〇年代的政治彈壓，造成了他們的畏縮和退避。❼

關於本省作家寫作與投稿的困難情況，從一九五七年四月間，由鍾肇政在朋友間發起的小型油印刊物《文友通訊》，可略見一斑。這份維持了一年四個月，用手刻鋼板印刷，只在文友間互相郵寄傳遞的刊物，是以作品輪閱及評論，並互通訊息為目的。這群文友包括陳火泉、鍾理和、施翠峰、廖清秀等九人，全部內容曾在一九八三年出版的《文學界》第五期刊出。鍾肇政在發表時有一篇回憶性的前言提到：「當年他（鍾理和）也是『退稿專家』，他那些精緻的短篇小說，竟是每篇每篇都是到處碰壁的！讀者將可在文友通訊上看到，他的〈故鄉〉四部，當年是如何受到文友激賞與推崇……」（也算足跡）。這麼小型的傳播工具（發行對象僅九人），對照《鍾理和書簡》看的話，卻發現它另有連繫和鼓舞的莫大功能。

台灣在一九五六年整個雜誌數量增至三百五十家的時候，發行的各類報紙也有十四家，此時三大文藝團體也都已成立，可以說此時台灣的讀書市場已逐漸成熟，也因之形成了一個可稱之為「文壇」的文學領域。也就是說，台灣從一九四五年以前的整個用日文書寫與傳播的市場，到了五〇年代，由於使用中文的統治階層大力推行，台灣已經轉換成整個用中文書寫與傳播，並形成中文的讀書市場與文壇。不能掌握這種文字書寫的人，只好被消音。

讀書市場的成熟，文壇的形成，按照社會學理論家安德森的說法，正是一個「想像社群」的由來。安德森的「想像社群」理論，這兩年經常被引用，特別在討論到認同（identity）問題的時候。所謂 Imagined Communities（也是他的書名）❽，原是他用來解釋國家觀念如何形成的一個創見；為什麼「國家」是一個想像的社群？因為「即使是最小的民族／國家，其成員大多既不熟悉，也從未謀面，甚至也沒聽說過對方，但在每個人心目中卻存在著彼此團聚交會的景象。」這當然是透過這個社群共同擁有的傳播媒介發揮了功能，才得以完成。此處所謂「想像」，特別強調文學作品透過市場傳播（如文藝雜誌）之後，在讀者之間所造成的時空感，即讀者對作者的經驗有所認同。

安德森認為「印刷資本主義」（print Capitalism），就是靠著印刷媒介的大量生產，透過這些傳播媒體來達成，（給予）散居各地的民眾，一種屬於整體的歸屬感。這種有所歸屬的認同感，即是「想像社群」（或「想像的生命共同體」）的由來。

四、文化領域中反共文學如何生產

把這一理論用在五十年代反共文學的影響，看得特別清楚。由於越來越多居住在台灣的讀者大眾與作者群有共同的想像，認同他們的反共經驗，特別是青年讀者，才有下一個世代的「大中國意識」或所謂「中國結」的產生。最淺顯的，光看上述所有文藝社團或機關單位名稱，無不頂著中國、中華、反共；雖然一切規模，格局及運作，都僅在目前這麼一個小島上。翻看當時的文章，在台灣，人人必須提到自己的國家時，異口同聲，都自稱是「自由中國」。雷震的雜誌名稱眞該去申請專利，這四個字整個呈現五十年代一個理想社群的中心觀念。

一般討論文藝雜誌的文章，不會把《自由中國》收在裡面，例如薛茂松的〈台灣地區文學雜誌的發展〉（《文訊》二十七期），這當然是沒有錯的；就像一般也不會把《文星》雜誌歸入文藝雜誌的範疇。然而，當你討論台灣五十年代文學，尤其是反共文學的時候，卻絕不可遺漏了它。《自由中國》列有文學一欄，雖然就其篇幅多寡來看，每期所佔的百分比不是很高，然而，現在已過三十多年的歲月回頭看，就會發現五十年代好些重要作品，特別是反共文學中口碑較好的代表作，像陳紀瀅的《荻村傳》、彭歌的《落月》都是最早在這兒發表的。跟其他文藝雜誌一樣，負責文藝欄主編的聶華苓，本人也是寫小說好手，《自由中國》幾乎網羅了當時文壇最活躍的作家在這裡發表作品，小說家如朱西甯、林海音（〈城南舊事〉、〈綠藻與鹹蛋〉）、司馬桑敦、孟瑤、郭良蕙、童眞、於梨華；散文家如梁實秋、陳之藩、吳魯芹、思果、艾雯、張秀亞、謝冰瑩；詩人如余光中、周策縱等都有作品。

反共文學是怎麼產生的？若想得到答案，我們不妨找一找承載整個文學領域的，幾家重要雜誌的徵稿審稿標準。

《自由中國》最是清楚，他們同一個「徵稿簡則」，數年如一日，每隔一陣就會在封底或內頁出現，徵稿簡則共十一條，除了後面五則是事務性的說明之外，各則原文如下：

㈠能給人以早日恢復自由中國的希望，和鼓勵人以反共的勇氣的文章，都爲本刊所熱烈歡迎。
㈡介紹鐵幕後各國和中國鐵幕區極權專制的殘暴事實的通訊和特寫。
㈢介紹世界各國反共的言論、書籍與事實的文字。
㈣研究打擊極權主義有效對策的文章。
㈤提出擊敗共黨後，建立政治民主、經濟平等的理想社會輪廓的文章。
㈥其他反極權的論文、談話、小說、木刻、照片等。

明顯的，朱西寧早期一系列刊在該刊，描寫共產黨如何陰狠毒辣的短篇小說，陳紀瀅寫大陸鄉村小人物傻常順兒一生遭遇的《荻村傳》，以及彭歌的中篇女伶故事《落月》，都是因符合該刊「反極權」的徵稿原則而刊出的。

林淇瀁在他的論文提到「媒介霸權理論」，「即媒介運作之決定因素乃是來自意識形態的霸權」。這個理論不知道能不能也用在《自由中國》上，特別是這麼清楚的反共意識形態。但他在論及戰後台灣文學整個傳播困境時，是把《自由中國》放在反對陣營，放在「對於宰制性意識形態國家機器的反撲」的脈絡上。也許林文的視角是該雜誌的「組黨要求」這一面，否則他們的意識形態並非與「國家機器」對立的。

《自由中國》還不過是一家民營雜誌，眞正大量生產反共文學的是當時由張道藩主持的「中華文藝獎金委員會」（直屬中央黨部第四組，以下簡稱文獎會），媒體則爲《文藝創作》月刊。文獎會之成立，比文協更早，一九五〇年四月；頭一年本身還沒有發行刊物，純粹只向外徵稿，發給獎金（得獎作品推薦給各報刊刊登）。即使如此，第一年的成績便非常可觀——送稿來參加者合計三千餘人，文藝稿件共約四百萬字；其中得到獎金者四百餘人，約八十萬字。

《文藝創作》第九期（一九五二年元月）刊有該年度徵稿辦法：「本會徵求之各類文藝創作，以能應用多方面技巧發揚國家民族意識及蓄有反共抗俄之意義者爲原則。」

徵求類別，包括詩、小說、劇本、文藝理論計有八大類，各類獎金，我們比較同一年《自由中國》徵稿簡則所登的稿費標準——每千字付給稿費新台幣十元至二十元（當時《自由中國》每冊定價一元。一九五五年，鍾理和發表四千六百字的〈野茫茫〉，得稿費四十元。），就知道文獎會付的最低獎金也比一般稿費高出十倍以上。

文獎會小說各類獎金如下：

短篇（五千至三萬字）	頭獎三千元	二獎二千元	三獎一千元
中篇（三萬至十萬字）	六千元	五千元	四千元
長篇（十萬字以上）	一萬元	八千元	七千元

文獎會在一九五六年底停辦之時，張道藩在《文藝創作》的停刊說明裡，曾總結該刊五年八個月以來，六十八期雜誌刊載的總成績：總共刊登論文三百三十三篇，短篇小說一百五十八篇，中篇小說二十部，長篇小說八部，四類合計字數近七百萬字；加上還刊登各種劇本、歌詞、詩選等，總字數「約在一千萬字左右之譜」。文獎會給的獎金分兩層，稿件一經審查合格，即給予稿費採用，最佳者再給予獎金。近七年間，舉辦過徵獎十八次，共七十三項。

比較這兩份雜誌的文學生產，雖有相似的意識形態徵稿標準，但因為官營與民營間的資本實力（投下的資金）不同，生產的「產量」也就有很大差異。根據上面的數量統計已經非常清楚。但是，有沒有可能再比較一下兩份雜誌生產的「質」高下如何呢。

王德威在他的論文中，討論到反共文學代表作不同的情節情境安排時，連續列舉了十位小說作家及作品，從陳紀瀅、姜貴、張愛玲、司馬中原、尼洛，到彭歌、王藍、潘人木、朱西寧、端木方。我們假設這些比較上是禁得起時間考驗的優秀作家作品。然後回頭看他們是哪家「原廠」出品。

潘人木和端木方（好巧，都是木）兩人是文獎會的得獎作家，所寫作品也都由該會出版、也都因得了該獎而嶄露頭角，成名。

而論文中舉出的陳紀瀅（《荻村傳》）、彭歌（《落月》）及朱西寧（《大火炬的愛》），這些作家作品卻是在《自由中國》最早刊出。論人數，十名中佔有三名，明顯的，民營的這家還比文獎會的作家高出了百分之十。

五、結語：文化場域不同的遊戲規則

只有把台灣整個文壇及讀書市場，看成一個大的文化生產領域，兩家雜誌如此比較，及比較的結果才能顯示其意義。上述的例證顯示：文化市場本身，或說文化生產這個領域，與其他領域，如經濟領域、政治領域不同，例如說經濟領域自身的種種投資規則，不一定能拿來用在文化領域上，政治領域亦同。就文化生產來看，反共文學作爲一種文化產品，也許它的質與量不成比例。例如在面臨文學史家嚴格要求「具備永久的文學價値」時，在「質」的一面，收穫量也許不大，這也說明了葉石濤、彭瑞金等何以在他們的文學史書中斷定反共文學「終於在文學史上交了白卷」（史綱，頁八十八）；反共文學「文學的收成還是等於零」。❾

五〇年代由於國家機器的強力運作，我們從上述的具體資料，包括文藝雜誌、文藝獎金、文藝協會，也看到了反共文學如何在這樣的社會機制下大量產生，因而主導了一個時代的話語情境。我們同時也找到了它爲什麼在質與量上不成比例的答案——事實上國家機器在文化生產領域的種種運作，本來不是在作「文化投資」而是作政治投資。就像法國有名的文化評論家 P. Bourdieu 說的，不同的場域，如政治領域、經濟領域、文化領域，本身各以不同的「遊戲規則」在各自運作❿。政治投資的目的本來就是要收穫「政治」而不是「文化」——也只有從文化領域與文化投資的概念，我們才能正確評估五十年代反共文學的功與過。

——選自文訊雜誌版《五十年來台灣文學研討會論文集》

註釋

❶收入《四十年來中國文學》，張寶琴等編，一九九四年，台北：聯合文學出版。
❷收入《第一屆台灣本土文化學術論文集》，師大人文教育中心，一九九五年四月出版。
❸《民國四十三年版中華民國雜誌年鑒》
❹《文協十年》，一九六〇年中國文藝協會出版。
❺《中國文藝年鑒》，一九六六年平原出版社。
❻《筆耕的人》，一九八七年九歌出版社。
❼《台灣文學史綱》，文學界雜誌社，一九八七年。
❽Anderson, Benedict, *Imagined Communities.* New York, Verso, 1992.
❾彭瑞金，《台灣新文學運動四十年》，自立晚報出版部，一九九一年出版。
❿Bourdreu, Pierre. *The Field of Cultural Production,* NY: Columbia University Press, 1993.

張誦聖：

「文學體制」與現、當代中國／台灣文學

——一個方法學的初步審思

張誦聖

安徽壽縣人，1951 年生，台大外文系、美國密西根文學碩士、史丹福大學文學博士，現任教於美國德州大學亞洲研究學系及比較文學研究所。曾任美國中文及比較文學學會會長。著有《現代主義與本土對抗：當代台灣中文小說》、《文學場域的變遷：當代台灣小說論》等書。

「東方主義」觀點普及的附帶效應是，人們對學術研究的客觀性、公正性有了一個現成有力的批判據點。就這一點來說，這個概念的影響毋寧是相當革命性的。這個觀念所以有力的原因之一，在於它運用「論述理論」的概念，而訴諸於潛在的集體動機。這種集體潛在動機受到歷史現實中權力關係的制約，經由種種論述和體制力量而散佈，滲入整個知識系統，對個人的意識行爲產生強大而不爲所覺的支配力量。本篇論文想要嘗試探討的，是怎樣透過「體制」的觀念來研究現、當代中國／台灣文學，基本上也是以「可以個別體現的集體潛在動機」這個概念爲基礎。這裡所討論的「文學體制」，不單包括具體的、影響文學作品生產及接受的文化體制（諸如教育體制、媒體、出版業等等），同時也是指社會上經由各種論述的散佈流通而獲得正當性、廣爲接受的整套文學觀念——包括其中最重要的預設，即對「文學」作爲人類精神文明一個重要活動的基本認定。文藝論述不斷地規範定義文學是（或應該）以怎樣的形式存在、公共文化體制中理所當然地——即便是虛應故事——賦予文學顯要的位置，可以說都是基於這種認定。

不過要說明的，是我們不想正面探究這個問題（比方說試圖證明文學爲什麼，或是在什麼定義下是人類精神文明的重要活動，對現代人的生活有什麼貢獻等等），而是想指出：第一，既然文學的重要性、定義、正確發展方向等等是經由各種文藝論述和教育、媒體等文化體制來定規及散播，那麼這些公器本身的性質和環境因素必然對文學觀的形塑及實際文學創作的大方向產生某種形式的影響；第二，我們研究現、當代中國及台灣的文學，應該首先對受歷史環境制約的這些傳播渠道的獨特性質做更確切的描述。比方說，最明顯的例子是，各種高度意識形態取向的文藝論戰對不同時期通行於現代中國人社會之間的「文學」概念具有極大的形塑力（不論是正面或反面），不亞於唐詩背誦，閱讀翻譯小說等文學經驗。又如因爲受政治和市場雙重邏輯制約的「副刊」是台灣戰後文學創作所賴以生存的主要體制，「副刊」本身的先天性格顯然左右了我們的文學創作基調。這些因果關聯都應該成爲正式研究的對象。目前許多學者似乎尙停留在以具體資料肯定、印證這類關聯的起跑點上，而一般文化評論者則有許多雖則宏觀、卻未經系統性檢驗的概述。所欠缺的，是對這些現象做更具系統性、抽象層次較高的分析討論。

「文學」對某些人來說，是個人創作想像力的結晶，但在更抽象的意義上，是社會上多股力量的交叉、集體經營的產物。我們用「文學體制」這個新詞來強調這個面向，主要是希望能看清一些傳統研究裡不常正視的力量結構性的運作❶。而另一個研究重心，則是想探討在非西方國家「被動性現代化」的歷史情況下，「文學」作爲一種現代社會體制，可能具有的特殊性質、特殊功用。

帕嗒・恰特界（Partha Chatterjee）曾說，在大多數非西方現代社會裡，高層文化通常是舶來品❷。影響之一是，此類文學體制經常有一種架空性質（artificiality）。高蹈的文學論述多半以西方文論傳統爲主要參考架構，與實際的創作生產與接受之間存在著顯著的空隙、摩擦，和一種貌合神離的關係；實際的作品生產絕少直接呼應文學論述裡的規範精神，卻無時無刻不對各種文化體制背後的宰制力量——像政治性或道德性的審查制度、菁英文化觀、藝術自主原則、輿論中對「政治正確性」的共識、市場上的經濟邏輯等等——採取立即或迂迴的對應策略。而在同時，作家在實際創作時，爲了選取具有優勢潛力，足以自我標顯的形式和處理想像素材的文學成規時，經常必須在互相競爭的本土與舶來的文學傳統間作取捨，使兩者間形成複雜的競爭、對抗，和協商關係。足以與輸入的高層文化對抗的，則通常是高標政治功效的文學運動，直接反映出本地知識分子對「什麼才能帶給當代社會最大政治效益」的關注，因此而佔上風的文學觀常具有不受檢驗的權威性。

文學體制在二十世紀中國／台灣的廣泛社會效應和高度政治化，其重要性遠超過現代西方社會。一方面文藝論戰頻繁，甚至成爲社會、政情發展的扭轉關鍵；另一方面，如眾所周知，許多文藝論述具有高度規範性和道德訴求，不斷將複雜的文藝現象化約成二元理解模式——「現代／封建」、「進步／反動」、「政治宣傳／純文藝」、「嚴肅／通俗」、「寫實／非寫實」、「本土／非本土」、「商業／藝術」。教條性論述更屢次被國家機器挪用，據以建立干預實際文學創作的組織性體制。以往許多研究將重點放在這些理解模式是否對文學作品或文學史發展現象有足夠的詮釋力——答案其實是很可預期的。如今我們要探討的，卻是這些理解模式周遭的一些相關現象及歷史構成因素。於是不可避免的，要觸及到「西化、現代化」、「國族建構、文化建設」，以及在教育逐漸普及的現代社會裡，決定「文學」門檻的標準如何形成等等重要的基本議題。

在大多數非西方國家裡，受外來影響的「新文學」與傳統文學不斷地競爭著高層文化的地位。由西方輸入的、或因應外來影響所產生的現代概念，對通行的文學論述及當代文學創作往往具有高度壟斷性，而輸入的文學觀逐漸成爲直接或間接形塑高層文化的主要因素。這些文學觀和創作實踐不僅引介不同的世界圖像和價值觀，也同時指涉著不同於傳統的知識體系、思維邏輯，因此它們和所謂「傳統」的知識體系之間的競爭關係是比較文學者最應關注的。因爲不同知識系統在人們心中、當代社會價值層級裡所佔有的地位高下，足以決定與其相關連的文學觀以及創作文類等在文化角力場中的競爭力，更進而左右文學創作素材的選擇，及創作者在文化生產場域裡的位置。這其實是中國、台灣現當代文學運動中一場不斷上演的主戲，而其中西風壓倒東風的傾向是無可諱言的。許多具有傳統積澱較深的文學類型，如歷史言情小說、武俠小說、抒情散文等，一方面佔有讀書市場銷售量的大宗，而另一方面卻被擠至文學體制的邊緣（包括不能吸引年輕的優秀創作者），排除在主流批評論述的理解模式之外。而輸入文類如意識流心理小說，各類前衛詩派等等，雖然常在享受短暫的風光之後，被更「先進」的外來風潮所取代，而使得其所依附的美學形式無法深度扎根，在絕對性意義上不見得有更高的藝術成就，卻總是有更大的機會進入「文學」門檻。

台灣一九四九年以後文學體制受大環境影響有一些明顯印記：如早期現當代中國／台灣文學教學在教育體制裡突兀地缺席；以西方現代主義爲範本的菁英文學觀有效地衝激了新文學以來的國族建構文學論述（或說造成了新的組合）成爲主要文學批評標準；外文學術圈在引進文學思潮、批評理論上扮演了重要角色，長久以來成爲當代文學創作、評論、及學術研究的主要人才供應庫，等等。這些乍看之下可能是特殊的歷史個案，然而背後所蘊涵的知識權力關係，顯然是超越一時一地的更廣泛現象。比方說，八〇年代初中國大陸掀起現代主義風潮時，高行健的《現代小說技巧初探》，和顏元叔、歐陽子等人大力引介的西方小說技巧、批評標準如出一轍。又如一九九七年香港嶺南大學出版的《現代中文文學學報》創刊號裡，劉再復舉出幾類文學典範，其中所含

的範例清一色是西方文學經典。尤其是對「形上思考」的主題要求，充分顯示了受西方影響的菁英文學觀。❸

作爲整體文化的縮影，這個現象其實只是印證一個長久以來存在的事實：即「被動性現代化」對非西方社會當地文化發展產生的結構性負面影響，是既全面而又持久的。儘管近來許多學者提出對「傳統」這個概念的質疑——認爲以往被本質化的所謂「傳統」，其實和「現代性」一樣，都純粹是現代化過程的產物——然而不可否認的是，在一個很基本的層次上，知識體系、文化體制的長期地位不穩定和缺乏累積，是使得非西方現代國家在建立知識系統時困難重重的主要原因。

然而新的歷史情況，尤其是七〇年代中期以降全球化經濟體系的形成，以及相應的文化生態轉變，如流行文化的跨國市場運作、人才回流等，顯然使得原本一面倒的東西之間不平衡的知識權力關係高度複雜化。包括大衛·哈威（David Harvey）、阿均·阿帕杜萊（Arjun Appardurai）等人諸多討論「後現代性」和「跨國文化體系」、「全球文化」的學者，多將七〇年代視爲一分水嶺，認爲過去二十多年來，受到「後福特」經濟作業模式、電子媒體、通訊科技、和全球性移民的影響，世界文化秩序正經歷了一次相當全面而徹底的重新組合，許多新的現象需要新的理解模式才能做有效的分析。對研究非西方現代社會文化的學者來說，這個新趨勢毋寧提供了一個可將學術界普遍存在的頑強「歐洲中心」視角加以扭轉的契機。相應而生的，是方興未艾、包括強調跨國文化現象、「另類現代性」的諸多論述。❹

這個新的學術生態對比較文學研究也有著關鍵性的影響。「比較文學」這個歐戰結束後在西方盛行一時的學科，原本即反映著上一波跨國文化勢力結構的重組。有學者指出，比較文學在戰後美國的興盛，多少滋生於歐洲移民學者對於毀滅性歐戰的挫折感，是一種對世界大同文化憧憬的投射。而後在七、八〇年代，這個學科在許多非西方國家裡的傳播，扮演著引介西方知識系統的角色，儼然成了輸入型文化的一個重要體制。七〇年代的台灣和八〇年代的中國大陸是最佳例證。

在此同一時期，比較文學在美國也發揮了引介歐陸理論的強勢功能，對傳統英文系體制產生了很大的衝激。出乎預料的是，到了九〇年代，美國的比較文學研究領域本身竟然經歷了一場衝激力不小的認同危機。這主要是由美國學術體制內部的因素所造成。除了批評典範的更迭加速，阻礙學術成果的累積，造成學術人才的加速折舊之外，在文化研究的衝擊下「文本」（text）的涵義驟然被拓寬，無疑侵蝕了文學研究的根本。在文學學者眼中原本被歸類爲「文化背景」的歷史脈絡（context），如今也成了「文本」，文學作品從而失去了獨尊的優勢地位，而文學訓練的詮釋降格成了文化人類學的方法學之一。更廣泛一點來說，八〇年代中期以來，「理論熱」之後接踵而來的種種行動主義——後殖民論述西方中心主義的徹底解構、後現代論述對啓蒙理性的撻伐、多元文化主義、女性主義對傳統文學經典的攻訐、文化研究者對性別、階級、種族的強調——使得人文學科從「科學性典範」的客觀分析轉向「政治性典範」的行動主義，這也是近年來美國大學裡學術政治增溫、世代裂隙加劇的一個基本肇因。

在跨國文化新秩序的衝激下，又有文化研究行動主義的推波助瀾，早此時加盟「比較文學共和國」的非西方國家，成了吹皺一池春水的一個重要的背景因素。一個似乎可預見的景象是，非西方國家的文學研究，在對西方比較文學方法學的依賴情況上會有重要的變化。這倒並非一定表現在獨立知識系統的建立上，而更可能是如同周英雄教授曾經提出的，一種對輸入理論的重新加工❺。同時更值得期待的，是對具有歷史特殊性的當地文化現象系統性探討的出現——這也是本文試圖勾勒一種「文學體制」研究最想達到的一個目的。

二

在以文學體制的觀念架構論及台灣之前，先讓我們檢視一下中國文學研究最新的一些發展。晚近所通行的「國族建構」說，給前文所論及的現代中國「文學論述」的泛政治化現象，提供了一個有力的解釋方向，一時間將許多學者的注意力轉向「文學論述」在中國從傳統帝國過渡到現代國家、進入「被動性現代化」這個過程裡所扮演的角色❻。例如柏克萊加大的劉禾認為二十世紀初興起的現代文學論述，不論是保守或激進派的版本，均賦予文學一個迫切的時代重任，亦即將知識分子所認可的「現代」屬性予以合法化、正當化❼。印第安那大學的張英進則撰文討論「文學史」在現代中國不同階段裡如何被體制化，以及一雛形的「自由主義公共領域」怎樣在民國時期藉由文學批評而開啓並局部擴展的情況。❽

大半世紀以來，五四文學所扮演的中國共產主義革命經典的角色，以及中華人民共和國建國以後到八〇年代改革開放之前國家體制全盤收納文化領域的極端現象，的確凸顯了文學的體制性在特殊歷史情況下可以發揮的極大威力，誠然是一個亟需探討的領域。然而另一方面，這種以國家概念為核心的文學體制，雖則強勢，卻不可能全面覆蓋歷史；被它們排除在外，不受其統御，或隱藏在表象之下的力量又是以什麼樣的形態存在著呢？

復旦大學的陳思和近兩年提出「共名」和「無名」的模式，試圖對現、當代中國文學的發展軌跡作一個歸納，其中便以二分的模式來理解這個現象[9]。在陳文所謂的「共名」時期——即五四、和中華人民共和國建國到文革之間——明顯地有一主導敘述：或者是知識分子「啓蒙」、「救亡」的時代使命，或者是國家機器政治力量操縱下的「革命建國」大業。此時屬於「廟堂」的菁英階層，呼應時代巨變而發展出強勢的主流意識形態，其威力所向披靡，廣泛而深入地支配了文化發展。而在若干政治凝聚力鬆弱的時期，文學場域則被「廣場」式各色各樣的動量和活力所充斥，呈現多元化的發展。陳文將它們稱之爲「無名」時期。

由於陳文的概括性太強，有不少可以進一步追問的地方。比如說，將五四時期與四九年之後高度依賴黨機器和單一意識形態的極權體制並列，固然可以凸顯出中國知識分子一貫趨附「廟堂」中心的性格，卻也可能模糊了他們作爲行動者的本質和局限。而更需要進一步釐清的，是他賦予「無名」時期的所謂「廣場」性。相對於菁英階層的「廟堂」，「廣場」的民間性被賦予多元、活力、自主性、貼近眞實生活等諸多正面價值，未嘗不是沿襲了左翼主流的民粹主義，而將「民間」概念化、理想化爲一個以「道德人」爲成員的群體。在這個傳統理解模式裡，現代社會體制及文化機制並沒有什麼具體的形貌，而分析者對這些體制力量對文藝生產及接受所產生的決定性影響因此也無法作更確切的描述。

對現代文化體制的研究誠然是晚近學術發展的一個重點，受班納迪克．安德森著名的《想像的社群》一書影響至鉅。然而即使在此書造成轟動之前，從七○年代起，美國中國文學界已開始出現由這個角度出發的著作。如李歐梵對印刷媒體、林培瑞對世紀初通俗文學、艾德華．耿對戰時淪陷區文學所作的研究，都直接或間接地觸及報紙副刊、出版業等現代社會文化體制在中國現代化進程中急速的發展，以及它們跟文學的生產與接受之間密不可分的關係。除了這些先驅之作外，近來不少專注於上海的文化研究，也必然牽涉到文學領域。受到若干新近流行的典範的啓發，這些正在進行的研究更著重於次殖民狀態下庶民日常生活中物質文化、印刷媒體、國內移民、區域認同之類的現代化面向。由以上這些研究的偏重某個時段、某個區域來看，充分顯露出二十世紀的中國「不均衡現代化」的特色。在某種層面上，這個研究方向和中國專家魯先・派（Lucien Pye）廣受注意的主要論點——即由西方殖民主義孕育出的商埠型都會文化是中國現代化的先驅⓾——有明顯的交集，儘管從後殖民學者的觀點來看，後者的論述充滿了「西方優越論」的道德曖昧性。

另一方面，這個現象也十分吻合近年來漸爲研究者所普遍覺察的一個事實，即二十世紀非西方社會裡現代性的發展是不均衡、片面、斷裂、時空分歧而無常態連續性的。綜觀二十世紀的中國，除了中央集權的年代，文化的分歧總是形成巨大的流勢，在人們的生活層面產生實質上的影響。這在以「中國」爲終極時空坐標的文化研究裡是極易被忽略的。我們希望強調的一點是，如果從「不均衡現代性」的觀點和「文學體制」的角度出發，來檢視各區域之間文化發展的特殊關連，對尤其是政權分裂時期的現代中國文學，很可能提供一些有價值的新觀點。這裡先舉幾個相關的個例。

劉紹銘教授編輯的《中國現代中短篇小說選：一九一九—一九四九》在過去二十年裡是英語世界大學裡教授現代中國文學的標準教科書⓫。其中選自一九四二到一九四四年間有如下幾篇代表性著作：張愛玲的〈金鎖記〉，趙樹理的〈福貴〉，蕭軍的〈羊〉，和路翎的〈棺材〉。若以形式主義的文本分析來檢視，這幾篇作品所呈現的美學取向、藝術形式和文字運用，有立即可見、極端化的分野。以政治學或意識形態的角度來看，則有左、右翼的大分水嶺和錯綜複雜的派系因素：〈金鎖記〉中充分顯露出的對頽廢上層階級的愛憎情結，使得它的作者到了八〇年代才能在中國大陸重新被閱讀。而其他三篇作品雖然都以普羅階級人物的受壓迫爲主要關注，卻因爲作者出身背景及政治命運而有不同際遇，大可成爲在報章文藝欄、副刊盛行的文人傳統式評論裡見證大時代滄桑的素材。

若從「文學體制」和「知識系統」的面向來看，以上幾篇作品所反映的結構性的分歧涵義更加深遠。在張愛玲寫作的四〇年代中國上海，媒體和市場文化已經發展得相當成熟，而作者有意識地和她的中產階級讀者之間的互動，使得她的作品成爲研究各種現代化文化體制的最佳範本。而趙樹理的作品研究，固然亟需脫離中共官方意識形態公式，也應避免落入「民間口頭文學」的理想化「純」文學批評觀點。從功能方面來看，我們看到的遠不止於一個樣板民間創作，而同時也是一個群眾路線的新文學體制的建立，以及藉著它來鞏固的「絕對道德原則」，和相應的整套價值高下層級。保羅．克拉克（Paul Clark）在《中國電影：一九四九年後的文化與政治》一書中詳細追溯四九年以後，延安和上海電影體制的鬥爭怎樣牽連著其後幾十年間的整個權力結構的變遷⓬。從某種角度看，這些鬥爭所呈現的，和趙樹理與張愛玲在中共建國之初所受的不同待遇一樣，都是「不均衡現代化」和派系政治、意識形態結合的後果。路翎被牽入的著名胡風案，基本上是中共中央爲了建立新文學體制所精心營造的反面教材，歷史學者對其政治迫害過程的非理性已多有描述。然而純粹政治性的解釋通常低估，或全然忽視文學層面的因素。對文學研究者來說，胡風所倡議、路翎作品中所實踐的寫實主義美學對官方意識形態所造成的威脅，是研究文學體制如何深深嵌入權力網絡的最好題材。總而言之，對上述作品背後文學體制的分析可以幫助我們了解絕對道德原則、市場獲利邏輯、現代主義道德相對性，和各類知識系統之間的競逐關係，如何左右著當代中國文學創作的生產與接受。

三

「文學體制」的政治性膨脹，誠然是非西方國家「被動性現代化」歷史現象的一個副產品。而台灣與中國大陸在過去一百多年之間雖然絕大部分時間被不同的政權所統治（二次大戰後的幾年間，台灣在文學體制上從日本殖民體系被結構性地轉換成中國大陸的現代傳統，卻在一九四九年再度與大陸分道揚鑣），逐步發展出獨特的局面，但從更廣一點的角度來看，不僅兩者所處的大環境有多層交會重疊，而且受相似的文化發展邏輯所制約，因此造成許多平行現象。比方說，兩者同樣在二十世紀初前葉受到世界性各種「建構現代國家」方案的啓示，知識分子也同樣承襲了中國傳統士大夫社會角色的自我定位，而不斷地捲入左右翼意識形態的激烈爭鬥中。二、三〇年代的新舊文學、普羅文學論戰，台灣六〇年代及大陸八〇年代的現代主義風潮，都有很大的同質性。

除此之外，對關心台灣文學「定位」的文學研究者來說，一個亟須認知的事實是，文學體制及文學場域結構的改變，與政治上的改朝換代、關鍵性政策的實施之間，關係遠非是一成不變的。

在台灣割讓給日本之後的一二十年間，文化體制仍然大體承襲前朝；傳統文人、文類是文學場域裡的主流；漢文和傳統學術仍是重要的文化資本。這種情況一直要到二○年代公學校普及、「書房」數量銳減、新文學興起才有顯著改變。而一九三七年漢文書報被禁，第二代殖民知識分子登上文化舞台，是文學體制改變的另一轉折點。諸多現象顯示，一個直接受日本影響的文化傳統和體制已經在台灣這個殖民地穩固扎根：四○年代日本殖民地台灣的優秀作家——如楊逵、呂赫若、張文環、龍瑛宗等——大多透過日本文壇體制及日文閱讀來接受西方藝術觀念的啓蒙，而獲得日本文學獎成爲台灣作家追求的目標，更顯示出日本「中央文壇」與「台灣文壇」之間存在著的主從關係⓭。相對來說，戰後台灣的文學場域改變卻是在極短的時間內發生。自一九二○年中葉以來持續發展的台灣新文學傳統，在一九四五到一九四九年間過渡成中國體系後，幾乎不復存在。文學場域爲一套新的邏輯所統御，作家在日本殖民時期所累積的文化資本（包括最基本的語言能力）一夕間遭到貶值。尤其是四九年後，這套邏輯和國府反共、戒嚴時期「中國中心」的威權體制緊密結合，使得解嚴後的研究者很難不從政治或人權的角度來觀看這一段文學史。但是過於側重政治層面往往阻礙了對複雜文化機制的深入探討，這是文學研究者亟須引以自警的。下面即是從這一點出發的一些零散觀察。

首先，就文學傳統的傳承來說，當代台灣文學固然絕非官方所說的中國現代文學「正統」的延續，但是國府的文藝政策卻的確使「選擇性的中國新文學傳統」成爲戰後台灣文學的重要構成成分。過去許多學者便是在這樣的前提下來檢討當代台灣的中國文學與大陸時期之間的「斷層」。從今天的角度來看，很明顯的，這個論點受到「中國中心」政治定位的影響，大抵無視於四九年後被壓制而極端邊緣化的「台灣新文學傳統」。同樣重要的，是大多數學者過於重視意識形態的分歧，及五四文學傳統與國共鬥爭之間的糾葛，而鮮少顧及上文所提四〇年代中國「不均衡現代化」下的文化現實（比如一九四九年以前上海中產媒體文化對後來台灣的影響便很少有學者著墨）。若干「斷層說」學者所採取的，基本上是較爲狹窄的「文學傳統」定義：儘管表面大部分五四及三〇年代文學被禁，但實際上左右文學生產和接受的「文化符碼」透過文字本身、作者的記憶、和體制的延續，存在著許多移植、轉換的可能性。事實上，中國五四以來新文學習用的文學成規大量跨越了四九年國府遷台的歷史斷層；即便是標誌著左翼傳統的文學成規，也不乏被右翼作品所轉化、挪用的案例。

其次，在東西文化秩序重整，東亞文學之間的比較研究漸趨重要之際，我們對當代台灣文學的發展特色也應在不同的參考架構，歷史脈絡中重新做描述。如眾所知，台灣一九四九年以後的威權體制對文化掌控的措施遠不如中共建國後的文藝鬥爭激烈，而是一種「非常時期」充滿了妥協、權宜的特殊組合，其中政治權力的高度貫徹與社會體制的模糊有彈性互爲表裡，甚至進一步構成了當代台灣文化的一個特色。耐人尋味的是，台灣社會怎樣從五〇年代政府的「高壓懷柔」過渡到一個以中產意識爲主的「主導文化」（hegemony）⓮？在國府的統御機制運作下，以軍公教階層爲主體所凝聚的價值體系成爲一個具有代表性的「世代文化」；這其中「文學體制」受到什麼樣的制約？扮演什麼樣的角色？與具有同類世代形貌（epochal characteristics）的其他東亞社會中的文學發展（如戰後的南韓，甚至當前中國大陸若干都會區域）有什麼可相互闡明之處？

以對當代台灣文學體制影響極大的，戒嚴時期的報紙副刊爲例，文學副刊受到國家統御機制和媒體商業邏輯的雙重制約，所凸顯的「新傳統主義」和「抒情傳統」，在迴避政治壓力的同時，也凝結了一系列正面的價值。在某種意義上說，持文化菁英觀的現代主義，具左翼色彩的鄉土文學，和傾向於台灣民族主義的本土化潮流皆對這個主導文化提出批判，造成或多或少的衝擊（也免不了在不同的程度上爲其收編）。然而，從九〇年代末期的角度來看，解嚴後台灣社會急劇自由化所造成的整體文化生態改變，媒體在八〇年代從依附威權體制而轉向爲商業邏輯所操縱、大幅度朝向自主的方向發展，以及全球經濟體系新秩序下流行文化市場的國際化等諸多現象，毋寧使當代台灣的文學體制產生了更徹底的變化。九〇年代以來新興的各式大眾小眾文化類型（電影、電視、廣告、漫畫、通俗音樂、雜誌文化、網路文學）大大地分散了文學人口；甚至原本是高層文化領域裡的知識論述，也頻頻以流行風潮的姿態成爲熱門的文化消費對象。

《想像的社群》作者班納迪克．安德森曾經用過一個比喻說明各種體制在政治朝代變革時的情況：大廈雖然易主，電路等設備卻通常總是被承襲下來的。體制的改變往往肇因於許多重大的結構性因素。李昂的「香爐風波」給文學從業者醍醐灌頂的一擊是：文學生態的轉變早已走上了不歸路。這個事件使得統御文學創作生產及接受的遊戲規則，由於眾多參與者——作者、讀者、編輯、評論者、出版商、後續產品業者——被媒體聚光燈的照射，充分暴露在我們的眼前。更重要的，在所有對本書社會效應的討論中，似乎「現代公民道德」和「商業利益」才是關係著每個人價值判斷的爭議焦點，而「藝術性」彷彿已降格成爲以名利爲最終目標的共謀結構裡一個次要的因素。

學者研究現當代非西方社會的文化發展，常不可避免地以西方資本主義、自由經濟社會的歷史經驗作爲參考；然而最大的挑戰，卻是在於對當地本身呈現的一些現象做有意義的歸納。舉個就近的例子來說，杜克大學王瑾今年（一九九八年）二月間在德大發表的一篇研討會論文中，將中國大陸當前方興未艾的「消費文化」與戰後西方社會甫脫離戰時「匱乏經濟」時的情況做類比；但也同時暗示，大陸在九〇年代對市場國際化的對策（建立自己的商品「名牌」）和前一時期知識分子積極輸入西方理論（現代主義、後現代主義、後殖民論述）的現象是具有高度連續性的⓯。台灣和中國大陸，以及其他一些當代東亞社會一樣，在歷經了對西方「高層文化」產品的熱中模倣後，受到旋踵而至的跨國資本主義猛烈衝擊，藝術被商品化邏輯大量侵蝕——如果我們也以西方歷史進程作爲參考指標，這中間遺漏了些什麼？我想一個可能的答案是，體制性專業分工的充分發展。

許多學者所觀察到的台灣社會裡體制的「流動性」，固然可視爲現代化過程中理性化社會結構發展的階段性特徵，然而卻也鑄成了相當獨特的文化表徵。在一九九七年十一月哈佛的一次研討會中，柏克萊加大高棣民發言中說，台灣在列寧式政權解體後，由中央輻射出去的政治權力不再能滲透所有的場域，因此我們現在所目擊的是各種場域的重新構造整合⓰。言外之意，這種重整過程所散發的能量是非常可觀的文化景象。文化體制的缺乏基礎、先天不足，所造成的體制流動性和相對不穩定，可以有許多負面的影響；但是在特殊歷史環境下，也足以產生高度專業化的西方社會所缺乏的文化動力。這些結構性因素也許是我們研究台灣現當代文學應該多加以正視的。

——原收入《書寫台灣：文學史、後殖民與後現代》，選自聯合文學版《文學場域的變遷》

註釋

❶本文所採取的「文學體制」基本定義，可參考德國學者彼得・何恆達在《建立一個民族文學：德國個案一八三〇—一八七〇》（Peter Uwe Hohendahl, *Building a National Literature: The Case of Germany 1830-1870.* Ithaca & London: Cornell University Press, 1989）一書的緒論。其中對「文學體制」在語言行為學、讀者接受美學，及某些馬克斯文化研究理論中種種不同解釋有系統性的介紹。

❷ Chatterjee, Partha, *Nationalist Thought and the Colonial World: A Discourse.* Minneapolis: University of Minnesota Press.（1986）1993, p. 6.

❸劉再復，〈中國現代文學的整體維度及其局限〉。《現代中文文學學報》一卷一期（一九九七年七月出版），一三一一二六頁。

❹如一九九七年出版的《無疆域的帝國——華人現代跨國主義的文化政治》（*Ungrounded Empires: The Cultural Politics of Modern Chinese Transnationalism.* Eds., Aihwa Ong & Donald Nonini. London & New York:Routledge, 1997.）。

❺引自周英雄教授於一九九四年十二月在高雄中山大學「現代文學理論再探」國際研討會中之座談發言。

❻學者對有別於西方的「另類現代性」有不同的討論，如唐妮・巴婁的《東亞殖民現代性的型構》（*Formations of Colonial Modernity in East Asia.* Ed. Tani Barlow. Durham: Duke University Press,1997）；廖炳惠的〈台灣的另類現代性和後身分政治〉（"Alternation Modernity and Post-identity Politics in Taiwan." Paper presented at Workshop/Conferenceon Cultural China and Taiwanese Consciousness, Harvard University, Nov.,1997）。

❼ Lydia Liu, *Translingual Practice: Literature, National Culture and Translated Modernity--China, 1900-1937.* Stanford: Stanford University Press,1995. Part III.

❽ Yingjin Zhang, "The Institutionalization of Modern Literary History in China, 1992-1980." *Modern China*, Vol.

20, No. 3, July 1994, pp. 347-377.

❾ 陳思和，〈「無名」狀態下的九十年代小說——關於晚生代小說的隨想〉，《明報月刊》一九九七年八月號，頁二八～三九。

❿ Lucian W. Pye, "How China's Nationalism was Shanghaied." *Chinese Nationalism* （Ed. Jonathan Unger, Armonk, New York: M. E. Sharpe, 1996）, pp.86-112.

⓫ Lau, Joseph S. M., C. T. Hsia, and Leo Ou-fan Lee eds. *Modern Chinese Stories and Novellas: 1919-1949*. New York: Columbia University Press,1981.

⓬ Paul Clark, *Chinese Cinema: Culture and Politics since 1949*.Cambridge （Cambridgeshire）: New York: Cambridge University Press, 1987.

⓭ 日本學者藤井省三曾以哈伯馬思公共領域的觀念討論大東亞戰爭時台灣讀書市場的形成，便也可視為從文學體制的觀點出發。見〈大東亞戰爭時期台灣圖書市場的成熟與文壇的成立——從皇民化運動到台灣國家主義之道路〉（論文發表於一九九四年十一月新竹清華大學舉辦「賴和及其同時代的作家——日據時期台灣文學國際會議」）。

⓮ Ernesto Laclau & Chantal Mouffe, *Hegemony and Socialist Stratey: Towardsa Radical Democratic Politics*. London & New York: Verso, 1985. Ch. 3."Hegemony"發生於不同的階級之間，且不見得是進步性的。

⓯ Jing Wang, "Public Culture and Popular Culture: Urban China at the Turn of the New Century." Paper presented at the Conference on Popular Culture in the Age of Mass Media in Korea and Neighboring Countries, TheUniversity of Texas at Austin, Feb., 1998.

⓰ Thomas Gold, oral presentation at the Workshop/Conference on Cultural China and Taiwanese Consciousness, Harvard University, Nov., 1997.

張恆豪：

覺悟者

——比較〈一桿「稱仔」〉與〈克拉格比〉

張恆豪

台灣台北人，1951年生，成功大學中文系、東吳大學中文研究所碩士。七〇年代投入台灣文學整理與研究，著有《覺醒的島國——戰前台灣文學評論集》。曾任教職及出版社總編輯。曾獲巫永福文學評論獎。

一

一次戰後的一九二〇年代，在國際上正是各種文藝思潮、文學流派相互對立、喧囂、激盪以及變革的世紀。自然主義文學在退潮，無產階級的左翼文學躍上了舞台，而各種新的流派則層出不窮，方興未艾。一次大戰期間標新立異的達達主義正嶄露頭角。愛爾蘭作家喬伊斯（James Joyce, 1882-1941），在一九二二年出版巨著《尤利西斯》（*Ulysses*），開創了現代文學中意識流小說的先河。受到柏格森和佛洛依德的影響，一九二四年法國詩人普魯東（André Breton）發表了《超現實主義宣言》，主張文學藝術應大膽向人類潛意識航行，未久其主張迅速地從巴黎散播到世界各地，一時之間大放異采，影響二十世紀甚鉅。

在亞洲的日本，一九二四年六月則有《文藝戰線》創立，向俄國革命致敬，懷抱著社會主義思想的左翼文學，在日本昂揚。同年十月，又有《文藝時代》創刊，宣告日本新感覺派文學的誕生，這是歐洲戰後現代思潮中藝術派文學的餘緒。左翼文學與新感覺派平分了大正時代的文學秋色。

以中國來說，擁護科學與民主的《新青年》雜誌，一九一七年首次出現「文學革命論」，揭開了新文學革命運動的序幕。隔年魯迅在該雜誌發表小說〈狂人日記〉，胡適則提出〈建設的文學革命論〉，一九一九年後，五四運動的浪潮席捲了新中國。當時的台灣，則處於抗日政治社會運動的黎明期，文化上新舊文學的論戰已有山雨欲來的前兆。

賴和（一八九五—一九四三）被後人尊稱爲台灣新文學運動的開創者與奠基者。青年時代的賴和，就在這般的文化潮流，開展他一生無怨無悔的文學志業。賴和以舊漢詩入手，再嘗試新文學創作，發表了隨筆〈無題〉、新詩〈覺悟下的犧牲〉與小說〈鬥鬧熱〉之後，一九二六年他以「懶雲」筆名，在《台灣民報》發表第二個短篇〈一桿「稱仔」〉（一九二六），這是師法歐美盛行的「批判寫實主義文學」，揭露殖民統治下庶民大眾無以爲生的悲苦情狀，並且帶有批判日本帝國主義殖民體制的寫實小說。

賴和所以親炙現實主義而捨棄現代主義，或許是作家的性格使然，或許是殖民地的特殊情境使然，也可能是歷史的因緣使然，使他較無機會接觸到西歐前衛派的現代主義文學作品。

賴和在〈一桿「稱子」〉後記，特別提到法國小說家納托爾・法朗士（Anatole France, 1844-1924）的小說〈克拉格比〉（L'ffaiv Crainguebille），給予他創作上的靈感和啓發。

天道就是如此奇妙，一個震驚了全歐洲的「德雷福斯事件」（Dreyfus case），也震醒了法朗士的心靈。法朗士受猶太籍上尉德雷福斯被誣事件之衝擊，從溫情派的傳統人道主義，一變爲同情無產階級的社會主義。他以悲憫又批判的筆觸，寫下了〈克拉格比〉這篇小說，豈料此小小短篇，竟深深感動了殖民地台灣的賴和，而賴和在凝視歷史之際，於感懷蒼生之餘，以血書寫的覺悟與反抗的種子，竟牢牢深植在台灣文學土地上，開創了台灣文學反帝、反殖民、反封建的「批判寫實主義」文學傳統。

二

我們知道，在青年賴和的文學教養中，有一部分是得自中國傳統文學和二〇年代的新文學作品，另一重要影響因素則是來自於法國、俄國的近現代小說。賴和似乎未曾透露過他的閱讀典籍，但在自傳性的小說〈彫古董〉，便有這樣的披露：

> 他無事時聊當消遣的《玉梨魂》、《雪鴻淚史》、《定夷筆記》，已由案頭消失，重新排上的卻是《灰色馬》、《工人綏惠洛夫》、《噫！無情》、《處女地》等類的小說。❶

這是賴和由舊文學傳統轉變爲新文學啟蒙的表白。《噫！無情》即是法國作家雨果（Victor Hugo, 1802-1885）《悲慘世界》（一八六二）的另一譯名，此作是這位法國浪漫主義運動領導者享有盛名的鉅著，它深刻揭露法國大革命之前夕社會的黑暗、下層的悲慘，體現其人道思想與社會理想的心血結晶。《處女地》（一八七七）是帝俄作家屠格涅夫（Ivan S. Turgenev, 1818-1883）六部有名長篇小說的最後一部，他反映了一八七〇年代帝俄社會中民粹派「到民間去」的革命運動，和它悲劇性的挫敗，充滿了屠氏一貫獨特的藝術風格。至於《灰色馬》，則是蘇聯作家洛卜洵的傑作，灰色馬即基督教中死神的馬，作者運用此一象徵典故，揭露了一個無政府主義的志士，面對十月革命前後內心的悲痛與幻滅感。《工人綏惠洛夫》也是蘇聯另一作家阿志巴綏夫（Michael Artsybashev,1878-1927）的作品，魯迅小說〈頭髮的故事〉曾提及他，這是以《沙寧》（一九〇七）一作成名而帶有個人虛無主義色彩的另一部小說。

在瞭望世界文學的視野，可見這些帶有控訴資本主義罪惡，反對政府體制與形式，爲被壓迫被污辱的無產者伸張正義，彰顯社會公義和人道光輝的批判現實主義作品，且不免又具有悲厭虛無的色彩，塑造了青年賴和立志做爲一名殖民地文學良心的人格特質。

〈鬥鬧熱〉（一九二六），雖是賴和小說的處女作，但其藝術形式較爲成熟的第一篇小說，當推〈一桿「稱仔」〉。他在後記毫不諱言指出：

> 這一幕悲劇，看過好久，每欲描寫出來，但一經回憶，總被悲哀填滿了腦袋，不能著筆。近日看到法朗士的克拉格比，才覺得這樣事，不一定在未開的國裡，凡強權行使的地上，總會發生，遂不顧文字的陋劣，就寫出給文家批判。❷

〈克拉格比〉是法國作家安納托爾・法朗士，在一九〇一年冬季所發表的一個重要短篇。原先是小說，後來改編成舞台劇，「不但譯成世界各國文字，而且成了法國和國外最迫切需要的書之一」❸，堪稱是法朗士在中期思想轉變後的短篇代表作。法朗士原先就是知名作家，在一九二一年獲得諾貝爾文學獎，聲譽更是攀上頂峰。後來，賴和透過《文藝春秋》的日文譯本讀到這篇小說，在感動之際，加上當時島內巡警欺壓民眾的事件屢有發生，經過一段時期的醞釀，他在一九二六年執筆寫下〈一桿「稱仔」〉。該篇小說的立意及精神，受到〈克拉格比〉之啓示至爲明確，這自是比較文學中影響研究的最佳例證。

本文之目的，一方面即在透過歷史記憶的回顧，追溯法朗士寫作〈克拉格比〉時法國社會的歷史形勢和動因，另一方面，〈一桿「稱仔」〉的構思受其感發後，賴和將〈克拉格比〉那種反對資本主義秩序，維護社會主義的思想，轉化成具有強烈抗議色彩的批判性殖民地文學，又特別突顯了那些特質？此一主題對於以後的賴和小說系列及台灣小說發展有何影響？這環環相扣的議題自是本文想要追索論述的重點。

三

在法國近現代文學史上，法朗士的青壯時代，便對希臘羅馬的古典文學傳統具有淵博的基礎，被認爲是洋溢著溫情的人道主義而以幽默優雅的風格見長。早期的代表作《波納爾之罪》（一八八一）、《泰綺思》（一八九〇）、《紅百合》（一八九四），皆可窺探到他對理想美的追求以及對社會體制的懷疑。然而，從一八九四年冬季的「德雷福斯事件」爆發以後，舉國譁然，卻也成了法朗士一生重要的轉捩點。

當時，猶太裔軍官德雷福斯，被軍事與司法單位指控他曾在一八九四年十二月向德國武官出賣軍事機密，而以叛國罪判終身監禁。起初群眾都相信他有罪，因爲德雷福斯是猶太人，尤其排猶集團的《自由言論報》更大肆渲染。但在另一法國軍官埃斯特哈齊的罪狀被公開後，情勢便有了逆轉，相信德雷福斯是被誣告的人逐漸增加。一八九八年一月，軍事法庭卻宣佈埃斯特哈齊無罪後，此舉乃引發了小說家左拉（Emile Zola, 1840-1902）強烈的義憤。

左拉在仔細研究相關文件，進行廣泛調查之後，不惜以個人之力，接連在《費加洛報》、《黎明報》撰文，尤其在克里蒙梭的《黎明報》發表一封〈我控訴〉的信，認爲反猶太主義故意扭曲事實而治人以罪，譴責右派的司法與軍方的強權，號召全國青年站出來爲維護眞相而戰。但法國陸軍當局依然故我，反控左拉犯了誣告之罪，使左拉不得不逃亡英國。這事件受到群眾普遍的關注，法朗士也感到震驚，思想上也產生重大轉折，挺身而起爲弱勢者仗義執言。

十九世紀末葉，法國第三共和由於過度繁榮，也帶來了內部的騷亂，政治、經濟的醜聞不斷發生，使得民眾對於中產階級的共和政府以及機會主義者，產生了懷疑。無政府主義者攻訐資產階級，而教會卻與獨裁主義聯盟，一同對抗要求變革的進步勢力。特別在「德雷福斯事件」引爆後，法國的思想界也劇烈發生變化，一些保守分子緬懷大革命前的國家秩序與寧靜，希望繼續擁有傳統的生活方式，而激進分子則主張大革命時代所獲得的自由，應還給人民，擴展到社會庶民的生活層面。法朗士顯然屬於後者，他走出象牙塔的書房，毅然支持早先與他論戰成仇的左拉（一八八七年他曾猛烈抨擊左拉的《土地》），與左拉並肩作戰，在新舊交替的世紀，在波濤洶湧的法國，一次又一次的，勇敢地爲德雷福斯的無辜而戰鬥。在此一情勢下，他也漸漸傾向社會主義，走近廣大的無產群眾，支持國內外勞動人民的正義戰爭。

震驚全歐的「德雷福斯事件」從爆發以來，逐漸演變成革新與保守勢力對立的陣營，並與反猶太主義、反教權主義、反共和主義的活動相連繫在一起，形成了法國第三共和的政治危機。後來隨著眞相的一一呈現，高等法院終於在一九〇六年七月，在強烈輿論下不得不還與德雷福斯清白，其間左拉在一九〇二年於熟睡中爲煤氣毒死。「德雷福斯事件」更助燃了九〇年代以來社會主義力量的洶湧壯闊。在這種歷史背景下，法朗士的社會主義思想也更爲強烈化與深刻化。一九〇一年，他出版《現代史話》（一九〇一）四卷，以進步的眼光，具體描繪了此一事件對於法國社會及民眾心靈的衝擊，爲歷史留下動人的見證。同年的歲末，他又發表〈克拉格比〉這一短篇，以小喻大，法朗士開始將筆觸轉向世紀末市鎮中的勞動階層，探索弱勢族群的希望與絕望。

除了法朗士外，「德雷福斯事件」也震醒了法國的文學良心，深深影響了當時年輕的安德烈·紀德（Andre Gide, 1869-1951）、普魯斯特（Marcel Proust, 1871-1922）、羅曼羅蘭（Romain Rolland,

1866-1944），一九三七年獲得諾貝爾文學獎的馬丁・杜・加爾（Martin du Gard, 1881-1958），更在其代表作〈尙・巴華的一生〉（Jean Barois, 1913）以此事件爲題材，深刻有力揭露了「德雷福斯事件」前後法國青年的精神面貌，引起了《新法蘭西評論雜誌》（N.R.F）紀德等人的注目。

四

法朗士的〈克拉格比〉，是將自己親身目睹耳聞的事件做爲題材，以寫實主義精確的手法，第三人稱全知觀點，典型化敘述了法蘭西第三共和統治下一個城市菜販克拉格比，在賣菜過程中，被控告污辱執法的警察，由於司法制度的迫害及中產階級的冷漠，逐漸淪落於生死邊緣的悲劇和心境。

賴和的〈一桿「稱仔」〉，也是作著的親眼見證，以寫實手法，第三人稱全知觀點，揭露日本帝國殖民統治下一個佃農後代的秦得參，在製糖會社的剝奪下，贌不到田地，乃做了散工，因積勞得了瘧疾，走投無路之下，不得不轉爲菜農。只因巡警索賄不成，平時賴以謀生的稱仔也被折斷，還被以違反度量衡規則入罪，秦得參在遭到種種羞辱後，深感生存的悲哀，乃抱必死之覺悟，選擇與代表殖民勢力的巡警同歸於盡。

〈克拉格比〉的時代背景，正是十九世紀九〇年代的法國社會，法國資本主義逐步進入壟斷資本時期，社會矛盾日趨激化，統治勢力劇烈迫害人民，而社會主義的力量也正日漸壯大。至於〈一桿「稱仔」〉，則是十九世紀末期、二十世紀初期台灣淪爲日本殖民地時半封建半資本的社會，日本當局爲了使台灣由濃厚的封建形態轉變爲資本主義化，自一八九七年後台灣總督府便陸續推行「貨幣法」、「台灣地籍規則」、「台灣度量衡條例」，將台灣推入資本主義的脈動。台灣民眾也由武裝抗日轉變爲文化啓蒙與社會運動，而殖民主義的民族問題及內部的社會問題，也正日漸尖銳化。

克拉格比與秦得參都是資本主義下層的勞動菜農，他們的遭遇及處境極爲相似，但最後他們所採取的應對手段，卻有極大的不同。克拉格比天性勤勞，樸實苦幹，但不懂法律，又懼於權威，平時在蒙馬特一帶，推著流動的菜攤討生活。因等著收客人菜錢，被視爲妨礙交通，遭到六十四號警察驅趕，後來只因咕噥了幾句「該死的母牛」，被警察認爲是污辱，不管在場的醫生證人如何替他辯護，仍然被法庭判處十五天拘役和五十法郎的罰款。出獄後的克拉格比，雖然仍操舊業，但面對當地民眾的奚落，輿論的摒棄，竟形同槁木，身心恍惚，在窮無立錐之餘，他天眞地以爲再進入牢房總比餓死街頭好吧，企圖靠近警察再說一句：「該死的母牛」，但執法警察卻「寬宏大量」地蔑視他，使他僅存的一點做人的尊嚴也徹底被毀滅。喪氣的克拉格比，只有冒著雨向黑夜深處走去，徒留下令人難忘的一幕，久久無法釋懷。

其實，克拉格比根本沒犯什麼滔天大罪，說是無辜也毫不爲過，他之所以有罪，只在於他是個無權無勢的弱者，布利施庭長的判決，即有如此一段堂皇的說辭：

> 司法就是要使既存的一切不正義的事情獲得合法的性質。誰見過司法曾反對過征服者和篡位者？當一個非法政權上台的時候，司法便承認他，賦予它合法地位，這一切不過是個手續罷了，而在有罪與無罪間，所隔的也只是一紙公文的厚薄。克拉格比，誰叫你不

是強者呢？如果你喊了「該死的母牛」之後，能讓人擁戴你做皇帝、獨裁者、共和國總統，或者那怕只是一個市參議員，我可以向你擔保，絕不會判處你十五天監禁和五十法郎罰款。我會免除對你的任何懲罰，你盡可以信賴我。❹

他淪落的悲劇，根本原因在於法律制度以「合法」爲包裝，其實隱藏著僞善與背德，「因爲教皇的律條和教會的法典，同共和國憲法和民法有許多大相牴觸的地方」，法庭並非正義的天堂，只是爲有錢有勢的人說話的工具，而法庭庭長、警察也不是公正的天使，不過是國王勢力的人馬，在想當然耳的推論下，污辱警察的權威，便等於是削弱了政府的力量。

在第四章節，「布利施庭長一辯」中，當宣讀完判決，一個中產階級的雕刻家市民，在思考剛才的所見所聞，即有如此一段告白：

布利施庭長參透了法律的精髓。社會建立在強權之上，強權應當做爲社會的莊嚴的基礎受到人們的尊重，司法就是強權統治。布利施庭長深知六十四號警察是國王的一小部分。國王就是體現於他手下的每一個官員身上的，損壞六十四號警察的權威，就等於削弱國家。❺

法律、警察與國家，既然都是國王的專利，當然悖離民主與正義的眞諦愈來愈遠了。歸結到底，法律除去它神聖的外衣，不過是另一種弱肉強食的利器，同時自然也是欺善怕惡的工具，使得原來潛存的不合理的社會權力結構，更加不合理，更爲惡質化。

五

小說的情節，一開始便是克拉格比在法庭上接受審判，並冠以〈法律的威嚴〉標題，這裡顯示出作者對法律的「洞見」，此部分的描寫帶有作者主觀成分，與第二章節的冷靜客觀描寫並不相同。在他夾議夾敘中，最後提到克拉格比的處境，讓我們愈加明瞭法朗士對主題的提法：

不過，事實上，克拉格比壓根兒沒有去考慮什麼歷史、政治和社會，他只是驚訝不已。包圍著他的這個機構氣勢之大，使他對司法產生了崇敬之情。他內心深懷著敬意，全身充滿了恐懼，關於自己是否犯罪的問題，準備任由法官們去裁決，捫心自問，他並不認爲自己有罪，可是他覺得面對法律的各種象徵以及爲社會執法的各位要員，一個賣菜小販的良心是極其渺小的。開審前，律師已經使他有一半兒相信自己並非無辜。倉促潦草的審訊，更把原來壓在他身上的罪行又加重了幾分。❻

法朗士的提法，在於凸顯權威的、強勢的法律，以及豪華的、陰森的法庭，其氣勢之龐大，與一個弱勢者渺小的、閃爍的良心之間強烈的對比，使得原本法律文明與司法制度賴之以保障人類自由平等、人間正義博愛的崇高理想，在神聖外衣包裝下全然落空。法朗士在面對強權法律之背後，其辛辣的諷諭便隱然在其中發酵。

而〈一桿「稱仔」〉的「稱仔」意象，作者在此特別加上引號，足見有其深意，賴和的提法，是稱仔原本具有公平、公正、公道的內涵，被殖民政策逼得走投無路的善良菜販，原先想在日治社會誠實勤奮地生存，與妻小好好活著。或許他太單純、太直了，竟然看不出巡警嚴厲外表下貪婪的心思，不懂得行賄來巴結巡警，老羞成怒的執法者，可以任意打斷代表法制的稱仔，而片面咬定它不合乎現代度量衡規則，並且強加地入人於罪。人間的公平正義，自然是虛相，個人的人權尊嚴，根本是妄語。美其名現代化的法治，其實不過是殖民母國的強權，法之所以為法，說穿了正是自欺欺人的騙局。文學評論家施淑即有一番精闢解讀：「小說以『稱仔』為主題，這個作者在標題上特別加上引號的稱仔，除了象徵秦得參所代表的善良正道百姓，在那觀念上代表公正，而事實上只是統治者專利品稱仔之上，個人尊嚴和價值可以隨時被摧殘和否定的事實，同時更深刻地揭露了隱藏在法制、平等、人權等思想口號中的欺罔性。這一點透過因它而存在的殖民帝國主義的壓迫掠奪行為，表現得尤其赤裸、尖銳。」❼

易言之，他們都不約而同將無產者的悲劇，訴諸於法律與執法者。無論是資本主義的「法」或是殖民主義的「法」，都佈滿了欺罔性，本質上都不脫統治者自身利益的考量，置被統治者的生活與生命於不顧。前者愈形造成貧富之對立，強化了社會階級的矛盾，後者愈形造成民族之對立，加深了殖民者與被殖民者的矛盾。

六

法朗士並沒有特別去追溯克拉格比的家族史背景，倒是對於他靈魂的淪落，提出了另一觀點，則是中產階級普遍的鄉愿與冷漠。當克拉格比打從監獄出來，雖然更奮力叫賣，但蒙馬特街上的人們都佯裝做不認識他。他被判罪的閒話，傳遍了蒙馬特的大街小巷，人們為求自保，都不願跟一個從監獄出來的人打交道，「像躲避害疥瘡的人一樣躲著他」，於是「他就像釀得不得法的酒，越喝越酸」，與人吵架、鬧彆扭、喝酒喧譁，重重不幸將他逼成一個不講理的人，他覺得「社會不完美」，但對制度的弊病以及改革之道，卻又茫然無知。總之，他的精神瓦解了，然而貧困飢餓緊隨著他，他情願以惹事再去坐牢，但整個冷酷的中產社會遺棄了他，等待他的只是無邊無際的飢寒與死亡。法朗士特別指出整個中產階級的犬儒、盲從與自私，在繁榮亮麗的高樓大廈，倒映著卻是冷漠寡情的陰影，法朗士早已窺透重商功利的資本主義的詭計。

相較之下，賴和則有不同觀點，〈一桿「稱仔」〉沒有提及中產階級與鄉民的現實無情，反倒是主人翁滲倒時，娘家借給他一根金花充當賣菜本錢，鄰居借給他一桿稱仔做起買賣，凡此均顯出其時台灣尚未完全工業化，農業社會仍保有鄉土的溫暖與民間的溫情。賴和倒是將矛頭指向秦得參淪落的另一遠因，即製糖會社的剝奪：秦之父親原是佃農，他原來也想贌田耕種，但田地多被製糖會社奪去，他只好被迫去做散工、去賣菜。製糖會社對於土地併奪和勞力壓榨，背後所聳立的正是高高在上日本殖民集團的龐大勢力。日人矢內原忠雄就一語道破其中眞相，甘蔗糖業的歷史正是殖民地的歷史。❽賴和點出其中要害，此即秦得參生活無依導致尊嚴掃地的主要成因，在其後來的小說〈豐作〉（一九三二）對此問題則有更深入挖掘，當然爲人所熟知的楊逵〈送報伕〉（一九三四），對於製糖會社的巧取豪奪，從而造成台灣農村經濟的崩潰，也有強烈批判。❾

七

再來，兩位作者都頗有靈犀相通地提到無產者在惡運中「人不像人」的悲哀。當克拉格比被判刑了，想找法警談話，法警根本不搭理，讓克拉格比辛酸地說「人家對狗還說話哩，你幹嘛不跟我說話呀」，最後，出獄的他掙不到錢，連棲身之所也被趕了出來，他空茫蹲在小車上，做伴的是蜘蛛、老鼠與餓貓。至於秦得參，當贌不到田地，想去做會社的勞工，則「有同牛馬一樣，他母親又不肯」，後來秦入獄坐牢，被妻子以三塊錢保了出來，在圍過爐，除夕夜裡，他總覺得有一種不明瞭的悲哀襲上心頭，「人不像個人，畜生，誰願意做。這是什麼世間？活著倒不若死了快樂」。

法朗士與賴和都將「人」寫成「非人」，法朗士的處理之道，則是讓人物哀莫大於心死，克拉格比任人宰割，不知是痛楚或是麻木，竟是無聲無息，在不斷幻想中尋求自我安慰和解脫。而賴和不同於法朗士，倒是若有所思，別有懷抱，他讓其人物懷抱著「最後的覺悟」，成為一名徹徹底底的「覺悟者」，與代表殖民勢力的巡警玉石俱焚。易言之，他在深切凝視殖民地的殘酷命運，觀照台灣人的歷史悲情，特別提出「覺悟者」此一結論，亦即「弱者的奮鬥」與「覺悟下的犧牲」。日治時期的台灣小說，雖不乏批判或抗議色彩，但以死抗議者，當以此作為開端。

蓋被殖民者毫無自嘲自憐、悲觀喪志的權利，從個人的覺悟、反抗，甚至犧牲，以激發更多民眾的覺悟，做出更洶湧澎湃的怒吼，向不公不義體制挑戰，便成為弱小民族生存定律的一種必然，而反抗未必是武力毫無意義的犧牲，也可能是更深遠、更冷智的思想戰爭。

八

這一「覺悟者」的自我體認，也反映在賴和的小說系統上，在〈一桿「稱仔」〉他寫出了無產分子的覺悟與反抗，在〈惹事〉（一九三二）他寫出知識分子的覺悟與反抗，而〈善訟的人的故事〉（一九三四）它則蘊含著無產分子與知識分子結合起來的覺悟與反抗。

影響所及，伴隨者「黎明期」台灣民主社會運動的點燃，文化協會啓蒙運動的奮起，以及社會群眾運動的昂揚，『覺悟與反抗』的精神，亦深深烙印在「草創期」至「成熟期」台灣小說的族譜上。陳虛谷〈無處申冤〉（一九二八）寫出農村婦女的悲痛與反抗，吳希聖〈豚〉（一九三四）寫出風塵婦女的報復與反抗，夢華〈鬥〉（一九三二）寫出少年學生的頑強與反抗，秋生〈王都鄉〉（一九三四）寫出殘障青年的夢醒與反抗，慕〈開學〉（一九三二）寫出文化青年的憤怒與反抗，孤峰〈流氓〉（一九三二）寫出勞工階級集體性的騷動與反抗，楊逵〈送報伕〉（一九三四）則寫出了無產勞工階級跨國性的聯合與反抗。

總之，賴和將十九世紀末葉法蘭西第三共和，在資本主義強勢下所釀成的法律強權和社會階級的矛盾衝突，轉化為十九世紀末葉台灣在日本帝國殖民主義下，所形成的法律強權和民族對立的矛盾衝突，而其特異點乃更在凸顯弱小民族「覺悟」與「反抗」的生命意義。

文學評論家宋田水說得好：「德雷福斯事件是考驗十九世紀末期法國社會良心的試金石」，而我說「行動是測試一個作家良心良知的準繩」，一個震撼全歐的「德雷福斯事件」，徹底改變了法朗士的生命觀與文學觀。而遠在歐洲的法朗士的一篇小說，竟飄洋過海深深地感動了台灣的賴和。在殖民地的島國，賴和以血書寫的「覺悟」與「反抗」的文學種子，竟牢牢地深植在台灣土地上，開創了台灣新文學反帝、反殖民・反封建的「批判寫實主義」文學傳統。

天道運轉，何等神奇！自舊世紀到嶄新的世界，從西方到遙遠的東方，此一流轉及啓示，眞不禁令人反思不已！大千世界千變萬化的國際情勢，都足以深深影響到蕞爾小島的動脈。台灣歷史的進程正是如此，而文學的嬗變又何嘗不是如此？動盪奔騰的史實，會影響靜默潛思的創作，而內蘊豐富的作品，又會感染現實與人心。文學與史實的交會與互動，洵令人既驚歎又迷惑呀！

——一九九八嚴冬初稿，二〇〇二晚秋修訂，選自《殖民地經驗與台灣文學》（第一屆台杏台灣文學學術研討會論文集）

註釋

❶參閱《台灣新民報》三二二、三二三、三二四號，一九三〇年五月十日、十七日、廿四日刊載。

❷參閱《台灣民報》九十二、九十三號，一九二六年二月四日、廿一日刊載。

❸轉引自周招芬《阿Q正傳》與《克藍比爾》，《中外比較文學研究》第二冊，李達三、劉介民主編，台灣：學生書局，一九九二，頁四〇八。

❹有關〈克拉格比〉中譯之引文，請參閱〈克藍比爾〉，《法朗士精選集》，張英倫譯，中國：山東文藝出版社，一九九七，頁一七〇，張氏將主角名字譯為「克藍比爾」，為求討論方便，暫改為賴和的「克拉格比」，以求統一。同時，亦參考另一譯文〈克拉比爾〉，《法朗士小說選》，郝運譯，中國：上海譯文，一九九二，此譯文由呂正惠教授提供，謹致謝意。

❺〈克藍比爾〉，《法朗士精選集》，張英倫譯，中國：山東文藝出版社，一九九七，頁一六九。

❻〈克藍比爾〉，《法朗士精選集》，張英倫譯，中國：山東文藝出版社，一九九七，頁一五六～一五七。

❼見施淑〈一桿「稱仔」簡析〉，《中國現代短篇小說選析》，台灣：長安出版社，一九八四，頁九八一～九八二。

❽見矢內原忠雄《日本帝國主義下之台灣》，台灣：台灣銀行，一九五六，頁九二一。

❾陳芳明有一專文，深入討論此一問題，見〈楊逵的反殖民精神〉，《左翼台灣》，台灣：麥田出版社，一九九八，頁七五～九八。

參考書目

《台灣民報》、《台灣新民報》影印本，台灣：東方文化書局，一九七四。

李南衡主編，《賴和先生全集》，台灣：明潭出版社，一九七九。

林瑞明，《台灣文學與時代精神》，台灣：允晨文化實業公司，一九九三。

施　淑，《兩岸文學論集》，台灣：新地文學出版社，一九九七。

宋田水，《宋田水文學評論集》台灣：彰化縣立文化中心，一九九八。

陳芳明，《左翼台灣》，台灣：麥田出版公司，一九九八。

許俊雅編，《日據時期台灣小說選讀》，台灣：萬卷樓圖書公司，一九九八。

《法朗士精選集》，中國：山東文藝出版社，一九九七。

《法朗士小說選》，中國：上海譯文，一九九二，呂正惠教授提供。

《諾貝爾文學獎全集——法朗士．貝納勉特》，台灣：遠景出版公司，一九八二。

詩與宗教

翁文嫻：

翁文嫻

筆名阿翁，香港人，1952年生，台灣師範大學國文系、香港新亞研究所畢業後，赴巴黎取得博士學位。現任教於成功大學中文系。著有評論《創作的契機》及詩集《光黃莽》、散文《巴黎地球人》等。曾獲文建會現代詩評論獎。

這是一個大到不著邊際的題目，橫跨人類兩個領域，或許只能用同樣不著邊際的比附，才差可捉著二者之間交疊的一點點關係吧！

宗教與詩，在最高點都是不可言喻的，但神在世界各地灑落了廟宇的種子，於是，宗教有了形相。此刻，我的腦袋馬上湧現著歐洲中世紀建立的那些歌德式教堂，在秋霧的推隱中，窗花上的天國，偶然閃現，向人招手；高聳的教堂外壁，每一個角落都雕了故事，聖人和天使，密密麻麻，年代的灰白令他們像被雕鏤得中空了，脆弱地只有形體，一碰就會粉碎。我比較嚮往羅馬帝國保存下來的，和平、穩重又寬大（其實體積少多了），而且，這些教堂通常只能在小村落中尋覓，遇見時，總是沒幾個遊人，三三兩兩的合什的影子，總是午後斜斜照到深處的陽光，如果有神，祂是那樣地和藹，說看啊影子那樣長我牽著你的手一起走出去吧，帶你走到那只有和風與純粹的光裡。

敦煌石窟要一天奔馳在烈日沙地上，最後才遠遠看見這一堆偉大的顏色，周流其外的遼漠的白，所訴說的生命啓示絕不比裡面的佛陀少。昔日僧侶，在烈日中不知要走多少天，肩受的苦，孕生的忍，悟著的空，在一切差不多拋落，一切回淨如磨洗的白骨時，我們才看到這石窟，滿天裸露的飛仙，以萬般色相迎向你。佛陀豐豔的紅唇，飽圓的臉你覺得生命沒有任何角落是可遺憾的，就算有阿難或迦葉的美醜之別，就算有金剛之怒目，但造像的人是那麼高明，總令人覺得，那些美醜不存在美醜，獰猙也不是獰猙，我們只在豐富的變幻中知道人是天生而靜。歌德式教堂上的天國窗花，是高高在上的，只能仰望，但中國敦煌所造的佛境，我們全部可以走進去，走進這個極樂之境。有時，一個轉角，樑柱上正有個巨大的臥佛的頭，垂垂向你傾倒過來，祂的嘴唇與眼神，對你有無限豐富的領會，也是挑逗、也是體貼、也是慈悲，令你覺得，一輩子愛情色慾的追逐，霎時可以打個定點了。

來到台灣，廟宇之多是令人驚訝的，也許它不是多，而是突出，是以到處跑都拂拭不了。在還未深入到中南部，還未聽懂台灣話時，這些廟宇的內容與造型，已在不斷向我訴說這片寶島中人的種種特質。我從未見過色彩如此直接鮮明的擠到一起：彩藍、青綠、橙紅、加上一條條毫不遮攔的白。每個廟，都是絕不含糊地雕起那些飛龍、天生善人和八仙過海。飛龍的長鬚和轉來扭去的身子，加上旁邊一群長刀蛇矛打架中的神祇，每個廟的精要處全在屋頂，遠遠就可看見，捲來捲去如新燙成的一大把細圈頭髮。眞夠複雜、眞夠活力、眞夠拼、死就死，反正不屑口水過多地周旋。

如果說，敦煌石窟要配上四面的大片流沙才成其聖境，那麼，台灣的廟便要配上四面八方擠過來的高樓。與亮晶晶的飛龍相較，那些人間的樓房是寒傖的，年久失修了，黑滴滴的漏水痕跡、裂縫、馬路每天每夜的灰塵，每戶人家窗子上的鐵籠。還有，廟宇更常配備的是挖土機，怪手在飛龍上空，更高大地伸來伸去，飛沙走石的景象。

神在各種不同土地上播下廟宇的種子，廟宇是每一片土地的人民，共同願力造成的，也許亦無需問它美不美，它只對自己負責。由於各種的廟，令我想及各種語言做成的詩，它們在形相以致精神上的差異，亦應該是十萬八千里。透過翻譯，我們了解到我們語言理解能力之內的，然而有更多部分，固定在原語言之根，那片土地那團空氣內的東西，便總是無法攀摘了。如果說，宗教儀式或廟宇的樣子，是該地區民族自歷史以來的共相，是他們心靈的投影，是他們夜夜睡去時，萌生在頭頂的夢；那麼，每地區內各詩人的詩，是更有時代感、更尖銳地、切入個別心靈內，由個體來表達：這民族、於此刻、準確地在想些什麼。一地方宗教的形相，應該是無數心靈上的詩，經歷許多年代逐漸匯聚而成，而各地方的詩心靈，又總應有一挺拔超越部分，與其宗教的形相呼應。

當代哲學家中，討論詩最著力的是海德格。他認爲，諸神常向「人存在」發出呼喚，若人對這呼喚發生「回應」，則這「交談」就成功了。可惜，我們的存在常在一種頹落的狀態中，過著不眞實的生活，而由祂們白白在頭頂上迴旋。然而，這一切剩餘未竟的工作，便全由詩人去完成，因爲詩人的仲介，我們得以與諸神還保持某種程度的交往。海氏特愛引用賀德齡詩句：「詩人是一個勇敢的靈魂，像一隻兀鷹，在風暴之前端預言性地飛翔，爲將到的諸神開路。」❶法國詩人藍波（Rimbaud）則說：「詩人要修練天眼通（Se faire voyant）❷，要靠長期、巨大、深思熟慮地向各方面顛覆練成……耕牧靈魂，直至那未知之點。當有一刻，顛狂來到，失卻視域裡所有的智能，他終於看見！種種無可名狀的異境：它們一一自地平線上開始，而另些正一一後退！」❸

司馬相如在寫〈子虛〉、〈上林〉賦時，亦曾進入相類似的出竅狀態，《西經雜記》（卷二）上記載他：「意思蕭散，不復與外界相關，忽然如睡，煥然而興。」嚴羽《滄浪詩話》，直把詩道與禪道相比，因二者同屬不可說，同屬「妙悟」的層次。雖然，若非多讀書窮理，詩不能極其至，但書與理，是必然條件而非充分條件，詩還需要靠書與理之外，那麼的一點點，非人間現成事物可達致的某些東西❹，理之不可解不能測的作品，無以名之，便歸入「神」的範圍了。

宗教精神（無論西方或東方不同的形相與性格），便如是永恆地爲各世代的詩人尋找超越之可能性，自這點看，宗教感非指詩內容主題的形相言，而是詩的極致，詩之神品，是一個批評用語內最尊貴的詞。如此，將牽涉極廣，論述需深度精微的分析，恐怕不是區區一文所能負擔的，本文篇幅，只能落到較狹窄層次，提出幾篇特別有宗教形相的詩來討論。

台灣詩壇上，最常與宗教二字連一起的詩人，恐怕第一個要選出周夢蝶。除了指他的行徑（數十年來每週聽佛經三次，飄然無家，一貧如洗），更重要是說他詩集內（特別是《還魂草》），幾乎每一篇，都有佛經，有時還有聖經的指涉。例如，隨手一翻，偶然揭開一詩題名〈豹〉的，引言內便是維摩經問疾品：「會中有一天女，以天花散諸菩薩，悉皆墮落，至大弟子，便著不墜，天女曰：『結習未盡，故花著身』」這引言帶人想起豹身上的花紋，想像牠因結習未盡的意外美麗。詩第二段，卻是但丁《神曲》指涉《聖經》的故事：「歐尼爾底靈魂坐在七色泡沫中／他不讚美但丁。不信／一朵微笑能使地獄容光煥發／而七塊麥餅，一尾鹹魚／可分啖三千饑者。」

翻遍《還魂草》，好像還未見到任何一詩，可以逃離宗教意味的指涉。這實在是非常嚴重的「著相」，但周夢蝶引人注目，並非因這些「相」，即如葉嘉瑩所指出的，其動人處在「詩中一直閃爍著的一種禪理和哲思」，同時，他「似乎也是一位想求安排解脫而未得的詩人」，不得解脫，是源於「內心深處一份孤絕無望之悲苦」。

葉氏評論，正具體點出了詩與宗教的接合處。想補充的是，一般人也許亦有某些悲苦之情，亦不困難地會聯想乞援於宗教的解脫，那麼，周夢蝶詩與許多同類的詩有何分別呢？這兒必須指出的是，周公震撼人心者並不是他的超脫，而是他日思夜想，求來求去都不得超脫，其中用力之深、用情之痴（渴望自煩惱中拔出之情），足以嚇人。周氏自己安排〈孤峰頂上〉作《還魂草》詩集的最後一首，自有他個人的追求與期許，這詩表示出種種的追尋終於有了代價，結句之：「沒有驚怖，也沒有顛倒／一番花謝又是一番花開／想六十年後你自孤峰頂上坐起／看峰之下，之上之前之左右／簇擁著一片燈海——每盞燈裡有你。」此時，追尋者圓滿地與宗教結合。

但我更喜歡〈囚〉一詩，這詩放在結尾倒數第五首。周夢蝶詩中的悲苦到〈囚〉而濃至極點：

早知相遇底另一必然是相離
在月已暈而風未起時
便應勒令江流迴首向西
便應將嘔在紫帕上的
那些愚癡付火。自灰燼走出
看身外身內，煙飛煙滅。

已離弦的毒怨射去不射回
幾時纔得逍遙如九天的鴻鵠？
總在夢裡夢見天墜
夢見千指與千目網罟般落下來
而泥濘在左，坎坷在右
我，正朝著一口嘶喊的黑井走去……

當壓迫得前後左右都得不到一絲透氣時，冥冥中的神祇才隱隱成形，這時，渴望祂，盼求祂，從未有如此需要過，因此，我認爲詩中的宗教感，必須於悲苦至深至力中來，神，不是呼祂的名號祂便出現的。

第二個要談的詩人是鄭愁予，他令人想起另一條宗教的路，他寫過大量山水詩，從早期《燕雲集》，到最近詩集《寂寞的人坐著看花》一連串的風景畫軸與紀遊，那些「雲無心以出岫」般的情意或景致的出沒，必須用禪眼來解，他明顯以宗教爲題的詩，就出現過〈談禪與微雨〉、〈佛外緣〉等。此處，只舉其一首令人不能跳過的詩，一談宗教，誰可漏掉〈讚林雲大喇嘛康州行腳〉❺？

這是一首比〈孤峰頂上〉還要長的詩（「孤」詩五十行，它有七十一行），從結構與句法的分別，我們也許可猜測二位詩人的宗教體驗。「孤」詩除卻第一段說出「自流變中蟬蛻而進入永恆」的「欣喜」外，以下八段，都說追尋，然後第九段（最末）是到達。「讚」詩很長，但拔出一條線，便立刻眉目清晰，詩內不斷出現「這些當然是我冥想之詞了」一句，然後跟著「其實　你來的時候　只是」如何如何等，愁予明確地要將人腦袋裡冥想、或妄想、與眞象並列。眾生總是要期待大法師說出禍福，在詩人眼中，他覺得自己可明白兩種不同的相，因爲，他是已「無休咎可爻卜」的人了。以下，且選其中一節的對比：

而此刻　蒲團滿座眾生已屏息
你在一片仰視中緩緩升壇
坦掌覆掌之際靈虹乍顯又逝

密鼓前引然後是鈸是七尺的大嗩吶
香氳是燃燒了的盛夏竟是風涼習習了
鮮花翻閃出一季一年或是一生的記憶
然後是笙竽的曚昧被手指一一點醒
而蒲團滿座　眾生已沉湎入那
絲竹輕柔的撥弄忽而心魂不屬了
當然這都是我冥想之詞了
其實　你只是坐在書桌前頭
只是輕輕地拈起一枝筆……
書生的指上無術士的魔環
自無屬於他人的戒指
香氳是有的　出自凍頂的泥杯
聲籟卻是高簷的風鈴遙遠的搖著
是的　夙緣在高寒處冷冽如風
活過的日子像積年的雪　無際而長白
眞是什麼都沒有　如果旋風不來
什麼陰陽紋路都沒有

正如那張白紙　把命運在你面前坦著
而你的筆的旋風　要
刮出些什麼　就是些什麼麼？
當然　你總是隱惡揚善的了
其實　你說的並不多　你的語言猶如
那肯定的手　從袖中緩緩伸出
突然開燈原來我站著一角的暗室
另三個角還有三個人站著
突然開門
門外有港
千帆鼓滿了方向
有路　而大路是直如髮的

比起夢蝶，愁予顯示了他慧解的能力，甚至連法師言語背後的機關他都解入去。他非常能夠知命，只是對偶然的旋風，還有點把持不定（如果旋風不來／什麼陰陽紋路都沒有）。台灣詩人裡，只有愁予能說出這樣的句子：

突然開燈原來我站著一角的暗室

又如：

另三個角還有三個人站著
而憂喜不過是兩件衣服　穿著一件
自然閒著另一件

這樣有慧解能力的句子，應該擺在廟裡，讓人求籤時覓得，如此輕鬆、口語化，又能不斷地予人啓示。

周夢蝶的宗教感寓於持續的悲苦的深度，鄭愁予的宗教感乃當下即是，「無盈虧可探候」，「無憂喜可咀嚼」，遂免掉了「我」（執與妄想）的追求，而在每一刻中捕捉那物象呈現的更大更幽微的規律。在〈靜的要碎的漁港〉❻有這樣的意境：

我穿著白衫來
亦自覺是衣著白雲的仙者
而怎忍踏上這白色的船
她亦是白衫的比丘
正在水面禪坐著
而她出竅的原神坐在水的反面
卻更是白的眞切

……
藍天就切出這種世界
我與同座的原神都是
衣冠似雪　而我的背景——
蓮白的屋舍　骨白的燈塔
都是月亮的削片搭成的
……

對於愁予言，現實界隨時可變幻，即時便去到他冥想中的那個月亮削片搭成的世界。這與夢蝶的〈囚〉之詩境，大相逕庭。然而，二者的宗教傾向，都與佛有關。下面，將介紹年輕一代的宗教者，我選出駱以軍，他的第一本詩集《棄的故事》，今年四月才出版（自費）❼，要提到他因為其集內大部分的詩，故事的敘述者都超越時間，例如〈喪禮進行中我暫時離開〉，男主角的幽靈，去到十三歲的女主角課室外的眼神內，告訴她以後發生的一切事，然後——「二十二歲的春天愛上我／冬天成為我的寡婦／時間的光軌裡我們始終／被離心在邊遠寒冷的那一環」。

我認為，超越時間是宗教很本質的一點，一般人只能活他的一輩子空間，感應那世代裡的事，只有神祇的眼，祂處於高處，才可以看清我們渺小的一代過去又另一代。固然，口頭上，或概念上，偶也可耍耍花招，說我們如何看破了生死，或想像前世今生的事。但駱以軍詩內時間感並非如此，它往往是故事之主幹，故事因它而生變化，「情隨事遷，感慨繫之矣」！

若騷詩之內只有時間這一環，怕還不具充分理由於此處提及，這兒要引述的，是一首以十字架耶穌形象做主角的長詩，名曰〈各各他情婦我的叛徒〉。

詩長九十五行，不能盡引，此處只欲借詩探討，他或年輕一代詩人對宗教的態度。

詩內有一些情節，大意是，十字架上的形象，與額抵窗台有黑披風的女子發生情感、做愛。而教堂之外，每一個世代都是亂世，無論這女子是少女或女子已變成老婦，重回舊地，永恆不變的是「廣場上的少年扒手踢踏木屐／嘩笑著追逐你老去的昔日情婦／他們將她剝得精光／擰著她枯萎的白髮遊街」，或者：「飢餓的少年們僵硬地死在你畫室的窗下／他們的孩子掠奪槍械自相殘殺／孩子的孩子焚毀教堂在大街遊蕩」。

在教堂之內，則她與祂結合，成愛。詩內如此描述：

你站在窗口睇視長街
裸著被暗室漂白的身軀
睇視長街上飢餓的少年
被剁去十指的扒竊的手掌
捧不起餿水桶裡鮮豔的湯肴
我的叛徒你嘆口氣將窗掩上
十指冰冷撫娑我如緞的大腿
和少女的乳房

那年的各各他我們的畫室
狼藉的顏料　鮮花
畫架傾倒紙團遍地
還有我們作愛的漬跡和氣息
「不要出聲」我說
「時間在我的撫娑下繞指呻吟
然後剝走戀棧在妳肌膚上的
道德的猶疑
成爲優美。」

在年輕一代言，人神的結合，通過性，通過身體，是很自然的事，但這道德，對世人言，仍是道德的「猶疑」部分。於是，「淹沒了蜚語和側目的我們的優美／爲什麼成爲祭台上的花束你顱上的／或者街邊被人逐打的／我的花裙零亂／『被關在窗外的人們啊／對於優美除了膜拜便是唾罵。』」

全詩迴旋著一個主旋律，一直問：「各各他的叛徒／告訴我／我們的優美流落何方」。全詩場景可以說是優美與非優美之對比：教堂內的愛與哀傷教堂外邊的「淫慾、顚狂、空虛的嘲笑僵硬的調情」對比。各各他情婦欲獻出身體與一切，但前一刻仍帶有道德的猶疑，獻身之後，離開神之後，仍不斷出現猶疑時刻，她一直要追尋、要追問那曾發生過的，純粹的優美，如今淪落何方？

這一句詩在此時此地發問，令人產生巨大的迴響，起初也許是自言自語地，愈問會變得愈大聲，愈憤怒，再後又會惶惑、錯亂、回復囈語狀態。十字架上的形象，變成一個「美麗的你說謊的你」，已救不了我們，教堂猶如一個畫室那樣小，而外面，是如此大的一個，亂了的世界。

此詩以一個會做愛的上帝爲背景，故事表面是能否容忍性愛的道德。再進去探討，人與神的結合，那純粹的優美，相對於俗世日子言，稍縱即逝，我們過後只能不斷印證回憶。又或者說，優美事物的曾經出現（文化上、生活節拍上的、愛情觀念上的），如今只能被一再追問，已淪落何方！

駱以軍用詩顚覆了上帝在教會或聖經上的形象——祂有情婦，與人做愛，而且在處理這片段時，上帝還特別的美，特別的親切和清晰。

最後一位宗教詩人，我願意以顧城作結。

顧城的宗教感在於能超生死，這不只在他的詩內處處出現這類句子，還因爲他行爲上，言論上的印證。自然，以上說法需要長篇的分析討論，不是此處倉促篇幅所能滿足，這裡只能舉幾首詩，作簡單的提示。

先看〈墓床〉：

我知道永逝降臨並不悲傷
松林中安放著我的願望

下邊有海，遠看像水池
一點點跟著我的是下午的陽光

人時已盡，人世很長
我在中間應當休息
走過的人說樹枝低了
走過的人說樹枝在長

詩自第二句起，見到詩人對死亡如一自然的願望，平靜地，一切繁複的哲學論述都歸於無形，消弭在單純的詩句裡。第三句起，詩人已離開人的視點，用幽靈的視點看物（海如水池），而且他飛著（陽光在後面跟），這陽光是下午的，漸變成暮色。第二段，他將自己的在與不在，展開更大的思考，故加入了「人世」這詞，而他只是休息，（休息完畢，他要變做另一種存在再度出現?!）於是，對他的離去，世人有不同的說法——樹枝低了，衰亡了，還是由於低，所以將從另一個彎度中長出來呢？

另一首〈佛語〉：

我窮，
沒有一個地方，可以痛哭
我的職業固定的

固定地坐
坐一千年
來學習那種最富有的笑容
還要微妙地伸出手去
好像把什麼交給了人類
我不能知道能給什麼
甚至也不想得到什麼
我只想保存自己的淚水
保存到工作結束
深綠色的檀香全部枯萎
乾燥的紅星星
全都脫落

這個佛是非常眞切坦率的，顧城的著眼點，認爲佛還有什麼可珍愛的話，那就是淚水了（佛尚珍愛，何況人間呢）！但最後一節，景象的排列又彷佛這僅有願望也是不能達致的，三行詩連用枯萎、乾燥、脫落這類詞，還有乾燥、紅星星等，連成一片，令人覺得佛的乾巴巴的形象，永恆改不了（雖然，句子的文法語意剛相反，說這些有一日都停止，但我以爲，詩人的力度，著眼於這乾燥的永恆性多於這乾燥的停止）。

這個想哭的佛，與駱以軍會做愛的上帝，可以相媲美。

另有一首長詩，名曰〈逝者〉，詩長九十六行，其中有二句，我想可作爲一切宗教探索的終結者：

> 我不認識命運，卻爲它日夜工作

另有一詩〈淨土〉，其中二句卻又開啓一切神祕之源，而且一直引人進去：

> 前邊很亮
> 前邊是沒有的

確實，我們是因爲前邊如深墜懸崖，才願意一直再涉足過去，因爲，那兒有整座懸崖深處的奇光。

詩與宗教從此再沒界線。

——一九九四年六月，選自《台灣詩學季刊》「詩與宗教」專輯論文

註釋

❶海德格論詩語言之本質，可參考《走向語言之途》（孫周興譯，時報，一九九三）此處引文是另一篇文章，蔡美麗譯〈賀德齡與詩之本質〉（收在《現象學與文學批評》一書中，東大，一九八四）。

❷Voyant一詞是藍波的商標，一般直譯成「洞見者」，或「銳見」，「天眼通」的譯法是錢鍾書所創（談藝

錄「白瑞蒙論詩與嚴滄浪詩話」一節），我覺得非常貼切。

❸引文筆者譯自 Lettre du Voyant。

❹滄浪詩話原文：「大抵禪道惟在妙悟，詩道亦在妙悟。」「夫詩有別材，非關書也；詩有別趣，非關理也。然非多讀書，多窮理，則不能極其致。所謂不涉理路，不落言筌者，上也。」

❺出自《燕人行》詩集。上所提到〈佛外緣〉、〈談禪與微雨〉載《刺繡的歌謠》。

❻載於《寂寞的人坐著看花》。

❼駱以軍，民國五十六年次，已出版三本小說。詩集《棄的故事》一九九五年自費出版。

李瑞騰：老者安之？

——黃春明小說中的老人處境

李瑞騰

台灣南投人，1952年生，中國文化大學中文研究所博士。現任國立中央大學中文系教授兼主任、九歌文教基金會執行長。著有《台灣文學風貌》、《文學尖端對話》、《文學的出路》、《新詩學》等多種古今文學論著。

前言

黃春明擅長說鄉土小人物的故事，形之文字、舖展而成小說，可見他對筆下那些鮮活的人物的尊敬與喜愛。順著他小說的寫作歷程來看，我們更可以發現，這些人物在社會變遷、人事變化中都特具代表性。易言之，黃春明很可能是想經由這些人物的言行表現及其在現實中的處境，來探索人與社會的對應關係，來尋找變象中一些永恆不變的特性，尤其是「人性」。

在這些人物當中，「老人」的形象尤其特別鮮明，如果我們把黃春明的小說分成三個時期：六○年代、七○年代、八○年代[1]，「老人」在前後兩期都是他的敘述重點。以量來說，在四十篇作品中主要角色是老人的就有十篇，尤其是八○年代（後期）的四篇作品全處理老人問題。至於七○年代，除較早的〈甘庚伯的黃昏〉（一九七一）黃春明很可能是因忙於從民族主義立場處理涉外關係的題材，似乎無暇關懷老人。[2]

先製一表以作爲討論的基礎：

年代	小說篇名	人物	出處
一九六二	城仔落車	祖母／孫（阿松）	小說集一
一九六七	北門街	老道士／兒子（清池）	小說集一
一九六七	青番公的故事	青番公／孫（阿明）	小說集一
一九六八	溺死一隻老貓	阿盛伯、其他老人	小說集一

一九六八	魚	阿公／孫（阿明）	小說集一
一九七一	甘庚伯的黃昏	甘庚伯／兒子（阿興）	小說集二
一九八六	現此時先生	現此時、其他老人	選集
一九八六	瞎子阿木	阿木／女兒（秀英）	選集
一九八六	打蒼蠅	林旺欉／兒子（炳炎）	選集
一九八七	放生	阿尾、金足婆／兒子（文通）	七十六年短篇小說選

●以下引文括弧所標為該篇出處之頁碼。「小說集」指皇冠版《黃春明小說集》（三冊），「選集」指香港文藝風出版社葛浩文編《瞎子阿木——黃春明選集》。

本文將透過這十篇小說來看黃春明筆下的老人之處境，重點放在家庭關係、他們與農鄉土地的關係，尤其是面對環境變遷的肆應問題。

祖孫關係

做爲組成社會的最基本單位，「家」不只是日常俯仰其間的建築物，更是情感之所寄，生命動力的泉源，但從另一個角度來看，它也是一個責任、一個負擔，有時也會是生命苦痛的源頭，多少悲歡離合的故事、酸甜苦辣的滋味，發生於此，也和外在世界形成各種複雜微妙的互動關係。

黃春明小說中的老人，在家庭中常扮演守護者的角色，不管是對於家人（尤其是兒孫），或是對於家產（包括有形的家和土地）。不過，守護的方式、心情和結果都各有不同。

1.〈「城仔」落車〉

首先我們來看黃春明小說給讀者良好印象的祖孫關係，讀過《黃春明作品集》的人想必都會注意到開篇之作（「城仔」落車），這篇小說寫祖母（外婆）帶著外孫（阿松）二人從瑞芳到宜蘭轉車，要往南方澳途中的「城仔」投奔當妓女從良的女兒阿蘭，在有特定時間的壓力下，他們過兩站而未停，在北風呼號及昏暗的暮色中，他們走回頭的路途特別漫長而艱辛。

跟著外婆的阿松，「他才九歲，早患佝僂痼疾，發育畸形，背駝腳曲，面黃肌瘦，兩眼突出，牙齒也都蛀黑了。說起話來，聲音刺耳」（頁十六），這樣一個肢體殘障兒，在心理上也產生了問題，「從小就敏感」，「怕遇見陌生人」（頁十九）更可憐的是，他的母親「遠離家到外地充當妓女維持他們的生活」（同上），這使得他從母親那裡得不到溫暖。小說中並沒有交代他的父親。母親把他交給了祖母，現在祖母帶著他要來投奔嫁給一個退伍外省軍人的母親。

由於過了站卻沒有下車，又怕錯過和阿蘭相約的時間，再加上北風冰冷刺骨，阿松走不動等等因素，「歲月和生活在她枯乾臉上，留下了很深的痕跡」（頁十六）的祖母，先是不安、焦急，最後是發怒、恐懼，我們看到祖孫二人在最無助的狀況下的情緒反映，看到了祖母面對命運折磨的慌亂，甚至於言辭上叱責並且動怒打了阿松，但是我們可以體會這是她情急之下的反應，他擔心的是這一趟城仔之行的徒勞無功，包括可能會找不到女兒、女兒的丈夫可能會不歡迎「老邁殘軀」的祖孫二人等等。過去，是她在照顧阿松；現在處在險境中，她仍是阿松的守護者。

2.〈青番公的故事〉

黃春明第二篇表現祖孫關係的小說是著名的〈青番公的故事〉，小說主要是寫七十多歲的青番公一種對土地迷戀、田野風光及稻穀即將收割的喜悅，相對於「年輕那一段最悲慘的經過」（頁一〇三），「重建這種石頭荒地為田園」（頁一〇八）的艱難險阻，他努力的想讓他七歲的孫子阿明分享他的快樂，並傳承他那種「把田園從洪水的手中搶回來」（頁一一〇）的經驗。

歪仔歪的鄉親和洪水搏鬥的歷史，是青番公這一代人共同的記憶，一次的水災，可以讓「所有的土地和那上面再遲半個月就可以收穫的番薯和花生都流失，人也喪失了一大半」（頁一〇六），但人們以「意志，和流不完的汗水」（頁一〇九）重建了家園，對於青番公來說，這是他生命中最悲慘也是極光榮的印記。但是，這些似乎很難與兒孫分享了，甚至於他的農業經驗法則之一：每一塊田要豎一個稻草人，家裡的人幾乎都沒有興趣，只有阿明這個孫子陪著他，不只陪他下田，夜裡也跟他一起睡。對他來說，這太重要了，原因是阿明是個男孩，天眞好奇，聰明可愛，而且喜歡跟他，這讓他喜悅，而且有所期待，他這樣對阿明說：

> 記住！以後聽到稻穗這種沙聲像驟然落下來的西北雨時，你算好了，再過一個禮拜就是割稻的時候。千萬不要忘記，這就是經驗，以後這些田都是要給你的。他們不要田，我知道他們不要田，只要你肯當農夫，這一片，從堤岸到圳頭那邊都是你的。做一個農夫經驗最重要。阿明，你明白阿公的話？（頁九七）
>
> 做一個好農夫經驗最要緊，你現在就開始將我告訴你的都記起來，將來大有用處。（頁九八）

青番公與洪水搏鬥的生命體驗，形成他牢固的農民認同，那一片農地與他之間已是共同體，自我的形體有時而盡，而土地永遠默默存在，但傳承問題將是一個難題，「我知道他們不要田」，這裡面存有危機意識，以是七歲的阿明成爲他的寄託。然而小說最後，橋下橋上的對比，其實已經暗示，紊亂的都市文明很快將入侵這親手開闢的素樸田園了。

在青番公記憶起的那一場大水災，他祖父在大水來時狠狠杖打他，只爲了要他「快跑」，「你不跑我就打死你」（頁一〇五）的狂喊讓人心碎，愛孫情懷顯露無遺。

3.〈魚〉

〈魚〉寫的也是祖孫關係，一個從埤頭的山上到鎮上當木匠學徒的阿蒼，記得祖父說過要他帶一條魚回來的話，當好不容易買了一條鏗仔魚，爲節省巴士錢，求木匠借他破腳踏車，一路折騰回來，沒想魚卻掉在半路，被卡車輾碎了。這對他的打擊太大了，回去後因懊惱賭氣和祖父產生「衝突」。

老人疼愛這個孫子是無庸懷疑的，這從上次（一年多前）阿蒼回來老人送他下山時的對話可以深刻感受得到，一方面我們讀出他們的貧窮與卑微，另一方面也體會出他們的含忍與期待。「我寧願把最好的山芋餵豬，也不給碰我孫子的一根頭髮的人吃！」（頁二五九）老人對孫子的疼惜憐愛於焉可見。

在這個大篇幅的對話裡談到了「魚」，「山上的人想吃海魚眞不方便」（頁二六〇），「魚很貴，並且賣魚的魚販子，每人都像土匪」（頁二五九）更是個問題，在這裡「魚」成了老人生活裡的期待，他眞的渴望孫子買魚回來，而孫子最後也眞的買了，天可憐見那象徵著阿蒼對祖父孝心的魚卻掉了，這失魚不只是物質上失落，更是精神的失落，對阿蒼來說，他是「眞的買魚回來了」（頁二六八），老人的態度並沒有什麼不對，他是沒有看到魚，但他顯然一下無法完全理解孫子的心理，阿蒼的難過、失望、氣惱乃至於哭泣，終惱火了祖父，棒打阿蒼的結果，「他們之間已經拉了一段很遠的距離」（頁二六八），不過篇末「眞的買魚回來了」（同上）的山谷回音，意味著天地爲阿蒼之買魚做了眞實的見證。

老人與子女的關係

祖老而孫幼，這種隔代關係容或也會有所齟齬，但基本上是和諧的，縱使以杖以棒來打，出發點仍是「愛」，在舊的社會裡，打罵並非關係的破裂，黃春明描繪了幾幅祖孫依存圖，令人感動。

對於老人來說，面對孫子和兒子、女兒的態度，可能有很大的不同，〈「城仔」落車〉中的祖母是要去依靠當妓女又從良的女兒；〈北門街〉和〈打蒼蠅〉中的老道士和林旺欉，把地契、房契交給兒子去償債；〈甘庚伯的黃昏〉中的甘庚伯到年老卻必須照顧被日軍徵召去南洋回來後瘋了的兒子阿興；〈瞎子阿木〉中的阿木反對女兒秀英和人家談戀愛，逼走秀英後生活變得無依無靠；〈放生〉中的阿尾和金足婆二老等兒子出獄的心情及阿尾之所以將捉到的田七仔「放生」等，都非常具體反映出社會變遷中老人處境的困難。

1.〈北門街〉

幾近癡呆的老人阿塗是一位道士，他「在戰後傾其所有的積蓄，在北門街買下一棟破舊的房子，再稍加翻修，才把大小七口人安頓下來」（頁三四），沒想到大兒子清池走私日本西藥，被抓了，虧損十萬多，爲了兒子，他把房子變賣了，兒子因想不開而自殺，老妻憂病，三兒子輟學，他精神折磨耗盡，漸漸的變爲癡呆，一年多來，每天幾近傍晚的時候總坐在一個消防砂箱上，始終望著斜對面原是自家房子的西藥房，「衰老和極度的頹傷，再加上突出的顴骨，和生根在頭上的破雨帽，已足夠表徵他的貧窮」（頁三三），最後在北門街一場火災中，那房子也燒了，他舉身蹈火，與屋俱滅。

老道士白手建家，生活的美夢成眞，那是一種人生至高的價値與尊嚴，然而改變不了的是他的職業，他對著哭泣著哀求他同情、協助的大兒子清池說：「你們兄弟老覺得道士的職業低賤、落伍，有了這種父親，你們在別人的面前，挺不起胸，抬不起頭來，……」（頁三六）但他不能不管這個兒子，「只有他默默的獲得父親內心的喜愛」（同上），變賣房子的痛苦是不可言喻的，難以接受目前的現實，他終於被厄運給擊倒了。

2.〈打蒼蠅〉

〈北門街〉是黃春明早期的作品，老道士無法以「買了這房子是運，賣了是命」（頁三七）來寬慰自己，終於悲劇收場；而近期作品〈打蒼蠅〉中的林旺欉老先生顯然幸運多了，不過情況也有相似之處，「三月間大兒子跪地求他，把地契和房契過名給他處理台北的債務」（頁三九四），爲了不讓兒子去坐牢，他答應了，離開原來的住家，老夫老妻搬到附近賣不出去的「湖光別墅」租屋暫住，生活費約好由大兒子每月的月初寄六千塊錢回來，卻常有拖延，靠三個女兒一千、兩千的接濟。

離開農地和農事的林老先生，「白天打蒼蠅，晚上就是喝酒」（頁二九三），小說的精彩處在於有關打蒼蠅的敘述，作者於老先生因閒著慌而開始打起蒼蠅的事頗多著墨，更讚其技術之純熟，倒顯得他的生活之貧乏、單調，深具反諷的意味。小說並沒有點明他失去農地與房屋的心情，即便是捨不得，也不若老道士之於他白手建立起來的家那般痛苦，畢竟時代不一樣了，但是一輩子勤於農耕的雙手，卻到老年轉而用來勤練打蒼蠅的技術，也實在夠慘的了。

3.〈甘庚伯的黃昏〉

相對於老道士和林旺欉被兒子牽累，賣屋受苦，甘庚伯之苦雖然也來自於兒子，但根本的原因是戰爭，被徵召去南洋當兵的阿興，在光復後第二年回來時就瘋了，到如今已二十五、六年了，「我們把一個好好的人交給他們，他們卻把一個人，折磨成這個模樣才還給我們」（頁一二二），甘庚伯費盡心力，也無法醫好這個獨子，老伴又在兩年前過世了，農事、家務以及照顧阿興的責任全落在他這個孤獨老人身上，晚境之悲慘於焉可知了。

〈甘庚伯的黃昏〉就是敘述這樣一個老農民的悲哀，但是「命運對他這等乖戾的地步，他苦撐下來，得到鄉鄰的尊敬」（頁一二四），這多少給他一些安慰，然而當小孩跑來告訴他，阿興從家裡跑出去，在店仔街瘋得厲害的時候，他「像觸了電般全身都痙攣了一下」（頁一一六），在甘庚伯跑去現場處理的時候，黃春明極力寫甘庚伯的內心世界：

老庚伯把扶在紅磚牆上的手，放下來挺一挺身，深深地呼吸，一時才寬鬆了心裡的緊壓不少。但是，一俟他蹲下來和阿興並在一起的時候，那股才消失的內心裡的緊壓，又突然堆上來，使得他不得不連連又深深地嘆了幾口氣。老庚伯伸出左手，抓緊阿興那濃密烏黑的長髮，把深埋在雙膝間的臉孔，拉了出來扭向自己。然而，當他們父子的目光相觸的刹那，老庚伯教阿興那清秀的眉目，和那蒼白而帶有高雅的受難的臉孔時，大大的吃了一驚，使得內心那股緊壓，越發高漲了起來。現在他才發現，他從來就沒有這般靠近，而專神的注意過阿興的顏面。尤其在他觸及到，那一對清澈透底的，有如無任何雜念的稚童的瞳眸時，一陣冷震的微波，蕭然滑過脊髓，突然令老庚伯感到，自己萎縮得變成渺小的微粒，而掉落到那清澈瞳眸的深潭裡，教他覺得他的心靈已經接近到什麼似的，腦子裡一時落得空空，只是心裡那麼無助而虔誠又焦灼的直喊：「天哪！天哪！」但是，這種一時令老庚伯對自己的肉體，無感無覺的境界，卻給阿興此刻無意牽動嘴角的笑紋，一下子給彈了回來。（頁一二〇）

只有慈善深情的父親才能有如此的感受吧，四十六歲瘋了的兒子竟還原成純眞無邪的兒童，看那童顏，「蒼白而帶有高雅的受難的臉孔」；而那一對童眸，「清澈透底的，有如無任何雜念」。這就註定甘庚伯要無怨無悔的寬愛受難的獨子了，小說特別在凌遲阿興的諸多野孩子之外，安排一個來通風報信的善良小孩阿輝來做爲對照，藉著從店仔街走回村子的途中對著阿興的自言自語以及和阿輝的對話，來彰顯阿興的童年以及二十幾年來的慘痛歲月，更加顯得甘庚伯命運之乖戾以及人格之高雅。

4.〈放生〉

林旺欉怕兒子被抓去坐牢，忍痛把田地和房子過戶給兒子去清還債務，而〈放生〉中的莊阿尾和金足婆二老的兒子文通，「爲了工廠放毒水坐牢好幾年」（頁一九三），所謂工廠放毒水，其實就是排放有毒廢水，文通就是爲此和警察及縣政府的人起衝突，被控以「重傷害和妨礙公務等數樣罪，被判刑入獄」（頁一八七），小說是寫文通出獄前乃父乃母爲迎接他回來的心情，老先生老太太深沉的愛子情懷是一大重點，情節包括爲文通清洗衣物、整理環境，老先生過去爲文通抓「田車仔」（一種鳥——黃鷺）的過程，並且爲牠療傷、餵養，乃至於最後的「放生」，也追憶了文通的成長及其出事的過去。

莊阿尾「曾經折損過三個小孩」（頁一五四），折損的原因及過程我們雖不得而知，但可以確知的是，這對他是一而再再而三的沉重打擊，因此分外疼惜文通這個獨子。小說以田車仔之捉放來象徵父子情深，三十年前文通尙未進小學，飛失了一隻和他玩了一個多月的田車仔，他在短短幾天設法捉了好幾種鳥回來給文通，雖然沒有使文通的失落之感獲得彌補，但他愛子之心不言可喻。如今在文通出獄之前，兩度出現田車仔，一次是「最近和金足一道去龜山監獄，探望文通回來的途中」（同上），那一次只是被吸引住了；另一次是當下情況，在雷雨之中，他以老邁之軀在水田之中奮勇捉到一隻受農藥之傷的田車仔，他的興奮、喜悅、珍惜以及三十多年前對兒子的歉疚，乃至回家後的爲牠餵養照顧等等，在在顯示田車仔和文通其實已經二而一了。黃春明刻意安排老先生在文通進門之前放走這隻田車仔，正象徵著文通之「再生」。

兒子要回來的歡喜以及等待過程的焦慮，是小說的主要情節，重心擺在莊阿尾身上，但金足婆的分量也很重，而且更直接表達她的心情，在有關以前去探監以及出獄時是否去接兒子的對話中，老先生自有一份理性，老太太則明明白白的心酸硬咽，「孩子是我生我養大的，我當然知道」，「我只是希望聽到他說一兩句好聽的話罷了。做母親的就是這樣，這樣傻！」（頁一五八）是的，就是這樣，在傳統農村社會裡，大部分的母親都是這樣。

5.〈瞎子阿木〉

前面諸篇主要是老父老母之於兒子，唯在〈打蒼蠅〉中提到林旺欉的三個女兒在老爸的生活費沒著落的時候，「這個一千，那個兩千的接濟」（頁二九四）。不過，〈瞎子阿木〉卻完全是父女關係，主角是瞎子阿木，寫他到莊尾找久婆施法術求他出走的女兒秀英回來，一路之所遇及憶念女兒，以及因看不見所產生的生活困境等構成小說的情節，這裡面當然也會補述秀英之所以忍心拋下瞎眼老父隨來莊裡測量的人而去的原因。整個情況大概是這樣：秀英長得很美，三十幾歲了，是一個「很打拚」、「認份」的女兒，一家之事一肩挑，無怨無悔奉養著失明的老父，測量隊的人來莊裡工作，秀英可能談戀愛了，「幾個晚上晚回來」（頁二八一），被父親用枴杖頭痛打，然後就失蹤了，「事情就是那麼湊巧，那麼奇怪，他們走了，我的乖女兒也丟了」（同上），由於缺少了秀英，他的生活大亂，心裡呼喚著女兒回來，找也找不到，最後只好求之於久婆的協助。

小說的結尾正是他按久婆交代，把水碗留在門外，拿著梳子叫三聲「秀英回來」，然後把梳子放在她的床上的動作描述。

他拿起秀英的梳子抱在懷裡，口中喃喃的叫著：「秀英回來，秀英回來……」向來就沒用過這麼動聽的聲音叫過女兒，也向來沒覺得叫女兒的名字會令他這麼疼痛和感動。到了叫第三聲，一股傾滿了感情將大聲呼喚時，另一股斂力鎖住喉頭，而使瞎子阿木最後叫出「秀英——回——來——」的聲音，在寒冷的空氣中顫然帶著無限的蒼勁。（頁二八九）

在生活上，在情感上，瞎子阿木對秀英的依賴非常強烈，他為女兒交「男朋友」而動怒，除了是保守觀念作祟以外，多少還有佔有、不捨的心理。秀英之於老父，「認份」也就是認命，老母不在（很可能已經過世），她要做多少母親的事，然而瞎子阿木之於女兒，除了依賴，用村長的老爸對他的責罵：「你曾替她打算過嗎？」（頁二八一）不過，在失去女兒之後，他逐漸調整觀念了，甚至於「對測量隊有了好感」（頁二八六），小說沒有繼續寫下去，不過我們判斷，如果秀英能夠回來，不管她是為什麼而離去，不管她是否結了婚，瞎子阿木應該都會接受。

守護著兒孫與家園的老人，因著客觀環境的變化，其守護的能力正隨其年齡的更老而逐漸萎縮，終至消退成如林旺欉的被守護，而阿木卻因其瞎而一直處於依賴之中，心理的問題又演成女兒之事的處置不當，以至於身陷困境，黃春明對這些老人處境基本上是抱著同情的態度的，讀來頗受感動。

老夫老妻之間

在家庭裡面，除了祖孫關係、父母與子女的關係，尚有夫妻關係、婆媳關係，乃至兄弟姊妹的手足關係等，黃春明以老人為中心的小說中，前二者已如上所述，在後三者中他還處理了老夫老妻的關係。

在〈北門街〉中老道士之妻「是多愁型的女人」，因家裡突遭變故而「憂病」（頁三七），當老先生夜裡聽北門街失火，妻子關心的呼喝著他，「阿塗——這麼晚你到那裡去！」（頁三八），可以看出二老關係之和諧，彼此的相互關愛等。

在以下的幾篇中，青番公的太太阿菊大他六歲，她也是那場水災的餘生者，「丈夫和三個小孩也都被大水沖走了」（頁一〇七），同病相憐，和青番結褵，但小說的當下時間不見阿菊，做家事的是大媳婦阿貴，阿菊可能已逝；阿盛伯、〈魚〉中的阿公，身邊都無老伴，甘庚伯兩年前死了老伴，先前相依為命，共同照顧瘋了的阿興，老伴死後，甘庚伯對著阿興說「你母親」如何如何時，語氣中實有一分的懷念，自有一種平淡的愛意。

對於夫妻關係，著墨較多是〈打蒼蠅〉和〈放生〉。林旺欉續弦妻阿粉，當年娶進來，相差二十歲，而現在自己無法掙錢，各方面都衰退時，阿粉才五十出頭，從這一次搬到別莊來以後「變得不怕他」，愛賭博，還可以「跟別的男人談自己的乳頭」（頁二九八）。老先生有一回宿醉，作惡夢，阿粉打牌回來叫門不應，呼天搶地的鬥鬧情形（頁二九一～二九三），充分顯示這一對夫妻縱使時有衝突，但情義仍在，作者有一段敘述可以說明他們這一對老夫妻的狀況：

這一對相依爲命的老夫妻，面對面時，誰都不願把互相關心的眞情坦然的表達出來。有時因爲一些雞毛蒜皮，常脫口說出與心裡相反的話語逗鬥對方。適才阿粉之所以禁不住揮掌過去，主要的是她爲旺欉那麼傷心的情形，竟全被旺欉聽見而羞怒了的。這樣的事件，放在他們倆老的生活方式裡，旺欉老先生完全可以溝通和接受。

〈放生〉中莊阿尾與金足婆這一對老夫妻的情況不同，他們頂嘴一輩子，卻是恩愛一世人，他們共同面對愛子入獄受難，一起在等待他的歸來，他們談過去，選舉、工廠污染、官商勾結等等；談現在，關於兒子文通，關於餵養田車仔等等，雖然說「平時憨厚的阿尾，只會跟金足賭閒氣。等他閒氣一賭起來，就像椿一樣，釘在那裡連根也長了。誰都拿他沒辦法。兩個人一時僵持在那裡，一個爲面子，一個爲的是不知怎麼才好」（頁一六〇），但套一句金足婆的話說，「還不是關心你，爲你好」（頁一五七），用情之深，盡表現於相對待的言行舉止之間。

沒有婚外情，沒有情慾描寫，黃春明筆下老夫老妻的情感關係，自然而深刻，古代「結髮爲夫妻，恩愛兩不移」的傳統理想仍然在黃春明小說中實踐著。

老人與社會之變

青番公在經過生命大苦痛之後重建了家園，年老時「有個這麼聰明可愛的孫子睡在身邊，而他竟是男的」（頁一〇二），這種喜悅與滿足讓他想到「年老有什麼不好？」（頁一〇三），他愛講的

「年輕國王認為老人根本沒有用」的故事，也說明他對老人角色的認同。但青番公先苦後甘的生命歷程並非每一個人都如此，老年人的經驗是很重要，但落後、保守、固執，不能與時並進，也所在皆有，不少家庭的衝突、社會的矛盾，亦常由此而生。這就是為什麼有心人要呼籲重建家庭倫理，落實老人福利政策的原因。

黃春明對於年老的生命狀況以及老人在社會變遷中的處境特別關心，前面所說的主要集中在家庭裡面，他早期和近期各有一篇小說處理社會變遷中的集體老人現象，前者是〈溺死一隻老貓〉，後者是〈現此時先生〉。

1.〈溺死一隻老貓〉

「老貓」喻指清泉村的阿盛伯，「溺死」是阿盛伯悲劇式的下場，地點是清泉村新落成的游泳池。

這篇小說寫這個村子以阿盛伯為首的幾位老人反對建游泳池的始末。老人們始終堅信，「清泉的地理是一個龍頭地，向街仔的那個出口，就是龍口，學校邊的這口井就是龍目，所以叫龍目井，清泉的人從我們的祖公就受著這條龍的保護，我們才平平安安地生活下來」（頁一三八），但是街仔的人卻集資要在井邊做一個游泳池，這種「傷害龍目」，破壞地理風水的工程，讓老人無法忍受，更何況游泳時「只穿那麼一點點在那裡相向」、「教壞我們清泉的子弟」（頁一三三），把清泉「搞濁」，出現這種敗德現象，那還得了。

阿盛伯等人的反對建游泳池運動有三個階段的發展，首先是凝聚反對意識，包括老人彼此之間以及透過村民大會的慷慨陳詞向公眾訴求；其次是聚眾持械阻礙施工；最後是向縣長陳情。當然這些舉措最終都沒有產生實際效用，帶頭的阿盛伯「失去村人行動上的支持」，「信念亦不能完全付之於行動」（頁一四七），他意志消沉，最後在游泳池完全落成的那一天，他脫光身上衣物沉池而死。

阿盛伯之死也是一種「殉道」，他護衛鄉土之心，始終堅決，「因為我愛這一塊土地，和這上面的一切東西」（頁一三九），但是他反對都市文明，從另外一個角度來看，也是進步的一種阻礙，他逆時代潮流，但所持的理由卻難免虛妄之本質。時代在變，社會在轉型，適應不良的人所在皆有，而逆來順受、習以為常者有之；消極逃避，甚或懊惱終日者亦有之；但像阿盛伯這樣自殘自滅，以身相殉的畢竟極少。

2.〈現此時先生〉

就像清泉村祖師廟的廟廂總聚集阿盛伯這群老人在這裡談論過去一樣，〈現此時先生〉篇中蚊仔坑有一座三山國王廟，村裡的老人「沒有一天，不聚集在這裡反芻昔日的辛酸，慢慢的細嚼出幾分熬過來的驕傲和嘆息。」（頁一七〇）。這是台灣農村普遍的人文景觀之一，即便到了今日，仍然存在。

〈現此時先生〉以此為背景，寫一群活在過去歲月的老人在封閉空間裡和時代社會的疏離，「現此時」成了一種反諷。

這位老先生讀報給老友聽，他因讀報時有「現此時」口頭禪而得名。某次讀到過期報紙一則邊角補白小消息，說他們村子有黃姓人家的母牛出生一頭「不像牛，像一隻小象」（頁二七五），大夥討論這則消息，都難以置信，最終決定到坑頂去探勘，都還沒得到印證，「現此時先生」氣喘病發而死於途中。

大約發表這篇小說的同時，作者另有一篇散文〈從「子曰」到「報紙說」〉也說了這個鄉村故事，重點在於大眾傳播中「報紙說」的權威性和荒謬性❸。小說舖演這個故事的用意不外乎此，但黃春明敘述一群老人面對報紙上有關本村的一則報導之反應，也說明了鄉村老人在大眾傳播時代因接收訊息之不易而陷於困境的事實。

結語

「老者安之」❹是孔子的理想，《禮記》中「民知尊長敬老，而後能入孝弟；民入孝弟，出尊長養老，而後成教，成教而後國可安也」（〈鄉飲酒義〉）進一步把老者之安與國家之安產生繫聯，這是儒家之務本。而處今日之高齡化社會，這當然更是國之根本，使老者安之是文明國家政府施政的重點之一。

黃春明小說中的老者普遍不安，前期作品可以看出是五、六十年代的農村社會，近期作品的時代背景應該已經是八十年代，社會都在變，家庭也很容易變，老人的舊觀念很難適應諸多變化，年老力衰使他們無法繼續扮演家園守護者的角色，形成阿盛伯「孤獨而焦灼的蒼老」（頁一四四），小說家當然不可能改變實在的狀況，但他適時掌握了這變象，探索變因，經由故事情節的描述，我們年輕的一輩就該知有所警惕，一方面不能讓自己成爲長者的痛源，一方面也應從社會面呼籲尊老敬老。至於國家，如何從政策面根本建立能使「老者安之」的養老制度，則需要執政者的智慧與魄力了。

——一九九五年台灣師範大學「第二屆台灣本土文化學究研討會」論文發表

註釋

❶《黃春明小說集》三冊（皇冠，民國七十四年八月）以時代先後編次，六〇年代作品由〈「城仔」落車〉到〈鑼〉計十六篇；七〇年代作品由〈甘庚伯的黃昏〉到〈小寡婦〉計七篇；八〇年代作品有二篇〈我愛瑪莉〉和〈大餅〉，這兩篇其實應視為七〇年代作品；至於八〇年後期的作品，有三篇收入葛浩文編的《瞎子阿木——黃春明選集》（香港．文藝風，一九八八年十月）裡面，它們是〈現此時先生〉、〈瞎子阿木〉、〈打蒼蠅〉，發表於民國七十五年三月間的聯合報副刊；另有一篇〈放生〉發表於次年九月的聯副，收入季季編《七十六年短篇小說選》（爾雅，民國七十七年七月）。關於黃春明小說風格，本人曾撰〈筆尖所及正在社會的脈動上——我看黃春明小說〉（《中國時報》人間副刊，民國八十三年一月六日）。最近的四篇，本人曾以〈豬狗禽獸——黃春明近期小說中的動物意象〉口頭發表於民進黨中央所辦的「黃春明文學與宜蘭鄉土」研討會上（記錄刊於宜蘭文獻第十一期，民國八十三年九月）。

❷七〇年代台灣的文學主潮是反西化、反現代主義，出發點是民族主義、是鄉土。黃春明這個階段的作品由鄉村移至都會，從〈甘庚伯的黃昏〉到〈我愛瑪莉〉都有涉外（日本、美國）關係，批帝反帝的意識很強，非常具有時代性。

❸小說〈現此時先生〉發表於民國七十五年三月四日《聯合報》副刊，散文〈從「子曰」到「報紙說」〉發表在同年四月號的《皇冠》上面，收入黃春明於七十八年七月出版的散文集《等待一朵花的名字》（皇冠）。後者可以視為前者的題意引申，談的主要是大衆傳播。

❹「老者安之」見於《論語・公冶長第五》，即著名的「盍各言爾志」一節。儒家從孔子以降皆極重「老」，像孟子就有「敬老慈幼」、「老吾老以及人之老」的說詞，《禮記・禮運》中有「老有所終」（安享天年）的期待，皆可做為明證。

楊逵作品的版本、歷史與「國家」

彭小妍：

彭小妍

廣東紫金人，1952 年生，政治大學西洋語文學士、台灣大學外國語文碩士、哈佛大學比較文學博士，曾任教於台大外文系，現於中央研究院中國文哲所從事現代文學研究。主編《楊逵全集》，著有評論《超越寫實》、《歷史很多漏洞：從張我軍到李昂》、小說《斷掌順娘》等書。

楊逵的一生八十年，恰好日據時代和國民政府時代各四十年。在日據時代，他因參加文化協會、農民組合，出入牢獄十次；國民政府時代，除了一九四七年二二八事件之後被捕四個月以外；又因一九四九年一月起草〈和平宣言〉而繫獄十二年。許多作家因創作語文和政治風向等障礙，在戰後封筆，楊逵則堅持寫作不輟。在政局嬗變中作家如何因應，以維持創作生命的延續？楊逵作品版本的研究，可以對這個問題提供一個珍貴的線索。這方面的研究，不僅牽涉到戰前、戰後發表版本的異同，日文與中文譯本的比較，還有手稿所提供的另一個版本所透露出來的訊息。楊逵的版本研究，可以幫助我們釐清寫作的年代，了解日據時代作家創作語文上的實驗，並可一窺作家如何因應政治檢查制度。透過作品在歷史情境中的還原，我們對所謂「愛國主義」運作的機制，當可有進一步的認識。

一、戰前與戰後的版本

研究楊逵作品最複雜的地方是版本問題，他戰前的日文作品可能有好幾個版本，而戰後的翻譯除了版本複雜以外，還必須判定那一個中文版是根據那一個日文版翻譯的。例如〈鵝媽媽出嫁〉日文版第一次發表於《台灣時報》二七四號（一九四二年十月；昭和十七年），第二次發表於戰後，收入《鵞鳥の嫁入》（台北：三省堂，一九四六年），和《台灣時報》版差異甚大，有結構上的不同。中文翻譯版則第一次發表於《中外文學》第二卷第八期（一九七四年一月），內容較接近「三省堂」日文版，僅有些微差異。《台灣時報》版和「三省堂」版的的差別，除了遣詞用字和描述方面的修改以外，最明顯的是「三省堂」版加上了許多不滿日本殖民統治的文字，因此有必要根據《台灣時報》版重新翻譯。例如第五節敘事者描述接到好友林文欽訃聞的部分，《台灣時報》版較單純，只描寫林氏兄妹的困苦生活，以及貧賤不能移、不接受權貴逼婚的情操：

……突然林文欽君的訃聞來了。

我慌忙跑到他那裡去。五年前從我這裡回去以後，林文欽兄妹還再三受到××公司李專務的勸告與威脅。可是看過我的生活方式之後，他又覺得如此可以勉強度日，便斷然拒絕他的好意，而做爲其報酬的破產宣告也很快就來了。

他把剩餘的零碎家當賣完後，租了小小一塊水田，蓋了比我稍微好一點的茅屋，像個貧農一樣種地，養豬、雞、鴨、鵝，種些地瓜蔬菜勉強餬口。據他妹妹說，他到死前最後的一天，還到園子裡挖地瓜呢！❶

但是「三省堂」版就複雜得多了。敘事者首先感嘆「人情如紙薄，錦上添花多的是，雪中送炭卻絕少絕少。」林家經濟狀況良好時，「客人是多如螞蟻的」，如今林文欽死了，卻沒有喚起任何的注意。然後敘事者詳細描寫林文欽臥室裡遺體的慘狀，還有他腳邊桌子上發現的一疊「厚厚的原稿。題目是《共榮經濟的理念》……這是一篇將近二十萬字的著作，雖然前面的稿紙都變黃了，最後幾十張的墨跡卻很新，而且有點點血痕，可以看出這是他在咯血中勉強寫出來的。我再緊握著他那竹片似的手哭了。」第五節到此結束。

接著「三省堂」版第六節的開頭又加上了許多背景描述的語言，《中外文學》版翻譯如下：

這是大東亞戰爭的第二年,很多很多的年輕人都被日本軍閥徵集去當兵、當勞務工、當醫務人員。企業整備整破了許多人的飯碗,必需品配給叫人束緊腰帶,衣著襤褸。除了那些依權仗勢的是在大發戰爭財之外,大家都有苦叫不出。你敢叫苦,就有「流言惑眾」甚至「間諜」之嫌。日本特務正利用其手下佈下天羅地網,因而被捕的到處都有。砲聲、轟炸聲震天價響——在這樣的時候,他賣命寫完了這部「共榮經濟的理念」,還希望人類能夠覓到良心,恢復原始人的樸實與純眞,實在是再天眞也沒有的了。做一個朋友,他固然值得敬仰,但爲人爲己,時代已不再容納如此書呆子了。❷

這樣的反日言論,在日據時代當然不可能出現,即使楊逵這樣寫了,也必然和〈送報伕〉❸在《台灣新民報》和《文學評論》上發表時一樣,遭到被禁或被刪除敏感言論的命運。就小說上下文的銜接來說,「三省堂」版這一部分比較完整合理,充分說明了林文欽在東京求學時期專攻經濟學的作用。《台灣時報》版在這方面就顯得閃閃爍爍,語焉不詳,讓讀者很難了解林文欽的眞正立場是什麼,而他的政治思想和他的生活實踐之間,也很難明確看出有什麼關聯。相對的,「三省堂」版則補充說明了這方面描述的不足。如果比較一九三四年〈送報伕〉在《文學評論》發表時被刪除敏感言論的情形,就可以了解到了一九四三年〈鵝媽媽出嫁〉發表時,楊逵早已訓練有素,十分明白應該迴避類似的敘述。例如〈送報伕〉中敘事者對「巡查」、「警察派出所」不滿,並認爲日本統治者不僅壓迫台灣人,也壓迫朝鮮人和中國人;這些關鍵性的字眼在發表時全都被刪除了。只有憑藉楊逵遺留下來的日文手稿,才能設法恢復其原貌❹。

楊逵的作品中，類似〈鵝媽媽出嫁〉的例子相當多，例如〈送報伕〉也有再三修改的情形，在《台灣新民報》（一九三二）發表的前篇（後篇被禁）和《文學評論》版（一九三四）的前半部有些許差異。胡風的中文翻譯版根據《文學評論》版，第一次在《世界知識》（一九三五）上發表，第二次收入《弱小民族小說選》（一九三六），第三次收入《山靈》（一九三六）❺，三版內容大同小異，例如錯別字的更正和註解的修改，又如《世界知識》版將〈譯者序〉置於文前，《弱小民族小說選》版將之置於文後，《山靈》則將之刪除。差異最大的是一九七五年台北大行出版社的版本，爲楊逵重新翻譯並增補改寫之版本。其他像〈犬猿鄰組〉也有類似的問題，不一一列述❻。

二、手稿——另一版本

發表的版本眾多，研究楊逵時，有必要詳細比對各已發表之版本，而手稿的存在等於又多了一個版本，雖然使編輯工作更形複雜，但在戲劇方面，手稿上紀錄的蛛絲馬跡，卻可以幫助我們釐清許多問題。例如《豬哥仔伯》日文版僅於一九三六年在《台灣新文學》上發表過一次，中文版亦僅見於一九九〇年合森文化出版的《睜眼的瞎子》。經過比對，發現「合森文化」版是根據楊逵手稿資料中的中文手稿排版的，而且有誤讀之處。這份手稿並非楊逵的筆跡，和《台灣新文學》日文版有相當程度的差異，簡化了許多生動的場景。因此《楊逵全集》根據中文手稿校譯，許多部分等於是重新翻譯❼。

同時，楊逵手稿的研究幫助我們解決了中文劇本寫作年代的問題。他已發表的中文劇作共十篇，其中《牛犁分家》一九七九年第一次發表於《民眾日報・副刊》❽，乃楊逵生前所發表，《全集》採用此版本。其餘篇章均發表於楊逵過世後，依編輯體例，《全集》採用手稿之定稿。中文手稿中《光復進行曲》、《勝利進行曲》、《睜眼的瞎子》、《豬八戒做和尚》書寫的紙張相同；《婆心》與《赤崁拓荒》之初稿《赤崁忍辱》紙張相同。《勝利進行曲》手稿上註明：「四四年、九三紀念街頭劇」，應為民國四十四年，楊逵於綠島時所作。《赤崁拓荒》手稿最後註明：「一九五五年於綠島」。由紙張以及楊逵註明之年代可判斷，上述篇章應是一九五五年楊逵於綠島時所作。此外《樂天派》、《豐年》、《眞是好辦法》均撰寫於綠島時期之「新生筆記簿」上，文末註明一九五六年。由於有手稿的幫助，中文劇戲寫作的年代遂昭然若揭。

楊逵經常在作品出版後，在排印稿上修改誤排的地方，或變動一些關鍵性的字眼，由這一類的修改手跡，我們可以探討他修改作品和年代之間的可能關連。日文劇本《怒吼吧！中國》是一個明顯的例子。此劇是一九四四年台北盛興出版社出版的，原來是俄國詩人、劇作家 Tretyakov（一八九二—一九三九）於一九二六年所作，一九四三年春天南京劇藝社周雨人等曾改編公演，日本學者竹內好於一九四三年五月將此中文版翻譯改編為日文，大約縮短成全篇的三分之二❾，楊逵的日文版則是根據竹內好的日文版改編而來。楊逵的中文翻譯版於一九八二年第一次刊於《大地文學》第二期，翻譯者是黃木❿。經過比對以後，發現黃木的翻譯缺日文版的「序幕」、「尾聲」及「後記」，《楊逵全集》補上了這些部分，誤譯、漏譯、或語句不通之處都予以訂正。另外有關此劇版本的問題，必須連帶考慮的，是楊逵手稿資料中所保存的盛興出版社的日文排印稿，上面有楊逵筆跡修改的部分。序幕中有一首〈參戰歌〉，排印稿內容如下：

打倒英米　打倒英米
中華獨立　是我們的生命根
爲保衛東亞　大家猛進
世界和平　懸在我們雙肩
擁護參戰　擁護參戰
日旗周邊　盡是東亞衛星
爲逐侵略者乾淨　大家猛進
東亞泰平　即是中華安寧

楊逵的筆跡將〈參戰歌〉修改如下：

打倒霸權　肅清漢奸
中華獨立　是我們的生命根
爲保衛東亞　大家猛進
世界和平　懸在我們雙肩
打倒英美　剷除特權
日軍壓陣　盡是東亞奴隸兵
爲掃清侵略　大家猛進

修改的部分，最主要是刪掉「擁護參戰 擁護參戰」的字眼，還有，「日旗周邊 盡是東亞衛星」變成了「日軍壓陣 盡是東亞奴隸兵」。很明顯的，本來是擁護日本戰時大東亞共榮的口號，修改後變成指控日軍是侵略者。修改後增加的「肅清漢奸」一辭，應該是戰後國民黨的口號。雖然沒有資料顯示楊逵筆跡是何時加上的，但由修改的內容可以判斷，應該是戰後。

楊逵的作品中，可能是在戰後修改愛國口號的類似例子相當的多，例如〈模範村〉就是一個顯著的例子，這方面塚本照和已經有詳盡的分析⓫。他指出〈模範村〉各個版本的差異：日文版本最早是〈田園小景〉（《台灣新文學》第一卷第五號，一九三六年六月，後半部查禁，也可能因病未完成），後來加筆改寫成〈模範村〉日文手稿（篇末註明寫於一九三七年蘆溝橋事變後）。〈模範村〉的日文版從未發表，中文翻譯第一次發表於《台灣文學叢刊》第三輯（一九四八年十二月十五日），文後有譯者蕭荻之〈跋楊逵的模範村〉，後來的版本皆刪去此跋文。此中文版和日文手稿差異甚大。後來有《文季》第二輯（一九七三年十一月）的版本，是楊逵生前改寫的版本，和《台灣文學叢刊》版有重大差異。「大行」版（台北，一九七五年）、「前衛」版（台北，一九九一年）則與《文季》版大同小異。於是《楊逵全集》重新翻譯日文手稿，《台灣文學叢刊》版與《文季》版作爲附錄。《楊逵全集》的編譯群發現日文手稿上有五種不同顏色的筆跡：

A正文前半部（到七十頁第十二節爲止）：淡黑色鋼筆（筆道較細瘦）。

B正文後半部（第十三節後）及第一次修改：深黑色鋼筆（筆道較粗）。

C第二次修改：淡藍色鋼筆。

D第三次修改：深藍色鋼筆。

X順序不明之修改：藍色原子筆。⑫

日文手稿篇末註明的完成時間「民國二十六年蘆溝橋事件後，東京近郊鶴見溫泉」⑬，是用藍色原子筆補上的，本來寫了「一九」又劃掉，改寫爲民國。楊逵日據時期作品註明年代時，一向習慣用公元年號，可能是不假思索地寫上「一九」以後，才意識到已經改朝換代了，所以立即改寫爲民國年號。由於《文學叢刊》版並未登錄此完稿時間，很有可能是《文季》版付梓之時，楊逵補註於日文手稿上的。

這五種顏色的修改筆跡究竟是何時加上的，無法得知確切的時間，但手稿上透露出一些可供猜測的線索。例如手稿第三十三頁用深黑色鋼筆加上一句話，翻譯如下：「在新體制之下，首先一定要替勞動人民著想，非謀求他們生活的穩定不可！」後來又用淡藍色鋼筆劃掉。按「新體制」是一九四〇年起到戰爭結束期間，皇民化運動的口號，所以這句話很可能是皇民化運動期間加上的；而且可能是由於戰後這個口號不但不合時宜，還可能帶來文字獄，所以劃掉。由此可見，淡藍色鋼筆的筆跡很可能是戰後補上的。

在翻譯〈田園小景〉和〈模範村〉的期間，編輯群發現日文手稿上用了許多台灣話文和北京話文，但是現行的所有中文翻譯版皆翻成標準國語，完全看不出楊逵日據時代作品中語言的多樣性。例如「乞食伯仔」、「短褲」、「查某嫺」、「攏不直」（沒法子過日子）、「起大厝」、「藝妲」

等原來就有的台灣話文，以及〈模範村〉中可能是戰後用淡藍色鋼筆加上的「電扇」、「美國」等北京話文。〈模範村〉中有一些感嘆台灣人命運的文字，也是用淡藍色鋼筆加上的，例如「這就是台灣人的命啊」、「就爲了侗門老爺和他是好朋友，大家都膽戰心驚，誰敢開口呢？」

楊逵日據時代的作品夾雜相當顯眼的台灣話文，有文學史上的意義，可以從兩個角度來看。一是三〇年代台灣知識分子的台灣話文辯論，一是在台日本人的「外地文學」理論，下文一一詳述。

三、三〇年代台灣話文辯論

二〇年代初新文學運動於台灣發起之時，台灣知識分子對所謂「白話文」的定義和內涵，曾經展開激列的辯論。一九二四年《台灣民報》第二卷第四期刊登了一系列的文章，對文學上使用台灣話文的現象提出正反兩面的意見。先是施文杞的〈對於台灣人做的白話文的我見〉認爲「台灣人做的白話文」常有文法錯誤，用了許多「啦」和和泉漳的方言「鳥仔」、「狗仔」等，而且用日本語的名詞如「開催」、「都和」等，他主張應該參考中國的白話文，他認爲以地方的方言寫作白話文會「鬧笑話」⓮。逸民的〈對在台灣研究白話文的我見〉，認爲「台灣的方言」、「變形的台灣方言」，做起文章來經常文言和白話不分，不但別省人看不懂，連泉漳人都看不懂。最後又批判張洪南所著的台灣話文羅馬拼音法，認爲某種程度的漢學根底加上多研究「中國國語」，白話文才能推廣⓯。

連溫卿和張我軍則持不同意見。連溫卿的〈將來之台灣語〉指出台灣語言的流動性，因爲「先受了宗教上用羅馬字宣傳的影響……後來受了日本教育的影響、及交通便捷的緣故、台灣言語每說了一句話便有新名詞在」。加上台灣住民泉、漳、客人等發音各異，新名詞的翻譯自然有別，發音未必與中國本土相同。他認爲如果要有效地表達思想，應該改良台灣話，步驟是「第一要考究音韻學以削除假字」、「第二要一個標準的發音」、「第三要立一個文法」⑯。張我軍本人寫作時固然選擇用北京話文，他認爲北京話和台灣話都是中國方言，都可以是白話文。在〈復鄭軍我書〉一文中他說道：「我們之所謂白話文乃中國之國語文，不僅僅以北京語寫作。這層是台灣人常常要誤會的，以爲白話文就是北京話，其實北京話是國語的一部分——大部分——而已……不僅是北京話寫作的才能叫做白話文。」他認爲「如我們能造出新名詞、新字眼而能通行也可以，何必拘泥官音呢？」張我軍事實上主張白話文可以運用台灣語言，但是他認爲台灣語言必須經過改造後，才適合用爲白話文⑰。

一九三〇年初爆發鄉土文學論戰，不久《南音》半月刊於次年一月創刊，開闢了台灣話文討論欄，「建設台灣話文」的議題成爲論爭焦點。首先是創刊號上，署名「敬」的人士用日文片假名說明台語的正確讀法⑱，郭秋生則主張台灣話文的「基礎工作」是「新字創造」⑲。第一卷第三號刊出賴和的反對意見：「新字的創造，我也是認定一定程度有必要，不過總要在既成文字裡尋不出『音』『意』兩可以通用的時候，不得已才創來用，若即成字裡有意通而音不諧的時候，我想還是用既成字，附以傍註較易普遍……」郭秋生的回答，基本上同意賴和的看法，但是指出：「不過沒有嘗試等於是空談，可是一旦實行又不免碰著『不妥』的難關……在這基礎建設的時期，望有心人多一些協力——歌謠民歌的文字化——並進一步起來嘗試，便可以從『不妥』的荒草雜堆裡發見著『妥當』的芳草出來……」⑳。

二、三〇年代的台灣話文論爭不僅涉及理論，也確切面對台語有音無字的實際問題，實驗的精神濃厚。當時的作家勇於將理論付諸實踐，在文學作品中夾雜自創的台灣話文者不在少數，例如賴和以「永過」代替「以前」，楊守愚自創「漸時」（暫時）、即暗（這麼晚）等辭彙㉑。如同賴和所擔心的，由於各自有一套用語，難免產生不易普遍化的問題。像楊逵的〈模範村〉所使用的辭彙，也有一些是難以理解的，例如前面提到的「攏不直」，還有〈田園小景〉中的台灣話文童謠，如果不加上註解，很難看懂：

「貸切仔！貸切仔」（包租汽車）

「鹿咯馬！鹿咯馬」（老爺車）

「步兵搥銃（搥鎗），乒乒乓乓，衝倒賣監粽（鹼粽）！」㉒

除了在日文作品中夾雜台灣話文以外，楊逵在日據時代曾嘗試用北京話文和台灣話文寫作，這是一般罕為人知的。〈死〉是北京話文作品，於一九三五年四月二日至五月二日在《台灣新民報》連載。〈貧農的變死〉手稿內容和〈死〉幾乎一樣，但卻是台灣話文作品。和戰後楊逵的中文作品比起來，例如《綠島家書》，〈死〉的文字顯得比較生澀，錯、別字很多（許多是日文漢字的寫法），也有遺漏標點之處（可能是報紙誤排）。雖然〈死〉主要是北京話文，裡面也有部分台灣話文和日語借詞，例如下列的句子：

在他家中、這樣的拖磨（台灣話文）、不單是他一個人、他的老婆和兩小孩子都是總動員之下勞働（日文）。（頁二六二）

當他彎一彎進入狹小巷路（台灣話文）之時、遇了由對面疾走來的自轉車（日文）鈴聲響得像是雷響寬意竟也聽不見、也不曉得避開、到被自轉車碰倒在地纔覺醒起來。㉓（頁二七三）

〈死〉的內容描寫寬意替富豪向貧農逼債，貧農走投無路，紛紛自盡，寬意飽受良心譴責。這天聽說他前兩天才逼過債的阿達叔撞了火車，他慌張地前去探視究竟，心神不寧。雖然是不太流利的文字，描寫這樣一個小人物的心情，卻十分傳神。如果比較〈死〉和〈貧農的變死〉第一段，立刻看得出來兩者北京話文和台灣話文的差異：

雖然是再受了主人嚴重的命令到了門限外、寬意全然沒有勇氣可再去催促阿達叔了。在他頭腦中、想起阿達叔家中的窮狀、一步一步在與阿達叔的住家對反的路上。往北走了。

（〈死〉，頁二六一）

雖然是再受了頭家嚴重的命令出來到戶碇外，寬意全然沒有勇氣可再去催促阿達叔。他在頭殼中想起阿達叔家中的窮狀，一步一步在與阿達叔的厝對反的路上走向北方去。㉔

（〈貧農的變死〉，頁三一七）

〈貧農的變死〉是楊逵打算創作的長篇小說《立志》中第一章的手稿，《立志》本來計劃共六章，只寫了第一章。〈貧農的變死〉寫作年代不詳，應該和〈死〉的寫作時間很接近。手稿上有修改的筆跡，將許多台灣話文的部分改爲北京話文，可能是賴和修改的。《楊逵全集》按修改後之定稿排版。種種跡象顯示，楊逵蓄意實驗台灣話文的寫作，可惜只寫完〈貧農的變死〉一章。而疑是賴和修改的筆跡，也讓我們意識到三〇年代本土作家在使用台灣話文創作上意見的不一致。這份手稿的存在，等於爲當時台灣話文的辯論和實驗作了最有力的見證。

四、《文藝台灣》和台灣民俗

對台灣作家而言，創作語言是實際的問題，也是建立文學主體性的關鍵，而另一方面我們應該了解的是，日據時代在台的日本人爲了凸顯台灣作爲殖民地的特色，相當鼓勵文學作品中的「異國情調」，其特色是民風民俗的描寫和台灣話文的點綴。這種現象，可以說是二、三〇年代台灣話文辯論的另一章。一九四二年正當皇民化運動展開之際，在台灣的日本帝國大學講師島田謹二在《文藝台灣》第二卷第二號上提倡「外地文學」的理論，他認爲相對於日本「內地」的文學，台灣文學是「外地文學」，也就是殖民地文學。他根據法國學界研究的「殖民地文學」（Etude de littérature coloniale）爲藍本，認爲外地文學以殖民地的異國風情爲特色㉕。西川滿主編的《文藝台灣》每期都刊登許多介紹台灣民俗民風的文章，例如第二卷第二號上有池田敏雄的〈艋舺雜記〉，描寫端午節粽子的來由，新垣宏一的〈台南地方民家的祛魔風俗〉等。第一卷第六號有西川滿的〈赤嵌記〉，由一九四〇年代的角度重新闡釋鄭成功家族領台的故事；張文環的〈檳榔籠〉，描寫作者兒時常見的女子外出時攜帶的竹編小籃子，充滿浪漫的懷舊情懷。連續幾期都有黃鳳姿著的

《七爺八爺》的出書廣告，讚美作者才十三歲小小年紀，繼〈七娘媽生〉之後又有描寫萬華民俗的佳作，「台灣總督府情報部」並大力推薦，聲稱本書展現鄉土文學的價值，充分顯示出皇民化教育提昇地方文化的成效㉖。此外，《文藝台灣》刊登的作品，不僅是台灣作家的作品經常出現台灣話文，日人作品亦然，例如西川滿的〈赤嵌記〉中，「阿母」、「沒要緊」、「愛玉」、「排骨湯」、「過房子」、「媳婦仔」、「獅陣」、「弄龍」等辭彙比比皆是，旁邊都以片假名註明台語的發音。值得注意的是，故事中經常提到由於「台灣施行新體制」㉗，因此秩序井然，煥然一新，顯然是「以古說今」。在台日人提倡台灣民俗的盛事，是一九四一年七月台灣大學人類學教授金關丈夫和池田敏雄主編的《民俗台灣》創刊，紀錄台灣的風俗民情、信仰慶典、諺語民謠等，一直出刊到一九四四年十二月第四十二期為止。

從另一個角度來看，日據時代台灣文學無論是日文或中文作品當中，台灣話文的夾雜是殖民政府允許的。到了日本參戰後施行皇民化運動，大力推行「國語家庭」，一九三七年四月起公學校漢文課取消，和、漢併用的報紙開始廢止漢文欄，家庭中和工作場域也標榜不用台語、用日語㉘，可是種種跡象顯示，總督府卻似乎鼓勵台灣話文所代表的民俗文化。這也許是殖民政府的一種統治技巧，一方面在日常庶民生活中實際打壓本土語言，一方面又蓄意把台灣文化博物館化、樣板化，以精緻文化的方式展現殖民政府對台灣傳統的寬容和保護。這個現象，是值得學者進一步探討的。

五、政權嬗變與文學中的愛國主義

楊逵的作品再三修改的現象，很多時候是文學表現手法的考慮，例如〈模範村〉中媒婆賣弄生花妙口，勸阮新民娶阿嬌的一幕，越修改細節越詳盡生動，表現出作家追求完美的特性。但也有很多情況很可能是因爲改朝換代，而加上或刪去一些「愛國口號」：類似這樣的情形，我們應該如何來詮釋或評價？九〇年代末相關議題的討論，曾在報端引發一系列的爭議。我們先回顧一下一九九八年二月十日《聯合報・副刊》張良澤呼籲重新評價「皇民文學」的文章引起的回響。

在〈正視台灣文學史上的難題——關於台灣「皇民文學」作品拾遺〉一文中，張良澤後悔自己在五、六〇年代曾響應反共八股政策，七〇年代「基於『民族大義』，痛批過『皇民文學』」。他意識到「我自己走過的道路其實也是他們走過的旅程！」他呼籲：「不管你願不願意，都要正視日據時代的台灣作家或多或少都寫過所謂的『皇民文學』的歷史事實。」㉙四月二日至五日陳映眞的文章〈精神的荒廢〉提出反駁意見：「憤憤不平的說國民黨的『愛國主義』教育」，使人不能以『愛與同情』去評價『皇民文學』，恢復皇民文學的名譽，離開事實未免就太遠了……」他指出：「五〇年代以降，國府和日本舊軍部、反共右翼政、商、學界千絲萬縷的網絡，被在八〇年代末『台灣化』後的國府繼承和進一步發展，甚至也在少數一些台灣戰後留日學界中發展成對日佔台灣史美化和正當化，宣傳和當年僞滿『建國』論如出一轍的各種建台灣爲『新而獨立』的『民族論』和『國家論』的運動。」㉚四月二十二日彭歌的文章〈醒悟吧！〉雖然贊成陳氏對皇民文學的批判，卻把箭頭指向陳氏的階級論立場，認爲陳氏「對反共愛國妄施曲解，重彈其『階級論』。儘管二十年來世界經歷了驚天動地的變化，陳映眞偏執依舊。」㉛事實上以上三位評論者的觀點簡單地來說，正代表九〇年代台灣三種旗幟分明的政治立場，由於「皇民文學」議題的重新檢討，我們清楚地看見歷史變遷和政局嬗遞之際，文學作品被擺佈的命運（姑且不論其本身的文學價值）。

如果討論孰是孰非，或是要在這類爭辯中評斷出「眞理」何在，在自由開放的社會中是不可能有結論的。我認爲比較有意義、而且値得再三思考的，是所謂「民族大義」或「愛國主義」形成的機制。彭歌認爲「愛國大義，原爲人性之本然，其實也正是普遍人性的例證之一。」愛國是否「人性之本然」？要解答這個問題之前，首先要談「國家」或是「民族」的概念如何形成。張良澤的反省値得參考：「如今回想起來，我的上述行爲，無論是出於主動或被動，抑是出於有意或無意，都是三十年間接受了『反共愛國』教育的必然結果。」愛國家愛民族的觀念和行爲，到底是「主動」還是「被動」，是「有意」還是「無意」？世紀之交歐洲民族國家運動風起雲湧之際，這個問題即已成爲政治哲學家討論的焦點，其中最有名的是何農（Ernest Renan, 1823-1891）所主張的「選擇論」和巴黑斯（Maurice Barrès, 1862-1923）所主張的「決定論」。何農認爲文化／國族認同是個人意志主導的「選擇性」行爲，只有遺忘建國時的暴力，甚至母語和族群差異，才能出於個人意願，達到族群共容㉜。巴黑斯的「決定論」則認爲人天生受到「種族原則」支配，這是一種個人「無意識」的「依賴被動、不自由狀態」；換言之，這是一種「必須的奉獻，個人性才能消失在民族／國家的形成中。」㉝

何農所主張的「選擇論」，直到今天仍不斷的被學界引用㉞。巴黑斯的「決定論」以及所謂血液聲音（la voix du sang）和鄉土本能（l'instinct du terroir），則完全不符合現代國家融合眾多移民、語言的現實結構。國家代表的是在面對其他政治實體時，民眾的共同權益獲得保障的概念或情緒（sentiments of prestige），其中也融合了保障後代永續發展的責任感。從統治機器的角度而言，民族國家意識是專斷、絕對的，端賴所有被統治者無條件的奉獻（unqualified devotion），才能營造出團結忠誠的精神（solidarity）[35]。因此任何統治機器都必然要採取強制宣導的手段，使民眾「相信」國家可以有效地保障民眾的權益，於是民眾的「愛國」精神才會達到下意識的層面，不由自主地支持擁護國家所代表的概念。如同張良澤所說，五〇到七〇年代他積極擁護反共口號的行爲，「無論是出於主動或被動，抑是出於有意或無意，都是三十年間接受了『反共愛國』教育的必然結果。」

但是這裡我們必須列入考慮的關鍵是：民眾無條件擁護「國家」的前提是「相信」國家能保障自己最大的權益。試看近代史上「國家／民族」主義走到極致時民眾所扮演的角色：納粹的純種阿利安人的理念，導致慘絕人寰的猶太人大屠殺，所有支持甚至不表示反對的德國民眾恐怕都難辭其咎；毛澤東發起的文化大革命，如果不是民眾的主動熱烈響應，不可能造成那麼大的災難。近代群眾運動史成功的案例，端賴領導者懂得如何利用群眾心理來達到目的，而其中的關鍵是權力的下放（the delegation of power）：也就是說，不只是領導者，每一個參與運動的人都分擔了道德裁判（即聲討他人）的權力[36]。從這個角度來看，五、六〇年代張良澤積極參與批判「皇民文學」的行爲就不足爲怪了。民眾在接受愛國教育的洗腦時是處於被動的狀態；至於積極參與愛國行爲時，有多少程度是洗腦後的下意識反應，有多少程度是「主動」行爲，恐怕很難釐清。

楊逵作品中可能是隨政權嬗遞而增刪的愛國口號呢，是「主動」還是「被動」？是「積極響應」

愛國精神，還是表面上響應愛國口號作爲護身符？這一類問題極難回答，和張良澤無法解釋自己的「愛國」行爲一樣，楊逵本人可能也說不清楚。但是我們可以憑藉參考的事實是，楊逵在日據時代曾因參加農民組合出入牢獄十次，如果指責他一直到國民政府時代才在作品中大幅增加反日的言論，因此而說他不是眞正的「愛國」，恐怕是苛責。而且，也許我們應該問的是，如果從楊逵的角度出發，他「應該」愛的是那一個「國家」？

無論是日本殖民政府或是國民政府時代，楊逵都是政治犯。他一生進出牢獄十二次，前十次是在日據時代，因參加文化協會、農民組合等運動被捕；最後兩次是國民政府時代，一次是一九四七年二二八事件之後，另一次因一九四九年起草〈和平宣言〉，經上海《大公報》於一月二十一日披露，導致他於四月被捕，繫獄十二年。從一九四九年四月六日被捕、一九五一年移監綠島，到一九六一年釋放，楊逵以四十四歲的壯年入獄，到五十六歲出獄時已近垂老之年矣。

〈和平宣言〉的內容主要是期待台灣成爲一個「和平建設的示範區」；雖然就我們今天的眼光來看，只是一篇相當直爽的對當局的建言，不料對主政者而言，卻如芒刺在背，非去之而後快不可。楊逵的建言包括：㈠、消滅獨立及託管的企圖，避免類似「二二八」事件的重演；㈡、請政府還政於民，保障言論出版、集會結社、思想宗教的自由；㈢、請政府釋放政治犯，停止政治性的捕人，允許各黨派隨政黨政治的常軌公開活動；㈣、增加生產，合理分配，消弭經濟不平現象；㈤、組織地方自治委員會，人權保障委員會等，動員廣大人民，監視不法行爲與整肅不法分子。楊逵並呼籲「省內省外文化界開誠合作」，建設台灣爲「新樂園」㊲。這些建言就九〇年代的標準而言，是理所當然的，但在四〇年代卻足夠成爲政治犯的罪狀。

四〇年代末台灣菁英對國民政府由期待到失望的心路歷程，是普遍的現象。日據時代楊逵對「祖國」文化懷抱的憧憬，可以由他的作品看出來。一九四三到四四年間，楊逵以日語改寫《三國演義》的故事，《三國志物語》第一卷至第四卷由台北盛興出版部發行，圖文並茂㊳。雖然盛興出版部的說明顯示出這是戰爭期間推行「國語」（日語）運動的一環，未嘗不能說是作者孺慕中原文化，心嚮往之。一九四七年國府遷台後，他曾翻譯五四作家的作品為日文，如魯迅的《阿Q正傳》、茅盾的《大鼻子的故事》、郁達夫的《微雪的早晨》等，由台北東華書局以中日文對照出版㊴。東華書局宣稱，此一系列書籍的出版，是為了「在全國普及國語（中國話）運動上」，便於「本省同胞」學習，「要眞確地理解祖國的文化」㊵。

一九四五年戰後，楊逵對五四新文學作家表現出相當程度的關懷。一九四六年魯迅逝世十週年時，他曾寫中日文詩各一首悼念他，標題都是〈紀念魯迅〉。中文詩發表於十月十九日的《和平日報》㊶：「……一聲吶喊／萬聲響應……魯迅不死／我永遠看到他的至誠與熱情」。日文詩同一天發表於《中華日報》：「……面對劣勢與反動／吶喊又吶喊／魯迅如猛獅般銳不可當……如今到處／聽見魯迅的聲音／繼承者的心中／看見魯迅的至誠與熱情／魯迅是人類精神的清道夫／革命永恆的標竿」㊷（邱振瑞譯）。戰後楊逵固然熱情擁抱五四作家，但二二八事件爆發後，一九四七年三月十三日發佈了「戒嚴期間民眾行動應注意事項」，不久之後，五四文學在台灣也成為禁忌。

國府來台後，受到大量五四文學強勢輸入的影響，一九四八台灣文藝界發生過一次有關台灣新文學運動的大辯論，爭論的議題之一是：台灣新文學是獨立發展的文學，還是中國新文學運動的一環？如何尋找台灣文學之路、如何再建台灣文學？當時主要的戰場是《新生報》，三月二十九日楊逵發表了〈如何建立台灣新文學〉一文，向文壇喊話：「我由衷地向愛國憂民的文學工作同志呼喊，消滅省內外的隔閡，共同來再建，為中國新文學運動之一環的台灣新文學。」楊逵一再強調「文藝工作者（不問本省人或外省人），必須打成一片」[43]。這是由於當時本省與外省人士隔閡摩擦日深，不得不作類似的呼籲吧。

楊逵年輕時熱心於社會運動，到七〇年代末，他對政治力量改造社會現象的可能性仍然表現出相當的憧憬。一九六七年楊逵有兩本選集問世，即輝煌出版社的《羊頭集》及香草山出版公司的《鵝媽媽出嫁》。同年，他的女公子楊素娟主編的《壓不扁的玫瑰花：楊逵的人與作品》也出版了。林瑞明珍藏的這三種書的版本中，有楊逵贈書給蔣經國的題字：「蔣經國先生指正，楊逵，民六十五年十二月七日」。應該是由於他期待新主政的蔣氏對文化政策有更開放的眼光和做法吧。

一九七八年，楊逵曾有作品談到五四運動。當年五月四日《聯合報・副刊》舉辦「文藝節特輯」筆談，主題是「新文學的再出發」。楊逵以短文〈一路跑上去〉共襄盛舉，顯現出他對五四文化運動並不陌生：「五四運動的一系列文章，把我帶回到少年中國……日本帝國主義強迫下簽訂的二十一條款是一次嚴厲的警鐘。它喚起了全國人民的鬥志。北京學生的罷課、遊行、火燒曹公館，這些抗議的消息隨即傳遍了全國，普遍引起了罷學、罷工、罷市的全民運動……從民間來，回到民間去，與大家在一起，用民眾的聲音唱我們自己的歌，用民眾的語言描寫大眾的生活與感觸，老幼相扶持，一路跑上去，我們一定可以跑到和平、安定、快樂的新樂園。」[44]這裡談到的五四文化運動，包括一九一九年前後王光祈所領導的學生社團「少年中國」，一九一九年五四運動的起因和影響，二〇年代初胡適、劉半農等人在北京大學發起的「走向民間」運動等。這些都是民間自發的建構民族國家的文化想像，顯現出對美好社會的憧憬，目的是規劃「新國土」的藍圖。楊逵對相關議題有一定程度的了解；這種對新社會的憧憬和他自己的願景不謀而合。作家如果對社會責任懷抱自我期許，在高壓戒嚴的時代卻可能難免遭來橫禍。

楊逵在一九四七年二二八事件後，省籍衝突越演越烈之際，提出消弭省籍歧見、鼓勵本省外省團結的「和平宣言」，沒想到卻因此獲罪而身繫牢獄十二年；當政者政治檢查尺度的無常，豈是區區百姓所能預測？楊逵戰前的作品多半是左翼的普羅文學，在國民政府時代的創作，則多半是鼓勵個人修身的勵志性作品，例如綠島時期的中文戲劇和家書，不再觸碰任何有關政治和意識形態的問題（按綠島時期的劇作大多曾在綠島中正堂演出，參加演出的都是他的難友，應該是獄中的文康活動）。

到了接近二十一世紀的今天，我們對「國家」的觀念已經有了進一步的認識。任何一個政權並不等同於「國家」，如果政府背叛百姓的託付，不能保障守法人民的安全幸福，百姓有權利選擇自己所信賴的政府。百姓應該愛的是自己的土地和同胞，至於政權，是百姓可以選擇、也可以摒棄的。在政權嬗遞中，楊逵的作品再三修改，可以隨朝代修改的是各式各樣的愛國口號，但不變的是他對土地和下層民眾的熱愛。作品的持續發表，傳達了作家給周遭世界的訊息，也是作家的生命所繫、作家對歷史應負的責任。如同楊逵在《赤崁拓荒》的手稿「附記」中所說，他的寫作是一種薪傳，「不管這是接『薪傳』的棒或是『薪傳』接這支棒，薪傳就是薪傳，它以不同的形式表現在各不同的時空，從而一代一代傳下來，也必然會繼續傳下去，而把腐朽的燒盡，把我們祖先拓荒的這塊土地變成沃土。」㊺

——二〇〇〇年，選自中央研究院《中國文哲專刊》第二十種《「歷史很多漏洞」：從張我軍到李昂》

註釋

❶楊逵，〈鵝媽媽出嫁〉，彭小妍主編：《楊逵全集》（台南：文化資產保存研究中心，一九九九年）第五卷，頁三八四。

❷參考〈鵝媽媽出嫁〉，《中外文學》，第二卷第八期（一九七四年一月），頁二四～四九。

❸楊逵，〈新聞配達夫〉，《台灣新民報》（一九三二年五月一九～二七日），前篇刊登後被禁：《文學評論》，第一卷第八號（一九三四年十月），為完整版。

❹但此日文手稿和《文學評論》版有一些出入，並非《文學評論》版原來的手稿。

❺胡風譯，〈送報伕〉，《世界知識》，第二卷第六號（一九三五年六月一日）：《弱小民族小說選》（上海：生活書局，一九三六年）：《山靈》（上海：文化生活出版社，一九三六年）。

❻日文版第一次發表於《芽萌ゆる》，排版中被查禁（昭和十九年：一九四四年）：第二次發表於《一陽週報》（一九五四年十月二七日起連載），中文版第一次發表於張恆豪主編，《台灣作家全集．楊逵集》（台北：前衛出版社，一九九一年），乃根據《一陽週報》版翻譯。《楊逵全集》則根據《芽萌ゆる》版翻譯，並對照《一陽週報》版。

❼《豬哥仔伯》，《楊逵全集》，第一卷，頁一三～一二一。

❽《牛犁分家》，《民衆日報．副刊》（一九七九年五月一六日）。

❾竹内好，〈吼えろ支那〉，《時局雜誌》（一九四三年五月），頁四一～五七。

❿楊逵改編，黃木譯，〈怒吼吧！中國〉，《大地文學》，第二期（一九八二年三月）。楊逵將原作者名誤植為 Tolechakof，頁一四九～一九七。

⓫塚本照和，〈談楊逵的《田園小景》和《模範村》〉，新竹清華大學主辦「賴和及其同時代的作家：日據時

期台灣文學國際學術會議」（一九九四年十一月二五日至二七日）。

⓬參考清水賢一郎，〈台、日、中的交會〉，中央研究院中國文哲研究所座談會論文（一九九八年三月二九日）。

⓭〈模範村〉，《楊逵全集》，第五卷，頁九八。

⓮施文杞，〈對於台灣人做的白話文的我見〉。

⓯逸民，〈對在台灣研究白話文的我見〉。

⓰連溫卿，〈將來之台灣語〉。

⓱張我軍，〈復鄭軍我書〉。

⓲敬：〈台灣話文討論欄〉，《南音》，創刊號（一九三二年一月），頁九。

⓳郭秋生，〈說幾條台灣話文的基礎工作給大家做參考〉，《南音》，創刊號（一九三二年一月），頁一四。

⓴賴和、郭秋生〈台灣話文的新字問題〉，《南音》，第一卷第三號（一九三二年二月一日），頁九。

㉑參考許俊雅，〈楊守愚小說的風貌及其相關問題〉。

㉒〈田園小景〉，《楊逵全集》，第五卷，頁二四。「𩚨」字讀如台語肉「羹」。

㉓〈死〉，《楊逵全集》，第四卷，頁二六一～三一六。

㉔〈貧農的變死〉，《楊逵全集》，第四卷，頁三一七～三七五。

㉕島田謹二，〈台灣の文學的過現未〉。

㉖《文藝台灣》，第二卷第一號（一九四一年三月），封底廣告。

㉗西川滿，〈赤嵌記〉，《文藝台灣》，第一卷第六號（一九四〇年十二月），頁四三二～四六六。

㉘周婉窈，〈台灣人第一次的「國語」經驗——析論日治末期的日語運動及其問題〉，《新史學》，第六卷第二期（一九九五年六月），頁一一三～一六一。周指出「雖然推行日語是一持續性的殖民地語言政策，但只有在一九三七年四月以後，殖民政府對於使用本土語言，尤其是閩南語（當時稱為台灣語），才開始有一連串的壓抑措施。」（頁一二五）她又指出：「我們應當注意的是，總督府從未曾全面禁止使用本土語

言。常見的是局部的禁止。」（頁一二六）

㉙張良澤，〈正視台灣文學史上的難題——關於台灣「皇民文學」作品拾遺〉，《聯合報．副刊》（一九九八年二月十日），第四一版。

㉚陳映真，〈精神的荒廢——張良澤皇民文學論的批評〉，《聯合報．副刊》（一九九八年四月二日至四日），第四一版。

㉛彭歌，〈醒悟吧！回應陳映真《精神的荒廢》一文，《聯合報．副刊》（一九九八年四月三日），第四一版。

㉜Ernest Renan, “Qu' est-ce qu' une nation?” 參考第一章，註❷。

㉝Maurice Barrès, “Scènes et doctrines du nationalisme.” 參考第一章，註❷。

㉞Cf. John Hutchinson & Anthony D. Smith, *Nationalism*（Oxford: Oxford University Press, 1994）.

㉟Cf. “The Nation, ” in *From Max Weber: Essays in Sociology*, trans. and ed. H. H. Gerth and C. Wright-Mills（Routledge & Kegan Paul: London, 1948）, pp. 171-177.

㊱Cf. Eric Hoffman, *The True Believer: Thoughts on the Nature of Mass Movements*（New York: Harper & Row, 1966）. First published in 1951.

㊲〈台中部文化界聯誼會宣言（和平宣言）〉，上海《大公報》（一九四九年一月二二日）。

㊳楊逵《三國志物語》（台北：盛興出版部，一九四三～四四年），共四卷。

㊴見《楊逵全集》，第三卷。

㊵見魯迅著，楊逵譯：〈中國文藝叢書發刊序〉，《阿Q正傳》（台北：東華書局，一九四七年）。

㊶楊逵，〈紀念魯迅〉，《和平日報》（一九四六年十月一九日）。

㊷楊逵，〈魯迅を紀念して〉，《中華日報》（一九四六年十月十九日）。

㊸楊逵，〈如何建立台灣新文學〉，《新生報》（一九四八年三月二十九日）。

㊹楊逵，〈一路跑上去〉，《聯合報．副刊》（一九七九年五月四日）。

㊺楊逵，〈附記〉，《赤崁拓荒》手稿，一九五五年。〈附記〉時間地點註明為「一九七九・二・五於東海花園」。收於《楊逵全集》，第二卷，頁三五～八八。

陳啓佑：文學在當代台灣選舉上的運用

陳啓佑

筆名渡也，台灣嘉義人，1953 年生，中國文學博士，彰化師大國文系所專任教授，中興大學中文系兼任教授。著有評論《唐代山水小品文研究》、《新詩形式設計的美學》、《新詩補給站》、《渡也論新詩》及詩集《手套與愛》、《流浪玫瑰》，散文《永遠的蝴蝶》等書。曾獲聯合報極短篇小說獎、中國時報敘事詩獎等。

鼂錯於西元前一六八年呈給漢文帝一篇文章〈論貴粟疏〉，文帝接納其建議，儲粟減稅，故大有裨益天下之安定。這是古代文學在政治上發揮巨大功能的一個例子。錢穆說春秋時代「往往有賦一首詩，寫一封信，而解決了政治上之絕大糾紛問題者」❶。中國古代，文學在政治上常如此顯示其舉足輕重的地位，及扭轉乾坤的力量。

迨及現代，文學在政治上的地位、力量則遠不如古代，雖然如此，但也有其不可忽略的一面。每一個人皆在某種方式之下，在某時和某種政治體系發生關係。政治是人類生存的無可避免的事實。而選舉是政治，尤其是民主政治中一項相當重要的活動，在民主國家每一個人難免和選舉發生關係。

一談到選舉，則不能不提及大眾傳播媒介，此二者息息相關，誠如《傳播媒介與社會》一書所言：「自從選舉權普及之後，大眾傳播媒介以其廣泛的滲透力量，自是成為競選宣傳、政見訴求等的最佳管道，因此，傳播媒介運作在選舉期間，尤顯積極熱烈，反觀國內台灣地區競選活動亦然。」❷在選舉活動中，文宣如何透過大眾傳播媒介而達到效果，乃是極其重要的課題。候選人無不以文宣包裝自己，推銷自己。可以說，沒有文宣即如同放棄競選或拒絕當選，此乃買票以外，最能影響選舉結果的因素。關於文宣的重要性，陳世敏、陳義彥兩人在一項調查報告中指出：

三十二人中，共有十九人當選，當選率百分之六十。刊登廣告不一定就是當選的唯一原因，但百分之六十當選率，似乎說明了廣告在選舉中的角色愈來愈重要。尤其是選區遼

> 闊的職業團體候選人，依賴大眾傳播媒介從事競選，確是順理成章的事。[3]

七十八年底縣市長、立法委員、省市議員選舉，候選人在《聯合報》等七家報紙刊登廣告則數爲兩位數者，計有王令麟等三十二人，陳世敏、陳義彥針對這三十二位候選人的廣告數量加以統計、歸納、分析，上面所引的這段話即是其結論之一。

近幾年儘管大眾傳播媒體業已高度發展，電子傳播的影響力相當深鉅，有目共睹；但是，大體而言，在選舉宣傳上，以紙爲材料的文宣印刷品仍是最基本、最重要、最普遍者。這種文宣，亦屬廣告之一。

廣告的內容可分爲文案與畫面兩大部分。所謂文案，指廣告上所有文字的部分。文案又分兩部分，其一是標題（Catch Phrase），必要時，以副標題（Sub Catch Phrase）補助之。其二是內文（Body Copy）。選舉文宣不乏佳作，其中能善用文學者不鮮。本文嘗試討論一些水準不錯的文宣作品，區分標題及內文兩方面而言。

首先談標題。廣告學者均肯定標題的功效，日人西尾忠久說：

> 百分之五十到百分之七十五的廣告效果來自標題的力量。[4]

國內廣告學者顏伯勤說得更詳細：

> 「標題」的重要性，又遠勝過「內文」。……因爲消費者對標題產生興趣，才會閱讀內文。標題如果缺乏吸引消費者的力量，內文亦隨之無法產生功能。好的標題，消費者一

定會閱讀完整，甚至記憶完整。可是，內文被消費者閱讀完整者卻不多，被消費者記憶完整者則更少。此種事實，足以證明「標題」的重要性，遠勝「內文」。❺

競期間期，文宣滿天飛，要在極短的時間內吸引選民眼睛，更有賴特殊的標題。七十八年底立委選舉，台中立委候選人劉文雄別出心裁，製作大公文袋分送選民，以便選民裝文宣傳單。公文袋右下角印一圖案：台灣套在救生圈中。圖案上有一標題，字體雖小，但含意深遠：

給台灣一個救生圈

它的意思是台灣百廢待舉，正在海洋中下沉，劉文雄將給台灣一個救生圈，挽救台灣。此外，他的某些文宣一再出現下列標題：

千辛萬苦不轉彎

一心一意救台灣

對仗雖非工整，但因簡明扼要，且押韻，無論以台灣、國語吟讀，均琅琅上口，便於記憶。民進黨籍的劉文雄屢選屢敗，卻不屈不撓，這對聯頗能說出他多年參選的坎坷及志向。現任國大代表的林俊義在該年競選立委時，總標語爲：

大聲講出愛台灣

運用作家林雙不作品集的名稱作爲競選標語，也是一種創意，且十分適當。

八十一年底立委選舉時，民進黨籍候選人蔡同榮在嘉義市角逐，他的選報上有一標題：

歷史正在注視著嘉義

以「擬人」辭格寫成的這個句子，雄偉有力，它含有多義性，嘉義選區舉足輕重，對台灣發展深具影響力，此其一。嘉義人要爭氣，要選出理想人材，整部台灣史都關心這事，此其二。台中縣籍國民黨立委候選人徐中雄，肢體殘障，不良於行，是美國殘障福利哲學博士，文宣計有數種，其中一張彩色傳單之標題如左：

身殘心不殘
腳跛志不跛

平仄相對，音調和諧，對仗工整，描述他向上之志氣及此番競選之決心，頗能打動人心。兩句各用一「比擬」辭格，將抽象的心、志比擬爲具體的身、腳。陳世敏、陳義彥二氏指出競選廣告的訴求方式，計有三方面：

一方面藉著廣告塑造有利於自身的形象，一方面批評或反駁競爭對手，另一方面則積極提出政見以爭取選民的支持。此即塑造形象、攻擊他人、提出政見三步驟。❻

徐中雄的文宣大多不採取批評或反駁競爭對手的策略，以上述標題而言，顯然目的在於塑造自己的形象。西尾忠久曾引用W·唐氏所言標題的四點功能：

(1)吸引讀者的注意

(2)從讀者群選出可能的消費者

(3)使讀者對內文發生興趣

(4)有時要能夠誘發消費者有所行動❼

徐中雄文宣標題即具備上述功能，此外，又能增強讀者的印象。肢體殘障卻力爭上游，他的文宣很能掌握這點做感性訴求，畢竟他這種遭遇、身體狀況及學歷是極特殊的。徐中雄終於在台中縣選區以最高票當選立委。台中市籍立委候選人張平沼，已三度當選立委，八十一年底尋求第四度連任，其競選手冊標題爲：

和自己賽跑的人

此句看似矛盾，除非分身，否則無術和自己賽跑。其實此句含有深意，即向自己挑戰，超越自己。七十八年底立委選舉，台北市南區候選人葉菊蘭在那年十月二十六日《自立早報》第十八版，刊登版面尺寸爲全廿批的廣告，畫面呈現葉葉蘭爲女兒繫綁寫著新國家運動字眼的頭巾，畫面上方有一行聳動的標題：

請你陪我打一場母親的聖戰

「你」可以是葉菊蘭的女兒，更可以是傳播學所謂的受播者。「母親」則指葉菊蘭本人，亦可視爲形容詞，這是修辭學的「轉品」辭格。

上述標題，就文學觀點而言，均屬上乘之作。既是文學作品，又能強調候選人的訴求重點，且引人注目，可謂文學與選舉兼顧。文學爲政治服務，自古已然，古代沒有民意代表選舉，文學在二十世紀爲政治服務顯然多了選舉這個項目，我們稱之曰「選舉文學」。

前面言及「標題」負有吸引受播者的重責大任，任務完成後，介紹、解說的工作則由「內文」負責，誠如西尾忠久所言：

廣告文案的機能中，說服消費者的任務主要是靠內文。❽

如何將候選人的身世背景、學識、形象、貢獻及政見等如同商品一樣說明清楚，令人印象深刻，「內文」須負很大的責任。近幾年，選舉公關公司引進國內，負責候選人的文宣、公關文稿撰寫。因而讀者或選民不難看到文筆優美、生動感人的「文案」。有些「內文」甚至是純文學佳作，斐然可觀，由於作家介入選舉有越來越多的趨勢，如陳芳明、李喬、林雙不、渡也、吳錦發、苦苓、向陽、吳晟、林蒼鬱、林文義、吳念眞、小野、劉還月、李敏勇、林承謨等，或擔任候選人之助講員，或撰寫文宣，的確，使選舉文化的水準提升不少。文學在選舉中發揮某種程度的功能，對選民而言，是眼福，一種心靈的享受，也是一種文學教育。尤其候選人本身是作家的話，如王拓、楊青矗、王世勛、黃憲東（黃維君）、廖永來等，其文宣懂得妥善運用文學，這對文學、選民都有好處。

七十八年立委選舉時，高雄市籍候選人林宏宗推出一系列頗具創意的文宣，其一是刊登於七十八年十一月七日《民眾日報》一版的廣告，內文由三篇精悍有力的小品文組合而成，三篇各自獨立，第三篇如下：

小時候，謝神的歌仔戲是那麼樣的吸引人，台上，武生的翻騰跳躍，苦旦的悲切唱腔總比不上包青天那張油亮烏黑的臉怒吼一聲「虎頭鍘侍候！」假人頭落地，而眞人聲喝采，散場時仍三五成群議論紛紛……「夭壽仔，陳世美，死好……」

那一張誠樸的臉，盼望著包青天。

青天在頭上，青天在戲裡，青天在心裡。青天是政府，青天是司法，而人民走上街頭，像豬狗般被追打或用自焚作最悲壯的表態。

明末大思想家顧亭林說：

「法行則人從法，法敗則法從人。」

是青天死了，還是人心死了？

法務部長可以不信任司法，聚眾演說證明清廉，公正的監委可以登報慰問，立法院一百歲及臥病的植物老人可以立法？學者不用親臨事件現場，可以正色分析並儼然以公理及正義象徵譴責暴民？

而事實的眞象，永遠被欺騙的糖衣包裹。

市井上議論紛紛：「青天死了。」

宏宗說：「青天仍在，在你我手上這片天。」

此文由野台戲包青天審案，鐵面無私斬奸臣，大快人心，聯想現在司法腐敗不堪，令人痛心疾首，進而認爲司法死了，包青天死了。結尾來個逆轉，出乎意外，卻入乎意中：青天未死，青天仍在每個人心裡、手上。此內文另有〈這段日子　天暗得很快〉、〈拐杖的故事〉兩篇小品文，均屬佳構。這三篇小品文之作者想必是高手。

八十一年底立委候選人陳傑儒，台中縣籍，他有一張文宣題爲〈愛鄉的男人〉，美工精緻可愛，「內文」下面的一張照片顯示陳傑儒先生站在溪畔抬頭眺望山水，其全文如左：

大甲溪的水，大里溪的水，流經台灣的心臟，也迴流在我的血脈——我們台中縣人都是喝這兩條溪水長大的。

這美麗的山川是我一世的情緣，一生的愛。

走過艱苦的歲月，從無怨尤。求學、考試、作兵、吃頭路、創業，娶某生子，跟大家一樣。心中常想的是，要富足，總是要打拚。

因爲打拚過，更珍惜，更熱愛這塊土地，也更能體會大家的感受：願子子孫孫能在這塊蕃薯仔島上平平安安地過下去。這是你我的願望。

年底，請選舉傑儒作爲您的代言人，大聲說出我們心中的想望。

在訴求方式上，這則內文採取能博得同情的感性訴求。以簡樸的文字寫成的這篇溫馨動人的小品文，國台語夾雜，十分親切，這份親切加上第四段所述，更拉近陳傑儒與選民的距離，必須強調的是，文宣上的文章不宜太深，否則，一般民眾看不懂，即達不到效果，徒勞無功，上述林宏宗、陳傑儒之文宣均能注意這點。

八十一年底，台北市南區立委候選人沈富雄的文宣種類多，而且均十分精彩。有一張是以對手李慶華爲攻擊目標者，其內文如下：

【壹】秦俑是「中国」——我們的鄰國，在他們的陝西所挖掘出來的秦代殉葬文物，雖然製作栩栩如生，但是，秦始皇陵墓的建造，動員了全國兵伕、勞工、犯人等拆散家庭，流離家園興建而成，所以，才會有孟姜女萬里尋夫，哭倒秦始皇的長城的民間故事，這樣子的一個文化意義是我們要注意的。

由於秦俑的製作方式已不可考，它們在工藝上的成就是無可置疑的。秦俑在台灣的展出，我們不應只是抱持著注意製造秦俑的工藝成就，而應該去關心，在秦俑的製作背後，到底有多少人犧牲身家性命，流離失所，只爲了滿足專制統治帝王的個人慾望。所以，《論語》也告誡：「始作俑者，其無後乎！」

【貳】雖然世界各國不同文化的交流是台灣立足於世界的重要目的之一，但是在中共不排除以武力犯台的宣稱下，爲了防禦敵國外患的安全考慮之故，我們必須要共同去監督，到底這一批秦俑是透過什麼管道來台展出？當台灣和中共的交流尚未合法、公開前，是誰有這樣子的權力可以突破目前法令的限制？

【參】秦俑如果可以用這種偷雞摸狗、偷天換日的方式入台，當然，我們基於國家安全的考慮，就要記得木馬屠城記所描述的情景！郝柏村及李慶華領導的展望基金會等一撮非主流人士公然提倡「我愛台灣，但我更愛大陸」，並積極引進大陸勞工搶奪台灣人民的工作機會，不得不令我們懷疑他們所謂的愛台灣是不是在愛大陸？

【肆】爲了台灣的安全，假如您在觀看途中，發現您所參觀的秦俑在動，那就是木馬屠城的前兆，請您馬上通知沈富雄競選總部（02）367—8797，我們將會儘快讓他們不動：

保密防諜　人人有責

【伍】小心，秦俑就在您身邊！

很顯然，此內文採取「批評或反駁競爭對手」的訴求方式。在廣告學上，這種攻擊他人、醜化對手的策略稱爲「負面廣告」（Negative Campaign），亦稱爲「詆毀式廣告」，在選舉期間經常出現。鄭自隆「競選文宣策略」一書述及廣告公司評估廣告的五個準則，其實亦可移作競選廣告的準則：

1. 獨特性（Uniqe）：競選廣告必須能顯示出訴求的特性，凸顯獨特的銷售主張（USP: Uniqe Selling Proposition）。
2. 相關性（Relevant）：廣告不是關起門來做給自己看的，必須以銷售爲主要目的，因此廣告表現一定要能與商品連結傳達商品特性。……

3.衝擊性（Impact）：商品廣告必須讓消費者感到震撼。

4.原創性（Original）：廣告是來自自己的創意而不是抄襲。……

5.持續性（Campaignable）：文宣人員應評估此廣告是否和整體策略一致，而不是單兵作戰。……❾

前引沈富雄的文宣，看來符合這些準則。從以上三則散文寫成的內文而言，直接、露骨、呆板、八股、老套的政治廣告已逐漸被淘汰了。

以上三篇內文爲散文，接下來介紹內文屬新詩者。新詩上廣告，是一種花招，一種噱頭，十幾年前，廣告代理業如果還用新詩於廣告上，勢必被視爲精神異常。可是近十年，新詩出現在廣告上的比例逐年增加，原因安在？

大體而言，近十年之新詩，語言平易近人、題材大眾化生活化，而且不一味地玩弄技巧，因而漸爲人所了解、接納，與六、七十年代新詩截然不同。此外，一般新詩比散文、小說短小，且與這兩種文體相較，仍屬於「特異份子」，而廣告文案便是以簡短、特殊爲準，故新詩開始獲得廣告業者青睞。

台中縣選區八十一年立委候選人廖永來，爲新詩人，十幾年前開始走社會寫實路線，出版過《戶口名簿》、《菊花過客》等數本詩集，近幾年他全力投入選舉活動，競選手冊多處使用他的詩作，其一如左：

當我走進我們的議堂
希望透出一絲亮光
沙發、地毯眞是好裝璜
質詢答覆一切妥當
然而這多像二部合唱
一問一答，氣氛融洽
原來大部分代表只會舉手鼓掌

這一段節錄自他七十一年的作品〈我有不盡的憂傷〉一詩。第三行「璜」應爲「潢」，也許是手民誤植。此詩對一味支持政府政策而不論是非曲直的議員們，提出強烈的批判和諷嘲，語言平易近人，且韻腳緊密，具音樂性，頗能打動人心。

八十一年十一月十二日《自立晚報》一版披露立委候選人林鈺祥的競選廣告，其內文是一首詩，一首題爲〈請莫棄嫌咱台灣〉的台語詩，爲了與訴求內容配合，特別以台語寫作。此詩具有創意，結構完整，內容感人：

你若眞心敬祖先
請莫棄嫌咱台灣
雖然所在這麼窄
總是咱的國家和土地

靠咱祖先拚生又拚死
才有目前好日子

你若眞心愛故鄉
請莫棄嫌咱台灣

雖然資源這麼缺
總是咱的國家和土地
靠咱大家認眞來打拚
才有今日好光景

生在台灣，住在台灣
食穿在台灣
爲何偏偏有人雙手向外彎
聲聲句句喊統一
利用阿共相恐嚇
假有中國心，全無台灣情

你若眞心愛國家
請莫棄嫌咱台灣

明明都是中華民國的總統
對待姓李姓蔣
哪會相差這麼多

你若眞心敬祖先
你若眞心敬故鄉
你若眞心愛國家
請莫棄嫌咱台灣

此詩在韻腳的經營上頗具心思，以首段爲例，六句中一再「換韻」，俾使節奏活潑有變化，讀來琅琅上口。整首詩從開台祖先的戮力拓墾，才有今日的安定生活述起，呼籲生於斯，長於斯的國人要熱愛台灣，像祖先那樣努力奮鬥，不要嫌棄小小的台灣，更勿聯合中共對付台灣；將林鈺祥也是立法院集思會的政治理念表達得淋漓盡致，統派人士不妨一起來思索這些內容。

裘士林（Joslyn）分析八百個政治廣告，將訴求區分爲六種：

1. 期望政策選擇的訴求（Prospective Policy choice appeals）。
2. 回顧政策表現（Retrospective Policy Performance）。
3. 親愛領袖的訴求（Benevolent leader appeals）。
4. 政黨訴求（Partisan appeals）。

5.意識形態的訴求（Ideological appeals）。

6.象徵的訴求（Symbolic appeals）。[10]

這首台語政治詩包含第一、四、五種的訴求內容。若以陳世敏、陳義彥所說的競選廣告的訴求方式來看，此詩包含攻擊他人、提出政見兩方面，均未強烈、露骨地表達，反而以軟性包裝，效果甚佳。

八十一年底選舉期間，各縣市的競選文宣筆者收集不少，以新詩為內文者不多見，尤其以台語創作者更是罕見。此外，值得一提的是，詩中「你若眞心愛××」這種文法相同的句子一而再，再而三地出現，以及「請莫棄嫌咱台灣」句的四度出現，也是此詩節奏、韻律的形成因素。

劉毅志、黃深勳等所編《廣告學》一書論及「文案」撰寫時應注意五個要點：

1.文案的趣味性；

2.文案的統一性；

3.文案的單純性；

4.文案的強調性；

5.文案的說服力[11]。

這幾點，此詩幾乎都達到了。

大體而言，古典文學於選舉廣告上，詩出現的頻率較詞、文高。選舉廣告上的現代文學，則散文較新詩、小說多見，原因可能是散文既普及且適於解說。再從另一角度分析，選舉廣告上的古典文學，「引用」者多於「創作」，至於現代文學則「創作」遠比「引用」多。

以上所臚舉的例子，或片段，或完整，或詩，或文，均屬佳作。筆者站在「文學社會學」的觀點來探討這些作品，心中充滿喜悅，畢竟還能在這種物質化的社會，功利掛帥的環境中，看到原與文學無關的政治文宣、廣告上有詩有文，有水準相當高的標題、內文，可見文壇某些人所說的「文學死了」，並不實際。依個人淺見，文學不但未死，它還滲透到許多層面、許多角落！以本文所調查者而言，它滲透選舉廣告中，滲透到選民心中。張大春曾說：

> 其實不論詩和小說，閱讀人口已分散到其他領域。最直接的證據是電視廣告、漫畫。電視廣告中「貓在鋼琴上昏倒了」，結果是司迪麥廣告，這是位詩人創作的廣告語言，因此文學其實在不同的領域中發揮力量和作用，使得原來不被視爲文學的作品，有了文學的意義甚至美學。⓬

這段話我頗有同感，不過他只提到詩和小說，其實，散文侵入廣告數量最多，且好作品不鮮。

廣告運用文學，益處多多，一來可以提升廣告品質，又可以藉此推廣文學，文學得以透過文宣、廣告達到經世致用的功效，達到提高選民文學水準的目的。

不過，必須注意的是，文學並非萬靈丹，不見得以優美的文學作爲標題、內文，便能達到廣告效果，說不定適得其反。文學有時是文宣、廣告的毒藥，撰寫文案、負責選舉文宣工作者宜愼用之。

——一九九三年十二月三十一日～一九九四年一月二日，中國時報與中國青年寫作協會合辦「當代台灣政治文學研討會」論文發表，選自時報版《當代台灣政治文學論》

註釋

❶錢穆，《國史大綱》（國立編譯館，六十九年十二月修訂七版），上冊，第二編，第四章，頁五〇。

❷鄭貞銘、賴國洲、許佳正、鄧萬成編著，《傳播媒介與社會》（國立空中大學，七十九年一月初版），下冊，第二十一章，頁九二一。

❸見陳世敏、陳義彥，〈民國七十八年競選廣告的內容分析〉，此文收入彭芸編著，《政治廣告與選舉》（正中，八十一年十一月）。

❹西尾忠久著，黃文博譯，《如何寫好廣告文案》（國家，七十五年四月），第一章標題。

❺見顏伯勤，《廣告學》（三民，七十五年九月再修訂再版），第十三章廣告文案研究，第二節，頁二六六。

❻同註❸引書，頁一六七。

❼同註❹引書，第一章，頁二〇。

❽同註❹引書，第二章，頁二五。

❾鄭自隆，《競選文宣策略》（遠流，八十一年十二月一日），第三章廣告策略㈡：廣告表現，頁五八、五九。

❿見同註❸引書，第一章政治廣告與美國總統選舉，頁一六、一七。

⓫劉毅志、黃深勳等著，《廣告學》（國立空中大學，八十一年三月），第五章，頁二八四、二八五.

⓬見〈文學又死了嗎？〉（聯合副刊，八十一年九月十二日）。此文為座談紀實，張大春在座談會上於文學未死議題提出精闢之見解。

陳義芝：

從半裸到全開

——台灣戰後世代女詩人的情欲表現

陳義芝

四川忠縣人，1953年生於花蓮。台灣師範大學國文系畢業，高師大國文博士候選人。現任聯合報副刊主任，主編《聯合副刊》，並於大學兼授新詩及現代文學思潮等課程。著有評論集《從半裸到全開——台灣戰後世代女詩人的性別意識》、《不盡長江滾滾來——中國新詩選注》、詩集七冊，主編《散文教室》、《散文二十家》、新世紀散文家書系、年度詩選、年度小說選等。曾於國內外學術會議發表探討新詩、傳播、性別論述、文化政策之論文多篇。曾獲中國時報文學推薦獎、中山文藝獎、榮後台灣詩人獎等。

一、引言

情慾有生物、心理、社會、文化等多方面的意義。就生物功能言，人類的求愛與做愛行爲，可說是不受意識指揮的生理反應，「就像心臟一樣只要我們活著，就自然會規律跳動下去」（馬基利斯，一二）。強調徹底自我解剖的微精神分析學家方迪（Silvio Fanti, 1919-）也認爲，性交是爆發在虛空中的一個共衝動的焰火（二六二），是人的第三項主要活動，從心理生物意義上講，它排在睡眠（夢）活動與過激活動❶之後（二三六）。

在資本主義生產的自由化空氣底下，性行爲的自由導致性關係的無政府主義。由於台灣社會的資本主義化、自由化，性資訊的解禁乃勢所必然；兩性權力互有消長，性經驗的傳佈不再專屬男性，女性擺脫了生育爲主的觀念束縛，性享樂的舞蹈與性壓抑的狂擺，一躍而爲情慾表現的重要符碼（姿態），性事成爲最新最熱門的文化課題❷。

誠如李瑞騰（一九五二—）在《台灣詩學季刊．性愛詩專輯》〈前言〉所說「八十年代以降的台灣文學已大膽突破『性』的禁區」，然而蕭蕭（一九四七—）發表在同一刊物上的〈現代詩的情色美學與性愛描寫〉論文，所討論的詩例卻全出自男性詩人，無一篇女詩人的作品。這究竟是蕭蕭個人閱讀選例有所偏愛，還是八十年代以降的台灣女詩人尚未突破禁區，在情色文學上繳了白卷？

在蕭蕭筆下，男詩人的情色描寫，意圖分歧，歸結起來可分析出八種不同的意涵：

㈠罪惡的代名詞，㈡矛頭大抵指向性的墮落，㈢做爲發洩苦悶的工具，㈣綿延生命之需，㈤盡情揮灑的野性之美，㈥向「黑」處尋求「光」的儒家精神，㈦靜而美好的騷動，㈧解構權威、顛覆中央的企圖。

生理與文化制約反應迥異於男性的女詩人如何透過情色觸媒，表現女性創造的生機、愛的熱情以及個人或集體心理，是本文嘗試論述之所在。略分成下列六個子題探討：㈠依違於男性律動間，㈡遐思空間與密語帷幕，㈢延宕的前戲，㈣身體器官象徵，㈤試探與僞裝，㈥肉體狂歡節。本文選擇的女詩人以戰後世代爲限，包括鍾玲（一九四五—）、李元貞（一九四六—）、白雨（一九四九—）、馮青（一九五〇—）、斯人（一九五一—）、阿翁（一九五二—）、利玉芳（一九五二—）、夏宇（一九五六—）、邱俐華（一九五七—）、曾淑美（一九六二—）、林婷（一九六七—）、顏艾琳（一九六八—）、吳瑩（阿那，一九六九—）等。

二、依違於男性律動間

主張性本能是人類精神活動核心的佛洛伊德（Sigmund Freud, 1856-1939），除提出著名的伊底帕斯情結（戀母情結），針對女性的愛戀對象，又有所謂的依賴克特拉情結（Electra complex）。在佛洛伊德的理論中，兒童必須解決這些情結，才能發展出獨立人格。男孩擺脫伊底帕斯情結的動力來自於「閹割恐懼」❸，在建立超我的過程中完成了性別認同。至於女孩的發展卻與男孩不大相同，女孩先有「陽具欽羨」的情結（意識到自己沒有男孩那種生殖器），而後將對母親的愛戀轉到父親身上，因爲沒有遭閹割的恐懼，因此無強力動機從依賴克特拉情結中掙脫而出，然而最終她們發現不可能眞正擁有陽具如父親，又開始與母親認同。由於這一情結始終未能完全地解決，因此社會準則無法融入她們的個性中，超我無法發展成熟。女性之所以無獨立性，或源於此。曾受佛洛伊德影響的女性心理分析學者多伊奇（Helene Deutsch, 1884-1982）也指出，女性具有要求他人關照的不健康的自戀，以及等待、期望、服從、易受他人影響的被動性（錢銘怡，二四～三二）。

這樣的女性心理，限制了情慾的自主發展，表現在曾淑美的〈哀愁〉裡，女性是「一個善良而受困的靈魂」，一具蒼白的等著對方主動來完成的裸體（二一四）。這種「先天性」限制，也含蓄隱晦地潛藏在白雨題名〈候〉的抒情小詩中：

漫漫冬雨已捲簾而去
陽光正彩繪殿堂的長窗
你的使女早就灑掃齋沐
只等你從斷崖的那一頭
越嶺攜著海浪歸來
你將一步一步地踩醒
這通往春天的彎彎小路（三三）

很明顯，在詩裡，男性是主人，女性是使女，使女爲迎接主人的到來，早就灑掃齋沐妥當。冬雨已去，陽光照臨，那空著的「殿堂」充滿迎幸的期盼和喜悅。她等的是誰？照詩意可知，是從斷崖那頭踏浪而來的太陽（男性象徵）；她則是「通往春天的彎彎小路」，正等著男性一步步踩醒，男性才是通往春天的主體。如果以性的律動解讀，本詩中的女性尙停留在心理渴望的層面，具體的行動完全交給男性去實踐。

男性是性權力的主宰，由來已久，就像利玉芳〈遙控飛機〉中遙控著群眾情緒的那個人。模型飛機是他的道具，高高在上「耍弄糾纏和翻滾的演技」，「群眾的頸子抬起痠痛的天空／叫讚／它狂愛這樣熱烈的擁護和呼叫／彷彿聽著處女在初夜的嘶喊」（一九）。處女的嘶喊是社會集體的假聲，是以男性爲主的律動——不論在政治面或情慾面，大部分的現實的確如此。女性的眞實感受，在躁動的現場反而隱沒不彰。

如此看來，解構性權力機制畢竟不是容易的事，女性大多依違於男性，左右徘徊，不成熟的超我成爲她們自己的負擔；她們的書寫意識也是時而清醒時而又蒙昧。例如利玉芳詩中的男人就佔用了「我」這一敘述觀點來發聲：

我的左手是你
我才握起筆桿
你就很靈犀地
遞給我稿紙
固定我的稿紙
幫助我移動稿紙

使我能夠暢通無阻地
寫著左手與右手之間
曾經發生過的愛（〈男人〉，四五）

當代文學理論家經常以做愛的比喻描述閱讀及寫作行爲，德希達（Jacques Derrida, 1930-），就把筆喻爲陽具，把紙喻爲處女膜（格巴，五九）。在這首詩中，利玉芳援用德希達的比喻，女人只是爲完成男性書寫而移動的稿紙，男人要求女人「靈犀地」配合，使他能「暢通無阻地」做愛。

三、遐思空間與密語帷幕

女性情慾在自主部分，著重氣氛、感覺，帶有神祕的成分。「對一個女人來說，性激動的增強不是始於觸摸，而是始於交談」（伯斯曼，一五七）。其情慾既在肉體，更在心理，既在乎一套秘密語言，更在乎一些只有情人才懂的眼神和手勢。這樣講究「半裸」的情態，與男性勇往直前、無遮攔的求歡訴求是不同的。簡言之，兩性的差異在：女性比較沒有性衝動（如男性），而傾向一種神秘體驗；不強調生殖器型愛情，沒有實體滿足也能接受。鍾玲的〈回首〉就畢現女性沉浸在情愛中的姿態：

我離去
牽著你的目光
離開你

踏上石階
升入喧譁的大廳
滿廳人影穿梭
在水晶燈及琥珀酒裡
卻擋不住
你的目光
你的目光
浸過層層玻璃
水般地
灌注我（四二～四三）

那樣動情的目光眼神，越過人群，穿透層層阻隔，落在一人眼中，其熱力不減於耳鬢廝磨或肉體交纏。

林婷的〈秘密〉，則驅遣一隻貓在夜深的巷道穿梭、張望、遐想、諦聽，試圖揭開人類在黑夜裡的秘密。貓的情感其實就是人的情慾，在想像中建構，又在想像中完成：

想：
關了燈火的斗室

是什麼秘密被人類
細心收藏
「沒有什麼垃圾好翻了」
她慵慵懶懶
偎在牆角
　　細聽
　　　呻吟
　　　　隱隱
房內傳來
纖柔　且急促
像爬坡的喘息

放下簾子的窗戶在黑暗中雖無光透出，仍然是情慾的通孔，窗簾也因此成爲想像的慾望的帷幕。纖柔與急促形成張力，女性的情慾坡道上多的是這一類半遮的帷幕。詩篇結束時：

終於她站起
向無底的天空試音
「喵——」
一股辛辣的熱浪　自體內

翻騰而起
「喵嘔——」
尖銳的音波劃開了一道道禁閉的窗口

冬盡春初底夜裡
窗簾之後的秘密像一條路
悄悄流落著她無聲的腳步（一九九四a：一一三）

像這樣假借、「無我」、迂迴、不直接的表現手法，正是女詩人面對性描寫，異於男詩人的一種特質。邱俐華〈天王星〉一詩，更將情慾場推遠至茫茫太空，而她本人則化身爲「旅行家二號」太空船，想像將與躺臥著熱情光環的天王星進行神秘初夜的相歡，精神面向也十分詭祕：

地球不能實踐的夢
在肉眼不見的距離之外
不可思議的呈現
我看見你天王的姿態
裸露的照片
非色情（一九八六：九）

「地球不能實踐的夢」，是「外遇」的密語吧！地球只能在固定的軌道運行，無法像旅行家二號可以變換運行軌道、改變與其他星球的距離。最後一句「非色情」，莫非在爲「外遇」之實作遮掩、辯護？

寫作情詩「上下求索，生死以之」的斯人，一九九五年推出七十六首合集的《薔薇花事》。像一位永遠的待嫁新娘、一位壓抑的完美主義者。她吐露著自己的故事、心情與思念；時而如激昂的戲劇獨白，時而又像靜夜的喃喃自語，其對象似有若無，事件似清晰卻模糊；似禁慾偏又在情愛中掙扎得極苦，似無形體可託付但字行意象間又充滿不滅的形體。表達雪線以上的熾熱、苦情的戰慄，少有人像斯人這麼袒裎赤裸，形成極其纏綿的女性描寫。斯人的〈病中〉詩，是她將遐思伸進人間煙火之境的唯一的一首，那隻從這窗飛到那窗、把她招到露台上看美麗人生的鴿子，應是詩人無意中自內心逸出的信息：

一到了夜間，當我躺下來
夢想著外面的燈火輝煌
明滅地組成了人間星座
牠們諒必也已歇下
在開滿了九重葛的屋棚間
生兒育女，終成眷屬

對一位「聖女」而言，生兒育女已是人間最重的情慾了。詩人接著說：

既然這一切與我無份
就讓小鴿子嗷嗷待哺，慢慢長大
在漸深的陰影裡發出愛睏的呼叫
把我得不到的幸福給世人
及一切眾生吧，神啊（一七七～一七八）

緊隨生兒育女的期待之後，出現堅忍的「自我制裁」：「這一切與我無份」。追求幸福之不可得，轉而祈求將此幸福度給世人，在愛慾與絕慾間形成極大的衝突，其間形成的撕扯空間，可以說明女性性格之成因。

四、延宕的前戲

人本心理學之父、美國心理學家馬斯洛（A. H. Maslow, 1908-1970）分析愛情的傾向是：「愛者總想與被愛者更加接近，關係更加密切，總想觸摸他、擁抱他，總是思念著他」（二一三）。「這種想親近的願望不僅是肉體上的，而且還是心理上的」（二一四）。上一節也提到，肉體上的慾望，男性較強烈；而心理慾望卻往往以女性為主。根據醫學研究報告❹，兩性性行為在動情階段，女性特別需要撫摸、擁抱、言語示愛等前戲動作。

有人說陰莖高潮與傳宗接代的進化工程有關，陰核快感則比較像音樂、藝術、文化，是屬於人間戲劇的領域（馬基利斯，七五）。在這個屬於人間戲劇的領域，氣味、聲音及形體之觸感，都實爲一種與性有關的前戲。女詩人在這方面的描寫，可舉鍾玲的〈瀲灩〉、斯人的〈鳴禽〉、邱俐華的〈花顫〉及〈垂雲〉爲代表：

你的氣息
灌入
我盛開的
聽覺
風在呼嘯啊
風的呼嘯
引動
我細銳的歌吟
鑽入
水底的岩穴
浪捲起拍岸（鍾玲，六三～六四）

誰能抗拒遠方的回聲
聽哪，藏於我們心中的鳴禽
不再急於歌唱靈魂至美的存在

卻一再延頸，俯而剔啄
（彷彿只有羽毛爲它贏得激賞吧）
啊，不要以爲誰在求愛
我們不像花朵那樣
輕易委身於果實之中
我們延宕，但不停止
朝著天空零星叫喚（斯人，六一）

花冠貯滿了感覺
季節煨紅的顏色
輕節奏地深入芯蕊
極活潑的靜的節奏
思想的精靈群朝聖地舞蹈（邱俐華，一九八八：一一四）

先是飽滿的垂雲逗著湖面
湖是兩列楓紅排開後一道水花抖晃
岸邊赭紅泥軟陷
整片天空低低壓俯過來
風景湧動的前戲

擱在風的髮梢

耳語花俏（邱俐華，一九八七：一二四）

鍾玲的〈瀲灩〉明顯地是指耳語加上急促呼吸喘息引動的挑逗之情，氣息之來極爲強盛，因此詩人用了「灌入」兩字；特別強調聽覺盛開，相對的情態很可能暗示視覺是暫時關閉的。詩人所用之前戲描述雖簡，但刻痕甚深，「灌入」、「盛開」、「呼嘯」都是力道極重的字詞，爲從幽邃深處像電波一樣一縷縷傳來的「細銳的歌吟」做了最佳前導。

斯人的〈鳴禽〉，共十六行，惋歎錯失了最愛，以一種動人的聲調表出。這裡引的是前十行，當一女子不再只是歌詠靈魂所在，而汲汲整飭外表，像鳴禽一樣地搔首弄姿（一再延頸，俯而剔啄），你若以爲那是性急求愛，錯了，女詩人說「我們不像花朵那樣，輕易委身於果實之中」，不讓花朵萎謝於結果這一事實。女性不輕易完成的生理狀況影響了女性的心理意識，不像男人是爲性而性的慾望，女人的性愛好常帶著感情聯繫性：「我們延宕，但不停止」，這不是女性矜持，而是追求性心理滿足，是一種「朝著天空零星叫喚」的前戲行爲。

邱俐華在〈花顫〉中以「花冠」、「花蕊」作爲女性器官的譬喻。「思想的精靈群朝聖地舞蹈」，固然是精卵結合的描寫，但未嘗不是將它提升到想像、藝術的層次，以「朝聖」、「舞蹈」等文化領域的活動強調心思、感覺。另一首〈垂雲〉，男性的意象如「垂雲」、「天空」，女性的意象如「湖面」、「兩列楓紅」、「岸邊赭紅泥」；詩中，不但有特定性點的觸撫（前三行），更有「全身的壓蓋」——歡迎男性整個身體壓住她身體的各個部分。兩性生理差異顯示，女性的皮膚遍佈神經網比男性更爲敏感；女性全身皮膚都是性感覺區（性覺器官），是風的髮梢與口中吐露的氣息撩撥的最佳場域。

五、身體器官象徵

身體的解放是女性主義者解放的重要一環，因「身體是高度政治化的物體」（尼德，一六），它與追求自由密切相關；情慾是構成個人自由的重要元素，而情慾表現在自己的身體上。換言之，身體是自控的，社會規範是他控的；情慾的解放是從他控到自控的一個重建過程，因此也就成了女性主義者的重要課題。法國女性主義者西蘇（Hélène Cixous 1937-）主張把女性身體當作寫作場所，「婦女必須通過她們的身體來寫作，她們必須創造無法攻破的語言，這語言將摧毀隔閡、等級、花言巧語和清規戒律」（二〇一）。如果說情慾解放先從了解自己的身體開始，夏宇的〈野獸派〉即可視爲情慾解放之作。這首詩對乳房做了深情凝視，將乳房比擬爲兩隻動物：

廿歲的乳房像兩隻動物在長久的睡眠
之後醒來　露出粉色的鼻頭
試探著　打呵欠　找東西吃　仍舊
要繼續長大繼續
長大　長
大（一九九一：二九）

巴赫汀（Mikhail Bakhtin, 1895-1975）在討論身體時說，誇張的身體描述往往可以使身體和世界的界線消失，身體可以被比擬爲各種意象，展現出一種審美性（一九八四：三二○～三二八）。夏宇詩中這兩隻動物的醒來與長大，都代表女性自我意識在長久睡眠後的覺醒，「試探」、「找東西吃」、「仍要繼續長大」，顯示了女性對主體性的追尋。在從前「端淑典婉」的女詩人筆下，輕易不敢「露出粉色的鼻頭」，夏宇率先走出禁忌，創造出身體的新意象。在一向屬於凹陷的女性身體特徵中，她突出乳房這一樣向外凸出的器官，隱隱有拿它與男人性慾的箭——陽具，相抗衡的意味。即使不能積極壓制男人，至少也要消極抵抗男性。夏宇寫於一九八一年的〈銅〉，更進一步主張在生理上不受制於男人：

晚一點是薄荷
再晚一點就是黃昏了
在洞穴的深處埋藏一片銅
爲了抵抗
一些什麼
日漸敗壞的（一九八六：四八）

「洞穴」指陰道，「銅」是女用避孕器，什麼是「日漸敗壞的」？例如有關兩性之規範，無恥強暴之事。薄荷的清涼、黃昏的迷離，在夏宇眼中不是抒情對象，天候向晚，她提醒女性要爲自己的身體安排退路。有了「銅」，至少在生理上有較大的自主能力。

心理分析學上的陽具象徵，頗富於變化，它可以化爲高塔、炸彈、火箭、槍炮、柱子、雪茄、水管、骨頭、太陽等都是（馬基利斯，一八三～一八五）。作爲一個象徵符號，它當然也可以被詩人創造成其他的東西。如同第一節所引利玉芳的〈男人〉，它在夏宇的〈詠物〉中同樣是「一隻不錯的筆」（一九九一：一五），在年輕的身體上寫字（注意：詩人用的是生物性的「隻」字而不用無生物性的「枝」字）。在馮青的〈懸崖〉詩中，則變成一部「黑色的轎車」，衝入暴烈的雨中（一九八九：一三九）；在馮青的〈大鐵橋在霧裡〉，轉化爲一輛喀隆喀隆的火車，相對於穿橋而過的火車，湖濕的冬日閃著光的大鐵橋就是女性了（一九八三：一二四～一二五）。河灣、河口、港口、海岸、牆、城垣、空房、櫃子、容器，在詩的象徵世界裡，也可能是陰道或子宮的喻依，李元貞的〈徬徨〉即用這種比喻表現身體激情之慾：

面對你
我的港口漲潮
洶湧地要把觀音淹沒（二二〇）

馮青的〈河灣〉藉身體器官象徵寫出宿命的哀涼：

下一世，我們還有美麗的地方去相遇嗎？
我將在河灣等你
撐著我老態龍鍾的傘

沒有淚及豪情
只有大洪水過後的心境
我是乾搐的容器（一九八九：一一二）

這河灣還有一些互相襯映的意象，在同一首詩中如：「瓦罐」、「輝煌過的峽谷」、「一個多疑且流血的河口」。同時，我們察覺到馮青擅長使用黑色意象：詩中的「她」是一把老態龍鍾的傘，「他」則是一句黑顏色的哀愁之鐘。六十年代末出生的顏艾琳，逕以女性身體器官、生理狀況入詩，更跨越藉物比喻的階段，從本質正視女性的子宮、經潮：

日子剛過去，
經血沖洗過的子宮
現在很虛無地鬧著飢餓；
沒有守寡的卵子
也沒有來訪的精子。
只剩一個
吊在腹腔下方的空巢，
無父無母、
無子無孫。〈潮〉，一九九五：六五）

美國當代歷史人類學家哈婷（Mary Esther Harding）在《月亮神話——女性的神話》（*Woman's Mysteries, Ancient and Modern*）論及月亮膜拜時說，女性與月亮有某種神秘的紐帶關係，月經與月亮的周期相對應（五八）。顏艾琳的詩題名〈潮〉，恰有月經與月亮圓缺周期之雙關意義。字行間沒有兩性權力的爭奪，也看不出什麼性意識機制，只有眞實的身體，透露出女性月復一月的「月亮病」——四無傍依的空巢情緒。

然而，這般冷靜的語調畢竟少見，其實女詩人描寫情色體驗、構築情色認知時，仍不免帶著一絲焦慮不安。在書寫瞬間，那筆（或按鍵的手）似乎是她的陽具，但又不眞是，似乎是對「閹割」的補償，其實又十分地無助。利玉芳的〈給我醉醉的夜〉，依稀有這方面的映現：

你一定不能接受
不能接受我突然處女起來的
牆
坐落在你的面前
果眞這樣矜持
想來今夜將被我弄得無趣
使你沒有獲得一夜的愛
我也沒有獲得一夜的情（三六）

女性小心翼翼的焦慮，對於矜持的無奈與自責，十分明顯。這是較常被人忽略的一點。

六、試探與僞裝

馬基利斯（Lynn Margulis）在《性的歷史》（*Mystery Dance*）指出「人類女性發春期的消失以及大乳房的隆起，都是在原始時代她們進行性騙術而進化得來」（五九）。發春期的消失，是讓那些嚴密看管她們的男性無法準確抓住她們的排卵期，因此也就無法限制她們的性愛活動；大乳房則是一種假性發春，讓男性誤以爲她們還能懷孕，因而保護她們並供應食物。據說在生殖社會中女性不得不採取這種進化僞裝，「它騙倒了一心想去與她們進行傳宗接代的男性……在猿類演變爲人類的過程中，女性變得更能控制自己的身體，以身體僞裝來對抗男性的體力優勢。」（一八）

我認爲，這說法的重點不在女性生理特徵，而是指出長期的社會性制約改變了女性的心理與生理。今日社會有不少可以類比的情境，女性裝出害羞、膽小、冷漠的樣子，漠然的外表包藏的卻很可能是一塊易燃的柴，女詩人描寫這種身心變化，如顏艾琳〈隱隱燃〉：「冷。漠。／沒有人知道我的膽小／是因爲過多的熱情／尚未點燃；／我等待那唯一的冒險」（一九九一b：四三）。「隱隱燃」，多麼外弛內張的一種情感僞裝。所謂的「等待」，更確切地說是試探、是誘引，是女性主動的選擇和追求。顏艾琳在另一首詩中，以黑暗溫泉比擬女性的性器，宣稱男性「即使再深的疲倦／都將在黑暗溫泉裡，／洗褪。」詩的第二節描寫的正是誘引的方法：

我將空氣搓揉——

> 成秋天森林的乾爽氣味，
> 適合助燃
> 我們燃點很低的肉體。（一九九四b：四）

阿那❺發表於《更生日報‧四方文學》的〈罪〉（一九九五年九月二十四日）：

> 一塊漂流的肉體，我遠遠
> 攀附它，從一個男人
> 到下一個
> 遠遠看它被鞭打
> 看它像鋸齒
> 狠狠咬合
> 生鏽的釘，太多記憶
> 我轉身
> 我故意忘記

將女性的靈、肉二元分立，讓靈魂注視著肉體漂流，從一個男人到下一個，看肉體被男人「鞭打」，肉體「狠狠咬合」男人；肉體成了僞裝的道具，靈魂採取的策略是「故意忘記」。而對身體這般的無所謂，其中正暗藏了靈魂覺醒的契機。男人的性器官被比喻作「生鏽的釘」，也顯示作者以腐朽、潰爛蔑視男性的堅挺。這裡面的性愛成分，不是有機和諧的，而是兩性對立的、森冷的，揮舞著手術刀切割的。

手持手術刀，獨立的女性分析自己，也分析男性。李元貞筆下出現以陽具控制世界的男人：

其實
他們吹著
一種號管
軍營的
使他們
眞正長大
以便
延長鼻子
控制世界（二二八）

顏艾琳筆下的女人，擔心貞操：

什麼東西折舊率最高？
貞操與火柴。（一九九二a：二四）

顏艾琳的〈愛情晚宴〉，更深入表現女男交手到互相算計的地步，像一齣黑色喜劇，男的在猜錢包裡的錢夠不夠買下她，女的則努力調配不同比例的「女性特質」，做爲武器：

當他好不容易邀請她來入餐，
並掂了掂口袋中裝滿的誠意，
總算可以放心問她：「幾分熟的？」

「四分熟即可！」

原來她喜歡有點野蠻的味道
並嗜帶血的主餐……！
整晚，他開始計畫如何把自己的激情拿去放利息，
並打算將保存已久的誠意，寄託於某銀行的保險箱裡……（一九九四a：四～五）

這首詩非常有劇情，而且有語言的曖昧性。男的問幾分熟，既是問牛排幾分熟，又是問兩人相交到幾分熟（才可上床）？男人問這話的前提，先掂掂口袋斤兩，十足顯示男人是經濟動物；當他一旦發覺「四分熟即可」，他馬上想把多餘的錢移作他用，也不想付出全部的「誠意」——逢場做戲的心理立刻跳出。回頭再看女性所答：「四分熟即可。」何嘗不是一句爲揭開底牌而測試、挑逗男性的話。

七、肉體狂歡節

由於性的社會面、心理面、實踐面，不斷被提出討論，人們對性有了進一步的了解和重新思考，在性愛領域內，世襲牢固的兩性成見漸形消除，新女性開始勇於感受且能進一步表白。相應於女性在現實社會對性自由的追求，台灣戰後世代女詩人在近十幾年也創造出一種肉體享樂的言說，且有愈趨豐富多元之勢，一如傅柯（Michel Foucault, 1926-1984）所謂「對眞實的肉體享樂感興趣、了解它、介紹它、發現它，一心要看到它、講述它、抓住它並用它去迷住其他人」（六二）。借用巴赫汀的話說，女詩人正展開「狂歡節的語言革命」（劉康，一九二），歡樂笑謔，不少是充滿幽默感的，超越了「正統」的文學標準和規範，而有一種新的看待世界、看待人與人關係的角度。底下讓我們看看鍾玲、李元貞、阿翁、林婷、夏宇、顏艾琳，如何使性成爲意義的核心，刺激它、表現它，呈現其眞相。至此，性不再是半裸的器官、姿態，而呈全開的、清晰反射生之動力的情慾之光。著例如下：

你潛伏的猜疑
我綻開的隱痛
行雷的閃光
電線裂口的火焰
激射而出

捲我入你的風暴圈
旋你入我的颱風眼
在憤怒的呼嘯中
我們觸及彼此的核心
透視雲封的自己（鍾玲，五八）

上述這首題名〈七夕的風暴〉，是一首床笫描述，前二行，寫性的動作介乎具體與抽象間的思維，帶有人生複雜情味，是頗見詩藝的表現。雷電、風暴、颱風、激射、呼嘯，皆表其狂放之態。

龍從雲中來
雨和雪齊下
叢林燃燒
飛禽走獸傾逃
大母開懷
雙乳噴泉（李元貞，九四）

這是李元貞〈給 LO 十首〉的第三首，成於一九七六年，手法質樸，卻有一股狂喜亢奮的生命力。「大母開懷／雙乳噴泉」，句法媲美於北朝樂府「老女不嫁，蹋地喚天」，必得對自己的言行十分自主自信，才敢有此歡愉的「宣示」。十八年後，顏艾琳再將同樣的「性論述」投射進大自然的和諧意象中。〈淫時之月〉一詩，如同第五節所引的〈潮〉，爲月亮與女性的神話作極其現代的詮釋；詩人描寫月照是吸了太陽的精氣，說下弦如唇勾，這一彎月不是靜止的而是採取主動的：

微笑地，
舔著雲朵
舔著勃起的高樓
舔著矗立的山勢；
以她挑逗的唇勾
撩起所有陽物的鄉愁。（顏艾琳，一九九五：六七）

之所以被指爲淫時之月，在它的「舔」、「舔」、「舔」、「挑逗」和「撩」這一連串熟練而若其事的動作。「雲朵」、「高樓」、「山勢」、「鄉愁」這些無性的詞語，相應於唇勾的挑逗，都有了男性的指涉。

林婷的古意新寫〈上邪注〉，以海天一線爲男女之情作注，以「天地合」爲圓滿：

我們嵌進線裡，
緊接著，我們消失，天地
亦無縫。回到渾沌（一九九四b：一九）

同樣的交合衝動，阿翁以代表宿命沉淪的蛇來象徵：

爽滑的肉體
你帶著光澤
在清晨閃一閃又將我嵌進來
無間的
接觸
說修了幾千幾萬年的福
才一吋一吋地
縮短著你與我的差距（四二）

關於性高潮，阿翁以海波的洶湧、雲山的攀越、極大的顫抖、痛或欣喜形容之：

猶如海的一波復一波
我呼吸而無邊
向內迫視
漸向內攀著高躍的雲山
迫視這每一起伏的
或是痛或是極大的顫抖

擁抱來的欣喜（〈洶湧〉，二六）

上述詩中的意象雖未必稱新穎，但眾聲喧譁，自然、準確，卻無可置疑。看來女性情慾的「寧靜革命」早已展開，緩而有功，非一日之翻轉。據已出版之詩集看，最佳肉體享樂言說之美名，論當代台灣女詩人，仍要落在夏宇頭上。一九八五年她寫的〈重金屬〉，出諸女性的想像，既揶揄了男性的生物傾向及性器官，進一步又表彰了女性的柔軟空洞，受男性愉悅而呈現出歡喜：

不，她們並不常討論牠們
僅以某種柔軟空洞自喜
當牠們在她們隱密的地方
見證一種鋼的脆弱
而又愉悅了她們
她們想像他們帶著牠們行走（一九九一：六一）

夏宇用「牠們」代稱陽具，用「鋼的脆弱」調侃之，自得自喜，目的在反男性中心。另一首〈某些雙人舞〉寫於一九八七年，前五行「香冷金猊／被翻紅浪／起來慵自梳頭／任寶奩塵滿／日上簾鉤」，直接引用李清照的〈鳳凰台上憶吹簫〉，香閨人懶，預伏了頹廢的悲愁與胭脂粉氣。接著，批的正是古代性文化規範，夏宇故意用「恰恰」的舞步顛覆那一張禮教的床榻，顛覆女子守貞的束縛：

當她這樣彈著鋼琴的時候恰恰恰
他已經到了遠方的城市了恰恰
那個籠罩在霧裡的港灣恰恰恰
是如此意外地
見證了德性的極限恰恰
承諾和誓言如花瓶破裂
的那一天恰恰恰
目光斜斜
在黃昏的窗口
遊蕩的心彼此窺探恰恰
他在上面冷淡的擺動恰恰恰
以延長所謂「時間」恰恰
我的震盪教徒
她甜蜜地説她喜歡這個遊戲恰恰恰
她喜歡極了恰恰（一九九一：一六）

當男人到達遠方的城市，毀了承諾與誓言，女人也在黃昏的窗口勾搭上另一個他，做愛，擺動，延長交合時間，進行一場甜蜜的遊戲。「恰恰」及「恰恰恰」突出這首詩的神韻，不論作肉體擺動的節拍看或當作言談的調戲語詞，它都發揮了以小搏大、以輕擊重的效用。

八、結語

以上從六方面分析戰後世代女詩人作品的情慾表現，多樣、分歧，甚至南轅北轍，是不爭的事實。最大的收穫在從女性書寫發掘出一般人不易察知的女性心理。也許對部分詩篇嫌「過度解釋」，但詩原本就充滿想像空間，不如此解釋，又當如何？實例之多，說明了女詩人在情色文學方面的勤耕不遜於男詩人。「戲耍」、「玩笑」的嘉年華（carnivalesque）風格，也已初露端倪。唯一可惜的是，女詩人在這個議題上，未曾爲爭取女性空間而發出強烈的女性聲音，「性」在她們筆下仍歸屬私領域，可以歌詠、可以抒情、可以調侃，但無能推向公領域，拿它去攻擊主婦枷鎖、色情行業，也不談試管受孕、女性就業……等與女性家庭地位、陳年法規有關的問題。在現代社會，不少女性趨之若鶩地以眞空吸引、整型、打針、吃藥，雕塑身體曲線，將身體器官做性的美化，以取悅男人，女詩人們對此是否關切，也沒有例證可探討。

如何從更新的文化建構觀點，去表現已表現了幾千年的情慾，不僅是我這位試圖作「女性解讀」的人所關切，也是女詩人大可思考、並在創作上發揮的空間。

——一九九九年，選自台灣學生書局版《從半裸到全開——台灣戰後世代女詩人的性別意識》

註　釋

❶過激活動包括分娩、自殺、暴力破壞等行為。

❷例如一九九五年五月台灣大學「女研社」在女生宿舍放映A片，成為社會廣泛討論的「A片事件」；十月中央大學英文系「性／別研究室」特別彙編出版了一本有關的新聞評論與報導。

❸閹割恐懼指男孩在愛戀母親的關係上，以父親為競爭對手，因此擔心父親的報復、傷害，特別是對他們生殖器的傷害。

❹例如五〇年代中期開始，馬斯特斯（William Mosters）醫生和心理學家約翰遜（Virginia Johnson）所主持的性行為研究，以及金賽（Alfrea Kinsey）教授關於男女性行為的調查報告。

❺阿那是吳瑩的另一筆名。

參考書目

Bakthin, Mikhail. *Rabelais and His World.*（1984）. Trans Hélèn Iswolsky. Bloomington: Indiana UP.

方迪（Fanti, S.）《微精神分析學》（*L' Homme En Micropsychanalyse* ），尚衡譯。北京：三聯書店，一九九三。

尼德（Nead, Lynda）《女性裸體》（*The Female Nude: Art, Obscenty and Sexuality*），侯宜人譯。台北：遠流出版公司，一九九五。

西蘇（Cixous, Hélène）〈美杜莎的笑聲〉（*The Laughter of Medusa*），《當代女性主義文學批評》，張京媛主編，北京：北京大學出版社，一八八～二一一，一九九二。

伯斯曼（Pesmen, Curtis）《女人到底要什麼》（*What She Wants: A Man's Guide to Women*），陳鳴譯。台北：遠流出版公司，一九九五。

哈婷（Harding, Mary Esther）《月亮神話》（*Woman's Mysteries, Ancient and Modern*），蒙子等譯。上海：上海文藝出版社，一九九二。

格巴（Gubar, Susan）〈《空白一頁》與女性創造力的種種議題〉（The Blank Page' and the Issues of Female Creativity），廖咸浩、林素英譯，《中外文學》第十八卷第十一期，頁五五～八六，一九九○。

馬基利斯、沙岡（Margulis, Lynn and Dorion Sagan）《性的歷史》（*Mystery Dance*）。台北：時報文化出版公司，一九九四。

馬斯洛（Maslow, A. H.）《動機與人格》（*Motivation and Persnality*），許金聲等譯。北京：華夏出版社，一九八七。

傅柯（Foucault, Michel）《性意識史》（*The History of Sexuality, Volume One: An Introduction*），尚衡譯。台北：桂冠圖書公司，一九九○。

李瑞騰，〈前言〉，《台灣詩學季刊》第九期，一九九四。

錢銘怡、蘇彥捷、李宏，《女性心理與性別差異》。北京：北京大學出版社，一九九五。

蕭　蕭，〈現代詩的情色美學與性愛描寫〉。《台灣詩學季刊》第九期。一九九四，頁一○～一三。

白　雨，《一場雪》。台北：自印，一九八九。

李元貞，《女人詩眼》。台北：台北縣立文化中心，一九九五。

利玉芳，《貓》。台北：笠詩刊社，一九九一。

林　婷，〈秘密〉，《四度空間》詩雜誌第八輯，一九九四a，頁二三～二三。

——，〈上邪注〉，《四度空間》詩雜誌第八輯，一九九四b，頁一八～一九。

阿　翁，《光黃莽》。台北：自印，一九九一。

邱俐華，〈天王星〉，《蘭園》。台北：台灣師範大學英語系出版，一九八六。

——，〈垂雲〉，《中外文學》第十五卷第八期，頁一二四～一二五。

——，〈花顫〉，《中外文學》第十七卷第六期，頁一一四。

阿　那，〈罪〉，《更生日報‧四方文學》，一九九五年九月二十四日。
夏　宇，《備忘錄》。台北：自印，一九八六。
——，《腹語術》。台北：現代詩季刊社，一九九一。
斯　人，《薔薇花事》。台北：書林出版公司，一九九五。
曾淑美，《墜入花叢的女子》。台北：人間雜誌社，一九八七。
馮　青，《天河的水聲》。台北：爾雅出版社，一九八三。
——，《雪原奔火》。台北：漢光出版公司，一九八九。
鍾　玲，《芬芳的海》。台北：大地出版社，一九八九。
顏艾琳，《顏艾琳的秘密口袋》。台北：石頭出版公司，一九九二a。
——，〈隱隱燃〉，《台灣詩學季刊》第一期，一九九二，頁四三。
——，〈獸〉，《幼獅文藝》，一九九三年九月，頁九九。
——，《抽象的地圖》。台北：台北縣立文化中心，一九九四a。
——，〈黑暗溫泉〉，《薪火》詩第十六期，一九九四b，頁四。
——，〈淫時之月〉，《八十三年詩選》，洛夫、杜十三主編。台北：現代詩社，一九九五，頁六六～六七。
劉　康，《對話的喧聲》。台北：麥田出版公司，一九九五。

廖朝陽：是四不像，還是虎豹獅象？

——再與邱貴芬談台灣文化

廖朝陽

台灣嘉義人，1953 年生，美國普林斯頓大學東亞研究博士，現任台灣大學外文系教授。常在學術期刊發表文學、電影、文化相關研究論文。

> 但是，寫作自始至終都是一段充滿無奈的歷程：在這個語言裡，黑皮膚本來就代表不存在，而黑人既然必須使用這樣一種語言，又如何能建立一個完整而充分的自我？我們有理由大聲問：通過寫作這樣的動作，這些（黑人）作家是不是眞的能得到他們所要追求的主體性？黑人使用英語發出聲音，而其中的語言習慣卻包含著抹除不掉的文化差異，使黑人與白人的聲音永相隔絕。寫作製造差別，也標示差別，而它所發出來的又是這樣一種聲音，那麼它能不能爲參與西方文學傳統的黑色臉孔戴上面具，掩去本色？
>
> ——Gates 1985, 12

感謝《中外文學》的編輯給我這個機會，就邱貴芬的新文章〈咱攏是台灣人〉再發表一點想法。關於重建台灣文學典律以及台灣現況與後殖民理論的關係等等問題，牽涉太多，應該有更充裕的時間與更廣泛的參與，由像邱教授這樣的新銳學者來領導，作多方面的探討。這裡我就免更再厚話了。下面我只想就這次意見交換所引出的，與論述過程（這裡的「論述」指 theorizing 而非 discourse，下同）有關的一般性問題，再作淡薄也澄清。這此問題包括：對話姿態與氣氛的問題、後殖民理論搬陡的歷史條件問題（用 Bhabha 作例）、二分法的問題，猶更有主體性與異質性安怎界定的問題。（沒不對，本文正打算使用北京語與閩南語交雜的彎蹺步，給讀者實際試驗看覓咧：「台灣國語」複化現象 hybridity 的性質是什麼？受容忍到什麼限度？若是超過限度，在讀者心中可能會引發什麼款的反抗和聯想？）

本來，若是事情眞正已經牽涉到性別差異（男生打女生）、權力鬥爭（搶食學術、運動大餅——

或飯粒）等問題，這場對話實在也就不必也不宜再攪攪纏下去了。但是我總覺得，在會後的私下溝通裡邱教授表現了極大的作伙參詳的誠意，對我那種橫霸霸，彷彿要將她活活拆吃下腹的講評姿態也表現了極大的寬容。更再說，我自己男生打女生，招來權力鬥爭之譏，弄得面底皮削了了，也是捧屎抹面，咎由自取；若是因此就見笑轉生氣，張東張西，辜負了一位一生懸命爲台灣的有心人，安乃就眞沒欣悉了。下面我就「借用」一下邱貴芬的論說程式，爲我的講評姿態辯解一番。借用並不表示接受，但至少可以表示我知影邱貴芬的想法，並透過實際應用表示某種程度的認同。這裡的解釋沒的確未當代表當時實際的心路歷程，但我既不是自傳作家，把腸肚掏出來恐驚也沒什麼人要看，不如就利用這種方式，對製造過多的「敵對的氣氛」表示悔過。

我所講的邱貴芬的論說程式是這樣的：㈠本土論述不能關起門來家己爽，必須打入去大環境，尋求轉化、說服主流族群（不知這敢也會使算是「抵中心」的另一層意思：抵達中心）。㈡北京語已經在大環境中通行，變作喝水會堅凍的主流。㈢所以本土論述必須使用（竊取）北京語，至少也必須在表面上搬樣、學舌，再偷偷在其中參東參西，將它變作雜種北京語。這個論式的內容其實可以挑出眞多毛病：照邱貴芬自己引用的彭瑞金講法，台灣的閩南語人口（應該是講用閩南語作母語的人口）佔七成以上；値這款的社會內，所謂大環境的主流究竟講的是甚貨？若是講部分女性主義理論主張借用男性語言是因爲歷史的盤根錯節不可能使粗魯步一聲清了了，那麼那些一代過一代，必須斬斷個人的母語根結，參本族的非書寫母體文化離緣，來倨靠強勢文化的被殖民者要付出若多代價？那些四五歲、五六歲就要給人強迫剖開頭殼，加插一塊北京語的ＩＣ板入去的下一代，敢會有正常的幼年期心理發展？他們敢會曉什麼是搬樣、學舌？有些後殖民國家因爲種種理由選擇繼續使用殖民者的語言或文字，自然是無可厚非；不過當初 Dante 一寡也人「發明」民族書寫語，也是斬草除根，明白拒絕了書寫語的老長壽，一向是歐洲第一勇的拉丁文。可見這個問題必須要參考歷史交節中的文化實況，不是世界趨勢（或非洲趨勢）這樣的口號可以解說的敢不是？其次，Bhabha 所論述的嘴舌行一路，心肝行一路的搬樣或學舌（mimicry）乃是被殖民者抵抗強勢殖民者同化政策的手段，照理說不但未當導向「命運共同體」的建立，顛倒可能會加大兩個族群之間的猜疑。對印度人在信仰上的學舌，英國教會不但不曾與其命運共同，反而斥之爲「奸巧假幼秀」（sly civility: Bhabha 1985, 163 引）。接受完整英國教育的印度在地官僚回國之後，也難免受到同胞排擠，變作「在本土的外地人」（Anderson 1983, 88）。其實，宋楚瑜只是效滿漢一家之例，策略性的學了一下舌，馬上就轟動全島，變作時代的標本，可見語言這種物件看起來溜溜光，那裡是可以黑白參東參西而不被發現的？那麼，爲抗爭而妥協，是抗爭到什麼程度才不會引起對方倒彈？是妥協到什麼程度才未煞等於投降？

這些問題中間，看起來嚴重的不是沒，但是其實也不是攏總無救。我相信這個論式是有其發展潛力的。邱貴芬若是會當多加修飾，要提出一個更周全的版本並沒困難。讓我們目睭擦金金來等待。下面我就開始借用這套論式。我的策略是：用男性閱讀來換主流語言，用女性閱讀來換本土語言。也就是說：㈠女性閱讀不能關起門來家己相褒，必須打入去大環境，尋求轉化、說服主流讀者。㈡父權體制的理根勃起症（phallogocentrism）已經在大環境中通行，變作連大多數女性都已經習以爲常的主流，要連根拔起眞有困難。學術會議必設講評人，喝起喝倒，見佛殺佛，見鬼殺鬼，尤其是理根過度勃起的例證。㈢既是安乃，女性閱讀就必須放棄本身多婉轉、善協商的特質，格凶凶，照搬理根勃起症的模樣，再設法偷偷加料，否則就只好準備「被放逐到無聲地帶」。換言之，我在講評中採取敵對姿勢，實在不能說是正港的理根勃起，否則邱貴芬也不會看到其中另外有料，懷疑我是同志，不是敵人了。我不敢講：「咱攏是查某人」，免得大家雞母皮落到歸土腳，但是上少，敵對鬥爭也可以是更較高明的攜手共事，安乃講敢有問題？（沒的確有人會問，爲什麼不叫權力勾結或共犯結構？我的回答：勾結、共犯是針對壞人說的，邱貴芬和我都是好人，所以叫攜手共事，也就是鬥陣衝啦。）

我這套借來的說辭雖然自己看了眞爽，但其實也是有很多毛病的。其一，在父權體制裡理根普遍勃起，固然沒錯，但理根勃起卻不一定要表現爲好勇鬥狠，捎著道理就要作霸王。以學術會議來說，不論中外，「溫柔敦厚」恐驚才是更較常見的，古典的男性閱讀方式。Schweickart 沒讀過中國文化（指傳自中原的正統漢文化，下同）基本教材，莫怪伊不知影理參禮不分的儒家傳統安怎厲害法。溫柔敦厚與女性閱讀是什麼關係？這裡無法度回答，只好將這粒球踢轉去給 Schweickart 了。其二，頭殼好的讀者應該可以看出來，這套論說其實也可以扳過來，變作嘴舌說的是攜手共事，心肝想的是敵對鬥爭。也就是說，正港的男性閱讀也可以倣照注預防射的方式（或者說宋模式），創一個反學舌的撇步，家己在男性閱讀內底假影加些料，然後按照同一論式講給女性讀者聽：妳們大家看，我雖然遵守父權體制的教示，採取敵對、鬥爭的立場，但這是大環境條件下姑不二終的妥協，其實我是要在暗中創空，轉化父權體制，因爲對人若沒凶介介、嘖嘖沖，這些人根本就不會承認我也有說話的資格，但是終其尾我們的目標是相同的啦。對這種假中更有假的男性閱讀來說，鬥爭中摻入和平顚倒是更加高明的鬥爭了。ちよっと！我自己姿勢放低低，又說要參入攜手共事，好像也有假影要學舌，實在是投降的嫌疑哦。

這就是令人想到霧嗄嗄的所在囉。邱貴芬的本土論述和我的理根勃起症是不是眞學舌，其實是比較容易解決的。問題的焦點在於：碰到不特定的例，尤其是脫離歷史實況的文字資料，這套理論能不能分辨眞學舌與假學舌？Bhabha 在提出學舌理論時，基本上是將英國殖民者當作一陣蓋頭蓋面的僵屍的：他們背負著教化蠻夷的巨大理論包袱（其實還有長槍大炮），常常被這些蠻夷創治、欺騙，卻總是不曉或者是不願師夷長技，同款騙轉來。這內面當然也就未抵著假學舌這款問題。對這一點，邱貴芬倒是作了眞有意思的延伸。從宋楚瑜、章孝嚴的例來看，邱貴芬顯然是認爲，不管是眞學舌還是假學舌，黑貓抑是白貓，只要結果複化現象有在行，純種的殖民者文化有在變成雜種，那攏每是被殖民者的成功。我希望將來邱貴芬能好好發揮這個創見，因爲這裡面包含著正多眞有趣味的問題。比如講，是不是英國人較紳士（或者說較武士），中國人較奸，所以一旦後殖民理論應用到中國文化勢力圈，就會出現假學舌的問題？（「漢賊不兩立」之類的說法其實也不會構成什麼理論包袱：只要把「賊」的標簽拿掉，換上「政治實體」，賊頭王不是也可以變祖公嗎？）還是說，這只是因爲 Bhabha 想到這的時陣，頭殼突然間 short 去，未記去帝國主義的複雜性，未記去白人也會有使偷吃步的時陣？還是說，這裡面牽涉到其他歷史條件的變化？若是安乃，抵抗的計策是不是也要有所變化？

不論如何，照 Bhabha 的理論來講，學舌應該是一種不可逆的單向模倣。對被殖民者來講，弱勢文化表面上既是未使沒歸順統治者，就只會當將學舌當作「假幼秀」的求生計策。而對殖民者來講，學舌固然有其顚倒變作空殼的危險，鼓勵被殖民者學舌猶原是一種製造順民的統治手段，是用帝國主義教化蠻夷的理論作基礎的。也就是說，後啓蒙時代的自由平等理念只適用在已成人的民族，蠻夷民族只能算是次人，所以不能不放棄自主，接受教化；這是殖民者沒掩沒蓋的雙重標準（「嘴舌開叉而不是嘴舌掩蓋」：Bhabha 1984, 126）。既然是沒掩沒蓋，歐洲殖民者自然也不可能或不必要變那種大同、一家、共和的猴弄。反觀台灣的國語政策，一開始就是接續五四以來追求國富民強的大民族主義，以類似大中華命運共同體的觀念來建構因爲命運共同，所以語言、文化也必須共同的理陣（discourse）。對不情願抑是無法度共語言、共文化的狡怪分子，帝國主義是透過在地學舌官僚的中介將他們收納在統治鏈中間，大民族主義則是透過媒體霸權與教育機器的壟斷將他們排除在知識流通體系之外。前者是收掠異類來作順民（次人），後者則是捻除異類當作棄民（非人）。前者可以嘴舌開叉，後者則必須掩蓋現實中必然出現的，政治、經濟層面的形式人與社會、文化層面的實質非人之間的二律背反。這兩者之間也許有其互相假借轉用之處（中國的大民族主義到底離不開「固有疆域」的古帝國法統），但是，理論家在搬用後殖民理論的同時，應該如何照顧不同的歷史條件所成就出來的不同的現實狀況，避免另一種不必要的理論學舌，恐驚是一個眞重要的問題。Bhabha已經將他自己的學舌、複化理論延伸到一般文化狀況，用來論述破糊糊的後現代人主體（1990）。値茲，他忽略了一向堅持的歷史條件，使理論本身也變得破糊糊：在殖民時代，嘴舌開叉的理論家清采捎一下就歸把；到了後現代，他連掠一下Rorty的龜腳都得要先盎聲，講這個人是敵不是友，免得讀者看沒斟酌，認了不對旁去（62）；若安乃，這裡的學舌對象在那裡？是什麼和什麼複化、雜交？比較起來，邱貴芬在新文章內面強調要探討不同環境下抗爭性議題的「異同之處」，計策上的考慮顯得眞周全，只是其中的相異點似乎還未有發揮。

其次，我們來討論一下「絕對二元分法」這款觀念。我個人一向反對以「二分法」的標簽來否定任何論述，理由就在所有議論一旦落入文字，就不能避免二分法。所有的二分法都是武斷的、粗魯的，因爲它歪曲了現實的複雜性，class 眞沒；所有的非二分法都是客觀的，幼秀的，因爲它比較偎合多變的現實，水準較有夠——安乃分若不是二元，不知是幾元？若要講究偎合現實，我們上少應該分成四元：好的二分法、壞的二分法、好的非二分法、壞的非二分法，但這也只是二分法用了兩次（好、壞，二元、非二元）而已。所有數字都可以用二進位來表記；同款，就是將現實切割成一千一萬分，那每只是二分法一遍一遍一直用落去爾。若安乃，我們爲什麼勿直接指出對、錯（或者對中有錯、錯中有對）的所在，顚倒要牽拖到現實要剁作幾塊比較好這款的問題呢？至於在「二元」頂頭更再戴一頂「絕對」的帽子，那就更較是清采講講；絕對難道就未使轉作相對？相對內面難道就未使偷藏著絕對？也就是說，絕對二分與相對二分之間安怎來作絕對的區分？「僵硬」的二分與「柔軟」的二分之間敢講眞正是田沒交水沒流？

批判二分法最打死沒走的要算是古印度的龍樹菩薩了。我們可以在《中論》裡隨便找一個例：「已去中無發，未去中無發，去時中無發，何處當有發？」（印順，一九五三：九一）用二分法來分析事相（二分兩次，變成已去、未去、去時三分），最後連「發」（開始去）這樣的動作都不能成立，看來二分法的世界眞是有夠黑暗了。但是我們必須記得，龍樹的批判並未用「扭曲現實」來責難二分法，反而是以二分法爲一般人所謂眞實世界的基礎，因爲若是說現實離不開文字呈現的話，那麼二分法恰恰是從這現實世界的內面發展出來的。只有（只要）讓二分法破功，才能（就能）徹底否定這現實世界的自性。在《中論》一開頭，龍樹就講明了他心目中的現實另外更有偎歸：

不生亦不滅，不常亦不斷，不一亦不異，不來亦不出。能說是因緣，善滅諸戲論，我稽首禮佛，諸說中第一。（印順，一九五三：四九）

這是一種「大家來作仙」的超越的現實，而不是文字所能模擬的世俗的現實。値茲有一個眞有意思的問題：「能說」、「善滅」猶原是俗境中的活動，也就是說，作仙與作人之間，聖境與俗境之間，仍然有一條小路相通。佛陀「不來亦不出」，也不是說他兩腳站在在，活活站作一箍死人，而是根本超出了「兩支腳骨」這款的存在層次。龍樹將二分法摃到東倒西歪，用的是因明四句內面的第四句：不是這，也不是那，更不是既這又那；連下三個「不是」，這不是更絕對的二分法嗎？邱貴芬講，「台灣的政治情結、生態錯綜複雜，已非簡單的殖民／被殖民二元分法可解」，連家己原先提出的後殖民理論架構攏強強要崩去，若像是被家己的反二分法情結黏住了。我希望她不當爲著應付我的戲論，煞來懷疑家己的洞見，不要因爲路邊的狗多吠幾聲，就要將「諸說中第一」的火車停落來。

最後，我要提一下「以異質爲貴」的主張。對「異質與同質」、「貴與賤」這樣的二分法，我當然是完全沒什麼意見。我在講評文裡提出拼貼（敢若親像邱貴芬的「雜燴」）與熔爐的分別，是想要逼邱貴芬進一步將這個「以異質爲貴」的理想社會的性質描寫出來。可惜她在新文章內底只是一再強調「融和」（syncretism）的觀念，用它來代表後殖民理論的中心或主流。如果是「融合」，那還比較好理解；「融」而不「合」，只是「和」在一起，那就令人愈看愈花了。也可能這裡只是寫了重耽去，但未免重耽了太對筒，因爲融而不合，不正抵好是一兼二顧，既熔爐又拼貼嗎？若是這樣，顯然邱貴芬還是認爲，模糊是好的，二分是壞的，所以本土論述不僅要跨文化，還要跨學派，跨思想，跨觀念，跨主張，跨立場，等等。這個問題牽涉到小群理陣（minority discourse）的一般性原則，所以我必須再進一步說明我的質疑（不僅向邱貴芬，更重要的是向對異質有所論述的眾位先覺）。爲了避免再有誤會，我先聲明，在我的提法裡面，所有二分法都是相對的，所有觀念都是軟揖揖的，所有推論都可以灌雜質，每一個字、標點符號和每一塊空白上面都可以想像用紅筆劃著一個 Derrida 式的大交叉，等等。

讓我們把熔爐與拼貼想像成兩個極端。在一個熔爐裡，所有性質都融合在一起，所以其中每一部分都有表現整體的所有性質，就親像每滴水都有表現水的定義中的所有性質。在一件拼貼裡，全體雖然有全體的性質，但是擺作伙的每一個部分也都同齊保持著獨立的地位，以及家己的性質，就親像同一塊土地，歸塊來講有伊的地質學的性質，但是挖十公尺深和挖二十公尺深就可能碰到眞沒同款的岩層。用動物來作比例：我們將虎豹獅象四種動物放在同一塊樹林內，讓他們生活在一個平衡的生態系內面；整體來說這是一個「共生體」，分開來看每種動物又各自保有本身的活動範圍、性質、利益等等。這是拼貼。扳過來講，我們若是將四種動物的基因混在一起，倒入去某種高科技基因果菜機內絞絞作一堆，做成某種基因四物湯，再從內底培養出一種新的物種；整個來講這些製造出來的新動物會形成一個「共同體」，分開來看其中每個個體攏不再是純種的虎、豹、獅或象，而是綜合四獸而互相共血統、共性質、共利益的〈純種〉四合一動物。這當然就是熔爐了。我個人的看法是，某些後現代派系所大力鼓吹的新人類很接近這種跨物種的四不像。也就是講，照他們的解說，「以異質爲貴」就是作國際遊民，到處流浪（當然不是眞的本錢那麼厚，只是在精神上用想的），吸收各種異類的性質，將本身變作破糊糊的「雜種」主體（其實每眞純）。這條路線往上可以追溯到文藝復興時代那種天文地理，無所不通的博士博，往下大概要用 Deleuze/Quattari 的分裂主體作典型囉。若是要追拼貼的立場來處理這個問題，我想「以異類爲貴」應該是一個比較適當的說法。以異質爲論述的主要層次，加減已經假設，必須將類切割作質，否定了類這個層次的完整主體。以異類爲貴則加減有以整個物類的主體爲尊重對象，避免賭強另外作分割的意思。

眞眞おかしい（ironic），熔爐式的大民族主義雖然是伴隨現代精神（modernity）的展開而出現，那種無限制融合、吸收異質的偉大主體卻在後現代的流放主體論中得到接續；而拼貼式的多元文化觀雖然是在現代精神被宣布損龜之際興起，它所強調的小民族自主、自決卻是穩穩站在後啓蒙時代那個有本質，也有中心的現代主體觀頂頭。歷史的創治（cunning）如此，也難怪這個結這麼難解了。在當代文學理論裡，結構、系統、整體等現代色彩較厚的觀念已經變作最顧人怨的思考工具。只要你的文章內底沐著一點點也這些觀念的氣味，眞多理論大師就會即時變面，落家私、擺陣頭，要參你拼。我曾經使用生態學的觀念來討論因爲觀察對象宏微不同所形成的相待層級（廖朝陽，一九九〇：四六七），用意就是要指出，中心不必然是絕對中心，本質也不必然是絕對本質；層級之分並不是一定攏會造成高壓迫低，整體抹煞部分的結果。同款，以異類爲貴的拼貼觀並沒講類本身就未使有異質的分化，只是講：就準講其中有雜質，在一定限度內我們猶原可以將這個類當成一個整體來看，不必什麼攏沒問，未曾未就將所有零件拆到清氣溜溜。

邱貴芬的「融和」到底是什麼意思？在熔爐與拼貼兩個極端之間又占了什麼位置？她是不是會推翻我的分法，另作解釋？這些都是眞趣味的問題，但是我們也不必急著找答案。我比較掛念的只是，對一個講尊重，貴異質的理論來說，過早將「淨土淨語」的主張〈整類〉排除，是不是反而會削弱了說服力？安怎講，這些基本教義派（若是眞存在的話）手底既沒意識形態國家機器，也沒什麼基因果菜機；他們若騙有吃，那也是因爲他們滿足了文化內面某一個部分的需要。一聲將他們損死了了，未來的偉大台灣主體顚倒會減眞多可以用（可以「跨」）的異質基因哩。

神學家黃伯和曾經用「小調文化」來解釋台灣本土文化的「雨夜花」型特質：

小調文化（就如音樂中的小調特質）傾向悲悽、哀怨，若有所失。從直覺出發的小調文化，是一種喟嘆、抒洩。然而文化若停留在這種宣洩的階段，則不免使人淪爲消極，怨天尤人。若從反省的角度來看小調文化，則它具有缺憾之美，它引人憧憬完美的理想，賦予人盼望的動力。（一九九〇：二〇二）

在以跨文化爲主流的台灣，黃伯和心心念念的還是這種單調平板的，純純的小調文化；他眞是一個異類。然而小調文化所以會有缺憾，使人淪爲消極，也正是因爲其中異質的不存在。是異類文化而內底卻找沒異質，這就不是小調文化的缺憾而是文化理論的難題了。從另外一個角度來看，缺憾而可以叫作美（也就是說，有異於不美），那麼黃伯和明明是將異質的不存在看作另一種異質，等於是在異類文化內面又找到了異質。這個講法眞眞值得更再想落去。也就是說，異質所以爲異，乃是因爲它不存在於我，只是憧憬盼望的對象而已。一旦我的自體複化，雜入異質，安乃異質已經成爲我的一部分，其實也就不能再叫作異質了。所以，在一個熔爐式的大調文化內面，異質終必要爲我所用，轉作同質。那麼小調文化所憧憬，所盼望的，是變作牛腸馬肚的大調文化呢？還是有其他的，比較能保持共生式跨文化特質的出路？這就是問題的重點所在了。不論如何，我們要起建的若是正港以異質爲貴的小群理陣，那麼對異質、異類等觀念作更明確的分析，魚還魚，蝦還蝦，水龜咸田螺，好好認清什麼款的基本教義派是納粹式的歷史妖怪，什麼款的基本教義派是會當代表一個「文化生死存活的表記空間」（Bhabha 1992, 65），或者講是「用生死存活掙扎出來的」（黃伯和，一九九〇：四四），這恐驚是必須先完成的宿題呢。

——一九九二年，選自《中外文學》二十一卷三期

參考書目

黃伯和，《宗教與自決》，板橋：稻鄉，一九九〇。

廖朝陽，〈解構與自然：從白色批評到綠色批評〉，《美國文學、比較文學、莎士比亞：朱立民教授七十壽慶論文集》，朱炎等編，台北：書林，一九九〇，頁四六三～五〇一。

印　順，《中觀論頌講記》（一九五三），妙雲集上編之五，台北：正聞，一九七三。

Anderson, Benedict. *Imagined Communities: Reflections on the Origin and Spread of Nationalism.* London: Verso, 1983.

Bhabha, Homi K. "Of Mimicry and Man: The Ambivalence of Colonial Discourse." *October* 28（1984）: 125-33.

______. "Signs Taken for Wonders: Questions of Ambivalence and Authority under a Tree outside Delhi, May 1817." *Critical Inquiry* 12.1（1985）:144-65.

———. "Postcolonial Authority and Postmodern Guilt." In Lawrence Grossberg, Cary Nelson and Paula A. Treichler, eds., *Cultural Studies*. London: Routledge, 1992. 56-66.

Gates, Henry Louis, Jr. "Editor's Introduction: Writing 'Race' and the Difference It Makes." *Critical Inquiry* 12.1（1985）:1-20.

中華現代文學大系（貳）

——臺灣 1989 ～ 2003

評論卷（一）

A Comprehensive Anthology of
Contemporary Chinese Literature in Taiwan, 1989-2003
Criticism Vol. 1

總 編 輯／余光中
編輯委員／李瑞騰　白　靈　張曉風　馬　森　胡耀恆
　　　　　李奭學　向　陽　陳義芝　施　淑　紀蔚然
　　　　　范銘如　唐　捐　廖玉蕙　陳雨航　鴻　鴻
發 行 人／蔡文甫
發 行 所／九歌出版社有限公司
臺北市八德路 3 段 12 巷 57 弄 40 號
電話／(02)25776564 · 傳真／(02)25789205
郵政劃撥／ 0112295-1
登記證／行政院新聞局局版臺業字第 1738 號
網　　址／ www.chiuko.com.tw
印 刷 所／崇寶印刷公司
法律顧問／龍雲翔律師 · 蕭雄淋律師 · 董安丹律師
初　　版／ 2003（民國 92）年 10 月
定　　價／評論卷（全二冊） 平裝單冊新台幣 580 元
　　　　　　　　　　　　　 精裝單冊新台幣 680 元

ISBN　957-444-083-4

國家圖書館出版品預行編目資料

中華現代文學大系（貳）.臺灣一九八九-
二〇〇三評論卷／李瑞騰主編 --初版.--
臺北市：九歌，2003〔民 92〕面； 公分.

ISBN 957-444-082-6（第 1 冊：精裝）
ISBN 957-444-083-4（第 1 冊：平裝）
ISBN 957-444-084-2（第 2 冊：精裝）
ISBN 957-444-085-0（第 2 冊：平裝）
1.中國文學—評論

830.8 92012286